Os catadores de conchas

Outros sucessos de Rosamunde Pilcher:

Vilão
O Carrossel
A Casa Vazia
Com Todo Amor
O Dia da Tempestade
O Fim do Verão
Flores na Chuva
O Quarto Azul
O Regresso
Setembro
Sob o Signo de Gêmeos
Solstício de Inverno
O Tigre Adormecido
Um Encontro Inesperado
Victoria
Vozes no Verão

ROSAMUNDE
PILCHER

Os catadores de conchas

Tradução
Luísa Ibañez

49ª edição

Rio de Janeiro | 2022

CIP-BRASIL. CATALOGAÇÃO NA PUBLICAÇÃO
SINDICATO NACIONAL DOS EDITORES DE LIVROS, RJ

P686c Pilcher, Rosamunde, 1924-2019
49ª ed. Os catadores de conchas / Rosamunde Pilcher ; tradução Luiza Ibañez. - 49ª ed. - Rio de Janeiro : Bertrand Brasil, 2022.

ISBN 978-65-5838-095-5

1. Ficção inglesa. I. Ibañes, Luiza. II. Título.

22-77912 CDD: 823
CDU: 82-3(410)

Gabriela Faray Ferreira Lopes - Bibliotecária - CRB-7/6643

Título original: The Shell Seekers

Texto revisado segundo o novo Acordo Ortográfico da Língua Portuguesa.

Direitos exclusivos de publicação em língua portuguesa somente para o Brasil adquiridos pela:
EDITORA BERTRAND BRASIL LTDA.
Rua Argentina, 171 — 3º andar — São Cristóvão
20921-380 — Rio de Janeiro — RJ
Tel.: (21) 2585-2000,
que se reserva a propriedade literária desta tradução.

Seja um leitor preferencial. Cadastre-se no site www.record.com.br e receba informações sobre nossos lançamentos e nossas promoções.

Atendimento e venda direta ao leitor:
sac@record.com.br

Este livro é para meus filhos e os filhos deles.

PRÓLOGO

O táxi, um antigo Rover recendendo a fumaça velha de cigarros, rodava pela erma estrada rural, em marcha indolente. Era começo de tarde, já final de fevereiro, um mágico dia de inverno de céu azul claro e sem nuvens, envolto em gélida e cortante friagem. O sol brilhava, produzindo sombras alongadas, apesar do pouco calor, e os campos arados pareciam duros como ferro. Das chaminés das casas de fazenda dispersas e dos pequenos chalés de pedra, a fumaça subia alto, em uma coluna reta no ar parado, enquanto bandos de ovelhas, pejadas de lã e em incipiente prenhez, reuniam-se ao redor de gamelas entulhadas de feno fresco.

Sentada no banco traseiro do táxi, Penelope Keeling olhava pelo vidro empoeirado da janela, concluindo que a familiar paisagem rural jamais lhe parecera tão bela.

A estrada tinha curvas íngremes; mais adiante, uma placa indicava a estradinha que levava a Temple Pudley. O motorista diminuiu a velocidade e, executando uma penosa manobra, fez a curva, sacolejando colina abaixo, entre sebes altas e cerradas que ocultavam a visão da paisagem. Pouco depois, entravam na aldeia, com suas casas construídas com pedra dourada das montanhas Cotswold, a loja de jornais e revistas, o açougue, o *pub* Sudeley Arms e a igreja — recuada da rua, por trás de um vetusto cemitério e da escura folhagem de alguns teixos, adequadamente sombrios. Havia poucas pessoas por ali. As crianças estavam na escola, e a temperatura baixa mantinha os demais moradores dentro de casa. Apenas um velho, de luvas e cachecol, levava seu cão idoso para passear.

— Qual é a casa? — perguntou o motorista do táxi, olhando por sobre o ombro.

Ela se inclinou para a frente, ridiculamente animada e ansiosa.

— Fica um pouquinho mais à frente. Depois da aldeia. São os portões brancos à direita. Estão abertos. Veja! Chegamos!

O motorista passou pelos portões e estacionou nos fundos da casa.

Ela abriu a porta do carro e saltou, aconchegando contra o corpo a capa azul-escura para proteger-se do frio. Tirou a chave da bolsa e se dirigiu à porta. Às suas costas, o motorista abriu o porta-malas e retirou de lá uma pequena valise. Penelope se virou para apanhá-la, porém o homem continuou a segurá-la, preocupado.

— Não há ninguém aqui para recebê-la?

— Não. Ninguém. Vivo sozinha e todos acham que ainda estou no hospital.

— Está tudo bem com a senhora?

Ela sorriu para o rosto amistoso do motorista. Era um homem bastante jovem, de cabelos espessos e claros.

— É claro que sim.

Ele vacilou, não desejando parecer intrometido.

— Se quiser, posso levar sua mala para dentro. Para o andar de cima, se for preciso.

— Ah, é muita gentileza sua, mas eu me arranjo...

— Não é trabalho algum — insistiu ele, seguindo-a à cozinha. Penelope abriu uma porta e o guiou pelos estreitos degraus do chalé. Tudo estava clinicamente limpo. A Sra. Plackett, que Deus a abençoe, não perdera tempo durante os poucos dias de ausência de Penelope. Ela até gostava quando Penelope se ausentava, porque podia entregar-se a tarefas como lavar a tinta branca dos corrimãos e balaústres da escada, ferver as flanelas e polir o que houvesse em prata e latão.

A porta de seu quarto estava aberta. Ela entrou, e o rapaz a seguiu, com a valise na mão.

— Há algo mais que eu possa fazer? — perguntou ele.

— De forma alguma. Muito bem, quanto lhe devo?

Ele lhe disse o valor, parecendo constrangido, como se aquilo fosse vergonhoso. Ela pagou, mandando-o ficar com o troco. O rapaz agradeceu, e os dois desceram a escada.

Não obstante, ele continuou por ali, parecendo relutar em ir embora. Penelope disse para si mesma que talvez o rapaz tivesse alguma avó por quem sentisse a mesma espécie de responsabilidade.

— A senhora acha que ficará bem, então?

— Eu lhe garanto que sim. Minha amiga, a Sra. Plackett, vem amanhã. Assim, não ficarei mais sozinha.

Por algum motivo, isso o tranquilizou.

— Bem, já vou indo.

— Adeus. E obrigada.

— Não tem de quê.

Assim que ele foi embora, Penelope tornou a entrar e fechou a porta. Estava só. Que alívio! Em casa. Em sua casa, entre seus bens, em sua cozinha. O aquecedor Aga, alimentado a óleo, fervilhava pacificamente para si mesmo e tudo estava beatificamente cálido. Ela abriu os prendedores da capa e a colocou no encosto de uma poltrona. Uma pilha de correspondência descansava sobre a mesa imaculadamente limpa, e Penelope a vistoriou — ali parecia haver nada de vital e interessante. Abandonando a correspondência, cruzou a cozinha e abriu a porta envidraçada que dava para o seu jardim de inverno. A ideia de suas preciosas plantas, talvez agonizando de frio ou de sede, a tinha preocupado um pouco durante os últimos dias, porém a Sra. Plackett cuidara delas, como cuidara de tudo o mais. A terra nos vasos estava úmida e argilosa; as folhas, viçosas e verdes. Um prematuro gerânio exibia uma coroa de pequeninos botões, e os jacintos haviam crescido pelo menos sete centímetros. Além dos vidros, o seu jardim também ficava crestado pelo inverno, as árvores desfolhadas e pretas compondo um rendilhado contra o céu, porém havia anêmonas brotando através da turfa musgosa debaixo do castanheiro, e surgiam as primeiras pétalas dourado-amanteigadas dos acônitos.

Saindo do jardim de inverno, ela subiu para o andar superior, pensando desfazer a mala, mas em vez disso entregou-se à pura alegria de estar em casa. Vagou de um lado para o outro, abrindo portas, inspecionando cada quarto, espiando de cada janela, tocando os móveis, ajeitando uma cortina. Nada fora do lugar. Nada mudara. Novamente no andar térreo e na cozinha, ela recolheu suas cartas, atravessou a sala de jantar e entrou na de estar. Ali estavam seus bens mais preciosos: sua secretária, suas flores, seus retratos. A lenha fora arrumada na lareira. Penelope acendeu um fósforo e ficou de joelhos para alcançar o jornal. A chama tremulou, os gravetos secos incendiaram-se e estalaram. Ela empilhou os troncos, e as chamas elevaram-se chaminé acima. Agora, a casa estava viva outra vez e, com esta pequena e agradável tarefa encerrada, não havia mais qualquer pretexto para não telefonar para um de seus filhos e contar o que havia feito.

Sim, mas qual deles? Sentada na poltrona, considerou as alternativas. Deveria ser Nancy, naturalmente, porque era a mais velha e a que gostava de imaginar-se inteiramente responsável pela mãe. Nancy, no entanto, ficaria chocada, tomada de pânico, não pouparia censuras. Penelope concluiu que ainda não se encontrava suficientemente forte para encarar a primogênita.

Noel, então? Talvez, como o homem da família, ele tivesse o direito de ser informado em primeiro lugar. Entretanto, a ideia de esperar algum tipo prático de ajuda ou conselho da parte dele era tão hilariante que Penelope não teve como evitar de sorrir. "Noel, eu me dei alta do hospital e voltei para casa." A resposta dele a tal tipo de comunicação provavelmente seria: "É mesmo?"

Em vista disso, Penelope fez aquilo que, o tempo todo, sabia que acabaria fazendo. Estendeu a mão para o telefone e discou o número do escritório de Olivia, em Londres.

— *Ve-nus.*

A telefonista pareceu cantarolar o nome da revista.

— Pode me transferir para Olivia Keeling, por favor?

— Um mo-mento.

Penelope aguardou.

— Secretária da Srta. Keeling.

Conseguir falar com Olivia era algo mais ou menos semelhante a ter uma conversinha com o presidente dos Estados Unidos.

— Eu gostaria de falar com a Srta. Keeling, por favor.

— Sinto muito, mas a Srta. Keeling está em reunião.

— Isto significa que ela está sentada à mesa da diretoria ou na sala dela?

— Ela está em sua sala... — a voz da secretária soou desconcertada, mas acrescentou: — ... porém em companhia de uma pessoa.

— Interrompa-a, por favor. Quem fala é a mãe dela, o que quero dizer à Srta. Keeling é importante.

— Não... não pode esperar?

— Nem um minuto — declarou Penelope, com firmeza. — De qualquer modo, não será demorado.

— Está bem.

Outra espera. Então, finalmente, Olivia.

— Mãezinha?

— Desculpe incomodar...

— Mãezinha? Há algo errado?

— Não, não há nada errado.

— Ah, graças a Deus! Está ligando do hospital?

— Não. Estou ligando de casa.

— *De casa?* Quando foi que voltou para *casa?*

— Mais ou menos às duas e meia da tarde.

— Ora, mas eu pensei que você ficaria no hospital durante uma semana, pelo menos!

— Era o que eles pretendiam, mas fiquei terrivelmente entediada, absolutamente exausta. Não dormia um minuto à noite. Na cama ao lado da minha tinha uma velha que não parava de falar. Não, falar não é bem o termo. Ela esbravejava, coitada. Então, disse ao médico que não suportava mais um minuto daquilo, arrumei a mala e vim embora.

— Você mesma se deu alta! — exclamou Olivia, parecendo resignada, mas nem um pouco surpresa.

— Exatamente. Não há nada de errado comigo. Assim, tomei um ótimo táxi com um excelente motorista, e ele me trouxe para casa.

— E o médico protestou?

— Em alto e bom som, mas não havia muito o que ele pudesse fazer quanto a isso.

— Ó mãezinha — Havia riso na voz de Olivia. — Você é mesmo travessa! Eu já me dispunha a reservar este fim de semana para uma visita hospitalar... Sabe como é, levar quilos de uvas para você e acabar comendo todas eu mesma...

— Você pode vir aqui — disse Penelope, no mesmo instante desejando não ter dito nada, para não parecer melancólica e solitária. De qualquer modo, a impressão que deu foi a de que precisava da companhia de Olivia.

— Bem... se você se sente mesmo em forma, adiarei um pouquinho a visita. Meu fim de semana vai ser ocupadíssimo. Escute, mãezinha, já falou com Nancy?

— Não. Pensei em ligar para ela, mas me acovardei. Sabe como ela é exagerada. Ligarei amanhã de manhã, quando a Sra. Plackett estiver aqui. Então, nossa conversa terá que ser mais comedida.

— Como está se sentindo agora? Diga a verdade.

— Perfeitamente bem. Exceto que, como já falei, fiquei com o sono atrasado.

— Não está exagerando, está? Quero dizer, não foi direto ao jardim, começando a cavar trincheiras e derrubar árvores?

— Não vou fazer nada disso. Prometo. De qualquer modo, o solo está duro feito pedra. Não conseguiria enfiar uma pá na terra.

— Graças a Deus! Escute, mãezinha, preciso desligar agora. Estou com um colega, aqui no escritório...

— Eu sei. Sua secretária já me disse. Lamento ter incomodado, mas queria contar a você o que aconteceu.

— Fico satisfeita. Ligue de novo para mim, mãezinha, e alegre-se um pouquinho.

— Está bem. Tchau, minha querida.

— Tchau, mãezinha.

Penelope desligou, tornou a colocar o telefone sobre a mesa e recostou-se na poltrona.

Agora, nada mais havia a ser feito. Percebeu que estava muito cansada, porém era um cansaço suave, acalentado e confortado por tudo que a cercava, como se sua casa fosse uma pessoa carinhosa que a abraçasse com ternura. Na sala aquecida, com a lareira acesa e a poltrona extremamente familiar, ela se percebeu surpresa, impregnada pelo tipo de felicidade irracional que havia anos não sentia. Deve ser porque estou viva. Tenho sessenta e quatro anos e, segundo aqueles médicos idiotas, supostamente sofri um ataque cardíaco. Ou alguma coisa assim. Sobrevivi, agora isso ficou para trás, e não falarei mais a respeito, nunca mais. Nem pensarei. Porque estou viva. Posso tocar, ver, ouvir, cheirar, saborear; cuidar de mim mesma; deixar o hospital por vontade própria, pegar um táxi e voltar para casa. Há anêmonas brotando no jardim, e a primavera está a caminho. Eu a verei. Testemunharei o milagre anual, sentirei o sol começar a ficar mais quente à medida que as semanas passarem. E, porque estou viva, verei tudo isso acontecer e serei parte do milagre.

Recordou a história do querido Maurice Chevalier. "Qual a sensação de estar com setenta anos?", perguntaram a ele. "Não é tão ruim", respondera Chevalier, "se a gente considerar a alternativa."

Para Penelope Keeling, no entanto, a sensação era mil vezes melhor do que apenas "não tão ruim". Agora, viver se tornara não a simples existência que a pessoa tinha como garantida, mas um bônus, uma dádiva, com cada dia ainda por vir transformado em uma experiência a ser saboreada. O tempo não duraria para sempre. Não desperdiçarei um só momento, prometeu a si mesma. Jamais se sentira tão forte, tão otimista. Era como se voltasse a ser jovem, desabrochando, e algo maravilhoso estivesse prestes a acontecer.

1

NANCY

Às vezes Nancy Chamberlain achava que a mais rotineira ou inocente atividade estava condenada, inevitavelmente, a tornar-se tediosamente complicada.

Como, por exemplo, naquela manhã. Um dia enfadonho, em meados de março. Tudo que ela iria fazer... tudo que ela planejava fazer era tomar o trem das 9:15 de Cheltenham para Londres, almoçar com sua irmã Olivia, talvez dar uma voltinha pela Harrods e depois voltar para casa. Afinal de contas, nada havia de particularmente abominável em sua pretensão. Não iria entregar-se a uma feroz orgia de compras e tampouco ter um encontro com um amante; aliás, muito pelo contrário, seria uma visita por obrigação, com responsabilidades a serem discutidas e decisões a serem tomadas. Não obstante, mal seu plano se tornara conhecido em casa, as circunstâncias pareceram cerrar fileiras, ela se viu enfrentando objeções ou, pior ainda, indiferença, e ficou com uma sensação de que lutava pela própria vida.

Ao anoitecer da véspera, após ter marcado por telefone o encontro com Olivia, saíra à procura dos filhos. Encontrara-os na pequena sala de estar que, eufemisticamente, ela considerava a biblioteca, esparramados no sofá em frente à lareira, assistindo à televisão. Eles tinham um quarto de brinquedos e uma televisão própria, porém, como lá não havia lareira, e o frio estava de gelar os ossos, e a televisão, um antigo modelo em preto e branco. Portanto, não era de estranhar que passassem aqui a maior parte do tempo.

— Queridos, amanhã terei que ir a Londres, encontrar a tia Olivia e conversar com ela sobre a vovó Pen...

— Se você for a Londres, quem vai levar Relâmpago ao ferreiro para ser ferrado?

Era Melanie quem havia falado. E, enquanto falava, mascava a extremidade de uma de suas marias-chiquinhas e mantinha um maléfico olho grudado no maníaco cantor de rock, cuja imagem ocupava toda a tela. Estava com catorze anos e, como sua mãe vivia dizendo a si mesma, atravessando aquela idade difícil.

Nancy já esperava a pergunta e tinha a resposta pronta:

— Pedirei a Croftway que cuide disso. Ele vai dar um jeito sozinho.

Croftway era o carrancudo jardineiro e faz-tudo que vivia com a esposa em um apartamento em cima do estábulo. Odiava cavalos e constantemente os deixava frenéticos, com sua voz alta e maneiras brutais, embora parte de seu trabalho fosse lidar com eles. Croftway cumpria essa obrigação a contragosto; com os beiços espumando, os pobres animais eram embarcados à força e, em seguida, conduzidos no desajeitado veículo através da zona rural, a caminho de vários eventos em clubes equestres. Em tais ocasiões, Nancy referia-se a ele como "o cavalariço".

Rupert, com onze anos, só ouvira o fim do diálogo, mas resolveu levantar sua própria objeção:

— Falei com Tommy Robson que iria tomar chá com ele amanhã. Ele tem algumas revistas de futebol e disse que me emprestaria. Como vou voltar para casa?

Era a primeira vez que Nancy ouvia falar naquele compromisso. Recusando-se a perder a calma, sabia que uma sugestão para mudar o dia da visita provocaria instantaneamente uma estridente inundação de argumentos e gemidos de "isso não é justo". Engolindo a irritação, respondeu, o mais educadamente possível, que talvez ele pudesse pegar o ônibus para casa.

— Ah, mas então vou ter que caminhar desde a aldeia.

— Bem, são apenas uns quatrocentos metros. — Ela sorriu, procurando tirar o melhor partido da situação. — Só uma vezinha não vai te matar.

Esperava que ele retribuísse seu sorriso, porém Rupert apenas fez um ruído com os lábios e tornou a concentrar-se na televisão. Nancy aguardou. O quê? Alguma demonstração de interesse, talvez, em uma situação de visível importância para toda a família? Até mesmo um esperançoso questionamento sobre que presentes ela pretendia trazer-lhes seria melhor do que nada. Entretanto, os dois já haviam esquecido sua presença; estavam inteiramente voltados para o que viam na televisão. Nancy, de repente, achou insuportável a barulheira do programa e saiu da sala, fechando a porta. No hall de entrada, um frio cortante a envolveu, subindo do piso lajeado para espalhar-se, escada acima, até os gélidos vazios do patamar.

Aquele havia sido um penoso inverno. De quando em quando, Nancy dizia para si mesma, intrepidamente — ou para quem fosse impelido a ouvi-la —, que não se incomodava com o frio. Era uma criatura de sangue quente, e isso não a perturbava. Além do mais, acrescentava, a gente nunca sentia realmente frio na própria casa. Sempre havia muita coisa a fazer.

Neste anoitecer, contudo, com os filhos se mostrando tão desagradáveis e mais a perspectiva de uma ida à cozinha, a fim de "dar uma palavrinha" com a rabugenta Sra. Croftway, ela tiritou e aconchegou apertadamente o grosso cardigã à volta do corpo, enquanto via o tapete surrado se erguer e estremecer, movido pelas rajadas de vento que se insinuavam por baixo da mal-ajustada porta principal da casa.

Porque era uma casa velha aquela em que viviam, um antigo vicariato georgiano, em uma pequena e pitoresca aldeia, na região das montanhas Cotswold. Antigo Vicariato, Bamworth. Era um bom endereço, e ela sentia prazer em revelá-lo às pessoas, nas lojas. Basta debitar de minha conta — Sra. George Chamberlain, Antigo Vicariato, Bamworth, Gloucestershire.

Na Harrods, ela o mandara imprimir no alto de seu luxuoso papel de carta azul. Pequeninas coisas, como papéis de carta, tinham importância para Nancy. Causavam boa impressão.

Ela e George foram morar ali logo após se casarem. Pouco antes desse evento, o morador anterior de Bamworth sentira subitamente o sangue subir-lhe à cabeça e se rebelara, informando aos superiores que homem algum... nem mesmo um desprendido homem da Igreja, seria capaz de, com seu magro estipêndio, viver e criar uma família em uma casa de tamanho, inconveniência e frigidez tão monstruosos. Após alguma deliberação, além de uma visita com pernoite do arquidiácono (que pegou um resfriado e quase morreu de pneumonia), a diocese finalmente concordou em construir um novo vicariato. Foi devidamente erigido um bangalô de tijolos na extremidade oposta da aldeia, sendo o Antigo Vicariato posto à venda.

George e Nancy o compraram. "Agarramos a oportunidade", contava ela às amigas, como se os dois houvessem ido diretamente ao alvo, com extrema sagacidade. De fato, tinham comprado a casa por uma ninharia, mas, com o tempo, Nancy logo descobriu que havia sido somente porque ninguém mais pretendia adquiri-la.

— Claro que há muito a fazer por lá, porém é uma casa encantadora, de fins do período georgiano, com um bom terreno... potreiros e estábulos... além de ficar só a meia hora de Cheltenham e do escritório de George. De fato, é perfeita para nós.

Era perfeito. Para Nancy, criada em Londres, a casa simbolizava a concretização final de todos os seus sonhos de adolescente, fantasias alimentadas pelos romances que devorava, escritos por Barbara Cartland e Georgette Heyer. Viver no campo e ser a esposa de um proprietário rural, há muito, era o auge de suas modestas ambições — naturalmente, após uma tradicional temporada londrina, um casamento de gala com damas de honra e sua fotografia na *Tatler*. Conseguiu tudo, exceto a temporada londrina, e, recém-casada, viu-se senhora de uma casa nas Cotswolds, com um cavalo no estábulo e um jardim para as quermesses da igreja.

Com o tipo certo de amigos e a espécie certa de cães; com George presidindo os conservadores do lugar e lendo o trecho selecionado da Bíblia, nas manhãs de domingo.

A princípio, tudo correra perfeitamente. Até então, não havia falta de dinheiro: eles haviam posto em ordem a antiga propriedade e a casa, pintado as partes externas de branco, instalado aquecimento central, e Nancy restaurara o mobiliário vitoriano que George herdara dos pais, tendo decorado alegremente seu quarto com uma profusão de chita. Entretanto, com o passar dos anos, a inflação expandiu-se, subindo com ela o preço do combustível para aquecimento e os salários, desta maneira cada vez se tornando mais difícil encontrar alguém que prestasse serviços na casa e no jardim. A carga financeira da simples manutenção da propriedade a cada ano pesava mais e, por vezes, eles achavam que tinham dado um passo maior do que as pernas.

Como ainda não bastasse, já estavam enfrentando a terrível despesa de educar os filhos. Tanto Melanie como Rupert estavam matriculados nas escolas particulares locais, como alunos externos. Melanie provavelmente permaneceria na sua até terminar as provas para ingressar no vestibular, porém Rupert deveria ir para Charlesworth, o internato* que seu pai cursara: George inscrevera lá o nome do filho, um dia após o nascimento de Rupert, tendo efetuado na mesma época um pequeno seguro educacional; porém, a soma insignificante que então pagara, agora, em 1984, mal daria para cobrir a primeira viagem de trem.

Certa vez, passando uma noite em Londres com Olivia, Nancy confidenciara suas preocupações à irmã, na esperança de ouvir alguma orientação construtiva daquela mulher tão determinada e profissional. Olivia, entretanto, não se mostrou compreensiva. Achava que eles eram uns tolos.

— Seja como for, os internatos são um anacronismo — respondera a Nancy. — Matricule-o na escola abrangente do distrito, deixe-o ficar na

---

* Na Inglaterra, escola particular de nível médio (geralmente internato) mantida por doações e que prepara alunos para o curso universitário ou para o serviço público. (N.T.)

companhia do restante do mundo. A longo prazo, será mais vantajoso para seu filho do que todo aquele ambiente rarefeito de tradição antiquada.

Tal atitude, no entanto, era impensável. George e Nancy jamais haviam considerado a educação proporcionada pelo Estado como indicada para seu único filho. De fato, vez por outra Nancy se entregara a sonhos secretos em que via Rupert em Eton, entremeados com fantasias de si mesma no Quatro de Junho, enchapelada para alguma festividade ao ar livre. Quanto a Charlesworth, embora séria e prestigiada, se lhe afigurava apenas como uma segunda opção. Entretanto, ela não admitiria isso para Olivia.

— Isso está inteiramente fora de cogitação — replicou, lacônica.

— Pois bem, então, deixe-o tentar uma bolsa de estudos. Que Rupert faça alguma coisa por si mesmo. Não vejo qual o proveito em se sacrificar tanto por um garotinho!

Rupert, entretanto, não era amigo dos livros. Tanto George como Nancy sabiam que ele jamais conseguiria uma bolsa de estudos.

— Nesse caso — disse Olivia, encerrando o assunto, porque começava a ficar maçante —, acho que a única alternativa para vocês é vender o Antigo Vicariato, mudar-se para algo menor. Pense em todo o dinheiro que economizariam, não tendo que manter a velha propriedade em ordem!

A perspectiva de semelhante decisão, no entanto, deixou Nancy ainda mais horrorizada do que a menção a uma escola pública para seu filho. Era o mesmo que admitir a derrota e abdicar de tudo pelo que lutara. Além do mais, havia uma dolorosa suspeita de que ela, George e os filhos, morando em uma casinha acessível nos arredores de Cheltenham, sem os cavalos, sem o Instituto Feminino, o Comitê Conservador, as gincanas e quermesses da igreja, iriam se sentir rebaixados, perderiam o interesse dos amigos do condado e, como sombras moribundas, seriam reduzidos a uma família de gente à toa, relegada ao esquecimento.

Tornando a tiritar, ela procurou compor-se, expulsou aquelas ideias repulsivas da mente e andou determinada pelo corredor lajeado, em direção à cozinha. Ali, o enorme aquecedor Aga, em incessante funcionamento, deixava tudo aquecido e aconchegante. Nancy às vezes pensava, especialmente naquela época do ano, que era uma pena todos eles não morarem na cozinha... que qualquer outra família, além da dela, provavelmente sucumbiria à tentação, passando ali o inverno inteiro. Entretanto, eles não eram uma família qualquer. A mãe de Nancy, Penelope Keeling, praticamente vivera na velha cozinha do porão, no casarão da Rua Oakley, preparando e servindo enormes refeições na grande mesa de tampo desgastado; ali ela escrevia cartas, criava os filhos, remendava roupas e até mesmo recebia seus intermináveis visitantes. E Nancy, que não apenas se ressentia como ficava ligeiramente envergonhada da mãe, desde então reagira contra essa calorosa e informal maneira de viver. Quando eu me casar, havia jurado em criança, terei uma sala de visitas e uma sala de jantar, como todo mundo; hei de entrar na cozinha o menos que puder.

Por sorte, George tinha ideias semelhantes. Alguns anos antes, após uma séria discussão, haviam concordado em que o lado prático de fazerem o desjejum na cozinha superava a ligeira queda de padrões. Mais do que isso, entretanto, nenhum deles estava disposto a ceder. Assim, almoço e jantar eram servidos na enorme sala de jantar, com o pé-direito muito alto e a mesa propriamente arrumada, a formalidade substituindo o conforto. Esse deprimente aposento era aquecido por uma lareira elétrica, cujo calor não ia além da grelha. Quando tinham convidados para jantar, Nancy a ligava umas duas horas antes de a refeição ser servida, jamais compreendendo por que suas convidadas sempre chegavam envoltas em xales. Ainda pior fora certa vez... jamais esquecida... em que ela vislumbrara por baixo do colete do homem em traje a rigor os sinais indiscutíveis de um grosso pulôver de decote em V. Ele jamais tornara a ser convidado.

A Sra. Croftway estava em pé diante da pia, descascando batatas para o jantar. Era um tipo de pessoa bastante altiva (muito mais do que seu desbocado marido) e, para trabalhar, usava um avental branco, como se isso bastasse para conferir profissionalismo e qualidade à sua culinária. Nada disso acontecia, mas o aparecimento noturno da Sra. Croftway na cozinha significava que Nancy não teria de preparar o jantar.

Decidiu ir direto ao assunto.

— Sra. Croftway... houve uma ligeira mudança de planos. Tenho que ir a Londres amanhã, almoçar com minha irmã. É sobre o problema de minha mãe; essas coisas não podem ser tratadas por telefone.

— Pensei que a mãe da senhora já tivesse saído do hospital e estivesse em casa.

— Sim, foi o que aconteceu, mas ontem falei com o médico dela ao telefone, e ele acha que, de fato, mamãe não devia mais morar sozinha. Foi apenas um ataque cardíaco brando e ela teve uma recuperação excelente, mas mesmo assim... a gente nunca sabe...

Fornecia tais detalhes à Sra. Croftway, não por esperar grande ajuda ou mesmo empatia, mas porque as doenças eram um assunto que a mulher apreciava discutir e, com isso, Nancy esperava deixá-la com ânimo mais expansivo.

— Minha mãe teve um ataque do coração, e, depois disso, nunca mais foi a mesma. Ficou com o rosto todo arroxeado, e as mãos incharam tanto, que foi preciso amputar o dedo que usava a aliança.

— Eu não sabia disso, Sra. Croftway.

— Ela não podia mais morar sozinha. A gente teve que viver com ela, eu e o Croftway. O melhor quarto da frente ficou para ela, e isso para mim foi um calvário, é o que lhe digo; subindo e descendo escada o dia inteiro, e ela batendo com uma bengala no chão. No fim, fiquei uma pilha de nervos. O médico disse que nunca vira uma mulher com nervos mais esfrangalhados do que eu. Então, ele pôs minha mãe no hospital e ela morreu.

E este, pelo visto, era o final da deprimente saga. A Sra. Croftway retornou às suas batatas, e Nancy disse, sem muito cuidado:

— Sinto muito... Imagino que sacrifício deve ter sido para a senhora. Que idade tinha sua mãe?

— Faltava uma semana para completar oitenta e seis.

— Bem... — Nancy procurou manter o vigor na voz. — Minha mãe só tem sessenta e quatro, o que me dá a certeza de que vai se recuperar totalmente.

A Sra. Croftway jogou uma batata descascada na panela e se virou, a fim de olhar para Nancy. Raramente olhava nos olhos das pessoas, mas quando o fazia era algo enervante, porque tinha olhos muito claros que jamais pareciam piscar.

A Sra. Croftway tinha opiniões próprias sobre a mãe de Nancy. Vira a Sra. Keeling — era como a chamava — apenas uma vez, durante uma de suas raras visitas ao Antigo Vicariato, porém fora o suficiente para qualquer um que tivesse olhos. Uma mulherona alta, de olhos escuros como uma cigana, e vestindo roupas que bem poderiam ter sido doadas a um bazar de caridade. Também era turrona, entrando na cozinha e insistindo em lavar os pratos, quando a Sra. Croftway tinha seu próprio jeito de fazer as coisas e não admitia interferências.

— É curioso ela ter um ataque do coração... — observou então. — Me pareceu forte como um touro.

— Sim — assentiu Nancy fracamente. — Sim, foi um choque... para todos nós — acrescentou, em um tom piedoso, como se a mãe já houvesse morrido e fosse apropriado falar bem dela.

A Sra. Croftway fez um trejeito impiedoso com a boca.

— Sua mãe só tem sessenta e quatro anos? — Parecia incrédula. — Aparenta mais, não aparenta? Pensei que já tivesse setenta e tantos.

— Não, ela está com sessenta e quatro.

— E quantos anos tem a senhora, então?

Agora a mulher estava sendo grosseira. Nancy sentiu-se retesar, ante a pura agressividade da Sra. Croftway, ao mesmo tempo percebendo que o sangue lhe subia ao rosto. Gostaria de ter coragem para esbofetear a criatura, de dizer a ela que cuidasse da própria vida, mas isso talvez a fizesse pedir as contas e ir embora com o marido. Em tal situação, como se veria Nancy, às voltas com o jardim, os cavalos, o casarão e uma família faminta para alimentar?

— Eu tenho... — Sua voz saiu como um grunhido. Ela pigarreou e tentou novamente. — Na verdade, estou com quarenta e três.

— Só isso? Ora, pensei que estivesse beirando os cinquenta.

Nancy deu uma risadinha, tentando levar na brincadeira, pois o que mais podia fazer?

— Não está sendo muito lisonjeira, Sra. Croftway.

— Bom, deve ser o seu sobrepeso. Só pode ser. Nada para envelhecer tanto como deixar o peso aumentar. A senhora devia fazer uma dieta... se quer saber, não é bom para a senhora ganhar peso. De uma hora para a outra — deu uma risada cacarejante — a *senhora* é que vai ter um ataque do coração.

Eu a odeio, Sra. Croftway! Eu a odeio!

— Apareceu uma boa dieta na *Woman's Own* dessa semana... A gente come um *uma toranja* em um dia e toma um iogurte no outro. Ou talvez seja o contrário... Se quiser, posso recortar o artigo e trazer.

— Ah... é muita gentileza sua. Sim, talvez eu queira. — A voz de Nancy soava insegura, trêmula. Procurando controlar-se, se encolheu e, com algum esforço, encarregou-se da deteriorante situação. — Enfim, Sra. Croftway, o que eu realmente queria falar era de amanhã. Vou tomar o trem das nove e quinze, de maneira que não haverá muito tempo para arrumações antes de sair. Gostaria que a senhora fizesse o que fosse possível e... poderia ter a *enorme* bondade de alimentar os cães para mim?... Deixarei a comida deles pronta nos comedouros. Depois, talvez fosse bom levá-los para correr um pouco no jardim... e... — Ela prosseguiu rapidamente, antes que a Sra. Croftway começasse a objetar tais sugestões. — Eu queria que desse um recado meu a Croftway, pedindo que levasse Relâmpago ao ferreiro... ele precisa ser ferrado, e não quero adiar isso.

— Humm — fez a Sra. Croftway, em tom de dúvida. — Não sei se ele vai conseguir manejar esse cavalo sozinho.

— Ah, tenho certeza de que vai, sim, ele já fez isso antes... e então, amanhã à noite, quando eu estiver de volta, talvez pudesse preparar um pedaço de carneiro para o jantar. Ou carne de porco, qualquer coisa do tipo... e algumas das deliciosas couves-de-bruxelas de Croftway.

Somente depois do jantar é que ela teve oportunidade de falar com George. Tendo de pôr as crianças para fazer o dever de casa, encontrar as sapatilhas de balé de Melanie, jantar e tirar a mesa, ligar para a mulher do vigário e comunicar-lhe que não poderia comparecer à reunião da Associação de Senhoras na noite seguinte, e, organizando sua vida em geral, Nancy mal teve tempo para trocar uma palavra com o marido. George só chegava em casa às sete da noite, e então queria somente sentar-se diante da lareira, com um copo de uísque e o jornal.

Por fim, tudo foi feito, e Nancy pôde juntar-se a George na biblioteca. Trancou firmemente a porta ao entrar, esperando que ele erguesse os olhos, porém nada aconteceu por trás do *The Times*. Assim, ela caminhou até a mesa de bebidas que ficava perto da janela, serviu um uísque para si mesma e depois foi sentar-se na poltrona diante dele, ao lado da lareira. Sabia que logo seu marido estenderia o braço, a fim de ligar a televisão e ver o noticiário.

— George — disse.

— Hum?

— George, me escuta um momento.

Ele terminou a frase que lia e então baixou o jornal com relutância. Era um homem de cinquenta e tantos anos, mas parecendo bem mais velho, cabelos grisalhos rareando, óculos sem aros, o terno escuro e a gravata sóbria de um cavalheiro idoso. George era advogado, talvez imaginando que aquela aparência cuidadosamente elaborada — como que trajado para desempenhar um papel em alguma peça — inspiraria confiança nos clientes em potencial. Nancy, no entanto, às vezes achava que, se pelo menos ele se ajeitasse um pouco, se usasse um bom terno de tweed e comprasse óculos com armação, então seus negócios talvez também se ajeitassem um pouco. Esta parte do mundo, desde a abertura da autoestrada para Londres, em pouco tempo se tornaria incrivelmente cobiçada. Novos moradores com dinheiro tinham ido morar ali, propriedades trocavam de mãos por somas exorbitantes; o chalé mais decrépito era adquirido num piscar de olhos e transformado, a custas enormes, em residência de fim de semana. Agentes imobiliários e construtoras floresciam e prosperavam; lojas exclusivas abriam nas cidadezinhas mais improváveis, e Nancy não conseguia entender como a Chamberlain, Plantwell & Richards ainda não havia embarcado nessa onda de prosperidade e colhido algumas das recompensas que, sem a menor dúvida, só esperavam ser apanhadas. George, no entanto, era do tipo tradicionalista, apegado a hábitos antigos, apavorado ante as mudanças. Também era um homem cauteloso e astuto.

— O que tenho de escutar? — perguntou ele, então.

— Amanhã vou a Londres, almoçar com Olivia. Precisamos falar de mamãe.

— Qual é o problema agora?

— Ora, George, você sabe qual é o problema. Já te contei; tive uma conversa com o médico dela, e ele acha que mamãe não devia mais morar sozinha.

— E o que vocês pretendem fazer a respeito disso?

— Bem... temos de encontrar uma governanta para ela. Ou uma acompanhante.

— Ela não vai gostar disso — observou George.

— E mesmo que encontremos alguém... será que mamãe terá condições de lhe pagar um salário? Uma boa profissional custaria de quarenta a cinquenta libras por semana. Sei que ela conseguiu aquela soma fabulosa pela casa da Rua Oakley e que não gastou um níquel em Podmore's Thatch, exceto para construir aquele jardim de inverno ridículo, mas esse dinheiro é patrimônio, não? Será que ela pode arcar com toda essa despesa?

George remexeu-se na poltrona, estendendo a mão para o copo de uísque.

— Não faço a menor ideia — respondeu.

Nancy suspirou.

— Ela é tão reservada, tão odiosamente independente! Fica impossível de ajudar. Se, pelo menos, fosse mais franca conosco, se o deixasse ser seu procurador, isso tornaria a vida muito mais facil para *mim*. Afinal, sou a filha mais velha, não me consta que Olivia ou Noel já tenham movido uma palha para ajudar.

George já ouvira tudo isso antes.

— E quanto à diarista dela, Sra. ... como é mesmo o nome?

— Sra. Plackett. Ela só vai lá três dias de manhã por semana para fazer a faxina; tem casa e família para cuidar.

George colocou o copo na mesa e se endireitou na poltrona, o rosto virado para o fogo, juntou as mãos, apoiando as pontas dos dedos umas contra as outras. Após um momento, falou:

— Não consigo imaginar o que a deixa em tal estado.

Seu tom dava a impressão de estar falando com algum cliente particularmente obtuso, e Nancy ficou ofendida.

— Não estou em estado algum.

Ele ignorou a resposta.

— Será apenas por causa do dinheiro? Ou da possibilidade de não encontrar uma mulher que seja santa o bastante para concordar em morar com sua mãe?

— Acho que são as duas coisas — admitiu Nancy.

— E de que maneira você acha que Olivia pode contribuir para solucionar o impasse?

— Pelo menos, ela pode discutir o assunto comigo. Afinal de contas, em toda a sua vida nunca fez nada por mamãe... e, por falar nisso, nem por qualquer um de nós — acrescentou com amargura, recordando antigas mágoas. — Quando mamãe decidiu vender a casa da Rua Oakley e anunciou que retornaria à Cornualha, para morar em Porthkerris, eu é que passei os piores momentos, convencendo-a de que seria loucura fazer isso. E ela bem poderia ter ido, se você não lhe encontrasse em Podmores Thatch, que, pelo menos, só fica a trinta quilômetros de nós. Assim, podemos ficar de olho nela. E se mamãe agora estivesse em Porthkerris, a quilômetros e quilômetros daqui, doente do coração, sem ninguém saber o que acontecia?

— Por favor, não vamos fugir à questão — pediu George, naquele tom que a deixava sumamente exasperada.

Nancy procurou ignorar o detalhe. Ficara aquecida pelo uísque, que também reacendera antigos ressentimentos.

— Quanto a Noel, praticamente deixou mamãe de lado, desde que precisou se mudar, quando ela vendeu a casa da Rua Oakley. Aquilo foi um golpe para ele. Aos vinte e três anos, jamais pagara um níquel de aluguel a mamãe! Comia a comida dela, bebia o gim dela, até o uísque era de graça! Fique sabendo, foi um choque para Noel, quando finalmente precisou se sustentar.

George soltou um longo suspiro. Seu conceito sobre Noel não era melhor do que o que tinha sobre Olivia. Quanto a Penelope Keeling, sua sogra, sempre fora um enigma para ele. Seu mais constante espanto era que uma mulher tão normal como Nancy pudesse originar-se do seio de tão excêntrica família.

Ele terminou o uísque, levantou-se da poltrona, lançou outra tora ao fogo e foi encher o copo novamente. Falou, do outro lado da sala, acima do tilintar de vidros:

— Suponhamos que aconteça o pior. Suponhamos que sua mãe não tenha meios para pagar uma governanta. — Voltou para a poltrona e tornou a acomodar-se diante da esposa. — Suponhamos que vocês não encontrem alguém que assuma a árdua tarefa de lhe fazer companhia. E então? Vai sugerir que sua mãe venha morar conosco?

Nancy pensou na Sra. Croftway, eternamente melindrada. Recordou as crianças, queixando-se aos gritos das censuras intermináveis de vovó Pen. Lembrou-se da mãe da Sra. Croftway, cujo dedo anular tivera que ser amputado, deitada na cama e batendo no assoalho com uma bengala...

Respondeu, em tom desesperado:

— Não acho que eu aguentaria isso.

— Acho que eu também não — admitiu George.

— Talvez Olivia...

— Olivia? — A voz de George alteou-se, descrente. — Olivia permitiria que alguém se intrometesse em sua vida tão reservada? Ora, você só pode estar brincando comigo!

— Bem, Noel está fora de cogitação.

— Parece que tudo está fora de cogitação — comentou George. Ergueu o punho da camisa furtivamente e consultou o relógio. Não queria perder o noticiário. — Creio que não poderei oferecer qualquer sugestão construtiva, enquanto você não conversar com Olivia. Discutir o assunto com ela.

Nancy ficou ofendida. De fato, ela e Olivia nunca haviam sido as melhores amigas do mundo... afinal, nada tinham em comum... mas não gostara das palavras "discutir o assunto", como se ambas jamais houvessem feito algo além de discutir. Ia comentar o fato com George, mas ele foi mais rápido do que ela e ligou a televisão, encerrando a conversa. Eram exatamente nove horas, e George acomodou-se satisfeito na poltrona, disposto a receber sua ração diária de greves, bombas, assassinatos e desastres financeiros, tudo arrematado pela informação de que o dia seguinte começaria muito frio e que, no correr da tarde, a chuva cobriria lentamente o país inteiro.

Após um instante, sem palavras para traduzir sua depressão, Nancy levantou-se da poltrona. Desconfiava que George nem mesmo percebera. Foi até a mesa das bebidas, serviu-se de uma generosa dose de uísque e saiu da sala, fechando a porta silenciosamente. Subiu a escada, atravessou seu quarto e entrou no banheiro. Tampou o ralo da banheira, abriu as torneiras e despejou seu óleo de banho perfumado na água, com a mesma generosidade empregada na garrafa de uísque. Cinco minutos mais tarde, entregava-se à atividade mais confortadora que conhecia: deitar-se em uma banheira de água quente e, ao mesmo tempo, beber uísque gelado.

Relaxada, envolta em bolhas e vapor, deixou-se dissolver em uma orgia de autopiedade. Ser esposa e mãe, disse para si mesma, era uma tarefa ingrata. Dedicava-se ao marido e aos filhos, tratava bem os empregados, cuidava dos animais, preocupava-se com a casa, comprava a comida, lavava as roupas — e que agradecimento recebia? Que reconhecimento?

Nenhum.

As lágrimas começaram a acumular-se nos seus olhos, misturando-se à umidade geral da água do banho e do vapor. Ansiava por apreço, por amor, por um contato físico afetuoso, por alguém que a abraçasse e lhe dissesse que era maravilhosa, que estava fazendo um excelente trabalho.

Para Nancy, somente uma pessoa nunca a decepcionara. Seu pai tinha sido ótimo enquanto vivera, é claro; porém, a mãe dele, Dollv Keeling, foi quem realmente conquistara a sua confiança e sempre ficara do seu lado.

Dolly Keeling jamais se entrosara com a nora, não tinha tempo para Olivia, sempre desconfiara de Noel, mas Nancy fora a sua queridinha, mimada e adorada. Vovó Keeling era quem lhe comprava os vestidos com bordados em casa de abelha e mangas bufantes, quando Penelope teria enviado sua filha mais velha à festa trajando alguma antiga peça herdada em batista puída. Vovó Keeling era quem a achava bonita e lhe preparava surpresas, como tomar chá na Harrods ou ir ao teatro, para ver alguma pantomima de Natal.

Quando Nancy ficara noiva de George, houvera brigas terríveis. A essa altura, seu pai já havia falecido, e sua mãe não conseguia entender por que era tão importante para ela um casamento tradicional, com vestido de noiva, damas de honra, homens usando fraque e uma recepção adequada. Ao que parecia, Penelope achava aquilo uma maneira idiota de jogar dinheiro fora. Por que não uma cerimônia íntima e simples, talvez com um almoço comemorativo em seguida, na enorme mesa da cozinha, no porão da Rua Oakley? Ou uma festinha no jardim? O jardim era enorme, havia espaço de sobra para todos, as rosas já teriam desabrochado...

Nancy chorou, bateu portas, disse que ninguém a entendia e jamais entendera. Finalmente, mergulhou em um mau humor que teria continuado para sempre, se não fosse pela intervenção da querida vovó Keeling. Toda a responsabilidade foi removida de Penelope, que ficou eufórica por se ver livre daquilo, passando tudo aos cuidados da vovó. Que noiva poderia desejar mais? A igreja da Santíssima Trindade, vestido de noiva com cauda, damas de honra em cor-de-rosa e, mais tarde, recepção no número 23 da Knightsbridge, com um mestre de cerimônias encasacado de vermelho e vários arranjos florais, pesados e enormes. E o querido papai, instigado pela mãe dele, aparecera divino envergando fraque, a fim de conduzir a filha ao altar e entregá-la ao noivo. Em meio a tudo aquilo, nem mesmo a aparição de Penelope, sem chapéu e majestosa em camadas de brocado e veludo antigos, poderia estragar a perfeição do dia.

Oh, o quanto ela ansiava agora por vovó Keeling! Imersa no banho, uma pesada mulher de quarenta e três anos, Nancy chorou por vovó Keeling. Como gostaria de tê-la ali, para receber sua gentileza, consolo e admiração. O *meu bem, você é uma criatura maravilhosa, tão dedicada à família e à sua mãe, mas eles encaram tudo isso como sendo obrigação sua.*

Ainda ouvia a voz amada da avó, mas apenas na imaginação, porque Dolly Keeling estava morta. No ano anterior, aos oitenta e sete anos, a corajosa e miúda senhora, de ruge nas bochechas, unhas pintadas e seus conjuntos de cardigã e saia malva, havia falecido enquanto dormia. O triste evento ocorrera no pequeno e recluso hotel, em Kensington, escolhido por ela e mais inúmeras outras pessoas incrivelmente idosas, para passarem seus anos crepusculares. Dolly Keeling foi adequadamente levada dali pelo agente funerário, com quem a gerência do hotel, mostrando boa dose de previdência, mantinha um acordo permanente.

A manhã seguinte foi tão ruim quanto Nancy temera. O uísque a deixara com dor de cabeça, a manhã estava mais fria do que nunca e escura como breu, quando, às sete e meia, forçou-se a sair da cama. Vestiu-se e, escandalizada, descobriu que as duas pontas do cós de sua melhor saia não se encontravam e teriam que ser presas com um alfinete. Enfiou a suéter de lã de carneiro que combinava exatamente com a saia e desviou os olhos dos gomos de gordura que assomavam volumosos acima do enorme e reforçado sutiã. As meias de seda pareceram francamente inadequadas, pois geralmente usava as de lã grossa. Assim sendo, decidiu calçar as botas de cano longo, cujo zíper mal conseguiu fechar.

No andar de baixo, a situação não estava melhor. Um dos cães passara mal, o aquecedor não aquecia como era de esperar, e havia apenas três ovos na despensa. Nancy botou os cães para fora, limpou o vômito do que passara mal e alimentou o Aga com seu próprio combustível especial — que custava uma fortuna —, rezando para que ele não acabasse, o que daria à Sra. Croftway um bom motivo para queixas. Gritou pelos filhos, dizendo-lhes que se apressassem, ferveu água nas chaleiras, cozinhou os três ovos, fez torradas e arrumou a mesa. Rupert e Melanie apareceram, vestidos mais ou menos propriamente, mas discutindo. Rupert disse que Melanie perdera seu livro de geografia, Melanie replicou que antes de mais nada ele era um mentiroso nojento e, mamãe, ela precisava de vinte e cinco *pence*, porque a Sra. Leeper ia embora, e se haviam cotizado para lhe dar um presente.

Nancy nunca tinha ouvido falar na Sra. Leeper.

George não moveu uma palha para ajudar. Simplesmente apareceu a certa altura durante toda aquela turbulência, comeu seu ovo cozido, bebeu uma xícara de chá e se foi. Nancy ouviu o Rover descendo a alameda, enquanto freneticamente amontoava pratos no secador, prontos a serem utilizados pela Sra. Croftway, como melhor lhe aprouvesse.

— Bom, se você não pegou meu livro de geografia...

Os cães uivavam do outro lado da porta. Ela os deixou entrar e isso a fez recordar que devia alimentá-los. Encheu as tigelas dos animais com biscoitos e abriu uma lata de ração, mas, em sua agitação, cortou o polegar na parte afiada da tampa.

— Poxa, você é mesmo desajeitada! — comentou Rupert.

Nancy virou as costas para ele e deixou que a água fria da torneira escorresse sobre o polegar, até parar de sangrar.

— Se você não me der os vinte e cinco *pence*, a Srta. Rawlings vai ficar furiosa...

Ela correu ao andar de cima, a fim de ajeitar o rosto. Não havia tempo para demora esfumando o ruge ou delineando os cílios, de maneira que o resultado estava longe de ser satisfatório. Teria que ficar assim mesmo. O tempo voava. Tirou do guarda-roupa o casaco de peles e o chapéu também de peles, que combinava com ele. Encontrou suas luvas e a bolsa em pele de lagarto da Mappin & Webb. Dentro dela, esvaziou o conteúdo da bolsa de uso diário e, é claro, não conseguiu fechá-la. E daí? Tinha que ficar assim mesmo. O tempo voava.

Precipitou-se novamente para o andar de baixo, chamando os filhos. Como que por milagre, eles apareceram, recolhendo as respectivas mochilas escolares, Melanie enfiando na cabeça o chapéu que não lhe assentava. Os três trotaram pela porta dos fundos, deram a volta até a garagem, entraram no carro — graças a Deus o motor pegou na primeira tentativa — e lá se foram.

Nancy conduziu os filhos às suas respectivas escolas, deixando-os diante dos portões e mal tendo tempo para dizer adeus, antes de partir novamente, a toda a velocidade, para Cheltenham. Eram nove e dez quando deixou o carro no estacionamento, e mais doze minutos se passaram até comprar a módica passagem de ida e volta. No quiosque de revistas, furou a fila com o que imaginou ser um sorriso sedutor, comprou para si mesma um *Daily Telegraph* e — louco desperdício — um exemplar da *Harpers and Queen*. Após tê-la comprado, viu que era um número atrasado — de fato, a revista do mês anterior —, porém não dispunha de tempo para reclamar e receber o dinheiro de volta. Além do mais, não fazia a menor diferença que estivesse tão atrasada; acetinada e lustrosa, seria um maravilhoso presente, ainda assim. Dizendo isso para si mesma, emergiu na plataforma, justamente quando chegava o trem para Londres. Abriu uma porta, aleatoriamente, entrou e encontrou um assento. Estava sem fôlego, o coração disparado. Fechou os olhos. Comentou, para si mesma, que conseguir escapar de um incêndio devia ser assim.

Momentos mais tarde, depois de respirar fundo algumas vezes e ter uma conversinha tranquilizadora consigo mesma, sentiu-se mais forte. Felizmente, o trem estava bem aquecido. Abrindo os olhos, Nancy afrouxou os fechos do casaco de pele. Acomodou-se mais confortavelmente, espiou pela janela a paisagem, que parecia voar ao lado do vagão, crestada pelo duro inverno, e deixou que os seus nervos abalados fossem acalentados pelo ritmo do trem. O telefone não tocaria, ela poderia ficar sentada, sem precisar pensar.

A dor de cabeça se fora. Tirou da bolsa o estojo de pó-compacto e inspecionou o rosto no pequenino espelho, deu uns retoques de pó no nariz e comprimiu os lábios, a fim de uniformizar o batom. A nova revista jazia em seu colo, encerrando tantas delícias, como uma caixa fechada de bombons cobertos de chocolate, com recheio macio. Começou a folhear a revista e viu anúncios de casacos de pele, casas no sul da Espanha e arrendamento de propriedades nas Highlands escocesas; anúncios de joias, e também de cosméticos que, de fato, não só deixariam uma mulher mais bela, como lhe revigorariam a pele; anúncios de navios em cruzeiro, velejando rumo ao sol; anúncios de...

Parou bruscamente de folhear as páginas ao acaso, quando algo atraiu sua atenção. Era um anúncio de página inteira, posto pela Boothby's, Galeria de Arte, comunicando que haveria uma venda de objetos vitorianos em seu endereço na Bond Street, quarta-feira, 21 de março. Para ilustrar a propaganda, reproduziam um quadro de Lawrence Stern, 1865-1946. A tela era intitulada *As agudeiras* (1904) e mostrava um grupo de jovens em várias posturas, carregando ânforas de cobre sobre o ombro ou apoiando-as à cintura. Após observá-las, Nancy imaginou que deviam ser escravas, porque tinham os pés descalços, e o rosto delas não sorriam (coitadas, não era de admirar, afinal as ânforas pareciam terrivelmente pesadas). Além disso, as vestes eram sumárias, tecidos transparentes em tom azulado de uva e vermelho-ferrugem, com uma revelação quase desnecessária de seios arredondados e mamilos rosados.

George e Nancy não tinham mais interesse em arte do que em música ou teatro. Aliás, o Antigo Vicariato já tinha sua cota certa de quadros, as reproduções esportivas apropriadas a qualquer residência rural de respeito e alguns óleos, representando veados mortos ou fiéis cães de caça com faisões na boca, que George herdara do pai. Certa vez, com uma ou duas horas de folga em Londres, eles tinham ido à Tate Gallery e percorreram, cansados mas diligentes, uma exposição de Constables, porém, a única recordação que Nancy guardara da ocasião era um punhado de lanosas árvores verdes e a dor em seus pés.

Não obstante, até um Constable era preferível a essa pintura. Olhou para ela, achando difícil acreditar que alguém quisesse semelhante horror em uma parede, quanto mais pagando dinheiro por aquilo. Se fosse possuidora de tal coisa, ela terminaria os dias em algum sótão esquecido ou no topo de uma fogueira.

Entretanto, não fora qualquer motivo estético o que lhe chamara a atenção para *As aguadeiras*. A razão que a levava a fitar a reprodução da tela com tanto interesse era o fato de ser uma obra de Lawrence Stern. Porque ele havia sido o pai de Penelope Keeling e, portanto, avô dela, Nancy.

O curioso é que ela praticamente não conhecia o trabalho do avô. Na época de seu nascimento, a fama dele — que estivera no auge na virada do século — tinha minguado e desaparecido, e sua produção há muito fora vendida, dispersada e esquecida. Na casa de sua mãe, na Rua Oakley, havia apenas três pinturas de Lawrence Stern, duas delas compondo um par de painéis inacabados, representando um par de ninfas alegóricas, espargindo lírios sobre encostas relvadas, pontilhadas de margaridas.

O terceiro quadro pendia da parede do saguão no térreo, logo abaixo da escada, único espaço na casa que poderia acomodar seu considerável tamanho. Era um óleo, produto dos últimos anos de Stern, intitulado *Os catadores de conchas*. Mostrava uma grande extensão de mar com ondas espumantes, uma praia e um céu repleto de nuvens arrastadas pelo vento. Quando Penelope se mudara da Rua Oakley para Podmore's Thatch, aqueles três preciosos bens a tinham acompanhado, os painéis terminando no patamar da escada, e *Os catadores de conchas*, na sala de estar, tornando-a ainda menor, com seu pé-direito baixo de vigas. Nancy agora raramente reparava neles, tão familiares eram, fazendo parte da casa de sua mãe, tanto quanto os sofás e poltronas cambaios, os antiquados arranjos florais, entulhando jarros em azul e branco, o cheiro delicioso que vinha da cozinha.

A verdade é que, durante anos, Nancy nem mesmo pensara em Lawrence Stern. Agora, no entanto, sentada no trem com suas peles e botas, a recordação a puxara pela barra do vestido, lançando-a no passado. Não que houvesse muito para lembrar. Ela nascera em finais da década de quarenta, na Cornualha, no pequeno hospital rural de Porthkerris, e havia passado os anos da guerra em Carn Cottage, abrigada sob o teto de Lawrence Stern. Entretanto, suas recordações infantis do idoso homem eram enevoadas — mais uma presença percebida do que propriamente uma pessoa. Teria ele sentado a neta nos joelhos, saíra com ela para uma caminhada, lera-lhe alguma coisa em voz alta? Se fizera isso, Nancy esquecera. Parecia que nenhuma impressão se fixara em sua mente infantil, até aquele último dia quando, terminada a guerra, ela e a mãe tinham deixado Porthkerris encerrando a prolongada permanência, e voltado de trem para Londres. Por algum motivo, esse evento marcou Nancy e lá ficou para sempre, vívido em sua memória.

Ele tinha ido à estação para vê-las partir. Muito velho, muito alto, cada vez mais frágil, apoiado em uma bengala de castão de prata, ficara em pé na plataforma, próximo à janela aberta, e beijara Penelope em despedida. Seus cabelos brancos e compridos descansavam sobre a gola de tweed da pelerine e, nas mãos deformadas e torcidas, usava meias-luvas de lã, de onde saíam os dedos inúteis, brancos e baços como ossos.

Naquele último instante, quando o trem já começava a se mover, Penelope erguera Nancy nos braços, e o velho estendera a mão, pousando-a na bochecha rechonchuda da neta. Ela recordava o toque frio daquela mão, parecendo de mármore, contra sua pele. Não houve tempo para mais. O trem ganhou velocidade, a plataforma foi deixada para trás, e lá ficou ele, cada vez menor, acenando com o grande chapéu preto de abas largas, em uma última despedida. Essa era a primeira e única lembrança que Nancy tinha do avô, pois ele falecera no ano seguinte.

Velhas histórias, disse para si mesma. Nada havia para deixá-la sentimental. No entanto, era extraordinário que, nos dias atuais, alguém quisesse comprar o trabalho de seu avô: *As aguadeiras*. Balançou a cabeça de um lado para o outro, não entendendo aquilo, e então abandonou o enigma, retornando alegremente à confortadora irrealidade das colunas sociais.

2

OLIVIA

O novo fotógrafo chamava-se Lyle Medwin. Era um rapaz muito jovem, de cabelos castanhos e macios, que pareciam ter sido cortados com a ajuda de uma tigela de sopa, e um rosto simpático, de olhos afetuosos. Irradiava uma aura de idealismo, como se fosse um principiante dedicado. Olivia custava a acreditar que tivesse sido vitorioso na profissão escolhida, enfrentando uma competição árdua, sem ter sido desbancado.

Estavam em pé perto da mesa, à janela de seu escritório, enquanto ele mostrava uma seleção de trabalhos anteriores, para que ela os examinasse: mais ou menos duas dúzias de grandes fotos coloridas, em papel lustroso, esperançosamente espalhadas, aguardando aprovação. Olivia as estudara minuciosamente, antes de concluir que gostava delas. Em primeiro lugar, tudo aparecia com muita clareza. Sempre dizia que fotos de moda deviam exibir as roupas, seu feitio, o panejamento de uma saia, a textura de uma suéter, e as dele conseguiam este efeito de uma maneira altamente impactante, que chamava a atenção de quem quer que as visse. Além disso, as fotos do rapaz eram repletas de vida, movimento, alegria e até de ternura.

Apanhou uma delas. Mostrava um homem com a corpulência de um zagueiro de futebol, correndo em meio a ondas, vestindo um ofuscante conjunto branco esportivo, contra o mar azul-cobalto. Com a pele queimada de sol e suada, era a própria imagem do cheiro de ar salitrado, do bem-estar físico.

— Onde foi que tirou esta foto?

— Em Malibu. Para um anúncio de trajes esportivos.

— E esta aqui?

Olivia pegou outra foto, batida em um final de tarde, mostrando uma jovem com um esvoaçante vestido de chiffon em tons flamejantes, o rosto voltado para o mortiço fulgor do sol que se punha.

— Foi em Point Reays... para um editorial da *Vogue* americana.

Deixando as fotos, Olivia se virou para ele, apoiado na beirada da mesa, o que o deixava à altura dela, de modo que os olhos de ambos estavam no mesmo nível.

— Qual a sua experiência profissional?

Ele deu de ombros.

— Curso universitário técnico. Depois, atuei durante algum tempo como freelancer e, então, me juntei a Toby Stryber, com quem trabalhei uns dois anos, como assistente.

— Foi Toby quem me falou sobre você.

— Quando parei de trabalhar para ele, fui para Los Angeles. Vivi lá os últimos três anos.

— E se saiu bem.

Ele sorriu com modéstia.

— Sim, acho que sim.

Seu visual era cem por cento Los Angeles: tênis brancos, calça e jaqueta jeans desbotados, camisa branca. Em deferência ao gélido tempo londrino, usava um cachecol de *cashmere* coral, enrolado no pescoço esguio e queimado de sol. Embora amarfanhado, ele tinha uma aparência de limpo, de roupa recém-lavada e secada ao sol, ainda por passar. Olivia o achou extremamente atraente.

— Carla já lhe falou sobre a programação? — Carla era a editora de moda de Olivia. — Será para o exemplar de julho, uma última matéria com roupas de férias, antes de passarmos para os tweeds destinados às charnecas.

— Certo... ela mencionou fotos em locação.

— Fez algumas sugestões?

— Falamos sobre Ibiza... Tenho contatos lá...

— Ibiza.

Ele se apressou em deixá-la à vontade:

— Se você tiver outro lugar em mente, por mim, tudo bem. Talvez Marrocos...

— Não. — Desencostando-se da mesa, ela foi sentar-se novamente em sua cadeira. — Não temos usado Ibiza há algum tempo... mas acho que não deviam ser fotos feitas numa praia. Fundos rurais ficariam um pouco diferentes, com cabras, ovelhas e camponeses robustos cuidando das lavouras. Você poderia acrescentar alguns moradores locais, para dar um pouco de autenticidade. Eles têm rostos maravilhosos e adoram tirar retrato...

— Tudo bem...

— Então, discuta o assunto com Carla...

Ele vacilou.

— Quer dizer que estou empregado?

— É claro que está. Mas trate de fazer um bom trabalho...

— Pode deixar. Obrigado...

Ele começou a reunir suas fotos, formando uma pilha. O telefone soou na mesa de Olivia, ela apertou o botão e falou com sua secretária.

— Sim?

— Uma ligação de fora, Srta. Keeling.

Olivia olhou para o relógio. Meio-dia e quinze.

— Quem é? Estou saindo para o almoço.

— Um senhor chamado Henry Spotswood.

Henry Spotswood. Quem diabo seria Henry Spotswood? Então, o nome voltou à sua mente, e ela recordou o homem que conhecera duas noites antes, no coquetel dos Ridgeways. Cabelos começando a ficar grisalhos, e tão alto quanto ela. No entanto, ele se apresentara como Hank.

— Pode transferir a ligação, Jane.

Enquanto tentava alcançar o telefone, Lyle Medwin, com sua pasta de fotos debaixo do braço, cruzou a sala em passadas suaves e abriu a porta.

— Tchau — disse baixinho, enquanto se esgueirava para fora.

Olivia acenou e sorriu, mas ele já se fora.

— Srta. Keeling?

— Ela mesma.

— Olivia, é Hank Spotswood. Nós nos conhecemos na casa dos Ridgeways.

— Sim, claro.

— Tenho uma ou duas horas livres. Alguma possibilidade de almoçarmos juntos?

— Quando? Hoje?

— Sim, agora mesmo.

— Ah, sinto muito, mas não será possível. Minha irmã está vindo do campo, e prometi almoçar com ela. Aliás, estou atrasada, já devia ter ido.

— Ah, é uma pena. Bem, que tal jantarmos hoje à noite?

A voz dele, lembrou Olivia, preenchia os detalhes. Olhos azuis. Um rosto inteiramente americano, agradável e forte. Terno escuro, camisa Brooks Brothers, com colarinho abotoado.

— Seria um prazer.

— Ótimo. Aonde gostaria de ir?

Ela estudou a pergunta por um instante, depois se decidiu.

— Para variar, gostaria de não ser obrigado a comer em um restaurante ou hotel?

— O que isto significa?

— Vá até minha casa e *eu* ofereço o jantar.

— Seria formidável. — Ele pareceu surpreso, mas não sem entusiasmo. — Bem... não será muito trabalho para você?

— Trabalho algum — respondeu ela, com um sorriso. — Apareça lá pelas oito horas.

Forneceu o endereço, mais uma ou duas informações, para o caso de ele encontrar um motorista de táxi imbecil, despediram-se, e ela desligou.

Hank Spotswood. Uma boa notícia. Sorriu para si mesma, depois olhou para o relógio, expulsou Hank da mente, levantou-se, apanhou chapéu, casaco, bolsa e luvas; em seguida, precipitou-se do escritório, a fim de encontrar Nancy para almoçarem.

O encontro foi no L'Escargot, no Soho, onde Olivia fizera reserva. Era sempre lá que tinha almoços de negócios, e não via motivos para mudar de restaurante, mesmo sabendo que Nancy estaria muito mais à vontade no Harvey Nichols ou em qualquer outro lugar apinhado de mulheres esgotadas, descansando os pés após uma manhã de compras.

Mas lá estava o L'Escargot, e Olivia estava atrasada, e Nancy já esperava por ela, mais gorda do que nunca, em sua grossa suéter de lã e saia do mesmo tecido, tudo arrematado por um chapéu de pele aproximadamente do mesmo tom de seu cabelo anelado sem brilho. O chapéu dava a impressão de que Nancy deixara crescer uma segunda cabeleira. Lá estava ela, a única mulher num mar de homens de negócios, a bolsa no colo e um copo alto de gim-tônica à sua frente, sobre a mesa pequenina. Parecia tão ridiculamente deslocada que Olivia sentiu uma pontada de culpa, o que a fez mais efusiva do que se sentia.

— Ô Nancy, mil desculpas, mas fiquei presa no escritório. Chegou há muito tempo?

Elas não se beijaram. Nunca se beijavam.

— Está tudo bem.

— De qualquer modo, você já pediu um drinque... quer outro? Reservei lugar para meio-dia e quarenta e cinco, não vamos querer perdê-la.

— Boa tarde, Srta. Keeling.

— Olá, Gerard. Não, não vou beber nada, por favor, não temos muito tempo.

— A senhorita fez reserva?

— Sim. Para meio-dia e quarenta e cinco. Acho que estou um tanto atrasada.

— Não importa. As senhoras podem me acompanhar...

Gerard abriu caminho, mas Olivia esperou que Nancy se erguesse pesadamente da cadeira, apanhasse a bolsa e a revista, puxando em seguida a suéter por sobre seu traseiro considerável, antes de acompanhá-lo. O restaurante estava cheio, aquecido, repleto de ruidosas conversas masculinas. Foram conduzidas à mesa costumeira de Olivia, em um canto afastado onde, após a tradicional e obsequiosa cerimônia, finalmente se acomodaram em um sofá curvo, a mesa foi aproximada de seus joelhos, e apresentados os gigantescos cardápios.

— Um xerez enquanto a senhorita decide.

— Uma Perrier para mim, Gerard, por favor... e para minha irmã... — Ela se virou para Nancv. — Gostaria de um vinho?

— Sim, seria ótimo.

Ignorando a carta de vinhos, Olivia pediu meia garrafa do branco da casa.

— E, então, o que deseja comer?

Nancy não sabia. O cardápio era incrivelmente comprido e todo em francês. Olivia sabia que a irmã poderia ficar ali o dia inteiro, estudando os pratos; ofereceu, portanto, algumas sugestões. Por fim, Nancy acedeu em um consomê, seguido por escalope de vitela com cogumelos. Olivia pediu uma omelete e uma salada verde. Feitos os pedidos, o garçom se retirou.

— Como foi sua viagem hoje? — perguntou.

— Ah, muito confortável. Peguei o trem das nove e quinze. Houve um certo atropelo para levar as crianças à escola, mas consegui chegar a tempo.

— Como estão as crianças?

Tentou demonstrar um interesse sincero, mas Nancy sabia que este não existia e, felizmente, Olivia não se prolongou no assunto.

— Muito bem.

— E George?

— Também está bem, eu acho.

— E os cães? — insistiu Olivia.

— Todos ótimos... — Nancy começou a dizer, e então se lembrou: — Um deles passou mal hoje de manhã.

Olivia fez uma careta.

— Não me conte nada. Pelo menos, até depois de almoçarmos.

O *sommelier* apareceu, trazendo a Perrier de Olivia e a meia garrafa de Nancy. As duas garrafas foram destramente abertas e o vinho despejado no copo. O homem esperou. Nancy recordou que devia provar o vinho, e então tomou um gole, franziu os lábios profissionalmente e declarou que estava delicioso. A garrafa foi posta sobre a mesa e o garçom retirou-se, com o rosto inexpressivo.

Olivia serviu-se de água mineral.

— Você nunca bebe vinho? — perguntou Nancy.

— Não durante almoços de negócio.

Nancy ergueu as sobrancelhas, quase as arqueando.

— Este é um almoço de negócios?

— Bem, acho que sim, não é? Não foi o que nos reuniu aqui? Para falarmos de negócios sobre mãezinha?

O apelativo tatibitate, como sempre, deixou Nancy irritada. Os três filhos de Penelope a chamavam por termos diferentes. Noel dirigia-se a ela como "mãe". Nancy, fazia alguns anos, chamava-a de "mamãe", um termo que considerava adequado à idade de ambas e à posição de Nancy na vida. Somente Olivia — de coração frio e sofisticada em todos os outros sentidos — insistia naquele "mãezinha". Nancy às vezes perguntava a si mesma se a irmã não percebia o quanto aquilo soava ridículo.

— Seria bom começarmos logo — insistiu Olivia. — Não tenho o dia inteiro para isso.

Seu tom frio foi a gota de água. Nancy, que viajara de trem de Gloucestershire para esse encontro, que limpara vômito de cachorro e cortara o polegar na lata da ração, perplexa de como conseguira levar seus dois filhos para a escola e ainda apanhar o trem em cima da hora, sentiu uma gigantesca onda de ressentimento.

Não tenho o dia inteiro.

Por que Olivia precisava ser tão rude, tão cruel, tão insensível? Será que nunca haveria uma oportunidade de conversarem cordialmente, como irmãs, sem Olivia ostentando sua carreira movimentada, como se a vida de Nancy, com suas sólidas prioridades de um lar, marido e filhos, não tivesse qualquer valor?

Quando pequeninas, Nancy tinha sido a bonita. Loura, de olhos azuis, maneira amáveis e (graças à vovó Keeling) roupas bonitas. Fora ela quem atraíra olhares, admiração, homens. Olivia era a inteligente e ambiciosa, obcecada por livros, provas e conquistas acadêmicas. Entretanto, era feia, recordou Nancy, bastante feia. Pateticamente alta e magra de doer, sem busto e usando óculos, exibia uma falta de interesse quase arrogante pelo sexo oposto, retraindo-se em desdenhoso silêncio ou indo para seu quarto ler um livro sempre que algum namorado de Nancy aparecia.

Apesar de tudo, Olivia fora redimida por suas feições. Não seria filha de seus pais, caso não fosse abençoada com aquelas características. Os cabelos, muito cheios, tinham a cor e o brilho suaves do mogno polido, e os olhos escuros, herdados da mãe, cintilavam como os de algumas aves, mostrando uma espécie de inteligência sardônica.

Então, o que tinha acontecido? A desengonçada, brilhante aluna universitária, a irmã com quem nenhum homem queria dançar, de algum modo, em alguma época, em algum lugar, transformara-se naquele fenômeno que era Olivia aos trinta e oito anos. A formidável profissional, a editora da *Venus*.

Sua aparência atual era tão inflexível como sempre. Até mesmo feia, porém quase aterradoramente chique. Um chapéu de veludo preto e copa abaulada, um casaco preto, largo, blusa de seda creme, colares e brincos dourados, anéis semelhantes a soqueiras de metal. O rosto era pálido, a boca, sempre muito vermelha; até os enormes óculos de aros pretos ela, de algum modo, os transformara em invejável acessório. Nancy não era nenhuma boba. Ao seguir Olivia no restaurante apinhado, andando para a mesa reservada, captara o frisson do interesse masculino, vira os olhares dissimulados e as cabeças que se viravam. Ao mesmo tempo, sabia que não se tinham virado para ela, como a mais bonita das duas, mas para Olivia.

Nancy jamais estivera a par dos mistérios da vida de Olivia e, até aquele tão extraordinário evento de cinco anos atrás, acreditara piamente que a irmã fosse virgem ou de todo assexuada. (Claro que existia outra possibilidade, mais sinistra, que lhe ocorrera após ler, com grande esforço e diligência, uma biografia de Vita Sackville-West, porém, como dissera a si mesma, isso era algo em que nem suportava pensar.)

Clássico exemplo de mulher sagaz e ambiciosa, Olivia parecia ter se deixado absorver pela carreira, progredindo com firmeza até se tornar editora-chefe da *Venus*, a sofisticada e inteligente revista feminina para a qual trabalhara sete anos. Seu nome constava do expediente; de tempos em tempos, sua foto surgia na revista, ilustrando algum artigo e, certa ocasião, ela aparecera na televisão, respondendo a perguntas em um programa dirigido às famílias.

E então, com tudo correndo bem para ela, na metade da estrada da vida, por assim dizer, Olivia dera aquele passo, inesperado e tão avesso ao seu feitio. Ao passar férias em Ibiza, conhecera um homem chamado Cosmo Hamilton e não voltou para casa. Só retornou depois de ter ficado um ano lá, vivendo com ele. Seu editor tomou conhecimento do fato através de uma carta formal que ela lhe enviou de Ibiza, com um pedido de demissão. Quando a estarrecedora notícia vazou, por meio de sua mãe, Nancy a princípio se recusou a crer. Disse para si mesma que aquilo era demasiado chocante; no entanto, a verdade era que, de algum modo obscuro, sentia que Olivia dera um passo à sua frente.

Não via a hora de contar a George, esperava vê-lo tão apalermado quanto ela. Entretanto, a reação dele foi surpreendente.

— Que interessante! — Foi tudo quanto disse.

— Você não me parece muito surpreso.

— E não estou.

Ela franziu o cenho.

— É de Olivia que estamos falando, George!

— Claro que é de Olivia. — Ele fitou o rosto perplexo da esposa e quase riu. — Ora, Nancy! Está mesmo pensando que sua irmã passou a vida inteira como uma freirinha bem-comportada? Essa moça tão reservada, com apartamento em Londres, maneiras evasivas... Se acreditou nisso, então você é mais boba do que pensei.

Nancy sentiu as lágrimas ardendo no fundo dos olhos.

— Ora, mas eu... eu... eu pensei...

— O que foi que pensou?

— Ah, George, ela é tão *sem atrativos.*

— Está muito enganada, Nancy — respondeu George. — Sua irmã não é, mesmo, sem atrativos.

— Pensei que você não simpatizasse com ela.

— E continuo não simpatizando — disse George, abrindo o jornal, com isto pondo fim ao diálogo.

Não era do temperamento dele expor uma questão com tanta veemência e tampouco ser tão perceptivo, mas, após digerir o assunto e remoer essa nova reviravolta, Nancy concluiu que seu marido provavelmente estava certo sobre Olivia. Assim, aceitou a situação e não teve dificuldade para explorá-la em proveito próprio. Poder vangloriar-se de um relacionamento tão atrevido era ao mesmo tempo fascinante e sofisticado — como uma antiga peça de Noel Coward —, e, desde que se omitisse a questão de "estarem vivendo em pecado", Olivia e Cosmo expunham um tema que constituía um excelente assunto nas conversas em jantares com convidados.

— Sabem, Olivia, aquela minha irmã inteligente, é também extremamente romântica. Abandonou tudo por amor. Agora reside em Ibiza... na casa mais maravilhosa que se poderia desejar. — Sua imaginação corria a rédeas soltas, aventurando outras possibilidades encantadoras e (oxalá!) liberais. — No próximo verão, talvez eu, George e as crianças passemos algumas semanas com eles. Tudo depende dos eventos no Clube Equestre, é claro, não? Nós, mães, somos escravas do Clube Equestre.

Contudo, embora Olivia convidasse a mãe, e Penelope aceitasse alegremente, tendo passado mais de um mês com ela e Cosmo, tal convite jamais foi estendido aos Chamberlain. Nancy nunca perdoou a irmã por isso.

O restaurante estava quente demais. De repente, Nancy sentiu que o calor era insuportável. Desejou ter vestido uma blusa, em vez de suéter, mas, não podendo tirá-la, tomou outro gole de vinho fresco. A despeito do calor, reparou que suas mãos tremiam.

A seu lado, Olivia perguntava:

— Você viu mãezinha?

— Ah, sim. — Ela deixou o copo na mesa. — Fui visitá-la no hospital.

— E como a achou?

— Bem, muito bem, em vista das circunstâncias.

— Eles estavam certos de que foi um ataque cardíaco?

— Ah, sem dúvida. Ela ficou sob tratamento intensivo um ou dois dias. Depois a passaram para uma enfermaria, mas ela decidiu voltar para casa, por conta própria.

— O médico não deve ter gostado muito disso.

— Pois é, ele ficou aborrecido. Foi quando telefonou para mim e disse que ela não devia morar sozinha.

— Você cogitou de ouvir uma segunda opinião?

Nancy se conteve a custo.

— Ele é um excelente médico, Olivia!

— Apenas um clínico rural.

— Ele ficaria muito ofendido...

— Isso é bobeira. Acho que não adianta tomarmos qualquer providência sobre uma acompanhante ou governanta, enquanto ela não for examinada por um especialista.

— Você sabe que ela jamais procuraria um especialista.

— Então, que se faça a sua vontade. Por que lhe impormos alguma acompanhante idiota para ficar o tempo todo no pé dela, se o que ela deseja é morar sozinha? Aquela excelente Sra. Plackett está lá, três dias por semana, e tenho certeza de que todos na aldeia andarão por perto, de olho nela. Afinal de contas, já são cinco anos morando lá, e todos os moradores a conhecem.

— Sim, mas suponhamos que ela tenha outro ataque e morra, simplesmente por não haver ninguém lá para socorrê-la. Ou que caia na escada. Ou que sofra um acidente com o carro e mate alguém.

Imperdoavelmente, Olivia riu.

— Nunca pensei que você tivesse uma imaginação tão fértil! Afinal, encaremos os fatos: se ela sofrer algum acidente com o carro, a presença de uma governanta não vai fazer a menor diferença. Francamente, não vejo por que deveríamos nos preocupar tanto.

— Nós temos de nos preocupar!

— Por quê?

— Não se trata apenas da governanta... há outras coisas a serem consideradas. A horta e o jardim, por exemplo. Cerca de um hectare plantado, e ela sempre fez tudo sozinha, de plantar legumes a aparar a grama. Tudo! Não se pode esperar que continue com esse tipo de esforço físico.

— E não continuará — respondeu Olivia, e Nancy franziu o cenho. — Tive uma longa conversa com ela ao telefone, faz algumas noites.

— Você não me contou isso.

— Porque você não me deu oportunidade. Falando comigo, ela parecia em ótimo estado, forte e alegre. Disse que achava o médico um bobo e que, se outra mulher fosse morar em sua companhia, provavelmente a assassinaria. A casa é muito pequena, e as duas se atropelariam a toda hora, e eu concordo plenamente. Quanto à horta e ao jardim, já antes de ela ter o pretenso ataque cardíaco, havia decidido que davam trabalho demais. Então, entrou em contato com a agência local e arranjou um jardineiro para trabalhar lá, dois ou três dias na semana. Parece que ele começa na próxima segunda-feira.

Nada disso contribuiu para melhorar o estado de espírito de Nancy. Era como se Olivia e sua mãe estivessem conspirando às escondidas.

— Não sei se será uma boa ideia. Como saberemos que tipo de pessoa eles enviarão? Pode ser qualquer um. Mamãe poderia ter contratado um bom homem da aldeia.

— Todos os bons homens da aldeia já estão empregados na fábrica de produtos eletrônicos, em Pudley...

Nancy continuaria a discussão, se não fosse interrompida pela chegada de sua sopa. Foi servida em uma tigela redonda de cerâmica marrom, e exalava um cheiro delicioso. De repente, percebeu o quanto estava faminta; pegou a colher e estendeu a mão para um cálido e tostado croissant.

Após alguns momentos, disse em tom formal:

— Você nem pensou em discutir o assunto comigo e com George.

— Pelo amor de Deus, o que havia para discutir? Não tenho nada a ver com pessoa alguma, exceto mãezinha. Sinceramente, Nancy, você e George a tratam como se ela fosse senil; no entanto, tem apenas sessenta e quatro anos, está na flor da idade, forte como um touro e independente como sempre foi. Por que não param de se intrometer?

Nancy perdeu a calma.

— Nos intrometermos? Talvez, se você e Noel se intrometessem, para usar o termo que escolheu, mais vezes, tirariam parte desse peso das minhas costas.

Olivia ficou gélida.

— Em primeiro lugar, não me compare a Noel. E, em segundo, se tem um peso nas costas, foi você mesma quem o inventou e colocou lá!

— Não sei por que eu e George nos preocupamos. É evidente que não recebemos nenhum agradecimento.

— E o que devo agradecer a você?

— Muita coisa. Se eu não tivesse convencido mamãe de que era uma loucura, a esta altura ela já teria voltado para a Cornualha e viveria na casa de algum pescador.

— Nunca entendi por que você achou que fosse tão má ideia.

— Olivia! A quilômetros de todos nós, do outro lado do país... era ridículo! Foi o que eu disse a ela. Você nunca deve voltar para lá, eu falei.

Tudo que ela estava tentando fazer era voltar a ser jovem. Teria sido um desastre. Além do mais, foi George quem encontrou Podmore's Thatch para ela. Nem você poderia dizer que aquela não é a casa mais encantadora, mais perfeita, em todos os sentidos. E tudo graças a George. Não esqueça isso, Olivia. Tudo graças a George!

— Palmas para George.

Houve outra interrupção neste momento, enquanto a tigela de sopa de Nancy era retirada, e servidos o escalope de vitela e a omelete. O restante do vinho foi despejado no copo de Nancy, e Olivia começou a servir-se de salada. Quando o garçom tornou a afastar-se, Nancy perguntou:

— E quanto vai custar esse jardineiro? Jardineiros contratados costumam ser caros.

— Ora, Nancy, e isso importa?

— É claro que importa. Mamãe poderá pagar a ele? E mais uma coisa que me preocupa. Mamãe sempre fez tanto mistério sobre dinheiro, embora, ao mesmo tempo, seja tão gastadeira!

— Mamãe? Gastadeira? Ela nunca gastou consigo mesma!

— Sim, mas está sempre recebendo pessoas. As despesas com comida e bebida devem ser astronômicas. E aquela estufa ridícula que mandou construir no chalé... George tentou dissuadi-la. Seria muito mais proveitoso gastar o dinheiro em vidraças duplas.

— Talvez ela não quisesse vidraças duplas.

— Você se recusa a se preocupar, não é? — A voz de Nancy tremia de indignação. — Nem ao menos considera as possibilidades!

— E quais são as possibilidades, Nancy? Me esclareça.

— Ela pode viver até os noventa.

— Espero que viva.

— Suas economias não durarão para sempre.

Os olhos de Olivia brilharam, divertidos.

— Você e George têm medo de ficar com uma pessoa desvalida e dependente nas mãos? Será mais um rombo em suas finanças, após terem pago a manutenção daquela casa do tamanho de um bonde e matriculado os filhos nos colégios mais caros, não é mesmo?

— Não é da sua conta a maneira como decidimos gastar nosso dinheiro.

— E também não é da conta de *vocês* a maneira como mãezinha decide gastar o dela!

A resposta silenciou Nancy. Desviando os olhos de Olivia, concentrou a atenção em sua vitela. Olhando para a irmã, Olivia viu-a ruborizar, percebeu-lhe o ligeiro tremor na boca e nas faces. Pelo amor de Deus, pensou, ela só tem quarenta e três anos, mas parece uma velha, gorda e patética! De repente, sentiu uma pena imensa de Nancy e também um certo sentimento de culpa. Ouviu-se dizendo, em tom mais suave e encorajador:

— Em seu lugar, eu não me preocuparia tanto. Ela conseguiu um bom preço pela casa da Rua Oakley, e ainda sobrou uma boa quantia, mesmo depois da compra de Podmore's Thatch. Não creio que o velho Lawrence Stern tenha percebido isso, mas, com uma coisa e outra, ele a deixou bastante bem provida. Afinal, foi ótimo para nós três também, eu, você e Noel, pois, falando francamente, em questão de finanças nosso pai sempre foi um fracasso...

De repente, Nancy percebeu que chegara ao fim de suas energias. Estava exausta com a discussão e, além do mais, odiava quando Olivia falava do querido papai daquele jeito. Em circunstâncias normais, teria saltado para defender o morto amado. Agora, no entanto, não tinha mais forças. O encontro com Olivia fora pura perda de tempo. Nada ficara decidido — sobre mamãe, sobre dinheiro, governantas ou outra coisa qualquer. Como sempre, Olivia a confundira com sua eloquência, e agora a deixava com a sensação de ter sido esmagada por um rolo compressor.

Lawrence Stern.

A deliciosa refeição terminara. Olivia olhou para seu relógio e perguntou a Nancy se ela queria café. Nancy quis saber se ainda havia tempo, Olivia disse que sim, ainda dispunha de uns cinco minutos. Nancy aceitou o café, Olivia o pediu. A contragosto, Nancy expulsou da mente as imagens dos deliciosos doces que vira no carrinho das sobremesas e apanhou a *Harpers and Queen* que comprara para ler no trem, agora jogada no estofado de veludo, ao seu lado.

— Já viu isto?

Folheou as páginas até chegar ao anúncio da Boothbys e estendeu a revista para a irmã. Olivia olhou-a de relance e assentiu.

— Sim, já vi. A venda será na próxima quarta-feira.

— Não é extraordinário? — Nancy pegou a revista de volta. — Imaginar que alguém queira comprar um horror desses!

— Nancy, eu lhe garanto que um monte de gente quer comprar um horror desses.

— Você deve estar brincando!

— É claro que não estou. — Notando a sincera perplexidade da irmã, Olivia riu. — Ah, Nancy, onde foi que você e George estiveram nestes últimos anos? Tem havido um recrudescimento incrível do interesse pela pintura vitoriana. Lawrence Stern, Alma-Tadema, John William Waterhouse... estão atingindo preços altíssimos, nas vendas das galerias de arte.

Nancy estudou a sombria tela *As aguadeiras*, com o que esperava ser uma nova perspectiva. Não houve nenhuma diferença.

— Ora, mas *por quê?* — insistiu.

Olivia deu de ombros.

— Há uma nova avaliação da técnica desses pintores. O valor da raridade.

— Quando você fala em preços altíssimos, o que quer dizer, exatamente? Ou melhor, até quanto o preço deles vai chegar?

— Não faço a menor ideia.

— Dê um palpite.

— Bem... — Olivia mordeu o lábio, refletindo. — Talvez... umas duzentas mil.

— Duzentas *mil?* Por isto?

— Exato. Mais ou menos alguns trocados.

— Mas por quê? — Nancy tornou a insistir.

— Já disse. O valor da raridade. Nada vale alguma coisa, a menos que alguém o queira. Lawrence Stern nunca foi um pintor prolífico. Se você examinar os detalhes nesse quadro, entenderá o motivo. Deve ter levado meses para ficar pronto.

— E o que aconteceu com toda a obra dele?

— Foi-se. Vendida. Provavelmente, mal saída do cavalete, com a tinta ainda molhada. Toda coleção particular ou galeria de arte pública que se preze no mundo certamente possui alguma tela de Lawrence Stern. Hoje em dia, só de vez em quando um de seus quadros aparece no mercado. E, lembre-se, ele deixou de pintar muito antes da guerra, quando as mãos ficaram tão deformadas que não conseguiam segurar nem mesmo um pincel. Imagino que ele tenha vendido tudo quanto pôde, e ficado feliz por isso, apenas para manter a família viva. Vovô nunca foi um homem rico. Para nossa sorte, herdou do pai um casarão em Londres e, mais tarde, conseguiu comprar a posse de Carn Cottage. A venda de Carn Cottage custeou por muito tempo a educação de nós três, e é do produto da venda da casa da Rua Oakley que mãezinha está vivendo agora.

Nancy ouviu tudo, porém não com total atenção. Sua concentração oscilava, enquanto a mente se perdia em divagações, explorando possibilidades, especulando.

— E quanto aos quadros de mamãe? — perguntou, procurando soar o mais casual que pôde.

— Está falando de *Os catadores de conchas?*

— Estou. E dos dois painéis no patamar da escada.

— O que quer saber?

— Se fossem vendidos agora, acha que valeriam muito dinheiro?

— Imagino que sim.

Nancy engoliu em seco.

— Quanto?

— Nancy, meu ramo é outro.

— Diga uma quantia aproximada.

— Imagino que... perto de quinhentas mil.

— Quinhentas mil libras! — As palavras saíram num fio de voz. Nancy reclinou-se no assento, absolutamente chocada. Meio milhão. Podia ver a soma escrita, com o sinal da libra e uma fileira de adoráveis zeros. Naquele momento, o garçom trouxe seu café, preto, fumegante e oloroso. Pigarreando, ela exclamou novamente: — Meio milhão!

— Mais ou menos. — Com um de seus raros sorrisos, Olivia empurrou o açucareiro na direção de Nancy.

— Está vendo? Agora, você e George não precisam mais se preocupar com as despesas de mãezinha.

Aquilo foi o fim da conversa. As duas beberam o café em silêncio, Olivia pagou a conta e levantaram-se para sair. Fora do restaurante, uma vez que iam para direções diferentes, chamaram dois táxis e, como Olivia estava com mais pressa, tomou o primeiro. Despediram-se na calçada e Nancy a viu ir embora. Enquanto almoçavam, começara a chover bastante forte, mas Nancy, parada debaixo do aguaceiro, mal percebeu.

Meio milhão.

Seu táxi aproximou-se. Disse ao motorista que a conduzisse à Harrods, deu uma gorjeta para o porteiro e entrou no veículo. O táxi pôs-se em movimento. Recostada no assento, olhando para Londres, que desfilava do outro lado da janela do táxi, ela nada via. Nada conseguira de seu encontro com Olivia, porém o dia não fora em vão. Podia sentir o coração batendo com secreta excitação.

Meio milhão de libras.

Um dos motivos de Olivia ter feito tanto sucesso em sua carreira era a aptidão que desenvolvera para clarear a mente e, dessa maneira, concentrar sua incrível inteligência em um conjunto de problemas de cada vez. Dirigia sua vida como um submarino, dividido em compartimentos estanques, cada um hermeticamente isolado do outro. Assim, de manhã, tirara Hank Spotswood do pensamento e pudera dedicar-se a Nancy. Ao voltar para o escritório, quando já cruzava a porta do prestigiado edifício, Nancy e todas as suas preocupações triviais com a casa e a família já haviam sido deletadas, e ela era novamente a editora da *Venus*, dedicada a nada além do êxito de sua publicação. Durante a tarde, ditou cartas, teve uma reunião com seu gerente de publicidade, organizou um almoço promocional no Dorchester e teve uma longa discussão, há muito devida, com a editora de ficção, informando à pobre mulher que, se ela não encontrasse histórias melhores do que as até então submetidas à sua aprovação, a *Venus* deixaria de publicar ficção e, nesse caso, ela poderia procurar outro emprego. Como mãe solteira, lutando para criar dois filhos, a editora de ficção debulhou-se em lágrimas, porém Olivia foi inflexível: a revista tinha prioridade sobre qualquer outra coisa e, portanto, limitou-se a estender um lenço de papel à outra, concedendo-lhe duas semanas de folga, durante as quais deveria tirar algum coelho mágico de sua cartola.

Tudo isso, no entanto, foi esgotante. Lembrando-se de que estavam na sexta-feira, final de semana, Olivia sentiu-se aliviada. Trabalhou até as seis da tarde, arrumou sua mesa, reuniu seus pertences e finalmente tomou o elevador para a garagem do subsolo, onde apanhou seu carro e foi para casa.

O trânsito era infernal, porém Olivia já estava acostumada com a hora do rush e a aceitava. Após bater mentalmente a porta do compartimento estanque, *a Venus* deixou de existir; era como se a tarde jamais houvesse acontecido e ela estivesse novamente no L'Escargot, na companhia de Nancy.

Havia sido ríspida com a irmã, acusara-a de exagerar em suas reações, fizera pouco-caso da doença da mãe, rejeitara o diagnóstico do clínico geral do campo. Isso acontecia porque, invariavelmente, Nancy fazia tempestade em um copo de água... pobre criatura, o que mais podia fazer com sua vida tediosa... mas também porque Olivia, como se ainda fosse uma criança, gostava de pensar em Penelope como tendo sempre boa saúde. Sendo imortal. Não a queria doente. Não queria que ela morresse.

Ataque do coração. Era chocante que isso acontecera logo com sua mãe, entre tantas pessoas, uma mulher que jamais ficara doente a vida inteira.

Alta, forte, cheia de vida, interessada em tudo, porém, o principal, sempre *presente*. Olivia recordava a cozinha no porão da casa na Rua Oakley, o núcleo daquela labiríntica casa londrina, onde a sopa estava sempre no fogo, e as pessoas sentavam-se em volta da mesa de tampo desgastado e limpa, conversando durante horas enquanto bebericavam conhaque ou café, com sua mãe passando roupa ou remendando lençóis. Quando alguém mencionava a palavra "segurança", era daquele lugar confortável que Olivia se lembrava.

E agora... Ela suspirou. Talvez o médico estivesse certo. Talvez Penelope precisasse de alguém morando com ela. O melhor que tinha a fazer era visitá-la, conversar e, se preciso, chegar a alguma espécie de combinado. O dia seguinte era um sábado. Irei vê-la amanhã, decidiu e, imediatamente, sentiu-se muito melhor. Iria de carro a Podmores Thatch pela manhã e passaria o dia lá. Com essa decisão tomada, apagou totalmente o assunto da cabeça e permitiu que a lacuna resultante se enchesse lentamente com a agradável expectativa da noite que tinha pela frente.

A essa altura, estava praticamente em casa. Primeiro, no entanto, deu uma parada no supermercado local, estacionou o carro e fez algumas compras. Pão fresquinho e crocante, manteiga, um pote de patê de *foie gras*, frango e o indispensável para uma salada: azeite, pêssegos frescos, queijos; uma garrafa de uísque e duas de vinho. Comprou flores, uma braçada de narcisos, colocou tudo no porta-malas do carro e percorreu o curto trajeto que a levaria à Ranfurly Road.

Sua casa fazia parte de uma fileira de pequenas construções eduardianas de tijolos, cada qual com sua janela de sacada saliente, jardinzinho frontal e passagem ladrilhada. Vista de fora, parecia quase pateticamente comum, porém isso apenas acentuava o impacto do interior, inesperado e sofisticado. Os apertados aposentos do térreo tinham sido transformados em um salão espaçoso, com a cozinha separada da mesa onde comiam apenas por uma bancada, à semelhança de um pequeno bar, com uma escada ampla que levava ao andar de cima. No extremo oposto do aposento, portas de vidro davam para um jardim, produzindo uma vista curiosamente rural, pois além do muro do jardim via-se uma igreja, com seu aproximadamente um quinto de hectare de terreno, onde um enorme carvalho estendia robustos galhos e, no verão, eram feitos os piqueniques da escola dominical.

Em vista disso, seria natural que Olivia decorasse sua casa em estilo campestre, com algodões estampados de florezinhas e mobília de pinho, porém o impacto criado por ela era tão fino e moderno como o de uma cobertura. A cor predominante era o branco. Olivia adorava branco. Aquela era a cor do luxo, a cor da luz. Piso ladrilhado em branco, paredes brancas, cortinas brancas. Almofadões de algodão branco no assento das poltronas e sofás fundos, irresistivelmente confortáveis, e também luminárias e abajures brancos. O resultado não era frio, porque, sobre essa tela imaculada de alvura, ela salpicara toques de vivacidade fundamental. Almofadas indianas em escarlate e rosa, tapetes espanhóis, pinturas abstratas chamativas emolduradas em prata. A mesa da sala tinha tampo de vidro, as cadeiras eram pretas, e, numa parede daquele recanto que mandara pintar de azul-cobalto, ela organizara uma galeria de fotos da família e de amigos.

Tudo ali também era aconchegante, imaculado, irradiando limpeza. Isso porque a vizinha de Olivia, com quem tinha um acordo havia muito tempo, vinha diariamente arrumar a casa. Agora, ela podia sentir o cheiro do lustra-móveis, misturado ao aroma de um vaso de jacintos azuis, cujas mudas, plantadas pessoalmente no outono anterior, finalmente atingiam o auge da perfeição aromática.

Sem pressa, movimentando-se conscienciosamente, entregou-se aos preparativos para a noite. Fechou as cortinas, acendeu a lareira (a gás, com imitação de troncos, porém tão confortável e legítima como a tradicional), colocou uma fita para tocar e serviu-se de um uísque. Na cozinha, preparou uma salada e o respectivo molho, arrumou a mesa e colocou o vinho na geladeira.

Eram agora quase sete e meia. Foi para o andar de cima. O quarto ficava nos fundos da casa, dando para o jardim e o carvalho. Também naquele aposento predominava o branco, com um carpete fofo da mesma cor e uma enorme cama de casal. Olhando para a cama, ela pensou em Hank Spotswood, refletiu por uns instantes e então desfez a arrumação, substituindo os lençóis por outros em linho, brilhantes e frios, passados a ferro recentemente. Feito isto — e só então — ela se despiu e preparou seu banho.

Para Olivia, o ritual do banho ao anoitecer era de abandono e relaxamento total. Ali, mergulhada em perfumado vapor, deixou que a mente divagasse, que os pensamentos viajassem. Era um interlúdio que conduzia a reflexões agradáveis — férias a considerar, roupas para os meses vindouros, vagas fantasias concernentes ao seu homem atual. Entretanto, de alguma forma, viu-se novamente pensando em Nancy, imaginando se já estaria em casa àquela altura, naquela casa horrenda, com sua família antipática. De fato, sua irmã tinha problemas, porém todos pareciam criados por ela mesma. Com todas as suas pretensões, ela e George tinham um estilo de vida que não condizia com o que ganhavam, mas procuravam convencer-se de que tinham direito a muito mais. Era difícil não sorrir ante a recordação do rosto e maxilares flácidos de Nancy, de seus olhos esbugalhados, quando falara a ela sobre o valor provável das telas de Lawrence Stern. Nancy jamais fora muito hábil em esconder o que pensava, principalmente quando apanhada desprevenida. O total assombro havia sido quase imediatamente substituído por uma expressão de calculista avareza, como se estivesse visualizando contas escolares pagas, o Antigo Vicariato com vidraças duplas, e garantida a segurança de todo o clã Chamberlain.

Olivia não se preocupou com isso. Não receava por Os *catadores de conchas*. Lawrence Stern dera o quadro para a filha como presente de casamento, sendo mais precioso para Penelope do que todo o dinheiro do mundo. Ela jamais o venderia. Nancy — e Noel também, por sinal — simplesmente teria de ficar esperando que a natureza seguisse seu curso, e Penelope finalmente morresse. Coisa que, segundo Olivia esperava devotamente, ainda levaria anos para acontecer.

Abandonou Nancy mentalmente e seus pensamentos passaram para assuntos mais agradáveis. Aquele sagaz e jovem fotógrafo, Lyle Medwin. Um rapaz brilhante. Um verdadeiro achado. E também perceptivo.

"Ibiza", havia dito ele e, involuntariamente, ela repetira a palavra. Talvez Medwin houvesse captado alguma interrogação em sua voz ou expressão, porque imediatamente oferecera uma sugestão alternativa. Ibiza. Olivia percebeu, enquanto espremia a esponja, a fim de que a água quente pingasse como bálsamo sobre sua nudez, que as lembranças haviam sido provocadas e pairavam no fundo de sua consciência, desde aquele breve e aparentemente insignificante diálogo.

Fazia meses que não pensava em Ibiza. No entanto, sugerira "fundos rurais... com cabras, ovelhas e camponeses robustos cuidando das lavouras". Viu a casa, baixa e alongada, de telhas vermelhas, tomada por buganvílias e latadas de vinhas. Ouviu o tilintar dos sinos das vacas e os galos cantando. Sentiu o cheiro cálido da resina de pinheiros e juníperos, soprado do mar por uma brisa quente. De novo, sentiu o calor penetrante do sol do Mediterrâneo.

3

COSMO

Em princípios do verão de 1979, quando passava férias com amigos, Olivia conheceu Cosmo Hamilton, numa festa em um barco.

Ela detestava barcos. Não gostava da intimidade forçada, daquela sensação de claustrofobia produzida por muita gente apinhada em tão reduzido espaço, do constante chocar de canelas e cabeças nos turcos e botalós. Aquele barco em particular era um cruzeiro de dez metros, ancorado no porto, ao qual se chegava por meio de um resistente bote inflável de borracha. Olivia só foi porque o restante do grupo queria ir de qualquer jeito, e assim mesmo acedeu relutante, tendo sido tudo tão ruim quanto receara — com toda aquela gente, sem lugar algum para sentar, procurando mostrar-se mais alegre e sem-cerimônia, todos bebendo Bloody Marys e discutindo em ruidosas risadas a festa memorável a que tinham ido na véspera, uma festa à qual Olivia e seus amigos não haviam ido.

Viu-se em pé na cabine do iate, a mão aferrada ao copo, juntamente com mais umas quatorze pessoas. Era como tentar ser sociável dentro de um elevador, onde todos se comprimiam como sardinhas em lata. Outro detalhe terrível era encontrar-se em uma embarcação da qual não se tinha meios de ir embora. Não se podia simplesmente sair pela porta e chegar à rua, acenar para um táxi e partir. Estava presa ali. Além disso, apertada, cara a cara com um indivíduo desprovido de queixo, parecendo achar que os outros julgavam fascinante sabê-lo membro dos Guardas* e saber em quanto tempo era possível ir, em um carro razoavelmente rápido, de sua casa em Hampshire até Windsor.

Olivia sentia imenso tédio. Ao se virar um momento para encher o copo, dispôs-se a sair dali imediatamente, espremendo-se da cabine apinhada e forçando caminho para diante. Enquanto avançava, viu uma jovem quase inteiramente nua, tomando banho de sol no teto da cabine. Na coberta de proa, encontrou vazio um canto do convés e sentou-se, de costas apoiadas no mastro. A algazarra das vozes continuou assaltando seus ouvidos, mas, pelo menos, ali estava sozinha. Fazia um tremendo calor. Ficou olhando para o mar, desanimada.

Uma sombra se projetou sobre suas pernas. Ergueu os olhos, receando ver o membro dos Guardas de Windsor, mas era apenas um homem barbudo. Já o tinha visto antes, ao embarcar, mas não se haviam falado. A barba dele era grisalha, porém tinha cabelos espessos e brancos. Era muito alto, esbelto e musculoso; usava uma camisa branca e jeans desbotados, descoloridos pelo ar marinho.

— Quer outro drinque? — perguntou ele.

— Acho que não.

— Prefere ficar sozinha?

Tinha uma voz sedutora. Não lhe pareceu do tipo narcisista.

— Não necessariamente — respondeu.

Ele agachou-se ao seu lado. Os olhos de ambos ficaram no mesmo nível, e Olivia viu que os dele eram de um azul tão claro e suave quanto o tom de seus jeans. O rosto era enrugado e estava queimado de sol. Ele dava a impressão de talvez ser escritor.

— Então, posso ficar com você?

Ela vacilou, depois sorriu.

---

* Tropas que, na Inglaterra, são incumbidas de proteger a soberania. (N.T.)

— Por que não?

O nome dele era Cosmo Hamilton. Morava na ilha havia vinte e cinco anos. Não, não era escritor. No começo, dirigira um negócio de iates para excursões, depois se empregara como agente de uma firma londrina que organizava pacotes de férias, porém agora era um cavalheiro ocioso.

A contragosto, Olivia ficou interessada.

— Isso não o entedia?

— Por que deveria me entediar?

— Quero dizer, não ter o que fazer...

— Ah, mas eu tenho mil coisas a fazer!

— Cite duas.

Os olhos dele cintilaram, divertidos.

— Isso é quase insultante.

De fato, aquele homem parecia tão ativo e em tão boa forma física, que talvez fosse mesmo. Olivia sorriu.

— Foi só uma maneira de falar.

O sorriso dele aqueceu-lhe o rosto, pareceu iluminá-lo, fez com que seus olhos se franzissem nos cantos. Olivia sentiu que seu coração, muito furtivamente, começava a despertar e a entrar em cena.

— Tenho um barco — contou ele —, uma casa e um jardim. Estantes de livros, duas cabras e três dúzias de galos e galinhas garnisés. Pela última contagem. Os garnisés são notoriamente prolíficos.

— Quem cuida dos garnisés? Você ou sua esposa?

— Minha esposa mora em Weybridge. Somos divorciados.

— Quer dizer que vive sozinho.

— Não inteiramente. Tenho uma filha. Estuda na Inglaterra, então fica com a mãe durante o período letivo e, nas férias, vem para cá.

— Que idade tem ela?

— Treze anos. Chama-se Antonia.

— Ela deve adorar passar as férias aqui.

— Sem dúvida. Divertimo-nos muito. Como se chama?

— Olivia Keeling.

— Onde está hospedada?

— Em Los Pinos.

— Sozinha?

— Não, com amigos. Por isso é que estou aqui. Um de nós recebeu o convite, e todos aderimos

— Eu a vi chegando.

— Odeio barcos — disse ela, começando a rir.

Na manhã seguinte, ele apareceu no hotel, procurando-a. Encontrou--a sozinha, na piscina. Sendo cedo, seus amigos provavelmente ainda estariam nos quartos, porém Olivia já tinha nadado e pedira que seu desjejum fosse servido no terraço da piscina.

— Bom dia.

Ergueu os olhos, o rosto virado para o sol, e o viu parado à sua frente, em um halo de luz ofuscante.

— Olá.

Olivia estava com os cabelos molhados e escorridos para trás, devido à natação. Tinha o corpo envolto em uma toalha felpuda branca.

— Posso lhe fazer companhia?

— Fique à vontade. — Esticando um pé, empurrou uma cadeira na direção dele.

— Já comeu?

— Já. — Ele se sentou. — Faz umas duas horas.

— Aceita um café?

— Não, nada. Nem mesmo um café.

— Então, em que lhe posso ser útil?

— Vim perguntar se queria passar o dia comigo.

— O convite inclui meus amigos?

— Não. Apenas você.

Olhava de frente para ela, os olhos fixos, sem piscar. Para Olivia, foi como se ele a desafiasse e, por alguma razão, isso a deixou desconcertada. Havia muitos e muitos anos não ficava desconcertada. Para dissimular o estranho nervosismo e ocupar-se de alguma coisa, tirou uma laranja do cesto de frutas sobre a mesa e começou a tentar descascá-la.

— O que vou dizer aos outros? — perguntou.

— Basta dizer que vai passar o dia comigo.

A casca da laranja era dura e machucou sua unha do polegar.

— E o que iremos fazer?

— Bem, eu pensei em sair no meu barco... fazer um piquenique... Me dê aqui. — Parecia impaciente e, inclinando-se, tirou-lhe a laranja da mão. — Nunca irá descascá-la desse jeito.

Enfiando a mão no bolso traseiro, pegou um canivete e começou a dividir a laranja em quatro partes. Olhando para as mãos dele, Olivia disse:

— Detesto barcos.

— Eu sei. Já me disse isso ontem. — Ele tornou a guardar o canivete no bolso, pelou a laranja com destreza e a devolveu a Olivia. — E então — disse, enquanto ela pegava a fruta em silêncio —, o que vai ser? Sim ou não?

Olivia reclinou-se na cadeira e sorriu. Dividiu a laranja em gomos e começou a chupá-los, um a um. Cosmo a fitava em silêncio. Agora, o calor da manhã aumentava e, com o gosto delicioso da fruta cítrica na língua, ela se sentia aquecida e contente, como um gato ao sol. Acabou de comer a laranja lentamente. Ao terminar, lambeu os dedos e, por sobre a mesa, olhou para o homem à espera.

— Sim — disse.

Nesse dia, Olivia descobriu que não detestava barcos, nem um pouco. O de Cosmo não era tão grande como aquele da festa, porém infinitamente mais aconchegante. Em primeiro lugar, havia apenas eles dois e, em segundo, não tinham ficado balouçando ociosamente ancorados no porto, mas içaram velas e partiram, deixaram para trás o quebra-mar, entraram em mar aberto e costearam o litoral. Chegaram a uma solitária enseada azul, ainda não descoberta pelos turistas. Lá, deitaram âncora e nadaram, pulando do convés, e tornaram a subir a bordo por uma escada de cordas, enlouquecedora de tão instável.

O sol agora estava alto no céu e fazia tanto calor que ele estendeu um toldo acima do convés, em cuja sombra fizeram um piquenique. Pão, tomates, fatias de salaminho, frutas e queijo. O vinho doce estava refrescante, porque Cosmo atara barbantes ao gargalo das garrafas e as baixara no mar.

Mais tarde, houve tempo para um tranquilo banho de sol, estirados no convés; depois, quando o vento amainou e o sol já tinha descido no céu, a claridade refletida na água reverberando contra as paredes brancas do camarote, também houve tempo para fazerem amor.

No dia seguinte, Cosmo tornou a aparecer, em seu castigado porém pouco modesto Citroën conversível, mais parecido com uma lata de lixo móvel do que com qualquer outra coisa, e rodou com ela para longe da costa, adentrando na ilha, em direção ao local em que ficava sua casa. A essa altura, e não sem razão, o restante do grupo já estava um pouco aborrecido com Olivia. O homem que havia sido incluído para distraí-la pusera-se a censurá-la, os dois discutiram e, como resultado, ele se retraíra em insuportável mau humor. Assim, ficara mais fácil deixá-lo para trás.

Aquela foi outra manhã encantadora. A estrada subia para suaves colinas, atravessando ensolaradas e sonolentas aldeias, passando ao lado de pequeninas igrejas caiadas, fazendas onde cabras pastavam em campos minúsculos, e mulas pacientes, atreladas a rodas de moinhos, andavam em círculos.

Tudo aquilo permanecera daquele jeito durante séculos, intocado pelo comércio e pelo turismo. A condição da estrada piorou, o moderno asfalto ficou para trás e finalmente o Citroën rodou sacolejante, descendo por uma estradinha de terra batida, escura e fresca sob um túnel de frondosos pinheiros, até que estacionaram ao lado de uma oliveira repleta de frutos.

Cosmo desligou o carro e saltaram. Olivia sentiu a brisa fresca no rosto e pôde vislumbrar o oceano distante. Havia uma trilha, ladeira abaixo, através de um pomar de amendoeiras. Além deste, ficava a casa dele. Comprida e branca, de telhado vermelho, manchada de roxo pelas buganvílias desabrochadas, oferecia uma visão ininterrupta do amplo vale, descendo em direção ao litoral. Um terraço coberto por latadas de videira dominava toda a frente da casa. Abaixo do terraço, o pequeno e emaranhado jardim descia para uma piscina, também pequena, cintilando límpida e turquesa à luz do sol.

— Que casa! — Foi tudo que ela conseguiu exclamar.

— Vamos, eu lhe mostrarei o interior.

Aquela casa era uma confusão. Escadas ao acaso subiam e desciam, e não havia dois aposentos parecendo ser do mesmo nível. Havia sido outrora uma casa de fazenda, e no andar de cima continuavam a sala de estar e a cozinha, enquanto os aposentos do térreo, outrora curral, estábulo e chiqueiro, eram agora dormitórios.

O interior era austero e fresco, de paredes caiadas de branco e mobiliado no estilo mais simples. Alguns tapetes de cores vivas sobre o piso de tábuas rústicas, móveis fabricados no lugar, cadeiras com assento de palhinha e mesas de madeira, com tampos muito desgastados. Somente na sala de estar havia cortinas; todas as demais janelas, profundamente encravadas nas paredes grossas, exibiam apenas as persianas.

Entretanto, por ali também havia delícias. Sofás e poltronas confortáveis, estofados em algodão colorido; jarros de flores; cestas rústicas ao lado da lareira aberta e abastecida de toras. Na cozinha, panelas de cobre pendiam de uma viga, e o lugar recendia a ervas e condimentos. Por todos os cantos surgiam indícios do homem, evidentemente culto, que ocupara aquela casa por vinte e cinco anos. Centenas de livros, não apenas nas estantes, mas espalhados em cima das mesas, nos peitoris de janela e na cômoda ao lado de sua cama. Havia também bons quadros e muitos retratos, além de prateleiras de discos, perfeitamente arrumados ao lado do aparelho de som.

Por fim, encerrada a inspeção, ele a guiou por uma porta baixa, desceram mais outro lance de escadas e, atravessando um saguão ladrilhado de vermelho, saíram outra vez no terraço.

Ela ficou parada, de costas para a paisagem, e contemplou a fachada da casa.

— É mais perfeita do que eu poderia imaginar — disse.

— Agora, sente-se e contemple a vista, enquanto lhe trago uma taça de vinho.

Havia uma mesa e algumas cadeiras de vime dispostas por ali, mas Olivia não quis sentar-se. Preferiu recostar-se à parede caiada de branco, onde grandes potes de cerâmica serviam de canteiro para gerânios de folhas semelhantes às da hera, enchendo o ar com seu perfume ácido, enquanto um exército de formigas, interminavelmente ocupadas, marchava para cá e para lá, em tropas bem organizadas. A quietude era imensurável. Aguçando os ouvidos, captou os pequenos sons amortecidos que faziam parte daquele silêncio. Um sino de vaca, tilintando a distância. O suave cacarejar de galinhas satisfeitas, escondidas em algum ponto do jardim, mas claramente audível. O sussurrar da brisa.

Um mundo inteiramente novo. Tinham viajado apenas alguns quilômetros, mas para ela era como se estivesse a mil quilômetros do hotel, de seus amigos, dos coquetéis, da piscina apinhada, das movimentadas ruas e lojas da cidade, das luzes ofuscantes e das barulhentas discotecas. Mais longe ainda estavam Londres, *Venus*, seu apartamento, seu emprego — esmaecendo em irrealidade; sonhos esquecidos de uma vida que nunca fora real. Como um vaso que estivera por muito tempo vazio, ela se sentia em uma paz imensa. Eu poderia ficar aqui. Uma vozinha, uma mão puxando sua manga. Este é um lugar onde eu poderia ficar.

Ouviu-o às suas costas, descendo a escada de pedra, os saltos das sandálias frouxas batendo contra os degraus. Virando-se, viu-o emergir pela escura abertura da porta (ele era tão alto que, automaticamente, abaixou a cabeça). Trazia uma garrafa de vinho e duas taças. O sol estava a pino, e a sombra dele era absolutamente preta. Pousou as taças e a garrafa, coberta de gotículas geladas, e do bolso do jeans tirou um charuto, que acendeu com um fósforo.

Quando Cosmo terminou de acender o charuto, ela disse:

— Eu não sabia que você fumava.

— Somente charuto. De vez em quando. Já fumei cinquenta por dia, mas finalmente me livrei do vício. Hoje, no entanto, parece a ocasião oportuna para uma extravagância.

Já havia desarrolhado a garrafa e serviu as taças. Entregou uma para Olivia. Estava geladíssimo.

— A que vamos beber? — perguntou ele.

— À sua casa, qualquer que seja o nome dela.

— Ca'n D'alt.

— Então, a Ca'n D'alt. E a seu dono.

Beberam. Depois ele disse:

— Eu a vi pela janela da cozinha. Você estava tão quieta! Fiquei imaginando o que estaria pensando.

— Estava pensando apenas que... aqui... a realidade se esvaece.

— E isso é uma boa coisa?

— Acho que sim. Estou...

Ela vacilou, procurando as palavras certas, pois, de repente, pareceu-lhe importantíssimo usar exatamente as palavras certas.

— Não sou uma criatura domesticada — acrescentou Olivia, por fim. — Estou com trinta e três anos, sou editora-chefe de uma revista chamada *Venus*. Levei muito tempo para chegar a este posto. Trabalho para me sustentar e ser independente desde que deixei Oxford, mas não lhe conto isso querendo que sinta pena de mim. Jamais desejei outra coisa. Jamais desejei me casar ou ter filhos. Nenhum compromisso permanente desse tipo.

— E...?

— Acontece apenas que... este é o lugar onde achei que poderia ficar. Não me sentiria encurralada nem enraizada aqui. Não sei explicar por quê. — Sorriu para ele. — Simplesmente não sei.

— Então, fique — disse ele.

— Por hoje? Por esta noite?

— Não. Apenas, fique.

— Minha mãe sempre me disse para não aceitar um convite indeterminado e vago. Segundo ela, sempre deve haver uma data de chegada e uma data de partida.

— E ela tinha inteira razão. Digamos que a data de chegada seja hoje e que você decidirá a data de partida.

Ela o encarou, buscando motivos, implicações. Finalmente:

— Está pedindo que eu venha morar com você?

— Estou.

— E quanto a meu emprego? É um bom emprego, Cosmo. Bem pago e com responsabilidades. Levei a vida inteira para chegar aonde cheguei.

— Neste caso, é hora de tirar ferias prolongadas. Aliás, nenhum homem ou mulher pode trabalhar eternamente.

Férias prolongadas. Um ano. Doze meses poderiam ser considerados férias prolongadas. Mais do que isso já seria uma fuga.

— Também tenho uma casa. E um carro.

— Alugue os dois para sua melhor amiga.

— E minha família?

— Pode convidar seus parentes para ficarem aqui com você.

Sua família, ali. Olivia imaginou Nancy, tostando-se à beira da piscina, enquanto George ficava dentro de casa, usando um chapéu, com medo de queimaduras solares. Imaginou Noel, saindo para espreitar as praias onde se praticava *topless* e voltando para jantar com o butim do dia, talvez alguma loura jovenzinha, falando uma língua que ninguém conhecesse. Imaginou sua mãe... afinal, ela era diferente, de maneira alguma ridícula. Este era precisamente o ambiente de sua mãe; esta casa encantada e cheia de meandros, seu jardim intrincado. O pomar de amendoeiras, o terraço banhado de sol, até mesmo os garnisés — em especial os garnisés — a encheriam de prazer. Ocorreu a Olivia que talvez, de algum modo obscuro, fosse esse o motivo pelo qual, instantaneamente, simpatizara tanto com Ca'n D'alt, sentindo-se tão à vontade ali como em casa.

— Não sou a única com parentes — disse ela. — Você também tem compromissos a serem considerados.

— Somente Antonia.

— E não basta? Não vai querer perturbá-la.

Ele coçou a nuca e, por um momento, pareceu um tanto constrangido.

— Talvez não seja precisamente este o momento para mencionar o fato, porém já houve outras mulheres.

Olivia riu de seu constrangimento.

— E Antonia não se importou?

— Ela compreendeu. É uma filósofa. Fez amizade com elas. É uma garota muito segura de si.

Calaram-se. Cosmo parecia esperar sua resposta. Olivia baixou os olhos para sua taça de vinho.

— É uma decisão importante, Cosmo — disse, por fim.

— Eu sei. Você precisa refletir. Que tal agora arranjarmos algo para comer e depois discutirmos o assunto?

Assim fizeram. Tornaram a entrar na casa; ele disse que faria massa com molho de presunto e cogumelos, já que, obviamente, cozinhava bem melhor do que ela. Olivia voltou ao jardim. Encontrou o caminho para a horta, colheu um pé de alface e alguns tomates, descobrindo bem debaixo de uma touceira de folhas escuras um bom número de abobrinhas ainda tenras. Levou seus achados para a cozinha e, diante da pia, preparou uma salada simples. Fizeram a refeição à mesa da cozinha. Depois de comerem, Cosmo disse que era hora da sesta, os dois foram juntos para a cama e, dessa vez, foi ainda melhor do que da anterior.

Às quatro da tarde, quando o calor do dia amainou um pouco, foram para a piscina e nadaram nus, estirando-se depois para secar ao sol.

Ele falou. Estava com cinquenta e cinco anos. Fora convocado ao sair da escola e estivera no Serviço Ativo durante a maior parte da guerra. Tinha descoberto que apreciava a vida e, então, terminada a guerra, sem imaginar o que mais poderia fazer, inscreveu-se como oficial no Exército Regular. Quando estava com trinta anos, seu avô falecera, deixando-lhe algum dinheiro. Financeiramente independente pela primeira vez na vida, desligou-se do Exército e, sem laços ou responsabilidades de qualquer espécie, partiu para conhecer o mundo. Viajara até Ibiza, àquela época ainda sem fama e com custo de vida incrivelmente barato. Apaixonando-se pela ilha, decidiu que ali fincaria raízes, e não viajou mais.

— E quanto à sua esposa? — perguntou Olivia.

— O que quer saber?

— Quando foi que ela apareceu?

— Quando meu pai morreu, voltei à Inglaterra para o enterro. Fiquei por lá algum tempo, ajudando minha mãe a resolver sua vida. Eu estava com quarenta e um anos na época, já não era mais nenhum rapazinho. Conheci Jane em uma festa, em Londres. Tinha mais ou menos a sua idade. Dirigia uma loja de flores. Eu me sentia solitário, sei lá por quê. Talvez tivesse alguma relação com a perda de meu pai. Jamais me sentira solitário antes, mas naquela época, por algum motivo, não queria voltar sozinho para cá. Ela era muito meiga, talhada para o casamento, achou que Ibiza tinha um incrível toque de romantismo. Foi o meu maior erro. Devia tê-la trazido aqui primeiro, mais ou menos como alguém quando leva a namorada para conhecer a família. Só que não fiz isso. Casamo-nos em Londres, e a primeira vez que ela pôs os olhos nesta propriedade já foi como minha esposa.

— Ela foi feliz aqui?

— Durante certo tempo. Entretanto, sentia saudades de Londres, sentia falta das amigas, dos teatros e concertos no Albert Hall, de fazer compras, conhecer pessoas e sair nos fins de semana. Ficou entediada.

— E quanto a Antonia?

— Antonia nasceu aqui. Uma legítima nativazinha de Ibiza. Pensei que um bebê acalmaria a mãe um pouco, mas foi o contrário, apenas piorou a situação. Então, decidimos nos separar, em termos bastante amigáveis. Não tivemos nenhuma discussão, nem poderíamos, pois não tínhamos motivos para discutir. Ela levou Antonia e a manteve consigo até a menina fazer oito anos. Então, quando começou a frequentar a escola regularmente, Antonia passou a vir para cá, no verão e nos feriados da Páscoa.

— Não achou que isso cerceava sua liberdade?

— Não. Ela não dava o menor trabalho. Há um excelente casal, Tomeu e Maria, donos de uma pequena propriedade no final da estradinha. Tomeu me ajuda na horta e Maria limpa a casa, além de ficar de olho em minha filha. São os melhores amigos do mundo. Graças a esse convívio, Antonia é bilíngue.

A temperatura agora começava a baixar. Sentando-se, Olivia pegou sua blusa, enfiou os braços nas mangas e abotoou-a. Cosmo também espreguiçou-se, anunciando que toda aquela conversa o deixara com sede e que precisava beber alguma coisa. Olivia comentou que apreciaria uma boa xícara de chá. Cosmo respondeu que ela não dava tal impressão, mas levantou-se e desapareceu no jardim, na direção da casa, a fim de colocar a chaleira no fogo. Olivia permaneceu na piscina, satisfeita em ficar sozinha, porque sabia que em breve ele estaria de volta. A água da piscina estava imóvel. Na borda oposta havia uma estátua de um menino tocando flauta, e sua imagem refletia-se na água, como em um espelho.

Uma gaivota passou no alto. Olivia virou a cabeça para seguir-lhe a graciosa passagem, suas asas rosadas pela claridade do sol poente. Então, nesse momento, soube que ficaria com Cosmo. Daria a si mesma, como se fosse um presente maravilhoso, um ano inteiro.

Dar uma guinada, descobriu Olivia, era mais traumatizante do que parecia. Havia muito a fazer. Em primeiro lugar, retornou ao hotel Los Pinos, com Cosmo, onde pegou seus pertences, pagou a conta e saiu. Fizeram tudo isso da maneira mais clandestina possível, temendo que alguém os surpreendesse. Em vez de procurar seus amigos e explicar a situação, Olivia acovardou-se, fechou os olhos para a boa educação e deixou uma carta na portaria do hotel.

Em seguida, foi a vez de enviar telegramas, escrever cartas e dar telefonemas para a Inglaterra, as ligações cheias de chiados, tornando os diálogos incoerentes. Feito tudo isso, ela imaginou que se sentiria eufórica e livre, mas na verdade tremia de pânico, estava morta de fadiga. Sentia-se mal. Não contou a Cosmo, mas, quando mais tarde ele a encontrou deitada no sofá, derramando lágrimas de exaustão que corriam incontroláveis, compreendeu tudo.

Cosmo se mostrou muito compreensivo. Colocou-a na cama de Antonia, no quartinho onde ela poderia ficar sozinha e quieta, deixando-a dormir lá por três noites e dois dias. Olivia só despertava para beber o leite quente que ele lhe levava e comer uma fatia de pão com manteiga ou um pedaço de fruta.

Na terceira manhã, ela acordou e soube que tudo havia passado. Sentia-se recuperada, revigorada, impregnada de uma maravilhosa sensação de bem-estar e vitalidade. Espreguiçou-se, saiu da cama e abriu as persianas para a manhã, perolada e doce, ainda recendendo a terra orvalhada, e ouviu o cantar dos galos. Vestindo o robe, desceu para a cozinha. Ferveu uma chaleira de água e preparou um bule de chá. Com o bule e duas xícaras em uma bandeja, cruzou a cozinha e desceu o outro lance de escada para o quarto de Cosmo.

As persianas ainda estavam fechadas no quarto escuro, porém ele já acordara. Ao vê-la surgir à porta, disse:

— Bem, olá!

— Bom dia. Trouxe seu primeiro chá da manhã. — Pousou a bandeja ao lado dele e foi abrir as persianas. Raios diagonais de sol encheram o aposento de luz. Cosmo estendeu o braço para consultar seu relógio.

— Sete e meia. Você é madrugadora.

— Vim lhe dizer que estou melhor. — Ela se sentou na cama dele. — E também que lamento ter sido tão frágil, e lhe agradecer por sua compreensão e gentileza.

— Como irá me agradecer? — perguntou ele.

— Bem, eu tive uma ideia, mas talvez ainda seja cedo demais para isso.

Cosmo sorriu e moveu o corpo para o lado, a fim de dar-lhe espaço.

— Nunca é cedo demais — disse.

Mais tarde, ele comentou:

— Você é muito desenvolta.

Ela continuou em seus braços, feliz.

— Como você, Cosmo, já tive alguma experiência.

— Conte-me, Srta. Keeling — pediu ele, fazendo uma imitação propositalmente ruim de Noel Coward —, quando foi que perdeu a virgindade? Sei que nossos ouvintes adorariam saber.

— Em meu primeiro ano na universidade.

— Que universidade?

— Isso é relevante?

— Talvez.

— Lady Margaret Hall.

Ele a beijou.

— Eu a amo — disse, e sua voz não soava mais como a de Noel Coward.

Os dias foram passando, sem nuvens, quentes, longos e ociosos, preenchidos apenas pelas ocupações mais rotineiras. Nadar, dormir, ir até o jardim alimentar os garnisés ou pegar os ovos, arrancar ao acaso punhados de ervas daninhas. Ela conheceu Tomeu e Maria, que não pareceram nem um pouco admirados por sua chegada e a cumprimentavam a cada manhã com muitos sorrisos e apertos de mão. Olivia aprendeu um pouco da culinária espanhola e espiava Maria preparar suas portentosas *paellas*. As roupas deixaram de ter importância. Ela passava os dias sem maquiagem, andando por ali de pés descalços, usando jeans velhos ou biquínis. Às vezes, os dois seguiam até a aldeia com uma cesta e faziam compras, mas, por tácito entendimento, não se aproximavam da cidade nem do litoral.

Com tempo para avaliar sua vida, Olivia percebeu ser aquela a primeira vez em que não estava trabalhando, esforçando-se, lutando para abrir caminho na profissão escolhida. Desde a mais tenra idade, sua ambição havia sido a de ser, simplesmente, a melhor. A primeira da classe, a primeira classificada nas provas colegiais. Estudava para obter bolsas de estudo, repassando as matérias até alta madrugada, tudo com a finalidade de alcançar notas capazes de lhe garantirem um lugar na universidade. Então, viera Oxford, com todo o processo começando novamente, a tensão crescendo pouco a pouco até a enlouquecedora apoteose das provas finais. Diplomando-se com as melhores notas em Inglês e História, seria razoável que dedicasse algum tempo ao lazer, porém sua força propulsora inata era demasiado potente; Olivia aterrava-se à ideia de perder o impulso, de perder oportunidades, de maneira que partiu diretamente para o trabalho. Isso fora onze anos antes e, desde então, jamais havia parado.

Tudo terminado. Agora, não havia arrependimentos. De repente ficou mais sensata, percebendo que seu encontro com Cosmo e essa retirada de cena tinham acontecido no momento perfeito. Como uma pessoa com uma enfermidade psicossomática, havia descoberto a cura antes de diagnosticada a doença. Sentia-se profundamente grata. Seus cabelos cintilavam, os olhos escuros, de longos cílios, brilhavam de contentamento, e até os ossos do rosto pareciam perder os ângulos produzidos pelo estresse, tornando-se arredondados e suaves. Alta, esguia, queimada de sol, olhava-se ao espelho e se via, pela primeira vez na vida, realmente bela.

Certo dia, Olivia ficou sozinha. Cosmo tinha ido à cidade, a fim de apanhar os jornais e a correspondência, e dar uma espiada em seu barco. Sentada em uma poltrona do terraço, Olivia viu dois pequenos e desconhecidos pássaros cortejando-se, nos ramos de uma oliveira.

Enquanto observava preguiçosamente suas cabriolas, experimentou uma curiosa sensação de vazio. Analisando o fato e refletindo sobre ele, descobriu que estava entediada. Não com Ca'n D'alt ou com Cosmo, mas consigo mesma e sua mente vazia, nua e tão melancólica como um aposento desocupado. Durante algum tempo, refletiu sobre esse novo conjunto de circunstâncias, e então se levantou da cadeira, entrando na casa para encontrar algo que pudesse ler.

Quando Cosmo voltou, estava tão entretida no livro que não o ouviu chegar, até assustando-se, ao vê-lo surgir subitamente a seu lado.

— Estou morrendo de calor e de sede — disse ele, mas então parou de repente e a fitou. — Não sabia que usava óculos, Olivia!

Ela fechou o livro.

— Só para ler e trabalhar, ou quando quero impressionar alguns homens turrões, durante almoços de negócios. Do contrário, prefiro as lentes de contato.

— Eu nunca tinha reparado.

— Os óculos fazem diferença? Irão alterar nosso relacionamento?

— De maneira alguma! Fazem você parecer muitíssimo inteligente.

— Eu sou muitíssimo inteligente.

— O que está lendo?

— George Eliot. O *moinho sobre o rio.*

— Não comece a se identificar com a pobre Maggie Tulliver.

— Jamais me identifiquei com alguém. Você tem uma biblioteca maravilhosa! Contém tudo que eu quero ler, reler ou que nunca tive tempo para ler. Provavelmente, passarei o ano inteiro com o nariz enfiado em um livro.

— Por mim, tudo bem, desde que você saia de vez em quando para satisfazer minhas ânsias carnais.

— Pode deixar.

Inclinando-se, ele a beijou, com óculos e tudo, entrando depois na casa para pegar uma cerveja.

Olivia terminou O *moinho sobre o rio,* depois passou para O *morro do vento uivante* e, em seguida, Jane Austen. Leu *Em busca do tempo perdido,* Sartre e, pela primeira vez na vida, *Guerra e paz.* Leu clássicos, biografias, novelas de autores cujos nomes jamais ouvira falar. Leu John Cheever e Joseph Conrad, além de um surrado exemplar de *Os caçadores de tesouros,* que a conduziu diretamente aos anos vividos na casa da Rua Oakley, quando era criança.

Como todos esses livros eram velhos e familiares amigos para Cosmo, eles podiam passar noites em claro, entretidos em prolongadas discussões literárias, em geral com o acompanhamento de música de fundo, a "Sinfonia do Novo Mundo", de Dvorak, as "Variações Enigma", de Elgar, além de concertos ou óperas completas.

Para não perder contato com o mundo exterior, o *The Times* era enviado de Londres para ele, todas as semanas. Certa noite, após ler um artigo sobre os tesouros da Tate Gallery, Olivia lhe falou sobre Lawrence Stern.

— Era meu avô, pai de minha mãe.

Cosmo ficou agradavelmente impressionado.

— Ora, que coisa mais extraordinária. Por que nunca me contou?

— Não sei. Não costumo falar sobre ele. Aliás, hoje em dia muita gente nunca ouviu falar dele. Ficou ultrapassado e foi esquecido.

— Era um grande pintor. — Cosmo franziu o cenho, perdido em cálculos. — Ora, mas ele nasceu... quando foi isso?... Na década de sessenta do século dezenove. Devia ser um homem muito idoso, quando você veio ao mundo.

— Mais do que isso, já havia falecido. Morreu em 1946, na cama, em sua casa de Porthkerris.

— Você costumava ir à Cornualha, passar férias e coisas assim?

— Não. A casa estava sempre ocupada por outras pessoas e, finalmente, minha mãe a vendeu. Foi forçada a vender, porque vivia apertada de dinheiro, sendo esse outro motivo por que nunca viajávamos nas férias.

— Você se importava?

— Nancy se importava, e muito. E Noel se importaria também, se não soubesse tomar conta de si mesmo tão bem. Fazia amizade com os garotos certos, conseguia arranjar convites para velejar e esquiar, além de se juntar a grupos alegres, em vilas no sul da França.

— E você? — perguntou Cosmo, em voz terna.

— Não me importava. Não queria ir. Vivíamos em um casarão na Rua Oakley, com um jardim igualmente enorme nos fundos. Além disso, eu tinha todos os museus e bibliotecas pertinho de mim, era só ir lá. — Ela sorriu, recordando aqueles dias plenos e felizes. — A casa da Rua Oakley pertencia à minha mãe. No fim da guerra, Lawrence Stern a deu para ela. Meu pai era um tipo de pessoa relativamente — ela buscou a palavra certa — insignificante. Um homem sem aspirações e recursos. Acho que meu avô sabia disso, daí sua ansiedade em tornar a filha independente, tendo pelo menos um lar onde criar a família. Por outro lado, na época, ele estava com oitenta anos e dominado pela artrite. Sabia que nunca mais tornaria a morar lá.

— Sua mãe ainda mora nessa casa?

— Não. Ficou muito difícil a manutenção, de modo que, este ano, ela finalmente decidiu vendê-la e deixar Londres. Sonhava em retornar a Porthkerris, mas minha irmã Nancy a dissuadiu e encontrou para ela um chalé em uma aldeia chamada Temple Pudley, em Gloucestershire.

Justiça seja feita a Nancy: a casa é absolutamente encantadora, e minha mãe se sente muito feliz lá. A única coisa horripilante é o nome. Podmore's Thatch.* — Ela franziu o nariz, desgostosa, e Cosmo riu. — Vamos, Cosmo, admita que é um pouco chinfrim!

— Vocês poderiam rebatizá-la. *Mon Repos*. Meu Repouso. E a casa contém muitas pinturas belas de Lawrence Stern?

— Não. Infelizmente, são apenas três. Gostaria que minha mãe tivesse mais algumas. Do jeito como anda o mercado, acho que alcançariam excelente valor, dentro de um ou dois anos.

A conversa passou para outros artistas vitorianos, finalmente chegando a Augustus John. Cosmo foi buscar os dois volumes da biografia dele, que Olivia já lera, mas gostaria de reler. Discutiram o artista em profundidade, concordando que sentiam forte admiração pela velha e turbulenta celebridade, apesar das maneiras corrompidas de John, mas que, entretanto, sua irmã Gwen havia sido melhor artista.

Depois disso, tomaram uma ducha, vestiram roupas razoavelmente adequadas e foram até a aldeia, ao bar do Pedro, onde se podia sentar sob as estrelas e tomar um drinque. Pouco depois, surgia ali um rapaz com um violão, que se sentou em uma cadeira e, com a maior naturalidade, sem a menor cerimônia, começou a executar o segundo movimento do "Concerto para violão", de Rodrigo, enchendo a noite cálida com aquela música plangente e magnífica, a própria essência da Espanha.

Antonia estava para chegar em uma semana. Maria já iniciara a faxina da primavera no quarto dela, transferindo todos os móveis para o terraço, caiando paredes, lavando cortinas, colchas e lençóis, e batendo tapetes furiosamente com uma vara de cana-de-açúcar.

---

* Thatch = telhado (de folhas, colmo, caniços etc.), tendo também o significado coloquial de cabeleira, bastos cabelos. Assim, o nome da casa poderia ser entendido como "Telhado do Podmore" ou "Cabeleira do Podmore". (N.T.)

Essa intensa atividade tornava a chegada de Antonia cada vez mais próxima, enchendo Olivia de apreensão. Não era inteiramente egoísta de sua parte, embora a perspectiva de dividir Cosmo com outra mulher, mesmo sendo a filha dele de treze anos, fosse algo desanimador, para dizer-se o mínimo. A verdadeira ansiedade estava dentro dela, porque temia falhar com Cosmo, dizer a coisa errada ou fazer algo pouco diplomático. Segundo ele, Antonia era uma pessoa encantadora e simples, porém isso em nada contribuiu para tranquilizar Olivia, que jamais lidara com crianças. Noel nascera quando ela já estava quase com dez anos e, na época em que ele deixou a primeira infância para trás, Olivia praticamente já saíra de casa para o mundo. Depois vieram os filhos de Nancy, é claro, porém eram tão desgraciosos e malcomportados que ela fizera questão de ter o menor contato possível com os sobrinhos. Assim, o que lhe cabia dizer? O que conversar? Como agiriam todos eles, uns com os outros?

Em certo fim de tarde, quando já tinham nadado e estavam estirados em espreguiçadeiras na piscina, ela se abriu com Cosmo.

— A questão é que não quero estragar as coisas para vocês dois. É óbvio que são muito próximos e, sem dúvida, ela pensará que estou roubando a afeição do pai. Afinal de contas, Antonia só tem treze anos. E uma idade um tanto difícil, um certo ciúme seria a reação mais compreensível e natural.

Ele suspirou.

— Como posso convencê-la de que nada disso acontecerá?

— Na maioria das vezes, três é um número inconveniente. Talvez ela prefira tê-lo só para si, não sendo eu perceptiva o bastante para sair do caminho. Admita, Cosmo, eu tenho um ponto.

Considerando tais palavras, ele não respondeu em seguida. Finalmente, com um suspiro, declarou:

— Parece não haver uma forma de convencê-la do contrário, de que seus temores são infundados. Assim sendo, pensemos em mais alguma coisa. O que acha de, enquanto Antonia estiver conosco, convidarmos mais alguém para ficar aqui? Faríamos uma espécie de festival doméstico. Isso a deixaria mais tranquila?

A sugestão fazia com que a situação adquirisse uma perspectiva totalmente nova

— Sim, sim, deixaria. Você é formidável! Quem convidaremos?

— Qualquer pessoa do seu agrado, desde que não seja nenhum homem jovem, atraente e viril.

— Que tal minha mãe?

— Acha que ela viria?

— Na mesma hora!

— Ela não está esperando que ocupemos quartos separados, está? Sou velho demais para percorrer corredores furtivamente. Acabaria levando um tombo nas escadas.

— Minha mãe não tem ilusões sobre ninguém, principalmente a meu respeito. — Ela se sentou, subitamente animada. — Ah, Cosmo, você vai adorá-la! Mal posso esperar para que se conheçam!

— Neste caso, não temos tempo a perder. — Levantando-se, ele estendeu a mão para os jeans. — Vamos, garota, mexa-se! Se pudermos ligar para sua mãe e combinar com Antonia, as duas poderão se encontrar no aeroporto, em Heathrow, vindo para cá no mesmo voo. Antonia sempre tem um pouco de medo de voar sozinha e, sem dúvida, sua mãe gostaria de ter companhia.

— E aonde vamos agora? — perguntou Olivia, abotoando a blusa.

— Vamos descer até a aldeia e usar o telefone do bar do Pedro. Tem o número de sua mãe, em Podmore's Thatch?

Ele pronunciou o nome com prazer, fazendo-o soar mais constrangedor do que nunca. Depois consultou o relógio.

— São mais ou menos seis e meia da tarde, na Inglaterra. Será que ela está em casa? O que estará fazendo, às seis e meia?

— Mexendo no jardim. Ou preparando um jantar para dez pessoas. Ou, então, servindo um drinque para alguém.

— Mal posso esperar para tê-la aqui!

O voo de Londres, via Valência, era esperado para as nove e quinze da noite. Maria, morrendo de ansiedade para rever Antonia, prontificou-se a ir até a casa e fazer o jantar. Deixando-a lá, preparando o gigantesco festim, eles foram de carro para o aeroporto. Embora nenhum dos dois quisesse admiti-lo, estavam ansiosos e, por causa disso, chegaram cedo demais, tendo que matar tempo no saguão por meia hora ou coisa assim, antes que uma funcionária anunciasse, em espanhol arranhado, que o avião havia aterrissado. Depois houve mais espera, enquanto os passageiros desembarcavam, passavam pela Imigração e pegavam suas bagagens. Até que as portas se abriram e uma grande multidão irrompeu, enfim liberta. Turistas, de rostos pálidos e cansados da viagem; famílias de moradores locais, com fileiras de filhos; sinistros cavalheiros de óculos escuros, em ternos elegantes; um padre e duas freiras e... finalmente, quando Olivia já começava a temer que elas houvessem perdido o avião, Penelope Keeling e Antonia Hamilton.

Haviam encontrado um carrinho de bagagens para levar as malas das duas, com as rodas tortas, que insistia em seguir o rumo errado. Por algum motivo, as recém-chegadas sufocavam-se em risadinhas, tão entretidas em falar, rir e manter o maldito carrinho na direção correta, que demoraram um pouco a avistar Cosmo e Olivia.

Parte da nervosa apreensão de Olivia provinha do fato de sempre temer, após um período de separação de Penelope, que a mãe pudesse ter mudado. Não envelhecido, precisamente, mas que parecesse cansada ou fragilizada, de alguma forma sutil e terrível. Entretanto, mal a avistou, a ansiedade desapareceu. Penelope parecia cheia de vida como sempre e maravilhosamente distinta. Alta e ereta, com os espessos cabelos grisalhos presos em um coque na nuca, os olhos escuros brilhando de alegria, nem mesmo os esforços para manter o carrinho-bagageiro na direção certa a faziam perder a dignidade. Como sempre, estava carregada de sacolas e cestas, vestindo a velha capa azul da Marinha, que comprara em segunda mão de uma viúva de marinheiro necessitada, no final da guerra, e que, desde então, costumava usar em todas as ocasiões, de casamentos a enterros.

E Antonia... Olivia viu uma garota alta e esguia, parecendo ter mais do que seus treze anos. Tinha os cabelos compridos e lisos, castanho-avermelhados, usava jeans, uma camiseta de malha e um blusão vermelho de algodão.

Não houve tempo para mais. Cosmo ergueu os braços, gritou o nome da filha, e foram vistos. Antonia abandonou Penelope e o carrinho, a fim de correr para eles, os cabelos esvoaçando, um par de pé de patos em uma das mãos e uma sacola de lona na outra, abrindo caminho através da multidão de passageiros carregados de bagagens, para vir atirar-se nos braços do pai. Ele a ergueu no ar e a girou, as pernas compridas e esguias de Antonia rodando no ar. Depois a beijou com um estalo e tornou a depositá-la no chão.

— Você cresceu! — exclamou, em tom de acusação.

— Eu sei, quase três centímetros!

Ela se virou para Olivia. Tinha sardas no nariz e uma boca carnuda e doce, grande demais para o rosto em forma de coração, olhos cinza-esverdeados e franjados por longas e espessas pestanas, muito claras. Sua expressão era cheia de interesse, franca e sorridente.

— Olá! Eu sou Olivia.

Antonia soltou-se dos braços do pai, enfiou o pé de pato debaixo de um braço e estendeu a mão.

— Como vai?

Então, baixando os olhos para aquele rosto jovem e animado, Olivia soube que Cosmo tinha razão, que seus temores eram infundados. Encantada e desarmada pela educação e a graciosidade de Antonia, apertou-lhe a mão.

— Fico contente por você estar aqui — respondeu.

Tendo superado o começo de maneira segura, abandonou pai e filha para falar com a mãe, ainda pacientemente tomando conta das bagagens. Com indescritível satisfação, Penelope abriu os braços amplamente, em um de seus gestos típicos e expansivos, e Olivia abrigou-se neles, tomada de felicidade. Foi abraçada com vigor, pressionou o rosto contra a face firme e fresca da mãe, sentiu o cheiro de patchuli, que conhecia desde sempre.

— Ó minha queridinha! — exclamou Penelope. — Ainda não acredito que estou aqui!

Cosmo e Antonia juntaram-se a elas. Imediatamente, todos começaram a falar ao mesmo tempo.

— Cosmo, esta é minha mãe, Penelope Keeling...

— Conseguiram se encontrar direitinho, em Heathrow?

— Não houve a menor dificuldade; eu levava um jornal e tinha uma rosa presa nos dentes.

— Papai, tivemos um voo divertidíssimo. Alguém passou mal.

— Esta é toda a bagagem de vocês?

— Quanto tempo tiveram que esperar em Valência?

— ... e a aeromoça derrubou um copo cheio de suco de laranja em uma *freira*!

Finalmente, Cosmo resolveu a situação, incumbiu-se do carrinho de bagagens e iniciou a caminhada para o terminal. Dali, passaram para a cálida penumbra do céu pontilhado de estrelas, impregnado com o cheiro de petróleo e o zunido das cigarras. Conseguiram espremer-se todos no Citroën — Penelope na frente, Olivia e Antonia apertadas no banco traseiro. A bagagem foi empilhada em cima dos passageiros e, então partiram para casa.

— Como vão Maria e Tomeu? — quis saber Antonia. — E os garnisés? E, papai, sabe de uma coisa? Tirei as maiores notas em francês! Ah, olhe ali, abriram uma nova discoteca. E um rinque de patinação. Ah, nós temos que ir patinar, papai, será que podemos? E nestas férias quero realmente aprender windsurfe... será que as aulas são caras demais?

A estrada agora familiar começava a subir, afastando-se da cidade e penetrando a zona rural, onde as montanhas surgiam salpicadas pelas luzes das casas de fazenda esparsas e o ar recendia ao forte aroma de pinheiros. Quando tomaram a estradinha que levava a Ca'n D'alt, Olivia viu que Maria acendera todas as luzes externas, as quais cintilavam em clima de celebração, pelos galhos das amendoeiras. Quando Cosmo parou o carro e eles começaram a desembarcar, Maria e Tomeu já estavam lá, aproximando-se em meio àquela profusão de luzes; Maria, atarracada e queimada de sol, com seu vestido preto e seu avental, Tomeu barbeado especialmente para a ocasião e com uma camisa limpa.

— *Hola, señor*! — chamou Tomeu.

Maria, entretanto, não pensava em mais nada além de sua querida criança.

— Antonia!

— Maria!

Antonia já saltava do carro e corria caminho abaixo para os braços de Maria.

— *Antonia! Mi nina. Favorita. Cómo está usted?*

Tinham chegado em casa.

O quarto de Penelope, que um dia fora o estábulo de um jumento, dava diretamente para o terraço. Era tão pequeno, que tinha espaço apenas para a cama, uma cômoda com gavetas e uma fileira de pinos de madeira pregados na parede, que serviam, às vezes, de guarda-roupa. Entretanto, Maria lhe dera o mesmo tratamento vigoroso que ao quarto de Antonia, de maneira que o diminuto aposento exalava limpeza e alvura, cheirando a sabão e algodão recentemente passado a ferro. Olivia enchera um jarro azul e branco com rosas amarelas, que colocou na mesa de cabeceira junto à cama, ao lado de alguns livros cuidadosamente escolhidos. Dois degraus ladrilhados levavam a uma segunda porta; Olivia a abriu e explicou à mãe a localização do único banheiro da casa.

— O encanamento é um tanto instável, depende do estado do poço, de maneira que se a descarga não funcionar da primeira vez é só você insistir.

— Estou achando tudo maravilhoso. Que casa encantadora. — Penelope tirou a capa, pendurou-a em um dos pinos e, voltando para junto da cama, abriu sua mala. — E que homem agradável parece ser Cosmo! Você está com uma aparência ótima. Nunca a vi tão bem!

Olivia sentou-se na beirada da cama e ficou olhando a mãe desfazer a mala.

— Você foi um anjo, aceitando um convite de última hora. Simplesmente, achei que seria mais fácil conviver com Antonia se você também estivesse aqui. Não que a tivesse convidado por este único motivo. Na verdade, mal pus os olhos nesta casa, tive vontade de mostrá-la a você.

— Você sabe que adoro fazer as coisas levada pelo impulso. Liguei para Nancy e lhe disse que vinha, e ela ficou roxa de inveja. Também um pouco ressentida por não ter sido convidada, mas fingi não ter percebido. Quanto a Antonia, é um amor de menina! Nem um pouco acanhada, rindo e tagarelando o dia inteiro. Quem dera que os filhos de Nancy tivessem metade da sua simpatia e educação. Só Deus sabe que pecado cometi, para ser presenteada com semelhante dupla de netos...

— E Noel? Tem visto Noel ultimamente?

— Não. Há meses que não ponho os olhos nele. Telefonei há dias, para me certificar de que continuava vivo. Continua.

— O que ele está fazendo no momento?

— Bem, mudou-se para um novo apartamento, nos arredores de King's Road. Quanto isso irá lhe custar, nem ousei perguntar, mas é problema dele. Agora, está pensando em abandonar o mundo editorial e passar para o da publicidade; segundo ele, conseguiu alguns contatos excelentes. Ia passar o final da semana em Cowes. O mesmo de sempre...

— E você? Como vão as coisas com você? Como está Podmore's Thatch?

— A querida casinha... — disse Penelope, enternecida. — O jardim de inverno ficou pronto, finalmente, e nem sei lhe dizer o quanto é bonito. Plantei um jasmineiro e uma videira. Também comprei uma cadeira de vime muito elegante.

— Com o tempo, terá um novo mobiliário no jardim.

— Ah, a magnólia floresceu pela primeira vez, e mandei aparar a glicínia. Os Atkinson estiveram lá um fim de semana desses, e fazia tanto calor que almoçamos no jardim. Todos perguntaram por você e mandaram muitas lembranças. — Ela sorriu, tornando-se maternal, seu rosto adquirindo uma expressão de satisfeita afetuosidade. — Quando voltar para casa, poderei dizer a eles que nunca a vi tão bem. Radiante. Linda.

— Foi um choque muito grande para você, eu ficar com Cosmo, abandonar o emprego e agir como uma louca, de um modo geral?

— Talvez. Enfim, por que não fazer isso? Você trabalhou a vida inteira; às vezes, quando via você tão tensa e cansada, ficava preocupada com sua saúde.

— Nunca me disse nada.

— Olivia, sua vida e o que você faz não são da minha conta. Isso não significa, entretanto, que deixe de me preocupar com você.

— Bem, você está certa. Fiquei doente. Depois que tomei a decisão, que cortei as amarras e virei a mesa, fiquei em pedaços. Dormi três dias seguidos. Cosmo foi um anjo. Então, tudo entrou nos eixos. Eu não havia percebido o quanto andava cansada. Acho que, se não tivesse feito isso, terminaria em algum asilo de loucos, vítima de uma *crise de nerfs.*

— Nem ouse pensar em tal coisa!

Enquanto conversavam, Penelope ia de um lado para outro, guardando suas roupas nas gavetas da cômoda ou pendurando nos pinos os surrados vestidos caseiros que trouxera consigo. Era bem típico de Penelope nada ter de novo ou na moda, comprado especialmente para aquela ocasião. No entanto, Olivia sabia que sua mãe emprestaria àquelas peças imemoriais sua própria marca de distinção.

Não obstante, havia algo novo. Do fundo da mala, retirou um vestido de seda num tom vivo de verde-esmeralda, que terminou revelando-se um caftã bordado em ouro, rico e exuberante, como uma veste saída de *As mil e uma noites.*

Olivia mostrou-se devidamente impressionada.

— De onde tirou essa coisa celestial?

— Não é lindo? Acho que é marroquino. Comprei-o de Rose Pilkington. A mãe dela o comprou, quando fez alguma excursão eduardiana ao Marrocos, e ela o encontrou no fundo de uma velha arca.

— Você ficará parecendo uma imperatriz, vestindo isso.

— Ah, mas não é tudo! — Pendurado em um pino, o caftã se juntou a uma série de desbotados vestidos de algodão, e Penelope se voltou para sua espaçosa sacola de couro, começando a remexer em suas profundezas. — Lembra-se de que lhe escrevi, contando que a querida tia Ethel tinha morrido? Bem, ela me deixou um pequeno legado. Chegou faz uns dois dias, bem a tempo de trazê-lo para cá.

— Tia Ethel deixou alguma coisa para você? Não pensei que ela tivesse algo para deixar.

— Nem eu. Enfim, bem típico dela, surpreendeu a todos nós, até o fim...

De fato, tia Ethel sempre tinha sido surpreendente.

Única irmã de Lawrence Stern e muito mais nova do que ele, havia decidido, no final da Primeira Guerra Mundial, que, aos trinta e três anos de idade e com a flor da juventude masculina da Inglaterra cruelmente ceifada pela carnificina nos campos de batalha franceses, não lhe restava alternativa senão aceitar o inevitável estado de solteira. Não se deprimindo por isso, dispusera-se a aproveitar sua solidão da melhor maneira humanamente possível. Vivera em uma casinha em Putney, muito antes de o lugar ficar em voga, onde, para equilibrar as finanças, aceitava um ou outro inquilino (ou amante?, a família jamais tivera certeza) e dava aulas de piano. Não era uma vida potencialmente emocionante, porém tia Ethel a fazia ser, vivendo cada dia em toda a sua plenitude, apesar de ser uma mulher pobre. Quando Olivia, Nancy e Noel eram crianças, uma visita de tia Ethel era sempre aguardada com ansiedade, não porque ela lhes trouxesse presentes, mas por ser divertida, de maneira alguma parecida com os adultos comuns. Ir à casa dela era a maior das delícias, porque nunca se sabia o que podia acontecer em seguida. Certa vez, enquanto se sentavam para saborear o assimétrico bolo que ela assara para o chá, o forro do quarto havia desabado. Em outra ocasião, haviam acendido uma fogueira em um recanto de seu pequeno jardim, o fogo passara para as grades de madeira, e a brigada contra incêndio teve de ser convocada, e chegou com todos os sinos tocando. Além disso, ela ensinara o cancã a eles, assim como canções vulgares de *music-hall* cujas letras de duplo sentido faziam Olivia sacudir-se com um riso culpado, embora Nancy sempre fechasse a cara, fingindo nada entender.

Conforme Olivia recordava, ela parecia um pequeno bicho-pau, com pés em tamanho infantil e cabelos tingidos de vermelho, tendo sempre um cigarro ao alcance da mão. Entretanto, apesar de sua aparência e estilo de vida vulgares (ou talvez por causa disso), seu círculo de amigos era numeroso, não havendo uma cidadezinha no condado em que tia Ethel não tivesse uma velha amiga, colega de escola ou antigo namorado. Grande parte de seu tempo era gasta junto com seus amigos — os quais a viviam convidando para visitá-los e darem boas risadas —, mas, em meio àquelas excursões pela Inglaterra provincial, ela costumava ir a Londres, onde visitava exposições de arte e ia a concertos, o que para tia Ethel significava a vida; era também dedicada à sua copiosa correspondência, ao inquilino da vez, aos seus alunos de piano e ao seu telefone. Estava sempre ligando para seu corretor — que devia ter sido um homem paciente — e, se suas escassas ações subiam um ponto no correr do dia, permitia-se duas doses de gim, em vez de uma, enquanto o sol batia no pátio. Ela chamava aquilo de sua pequena bebedeira.

Na casa dos setenta anos, quando o ritmo e os preços de Londres finalmente ficaram altos demais para ela, tia Ethel mudou-se para Bath, a fim de ficar perto de seus amigos mais queridos, Milly e Bobby Rodway. Então, Bobby Rodway falecera, logo seguido por Milly, e tia Ethel ficara sozinha. Conseguiu seguir em frente por algum tempo, inquebrantável e animada como sempre, porém a idade ia apoderando-se dela, terminou tropeçando na garrafa de leite e quebrando o quadril nos degraus da entrada. Após isso, a decadência acelerou-se e, finalmente, ela ficou tão frágil e incapaz que as autoridades a colocaram em uma clínica para idosos. Ali, embrulhada em um xale, desmemoriada e trêmula, era visitada regularmente por Penelope, que, em seu antigo Volvo, deslocava-se de Londres até Bath e, mais recentemente, de Gloucestershire. Olivia acompanhara a mãe uma ou duas vezes em tais ocasiões, porém ficava tão triste e deprimida que sempre tentava arranjar alguma desculpa para não ir.

— A querida velhinha — dizia Penelope agora, enternecida. — Sabe que estava com quase noventa e cinco? Tão idosa... ah, aqui está!

Finalmente encontrou o que procurava e, da sacola, retirou um antigo e surrado estojo de couro para joias. Pressionou o fecho, a tampa saltou, e no interior, sobre um fundo de veludo desbotado, havia um par de brincos.

— Ah!

O pequeno sinal de admiração foi totalmente involuntário, mas a visão dos brincos deixou Olivia deliciada. Eram lindos. Em ouro e esmalte, confeccionados em forma de cruz, com pingentes de rubi e pérolas, e um círculo de pérolas menores, unindo os braços da cruz ao fecho de ouro. Eram como bijuterias de outra era, com todo o intrincado esplendor da Renascença.

— Estes brincos eram da tia Ethel? — foi tudo o que pôde dizer

— Lindos, não são?

— Ora, mas onde foi que a velhinha os conseguiu?

— Nem desconfio. Estiveram confinados no banco durante os últimos cinquenta anos.

— Parecem uma antiguidade.

— Não. Acho que são vitorianos. Talvez italianos.

— Teriam sido da mãe dela?

— É possível. Talvez ela os tenha ganhado em algum jogo de cartas. Ou então os ganhou de algum admirador rico e apaixonado. Com tia Ethel, tudo tem que ser na base da suposição.

— Já mandou avaliá-los?

— Não tive tempo. Aliás, embora sejam bonitos, não creio que valham muito. De qualquer modo, são perfeitamente adequados para o meu caftã. Não acha que foram feitos um para o outro?

— Sim, acho. — Olivia devolveu o estojo à mãe. — Enfim, quando voltar para casa, prometa que os mandará avaliar e os porá no seguro.

— Está bem. Não dou muita importância a coisas assim — disse Penelope, tornando a guardar o estojo na sacola.

Já terminara sua arrumação. Penelope fechou a mala vazia, enfiou-a debaixo da cama e se virou para o espelho na parede. Retirou os grampos de tartaruga do coque e soltou os cabelos, que lhe caíram pelas costas, grisalhos, porém espessos e fortes como sempre. Jogando as madeixas por sobre um ombro, apanhou sua escova de cabelos. Com satisfação, Olivia apreciou o antigo ritual, o braço erguido de sua mãe e as longas escovadelas nos fios.

— E você, minha querida? Quais são seus planos?

— Passarei um ano aqui. Férias prolongadas.

— Seu editor sabe que você pretende retornar?

— Não.

— Vai voltar para a *Venus?*

— Talvez sim, talvez não.

Penelope largou a escova, segurou o comprido volume de cabelos na mão, torceu-o, enrolou-o e o prendeu novamente no lugar, com os grampos.

— Agora — disse — preciso me lavar. Depois, estarei pronta para qualquer coisa.

— Não vá tropeçar nos degraus.

Penelope foi para o banheiro. Olivia continuou onde estava, sentada na cama, tomada de gratidão pela calma e prática aceitação de Penelope daquela situação. Pensou em como seria ter outro tipo de mãe, ávida de curiosidade e impregnada de imagens românticas, unindo a filha a Cosmo, imaginando-a em algum altar com um vestido branco, desenhado para parecer bem, quando visto por trás. A própria ideia a fez rir e estremecer ao mesmo tempo.

Quando Penelope voltou, ela se levantou.

— E agora, que tal comer alguma coisa?

— Estou com bastante fome. — Ela olhou para seu relógio. — Nossa, são quase onze e meia!

— Onze e meia não quer dizer nada. Você agora está na Espanha. Venha, vamos ver o que Maria preparou para nós.

Juntas, as duas saíram para o terraço. Além das luzes, a escuridão era impenetrável e cálida como veludo azul. Olivia seguiu na frente, subindo os degraus de pedra para a cozinha. Lá encontraram Cosmo, Antonia, Maria e Tomeu sentados à mesa iluminada por velas, fazendo festa com uma garrafa de vinho e falando todos ao mesmo tempo, em uma torrente de castanholado espanhol.

— Ela é espetacular — disse Cosmo.

Estavam novamente sozinhos, e era como voltar para casa. Tinham feito amor e agora jaziam na escuridão, Olivia aninhada nos braços dele. Conversavam baixinho, não querendo perturbar o sono dos outros ocupantes da casa.

— Mãezinha? Eu sabia que você gostaria dela.

— Vejo agora de quem você herdou seus traços.

— Ela é cem vezes mais bonita do que eu.

— Precisamos exibi-la. Ninguém me perdoaria, se eu a deixasse retornar à Inglaterra sem que a conhecessem.

— O que quer dizer com isso?

— Vamos dar uma festa. O mais cedo possível. Iniciar a temporada social.

Uma festa. Essa era uma ideia inteiramente nova. Desde aquela primeira e detestável festa no barco, Olivia e Cosmo haviam passado o tempo todo juntos, sem falar com ninguém além de Maria, Tomeu e os poucos homens que frequentavam o bar do Pedro.

— E quem iremos convidar? — perguntou ela.

Olivia mais sentiu do que ouviu o riso dele. O braço apertou-se em torno de seus ombros.

— Surpresa, meu bem, surpresa! Tenho amigos na ilha inteira. Afinal, moro aqui há vinte e cinco anos. Pensou que eu fosse algum proscrito social?

— Nunca pensei nada disso — respondeu ela, com sinceridade. — Apenas, não desejava mais ninguém além de você.

— E nem eu desejava mais ninguém além de você. Afinal, achei que você precisava descansar um pouco das pessoas. Fiquei preocupado, naqueles dias em que não fez outra coisa além de dormir. Então, decidi que seria melhor que tudo ficasse tranquilo por algum tempo.

— Entendo. — Ela nada percebera a respeito, aceitando a solidão dele como totalmente natural. Agora, perguntava-se por que não questionara aquele autoimposto período de reclusão. — É outra coisa em que eu também não havia pensado — acrescentou.

— Pois agora chegou o momento de pensar. O que acha da ideia de uma festa?

Olivia descobriu que era uma boa ideia.

— Excelente — respondeu.

— Informal ou em grande estilo?

— Ah, em grande estilo. Minha mãe trouxe seu vestido de festa.

No dia seguinte, durante o desjejum, ele fez uma lista de nomes, tanto auxiliado como impedido pela filha.

— Ah, papai, você tem que convidar Madame Sangé.

— Não posso. Ela morreu.

— Então, convide Antoine. Aposto como ele virá.

— Pensei que você não gostasse daquele bode velho devasso.

— Não gosto muito, mas seria bom revê-lo. E os garotos Hardback são muito simpáticos, talvez me convidem para fazer windsurfe, e então não teríamos que pagar pelas aulas.

A lista finalmente chegou ao fim e Cosmo foi para o bar do Pedro, onde passaria a manhã telefonando. Os convidados que não recebessem telefonemas poderiam contar com convites escritos, que Tomeu entregaria dirigindo o Citroën de Cosmo, com certo perigo para si mesmo e quem mais encontrasse na estrada. As respostas choveram de volta, e a contagem final chegou a setenta. Olivia ficou impressionada, mas Cosmo manteve a modéstia. Disse a ela que nunca fora daqueles que fazem alarde de seu valor.

Foi chamado um eletricista, para instalar lâmpadas coloridas à volta da área da piscina. Tomeu varreu e limpou o local, endireitou mesas cambaias, carregou almofadas e poltronas. Antonia foi incumbida de polir os copos, lavar as porcelanas raramente usadas e depois procurar as toalhas de mesa e guardanapos, esquecidos em alguma prateleira. Olivia e Cosmo, com uma lista do comprimento do braço dela, fizeram uma estafante viagem à cidade e voltaram carregados de mantimentos, azeite, amêndoas torradas, sacolas de cubos de gelo, laranjas, limões e caixotes de vinho. Enquanto isso, Maria e Penelope trabalhavam na cozinha o tempo todo, entrando em acordo absoluto e sem uma só palavra em uma língua comum, preparando pernis, assando aves, cozinhando paellas, batendo ovos, condimentando molhos, fazendo massa e cortando tomates.

Finalmente, tudo ficou pronto. Os convidados eram esperados às nove da noite e, às oito, Olivia foi tomar uma ducha e preparar-se. Encontrou Cosmo, barbeado e deliciosamente perfumado, sentado na cama e tentando colocar abotoaduras de ouro nos punhos de sua melhor camisa.

— Maria colocou tanta goma nesta maldita coisa, que não consigo abrir as casas das abotoaduras.

Olivia sentou-se ao lado dele, tomando-lhe a camisa e as abotoaduras. Cosmo ficou espiando.

— O que vai usar? — perguntou ele.

— Tenho dois lindos vestidos novos que comprei para deslumbrar os hóspedes do hotel Los Pinos e que nunca foram usados. Não houve tempo. Você surgiu em minha vida e, desde então, me vi forçada a andar por aí vestindo farrapos.

— Qual dos dois usará?

— Estão no armário. Pode escolher.

Levantando-se, ele abriu a porta do armário, remexeu nos chocalhantes cabides e finalmente encontrou os vestidos. Um deles era curto, em vivo chiffon rosa, com camadas de saias semelhantes a nuvens. O outro era longo, azul-safira, sem cintura, fluindo de um fundo decote, com alças semelhantes a cordões de sapatos. Cosmo escolheu o azul, como Olivia imaginara. Ela o beijou, devolveu-lhe a camisa e foi para o chuveiro. Ao voltar do banheiro, ele já se fora. Vestiu-se lentamente, com imenso cuidado, maquiou-se, ajeitou os cabelos, colocou brincos e borrifou perfume. Por fim, afivelou as sandálias delicadas e então ergueu o vestido acima da cabeça. Ele deslizou sobre seu corpo, fresco e leve como a brisa. Quando Olivia se moveu, o tecido moveu-se com ela. Era como vestir um sopro de vento.

Soou uma batida à porta.

— Entre — disse ela.

Era Antonia.

— Olivia, você acha que está tudo bem?... — Interrompendo-se, ela observou Olivia. — Ah! Você está linda! Que vestido maravilhoso!

— Obrigada. Agora, vejamos você.

— Minha mãe comprou para mim em Weybridge e eu amei na loja, mas agora não tenho tanta certeza. Maria disse que não está no comprimento certo...

Ela usava um conjunto à marinheira branco, de saia pregueada e gola quadrada, com galões azul-marinho. As pernas queimadas, em sandálias brancas, estavam nuas. Antonia entrançara duas madeixas finas dos cabelos louro-avermelhados e as atara atrás da cabeça, com uma fita azul-marinho.

— Eu acho que está perfeito. Você parece fresca e estalando de nova como... não sei o quê. Um papel de presente, novinho em folha.

Antonia deu uma risadinha contida.

— Papai disse que você deve ir. As pessoas já começaram a chegar.

— Minha mãe está lá?

— Está. Foi para o terraço e está fantástica! Ah, vamos...

Agarrou a mão de Olivia e a puxou pela porta. Assim, de mãos dadas, sob as luzes, elas desceram para o terraço. Olivia avistou Penelope, já absorta em uma conversa com um homem, e percebeu que tivera razão ao dizer o que dissera, pois, naquele caftã de seda e com os brincos herdados, sua mãe de fato parecia uma imperatriz.

Depois daquela noite, o padrão de vida deles em Ca'n D'alt mudou inteiramente. Após semanas de solidão sem objetivo, agora parecia que nunca mais tinham um dia só para eles. A casa se enchia de convites para jantares, piqueniques, churrascos e passeios de barco. Carros chegavam e partiam, nunca parecia haver menos de doze pessoas à beira da piscina, muitas delas da mesma idade de Antonia. Cosmo finalmente arranjou as aulas de windsurfe, de maneira que todos iam de carro até a praia dos treinamentos. Olivia e Penelope jaziam na areia, supostamente apreciando os esforços de

Antonia para dominar aquele esporte enlouquecedor de tão difícil, mas, na realidade, ocupavam-se com a atividade favorita de Penelope, que era observar as pessoas. Como as pessoas observadas, naquela praia em particular, estavam quase inteiramente despidas, fossem jovens ou velhas, os comentários dela eram hilários, de modo que as duas passavam a maior parte do tempo de olhos arregalados, sem conseguir conter as risadinhas.

Às vezes, surgia a dádiva de um dia ocioso. Então, permaneciam em casa, no jardim. Com um velho chapéu de palha, seu recém-adquirido bronzeado e um surrado vestido de algodão, mais parecendo uma nativa da ilha, Penelope atacava com uma tesoura as enredadas roseiras de Cosmo. Eles nadavam constantemente, como exercício e para se refrescar. À medida que as noites iam ficando mais frias, saíam em pequenas caminhadas pelo campo, atravessando milharais e passando por casinholas e pátios de fazenda, onde bebês de nádegas nuas brincavam felizes na terra, juntamente com cabras e galinhas, enquanto suas mães tiravam do varal a roupa lavada ou apanhavam água no poço.

Quando finalmente chegou a data da partida de Penelope, ninguém queria que ela se fosse. A pedido de Olivia e de sua filha, Cosmo a convidou formalmente para ficar mais tempo, porém ela recusou, embora emocionada.

— Depois de três dias, os peixes e os convidados começam a cheirar mal, e eu já fiquei um mês com vocês.

— A senhora não é peixe, nem convidado, e não cheira mal nem um pouquinho — garantiu-lhe Antonia.

— Você é muito gentil, mas preciso voltar para casa. Já fiquei ausente tempo demais. Meu jardim jamais me perdoará.

— Mas voltará outras vezes, não é? — insistiu Antonia.

Penelope não respondeu. Em meio ao silêncio, Cosmo ergueu os olhos para Olivia.

— Ah, diga que vai voltar!

Penelope sorriu, dando palmadinhas na mão da menina.

— Talvez — respondeu. — Um dia...

Foram todos ao aeroporto vê-la partir. Mesmo depois de se despedirem, ainda ficaram por lá, esperando que o avião decolasse. Quando ele se foi, o som dos motores já desaparecendo, dissolvendo-se na imensidão do céu, não havia mais razão para ficarem lá e então voltaram para o carro, retornando a Ca'n D'alt em silêncio.

— Não será a mesma coisa sem ela, não acham? — disse Antonia melancolicamente, quando desceram para o terraço.

— Nada será — respondeu-lhe Olivia.

Podmore's Thatch,
Temple Pudley,
Glos.
17 de agosto

Meus caros Olivia e Cosmo,

Como poderei agradecer a vocês por sua interminável gentileza e por me proporcionarem férias inesquecíveis? Nem um só dia passou sem que me sentisse bem-vinda e querida, tendo voltado para casa com tantas recordações, como um álbum recheado de fotos. Ca'n D'alt é um lugar realmente mágico, seus amigos são encantadores e hospitaleiros, enquanto a ilha — até mesmo ou, talvez devesse dizer, especialmente as praias de topless — é simplesmente fascinante. Sinto uma falta enorme de vocês, em particular de Antonia. Há muito tempo não passava momentos tão gratificantes, com uma jovem tão encantadora. Eu poderia continuar com esta tagarelice para sempre, mas creio que vocês dois sabem o quanto me sinto grata. Lamento não ter escrito há mais tempo, porém não houve um momento disponível. O jardim está uma profusão de ervas daninhas, e os canteiros de rosas perderam todo o formato. Acho que deveria arranjar um jardineiro.

Por falar em jardineiros, passei uns dois dias em Londres, quando vinha para casa, e fiquei com os Friedmann. Fui a um concerto

delicioso, no Festival Hall. Também levei os brincos para serem avaliados na Collingwood's, como você sugeriu que eu fizesse, e — não vai acreditar — o homem disse que valiam pelo menos quatro mil libras! Quando voltei a mim, depois do desmaio, expliquei que os queria pôr no seguro, mas o valor do prêmio mencionado era enorme. Assim, eu os levei para o banco tão logo cheguei em casa, e lá os deixei. Pobrezinhos, parecem condenados a passar a vida no banco! Eu poderia vendê-los, porém achei-os tão bonitos... Aliás, é bom saber que estão lá, como dinheiro disponível, caso eu resolva cometer alguma loucura de repente, como comprar um cortador de grama a motor. (Daí a referência a jardineiros.)
Nancy, George e as crianças apareceram para almoçar domingo passado, supostamente para saber notícias de Ibiza, mas na realidade para me contar das iniquidades dos Croftway e de como eles foram convidados para um almoço formal com o governador do condado. Servi-lhes faisão e couve-flor fresca da horta, depois maçã em pedacinhos, guarnecida com frutas cristalizadas e conhaque, mas Melanie e Rupert reclamaram e discutiram, não fazendo o menor esforço para disfarçar seu tédio. Nancy não tem o menor controle sobre eles, e George parece não perceber os modos terríveis dos filhos. Fiquei tão irritada com Nancy que, para provocá-la, falei nos brincos. Ela não mostrou grande interesse — nem uma só vez visitou a pobre tia Ethel — até eu pronunciar as palavras mágicas: quatro mil libras. Isso a deixou sumamente atenta, como um sabujo farejando a caça. Sempre foi fácil saber o que ela pensa, de maneira que a vi imaginando talvez o baile de debutantes de Melanie, com um ou dois parágrafos na página social da *Harpers and Queen*. "Melanie Chamberlain, uma das mais lindas debutantes deste ano, usava vestido de renda branca e os famosos brincos de ouro e rubis que pertenceram à sua avó." Talvez eu tenha me enganado.
Que cruel sou eu, mostrando-me desleal com minha filha, porém não posso deixar de partilhar a piadinha com você.

Meus agradecimentos novamente. Estão longe de expressar o que sinto, porém não encontro outras palavras para demonstrar minha gratidão.

Recebam o meu amor,

Penelope.

Os meses passaram. O Natal chegou e se foi. Estavam agora em fevereiro. Houvera chuva e algumas tempestades, de maneira que passaram muito de seu tempo dentro de casa, com a lareira crepitando, mas de repente surgiu um sopro de primavera no ar, as amendoeiras desabrocharam e passou a fazer calor suficiente ao meio-dia para se sentarem um pouco ao ar livre.

Fevereiro. A essa altura, Olivia julgava conhecer tudo que era possível sobre Cosmo. No entanto, enganava-se. Certa tarde, subindo da horta com uma cesta de pequenos ovos das garnisés na mão, ouviu um carro aproximar-se e parar debaixo da oliveira. Ao subir os degraus para o terraço, viu um homem estranho vindo em sua direção. Devia ser um residente local, mas se vestia de maneira mais formal do que a costumeira — terno marrom, colarinho e gravata, tinha um chapéu de palhinha na cabeça e carregava uma pasta de documentos.

Ela sorriu, curiosa, e ele tirou o chapéu.

— *Buenos dias.*

— *Buenos dias.*

— *Señor* Hamilton?

Cosmo estava dentro de casa, escrevendo cartas.

— Pois não?

O homem falou em inglês:

— Gostaria de vê-lo. Diga-lhe que é Carlos Barcello. Ficarei esperando.

Olivia saiu à procura de Cosmo e o encontrou sentado diante da secretária, na sala de estar.

— Visita para você — anunciou ela. — Um homem chamado Carlos Barcello.

— Carlos? Ah, meu Deus, esqueci que ele vinha! — Largando a caneta, ele se levantou. — É melhor eu ir falar com ele. — Saiu da sala e subiu os degraus correndo. Ela o ouviu cumprimentar. — *Hombre*!

Olivia levou os ovos para a cozinha e os colocou dentro de uma tigela de louça amarela, um por um. Depois, cheia de curiosidade, foi até a janela e viu Cosmo ao lado do Sr. Barcello, quem quer que fosse ele, conversando enquanto desciam em direção à piscina. Permaneceram lá algum tempo e retornaram ao terraço, onde ficaram inspecionando o poço. Depois disso, ela os ouviu entrando na casa, mas não pareceram ir além do quarto. Também ouviu a descarga sendo puxada. Perguntou-se se o Sr. Barcello seria um encanador.

Os dois homens retornaram ao terraço. Lá, conversaram durante mais algum tempo, despediram-se, e ela ouviu o carro do Sr. Barcello ser ligado, afastando-se em seguida. Pouco depois, os passos de Cosmo soaram na escada. Ela o ouviu entrar na sala de estar, atirar uma tora ao fogo e, presumivelmente, sentar-se de novo para escrever suas cartas.

Eram quase cinco da tarde. Olivia ferveu uma chaleira de água, preparou um bule de chá e o levou para ele.

— Quem era aquele homem? — perguntou, deixando a bandeja na mesa.

Cosmo ainda escrevia.

— Hum?

— Quem era ele? O Sr. Barcello?

Ele se virou na cadeira e sorriu para ela, meio divertida

— Por que está tão curiosa?

— Bem, é claro que tenho de estar. Nunca o vi antes por aqui e, de mais a mais, estava bem-vestido demais para ser um encanador.

— Quem disse que era um encanador?

— Não era?

— Santo Deus, não! — exclamou Cosmo. — Ele é meu senhorio.

— Seu senhorio?

— Isso mesmo, meu senhorio.

No mesmo instante, ela se sentiu tiritando de frio. Cruzou os braços sobre o peito, olhando fixamente para Cosmo; queria que ele, de algum modo, lhe dissesse que entendera mal, que se enganara.

— Está querendo dizer que esta casa não lhe pertence?

— Exatamente.

— Você mora nela há vinte e cinco anos... e não é seu dono?

— Já lhe disse. Não, não sou.

A Olivia aquilo pareceu quase obsceno. Aquela casa, tão intensamente usada, repleta de recordações partilhadas; o jardim tratado, a pequena piscina; a vista que se tinha dali. Nada daquilo pertencia a Cosmo. Jamais pertencera. Era tudo propriedade de Carlos Barcello.

— Por que nunca a comprou?

— Ele nunca a quis vender.

— E você não pensou em procurar outra?

— Eu não queria outra casa. — Cosmo se ergueu lentamente da cadeira, como se escrever cartas o houvesse fatigado. Empurrou a cadeira para o lado e foi apanhar um charuto, na caixa que estava na cornija da lareira. De costas para ela, prosseguiu: — De qualquer modo, assim que Antonia entrou para a escola, era minha responsabilidade pagar as anuidades. Depois disso, não tive mais o suficiente para comprar coisa alguma.

Em cima da lareira havia um recipiente com papel torcido. Ele apanhou um e o encostou às chamas, para acender o charuto.

Não tive mais o suficiente para comprar coisa alguma. Eles jamais haviam falado em dinheiro. O assunto nunca surgira entre eles. Durante os meses em que haviam ficado juntos, sem fazer perguntas, Olivia tinha contribuído com alguma coisa para as despesas normais do dia a dia. Pagava uma compra de mercado ou um tanque de gasolina. Às vezes, como naturalmente acontece, ele estava com pouco dinheiro, e então ela pagava a conta das bebidas em algum bar ou em uma de suas ocasionais saídas à noite. Afinal de contas, não estava desprovida de dinheiro e, só porque estava vivendo com Cosmo, isso não significava que esperasse ser sustentada por ele. Surgiram perguntas no fundo de sua mente, mas receou fazê-las, por medo das respostas.

Ficou olhando para ele em silêncio. Após acender o charuto, Cosmo jogou ao fogo o papel torcido e se virou para fitá-la, os ombros apoiados na lareira.

— Você parece ter ficado muito chocada — disse.

— E fiquei, Cosmo. Acho quase impossível de acreditar. Isso vai contra o cerne de algo sobre o que tenho opiniões muito firmes. Ser dono da própria casa sempre me pareceu a prioridade mais importante. Isso nos infunde segurança, em cada sentido da palavra. A casa da Rua Oakley pertencia a minha mãe e, por causa disso, quando crianças sempre nos sentimos seguros. Ninguém poderia tirá-la de nós. Uma das melhores sensações do mundo era voltar para casa, ficar lá dentro, fora da rua. Então, fechada a porta, sabíamos que estávamos em nosso lar.

Ele não fez qualquer comentário a respeito. Perguntou apenas:

— Você é proprietária da casa em que mora, em Londres?

— Ainda não, mas serei, dentro de dois anos. Até lá, terei acabado de pagar à firma construtora.

— Você é uma mulher de negócios e tanto.

— Ninguém precisa ser uma mulher de negócios para perceber o quanto é antieconômico pagar aluguel durante vinte e cinco anos e, no fim desse tempo, nada ter de seu.

— Acha que sou um tolo.

— Não, Cosmo! Não é isso. Acho que posso entender como tudo aconteceu, porém, ainda assim, fico preocupada.

— Por minha causa.

— Sim, por sua causa. Estive pensando que fiquei com você todo este tempo, sem nunca me perguntar de que estamos vivendo.

— Quer saber?

— Não, a menos que você queira contar.

— A renda provém de alguns investimentos que herdei de meu avô e da minha pensão do exército.

— E isso é tudo?

— Absolutamente tudo.

— Então, se alguma coisa lhe acontecer, essa pensão do exército morre com você.

— Naturalmente. — Cosmo tentou forçar um sorriso, em seu rosto tenso e preocupado. — Bem, não vamos me sepultar por enquanto. Afinal, estou apenas com cinquenta e cinco anos.

— Eu sei, mas e Antonia?

— Não posso lhe deixar o que não tenho. Simplesmente, espero que, quando chegar a minha hora, ela já tenha encontrado um marido rico.

Os dois estavam discutindo, mas tranquilamente. Quando ele se saiu com essa, no entanto, todos os instintos de Olivia fervilharam, e ela perdeu a calma.

— Não diga uma coisa dessas, Cosmo! Não fale dessa maneira fantasmagórica, arcaica e vitoriana, condenando Antonia à dependência de algum homem pelo resto da vida! Ela precisa ter seu próprio dinheiro. Toda mulher precisa!

— Não tinha percebido o quanto o dinheiro é importante para você.

— Não é importante para mim. Nunca foi. Importante, apenas, é que se tenha algum. Porque o dinheiro compra coisas agradáveis; não carros velozes, casacos de pele, cruzeiros ao Havaí ou coisas do gênero, mas coisas reais, maravilhosas, como independência, liberdade e dignidade. E instrução. E tempo.

— Foi por isso que trabalhou a vida inteira? Para poder dar uma rasteira no machista arrogante, no *pater famílias* vitoriano?

— Não está sendo justo! Falando assim, faz com que eu pareça a pior espécie de feminista, agressiva com ideias odiosas!

Ele não replicou a essa explosão, fazendo-a imediatamente sentir-se envergonhada, desejando não ter pronunciado aquelas palavras iradas. Jamais haviam discutido antes. A rápida irritação de Olivia morreu, dando lugar à razão. Respondeu à pergunta dele, em voz deliberadamente calma:

— Sim, este é um dos motivos. Já lhe contei que meu pai foi apenas uma espécie de figura decorativa. Jamais me influenciou, em qualquer sentido. Entretanto, sempre estive determinada a imitar minha mãe, a ser forte, a não depender de ninguém. Além do mais, sinto uma necessidade criativa de escrever, e o tipo de jornalismo que exerço preenche essa necessidade. Portanto, sou uma mulher de sorte. Faço o que gosto de fazer e sou paga para isso. Entretanto, não é tudo. Existe uma compulsão em alguma parte, uma força propulsora forte demais para que lute contra ela. Preciso do conflito de um trabalho que puxe por mim, que me force a tomar decisões, resolver situações. Preciso das pressões, do fluxo de adrenalina. E algo que me estimula.

— E isso a torna feliz?

— Ah, Cosmo! Felicidade... Não existe um caldeirão de ouro no fim do arco-íris! Imagino que a resposta seja que, se estou trabalhando, nunca sou inteiramente infeliz. E, se não estou trabalhando, nunca sou inteiramente feliz. Acha que faz sentido?

— Quer dizer que não tem sido inteiramente feliz aqui?

— Estes meses com você foram diferentes, algo que jamais me aconteceu antes. É como um sonho, fora do tempo. E nunca deixarei de ser grata por você ter me dado algo que nenhuma pessoa poderá tomar. Uma boa temporada. Não uma boa temporada, mas uma *boa* temporada. Entretanto, não se pode sonhar eternamente. É preciso acordar um dia. Em breve começarei a ficar inquieta, talvez irritável. Você vai querer saber o que há de errado comigo, e eu também. Então, farei uma análise privada do problema e descobrirei que chegou a hora de voltar para Londres, retomar o fio da meada e seguir com minha vida.

— Quando será isso?

— No próximo mês, talvez. Em março.

— Você disse um ano. Em março, serão apenas dez meses.

— Eu sei, mas Antonia vai vir novamente em abril. Acho que, a essa altura, eu já deveria ter ido embora.

— Pensei que vocês gostassem da companhia uma da outra.

— E gostamos. Por isso é que prefiro ir embora. Ela não deve esperar me encontrar aqui, e tampouco devo me tornar importante para ela. Além do mais, encontrarei uma série de problemas à minha espera, sendo o menor deles arranjar um emprego.

— Conseguirá seu antigo emprego de volta?

— Se não conseguir, arranjarei um melhor.

— Parece muito segura de si.

— Tenho de ser.

Ele soltou um longo suspiro e então, com um gesto de impaciência, atirou na lareira o charuto consumido pela metade.

— Se lhe pedisse para casar comigo, você ficaria? — perguntou.

Ela exclamou, em desespero:

— Ah, Cosmo!...

— Tente entender, acho difícil pensar em um futuro sem você.

— Se me casasse com alguém — respondeu ela —, seria com você. Entretanto, no dia em que cheguei aqui, eu lhe disse. Jamais desejaria me casar, ter filhos. Gosto das pessoas. Sou fascinada por gente, mas também preciso da minha privacidade. De ser eu mesma. Viver só.

— Eu a amo — disse ele.

Ela cruzou o pequeno espaço entre ambos, passou os braços à volta da cintura dele e repousou a cabeça em seu ombro. Através da suéter e da camisa, podia ouvir o coração de Cosmo batendo.

— Preparei chá — disse. — Não o bebemos, e agora deve estar frio.

— Eu sei. — Olivia sentiu a mão dele tocar-lhe o cabelo.

— Você voltará a Ibiza?

— Acho que não.

— Escreverá para mim? Ficaremos em contato?

— Eu lhe mandarei cartões de Natal, com ilustrações de tordos.

Segurando a cabeça de Olivia, a fez erguer o rosto. A expressão de seus olhos claros era imensuravelmente triste.

— Agora eu sei — disse para ela.

— Sabe o quê?

— Que vou perder você para sempre.

4

NOEL

Às quatro e meia da tarde daquela fria, escura e chuvosa sexta-feira de março, enquanto Olivia ameaçava sua editora de ficção com a demissão e Nancy vagava perplexa pela Harrods, o irmão delas, Noel, limpava sua mesa de trabalho nos escritórios futuristas da agência publicitária Wenborn & Weinburg e voltava para casa.

O escritório só fechava às cinco e meia, mas como trabalhava ali fazia cinco anos, supunha que uma ocasional saída mais cedo estava entre seus direitos. Os colegas, acostumados à sua maneira de ser, apenas ergueram as sobrancelhas. Se ele encontrasse por acaso um dos sócios mais antigos, em sua caminhada até o elevador, já teria uma justificativa pronta: sentia-se mal, talvez houvesse pegado uma gripe, e ia para casa, descansar.

Noel não encontrou nenhum dos sócios antigos e tampouco pretendia enfiar-se na cama: sua ideia era ir de carro até Wiltshire, onde passaria o fim de semana com algumas pessoas de sobrenome Early, que ainda não conhecia. Camilla Early era uma antiga colega de escola de Amabel, e Amabel era a atual namorada de Noel.

— Eles vão dar uma festa em casa para a *point-to-point** local, no sábado — anunciara Amabel. — Talvez fosse uma boa pedida.

— A casa tem aquecimento central? — perguntara ele, cauteloso.

Naquela época do ano, Noel não tinha a menor intenção de ficar, nem uma hora que fosse, tiritando diante do calor precário de uma lareira.

— Ah, é claro que tem! Aliás, eles nadam em dinheiro. Costumavam mandar apanhar Camilla na escola em um enorme Bentley.

A perspectiva parecia agradável. Aquele seria o tipo do lugar onde se podem conhecer pessoas úteis. Enquanto descia no elevador, Noel afastou da mente os problemas do dia e começou a divagar. Se Amabel chegasse a tempo, poderiam sair de Londres antes do engarrafamento causado pelo êxodo das noites de sexta-feira. Esperava que ela trouxesse seu carro, no qual fariam a viagem. Seu Jaguar vinha produzindo ruídos estranhos e, indo no carro dela, sempre haveria a possibilidade de que ele não tivesse de pagar a gasolina.

Fora do escritório, a Knightsbridge alagava-se durante a chuva, e o trânsito estava congestionado. Em geral, Noel costumava voltar para Chelsea de ônibus ou, no verão, caminhando pela Rua Sloane. Agora, no entanto, colhido pelo frio, amaldiçoou os gastos e fez sinal para um táxi. Na metade de King's Road, mandou o motorista parar, saltou do táxi, pagou a corrida e internou-se em sua própria rua, de onde perfaria a pé o pequeno trajeto até Vernon Mansions.

Seu carro estava parado junto ao meio-fio — um Jaguar modelo E, muito potente, porém com dez anos de uso. Noel o comprara de um sujeito falido, achando que fizera um negócio da China, mas só até levá-lo para casa e descobrir a profusão de ferrugem na parte inferior do chassis, os freios em péssimo estado e o fato de que o motor absorvia tanta gasolina quanto um homem sedento bebia cerveja. E, agora, começara aquele ruído chocalhante. Parou para olhar os pneus e chutou um deles. Arriado. Se,

---

* Na Inglaterra, escola particular de nível médio (geralmente internato) mantida por doações e que prepara alunos para o curso universitário ou para o serviço público. (N.T.)

por algum infeliz acaso, fosse obrigado a usar o carro esta noite, teria que parar e calibrar o pneu.

Afastou-se do carro, cruzou a calçada e depois a porta principal do prédio. O interior cheirava a mofo, com seu ar viciado. Havia um pequeno elevador, mas, como morava no primeiro andar, ele subiu de escada. Era acarpetada, bem como o pequeno corredor até sua porta. Abriu-a e, quando tornou a fechá-la, estava em casa. Seu lar.

Em verdade, era uma pilhéria.

Os apartamentos haviam sido construídos como *pieds-à-terre* para homens de negócios pernoitarem, esgotados pela pura exaustão da viagem diária de trem até os confins de Surrey, Sussex ou Buckinghamshire. Cada um deles apresentava um diminuto vestíbulo, com um armário embutido onde, presumia-se, o morador guardaria todas as roupas destinadas ao trabalho. Em seguida, havia um banheiro minúsculo, uma cozinha do tamanho de um iate de pequeno porte e uma saleta de estar. Ali, portas duplas com venezianas se dobravam para trás, revelando uma espécie de canil, inteiramente tomado por uma cama de casal. Além de ser impossível arrumar a cama, no verão aquele recanto ficava hediondamente quente, a ponto de Noel geralmente terminar dormindo no sofá.

A decoração e o mobiliário faziam parte do apartamento, estando incluídos no aluguel inflacionado. Tudo era em bege ou marrom, e incrivelmente tedioso. A janela da sala de estar dava para a uniforme parede atijolada de um supermercado construído pouco antes, um beco estreito e uma fileira de garagens fechadas à noite. A luz do sol jamais penetrava ali. As paredes, que um dia tinham sido creme, haviam escurecido para um tom de margarina rançosa.

Entretanto, era um bom endereço. Para Noel, isso era mais importante do que tudo. Fazia parte de sua imagem, como o carro ostentoso, as camisas Harvie & Hudson, os sapatos Gucci. Todos esses detalhes eram de suma importância, porque, em sua juventude, devido a circunstâncias familiares e pressões financeiras, ele não fora enviado para um internato, mas educado em um externato em Londres, ficando dessa maneira privado das amizades fáceis e conexões úteis, feitas por quem cursava Eton, Harrow ou Wellington. Esse era um ressentimento que, mesmo à idade de quase trinta anos, continuava a amargurá-lo.

Deixar a escola e encontrar emprego não tinha sido um problema. Já havia um posto à sua espera na firma da família de seu pai, Keeling & Philips, uma editora tradicional e há muito estabelecida, localizada em St. James. Noel trabalhara lá durante cinco anos, antes de passar para o infinitamente mais interessante e lucrativo campo da publicidade. Entretanto, sua vida social era uma questão inteiramente diversa e só podia contar com seus próprios recursos. Por sorte, tais recursos eram numerosos. Noel era alto, bonito, perito em jogos e, ainda menino, aprendera a cultivar maneiras sinceras e abertas, rapidamente cativantes. Sabia ser encantador com senhoras idosas, discretamente respeitoso com senhores idosos e, com a paciência e a sagacidade de um espião bem treinado, infiltrar-se com pouca dificuldade nos altos escalões da sociedade londrina. Durante anos, constara das listas de rapazes impecáveis, elaboradas pelas patrocinadoras de bailes de debutantes. Durante toda a temporada social, quase não tinha tempo para dormir, voltando de algum baile ao alvorecer de um dia de verão, despindo o fraque e a camisa engomada, tomando uma ducha e indo trabalhar. Passava os fins de semana em Henley, Cowes ou Ascot. Era convidado para esquiar em Davos, pescar em Sutherland e, de vez em quando, seu belo rosto aparecia nas páginas lustrosas da *Harpers and Queen*, "gracejando com sua anfitriã".

Em tal sentido, isso era uma façanha. Contudo, de repente, não bastava mais. Ele estava farto. Parecia não chegar a lugar algum. Noel desejava mais.

O apartamento fechava-se em torno dele, velando-o como um parente deprimido, à espera de que ele tomasse alguma iniciativa. Noel correu as cortinas, acendeu o abajur, e as coisas pareceram um pouquinho melhores. Tirou o *The Times* do bolso do paletó e o jogou em cima da mesa. Depois despiu o paletó e o colocou em uma poltrona. Foi para a cozinha, serviu-se de uma dose generosa de uísque e encheu o copo com gelo. Retornando à sala, sentou-se no sofá e abriu o jornal.

Examinou primeiro os preços no mercado de ações e viu que as da Consolidated Cables tinham subido um ponto. Em seguida, passou à página das corridas. Scarlet Flower chegara em quarto, o que significava que jogara cinquenta pratas no lixo. Leu a crítica de uma nova peça e depois o noticiário sobre leilões. Viu que um Millais alcançara, na Christie's, quase oitocentas mil libras.

Oitocentas mil libras.

As próprias palavras quase o fizeram passar mal de inveja e frustração. Largou o jornal, tomou um gole do uísque e pensou na tela *As aguadeiras*, de Lawrence Stern, que seria leiloada na Boothby's, na semana seguinte. A obra do avô jamais lhe causara espécie, como tampouco à sua irmã Nancy, mas, ao contrário dela, não lhe passara despercebido o extraordinário ressurgimento de interesse no mundo da arte em relação àqueles pintores vitorianos. Durante os últimos anos, vira os preços nas salas de leilões subindo lentamente, até que atingissem as somas incríveis de agora, uma fortuna que, a ele, parecia de todo desproporcional.

No auge do mercado, e ele nada tinha para vender! Neto de Lawrence Stern e, ainda assim, sem nada possuir. Nenhum deles possuía. Na casa da Rua Oakley, havia apenas os três Stern, mas sua mãe os levara para Gloucestershire, onde enfeavam as salas de pé-direito baixo de Podmore's Thatch.

Quanto valeriam? Quinhentas, seiscentas mil? Talvez, contrariando as probabilidades, devesse envidar algum esforço para induzi-la à venda. Se conseguisse convencer a mãe, os lucros teriam de ser divididos, é claro. Nancy, evidentemente, insistiria em sua parte, mas, mesmo assim, sobraria ainda uma boa quantia para ele. Sua imaginação aventurou-se à frente com cautela, cheia de esquemas brilhantes. Daria um pontapé em seu emprego de tempo integral na Wenborn & Weinburg e se estabeleceria por conta própria. Não no ramo publicitário, mas em corretagem de ações, na especulação em alta escala.

Precisaria apenas de um endereço de prestígio no West End, um telefone, um computador e um bocado de sangue frio. Isso ele tinha bastante. Exploraria especuladores, adularia os grandes investidores, penetraria o time dos grandes. Sentiu um ímpeto de excitação quase sexual. Sim, bem poderia acontecer. Faltava-lhe apenas o capital para colocar as coisas em movimento.

Os catadores de conchas. Talvez devesse fazer uma visita à mãe, no próximo fim de semana. Fazia meses que não a via, mas ultimamente ela não ia bem de saúde — em tons lúgubres, Nancy lhe comunicara o fato por telefone —, e essa seria uma boa justificativa para o seu aparecimento em Podmore's Thatch, quando então poderia dirigir a conversa, delicadamente, para o assunto dos quadros. Se ela começasse a apresentar escusas ou objeções, como o Imposto sobre Ganhos de Capital, ele mencionaria seu amigo Edwin Mundy, um negociante de antiguidades e perito em objetos penhorados na Europa, que enviava dinheiro vivo para bancos suíços, onde estaria a salvo das goelas insaciáveis do Imposto de Rendas Internas. Havia sido Edwin quem primeiro o alertara sobre os altos preços que vinham sendo pagos em Nova York e Londres pelas antigas obras alegóricas, tão em moda na virada do século. Certa vez, até sugerira que Noel entrasse em sociedade com ele. Entretanto, após refletir um pouco, Noel desistira da oferta. Sabia que Edwin brincava perigosamente com a lei, e ele não tinha a menor intenção de passar nem um dia na cadeia.

Tudo era quase insuperavelmente difícil. Respirou fundo, terminou seu uísque e olhou para o relógio. Cinco e quinze. Amabel viria buscá-lo às cinco e meia. Erguendo-se do sofá, apanhou sua mala no armário do vestíbulo e rapidamente a arrumou para o fim de semana. Era perito nisso — tendo tantos anos de prática —, de modo que a tarefa não levou mais de cinco minutos. Em seguida, despindo-se, entrou no banheiro para tomar uma ducha e se barbear. A água estava bem quente, o que era uma das boas coisas de viver naquele cafofo situado nos cafundós e, após a ducha, aquecido e perfumado, sentiu-se melhor. Vestiu roupas limpas e casuais — camisa de algodão, suéter de caxemira, paletó de tweed; colocou a sacola de roupas usadas em cima da mala, fechou o zíper e embolou as roupas que estivera vestindo em um canto da cozinha, a fim de que sua diarista as encontrasse e, esperava ele, as lavasse.

Às vezes, ela ignorava sua roupa suja. Às vezes nem mesmo aparecia. Com profunda saudade, ele recordou o antigo modo de vida, antes de sua mãe, sem pensar em mais ninguém senão nela própria, decidir vender a casa da Rua Oakley. Lá, ele tivera o melhor de tudo. A independência de um molho de chaves e seus próprios aposentos no alto da casa, juntamente com as intermináveis vantagens de morar com a mãe. Água quente o tempo todo, lareiras acesas, comida na despensa, bebida na adega, um grande jardim para a época do verão, o *pub* do outro lado da rua, o rio na soleira de sua porta, roupa lavada, cama arrumada, camisas passadas e, por tudo isso, não se esperava que pagasse mais do que o preço de um rolo de papel sanitário. Acrescentava-se o fato de a mãe ser tão independente quanto o filho e, se não era surda a degraus rangendo e leves pisadas femininas passando diante da porta de seu quarto, então fingia sê-lo e jamais fizera um só comentário. Noel imaginara que tal idílico sistema de vida seria permanente, que, se quaisquer mudanças fossem feitas, seria ele quem as faria. No entanto, quando ela comunicou sua intenção de vender a casa e mudar-se para o campo, foi como se puxassem o tapete de sob seus pés.

— E quanto a mim? O que vou fazer?

— Noel, meu querido, você agora está com vinte e três anos e morou nessa casa a vida inteira. Talvez já seja hora de abandonar o ninho. Tenho certeza de que se sairá bem.

Sair-se bem! Ter que pagar aluguel, comprar comida, comprar uísque, gastar dinheiro em coisas horríveis, como saponáceo para limpar o banheiro e contas de lavanderia. Apegara-se à casa da Rua Oakley até o último momento, ainda esperançoso de que ela mudasse de ideia. De fato, só se mudou de lá quando chegou o caminhão da transportadora que levaria os bens de Penelope para Gloucestershire. Por fim, a maioria dos pertences dele seguiu também no caminhão, pois no minúsculo apartamento que arranjara não havia espaço para tudo o que acumulara a vida inteira. No momento, esses pertences estavam empilhados num pequeno e entulhado aposento em Podmore's Thatch, eufemisticamente conhecido como o quarto de Noel.

Ele ia lá o menos possível, ressentido não apenas com o insólito comportamento da mãe, mas porque o irritava vê-la tão satisfeita, instalada no campo — e sem a sua presença. Achava que, pelo menos, ela devia ter a decência de aparentar alguma nostalgia pelos bons e velhos tempos que moravam juntos, porém Penelope parecia não sentir sua falta.

Noel achava difícil entender tudo aquilo, porque sentia uma enorme falta de sua mãe.

Tais pungentes devaneios foram interrompidos pela chegada de Amabel, atrasada apenas quinze minutos. A campainha soou e, quando ele foi abrir a porta, viu-a parada do lado de fora, trazendo sua bagagem, duas volumosas e recheadas bolsas, de uma das quais brotava um par de botas de borracha, em tom verde sujo.

— Oi!

— Você está atrasada — disse ele.

— Eu sei. Me desculpe.

Ela entrou, deixou as bolsas no chão, ele fechou a porta e a beijou.

— Por que demorou?

— Foi difícil encontrar um táxi, o trânsito está um inferno.

Um táxi. O coração dele apertou-se.

— Não veio em seu carro?

— O pneu furou. Além de não ter um estepe, não sei trocar pneus.

Já era de esperar. Em questões práticas, ela era inteiramente inútil e talvez uma das mulheres mais desorganizadas que ele já conhecera. Tinha vinte anos, era miúda como uma criança, de ossatura pequena, e uma magreza que beirava a esqualidez. A pele era tão pálida que quase chegava a ser transparente, os olhos cor de groselha eram grandes, de cílios espessos, os cabelos compridos, finos e lisos, usados soltos e, em geral, caídos sobre o rosto. Naquele anoitecer frio e chuvoso, usava roupas incrivelmente inadequadas — jeans apertados, uma camiseta de malha e um curto blusão de brim. Os sapatos eram frágeis e os tornozelos estavam nus. Em tudo e por tudo, Amabel parecia uma anoréxica de Bermondsey, mas, na realidade, era a ilustre Amabel Remington-Luard, filha de Lorde Stockwood, dono de vastas propriedades em Leicestershire. Isso é que atraíra Noel, antes de mais nada, acrescido do fato de que, por alguma razão obscura, ele achava sua aparência desamparada extremamente sexy.

Bem, agora teriam que rodar até Wiltshire no Jaguar. Contendo a irritação, ele disse:

— Muito bem, é melhor irmos andando. Vamos ter que parar em algum posto para calibrar os pneus e também encher o tanque.

— Poxa, me desculpe...

— Você sabe o caminho?

— Para onde? Para o posto?

— Não. Para onde vamos, em Wiltshire.

— Ah, é claro que sei!

— Como se chama a casa?

— Charbourne. Já estive lá não sei quantas vezes.

Noel ficou olhando para ela, depois para sua "bagagem".

— Estas são todas as roupas que trouxe?

— Também trouxe as minhas botas de borracha.

— Ainda estamos no inverno, Amabel, e pretendemos ir a um *point-to-point* amanhã! Não tem um casaco?

— Não. Deixei-o no campo, no fim da semana passada. — Ela encolheu os ombros ossudos. — Bem, posso arranjar qualquer coisa emprestada. Camilla tem um monte de roupas adequadas.

— Não é essa a questão. Primeiro temos que *chegar* lá, e o aquecimento do Jaguar nem sempre funciona direito. A última coisa que quero é ver você com pneumonia.

— Desculpe.

A julgar por sua expressão, as desculpas não pareciam ser muito sentidas. Novamente contendo a irritação, Noel se virou e abriu as portas deslizantes do armário embutido, tateou no interior congestionado e finalmente encontrou o que procurava: um sobretudo masculino, de incrível antiguidade; grosso, em tweed escuro, com uma desbotada gola de veludo e o interior forrado em ralo pelo de coelho.

— Vamos, tome isto — disse ele. — Eu lhe empresto.

— Poxa!

Ela pareceu não caber em si de encantamento. Noel sabia que não era por seus cuidados, mas pela esmaecida magnificência daquela peça imemorial. Amabel adorava roupas velhas e gastava grande parte de seu tempo e dinheiro explorando as bancas de Portobello Road, para comprar largos vestidos de noite dos anos trinta ou bolsas feitas de contas. Agora, tomava dele a velha e digna ruína, que outrora fora um sobretudo, e a vestiu. Quase desapareceu, mas, pelo menos, a bainha não arrastava no chão.

— Uau, que casaco maravilhoso! Poxa, onde o conseguiu?

— Era de meu avô. Eu o roubei do armário de minha mãe, quando ela vendeu a casa de Londres.

— Eu não posso ficar com ele não?

— Não, não pode. Mas pode usá-lo neste fim de semana. Os participantes da corrida talvez queiram saber que fenômeno surgiu entre eles, mas isso lhes dará um assunto para conversar.

Ela apertou o agasalho contra si e riu, não tanto pela ligeira piada de Noel, mas pelo puro prazer animal de estar usando um casaco forrado de peles. Assemelhava-se tanto a uma criança faminta e marota, que ele sentiu um súbito desejo físico por ela. Em outras circunstâncias, a levaria na hora direto para a cama, porém agora não havia tempo. Isso ficaria para mais tarde.

A viagem para Wiltshire não foi pior do que ele esperava. A chuva continuou, ininterrupta, e os automóveis que deixavam Londres ocuparam três faixas, avançando a passo de tartaruga. Por fim, chegaram à autoestrada e puderam seguir em velocidade maior. O barulho do motor teve a gentileza de não se manifestar, e o aquecimento funcionou, embora muito fraco.

Os dois conversaram por algum tempo, e então Amabel se calou. Noel imaginou-a adormecida, como costumava acontecer em tais ocasiões, porém reparou que o assento ao seu lado rangia e se movia, indicando que ela continuava acordada.

— O que foi? — perguntou.

— Tem alguma coisa estalando — disse ela.

— Estalando?

Noel alarmou-se, imaginando que o Jaguar estivesse prestes a se incendiar, e chegou a reduzir a velocidade.

— Isso mesmo, estalando. Como um pedaço de papel, sabe?

— Onde?

— Dentro do casaco. — Ela se remexeu novamente. — O bolso está furado. Acho que alguma coisa escorregou para o forro.

Mais aliviado, Noel tornou a acelerar para cento e trinta.

— Pensei que estaríamos às voltas com uma explosão — comentou.

— Uma vez encontrei meia coroa antiga no forro de um casaco de minha mãe. Talvez isto aqui seja uma nota de cinco libras.

— O mais provável é que seja uma carta antiga ou um pedaço de papel de chocolate. Veremos o que é, quando chegarmos lá.

Uma hora mais tarde, chegavam ao destino. Com certa surpresa para Noel, Amabel conseguiu não perder o rumo, indicando o momento de abandonar a autoestrada, depois atravessando várias cidadezinhas da zona rural e finalmente desembocando em uma estrada estreita e sinuosa, que cruzava terras mal iluminadas de várias fazendas, até a aldeia de Charbourne. Embora chovendo e às escuras, o lugar parecia pitoresco, com uma rua principal flanqueada por calçadas de pedras escuras e chalés com tetos de colmo, todos com pequenos jardins à frente. Passaram por um *pub* e uma igreja, rodaram por uma avenida de carvalhos e então chegaram a dois imponentes portões.

— É aqui.

Noel desviou o carro para cruzar os portões, passou por uma guarita e subiu uma alameda, em um parque. Ao clarão dos faróis, finalmente avistou a casa — quadrada, branca e georgiana, com as agradáveis proporções e a simetria daquele período. Brilhavam luzes por trás de cortinas fechadas; ele contornou a ampla alameda de cascalho para carros e parou diante da porta principal.

Desligou o motor, os dois recolheram suas bagagens no porta-malas e subiram os degraus até a porta fechada. Amabel encontrou o punho de ferro lavrado para acionar a sineta, deu um puxão, mas então disse:

— Não precisamos esperar. — E abriu ela mesma a porta.

Entraram em um saguão de piso lajeado, com outra porta envidraçada que conduzia ao vestíbulo. As luzes estavam acesas. Noel observou que era grande, em painéis, com uma escadaria magnífica levando ao andar de cima. Enquanto hesitavam, abriu-se uma porta ao fundo e surgiu uma mulher, que se adiantou, apressada, para recebê-los. Era corpulenta e de cabelos brancos, usando um avental estampado sobre um bom vestido azul-turquesa de Courtelle. A esposa do jardineiro, concluiu Noel, vindo dar uma mãozinha no fim de semana.

A mulher recebeu-os.

— Boa noite. Venham, por favor. Sr. Keeling e Srta. Remington-Luard? Tudo bem. A Sra. Early acabou de subir para tomar seu banho. Camilla e o coronel estão nos estábulos, mas a Sra. Early disse que eu os aguardasse e mostrasse seus quartos. Esta é toda a sua bagagem? Que noite terrível! A viagem foi ruim? A chuva não para de cair, não é mesmo?

A esta altura, já estavam no interior. A lareira de mármore estava acesa, e a casa parecia esplendidamente aquecida. A esposa do jardineiro fechou a porta.

— Venham comigo, por favor — indicou. — Podem trazer sua bagagem?

Eles podiam. Ainda mergulhada no velho sobretudo, Amabel carregou sua bolsa com as botas de borracha, Noel carregou a outra e sua própria mala. Assim ocupados, seguiram a robusta senhora em direção à escada.

— Os outros convidados de Camilla chegaram na hora do chá, mas agora estão em seus quartos, trocando de roupa. Ah, a Sra. Early me pediu para avisar que o jantar é às oito, mas se quiserem descer quinze minutos antes, haverá drinques na biblioteca. Lá, então, poderão se reunir a todos os outros...

Na curva da imponente escada, um arco indicava o corredor seguindo para os fundos da casa. Havia um tapete escarlate no chão, gravuras esportivas adornavam as paredes, e Noel captou o cheiro agradável e típico das residências rurais bem-cuidadas, uma mistura de roupa de cama recentemente passada a ferro, lustra-móveis e lavanda.

— Bem, este é o seu quarto, querida. — Ela abriu a porta e esquivou-se, a fim de que Amabel entrasse. — O seu fica ao lado, Sr. Keeling... e o banheiro, entre os dois. Acho que é tudo, mas, se precisarem de alguma coisa, queiram nos informar.

— Muito obrigado.

— Direi à Sra. Early que descerão às quinze para as oito.

Ela se foi com um sorriso simpático, fechando a porta ao sair. Sozinho, Noel acomodou a mala no chão e espiou em volta. Os muitos anos de fins de semana passados em casas alheias haviam aguçado sua percepção a tal ponto que, quase a partir do momento em que cruzava a porta de entrada de uma nova casa, era capaz de avaliar as possibilidades dos dias que teria pela frente, segundo seu sistema pessoal de avaliação.

Uma estrela era a última categoria, em geral um úmido chalé no campo, com correntes de ar, colchões encaroçados, comida insossa e nada além de cerveja para saciar a sede de um homem. Os convidados tendiam a mostrar-se pouco simpáticos com crianças malcomportadas. Se apanhado em tal situação, era frequente Noel recordar um súbito e premente compromisso em Londres, bem cedo na manhã de domingo. Duas estrelas aplicavam-se em geral às casas no cinturão do exército, em Surrey, onde o grupo consistia em garotas atléticas e jovens cadetes de Sandhurst. Em geral, o tênis era o divertimento corrente, praticado em uma quadra musgosa e rematado por uma visita noturna ao *pub* local. Três estrelas cabiam a propriedades despretensiosas e labirínticas na zona rural, com uma profusão de cães por toda parte, cavalos nos estábulos, grandes lareiras de toras, fartas refeições e, quase sempre, esplêndido vinho. Quatro estrelas eram o máximo, as casas dos milionários. Um mordomo, alguém para desfazer as malas e lareira no quarto. A *raison d'etre* para fins de semana quatro estrelas, em geral, era algum baile de debutante acontecendo nos arredores. Haveria um vasto toldo iluminado por candelabros no jardim; uma banda, importada de Londres a um preço exorbitante, para tocar durante a noite inteira, e champanhe ainda jorrando, às seis horas da manhã.

Havia concluído instantaneamente que Charbourne era três estrelas, e isso o deixou bem satisfeito. Como era óbvio, não lhe fora destinado o melhor quarto de hóspedes, embora este fosse totalmente adequado. Antiquado, confortável, com sólido mobiliário vitoriano e pesadas cortinas de chita, contendo tudo que um visitante de pernoite pudesse desejar. Tirando o paletó, jogou-o em cima da cama e foi abrir uma segunda porta, dando para um espaçoso banheiro acarpetado, com uma imensa banheira revestida de mogno. Havia mais uma porta do outro lado desse aposento. Noel caminhou até ela e experimentou a maçaneta, esperando encontrá-la trancada; no entanto, ela se abriu e ele se viu no quarto de Amabel. Encontrou-a ainda envolta no casaco forrado de peles, tirando de sua sacola algumas peças ao acaso, as quais deixava cair no chão, como folhas mortas a seus pés.

Erguendo os olhos, ela viu o sorriso no rosto de Noel.

— Qual é a graça? — perguntou Amabel.

— Nossa anfitriã, sem dúvida, é uma mulher de bom senso e mente aberta.

— O que quer dizer? — Ela às vezes era de uma obtusidade ímpar.

— Quero dizer que ela jamais nos colocaria em um quarto de casal, mas que não se importa com o que nós dois fizermos, na privacidade da noite.

— Ah, isso — replicou Amabel. — Imagino que ela já tenha prática de sobra.

Ela remexeu no fundo da sacola e puxou uma peça de vestuário preta, toda amarfanhada.

— O que é isso? — perguntou ele.

— É o que vou usar esta noite.

— Não está um tanto amarrotada?

Ela sacudiu a peça.

— É malha. Não amarrota. Será que a água está quente?

— Tudo indica que sim.

— Ah, que bom! Vou tomar um banho. Quer pôr a banheira para encher?

Ele voltou ao banheiro, colocou a tampa no ralo e abriu as torneiras. Em seguida, retornou ao seu quarto e desfez a mala, pendurando os ternos no espaçoso guarda-roupas e colocando as camisas limpas nas gavetas. No fundo da mala, havia um cantil de prata. A esta altura, podia ouvir Amabel chapinhando na água e sentir o vapor perfumado que saía como fumaça pela porta aberta. Com o cantil na mão, foi ao banheiro, recolheu os dois recipientes para escovas de dentes, encheu-os pela metade com uísque e completou com água fria da torneira. Amabel decidira lavar os cabelos. Estava sempre lavando os cabelos, porém eles nunca pareciam diferentes. Noel lhe passou um dos recipientes, colocando-o em uma banqueta ao lado da banheira, onde ela poderia alcançá-lo, após retirar o sabão dos olhos. Entrou no quarto dela, ergueu do chão o casaco que fora de seu avô e foi com ele para o banheiro. Ali, sentou-se na borda do vaso sanitário, colocou cuidadosamente seu drinque na saboneteira da pia e começou a investigar.

O vapor se dissipava. Amabel ergueu o torso, afastou os compridos cabelos molhados que lhe cobriam o rosto e abriu os olhos. Ao ver o drinque, estendeu a mão para ele.

— O que está fazendo? — perguntou.

— Procurando a nota de cinco libras.

Tateando o grosso tecido, localizou o que estalava, introduzido bem fundo na bainha. Enfiando a mão no bolso, encontrou o furo, porém era pequeno demais para a passagem da mão, de maneira que o abriu um pouco mais e tornou a experimentar. Espalhados entre o tweed e o avesso da pele de coelho, as pontas de seus dedos encontraram tufos e fiapos de pelos. Trincou os dentes, imaginando um camundongo morto ou algo indizivelmente repugnante, mas controlou tais terrores e insistiu. Por fim, no último recanto da bainha, seus dedos encontraram o que procuravam. Ele pegou cautelosamente o que quer que fosse e puxou a mão para fora do bolso. O casaco escorregou-lhe do joelho e ele se viu segurando um pedaço de papel, fino e dobrado, antigo e acastanhado, como algum precioso pergaminho.

— O que é? — quis saber Amabel.

— Não é uma nota de cinco libras. Parece uma carta.

— Poxa, que decepção!

Com delicadeza, para não rasgar o papel, ele o desdobrou. Observou a caligrafia deitada e antiquada, as letras desenhadas com uma pena de aço de ponta afilada.

> Dufton Hall.
> Lincolnshire.
> 8 de maio de 1898.
>
> Caro Stern,
>
> Sou grato por sua carta enviada de Rapallo e percebo que, a esta altura, já deve ter retornado a Paris. Espero poder viajar para a França no próximo mês quando, se Deus quiser, irei ao seu estúdio inspecionar o esboço a óleo para *O jardim do terrazzo*. Assim que forem ultimados os preparativos de viagem necessários, enviar-lhe-ei um telegrama, comunicando data e hora de minha visita.
>
> Cordialmente,
> Ernest Wollaston.

Noel leu a carta em silêncio. Ao terminar, ficou um momento absorto em profundos pensamentos. Depois, erguendo a cabeça, olhou para Amabel.

— Que incrível! — exclamou.

— O que isso quer dizer?

— Que coisa incrível que eu encontrei.

— Ah, Noel, por favor, leia para mim!

Ele leu. Quando terminou, Amabel continuou na mesma.

— O que isso tem de incrível?

— É uma carta para meu avô.

— E daí?

— Nunca ouviu falar em Lawrence Stern?

— Nunca.

— Era um pintor. Um pintor vitoriano de muito sucesso.

— Nunca soube disso. Não é de admirar que tivesse um casaco tão bacana.

Noel ignorou essa irrelevância.

— Uma carta de Ernest Wollaston.

— Também era pintor?

— Não, sua ignorante! Não era um pintor! Era um industrial vitoriano. Um milionário que enriqueceu à própria custa. Finalmente, foi elevado à nobreza e passou a se intitular Lorde Dufton.

— E sobre o quadro... como é mesmo o nome?

— *O jardim do terrazzo.* Foi uma encomenda. Ele quis que Lawrence Stern o pintasse.

— Também nunca ouvi falar disso.

— Pois devia. É uma tela muito famosa. Nos últimos dez anos, esteve exposta no Metropolitan Museum, em Nova York.

— E como é ela?

Noel ficou calado por um momento, concentrado em recordar a tela, que vira apenas reproduzida nas páginas de um jornal de arte.

— Mostra um terraço. Da Itália, naturalmente, daí o motivo de ele ter estado em Rapallo. Há um grupo de mulheres, reclinadas em uma balaustrada, com rosas crescendo por toda a parte. Ciprestes, mar azul e um menino tocando harpa. É muito bonita, dentro de seu estilo. — Noel tornou a contemplar a carta, e tudo se encaixou; ele adivinhou exatamente como aquilo acontecera. — Ernest Wollaston enriqueceu e passou a frequentar a alta sociedade, talvez tenha mandado construir uma impressionante mansão em Lincolnshire.

Então, mandou comprar mobiliário para ela, tapetes especialmente tecidos na França e, não tendo herdado telas, Gainsboroughs ou Zoffanys, para pôr nas paredes, encomendou um quadro ao mais prestigiado artista da época. Naquele tempo, era mais ou menos como convidar alguém para estrelar um filme. Locações, vestuários, modelos, tudo tinha que ser levado em conta. Assim, após decidido e pesquisado o tema, o artista fazia um esboço em óleo, a fim de que o cliente o examinasse. Teria meses de trabalho pela frente e precisava estar bem certo de que, no final, a obra sairia exatamente segundo os desejos do homem que a encomendara e pagara por ela.

— Entendi. — Ela se recostou na banheira, com os cabelos flutuando na água à sua volta, como Ofélia, e refletiu sobre tudo quanto ouvira. — Só que ainda não entendo por que ficou tão animado.

— É que... Bem, eu nunca havia pensado nesses esboços iniciais a óleo. Ou, se pensei, já tinha me esquecido deles.

— E são importantes?

— Não sei. Talvez sejam.

— Quer dizer que fui muito esperta, encontrando a carta que estava dentro do casacão.

— Sim, foi muito esperta.

Após um instante, ele dobrou a carta, enfiou-a no bolso, terminou seu drinque e levantou-se. Olhou para o relógio.

— Sete e meia — disse. — É melhor você cair fora daí.

— O que vai fazer?

— Trocar de roupa.

Ele a deixou ainda na água e voltou para seu quarto, fechando a porta ao entrar. Então, com o máximo cuidado, abriu a outra porta e espionou o corredor solitário. Caminhou por ele até a escada e desceu para o vestíbulo. Seus pés não faziam som algum sobre os tapetes espessos. Parou no final dos degraus, hesitando. Não havia ninguém por ali, embora viessem vozes e agradáveis ruídos domésticos dos fundos da casa, juntamente com apetitosos aromas de comida deliciosa. Isso, contudo, não o distraiu, porque agora não pensava em outra coisa que não fosse encontrar um telefone.

Logo depois, descobriu um, ali mesmo no vestíbulo, em um compartimento envidraçado debaixo da escada. Foi até lá, entrou e fechou a porta. Erguendo o fone, discou um número de Londres. A resposta foi quase imediata.

— Aqui é Edwin Mundy.

— Edwin, aqui é Noel Keeling.

— Noel! Há quanto tempo não o vejo! — A voz era rouca e expansiva, com um sotaque *cockney* quase imperceptível, que ele não conseguira extirpar de todo. — Como vão as coisas com você?

— Tudo ótimo, mas, escute, não tenho muito tempo agora. Estou no campo. Queria apenas perguntar uma coisa.

— Qualquer coisa, meu velho.

— Estou falando sobre Lawrence Stern. Dá para entender?

— Perfeito.

— Você sabe se algum de seus esboços a óleo, feitos para telas importantes, apareceu no mercado?

Houve uma pausa. Depois Edwin respondeu, astutamente:

— Eis aí uma pergunta interessante. Por quê? Você tem algum?

— Não. Aliás nem sei se existe algum. Foi por isso que liguei.

— Nunca soube de nenhum esboço que aparecesse em qualquer leilão ou salão de vendas importante. Enfim, há muitos negociantes menores, em todo o país.

— Qual seria... — Noel pigarreou e tentou novamente. — Na situação atual do mercado, quanto você acha que uma coisa dessas valeria?

— Depende da pintura. Se foi para uma de suas obras importantes, suponho que cerca de quatro ou cinco mil... mas não confie muito em meus cálculos, amigão, é apenas uma avaliação por alto. Eu só poderia dizer com segurança vendo o trabalho.

— Acabei de falar. Não tenho nenhum.

— Então, por que o telefonema?

— Acabei de perceber que esses esboços talvez ainda estejam por aí, sem que ninguém saiba deles.

— Está querendo dizer, na casa de sua mãe?

— Ora, eles têm que estar em algum lugar!

— Se puder encontrá-los — prosseguiu Edwin, em tom muito cordial —, espero que me deixe negociá-los para você.

Noel, entretanto, não pretendia comprometer-se com tanta facilidade.

— Primeiro, tenho que pôr as mãos neles — acrescentou, antes que Edwin pudesse dizer qualquer coisa mais. — Preciso ir agora, Edwin. O jantar será servido em cinco minutos e ainda nem troquei de roupa. Obrigado pela ajuda e espero não tê-lo incomodado.

— Não foi incômodo algum, meu velho. Foi um prazer ajudar. Uma interessante possibilidade. Boa caçada!

Edwin desligou. Noel recolocou lentamente o fone no gancho. De quatro a cinco mil libras. Mais do que ousara imaginar. Respirou fundo, abriu a porta do compartimento e saiu para o vestíbulo. Ainda não havia uma alma por ali, e ninguém testemunhara seu ato; portanto, não precisaria deixar dinheiro algum para pagar a ligação.

5

HANK

No último minuto, quando tudo já estava pronto e esperando para seu jantar *à deux* com Hank Spotswood, Olivia lembrou que não ligara para a mãe, avisando-a de que iria a Gloucestershire no dia seguinte, a fim de passar um ocioso sábado com ela. O telefone branco ficava ao lado do sofá, e ela chegou a sentar-se ali; começava a discar o número, quando ouviu um táxi descendo vagarosamente a rua. De maneira instintiva, soube que era Hank. Vacilou. Uma vez ao telefone, sua mãe gostava de falar, fornecendo e solicitando novidades; seria impossível apenas combinar sua ida até lá e desligar. Ouviu o táxi parar diante da casa, desistiu da ligação e tornou a colocar o fone no gancho. Telefonaria mais tarde. Sua mãe nunca ia para a cama antes da meia-noite.

Levantou-se, ajeitou a almofada amarfanhada e olhou em volta, constatando que tudo estava como deveria: luz suave, drinques esperando, gelo no balde, música suave no estéreo, quase inaudível. Virou-se para o espelho acima da lareira e afofou os cabelos, endireitando a gola de sua blusa Chanel, em cetim creme. Usava brincos de pérolas, e a maquiagem também era perolada, suave e muito feminina, ao contrário dos tons vivos que usava durante o dia. Esperando, ouviu o portão ser aberto e fechado. Pisadas. A campainha soando.

Sem pressa, foi abrir a porta para recebê-lo.

— Boa noite.

Ele estava parado na soleira, na chuva. Um homem atraente e vigoroso, aproximando-se dos cinquenta anos e, previsivelmente, trazendo um buquê de rosas vermelhas, com hastes compridas.

— Olá.

— Entre. Que noite horrível! De qualquer modo, você encontrou o caminho...

— Claro. Não tive problema algum.

Ele entrou. Olivia fechou a porta e Hank estendeu-lhe as flores.

— Uma pequena lembrança — disse, e sorriu.

Ela já esquecera o quanto aquele sorriso era atraente, assim como os dentes dele, regulares, alvos, tipicamente americanos.

— Ah, são lindas! — Pegou as rosas e abaixou automaticamente a cabeça para cheirá-las, porém tinham sido cruelmente forçadas a desabrochar em alguma estufa, o que lhes tirara o perfume. — Foi muita gentileza. Tire o casaco e sirva-se de um drinque, enquanto ponho as rosas em um vaso.

Levou as flores até a pequena cozinha, encontrou um jarro, encheu-o de água e colocou as rosas da maneira como estavam, sem perder tempo em arrumá-las melhor. Como sempre acontece com as rosas, elas se espalharam graciosamente. Olivia voltou à sala de estar com o vaso e, com alguma cerimônia, colocou-o no lugar de honra, em cima de sua secretária de nogueira. O vermelho das flores contra as paredes brancas era tão vivo como gotas de sangue.

Olivia se virou para o visitante.

— Adorei as rosas. Bem, e quanto a seu drinque?

Ele já se servira.

— Preferi um uísque. Espero que seja a norma da casa. — Largou o copo. — O que vai beber?

— O mesmo. Com água e gelo.

Ela afundou no canto do sofá, encolheu os pés sob o corpo e ficou espiando, enquanto ele manejava copos e garrafas. Quando Hank voltou com o drinque, Olivia estendeu a mão para apanhar o copo, ele pegou o seu e, então, acomodou-se na poltrona que ficava ao lado da lareira. Ergueu o copo.

— Saúde!

— Saúde — repetiu Olivia.

Beberam. Começaram a conversar. Foi tudo muito fácil e relaxado. Ele admirou a casa, interessou-se por seus quadros, fez perguntas sobre seu trabalho, quis saber como ela ficara conhecendo os Ridgeway, em cuja casa se tinham conhecido, na festa, duas noites antes. Então, diplomaticamente estimulado por ela, começou a falar sobre si mesmo. Estava no ramo dos tapetes e viera ao país para a Conferência Têxtil Internacional, hospedando-se no Ritz. Era natural de Nova York, porém agora trabalhava no Sul, em Dalton, na Georgia.

— Deve ser uma mudança total de estilo de vida. De Nova York para a Georgia...

— Sem dúvida. — Ele baixou os olhos, girando o copo nas mãos. — Essa mudança, no entanto, chegou no momento oportuno. Eu e minha esposa estávamos divorciados havia pouco tempo, de modo que isso facilitou bastante os arranjos domésticos.

— Lamento muito.

— Não há nada a lamentar. Essas coisas que acontecem.

— Tem filhos?

— Sim. Dois adolescentes. Um menino e uma menina.

— Continua a vê-los com frequência?

— Eles passam as férias de verão comigo. O Sul é excelente para a garotada. Podem jogar tênis o ano inteiro, andar a cavalo, nadar. Frequentamos o country club local e, lá, eles encontram um bocado de jovens da mesma idade.

— Parece interessante.

Houve uma pausa, durante a qual Olivia esperou com cautela, dando a ele a oportunidade para mostrar uma carteira com fotos dos filhos, o que, felizmente, não aconteceu. Ela começou a simpatizar com Hank cada vez mais. Disse:

— Seu copo está vazio. Gostaria de outro drinque?

Continuaram conversando. Passaram para assuntos mais sérios: política americana, o equilíbrio econômico entre os dois países. Hank tinha conceitos liberais e sociais ao mesmo tempo e, embora dissesse que havia votado nos republicanos, parecia profundamente preocupado com os problemas do Terceiro Mundo. Após algum tempo, ela olhou para seu relógio e, com surpresa, constatou que eram nove horas.

— Acho que já é hora de comer — disse.

Ele se levantou, recolheu os copos vazios e a seguiu até a pequena sala de refeições. Olivia ligou a iluminação indireta, sendo então revelada a mesa pronta, com cristais, talheres reluzentes e um enfeite central com lírios temporãos. Embora a iluminação fosse suave, havia claridade o bastante para que ele imediatamente se concentrasse naquela única parede azul-cobalto, coberta de alto a baixo por fotos emolduradas. Aquilo lhe desviou a atenção.

— Ah, mas vejam só isto! Que grande ideia!

— Fotos de família sempre me pareceram um problema. Nunca soube onde colocá-las, de maneira que matei a charada, simplesmente cobrindo a parede com elas.

Olivia passou para trás do balcão da minúscula cozinha, onde apanhou torradas e patê, enquanto ele permanecia de costas para ela, examinando as fotos com o interesse e a atenção de um homem em uma galeria de arte.

— Quem é esta bela jovem aqui?

— Minha irmã Nancy.

— É linda.

— Era — concordou Olivia. — Agora relaxou, como dizem. Sabe como é, engordou e ficou com uma aparência de meia-idade. Mas era linda quando jovem. A foto foi tirada antes de seu casamento.

— Onde ela mora?

— Em Gloucestershire. Tem dois filhos terríveis e um marido enfadonho. Sua ideia de paraíso é vaguear durante uma corrida *point-to-point*, arrastando dois labradores pela coleira e gritando cumprimentos para todos os amigos. — Ele se virou para ela, com o cenho franzido de perplexidade, e Olivia riu. — Você nem sabe do que estou falando, não?

— Não, mas deu para captar o espírito da coisa. — Hank voltou às fotos. — E quem é esta senhora bonita?

— Minha mãe.

— Tem algum retrato de seu pai?

— Não. Meu pai já morreu, mas aí está o meu irmão Noel. O bonitão de olhos azuis.

— Sem dúvida, é muito bem-apessoado. Casado?

— Não. Está com quase trinta anos, agora, e ainda solteiro.

— Não tem namorada?

— Nenhuma que viva com ele. Nunca morou com nenhuma namorada. A vida inteira sempre teve pavor de compromissos. Entenda, é o tipo de homem que jamais aceita um convite para uma festa, porque pode aparecer outro melhor ainda.

Hank deu de ombros, divertido.

— Não é muito gentil com sua família.

— Eu sei, mas de que adianta se apegar a ilusões sentimentais, ainda mais quando se chega à minha idade?

Saindo de trás do balcão, ela colocou o patê, a manteiga e o crocante pão torrado em cima da mesa. Pegou fósforos e acendeu as velas.

— E quem é esse?

— Para qual está olhando?

— Esse homem, com a jovenzinha.

— Ah... — Olivia caminhou para junto dele. — É um homem chamado Cosmo Hamilton. A jovenzinha é sua filha Antonia.

— Uma linda menina.

— Eu a tirei cinco anos atrás. Ela agora deve estar com dezoito anos.

— São parentes seus?

— Não. Ele é um amigo. Foi um amigo. Na verdade, um namorado. Tem uma casa em Ibiza e, há cinco anos, passei um ano afastada do trabalho... umas férias prolongadas. Fiquei lá, em Ibiza, vivendo com ele.

Hank ergueu as sobrancelhas.

— Um ano. É muito tempo para se viver com um homem.

— Passou muito depressa.

Olivia sentiu os olhos dele em seu rosto.

— Você gostava dele?

— Sim. Foi a pessoa de quem mais gostei.

— Por que não casou com ele? Bem, talvez ele já tivesse mulher, não?

— Não, ele não tinha mulher. Contudo, não quis casar com ele, porque não pretendia casar com ninguém. E continuo não pretendendo.

— Ainda o vê?

— Não. Eu lhe disse adeus, e esse foi o fim do romance.

— E a filha Antonia?

— Não sei o que aconteceu com ela.

— Vocês se correspondiam?

Ela deu de ombros.

— Envio cartões de Natal para ele. Foi o que combinamos. Um cartão de Natal a cada ano, com um tordo ilustrado.

— Não me parece muito generoso.

— É, não parece mesmo, parece? Talvez seja impossível você compreender. Entretanto, o importante é que Cosmo *compreende.* — Ela sorriu. — E agora, se já tiver encerrado o interrogatório sobre meus amigos e parentes, que tal servir o vinho e comermos alguma coisa?

— Amanhã é sábado — disse ele. — O que costuma fazer aos sábados?

— Às vezes, viajo nos fins de semana. Outras, fico em casa. Descanso, relaxo, convido alguns amigos para um drinque.

— Planejou alguma coisa para amanhã?

— Por quê?

— Não tenho nada programado. Pensei em pegar um carro e irmos juntos para algum lugar... você poderia me mostrar alguma coisa desta famosa região rural, de que tanto tenho ouvido falar, mas nunca tenho tempo para visitar e apreciar.

O jantar terminara, os pratos estavam abandonados e, as luzes da sala de refeições tinham sido apagadas. Com conhaque e café, eles retornaram para junto da lareira, estando agora ambos no sofá, um em cada extremidade, meio virados de frente, enquanto conversavam. Os escuros cabelos de Olivia repousavam em uma almofada indiana rosa-choque, e as pernas aninhavam-se sob seu corpo. Uma das sapatilhas de couro escorregara de seu pé e jazia sobre o tapete.

— Eu pretendia visitar minha mãe amanhã, em Gloucestershire — disse ela.

— Já combinou sua ida?

— Não, mas pretendia telefonar para ela, antes de me recolher.

— Tem mesmo que ir?

Olivia refletiu sobre a pergunta. Queria ir, decidira ir e quase chegara a ligar para a mãe. Agora, no entanto...

— Não, eu não tenho que ir. Entretanto, ela não tem passado bem de saúde, faz muito tempo que não a vejo e preciso ir até lá.

— Quão persuasivo eu precisaria ser para fazê-la mudar de ideia?

Olivia sorriu. Tomou outro gole do café forte e recolocou a pequenina xícara, com extremo cuidado, exatamente no centro do pires.

— E como me persuadiria?

— Poderia tentá-la com a promessa de uma refeição quatro estrelas. Ou um passeio pelo rio. Ou uma volta no campo. O que você preferir.

Olivia estudou as ofertas.

— Suponho que poderia adiar minha visita por uma semana. Como ela não está esperando, não ficaria decepcionada.

— Quer dizer que aceita?

Ela se decidiu finalmente.

— Sim, aceito.

— Devo alugar um carro?

— Tenho um em perfeitas condições.

— E aonde iremos?

Olivia deu de ombros, abandonando a xícara de café.

— Aonde preferir. Até New Forest, subindo o rio para Henley. Poderíamos ir a Kent e visitar os jardins em Sissinghurst.

— Decidiremos amanhã?

— Como você quiser.

— A que horas partiremos?

— Cedo, suponho. Assim, deixaremos Londres antes que o trânsito piore.

— Sendo assim, seria melhor eu voltar para o meu hotel.

— Sim — disse Olivia. — Talvez devesse fazer isso.

Entretanto, nenhum dos dois se moveu. Através do enorme sofá branco, seus olhos encontraram-se e ficaram fixos uns nos outros. O silêncio era profundo. O estéreo silenciara, com as músicas há muito concluídas, e lá fora a chuva batia contra as vidraças. Um carro descia a rua, e o pequeno relógio sobre a lareira tiquetaqueava os momentos que passavam. Era quase uma da madrugada.

Hank se aproximou dela, como Olivia já previra, passou um braço por seus ombros e a puxou para perto, a fim de que sua cabeça não mais repousasse na almofada rosa-choque, mas contra seu cálido e robusto tórax. Com a outra mão, afastou-lhe os cabelos do rosto e, então, colocando dois dedos sob seu queixo, ergueu-lhe o rosto, inclinou-se e a beijou. A mão se moveu do queixo para a garganta, descendo para a curva dos seios pequeninos.

Ele disse, por fim:

— Passei a noite inteira querendo fazer isso.

— E eu querendo que você fizesse.

— Se vamos partir tão cedo amanhã, não acha uma bobagem eu retornar ao Ritz, para dormir apenas quatro horas, e voltar para buscá-la?

— Uma grande bobagem.

— Posso ficar?

— Por que não?

Ele recuou, baixando os olhos para o rosto erguido de Olivia, que tinha as pupilas cheias de uma curiosa mescla de desejo e divertimento.

— Existe apenas um empecilho — disse a ela. — Não tenho aparelho de barbear nem escova de dentes.

— Tenho as duas coisas. Novas em folha. Para emergências.

Ele começou a rir.

— Você é uma mulher incrível! — exclamou.

— É o que dizem.

Olivia acordou cedo, como sempre. Sete e meia da manhã. As cortinas estavam cerradas, mas não de todo, com o ar entrando pela abertura, fresco e frio. Era uma brisa leve, e o céu estava claro. Talvez fizesse um dia excelente.

Ficou deitada um instante, sonolenta e relaxada, sorrindo de satisfação, relembrando a noite passada e, com prazer, antecipando o dia à sua frente. Virou a cabeça no travesseiro e, com intenso deleite, contemplou o homem adormecido que ocupava o outro lado da cama ampla. Ele tinha um braço dobrado sob a cabeça, o outro descansando sobre a grossa colcha branca. Ele estava queimado pelo sol, e todo o seu corpo jovem e saudável, coberto de macios e pequeninos pelos dourados. Estendendo a mão, ela lhe tocou o antebraço, como tocaria uma peça de porcelana ou escultura, apenas pelo puro prazer de sentir seu formato e curvatura sob as pontas dos dedos. O leve toque não o perturbou e, quando afastou a mão, ele continuou dormindo.

A sonolência dela se fora, agora substituída pela costumeira e inquieta energia. Acordara de todo, estava pronta para sair da cama. Sentou-se com cuidado, afastou as cobertas e ficou em pé. Enfiou os pés nus nos chinelos, estendeu a mão para o quimono de lã rosa claro, vestiu-o e apertou a faixa em torno da cintura estreita. Saiu do quarto, fechou a porta e desceu a escada.

Abrindo as cortinas, constatou que, de fato, aquele dia prometia ser perfeito. Geara ligeiramente durante a noite, porém o dia estava sem nuvens, e os primeiros raios baixos do sol de inverno já penetravam a rua deserta. Abriu a porta da frente, recolheu o leite e o levou para a cozinha, deixando as garrafas na geladeira. Tirou da mesa os pratos usados no jantar da véspera, empilhou-os no lava-louças e depois arrumou a mesa para o desjejum. Ligou a máquina para fazer o café, pegou bacon, ovos e uma caixa de cereal. Voltou à sala de estar, onde ajeitou as almofadas, recolheu copos e xícaras de café, acendeu a lareira. As rosas que ele trouxera começavam a desabrochar, as pétalas encurvadas afastando-se dos apertados botões, como mãos abertas em súplica. Fez uma pausa para aspirá-las, mas, pobrezinhas, ainda não tinham perfume. Não importa, disse para elas, vocês são lindas. Terão de contentar-se com sua beleza apenas.

A correspondência caiu sobre o capacho, pela porta principal. Olivia se dirigiu para lá, a fim de recolhê-la. Quando já estava na metade da sala, o telefone tocou, e ela foi até ele, evitando que o retinido estridente despertasse o homem que dormia no andar de cima.

— Alô?

No espelho acima da lareira, viu-se frente a frente com seu próprio reflexo, um rosto com o frescor do amanhecer, mechas escuras caindo sobre uma face. Jogou-os para trás, e então, como ninguém respondera, insistiu mais uma vez:

— Alô?

Houve um clique, um zumbido e depois o som de uma voz feminina.

— Olivia?

— Ela mesma.

— Olivia, aqui é Antonia.

— Antonia?

— Antonia Hamilton. A Antonia de Cosmo.

— Antonia! — Olivia afundou na extremidade do sofá, os pés debaixo do corpo, o fone bem apertado contra o ouvido. — De onde está falando?

— De Ibiza.

— Parece que está na casa ao lado!

— Eu sei. A ligação está ótima, graças a Deus.

Algo na voz da jovem chamou a atenção de Olivia. Sentiu o sorriso em seu rosto esmaecer, e os dedos apertaram-se em torno da branca superfície do fone.

— Por que está ligando?

— Olivia, eu tinha que comunicar a você... É uma notícia triste. Meu pai morreu.

Morto. Cosmo, morto.

— Morreu. — Ela repetiu a palavra, sussurrou-a, mas não sabia que a pronunciava. — Faleceu durante a madrugada, na quinta-feira. No hospital... O enterro foi ontem.

— Mas... — Cosmo, morto. Não era possível. — Mas... como? E por quê?

— Eu... não posso contar agora... não pelo telefone.

Antonia em Ibiza, sem Cosmo.

— De onde está ligando?

— Do bar do Pedro.

— E onde está morando?

— Em Ca'n D'alt.

— Está sozinha lá?

— Não. Tomeu e Maria foram para lá me fazer companhia. Eles têm sido maravilhosos.

— Mas...

— Olivia, vou ter que ir para Londres. Não posso continuar aqui, porque a casa não me pertence e... ah, por mil outros motivos. Seja como for, preciso arranjar algum emprego. Se eu for... poderia ficar com você alguns dias, só até ajeitar a minha vida? Eu não queria pedir esse favor, mas não tenho mais a quem recorrer.

Olivia hesitou, odiando-se por hesitar, mas demasiado cônscia de que cada instinto seu reagia violentamente contra a ideia de que qualquer pessoa, mesmo Antonia, invadisse a preciosa privacidade de sua casa e sua vida.

— E... e quanto à sua mãe?

— Ela se casou de novo. Agora mora no Norte, perto de Huddersfield. Acontece que não quero ir para lá... é outra coisa que mais tarde contarei também a você.

— Quando é que pretende vir?

— Semana que vem. Talvez na terça-feira, se conseguir passagem aérea. Olivia, é só por alguns dias, só até eu me organizar.

Sua voz suplicante, percorrendo os quilômetros do cabo telefônico, soava jovem e vulnerável, como quando ela era criança. De repente, Olivia recordou Antonia como a vira pela primeira vez, correndo através do piso encerado do aeroporto de Ibiza, para atirar-se nos braços de Cosmo. Então, revoltou-se contra si mesma. Esta é Antonia, pedindo ajuda, criatura egoísta! Esta é a Antonia de Cosmo, e Cosmo está morto! O fato de ela se voltar para você é o maior elogio que lhe poderia fazer. Pela primeira vez na vida, pare de pensar em si mesma!

Então, como se Antonia pudesse vê-la, sorriu, consoladora e tranquilizante. Falou, procurando tornar a voz firme e cordial:

— É claro que você pode vir! Basta me avisar sobre a chegada do avião e irei esperá-la em Heathrow. Então, poderá me contar tudo.

— Ah, você é um anjo! Farei o possível para não incomodar.

— É claro que você não será um incômodo. — Sua mente prática e bem treinada aventou outras possíveis dificuldades. — Tem dinheiro suficiente?

— Ah! — Antonia pareceu surpresa, como se nem mesmo houvesse considerado tais detalhes e, provavelmente, ainda não fizera isso. — Tenho. Bem, acho que tenho.

— Tem o suficiente para comprar a passagem de avião?

— Tenho, acho eu. A quantia certa.

— Então, mantenha contato comigo e irei esperá-la.

— Muito, muitíssimo obrigada. E... lamento ter lhe contado sobre papai...

— Eu também lamento. — Olivia não sabia bem o que dizia. Fechou os olhos, procurando afastar a dor de uma perda que ainda não absorvera inteiramente. — Ele foi uma pessoa muito especial.

— Eu sei. — Antonia estava chorando. Olivia podia ouvir, ver e quase sentir as lágrimas. — Eu sei... Até logo, Olivia.

— Até logo.

Antonia desligou.

Após um instante, desajeitadamente, Olivia desligou também. De repente, sentiu um frio terrível. Encolhida no canto do sofá, enrolou os braços à volta de si mesma, olhando para sua arrumada e brilhante sala de estar, onde nada havia mudado, nada se movera, mas tudo ficara diferente. Porque Cosmo se fora. Cosmo estava morto. Pelo resto de sua vida viveria em um mundo onde não haveria mais Cosmo. Pensou naquela noite cálida, à frente do bar do Pedro, onde ouviram o rapaz que tocava o *Concerto de Rodrigo* em seu violão, enchendo a noite com a música da Espanha. Por que aquela ocasião em particular, quando havia toda uma abundância de recordações dos meses passados com Cosmo?

Um passo na escada a fez erguer os olhos. Viu Hank Spotswood descendo em sua direção. Usava seu roupão felpudo branco, não parecendo ridículo em tal indumentária; afinal de contas, era um roupão masculino e ajustava-se perfeitamente a ele. Ficou satisfeita por Hank não parecer ridículo. Não suportaria se, naquele momento, ele parecesse ridículo. Ah, mas isto era loucura, afinal! Que importava a aparência dele, se Cosmo estava morto?

Viu-o chegar, sem dizer nada.

— Ouvi o telefone tocar — disse ele.

— Pensei que não o tivesse acordado.

Olivia não sabia que tinha o rosto lívido, que seus olhos escuros pareciam dois orifícios.

— Alguma coisa errada? — perguntou Hank.

Mostrava um início de barba nascendo, e os cabelos estavam em desalinho. Olivia pensou naquela noite e ficou contente por ter sido ele.

— Cosmo morreu. Aquele homem sobre quem lhe falei ontem à noite. O homem de Ibiza.

— Meu Deus!

Ele terminou de descer a escada, cruzou a sala e sentou-se ao lado dela; envolvendo-a em silêncio nos braços, foi como se abraçasse uma criança ferida, necessitando de consolo. Com o rosto fortemente comprimido contra o roupão felpudo que ele vestia, Olivia desejou, intensamente, conseguir chorar. Ansiava pela chegada das lágrimas, queria que o pesar a sacudisse de alguma maneira física, para assim abrandar a profunda infelicidade, a dor que a apertava em suas garras. Entretanto, isso não aconteceu. Ela nunca fora de lágrimas fáceis.

— Quem era ao telefone? — perguntou ele.

— Antonia, a filha de Cosmo. Pobre garota! Ele morreu na madrugada de quinta-feira. O enterro foi ontem. Não sei mais nada.

— Que idade tinha ele?

— Hum... uns sessenta, suponho. Mas era tão jovem.

— O que aconteceu?

— Não sei. Ela não quis falar disso ao telefone. Disse apenas que ele morreu no hospital. Ela... quer vir para Londres. Chegará na próxima semana. Vai passar alguns dias comigo.

Ele nada comentou sobre isso, porém seus braços apertaram-se um pouco mais em torno dela, a mão dando-lhe tapinhas suaves no ombro, como se procurasse acalmar um animal muito tenso. Após algum tempo, Olivia sentiu-se consolada. Parara de sentir frio. Libertou as mãos, pousou-as contra o peito dele e afastou-se, agora recomposta, novamente ela própria.

— Sinto muito — desculpou-se. — Não costumo ser tão emotiva.

— Há alguma coisa que eu possa fazer?

— Não há nada que alguém possa fazer. Está tudo acabado.

— E quanto a hoje? Prefere desmarcar tudo? Posso desaparecer, sair de seu caminho, se for a sua vontade. Talvez queira ficar só.

— Não, não quero ficar só. A última coisa que quero é ficar sozinha. — Olivia reuniu os pensamentos dispersos, ordenou-os, e soube que sua primeira prioridade era contar à mãe que Cosmo falecera. Acrescentou: — Apesar disso, receio que Sissinghurst ou Henley estejam fora de cogitação. Terei mesmo que ir a Gloucestershire e ver minha mãe. Já falei que ela não estava muito bem, mas não disse que sofreu um ataque cardíaco brando. Por outro lado, gostava muito de Cosmo. Quando morei em Ibiza, ela passou uma temporada conosco. Foi uma época muito feliz. Uma das mais felizes de minha vida. Assim, preciso lhe contar que Cosmo morreu e quero fazer isso pessoalmente. — Olivia olhou para Hank. — Você se incomodaria de ir comigo? É uma distância e tanto, mas poderemos almoçar com ela e passar uma tarde tranquila em sua companhia.

— Eu adoraria ir. E dirigirei para você.

Ele era como uma rocha. Olivia conseguiu sorrir, tomada de afetuosa gratidão.

— Vou ligar agora para ela. — Pegou o telefone. — Pedirei que nos espere para o almoço.

— Não poderíamos levá-la para almoçar fora?

Olivia discou o número.

— Você não conhece a minha mãe!

Ele aceitou a ideia e levantou-se.

— Sinto cheiro de café fresco — observou. — Que tal eu preparar o café da manhã?

Partiram por volta das nove da manhã, Olivia ocupando o banco do passageiro em seu Alfasud verde-escuro, e Hank ao volante. A princípio, ele dirigiu com o máximo cuidado, ansioso em não esquecer que estava no lado contrário da mão de direção, mas, depois que pararam para encher o tanque, ficou mais confiante, ganhou velocidade e, pela autoestrada, seguiram na direção de Oxford, mantendo a velocidade cem por hora.

Não conversaram. A concentração dele ia inteiramente para o trânsito e a grande estrada que se encurvava diante deles. Olivia gostou de ficar calada, o queixo enfiado na gola de seu casaco de pele, os olhos espiando sem ver a sombria paisagem rural que voava fora do carro.

Depois de Oxford, o tempo melhorou. Era um cintilante dia de inverno e, quando o sol baixo subiu no céu, derreteu a geada sobre a relva e as plantações, enquanto rendilhadas árvores pretas atiravam sombras alongadas através da estrada e do campo. Os fazendeiros já haviam começado a lavrar o solo, e bandos de gaivotas acompanhavam os tratores, os sulcos recém-arados mostrando a terra fértil. Passaram por cidadezinhas fervilhando com o comércio das manhãs de sábado. Ruas estreitas mostravam filas de carros das famílias que viviam no campo, vindas dos distritos vizinhos para fazer as compras de fim de semana. As calçadas apinhavam-se com mães, filhos e carrinhos de bebê, os quiosques das feiras estavam atulhados de roupas coloridas, brinquedos de plástico e balões de gás, flores, frutos e hortaliças frescos. Mais adiante, em frente a um *pub* de aldeia, presenciaram um *meet** o pátio lajeado ressoando com as batidas dos cascos dos cavalos, o ar tomado pelos latidos e ganidos dos cães de caça, pelo som das trompas de caça e das vozes alteadas dos caçadores, resplandecentes em seus casacos. Hank mal podia crer o quanto tinha sorte.

— Você viu aquilo? — dizia a todo instante.

Gostaria de ter parado o carro para espiar, mas um jovem policial fez um gesto enérgico para que seguisse. Hank obedeceu, mas com relutância, olhando por sobre o ombro, para ter um último vislumbre da tradicional cena inglesa.

— Parecia uma cena de um filme! Aquela estalagem antiga e o pátio lajeado... Gostaria de ter trazido minha máquina fotográfica!

Olivia ficou satisfeita por ele.

— Não poderá dizer que não lhe dei precisamente o que desejava. Poderíamos ter rodado pelo país inteiro, sem nunca encontrar uma oportunidade tão boa quanto esta.

— Sem a menor dúvida, este é o meu dia de sorte!

Agora, as Cotswolds elevavam-se à frente deles. As rodovias estreitaram-se, serpenteando por prados cortados de rios e sobre pequenas pontes de pedra. Edificados com a pedra cor de mel das Cotswolds, chalés e casas

---

* Na Inglaterra, reunião de cavaleiros e cães de caça em determinado local, em preparação para a caça à raposa. (N.T.)

de fazenda erguiam-se dourados à luz do sol, com jardins que, no verão, seriam um mar de cores, e pomares de ameixeiras e macieiras.

— Posso entender por que sua mãe quis morar aqui. Eu nunca vi uma paisagem rural semelhante. E tudo é tão verde!

— O curioso é que ela não veio para cá por causa da maravilhosa paisagem do campo. Quando vendeu a casa de Londres, sua intenção era se mudar para a Cornualha. Viveu lá quando criança, sabe, e acho que sonhava voltar algum dia. Entretanto, minha irmã Nancy achou que ficava muito longe, distante demais de todos os filhos. Então, encontrou essa casa para ela. Talvez tenha sido melhor assim, mas na época fiquei furiosa com Nancy, por se intrometer.

— Sua mãe mora sozinha?

— Mora, e aí temos outro problema. Os médicos acham que devia ter uma companhia, uma governanta, mas sei que isso a irritará extremamente. Minha mãe é muito independente e, afinal de contas, não tem tanta idade assim. Está com somente sessenta e quatro anos. Considero um insulto à sua inteligência começar a tratá-la como se fosse praticamente senil. Aliás, ela está sempre em movimento. Cozinha e faz jardinagem, recebe visitas e lê tudo em que coloca as mãos, além de ouvir música e passar horas ao telefone, conversando animadamente. As vezes viaja ao exterior para visitar velhos amigos. Em geral, vai à França. Seu pai foi pintor, ela passou grande parte da infância e da adolescência em Paris. — Virando a cabeça, Olivia sorriu para Hank. — Ora, por que estou falando sobre minha mãe? Em breve, poderá constatar tudo por si mesmo.

— Ela gostou de Ibiza?

— Adorou. A casa de Cosmo era uma antiga casa de fazenda, no interior, no meio das montanhas. Muito rural. Justamente ao gosto de minha mãe. Sempre que tinha um momento de folga, desaparecia no jardim com uma tesoura de podar, como se estivesse em casa.

— Ela conhece Antonia?

— Sim. Ela e Antonia estiveram conosco na mesma época. Tornaram-se grandes amigas. Não havia barreira de idade entre elas. Minha mãe é ótima com gente jovem, muito melhor do que eu. — Olivia ficou calada por um momento, antes de acrescentar, em um súbito impulso de honestidade: — Nem agora tenho muita certeza a meu respeito. Isto é, quero ajudar a filha de Cosmo, porém não suporto a ideia de ter alguém morando comigo, mesmo que por pouco tempo. Não é vergonhoso ter de admitir isso?

— De maneira alguma. Acho muito natural. Quanto tempo ela pretende ficar?

— Acredito que até encontrar um emprego e um lugar para morar.

— Ela tem qualificações para um emprego?

— Não faço a menor ideia.

O mais provável é que não tivesse quaisquer qualificações. Olivia soltou um longo suspiro. Os eventos da manhã a tinham deixado emotiva e fisicamente exaurida. Além de ainda estar sofrendo o choque e o pesar pela morte de Cosmo, sentia-se também envolvida, assediada pelos problemas de outras pessoas. Antonia chegaria, permaneceria em sua casa, teria que ser consolada, estimulada, sustentada e, muito provavelmente, ainda precisaria de ajuda para encontrar algum emprego. Nancy continuaria a telefonar-lhe, importunando-a com a questão de uma governanta para a mãe delas, enquanto Penelope lutaria, com todas as forças, contra qualquer sugestão de alguém morar com ela. E, além de tudo isso...

Seus pensamentos interromperam-se de súbito. Então, cautelosamente, começaram a recuar. Nancy. Mamãe. Antonia. Ora, mas claro! Ali estava a solução. Reunidos, os problemas poderiam eliminar-se, simplificando-se, como aquelas somas de frações feitas na escola, cuja resposta era da mais bela simplicidade.

— Acabei de ter uma ideia maravilhosa! — exclamou.

— Como assim?

— Antonia pode vir morar com minha mãe.

Se esperava o entusiasmo imediato dele, não o conseguiu. Hank refletiu sobre a ideia por algum tempo, antes de perguntar, cauteloso:

— Acha que ela vai querer?

— É claro! Já lhe disse, Antonia adorou mãezinha. Não queria que ela fosse embora de Ibiza, quando decidiu voltar. Além do mais, logo agora que acaba de perder o pai, ficar algumas semanas em tranquilidade, recobrando-se ao lado de alguém como minha mãe, seria o melhor para ela. Depois, então, começaria a percorrer as ruas de Londres, tentando encontrar um emprego.

— Bem pensado.

— Quanto a mãezinha, não seria como ter uma governanta, mas como hospedar uma amiga. Conversarei hoje com ela sobre isso. Verei o que acha da ideia. Seja como for, tenho certeza de que não vai recusar. Tenho quase certeza disso.

Resolver problemas e tomar decisões era algo que invariavelmente deixava Olivia revitalizada, de maneira que logo em seguida se sentiu melhor. Endireitou-se no assento, abaixou o protetor contra o sol e observou-se ao espelho ali afixado. Viu seu rosto, ainda muito pálido, com manchas sob os olhos, semelhantes a equimoses. A pele escura da gola do casaco acentuava a palidez, e ela esperou que a mãe não fizesse comentários a respeito. Passou um pouco de batom e penteou o cabelo. Depois, tornando a erguer o protetor, voltou a atenção para a estrada à sua frente.

A esta altura, haviam cruzado Burford, restando apenas uns cinco quilômetros para chegarem ao seu destino, e o caminho era conhecido.

— Aqui, vire para a direita — avisou.

Hank desviou o carro para a estradinha que a placa indicava como "Temple Pudley" e diminuiu a velocidade. A estrada subia sinuosa pela encosta de uma montanha e, ao alcançarem o topo, a aldeia surgiu à vista, aninhada no fundo do vale como um brinquedo infantil, as águas prateadas do Windrush assemelhando-se a uma serpenteante fita de prata. Chegaram às primeiras casas, aos chalés de pedra dourada, ostentando grande antiguidade e beleza. Avistaram a vetusta igreja, abrigada atrás dos teixos. Um homem conduzia um bando de ovelhas e havia carros estacionados diante do *pub*, intitulado Sudeley Arms. Ali, Hank parou e desligou o motor.

Um tanto surpresa, Olivia se virou para ele.

— Por acaso estará precisando de um drinque? — perguntou polidamente.

Ele sorriu, negando com a cabeça.

— Não, mas acho que você gostaria de ficar algum tempo sozinha com sua mãe. Ficarei um pouco aqui e irei mais tarde, se me disser como encontrar a casa.

— É a terceira, na estrada abaixo. À direita, com dois portões brancos. Aliás, acho que não seria preciso você fazer isso.

— Eu sei. — Ele deu um tapinha em sua mão. — Mas acho que assim facilitaria as coisas para as duas.

— Você é muito gentil — disse ela, e foi sincera.

— Gostaria de levar alguma coisa para sua mãe. Se eu pedir ao encarregado do *pub* que me venda duas garrafas de vinho, acha que ele concordaria?

— Tenho certeza, principalmente se disser a ele que são para a Sra. Keeling. O mais provável é que eu venda seu clarete mais caro.

Ele sorriu, abriu a porta e desceu do carro. Ela o viu atravessar o pátio lajeado e desaparecer na entrada do *pub*, baixando a cabeça alta para não colidir com o batente da porta. Então, Olivia soltou seu cinto de segurança, foi para trás do volante e ligou o motor. Era quase meio-dia.

Penelope Keeling parou no meio de sua cozinha aquecida e desorganizada, e tentou pensar no que fazer em seguida. Então, decidiu que não teria de se ocupar de mais nada, porque já preparara tudo. Até encontrara tempo para ir ao andar de cima e trocar as roupas de trabalho por outras, mais adequadas a um almoço inesperado e formal. Olivia era sempre tão elegante, que o mínimo que podia fazer era ajeitar-se um pouco. Com isso em mente, vestira uma pesada saia em brocado de algodão (muito querida e antiga, tendo o tecido iniciado sua vida como cortina), uma camisa masculina de lã listrada e um cardigã sem mangas, cor de peônia roxa

As meias eram escuras e grossas; os sapatos, coturnos brutos. Correntes douradas lhe pendiam do pescoço e, com os cabelos recém-penteados e um toque de perfume vaporizado, sentiu-se inteiramente festiva, cheia de agradável expectativa. As visitas de Olivia eram poucas e espaçadas, o que só as tornava mais preciosas. A partir daquele telefonema de Londres, bem cedo pela manhã, ela se lançara em um turbilhão de atividade.

Agora, contudo, nada mais restava a fazer. Fogo aceso nas lareiras da sala de visitas e sala de refeições, os drinques selecionados, o vinho aberto para ficar à temperatura ambiente. Na cozinha, o ar estava impregnado com o odor do lombo bovino assado lentamente, de cebolas assadas e batatas crocantes. Havia feito massa, descascado maçãs, cortado vagens em tiras (saídas do freezer) e ralado cenouras. Mais tarde, arrumaria queijos em uma tábua, moeria o café e decantaria o creme espesso, trazido da leiteria da aldeia. Amarrando um avental para proteger sua saia, lavou as poucas louças ainda sujas e as colocou no escorredor. Guardou uma ou duas panelas, limpou a mesa com um pano úmido, encheu um jarro e aguou os gerânios. Então, tirou o avental e o pendurou no cabide.

A máquina de lavar roupas havia parado de funcionar. Penelope só a usava quando o dia estava bom, uma vez que não tinha secadora. Preferia que sua roupa lavada secasse ao ar livre, adquirindo com isso um delicioso cheiro de frescor e tornando a passagem a ferro infinitamente mais fácil. Olivia e seu amigo poderiam chegar a qualquer momento, mas ela apanhou a enorme cesta de vime e passou para seu interior o emaranhado de peças úmidas e já lavadas. Com a cesta apoiada na cintura, saiu da cozinha pelo jardim de inverno e foi para o jardim. Cruzou o gramado, passou pela abertura na cerca viva de alfeneiro e entrou no pomar. Metade daquela área deixara de ser um pomar. Penelope fizera ali uma horta maravilhosamente prolífica, deixando a outra metade como sempre fora, com velhas e retorcidas macieiras e o Windrush fluindo silenciosamente, além da sebe de espinheiros.

Um longo varal fora estendido entre três daquelas árvores, e era ali que Penelope pendurava a roupa lavada. Fazer isso, numa manhã fresca e de sol, era uma de suas maiores satisfações. Um tordo cantava e, a seus pés, impelindo-se através da relva úmida e em tufos, os brotos começavam a despontar. Ela mesma os plantara, milhares deles, narcisos e crocos, cilas e galantos. Quando estes murchavam e a relva de verão ficava mais densa e verde, outras flores silvestres projetavam seus botões. Prímulas, centáureas e papoulas escarlates, todas provindo de sementes semeadas por ela própria.

Lençóis, camisas, fronhas, meias e camisolas agitavam-se e dançavam à brisa ligeira. Com a cesta vazia, ela refez o caminho de volta, mas devagar, sem pressa, primeiro visitando a horta, a fim de verificar se os coelhos não tinham se banqueteado com os repolhos ainda tenros, depois tornando a parar ao lado de seu pequeno arbusto de viburno aromático, de hastes delicadas, pontilhadas com botões de um rosa intenso, miraculosamente cheirando a verão. Apanhou sua tesoura e cortou um ou dois galhos, que iriam perfumar a sala de visitas. Recomeçou a andar, decidida a entrar de vez, porém sua atenção foi novamente desviada. Agora, contemplava a deliciosa vista de sua casa, erguida além do amplo relvado verdejante. Lá estava ela, banhada de sol, tendo como fundo carvalhos de galhos desfolhados e um céu do mais puro azul. Era comprida e atarracada, caiada de branco, em estrutura de madeira com vãos preenchidos de argamassa, o entretecido teto de colmo projetando-se sobre as janelas do andar de cima, à maneira de espessas sobrancelhas salientes.

Podmore's Thatch. Olivia achava o nome ridículo, dizia ficar constrangida sempre que precisava mencioná-lo, tendo mesmo sugerido a Penelope que imaginasse um outro nome para a antiga moradia. Entretanto, Penelope sabia não ser possível mudar-se o nome de uma casa, da mesma forma como não se muda o nome de uma pessoa. Por outro lado, ficara sabendo, através do vigário, que William Podmore havia sido o *thatcher** da aldeia, mais de duzentos anos antes, e que a casa tinha esse nome por causa dele. Isso encerrou o assunto para sempre.

---

* Operário que coloca cobertura de colmo em telhados. (N.T.)

Em certa época, haviam sido dois chalés, depois transformados em um pelo proprietário anterior, com o simples expediente de abrir portas na parede divisória. Isso significava que a casa tinha duas entradas, duas inseguras escadas e dois banheiros. Também significava que todos os aposentos se comunicavam — um inconveniente, quando se deseja um pouco de privacidade. Assim, no térreo ficavam a cozinha, a sala de refeições, a de visitas e a antiga cozinha da segunda casa, que Penelope usava como depósito de jardinagem, ali guardando seus chapéus de palha, as botas de borracha, o avental de lona, vasos para flores, cestos e espátulas de jardinagem. Acima desse cômodo, ficava um outro entulhado com todos os pertences de Noel e, no restante do andar de cima, três quartos maiores, contíguos. Aquele sobre a cozinha era o dela.

Além disso, escuro e abafado debaixo do colmo, um sótão tomava todo o comprimento do teto, servindo de depósito para tudo que Penelope não suportara jogar fora ao partir finalmente da Rua Oakley, e para o que não havia espaço em qualquer outro lugar. Durante cinco anos, prometera a si mesma que neste inverno se livraria de tudo aquilo, mas sempre que subia os vacilantes degraus até lá e dava uma espiada em torno ficava desalentada ante a enormidade da tarefa, adiando-a para a posteridade.

Quando fora morar ali, o jardim era uma área não cultivada, mas isso fizera parte do divertimento. Ela era fanática por jardinagem e passava cada momento de folga ao ar livre, arrancando ervas daninhas, cavando canteiros, transportando enormes quantidades de esterco em um carrinho de mão, podando árvores podres, plantando, pegando mudas, semeando. Agora, cinco anos depois, podia chegar ali e vangloriar-se dos frutos de seu trabalho. E, dessa maneira, esquecer Olivia, esquecer as horas. Penelope fazia isso frequentemente. O tempo perdera a importância. Essa era uma das boas coisas da velhice: já não ter pressa o tempo todo. Penelope cuidara de outras pessoas a vida inteira, mas agora não tinha ninguém em quem pensar, além de si própria. Havia tempo para parar e olhar e, olhando, recordar. As perspectivas ampliavam-se, como paisagens vistas das encostas de uma montanha penosamente escalada e, tendo chegado a um ponto tão distante, parecia ridículo não parar e apreciá-las.

Sem dúvida a idade acompanhava-se de outros tormentos. Solidão e enfermidade. As pessoas viviam falando sobre a solidão da velhice, porém, aos sessenta e quatro anos, que admitidamente não era uma idade avançada, Penelope desfrutava de sua solidão. Jamais vivera sozinha antes; a princípio estranhara, mas aos poucos fora aprendendo a aceitar o fato como uma bênção, a abandonar-se a todo tipo de coisas repreensíveis, como levantar-se quando sentia vontade, coçar-se quando sentia coceira, ficar acordada até as duas da madrugada, a fim de ouvir um concerto. A comida era outra coisa. A vida inteira ela cozinhara para a família e os amigos, sendo excelente cozinheira, mas, à medida que o tempo passava, foi descobrindo uma vaga tendência para refeições apressadas, nos mais chocantes estilos. Feijão em conserva comido frio, com uma colher de chá, diretamente da lata. Molho pronto para salada, espalhado sobre sua alface, assim como uma qualidade de picles que se envergonharia de pôr em sua mesa, nos velhos tempos da Rua Oakley.

Até a doença tinha suas compensações. Desde aquele pequeno problema de um mês atrás, que os médicos idiotas insistiam em chamar de ataque cardíaco, ela se tornara cônscia da própria mortalidade, pela primeira vez na vida. Não era algo aterrador, já que nunca temera a morte, porém aguçara suas percepções, fazendo-a recordar, agudamente, aquilo que a Igreja denomina pecados por omissão. Não era uma mulher religiosa e não pensava em seus pecados que, segundo o ponto de vista da Igreja, deveriam ser numerosos, mas passou a enumerar as coisas que jamais fizera. Assim como fantasias razoavelmente impraticáveis, como uma viagem num carro de boi às montanhas do Butão ou cruzar o deserto da Síria para visitar as ruínas de Palmira, que agora aceitava como impossibilidades, havia o desejo anelante, quase uma compulsão, de voltar a Porthkerris.

Quarenta anos era tempo demais. Naquela ocasião, ao fim da guerra, ela entrara no trem com Nancy, dissera adeus ao pai e partira para Londres. No ano seguinte, o idoso homem havia falecido, e Penelope deixara Nancy aos cuidados da sua sogra, a fim de viajar até a Cornualha para o enterro dele. Após o enterro, com a ajuda de Doris, passara uns dois dias retirando de Carn Cottage os pertences do pai, em seguida retornando a Londres e às responsabilidades prementes de ser esposa e mãe. Desde então, nunca mais voltara lá. Sentira vontade de voltar. Irei com as crianças nas férias, dizia para si mesma. Vou levá-las para brincar nas praias onde brinquei, para vagar pelas charnecas e procurar flores silvestres. Só que isso jamais aconteceu. Por que não tinha ido? O que acontecera com os anos, escoando-se velozmente daquela maneira, como água fluindo rápida por baixo de uma ponte? As oportunidades tinham surgido e desaparecido, porém ela nunca as aproveitara, principalmente por não haver tempo ou dinheiro para as passagens de trem. Vivia ocupada demais dirigindo o casarão, às voltas com os inquilinos, criando os filhos às voltas com Ambrose.

Mantivera Carn Cottage durante anos, recusando-se a vender a casa, recusando-se a admitir para si mesma que nunca voltaria lá. Durante anos, através de um administrador, ela fora alugada a uma variedade enorme de inquilinos e, por todo esse tempo, Penelope dizia para si mesma que um dia, a qualquer momento, haveria de voltar. Levaria os filhos e mostraria a eles a casa quadrada e branca na colina, seu jardim secreto escondido atrás da sebe alta, com vista para a baía e o farol.

Isso continuou até que um dia, quando estava no pior aperto financeiro, soube pelo administrador que um casal idoso tinha ido ver a casa e desejava comprá-la, a fim de nela residir pelos dias de vida que lhes restavam. Além de idoso, o casal era muito rico. Lutando para sobreviver, com três filhos para educar e um marido instável para sustentar, ela não teve alternativa senão aceitar a polpuda oferta e, finalmente, Carn Cottage foi vendida.

Depois disso, Penelope não pensou mais em voltar à Cornualha. Ao vender a casa da Rua Oakley, fez correr alguns rumores sobre voltar a morar lá, imaginando-se em um chalé de granito com uma palmeira no jardim, mas Nancy discordara de sua ideia e, no fim das contas, talvez tivesse sido melhor assim. Além do mais, para fazer justiça a Nancy, logo que Penelope pusera os olhos em Podmore's Thatch, soube que não desejaria viver em qualquer outro lugar.

Só que, ainda assim... seria agradável se, apenas uma vez, antes de finalmente deixar este mundo, pudesse voltar a Porthkerris. Ficaria hospedada na casa de Doris. Talvez Olivia a acompanhasse.

Olivia passou pelos portões abertos em seu Alfasud, cruzou o caminho de cascalho rangente, passou pelo vacilante galpão de madeira que cumpria seu dever como garagem e depósito de ferramentas, e foi até os fundos de Podmore's Thatch. A porta frontal, com vidraças até a metade, dava para uma varanda ladrilhada. Ali eram pendurados casacos e capas; uma coleção de chapéus enfeitava a pontuda galhada da cabeça empalhada de um cervo, roída pelas traças, e, de um porta-guarda-chuvas em porcelana azul e branca, brotavam guarda-chuvas, bengalas e um ou dois antigos tacos de golfe. Da varanda, ela passou diretamente para a cozinha, cheia de calor e odores, entre eles, um cheiro de carne assada que dava água na boca.

— Mãezinha?

Não houve resposta. Olivia cruzou a cozinha e foi ao jardim de inverno, de onde imediatamente avistou a mãe, parada no extremo do gramado, como que em estado de transe, segurando uma cesta de vime vazia e equilibrada em um quadril, a brisa leve agitando e desordenando seus cabelos.

Abriu a porta para o jardim e saiu para a claridade viva e fria do sol.

— Olá!

Penelope sobressaltou-se ligeiramente, viu a filha e em seguida começou a cruzar o gramado, a fim de recebê-la.

— Querida!

Olivia não a vira desde que ela adoecera, e agora a perscrutava intensamente, procurando algum indício de mudança e temendo encontrá-lo. Entretanto, fora o fato de sua mãe parecer um pouco mais magra, dava a impressão de gozar de boa saúde, com as faces coradas e a costumeira vivacidade juvenil que as pernas compridas imprimiam às passadas. Desejou não ter de apagar a felicidade do rosto de sua mãe, ao contar-lhe que Cosmo estava morto. Ocorreu-lhe, então, que as pessoas permaneciam vivas, até alguém anunciar que haviam morrido. Talvez fosse uma lástima que uns contassem aos outros alguma coisa.

— Olivia, que bom ver você!

— O que fazia, parada lá, com uma cesta vazia de roupa lavada?

— Nada. Só estava parada, olhando. Que dia maravilhoso! Fizeram boa viagem? — Olhou por sobre o ombro da filha. — Onde está seu amigo?

— Ficou no *pub*, para lhe comprar um presente.

— Ele não precisava fazer isso.

Penelope passou ao lado de Olivia e entrou, limpando maquinalmente os sapatos no capacho. Olivia a seguiu, fechando a porta atrás delas. O piso do jardim de inverno era em pedra, e cadeiras de vime e banquetas, além de um monte de almofadas em cretone desbotado mobiliavam o ambiente. Também era bastante aquecido, verdejante de folhagens e vasos de plantas, impregnado com a fragrância de frésias, as quais havia em abundância, pois eram a flor predileta de Penelope.

— Ele mostrou ter discrição. — Olivia deixou sua bolsa sobre a mesa de pinho estriado. — Tenho uma coisa para dizer a você.

Penelope colocou a cesta ao lado da bolsa de Olivia e se virou para encarar a filha. Lentamente, o sorriso desapareceu; seus belos olhos escuros ficaram circunspectos, mas a voz soou firme e forte como sempre, ao dizer:

— Você está branca como um fantasma, Olivia.

Olivia ganhou coragem com isso.

— Eu sei — respondeu. — Só fiquei sabendo hoje de manhã. Lamento, mas é uma notícia triste. Cosmo morreu.

— Cosmo. Cosmo Hamilton? Morreu?

— Antonia ligou para mim, de Ibiza.

— Cosmo... — repetiu ela, com o rosto tomado pelo mais profundo pesar e angústia. — Não acredito... aquele homem tão bom!

Não chorou, como Olivia já esperava. Penelope nunca chorava. Em toda a sua vida, Olivia jamais a vira chorar. Entretanto, a cor lhe fugira das faces e, instintivamente, como que apenas aquietando um coração em disparada, ela levou a mão ao peito.

— Aquele homem tão bom, tão bom... Ó minha querida, eu sinto tanto! Vocês significavam muito um para o outro... Você está bem?

— *Você* está bem? Eu estava com medo de lhe contar.

— Apenas fiquei chocada. Tão de repente! — Sua mão procurou uma cadeira, encontrou-a, e ela se deixou arriar lentamente no assento. Olivia alarmou-se.

— Mãezinha?

— Que tolice! Sinto-me apenas um pouco indisposta.

— Que tal um conhaque?

Penelope sorriu fracamente, com os olhos fechados.

— É uma ótima ideia.

— Vou buscar.

— Está no...

— Sei onde está. — Olivia empurrou uma banqueta para diante. — Vamos, coloque seus pés aqui em cima... fique quietinha aí... não demoro.

A garrafa de conhaque ficava no aparador da sala de refeições. Olivia apanhou-a e a levou para a cozinha, depois tirou copos do armário e despejou neles duas generosas doses medicinais. Sua mão tremia, a garrafa tilintava contra o copo. Algumas gotas salpicaram a superfície da mesa, porém não importava. Nada importava, exceto mãezinha e seu coração frágil. Não a deixe ter outro ataque. Ó querido Deus, não a deixe ter outro ataque. Apanhando os dois copos, ela os levou para o jardim de inverno.

— Tome, aqui está.

Colocou o copo na mão da mãe. Bebericaram em silêncio. O conhaque puro aqueceu e confortou. Após uns dois goles, Penelope esboçou um pálido sorriso.

— Sabe que uma das fragilidades da velhice está em se precisar tanto de um drinque como agora?

— Está muito enganada. Eu também precisei de um.

— Minha pobre querida... — Penelope tomou mais um gole. A cor retornava às suas faces. — Muito bem — disse —, agora, conte-me tudo de novo.

Olivia assim fez, porém não havia muito a dizer. Quando se calou, Penelope disse, não como uma pergunta, mas ratificando um fato:

— Você o amava, não é mesmo...

— Sim, amava. Naquele ano, ele se tornou parte de mim. Ele me mudou, como nenhuma outra pessoa chegou a mudar.

— Devia ter casado com ele.

— Era o que Cosmo queria, mas eu não podia, mãezinha. Não podia.

— Eu gostaria que tivesse casado.

— Não fale assim. Sinto-me melhor como estou.

Penelope concordou. Compreendendo. Aceitando.

— E Antonia? O que vai ser dela? Pobre criança! Estava lá, quando aconteceu?

— Estava.

— O que ela fará agora? Vai ficar em Ibiza?

— Não. Ela não pode ficar lá. A casa nunca pertenceu a Cosmo. Antonia não tem onde morar. Sua mãe se casou de novo e mora no Norte. E não acho que tenha muito dinheiro.

— E o que ela vai fazer?

— Está voltando para a Inglaterra. Chega semana que vem. Vai vir para Londres. Vai ficar comigo um dia ou dois. Disse que precisa arranjar um emprego.

— Ah, mas ela é tão jovem! Que idade tem agora?

— Dezoito anos. Não é mais uma criança.

— Era uma criança tão adorável...

— Você gostaria de revê-la?

— Mais do que tudo.

— Você... — Olivia tomou outro gole do conhaque. A bebida queimou sua garganta, esquentou-lhe o estômago, encheu-a de força e coragem.

— Você a deixaria ficar aqui? Morando em sua companhia por uns dois meses?

— Por que pergunta isso?

— Por vários motivos. Porque acho que Antonia precisará de algum tempo para se refazer e decidir o que fará de sua vida. E porque Nancy está em cima de mim, insistindo em que os médicos acham que você não deveria ficar sozinha, após seu ataque do coração.

Tudo foi dito francamente, da maneira como ela sempre falava com a mâe, com sinceridade e sem rodeios. Era uma das características que tornavam tão satisfatório o relacionamento das duas, um dos motivos pelos quais, mesmo nas mais tensas circunstâncias, elas nunca brigavam.

— O que os médicos dizem é bobagem pura — replicou Penelope, com vigor, pois o conhaque também a aquecera.

— Eu também acho, mas Nancy pensa diferente e, enquanto não houver alguém aqui com você, ela não vai largar o telefone. Então, compreenda, concordando em que Antonia fique, também estará me prestando um favor. Você vai gostar, não acha? Naquele mês em Ibiza, vocês duas não paravam de dar risadinhas juntas. Ela lhe fará companhia, e você poderá ajudá-la a atravessar essa fase difícil em sua vida.

Ainda assim, Penelope vacilava.

— Aqui não seria muito monótono para ela? Não levo uma vida muito animada e, aos dezoito anos, ela pode ter se transformado numa jovem sofisticada.

— Ela não me pareceu sofisticada. Dava a impressão de ser apenas como era antes. E, se estiver ansiosa por luzes brilhantes, discotecas e rapazes, poderemos apresentá-la a Noel.

Deus nos livre, pensou Penelope, sem nada dizer, entretanto.

— Quando ela virá?

— Pretende chegar a Londres na terça-feira. Eu poderia trazê-la no fim de semana.

Ficou olhando ansiosamente para a mãe, desejando que ela concordasse com o plano. Penelope, no entanto, se calara e parecia pensar em algo muito diferente, porque uma expressão divertida surgira em seu rosto e, de repente, os olhos se encheram de riso.

— Qual é a piada?

— Subitamente, recordei aquela praia onde Antonia aprendeu a praticar windsurfe. Havia todos aqueles corpos estendidos por ali, tostados como arenques defumados, e aquelas senhoras idosas, de seios murchos e pendurados. Que espetáculo! Lembra-se de como a gente ria?

— Jamais esquecerei.

— Que tempos felizes foram aqueles!

— Sim. Os mais felizes. Ela pode vir?

— Vir? Se ela quiser, é claro que pode! Pelo tempo que desejar. Será bom para mim. Eu me sentirei jovem outra vez.

Assim, quando Hank apareceu, a crise terminara. A sugestão de Olivia fora aceita. O pesar, o choque e a tristeza — por ora — haviam sido postos de lado. A vida continuava e, estimulada e consolada pelo conhaque e a companhia da mãe, Olivia se sentiu novamente capaz de enfrentar a situação. Quando a campainha tocou, levantou-se depressa e cruzou a cozinha, para receber Hank. Ele viera com uma sacola de papel pardo que entregou a Penelope ao lhe ser apresentado. Colocando a sacola sobre a mesa e sendo uma daquelas pessoas a quem, de fato, vale a pena dar presentes, ela a abriu imediatamente. As duas garrafas foram desembrulhadas de seu papel de seda, e o prazer que ela mostrou foi gratificante.

— Château Latour, Gran Cru! Que homem gentil! Não me diga que convenceu o Sr. Hodgkins, no Sudeley Arms, a se desfazer deles!

— Como me disse Olivia, tão logo ele soube para quem eram, mal pôde esperar para apanhá-los.

— Nunca soube que ele guardava coisas assim em sua adega! A gente vê de tudo nessa vida. Obrigada, muitíssimo obrigada. Poderíamos bebê-los no almoço; a questão é que já abri um vinho...

— Guarde esses para uma comemoração — sugeriu ele.

— Sim, farei isso.

Penelope colocou as garrafas sobre o aparador, enquanto Hank tirava o sobretudo. Olivia o pendurou na varanda, ao lado de outros agasalhos surrados, e então passaram todos para a sala de visitas.

Não era um aposento amplo, de maneira que Olivia sempre se surpreendia ao ver a quantidade de pertences, os mais pessoais e preciosos que sua mãe conseguira reunir ali dentro. Antigos sofás e poltronas favoritos, cobertos com vistosas colchas indianas e salpicados de almofadas em tapeçaria. A secretária, aberta como sempre, apinhada de contas e cartas antigas. A mesa de costura, abajures e tapetes inestimáveis, estendidos sobre o carpete de crina. Havia livros e quadros por toda parte, ânforas de porcelana com motivos decorativos e cheias de flores secas. Fotos, bibelôs e pequenos objetos de prata cobriam cada superfície horizontal, além das revistas, jornais, catálogos de sementes e uma peça embolada de tricô por terminar, espalhados ao acaso. Todos os atrativos da ocupada vida daquela mulher estavam encerrados dentro de suas quatro paredes. Entretanto, como costumava acontecer sempre que uma pessoa o via pela primeira vez, a atenção de Hank foi imediatamente atraída para o quadro que pendia acima da enorme lareira aberta.

Deveria medir um metro e meio por um, e dominava toda a sala. *Os catadores de conchas.* Olivia sabia que jamais se cansaria do quadro, mesmo tendo convivido com ele a maior parte de sua vida. O impacto atingia a pessoa como uma rajada de ar frio e salitrado. O céu ventoso, com nuvens que corriam; o mar encapelando-se em ondas coroadas de espuma alva que vinham quebrar com estrondo sobre a praia. Os rosa e cinza sutis da areia; poças rasas deixadas pela maré alta, cintilando com translúcidos reflexos da luz do sol. E as figuras das três crianças, agrupadas em um canto da tela: duas meninas com chapéus de palha, os vestidos puxados para cima, e um menino. Todos de pernas queimadas pelo sol, descalços e absorvidos pelo conteúdo de um pequeno balde escarlate.

— Ah! — Por um momento, ele pareceu não encontrar palavras. — Que grande quadro!

— Não é? — Penelope sorriu radiosa para ele, com seu costumeiro e orgulhoso prazer. — Meu bem mais precioso.

— Pelo amor de Deus... — Ele procurou a assinatura. — Quem o pintou?

— Meu pai. Lawrence Stern.

— Lawrence Stern era seu pai? Olivia, você não me contou isso!

— Preferi que minha mãe lhe contasse. Ela é muito mais entendida nisso do que eu.

— Eu pensei que ele fosse... bem... um pré-rafaelita.

Penelope assentiu.

— E foi.

— Isto aqui é mais a obra de um impressionista.

— Eu sei. É interessante, não?

— Quando foi pintado?

— Por volta de 1927. Seu estúdio ficava na praia do Norte, em Porthkerris, e ele pintou o quadro da janela desse estúdio. Tem o nome de *Os catadores de conchas*, e eu sou a menininha da esquerda.

— E por que o estilo dele é tão diferente?

Penelope deu de ombros.

— Por vários motivos. Qualquer pintor precisa mudar, passar por fases. Caso contrário, perderia todo o valor. Além do mais, a essa altura ele começara a ter artrite nas mãos e não era mais fisicamente capaz de produzir aquele trabalho fino, detalhado e meticuloso.

— Que idade tinha então?

— Em 1927? Imagino que sessenta e dois. Foi pai já muito idoso. Só se casou aos cinquenta e cinco anos.

— A senhora possui outras pinturas dele?

Hank olhou em volta, examinando as paredes tomadas por quadros, como em uma exposição.

— Aqui, não — respondeu Penelope. — Em sua maioria, estes foram presentes de colegas seus. Tenho dois painéis inacabados, porém estão pendurados no patamar da escada. Foram o último trabalho dele, mas nessa época sua artrite se agravara tanto que quase não conseguia segurar o pincel. Por isso é que nunca os terminou.

— Artrite? Que pena.

— Sim. Foi muito triste. Entretanto, ele sabia bem como enfrentar isso, de uma maneira bastante filosófica. Costumava dizer: "Em compensação, diverti-me um bocado", e não pensava mais naquilo. De qualquer modo, acredito que tenha sido muito frustrante para ele. Muito depois de deixar de pintar, ainda mantinha o estúdio. Quando ficava deprimido ou triste, voltava ao estúdio e ficava lá, à janela, contemplando a praia e o mar.

— Você se lembra dele? — perguntou Hank a Olivia.

Ela negou com a cabeça.

— Não. Quando nasci, meu avó já era falecido. Entretanto, minha irmã Nancy nasceu na casa dele, em Porthkerris.

— Ainda possuem a casa de lá?

— Não — disse Penelope com tristeza. — Teve que ser vendida.

— A senhora nunca voltou lá?

— Há quarenta anos que não vou lá. Curioso, hoje de manhã eu pensava que devia voltar, ver tudo aquilo novamente. — Ela olhou para Olivia. — Por que não vai comigo? Apenas por uma semana. Poderíamos ficar na casa de Doris.

— Ah... — Apanhada desprevenida, Olivia hesitou. — Eu... eu não sei...

— Poderíamos ir em qualquer época... — Penelope mordeu o lábio. — Ora, que tolice a minha! É claro que você não pode tomar decisões de um momento para o outro.

— Ah, mãezinha, eu sinto muito, mas será um pouco difícil. Só terei férias no verão e estou querendo ir à Grécia com amigos. Eles têm uma vila e um iate.

Não era a verdade exata, já que os planos ainda estavam em andamento, porém férias eram demasiado preciosas, e ela ansiava pelo sol. No entanto, mal as palavras lhe saíram da boca, sentiu-se tomada de culpa, pois notou o momentâneo desapontamento que turvou o rosto da mãe, embora prontamente substituído por um sorriso de compreensão.

— É claro. Eu devia ter pensado nisso. Enfim, foi apenas uma ideia que tive. Afinal, para ir lá não preciso de companhia.

— E uma longa viagem de carro para você ir sozinha.

— Posso perfeitamente ir de trem.

— Convide Lalla Friedmann. Ela adoraria fazer uma viagem à Cornualha.

— Lalla. Nem me lembrei dela! Bem, veremos... — Mudando de assunto, Penelope se virou para Hank. — Ora, aqui estamos nós tagarelando, e este pobre homem nem mesmo bebeu alguma coisa. O que gostaria de tomar?

Foi um almoço demorado, tranquilo, delicioso. Enquanto consumiam o tenro lombo róseo e assado que Hank se ofereceu gentilmente para trinchar, as verduras frescas e suculentas, o caldo de raiz-forte, o pãozinho para acompanhar o assado e o espesso molho ferrugem, Penelope o bombardeou de perguntas. Sobre os Estados Unidos, sobre seu lar, esposa e filhos. Olivia bem sabia, enquanto contornava a mesa servindo vinho, que não era por sentir que devia ser educada e manter uma conversa, mas porque sentia legítimo interesse. A paixão de Penelope eram as pessoas, em particular quando vindas de terras estrangeiras, e ainda mais particularmente se tivessem personalidade marcante e fossem fascinantes.

— Você mora em Dalton, na Geórgia? Não posso imaginar como seja Dalton, na Geórgia! Vive em um apartamento ou tem uma casa com jardim?

— Tenho uma casa e também um jardim, mas lá o chamamos de pátio.

— Imagino que, em semelhante clima, consigam plantar praticamente tudo, não?

— Lamento, mas não sei muito a respeito. Tenho um paisagista que deixa o lugar em ordem. Tenho de admitir que nem mesmo corto a minha grama.

— Faz sentido. Não tem do que se envergonhar.

— E a senhora?

— Mãezinha nunca precisou de ajudantes — disse Olivia. — Tudo que você vê, além da janela, é criação exclusiva dela.

Hank estava incrédulo.

— Não acredito! Em primeiro lugar, é trabalho demais! — Penelope riu.

— Não devia ficar tão espantado. Para mim não é uma tarefa enfadonha, mas um tremendo prazer. Por outro lado, a gente não pode continuar indefinidamente e, portanto, na manhã de segunda-feira, rufem os tambores e soem os clarins, porque começo a empregar um jardineiro.

Olivia ficou boquiaberta.

— É mesmo? De verdade?

— Eu disse que ia procurar alguém por aí.

— Sim, mas não acreditei que fosse mesmo.

— Há uma boa firma em Pudley. Chama-se Autogarden, que não me parece um nome muito imaginativo, porém não vem ao caso. Eles me mandarão um rapaz, três dias por semana. Naturalmente, para o trabalho pesado de cavar a terra, mas se ele for jeitoso conseguirei que faça também outras coisas para mim, como serrar toras e empilhar madeiras para lareira. Enfim, vejamos como ficam as coisas. Se me mandarem um sujeito preguiçoso ou me cobrarem muito caro, posso desfazer o acordo, sem perda de tempo. Muito bem, Hank, sirva-se de mais carne.

O lauto almoço consumiu a maior parte da tarde. Quando finalmente se levantaram da mesa, eram quase quatro horas. Olivia ofereceu-se para lavar os pratos, mas sua mãe não permitiu e, em vez disso, todos vestiram os casacos e foram para o jardim tomar um pouco de ar fresco. Perambularam de um lado para outro, inspecionando tudo. Hank ajudou Penelope a prender um galho de Hematite, para que crescesse ereto, Olivia encontrou uma moita de acônitos, debaixo de uma das macieiras, e colheu para si mesma um pequeno punhado, que levaria para Londres.

Chegado o momento das despedidas, Hank beijou Penelope.

— Não posso lhe agradecer o suficiente. Foi tudo maravilhoso.

— Você precisa voltar aqui.

— Talvez. Um dia.

— Quando volta aos Estados Unidos?

— Amanhã cedo.

— Uma visita muito rápida. Que pena! Enfim, foi um grande prazer conhecê-lo.

— Eu também. Foi uma satisfação conhecê-la.

Ele caminhou para o carro e manteve a porta aberta, a fim de que Olivia entrasse.

— Até logo, mãezinha.

— Ó minha querida! — As duas abraçaram-se. — Sinto muito sobre Cosmo, mas não fique triste. Seja agradecida por ter passado aqueles meses com ele. Não fique olhando para trás. Não se lamente.

Olivia forçou um sorriso.

— Certo. Não me lamentarei.

— E, a menos que me avise do contrário, estarei à sua espera no próximo fim de semana. Com Antonia.

— Eu ligo para você.

— Até logo, minha querida.

Eles partiram. Ela se fora. Olivia, em seu belo casaco castanho, com a gola de pele erguida para aquecer as orelhas e o pequeno ramo de acônito apertado na mão. Como uma criança. Penelope entristeceu-se por ela. Seus filhos nunca deixavam de ser crianças. Mesmo tendo ela trinta e oito anos e sendo uma profissional de sucesso. Suporta-se tudo o que fere, mas é insuportável ver um filho sofrendo. Seu coração foi com Olivia, a caminho de Londres. Seu corpo, no entanto, agora cansado, exaurido pelas atividades do dia, conduziu-a lentamente para dentro de casa.

Na manhã seguinte, Penelope continuou sentindo-se cansada e sem forças. Acordou deprimida, sem saber o motivo, mas então recordou Cosmo. Chovia e, como não esperasse visitantes para o almoço domingueiro, ficou na cama até dez e meia, quando então se levantou, vestiu-se e foi até a aldeia comprar os jornais de domingo. Os sinos da igreja badalavam, e umas poucas pessoas passavam sob o portão coberto que dava para o cemitério, encaminhando-se para o culto matinal. Não pela primeira vez, Penelope desejou ser de fato religiosa. Acreditava em Deus, é claro, comparecendo à igreja no Natal e na Páscoa, porque, sem algo em que acreditar, a vida seria intolerável. Agora, no entanto, vendo a pequena procissão dos moradores da aldeia enchendo o caminho de cascalho por entre as vetustas e tombadas lajes do cemitério, pensou que seria bom juntar-se a eles, com a certeza de encontrar conforto. Não fez isso, entretanto. Jamais surtira efeito antes e era improvável que surtisse agora. Deus não tinha culpa; era algo que tinha a ver apenas com sua própria atitude mental.

Novamente em casa, acendeu a lareira e leu *The Observer.* Em seguida, fez uma pequena refeição de carne assada fria, uma maçã com uma taça de vinho. Comeu à mesa da cozinha e depois retornou à sala de visitas, onde tirou uma soneca. Ao despertar, viu que a chuva cessara. Levantou-se do sofá, calçou as botas, vestiu o velho blusão e saiu para o jardim. Havia podado as roseiras no outono e as adubara, porém ainda havia alguns galhos mortos em torno, de maneira que ela se enfiou no emaranhado de espinhos e começou a trabalhar.

Como sempre, ao ficar assim entretida, perdeu toda noção de tempo, a mente ocupada apenas em suas roseiras. Então, ao endireitar o corpo para aliviar as costas doloridas, assustou-se ao ver duas figuras que cruzavam o gramado, vindo em sua direção. Afinal, não ouvira a chegada de nenhum carro e tampouco esperava visitantes. Uma jovem e um rapaz. Um rapaz alto e excepcionalmente bonito, de cabelos escuros e olhos azuis, as mãos enfiadas nos bolsos. Ambrose. Penelope sentiu o coração dar um salto e disse a si mesma para não ser tola, porque não era Ambrose que ressurgia do passado e vinha ao seu encontro, mas sim seu filho Noel. Era tão extraordinária a semelhança dele com o pai que, ao surgir inesperadamente, como agora, sempre a sobressaltava.

Noel. Naturalmente, com uma jovem.

Penelope procurou compor-se, forçou um sorriso no rosto, acomodou as tesouras de podar no bolso, descalçou as luvas e esgueirou-se para fora do canteiro das roseiras.

— Olá, mãe.

Chegando ao lado dela, ainda com as mãos nos bolsos, ele se inclinou para dar-lhe um beijo leve na face.

— Que surpresa! Que bons ventos o trazem aqui?

— Estamos passando o fim de semana em Wiltshire e tive a ideia de virmos ver como está indo. — Wiltshire? Noel se deslocara de Wiltshire? Tinha se desviado quilômetros e quilômetros de seu caminho! — Esta é Amabel.

— Como vai?

— Olá — disse Amabel, sem fazer menção de apertar-lhe a mão.

Era miúda como uma criança, de cabelos emaranhados e redondos olhos verde-claros, como duas groselhas. Vestia um enorme casaco de *tweed* que lhe chegava aos tornozelos e que, a Penelope, pareceu familiar. Após um segundo olhar, identificou-o como um antigo sobretudo de Lawrence Stern, misteriosamente desaparecido durante a mudança da Rua Oakley.

Ela se virou para Noel.

— Está passando o fim de semana em Wiltshire? Na casa de quem?

— De algumas pessoas da família Early, amigos de Amabel. Saímos depois do almoço e, como ainda não a vi desde que deixou o hospital, decidi passar por aqui para saber como tem andado. — Mostrou a ela seu sorriso mais cativante. — Devo dizer que você me parece fantástica. Pensei que a encontraria muito pálida e abatida, com os pés estirados no sofá.

A menção ao hospital irritou Penelope.

— Foi apenas um susto idiota. Não há nada de errado comigo. Nancy é que, como sempre, fez uma tempestade em um copo de água. Sabe que detesto essas coisas! — Então, sentiu remorsos, porque era realmente muita gentileza dele rodar toda aquela distância apenas para vê-la. — Foi muita consideração sua ficar preocupado, mas estou muitíssimo bem. E é ótimo ver os dois. Que horas são? Santo Deus, quase quatro e meia! Gostariam de uma xícara de chá? Podemos entrar e tomar uma. Leve Amabel, Noel. Há um bom fogo na sala de visitas. Irei ficar com vocês em um minuto, assim que tirar minhas botas.

Ele assim fez, conduzindo Amabel pelo gramado até a porta do jardim de inverno. Penelope observou-os enquanto iam e depois entrou também, pelo depósito de jardinagem, onde trocou as botas pelos sapatos e pendurou o casaco. Em seguida subiu para o andar de cima, atravessando os aposentos vazios até seu quarto. Lavou as mãos e ajeitou o cabelo. Desceu pela outra escada, foi à cozinha, colocou a chaleira no fogo e arrumou uma bandeja. Encontrou uma sobra de bolo de frutas em uma lata. Noel adorava bolo de frutas e, quanto àquela jovem, dava a impressão de precisar alimentar-se. Penelope perguntou-se se não seria anoréxica. Não era de admirar. Seu filho arranjava as namoradas mais estranhas do mundo.

Preparou o chá e carregou a bandeja para a sala de visitas, onde Amabel, já tendo tirado o sobretudo de Lawrence, encolhera-se como um filhote de gato no canto do sofá. Noel colocava toras no fogo agonizante. Penelope colocou a bandeja na mesa, e Amabel exclamou:

— Que casa bacana!

Penelope tentou ser cordial com ela.

— Sim. E aconchegante, não?

Os olhos de groselha estavam pousados em *Os catadores de conchas*.

— Que quadro bacana!

— Todo mundo acha.

— É a Cornualha?

— Exatamente. Porthkerris.

— Foi o que pensei. Já estive lá, em um feriado, mas choveu o tempo todo.

— Que pena!

Penelope não conseguia pensar em mais nada para dizer, de maneira que encheu o silêncio que se seguiu ocupando-se em servir o chá. Feito isso, distribuídas as xícaras e as fatias de bolo de frutas, ela reiniciou a conversa.

— Bem, agora me falem sobre o fim de semana. Foi divertido?

Sim, responderam eles, havia sido divertido. Um grupo de dez convidados na casa, um *point-to-point* no sábado, em seguida um jantar na casa de amigos, depois uma festa, e só foram dormir às quatro da madrugada.

Para Penelope, o programa era de um mau gosto inenarrável, mas comentou:

— Muito interessante.

Aquilo parecera esgotar as notícias que os dois tinham para dar, de maneira que ela começou a dar as suas, contando que Olivia a tinha visitado, com um amigo americano. Amabel conteve um bocejo; Noel, ocupando uma banqueta baixa ao lado do fogo, com a xícara de chá no chão, ao seu lado, e as pernas compridas cruzadas nos tornozelos, ouvia distraidamente. Quis dar a notícia da morte de Cosmo, porém achou melhor calar-se. Ia contar que Antonia chegaria e passaria algum tempo em Podmore's Thatch, mas também mudou de ideia. Noel não conhecera Cosmo, não sentiria grande interesse pelos assuntos da família dele. Na verdade, não sentia muito interesse por outra coisa além de si mesmo, pois assemelhava-se ao pai não apenas no fisico, como também no caráter.

Ela ia interrogá-lo sobre seu trabalho e como estava indo. Chegou a abrir a boca porém Noel falou primeiro.

— Por falar na Cornualha, mãe... — (tinham falado na Cornualha?) — ... sabia que uma das telas de seu pai será leiloada na Boothby's esta semana? *As aguadeiras*. Ouvi dizer que deve alcançar perto de duzentas mil libras. Seria interessante ver se alcança, mesmo.

— Sim, eu sabia. Olivia falou nisso, no almoço de ontem.

— Você devia ir a Londres. Assistir ao leilão. Sem dúvida, será divertido.

— Você vai?

— Só se puder sair do escritório.

— É extraordinário como essas pinturas antigas voltaram à moda. E os preços que pagam por elas! O pobre papai daria voltas no túmulo se soubesse o quanto estão valendo.

— A Boothby's deve ter feito um grande negócio com elas. Você viu o anúncio que puseram no *The Sunday Times*?

— Ainda não li o jornal.

O jornal jazia dobrado no assento de sua poltrona. Noel apanhou--o, abriu-o, encontrou o que procurava, dobrou as páginas para trás e o estendeu para ela. Penelope viu, no canto inferior, um dos anúncios costumeiros postos pela Boothby's, a galeria de arte.

"Uma obra secundária ou uma grande descoberta?"

Os olhos dela passaram para a pequena ilustração. Pelo que constava, dois pequenos óleos tinham chegado ao mercado, ambos com temas bastante semelhantes. Um alcançara trezentas e quarenta libras, o outro, mais de dezesseis mil.

Percebendo os olhos do filho fixos nela, começou a ler.

> **As vendas da Boothby's em muito contribuíram para inspirar a recente reavaliação desse negligenciado período vitoriano. Os clientes em potencial poderão dispor de nossa experiência e orientação. Se você possui alguma obra desse período e gostaria que fosse avaliada, telefone para nosso perito, Sr. Roy Brookner, o qual terá muita satisfação em ir até você e oferecer-lhe orientação, sem qualquer despesa de sua parte.**

Havia o endereço, o número do telefone e só. Penelope dobrou o jornal e o pôs de lado. Noel esperava. Erguendo a cabeça, ela olhou para o filho.

— Por que quis que eu lesse isto?

— Ora, pensei que ficaria interessada.

— Em mandar avaliar meus quadros?

— Nem todos. Apenas os de Lawrence Stern.

— Para segurá-los? — perguntou ela, tranquilamente.

— Se você quiser. Ignoro quanto vale o seguro no momento. Enfim, não esqueça, o mercado atualmente está no auge. Há dias, um Millais alcançou oitocentas mil libras.

— Não tenho um Millais.

— Você... não pensaria em vender?

— *Vender?* Os quadros de meu pai?

— Não *Os catadores de conchas, é* claro. Que me diz dos painéis?

— Estão inacabados. O mais provável é que nada valham.

— Isso é o que você pensa! Daí o motivo de mandar avaliá-los. Agora! Quando souber quanto valem, talvez até mude de ideia. Afinal de contas, pendurados naquele patamar, ninguém os vê, e você provavelmente nem mesmo olha para eles. Não sentiria a menor falta dos painéis.

— Como pode saber se eu sentiria falta deles ou não?

Noel deu de ombros.

— Apenas imaginei. Afinal, não são dos melhores, e o tema escolhido é repulsivo.

— Se é isso o que pensa dos painéis, ainda bem que não tem mais de conviver com eles. — Penelope se virou para Amabel. — Mais uma xícara de chá, querida?

Noel sabia que, quando sua mãe se mostrava fria e circunspecta, estava prestes a perder o controle. Continuar a pressioná-la sobre as pinturas seria mais prejudicial do que vantajoso, além de reforçar-lhe a teimosia. Pelo menos, trouxera o assunto à baila, semeara a ideia em sua mente. Quando ela ficasse sozinha, talvez mudasse de ideia e lhe desse razão. Assim pensando, Noel exibiu seu sorriso mais sedutor e, numa desconcertante reviravolta, aceitou a derrota.

— Tudo bem, você venceu! Não falemos mais nisso.

Largando a xícara, ergueu o punho da manga para ver as horas.

— Estão com pressa? — perguntou sua mãe.

— Não podemos demorar muito. É um longo trajeto até Londres, e o trânsito vai estar infernal. Mãe, sabe se minhas raquetes de squash estão lá em cima, no meu quarto? Combinei uma partida, mas não as encontro em lugar algum do apartamento.

— Não sei — respondeu ela, aliviada pela mudança de assunto. O pequeno quarto dele, em Podmore's Thatch, estava entulhado com suas caixas, malas e vários artigos esportivos, mas, como Penelope ia lá o menos possível, não tinha ideia do que jazia naquele amontoado de coisas.

— Por que não sobe e dá uma espiada?

— É o que farei. — Descruzando as pernas compridas, ele se levantou. — Não demoro.

Ouviram os passos dele subindo a escada. Amabel continuou onde estava, contendo outro bocejo e parecendo uma desconsolada sereia.

— Conhece Noel há muito tempo? — perguntou Penelope, odiando-se por soar tão fria e formal.

— Faz uns três meses.

— Você mora em Londres?

— Meus pais vivem em Leicestershire, mas tenho um apartamento em Londres.

— Tem algum emprego?

— Só quando preciso.

— Quer mais uma xícara de chá?

— Não. Prefiro outro pedaço de bolo.

Penelope serviu-lhe uma fatia. Amabel comeu o bolo. Penelope cogitou apanhar um jornal para ler, perguntando-se se a garota perceberia. Pensou no quanto Amabel podia ser simpática e como era desabonador para seus pais nunca lhe terem ensinado a comer com a boca fechada.

Por fim, derrotada, desistiu de entabular uma conversa, começou a recolher os apetrechos do chá e os levou para a cozinha. Amabel ficou na sala, dando a impressão de estar prestes a pegar no sono. Penelope terminou de lavar as xícaras e pires, sem que Noel reaparecesse. Presumivelmente, ainda procurava a esquiva raquete. Pensando em ajudá-lo, subiu a escada da cozinha e atravessou os quartos, até o final da casa. A porta para o quarto dele estava aberta, porém ele não estava lá. Perplexa, ela vacilou, mas então ouviu passos cautelosos rangendo acima de sua cabeça. O sótão? O que estaria ele fazendo no sótão?

Olhou para cima. A antiga escada de madeira levava à abertura quadrada no teto.

— Noel?

Ele surgiu um momento depois, primeiro as pernas compridas, depois o restante do corpo, esgueirando-se do sótão e descendo a escada.

— Pelo amor de Deus, o que estava fazendo lá em cima?

Ele chegou ao seu lado. Havia um tufo de fios em seu blusão e um resto de teia de aranha nos cabelos.

— Não pude encontrar a raquete no quarto — explicou. — Imaginei que poderia estar no sótão.

— É claro que não está no sótão. Não existe mais nada lá além de velharias da Rua Oakley.

Ele riu, limpando-se da poeira.

— Está absolutamente certa!

— Talvez não tenha procurado direito. — Ela entrou no atravancado quartinho, afastou alguns casacos e um par de protetores de pernas para críquete. Imediatamente encontrou a raquete de squash, escondida sob eles. — Aqui está, seu bobo! Você sempre foi um fracasso em achar coisas!

— Ah, droga! Sinto muito. De qualquer modo, obrigado.

Noel pegou a raquete. Penelope observou-lhe o rosto, mas nada havia de desleal em sua expressão.

— Amabel está usando o sobretudo de meu pai — disse. — Quando foi que você o apanhou?

Nem isso o deixou perturbado.

— Surripiei-o durante a grande mudança. Você nunca o usou, e ele é ótimo.

— Devia ter me pedido.

— Eu sei. Quer que o devolva?

— Claro que não. Pode ficar com ele. — Penelope pensou em Amabel, envolta naquele surrado luxo. Ela e, sem dúvida, outras incontáveis garotas. — Tenho certeza de que dará a ele um uso melhor do que eu.

Encontraram Amabel dormindo a sono solto. Noel acordou-a, ela custou a levantar-se, bocejando, de olhos esbugalhados. Ele a ajudou a enfiar-se no sobretudo, deu um beijo de despedida na mãe e se foi com a namorada. Após vê-los partir, Penelope entrou em casa. Fechando a porta, ficou parada na cozinha, cheia de inquietude. O que ele esperava encontrar no sótão? Sabia perfeitamente que a raquete não estava lá; portanto, o que procurava?

Voltando à sala de visitas, colocou uma tora no fogo. O *Sunday Times* continuava no chão, onde o deixara cair. Agachando-se, recolheu-o e tornou a ler o anúncio da Boothby's. Depois foi até sua secretária, apanhou uma tesoura e recortou cuidadosamente o anúncio, que guardou em uma das pequeninas gavetas do móvel.

No meio da noite, ela despertou com um terrível sobressalto. Estava ventando; era uma noite muito escura e chovia novamente. As janelas trepidavam, e gotas de chuva batiam contra as vidraças. "Fui à Cornualha, mas choveu o tempo todo", havia dito Amabel. Porthkerris. Ela recordava a chuva, empurrada do Atlântico por rajadas de vento. Recordava seu quarto em Carn Cottage, deitada na escuridão, como estava agora, com o ruído das ondas quebrando na praia muito abaixo, as cortinas tremulando nas janelas abertas e os fachos de luz do farol abrindo caminho através das paredes pintadas de branco. Recordava o jardim, perfumado de escalônias, a alameda que subia para a charneca, a visão lá do alto, a baía ampla, o azul brilhante do mar. O mar era um dos motivos que a faziam ter tanta vontade de voltar. Gloucestershire era um belo lugar, porém não tinha mar, e ela ansiava pelo mar. O passado não volta, porém a viagem podia ser feita. Nada havia que a impedisse de ir. Sozinha ou acompanhada, pouco importava. Antes que fosse tarde demais, tomaria a estrada para o oeste, rumando até aquela garra escarpada da Inglaterra, onde, certa vez, ela vivera, amara e fora jovem.

6

LAWRENCE

Ela estava com dezenove anos. Entre boletins de notícias ouvidos com ansiedade, o rádio transmitia músicas, como "Deep Purple" e "These Foolish Things", assim como melodias do último filme de Fred Astaire e Ginger Rogers. Durante todo o verão, a cidade fervilhara de turistas. Lojas exibiam quantidades de baldes, pás e bolas para a praia, estas desprendendo cheiro de borracha ao sol quente, elegantes mulheres de férias hospedavam-se no Castle Hotel, escandalizando os moradores ao caminhar pelas ruas em roupas de praia e ao tomar banho de sol em ousados conjuntos de duas peças. A maioria dos veranistas já se fora, porém ainda havia alguns nas areias. As tendas e compartimentos para banho ainda não haviam sido desmontados e guardados. Caminhando à beira da água, Penelope via as crianças, vigiadas por babás bem uniformizadas que se sentavam em espreguiçadeiras e faziam tricô, enquanto mantinham os olhos vigilantes nos pequeninos que faziam castelos de areia ou corriam, soltando gritos estridentes por entre as ondas mais rasas.

Era uma quente e ensolarada manhã de domingo, também ótima para se ficar em casa. Chamara Sophie para acompanhá-la, mas Sophie preferira ficar na cozinha, preparando o almoço, e Penelope a deixara cortando legumes para um *cassoulet* de frango. E papai, após o desjejum, enfiara na cabeça seu velho chapéu de abas largas e partira para o estúdio. Penelope iria buscá-lo e, juntos, subiriam a colina até Carn Cottage, onde a tradicional refeição do meio-dia os esperava.

— Não o deixe entrar no *pub*, minha querida. Hoje, não. Traga-o diretamente para casa.

Ela prometera. Quando se sentassem para saborear o *cassoulet* de Sophie, tudo estaria terminado. A essa altura, eles ficariam sabendo.

Havia caminhado até o final da praia — até as rochas e o trampolim. Subindo o lance de degraus de concreto, ela saiu em uma estreita alameda lajeada, que serpenteava encosta abaixo por entre as casas irregulares, caiadas de branco. Havia muitos gatos ali, disputando restos de peixe nas sarjetas, enquanto as gaivotas revoluteavam no alto ou instalavam-se nos tetos e chaminés, supervisionando o mundo com frios olhos amarelos e grasnidos de desafio, sem nenhum alvo em particular.

No sopé da colina ficava a igreja. Os sinos tocavam para o culto matinal, e havia muito mais gente do que de costume, todos caminhando reunidos pela alameda de cascalho e desaparecendo na penumbra além das grandes portas de carvalho. Homens de ternos escuros e mulheres piedosamente enchapeladas, com expressões sérias e passos solenes, provinham de todos os cantos da pequena cidade. Não havia muitos sorrisos e ninguém dizia bom dia.

Faltavam cinco minutos para as onze. No porto, a maré vazante estava em meio. Barcos de pesca, atados à muralha, ficavam inclinados e recostados em espeques. Estava tudo estranhamente deserto. Apenas um grupo de crianças brincava com uma velha lata de sardinha e, do outro lado do porto, um homem trabalhava em seu barco. O ruído das marteladas ecoava pelas areias desertas.

O relógio da igreja começou a bater as horas. Encarapitadas no telhado da torre, as gaivotas alçaram voo em uma nuvem de asas brancas, os grasnidos elevados em furiosas reclamações, ao serem perturbadas pelo sino reverberante. Ela seguiu em frente, caminhando devagar, as mãos enfiadas nos bolsos do cardigã. Súbitas e breves rajadas de vento agitavam seu cabelo escuro, em madeixas sobre as faces. Imediatamente, teve consciência de sua solidão. Ninguém mais estava à vista e, quando deu as costas ao porto, começando a subir uma rua íngreme, ouviu pelas janelas abertas as badaladas finais do Big Ben. Ouviu a voz começando a falar. Imaginou famílias no interior das casas, reunidas junto ao rádio, em íntima proximidade, uns extraindo conforto dos outros.

Agora, estava realmente em Downalong, a parte velha da cidade, avançando pelo desconcertante labirinto de vielas lajeadas e praças inesperadas, em direção às praias de mar aberto da praia do Norte. Podia ouvir o som das ondas quebrando na praia e sentir o vento, que logo lhe colava a saia do vestido de algodão às pernas e desmanchou seus cabelos. Dobrando a esquina, Penelope avistou a praia. Viu a lojinha da Sra. Thomas, aberta por uma hora para a venda de jornais. As estantes ao lado da porta estavam empilhadas deles, as manchetes altas e sombrias, como lápides de sepultura. Havia algumas moedas em seu bolso. Com o estômago tomado de apreensão e vazio, ela entrou e comprou, por dois *pence*, uma barra de chocolate com recheio de menta.

— Saiu para dar um passeio, meu bem? — perguntou a Sra. Thomas.

— Sim. Vou buscar papai. Está no estúdio.

— É o melhor lugar para se ficar, numa manhã dessas. Fora de casa.

— Também acho.

— É, pelo visto, o barril de pólvora explodiu. — Ela estendeu a barra de chocolate por sobre o balcão. — Diz o Sr. Chamberlain que estamos em guerra com esses malditos alemães. — A Sra. Thomas tinha sessenta anos. Já havia atravessado uma guerra devastadora, como o pai de Penelope e milhões de outras pessoas inocentes, por toda a Europa. O marido da Sra. Thomas morreu em 1916, e seu filho Stephen já tinha sido convocado como soldado raso, na Infantaria Ligeira do duque da Cornualha. — Acho que tinha de acontecer. Não se podia continuar sem fazer nada. Não com aqueles pobres poloneses morrendo aos montes.

— Isso mesmo — disse Penelope, apanhando o chocolate.

— Bem, dê lembranças a seu pai, querida. Ele está bem?

— Sim, está bem.

— Até logo, então.

— Até logo.

Novamente na rua, ela sentiu frio. O vento agora estava mais forte, fazendo com que seu vestido fino e o cardigã parecessem insuficientes. Desembrulhou o chocolate e começou a comê-lo. Guerra. Olhou para o céu, como se esperando o aparecimento de hordas de bombardeiros aqui e acolá, nas formações que vira em noticiários cinematográficos, onda após onda deles, devastando a Polônia. Entretanto, viu apenas nuvens, sopradas pelo vento.

Guerra. Era uma palavra estranha. Como morte. Quanto mais a pronunciava, mais pensava nela e mais incompreensível se tornava. Mastigando o chocolate, ela continuou avançando, agora descendo a estreita viela lajeada que conduzia ao estúdio de Lawrence Stern, a fim de encontrá-lo e dizer-lhe que estava na hora do almoço, que não devia parar no *pub* para tomar uma cerveja e que a guerra, finalmente, havia começado.

O estúdio de Lawrence Stern era um antigo depósito de redes, com pé-direito alto e varado por correntes de ar, tendo uma grande janela ao norte que dava para a praia e o mar. Havia muito, ele instalara ali uma grande estufa bojuda, com uma chaminé que se elevava até o teto. No entanto, mesmo quando funcionava a todo o vapor, ela nunca conseguia aquecer o lugar.

Como não estava aquecido agora.

Fazia mais de dez anos que Lawrence Stern deixara de trabalhar, mas as ferramentas de seu ofício continuavam ali, como se a qualquer momento ele pudesse pegá-las e recomeçar a pintar. Os cavaletes e telas, os tubos de tinta usados a meio, as paletas incrustadas de tinta seca. A cadeira para o modelo continuava sobre seu tablado encortinado, e uma mesa cambaia suportava a forma em gesso de uma cabeça de homem e uma pilha de exemplares antigos de *The Studio*. O odor era profundamente nostálgico, e o ar ainda retinha o cheiro de tinta a óleo e terebintina, misturado à maresia que entrava pela janela aberta.

Empilhadas a um canto, ela viu as pranchas de natação que usavam no verão e uma toalha de banho listrada, esquecida e atravessada sobre uma cadeira. Perguntou-se se haveria outro verão, se aquelas coisas tornariam a ser usadas.

Apanhada pela ventania, a porta bateu, fechando-se atrás dela. Ele virou a cabeça. Estava sentado de lado, no banco sob a janela, as pernas compridas cruzadas, um cotovelo encostado no peitoril. Estivera olhando os pássaros marinhos, as nuvens, o mar azul-turquesa, as ondas que rebentavam incessantemente.

— Papai...

Ele estava com setenta e quatro anos. Alto e distinto, de rosto queimado pelo sol e sulcado por rugas profundas, um par de olhos muito azuis e brilhantes. Suas roupas tinham um toque de ousadia e juventude. Calças de lona vermelha desbotada, um velho blusão de veludo cotelê verde e, em lugar de gravata, um lenço pintalgado, amarrado ao pescoço. Somente os cabelos lhe traíam a idade, brancos como a neve e antiquadamente longos. Os cabelos e as mãos, contorcidas e invalidadas pela artrite que, tão tragicamente, impusera um fim à sua carreira.

— Papai!

O olhar dele era sombrio, como se não a reconhecesse, como se ela fosse uma estranha, uma mensageira portadora de terríveis novas, o que, de fato, era. Então, de repente, sorriu e ergueu um braço, em um gesto de familiar e amorosa acolhida.

— Minha querida!

Penelope aproximou-se dele. Sob os pés dela, o piso desigual de madeira rangeu com a areia trazida pelo vento, como se alguém houvesse espalhado por ali um saco de açúcar. Ele a puxou para mais perto.

— O que está comendo?

— Chocolate com menta.

— Vai tirar seu apetite.

— Você sempre diz isso. — Penelope recuou um pouco. — Quer um pedaço?

— Não — disse ele, e fez que não com a cabeça.

Ela guardou o resto do chocolate no bolso do cardigã.

— A guerra começou.

Seu pai assentiu.

— Quem me disse foi a Sra. Thomas.

— Eu sei. Eu já sabia.

— Sophie está preparando um *cassoulet*. Disse para eu não deixar você ir ao Sliding Tackle beber. Disse para levar você direto para casa.

— Neste caso, é melhor irmos andando.

Entretanto, ele não se moveu. Penelope fechou e trancou as janelas. Agora, o som da rebentação das ondas já não era tão forte. O chapéu dele estava caído no chão. Ela o recolheu e entregou ao pai, que o colocou na cabeça e levantou-se. Penelope o tomou pelo braço, e os dois iniciaram a longa caminhada de volta para casa.

Carn Cottage ficava no alto da colina, acima da cidade. Era uma casinha branca e quadrada, no centro de um jardim, cercada por altos muros. Quando se passava pelo portão no muro, trancando-o após a entrada, era como penetrar algum lugar secreto, onde não se seria atingido por coisa alguma — nem mesmo pelo vento. Agora, em fins de verão, a grama ainda estava verde, e os canteiros de Sophie, ao longo do muro, eram um festival de margaridas, bocas-de-leão e dálias. Contra a fachada frontal da casa, destacavam-se os gerânios cor-de-rosa e um pé de clematite que, a cada primavera, produzia uma abundância de flores em lilás-claro. Havia ainda uma área reservada à horta, escondida atrás de uma sebe de escalônias, e nos fundos da casa ficava um pequeno campo, com um laguinho, onde Sophie mantinha suas galinhas e patos.

Ela estava agora no jardim, esperando por eles, enquanto colhia uma braçada de dálias. Quando ouviu o portão fechar-se, endireitou-se e foi encontrá-los, parecendo um menino de calças e sapatilhas, rematadas por um pulôver listrado em azul e branco. Os cabelos escuros eram bem curtos, acentuando o pescoço esguio e exposto ao sol, bem como o formato regular da cabeça. Os olhos eram escuros, grandes e brilhantes. Todos diziam que eram o que ela tinha de mais bonito, até verem seu sorriso. Depois disso, não tinham mais tanta certeza.

Sophie era esposa de Lawrence e mãe de Penelope. Nascera na França. Seu pai, Philippe Charlroux, e Lawrence haviam sido contemporâneos, dividindo um estúdio em Paris nos velhos e despreocupados tempos antes da guerra de 1914. Lawrence conhecera Sophie quando ainda era muito pequenina, brincando nos jardins das Tuileries e, às vezes, acompanhando o pai e os amigos dele aos cais, onde se reuniam para beber e divertir-se, ruidosa e inofensivamente, com as jovens bonitas da cidade. Eram todos muito íntimos, nunca imaginando que aquela agradável existência estivesse fadada a acabar; porém, a guerra chegara, separando não apenas eles e suas famílias, mas também seus países, a Europa inteira, o seu mundo.

Perderam o contato entre si. Em 1918, Lawrence tinha mais de cinquenta anos. Velho demais para ser soldado, passara os quatro terríveis anos dirigindo uma ambulância na França. Por fim, ferido em uma perna, ficara inválido, sendo mandado para casa. Não obstante, estava vivo. Outros não haviam tido tanta sorte. Philippe, segundo soubera, estava morto, mas ignorava o que fora feito da esposa e da filha dele. Terminado o conflito, retornou a Paris para procurá-las, mas não teve êxito. A cidade ficara triste. Sentia frio e fome. Parecia que cada pessoa usava o preto do luto, e as ruas da cidade, que nunca tinham deixado de proporcionar-lhe alegria, davam a impressão de ter perdido o encanto. Lawrence voltou a Londres, para a velha casa da família, na Rua Oakley. A esta altura, seus pais estavam mortos, e a casa lhe pertencia, porém era demasiado grande e trabalhosa para um homem solteiro. Resolveu o problema, ocupando apenas o porão e o pavimento térreo, reservando os quartos do andar de cima para qualquer alma necessitada de um lar e que lhe pudesse pagar um aluguel, por módico que fosse. Seu estúdio ficava no grande jardim, nos fundos da casa. Ele o abriu, botou para fora parte das velharias lá acumuladas e, deixando as lembranças da guerra para trás, empunhou os pincéis e, com eles, o fio da meada de sua vida.

Achou difícil prosseguir. Um dia, enquanto lutava com uma composição diabolicamente difícil, um dos inquilinos veio chamá-lo, anunciando um visitante. Lawrence ficou furioso, não somente pela raiva de sua frustração, mas porque odiava ser perturbado enquanto trabalhava. Com expressão irritada, jogou os pincéis para o lado, enxugou as mãos em um trapo e foi ver quem poderia ser, entrando em sua cozinha pela porta do jardim. Lá estava uma jovem, parada ao lado da estufa, com as mãos estiradas para o calor, como se estivesse gelada até os ossos. Ele não a reconheceu.

— O que você quer?

Ela era incrivelmente magra, com cabelos escuros presos em um coque feito às pressas. Usava um velho capote surrado, por baixo do qual pendia a bainha irregular da saia. Os sapatos eram praticamente imprestáveis, e a aparência geral era de uma coisinha enjeitada, uma criança de rua.

— Lawrence! — disse ela.

Algo em sua voz ativou a memória dele. Foi até ela, tomou-lhe o queixo na mão e ergueu o pequenino rosto na direção da janela e da luz.

— Sophie!

Era incrível, ele mal podia acreditar.

— Sim, sou eu — disse ela.

Tinha vindo à Inglaterra para procurá-lo. Estava só no mundo. Lawrence havia sido o melhor amigo de seu pai. "Se alguma coisa acontecer comigo", Philippe lhe dissera, "procure Lawrence Stern e fique com ele. Ele a ajudará." E agora, Philippe estava morto, e sua mãe também, levada pela epidemia de gripe que devastava a Europa, na esteira da guerra.

— Fui a Paris procurar vocês — contou-lhe Lawrence. — Onde estavam?

— Em Lyon, morando com a irmã de minha mãe.

— Por que não ficou com ela?

— Porque queria encontrar você.

Ela ficou. Lawrence foi forçado a admitir que Sophie chegara em um período de exceção, quando ele estava entre uma e outra amante, pois era um homem sensual e muito atraente. Desde seus primeiros dias de estudante em Paris, uma série de belas mulheres entrara e saíra de sua vida, como uma bem ordenada fila para o pão. Sophie, no entanto, era diferente. Uma criança. Além disso, dirigia a casa com a eficiência de uma jovem francesa bem-educada, cozinhando, fazendo compras, costurando, lavando cortinas e esfregando o chão. Ele jamais fora tão bem-cuidado. Por sua vez, ela logo perdeu aquela aparência de elfo e, embora jamais engordasse um só grama, as faces ficaram coradas, os cabelos adquiriram um brilho acastanhado e, em breve, Lawrence a estava usando como modelo. Ela lhe trouxera sorte. Ele estava pintando bem, e vendendo, também. Deu-lhe algum dinheiro para comprar roupas, e ela voltou, envaidecida e orgulhosa, exibindo um vestidinho barato. Estava linda, e foi então que Lawrence parou de pensar nela como uma criança. Sophie era uma mulher; e foi como mulher que o procurou certa noite e tranquilamente subiu na cama ao lado dele. Tinha um corpo sedutor e ele não a repeliu, porque, talvez pela primeira vez na vida, estava apaixonado. Ela se tornou sua amante. Dentro de semanas, ficou grávida. Delirante de felicidade, Lawrence a tomou como esposa.

Foi durante a gravidez de Sophie que viajaram até a Cornualha pela primeira vez. Terminaram em Porthkerris, que já havia sido descoberta pelos pintores de todo o país, e onde os contemporâneos de Lawrence se haviam radicado. A primeira providência foi alugarem o depósito para redes, que se tornaria o estúdio dele. Ali moraram durante dois longos meses de inverno, acampados em tremendo desconforto e absoluta felicidade. Então, Carn Cottage foi posta à venda. Tendo ganho um bom dinheiro por uma tela encomendada, Lawrence fez uma oferta e comprou a propriedade. Penelope nasceu em Carn Cottage e lá eles passavam o verão, mas, quando os fortes ventos do equinócio do outono começavam a soprar, fechavam Carn Cottage ou alugavam a casa para inquilinos de inverno, retornando então a Londres, ao porão da velha casa da Rua Oakley, cálida, amigável e apinhada de gente. Tais viagens eram sempre feitas de carro, porque agora Lawrence era o orgulhoso proprietário de um sólido Bentley cruzeiro, de quatro litros e meio, dotado de capota de lona dobrável para trás e enormes faróis Lucas. O carro tinha estribos, um detalhe excelente para piqueniques, e fortes correias de couro que firmavam o capô. Alguns anos, na primavera, os dois recolhiam Ethel, a irmã de Lawrence, juntamente com inúmeras sacolas e caixas, e tomavam o *ferry* para a França. Uma vez lá, rodavam para os pés de mimosa, as rochas avermelhadas e os mares azuis do Mediterrâneo, hospedando-se com Charles e Chantal Rainier, velhos amigos dos tempos de antes da guerra em Paris, donos de uma vila de paredes desbotadas e muitas janelas de venezianas, com um jardim povoado de cigarras e lagartixas. Em tais ocasiões, falavam apenas o francês, até mesmo tia Ethel, que sempre se tornava intensamente gaulesa tão logo pisavam em Calais, de boné basco em um ângulo maroto na cabeça e fumando inúmeros cigarros Gauloise. Aonde fossem os adultos, Penelope os acompanhava, filha de uma mãe jovem o bastante para ser sua irmã e de um pai velho o bastante para ser seu avô.

Ela os achava perfeitos. Às vezes, convidada à casa de outras crianças, sentadas durante refeições que primavam pela afetação e o formalismo, com taciturnas babás vigiando suas maneiras à mesa, ou sendo forçadas a jogos em grupos por algum pai ou mãe emproado, Penelope se perguntava como elas conseguiam suportar vidas tão restritas e disciplinadas. Então, mal podia esperar a hora de voltar para casa.

Agora, Sophie nada comentou sobre a nova guerra que se iniciara. Simplesmente, aproximou-se para beijar o marido, passou um braço em torno da filha e mostrou a eles as flores que havia colhido. Dálias. Uma grande explosão delas, em laranja, púrpura, escarlate e amarelo.

— Acho que elas me recordam o balé russo — disse para eles. Sophie nunca perdera seu encantador sotaque. — Entretanto, não têm perfume. — Ela sorriu. — Não importa. Pensei que vocês estivessem atrasados, mas fico contente por não estarem. Vamos entrar, abrir uma garrafa de vinho e depois comer alguma coisa.

Dois dias mais tarde, na terça-feira, a guerra começou de fato para eles. A sineta da porta de entrada soou e, indo atender, Penelope encontrou a Srta. Pawson na soleira. A Srta. Pawson era uma daquelas damas muito masculinas que surgiam em Porthkerris de vez em quando. Lawrence costumava designá-las como as desajustadas dos anos trinta que, não desejando as alegrias normais de um marido, lar e filhos, ganhavam a vida de maneiras variadas, em geral associando-se a animais, quando então ensinavam equitação ou dirigiam canis e fotografavam cães alheios. A Srta. Pawson criava spaniels King Charles, sendo uma figura muito conhecida no local; vista exercitando seus animais na praia ou sendo arrastada por eles através da cidade, puxada por múltiplas coleiras.

A Srta. Pawson residia com a Srta. Preedy, uma decorosa dama que ensinava dança. Não danças folclóricas ou balé, mas alguma nova e estranha concepção de arte, baseada em frisos gregos, respiração profunda e eurritmia. De vez em quando, ela dava um espetáculo na sede da municipalidade e, certa vez, Sophie comprou entradas, tendo os três comparecido devidamente. O espetáculo foi uma revelação. A Srta. Preedy e cinco alunas (algumas muito jovens, outras com idade suficiente para ter juízo) entraram no palco descalças, usando túnicas alaranjadas que chegavam aos joelhos e faixas na cabeça, colocadas bem baixo na testa. Dispuseram-se em semicírculo, e a Srta. Preedy deu alguns passos à frente. Falando em voz alta e clara, a fim de alcançar os que estavam no fundo do salão, disse-lhes que talvez fosse necessária uma breve explicação, e passou a fornecê-la. Parecia que seu método não era a dança, no sentido corriqueiro da palavra, mas uma série de exercícios e movimentos que, em si, eram uma extensão das funções naturais do corpo.

Lawrence murmurou: "Santo Deus", e Penelope precisou cutucar-lhe as costelas com o cotovelo, para que ficasse quieto.

A Srta. Preedy continuou tagarelando por alguns momentos, depois recuou para seu lugar, e a brincadeira começou. Bateu uma palma, ordenou: "Um", e todas as alunas, ela inclusive, caíram deitadas de costas, como se desmaiadas ou mortas. Os hipnotizados espectadores precisaram espichar o pescoço, a fim de conseguir vê-las. Depois: "Dois", e todas ergueram lentamente as pernas no ar, os artelhos apontando para o teto. As túnicas cor de laranja escorregaram para baixo, revelando seis pares de volumosos calções combinando, presos aos joelhos por elásticos. Lawrence começou a tossir, levantou-se e desapareceu, quase às carreiras, corredor acima, em direção às portas ao fundo. Não voltou mais, de maneira que Sophie e Penelope ficaram sentadas sozinhas durante as duas horas seguintes, sacudidas por risos abafados, as cadeiras estremecendo, as mãos tapando a boca.

Aos dezesseis anos, Penelope leu *Os poços da solidão*. Depois disso, passou a ver a Srta. Pawson e a Srta. Preedy com novos olhos, mas continuou se sentindo inocentemente desconcertada diante do relacionamento das duas.

E agora, ali estava a Srta. Pawson à porta, com sapatos pesados, calças compridas, blusão fechado com zíper, colarinho e gravata, além de um boné sobre os tosquiados cabelos grisalhos, colocado de lado, em um ângulo atrevido. Trazia uma pasta para documentos, e sua máscara contra gases pendia de um ombro. Evidentemente, estava trajada para combate. Se lhe dessem um rifle e um cinturão de balas, teria sido um achado para qualquer bando de guerrilheiros de respeito.

— Bom dia, Srta. Pawson.

— Sua mãe está, meu bem? Vim falar sobre alojamento de evacuados.

Sophie apareceu, e elas levaram a Srta. Pawson para a sala de estar. Como aquela era obviamente uma ocasião oficial, as três sentaram-se à mesa no meio da sala, e a Srta. Pawson desenroscou a tampa de sua caneta-tinteiro.

— Muito bem. — Nada de rodeios; a coisa era tão premente como uma Conferência de Guerra. — Quantos cômodos vocês têm?

Sophie olhou para ela, meio surpresa. A Srta. Pawson e a Srta. Preedy haviam estado inúmeras vezes em Carn Cottage, sabiam perfeitamente quantos cômodos havia lá. Entretanto, ela parecia divertir-se tanto que seria crueldade estragar a brincadeira, de modo que Sophie respondeu:

— Quatro. Esta sala, a sala de jantar, o estúdio de Lawrence e a cozinha.

A Srta. Pawson escreveu "quatro" no espaço apropriado de seu formulário.

— E no andar de cima?

— Nosso quarto, o de Penelope, o quarto de hóspedes e o banheiro.

— Quarto de hóspedes?

— Não quero ninguém ocupando o quarto de hóspedes, porque Ethel, a irmã de Lawrence, é bastante idosa e mora sozinha em Londres. Se os bombardeios começarem, talvez ela queira vir ficar conosco.

— Entendo. Agora, vasos sanitários.

— Ah, sim, temos um vaso sanitário — garantiu-lhe Sophie. — No banheiro.

— Apenas um?

— Há outro fora da casa, no pátio atrás da cozinha, porém usamos o compartimento para depósito de lenha.

A Srta. Pawson escreveu: "Um banheiro, um vaso sanitário."

— E quanto ao sótão?

— Sótão?

— Quantas pessoas poderia colocar para dormir lá?

Sophie ficou horrorizada.

— Eu não colocaria ninguém no sótão. O lugar é escuro e cheio de aranhas. — Então acrescentou, inconvicta: — Suponho que, antigamente, as empregadas costumassem dormir lá. Pobres coitadas!

Aquilo bastou para a Srta. Pawson.

— Neste caso, registrarei espaço para três pessoas no sótão. Não podemos ser muito seletivos atualmente, compreenda. Devemos lembrar que estamos em guerra.

— Teremos que receber evacuados?

— Ah, sim, todos terão que recebê-los. É a nossa contribuição.

— E quem serão eles?

— Provavelmente, moradores do East End de Londres. Tentarei conseguir-lhe uma mãe e duas crianças. Bem... — Ela reuniu seus papéis e levantou-se. — Preciso ir andando. Ainda tenho umas doze visitas a fazer.

Saiu da casa, muito empertigada, sem dar uma palavra. Quando se despediu, Penelope quase esperou que fizesse continência, porém não a fez, limitando-se a cruzar o jardim em largas passadas. Sophie fechou a porta e se virou para a filha, tomada de hilaridade e desânimo ao mesmo tempo. Três pessoas vivendo no sótão! Subiram para inspecionar aquele sombrio aposento e o encontraram ainda pior do que recordavam. Escuro, sujo e empoeirado, cheio de teias de aranha, cheirando a ratos e sapatos suados. Torcendo o nariz, Sophie tentou abrir uma das janelas da água-furtada, porém estava emperrada. Um velho papel de parede, de estampa hedionda, soltava-se em tiras desde o teto. Esticando a mão, Penelope segurou a ponta solta em um canto e a puxou. A tira caiu ao chão, espiralada, trazendo consigo uma nuvem de argamassa em pó.

— Se pintarmos tudo de branco, não ficará tão ruim — disse. Foi até a outra janela, esfregou um pedaço da vidraça para que ficasse limpa e espirrou. — Além disso, a vista daqui é maravilhosa...

— Evacuados não estão atrás de vistas.

— Como sabe disso? Ora, vamos, Sophie, não fique tão desanimada! Se eles vierem, precisarão de um quarto. Será isto ou nada.

Aquela foi sua primeira experiência em termos de Trabalho de Guerra. Descascou o papel de parede, pintou de branco as paredes e o teto, lavou as janelas, pintou as partes de madeira e lavou o chão. Nesse meio-tempo, Sophie foi a um leilão e lá adquiriu um tapete, três sofás-camas, um guarda-roupa de mogno, uma cômoda do mesmo material, quatro pares de cortinas, uma água-forte intitulada *Arredores do Valparaiso* e a estatueta de uma menina com uma bola de praia. Pagou, por tudo, oito libras, quatorze xelins e nove *pence*. Os móveis foram entregues e levados para cima por um prestimoso homem de boné de pano e comprido avental branco. Sophie deu-lhe uma caneca de cerveja e meia coroa, com o que ele se foi embora satisfeito. Em seguida, ela e Penelope arrumaram as camas e penduraram as cortinas. Feito isso, agora só lhes restava esperar — torcendo para que os evacuados nunca chegassem.

Não obstante, eles chegaram. Uma jovem mãe e dois meninos pequenos — Doris Potter, Ronald e Clark. Doris era loura, penteando-se no estilo de Ginger Rogers e usando uma saia preta apertada. Seu marido chamava-se Bert, já fora convocado e estava na França, com a Força Expedicionária. Seus filhos, com sete e seis anos, tinham os nomes de Ronald e Clark por causa de Ronald Colman e Clark Gable. Eram pequenos para sua idade, magricelas e pálidos, de joelhos ossudos e rebeldes cabelos secos, espetados como as cerdas de uma escova. Tinham chegado de trem, vindos de Hackney. Jamais haviam viajado mais longe do que Southend, e as crianças usavam etiquetas de bagagens presas aos blusões inadequados, para o caso de se perderem durante a viagem.

O tranquilo padrão de vida em Carn Cottage foi destruído com a chegada dos Potter. Em dois dias, Ronald e Clark tinham quebrado uma vidraça, urinado na cama, acabado com todas as flores dos canteiros de Sophie, comido maçãs verdes e passado mal, além de incendiarem o galpão de ferramentas, que ficou reduzido a cinzas.

Lawrence mostrou-se filosófico em relação a este último fato, apenas comentando ser uma pena que os dois garotos não estivessem dentro do galpão.

Ao mesmo tempo, eles se revelaram pateticamente medrosos. Não gostavam do campo, o mar era grande demais, assustavam-se com vacas, patos, galinhas e carunchos. Também tinham pavor de dormir no quarto do sótão, mas somente porque um amedrontava o outro, revezando-se no relato de histórias de fantasmas.

A hora das refeições transformou-se em pesadelo, não por ser enfadonha a conversa, mas porque Ronald e Clark jamais haviam tido noções das maneiras mais simples. Comiam de boca aberta, bebiam com a boca cheia, disputavam a manteigueira, derrubavam o jarro de água, brigavam um com o outro e espancavam-se, também se recusando a comer os nutritivos legumes e pudins que Sophie preparava.

Como isso não bastasse, o barulho era constante. O ato mais simples era acompanhado de guinchos de alegria, raiva, indignação e insulto. Doris também fazia o mesmo. Jamais se dirigia aos filhos senão gritando.

— O que pensam que estão fazendo, seus malcriados? Repitam isso, e surro os dois! Olhem para suas mãos e joelhos, estão imundos. Quando foi a última vez que se lavaram? Seus porcos sujos!

Fugindo àquele alarido, Penelope percebeu duas coisas. Uma, que Doris, apesar da maneira rude de falar com os filhos, era boa mãe e gostava daquelas crianças magricelas. Outra, que só gritava com elas, porque assim fizera a vida inteira, seus gritos subindo e descendo a extensão da rua de Hackney onde, muito provavelmente, eles haviam nascido e sido criados. A mãe de Doris gritara com ela. A ideia de que houvesse outra maneira de agir simplesmente não entrava em sua cabeça. Portanto, não era de surpreender que, quando gritasse por Ronald e Clark, eles nunca atendessem. Então, em vez de ir à procura deles, ela se limitava a erguer a voz mais uma oitava.

Por fim, não suportando mais aquela situação, Lawrence disse a Sophie que, se os Potter não se aquietassem um pouco, seria forçado a fazer uma mala, abandonar a casa e ir morar em seu estúdio. Falava sério e, entre a cruz e a espada, Sophie irrompeu furiosamente na cozinha, para falar com Doris.

— Porr que tem que grritarr com eles o tempo todo? — Quando perturbada, seu sotaque ficava mais pronunciado do que de hábito, e agora parecia tão enfurecida como uma peixeira marselhesa. — Suas crrianças estão logo ali, bem perrto de você! Não prrecisa grritarr parra chamá-las! Mon Dieu, é uma casa pequenina, e você está *enlouquecendo* todos nós!

Doris ficou surpresa, mas teve a sensatez de não se mostrar ofendida. Era uma mulher de trato fácil e também astuta. Sabia que, com aquela gente, ela e seus filhos tinham encontrado uma boa casa. Ouvira algumas histórias terríveis sobre outras famílias evacuadas, e não desejava ir morar na casa de alguma mulher de nariz em pé, que a tratasse como empregada e esperasse que morasse na cozinha.

— Me desculpe — disse, à sua maneira sem-cerimoniosa. Sorriu. — Acho que é o meu jeito de ser, só isso.

— E suas crrianças... — A raiva de Sophie abrandava, porém queria malhar o ferro enquanto estava quente. — Elas prrecisam aprrenderr a terr boas maneirras à mesa! Se você não ensinarr a elas, então eu ensino! E elas têm que obedecerr! Elas vão obedecerr, se você falarr baixo! Não são surrdas, mas, se você grrita, dá a imprressão de que não escutam!

Doris deu de ombros.

— Está bem — concordou, de boa paz. — Podemos experimentar. E agora, o que acha de batatas para o jantar? Quer que eu descasque para você?

Depois disso, as coisas melhoraram. O barulho diminuiu, e as crianças, orientadas ora por Sophie, ora por Penelope, aprenderam a dizer *por favor* e *obrigado*, a comer de boca fechada e a pedir que passassem o sal e a pimenta. Até mesmo a própria Doris assimilou alguns desses ensinamentos, e ficou bastante refinada, dobrando o mindinho e limpando o canto da boca com seu guardanapo. Penelope levou os meninos à praia e ensinou-lhes a fazer castelos de areia, os dois se tornando tão intrépidos, que chegaram a remar em um bote. Então, começaram as aulas e eles ficavam fora de casa a maior parte do dia. Doris achava que toda sopa provinha de uma lata, mas começou a aprender alguns rudimentos de culinária e ajudava nos trabalhos domésticos. As coisas acomodaram-se. Eles nunca seriam os mesmos e, pelo menos, agora já eram suportáveis.

Os aposentos do andar de cima, na casa da Rua Oakley, eram ocupados por Peter e Elizabeth Clifford. Outros inquilinos iam e vinham, mas eles permaneceram lá quinze anos, durante os quais se tornaram os mais íntimos amigos dos Stern. Peter estava agora com setenta anos. Doutor em psicanálise, estudara com Freud em Viena e encerrara uma prestigiada carreira como professor em um dos grandes hospitais-escola de Londres. Embora aposentado, não parou de trabalhar, e todos os anos voltava a Viena, a fim de fazer conferências na universidade.

Não tinham filhos e, em tais ocasiões, ele invariavelmente era acompanhado pela esposa. Elizabeth, alguns anos mais nova do que Peter, também era, a seu próprio modo, uma mulher brilhante. Antes do casamento, viajara extensamente, tendo estudado na Alemanha e na França, além de escrever uma série de romances, artigos e ensaios sérios, com matizes políticos, joias de construção precisa e erudita, que lhe tinham angariado respeitadíssima reputação internacional.

Foram os Clifford que, pela primeira vez, fizeram Lawrence e Sophie perceberem as coisas sinistras em andamento na Alemanha. Os quatro conversavam até altas horas da noite, bebericando café e conhaque, com as cortinas cerradas, as vozes perturbadas transmitindo sua ansiedade e apreensão. Entretanto, confidenciavam tais coisas apenas aos Stern. Com relação ao mundo exterior, permaneciam profundamente discretos, guardando seus pontos de vista para si mesmos. Agiam assim porque muitos de seus amigos na Áustria e Alemanha eram judeus, e suas visitas oficiais a Viena ofereciam uma boa cobertura para suas próprias operações pessoais e encobertas.

Sob os olhos das autoridades e com grande risco pessoal para eles próprios, estabeleciam contatos, obtinham passaportes, faziam preparativos para viagens e emprestavam dinheiro. Graças a seu empreendimento e coragem, um grande número de famílias judias estava saindo do país, escapando pelas fronteiras bem guardadas e chegando à segurança da Inglaterra, ou viajando e estabelecendo-se nos Estados Unidos. Todos chegavam na miséria, tendo sido obrigados a abandonar propriedades, bens e fortuna, mas, pelo menos, estavam livres. Este perigoso trabalho continuou até começos de 1938, quando o novo regime deixou claro que sua presença não era mais bem-vinda. Alguém tinha falado. Eles foram considerados suspeitos e colocados em uma lista de restrição.

Em janeiro, no ano-novo de 1940, Lawrence, Sophie e Penelope tiveram uma assembleia em família. Com Carn Cottage agora ocupada, e sendo presumível que Doris e as crianças ficassem lá até a guerra acabar, todos concordaram que a hipótese de voltar à Rua Oakley era impensável. Sophie, no entanto, não admitia simplesmente abandonar sua casa em Londres. Não a visitava havia seis meses, precisava fiscalizar os inquilinos, preparar cortinas de blecaute para o porão, organizar listas e encontrar alguém que quisesse cuidar do jardim. Pretendia apanhar roupas de inverno, porque o tempo se tornara gélido em Carn Cottage, onde não havia aquecimento central. Além disso, também queria ver os Clifford.

Lawrence achou que era uma esplêndida ideia. Acima de tudo, estava preocupado com seu quadro *Os catadores de conchas*. Quando o bombardeio começasse, como, sem dúvida, aconteceria, ele temia pela pintura.

Sophie disse-lhe que cuidaria do quadro, providenciando para que fosse embalado e transportado para a relativa segurança de Porthkerris. Telefonou para Elizabeth Clifford, anunciando que estavam a caminho. Três dias mais tarde, foram todos para a estação, e Penelope e Sophie tomaram o trem. Lawrence não embarcou. Decidira ficar, a fim de fiscalizar o andamento da pequena casa, entregue aos dedicados cuidados de Doris, que parecia bastante feliz em assumir tal responsabilidade. Era a primeira vez que ele e Sophie se separavam, desde o casamento, de maneira que ela estava em lágrimas quando o trem partiu, como se receando nunca mais ver o marido.

A viagem pareceu durar uma eternidade. O trem estava gélido, não havia vagão-restaurante e, em Plymouth, embarcou um destacamento de marinheiros, os quais encheram os vagões até torná-los intransitáveis, os corredores tomados por mochilas, marujos que fumavam e jogavam cartas. Penelope viu-se comprimida no canto de seu assento por um rapaz, cerimonioso e pouco à vontade no uniforme cheirando a novo. Quando o trem voltou a andar, ele imediatamente caiu no sono, com a cabeça no ombro dela. Escureceu cedo e, depois disso, nem mesmo era possível ler às luzes fracas e amortecidas do vagão. Para piorar a situação, ficaram retidos em Reading, só chegando a Paddington, finalmente, três horas depois.

De luzes apagadas, Londres era uma cidade misteriosa. Por um golpe de sorte, as duas conseguiram encontrar um táxi, partilhado com outros dois estranhos que seguiam na mesma direção. O táxi seguiu pelas ruas escuras e quase desertas, a chuva desabou, e o frio era penetrante. Penelope foi tomada por um profundo abatimento. Voltar para casa nunca fora assim.

Elizabeth, no entanto, tendo sido avisada, ficara de prontidão para recebê-las, os ouvidos aguçados à espera da chegada do táxi. Após pagarem a corrida e tatearem o caminho pelos degraus escuros como breu, que desciam para a porta frontal de seu porão, viram que ela se abriu repentinamente, sendo ambas puxadas para dentro, antes que qualquer raio de luz ilegal penetrasse o blecaute.

— Ah, pobrezinhas! Pensei que nunca mais iam chegar! Como se atrasaram!

Foi uma excelente acolhida, com abraços e beijos, explicações e descrições da terrível viagem. Por fim, chegou a vez dos risos, porque era um alívio indescritível terem deixado para trás o frio, a escuridão, o trem, e chegado em casa.

O grande aposento familiar estendia-se por todo o comprimento da casa. Perto da rua, ficava o aposento que fazia as vezes de cozinha e sala de jantar, com o jardim após a sala de estar. Agora, estava tudo iluminado, porque Elizabeth pregara cobertores nas janelas, em vez de pendurar cortinas pretas, tendo também acendido a estufa. Uma panela com canja de galinha aquecia-se brandamente ao fogo, e a chaleira chiava. Sophie e Penelope tiraram os casacos e aqueceram as mãos, enquanto Elizabeth arrumava um bule de chá e torradas quentes com canela. Não demorou muito, estavam sentadas à mesa, como sempre tinham feito, comendo a refeição ligeira e improvisada (Penelope morria de fome), todas falando ao mesmo tempo, trocando notícias acumuladas de muitos meses. A depressão terminara, e a tediosa viagem de trem ficara no passado, esquecida.

— E como vai o meu caro Lawrence?

— Maravilhosamente bem, mas preocupado com seu *Os catadores de conchas*, temeroso que a casa seja bombardeada, e a tela, destruída. Este é um dos motivos que nos trouxeram aqui. O quadro será embalado e levado para a Cornualha conosco. — Sophie riu. — Ele não parece nem um pouco preocupado com seus outros bens.

— E quem ficou cuidando dele?

Sophie contou-lhe sobre Doris.

— Evacuados! Ah, coitadinhas. Que invasão na vida de vocês. — Elizabeth tagarelou, contando a elas tudo que ocorrera nas últimas semanas.

— Tenho uma confissão a fazer. O rapaz do sótão foi convocado e se mudou. Então, permiti que outro jovem casal ocupasse o lugar. São refugiados de Munique. Há um ano que estão no país, mas tiveram que deixar seus alojamentos em St. John's Wood e não encontraram outro lugar para morar. Estavam desesperados, e então sugeri que viessem para cá. Perdoe a minha intromissão, mas é que eles viviam uma situação terrível, e sei que serão bons inquilinos.

— Ah, mas não há dúvida! Fico muito satisfeita. Foi muito sensato de sua parte. — Sophie sorriu com afeto. Elizabeth nunca fraquejava, em seu corajoso trabalho. — Como se chamam eles?

— Friedmann. Willi e Lalla. Quero que você os conheça. Descerão para o café hoje à noite. Por que não traz Penelope, depois da ceia, a fim de se juntar a nós? Vai ser bom conversarmos. Será como nos velhos tempos.

Ao falar, ela irradiava entusiasmo, sua característica mais notável e contagiante. Elizabeth nunca mudava. No rosto simpático e enrugado, os olhos brilhavam, tão inteligentes como sempre; os cabelos grisalhos, espessos e vigorosos eram apanhados em um coque frouxo sobre a nuca, preso por alguns grampos pretos. As roupas eram antigas, mas, mesmo assim, não fora de moda. Inúmeros anéis enfeitavam os dedos de nós protuberantes.

— É claro que iremos — prometeu Sophie.

— Por volta de nove horas? Será um prazer imenso.

As duas foram. Os Friedmann haviam chegado antes e sentavam-se em torno da estufa a gás dos Clifford, na sala com mobília antiquada. Eram muito jovens e bem-educados, levantando-se a fim de serem apresentados. No entanto, pensou Penelope, também eram velhos. Irradiavam uma espécie de dignidade dos destituídos da sorte, algo que era imemorial. Quando sorriram e se cumprimentaram, seus sorrisos não lhes chegaram aos olhos.

A princípio, tudo correu bem. Começaram a conversar. Sophie ficou sabendo que, em Munique, Willi Friedmann estudara Direito, mas que agora ganhava a vida fazendo traduções para uma editora londrina. Lalla ensinava música, dando aulas de piano. À sua maneira, estranha e pálida, era uma bela jovem e sentava-se compostamente, porém as mãos de Willi eram nervosas; ele fumava um cigarro após outro, parecendo ter dificuldade em ficar quieto.

Fazia um ano que morava na Inglaterra, mas, ao observá-lo furtivamente, Penelope achou que dava a impressão de ser recém-chegado. Sentiu imensa pena dele, tentando imaginar sua vida enfrentando a incerta perspectiva — como devia ter acontecido — de construir um futuro para si mesmo em um país estranho, desligado dos amigos e colegas, precisando ganhar a vida de maneira forçada, sem realização pessoal. Além do mais, era provável que vivesse constantemente atormentado pela ansiedade, quase insuportável, de ter uma família ainda vivendo na Alemanha. Ela imaginou um pai, uma mãe, irmãos e irmãs, cujo destino, ainda agora, podia ser selado por uma convocação no meio da noite. Um toque de campainha, uma batida à porta, interrompendo o silêncio da noite, e a confirmação de seus piores medos.

Pouco depois, Elizabeth foi à sua pequena cozinha, de lá voltando com uma bandeja onde pusera xícaras, café quente e um prato de biscoitos. Peter apanhou uma garrafa de conhaque Cordon Bleu e pequeninos cálices coloridos, mas foram dispensados. Sophie se virou para Willi com seu sorriso encantador, dizendo:

— Fico muito satisfeita por terem vindo morar aqui. Espero que sejam felizes. Só lamento que não possamos ficar aqui também; teremos que retornar à Cornualha e cuidar de todos por lá. Não alugaremos o porão. Se quisermos vir a Londres e ver todos vocês, é melhor termos nossos próprios aposentos onde ficar. Entretanto, se os bombardeios começarem, todos vocês poderão usá-lo à vontade, como abrigo antiaéreo.

Foi uma sugestão sensata e oportuna. Até então, houvera apenas avisos ao acaso de reides aéreos, seguidos quase que imediatamente por outros de fim de ataque. Entretanto, todos estavam preparados. Londres estava entrincheirada em sacos de areia até o pescoço, os parques, perfurados por trincheiras e abrigos antiaéreos, caixas-d'água haviam sido erigidas e alimentos de emergência empilhados nos abrigos. Barragens de balões flutuavam no céu e, por toda a cidade, aninhavam-se postos de metralhadoras antiaéreas, camuflados por redes e guarnecidos por tropas que esperavam, minuto a minuto, hora a hora, semana a semana, que os ataques começassem.

Uma sugestão sensata e oportuna, mas de efeito chocante em Willi Friedmann.

— Está bem — disse ele.

Deixou seu conhaque cair abruptamente e não objetou quando, sem dizer nada, Peter tornou a encher seu cálice. Willi começou a falar. Era muito grato a Sophie. Era muito grato a Elizabeth por toda a sua gentileza. Sem Elizabeth, estaria sem lar. Sem pessoas como Elizabeth e Peter, ele e Lalla tinham grandes chances de estarem mortos. Ou coisa ainda pior...

— Ora, vamos, Willi — disse Peter.

Entretanto, ele havia começado e agora parecia não saber como parar. Terminou o segundo conhaque e estava fora de si o bastante para apanhar a garrafa e servir-se de uma terceira dose. Lalla permaneceu quieta, fitando o marido com arregalados olhos escuros, cheios de horror, porém nada fez para interrompê-lo.

Willi falou. O fluxo de palavras transformou-se em torrente, despejada sobre a cabeça das cinco pessoas hipnotizadas e imóveis que o ouviam. Penelope olhou para Peter, mas este, vigilante e grave, concentrava-se apenas no pobre rapaz enlouquecido. Talvez Peter soubesse que ele precisava falar. Talvez soubesse que, em algum momento, aquilo tinha de ser extravasado, e por que não agora, quando ele e a esposa estavam sãos e salvos na sala fortemente encortinada e junto de amigos?

Ele falou e falou, contando ainda mais — coisas que tinha visto, coisas que tinha ouvido, coisas que haviam acontecido a seus amigos. Após algum tempo, Penelope não quis ouvir mais, sentindo vontade de tapar os ouvidos com as mãos, fechar os olhos e aquelas imagens ruins da mente. Entretanto, continuou ouvindo mesmo assim, sendo aos poucos consumida por tal horror e repugnância que nada tinham a ver com noticiários cinematográficos, boletins de rádio ou leitura de jornais. De repente, aquilo ficou pessoal, e o terror bafejou-lhe a nuca. A desumanidade desenfreada de homem contra homem era uma obscenidade, sendo essa obscenidade uma responsabilidade privada de cada pessoa. Como então, era esse o significado da palavra Guerra. Não se tratava de apenas carregar a própria máscara contra gases, de fazer o blecaute, de dar risadinhas por causa da Srta. Pawson ou de pintar o sótão para os evacuados. Tratava-se de um pesadelo infinitamente mais terrível, do qual o despertar não seria gratificante. Ele teria de ser enfrentado, mas isso só seria conseguido sem fugir, sem enfiar a cabeça debaixo das cobertas, mas empunhando uma espada e atacando.

Penelope não tinha espada, mas, bem cedo na manhã seguinte, saiu de casa, dizendo a Sophie que ia fazer compras. Quando voltou, pouco antes do almoço e de mãos visivelmente vazias, sua mãe ficou surpresa.

— Ora, pensei que tinha ido fazer compras!

Penelope puxou uma cadeira e, sentada nela, olhou para Sophie, do outro lado da mesa da cozinha. Então, contou que caminhara até encontrar um posto de recrutamento, que entrara nele e se inscrevera, pelo tempo que durasse a guerra, no Women's Royal Naval Service — o Real Serviço Naval Feminino.

7

ANTONIA

O alvorecer chegou de mansinho, com relutância. Ela voltara finalmente a dormir, tendo despertado para uma escuridão cada vez mais opaca, e soube que a manhã estava a caminho. O silêncio era total. O ar frio infiltrava-se pela janela aberta e, emoldurado pelos batentes, o carvalho erguia galhos nus para o céu acinzentado e sem estrelas.

Como pouco antes, a Cornualha ainda lhe enchia a mente, era um sonho vivido, mas, subitamente, o sonho bateu asas e afastou-se, recolhendo-se ao passado, onde, talvez, fosse o seu lugar. Ronald e Clark não eram mais dois garotinhos, mas homens adultos, lançados ao mundo. Sua mãe não era Doris Potter, mas Doris Penberth, agora com quase setenta anos, ainda vivendo na casinha branca, bem ao fundo das antigas ruas lajeadas de Porthkerris. Lawrence e Sophie fazia muito haviam falecido, assim como os Clifford. Carn Cottage se fora e finalmente também a casa da Rua Oakley, o que a deixava ali, em Gloucestershire, em sua própria cama, em sua própria casa, Podmore's Thatch. Esta era uma das ocasiões em que o fato a pegava desprevenida, como se os anos se houvessem encapsulado e feito com ela uma brincadeira cruel — não estava com dezenove anos, mas com sessenta e quatro. Nem mesmo madura, mas idosa. Uma mulher idosa, com um probleminha cardíaco idiota que a pusera no hospital. Uma mulher idosa, com três filhos adultos e um novo elenco de personagens, com seus problemas inerentes, que agora habitavam sua vida. Nancy, Olivia e Noel. E, naturalmente, Antonia Hamilton, que chegaria para ficar... quando chegaria? No fim da semana seguinte? Não, no fim desta semana. Porque já era segunda-feira, a manhã de segunda-feira. A Sra. Plackett vinha nas manhãs de segunda-feira, pedalando desde Pudley, firme como uma rocha, ereta no selim de sua bicicleta. E o jardineiro. O novo jardineiro começaria a trabalhar hoje; chegaria às oito e meia.

Foi isto — como nenhuma outra coisa teria sido capaz — que instigou Penelope à ação. Acendeu o abajur da mesa de cabeceira e consultou o relógio. Sete e meia. Era importante estar de pé, vestida e pronta, antes de o jardineiro chegar, pois do contrário ele pensaria que viera trabalhar para uma velha preguiçosa. *Um amo preguiçoso faz um servo preguiçoso.* Quem era adepto de tão arcaico provérbio? Sua sogra, naturalmente. Dolly Keeling. Quem mais haveria de ser? Podia ouvi-la citando o provérbio, enquanto corria os dedos pela borda do aparador da lareira, em busca de poeira, ou arrancava os lençóis da cama, para certificar-se de que a sofrida diarista os arrumara corretamente. Pobre Dolly! Ela também se fora, mantendo as aparências até o último instante, porém não deixando qualquer senso de perda atrás de si. O que era muito triste.

Sete e meia da manhã. Não havia tempo para perder em recordações de Dolly Keeling, de quem ela jamais gostara. Penelope saiu da cama.

Uma hora mais tarde, já de banho tomado e vestida, destrancou todas as portas e tomou seu desjejum. Bebeu café forte, comeu um ovo cozido, torradas e mel. Bebericando a segunda xícara de café, tentava ouvir o som de um carro que se aproximasse. Nunca antes contratara os serviços daquela firma, mas sabia que enviava seus empregados para trabalhar em pequenos e elegantes furgões verdes, com a palavra AUTO--GARDEN escrita nas laterais, em letras maiúsculas brancas. Já os vira rodando por aí; pareciam muito hábeis e eficientes. Sentiu-se um tanto apreensiva. Jamais empregara um jardineiro antes, e esperava que este não fosse carrancudo nem teimoso. Logo de início, diria a ele que não podasse nem cortasse coisa alguma sem sua permissão. Poria o homem para fazer algo bem simples e despretensioso. A sebe de pilriteiros, no fundo do pomar. Aquela sebe podia ser aparada. Penelope supôs que ele fosse capaz de usar sua pequena motosserra. Haveria gasolina suficiente para o motor na garagem? Deveria ir dar uma espiada, enquanto ainda havia tempo de buscar mais?

Não houve tempo, porque suas ansiosas especulações foram bruscamente interrompidas pelo som inesperado de passos no cascalho, aproximando-se da casa. Penelope largou a xícara de café e levantou-se, espiando, do outro extremo do aposento, pela janela. Viu-o chegando, sob a quieta e fria claridade matinal, andando em sua direção. Um rapaz alto, de blusão cáqui impermeável e jeans enfiados em botas pretas de borracha. Estava com a cabeça descoberta e tinha cabelos castanhos. Enquanto o espiava, ele parou um instante, olhando em volta, talvez incerto sobre o lugar em que se encontrava. Ela observou a postura dos ombros, o queixo erguido, o ângulo do maxilar. No dia anterior, vendo seu filho aproximar-se através do gramado, sentira o coração dar um salto. Agora, acontecia a mesma coisa assustadora. Pousou uma das mãos na mesa e fechou os olhos. Respirou fundo. O coração galopante serenou. Tornou a abrir os olhos. A campainha da porta soou.

Cruzou a varanda, a fim de abrir a porta. Ele estava ali. Alto. Mais alto do que ela.

— Bom dia — cumprimentou o rapaz.

— Bom dia.

— Sra. Keeling?

— Sim, sou eu.

— Sou da Autogarden.

Ele não sorriu. Os olhos eram firmes, azuis como pedacinhos de vidro; o rosto, fino e moreno, curtido pelo frio matinal; a pele retesada sobre os malares. Tinha um cachecol de lã vermelha no pescoço, porém as mãos estavam nuas.

Penelope olhou além dele, por sobre o ombro do rapaz.

— Estava esperando ouvir um ruído de carro.

— Vim de bicicleta. Deixei-a junto ao portão. Não tinha certeza de que a casa fosse esta.

— Pensei que a Autogarden sempre enviasse sua equipe de trabalho em um daqueles furgões verdes.

— Não. Vim de bicicleta. — Penelope franziu o cenho. Ele enfiou a mão no bolso. — Tenho uma carta de meu patrão.

Ele pegou a carta e a desdobrou. Ela viu o timbre, a autenticação da identidade dele. Sentiu-se imediatamente constrangida.

— Nem por um momento pensei que você não fosse quem diz ser. Apenas imaginei...

— Aqui é Podmore's Thatch? — perguntou ele, tornando a guardar a carta no bolso.

— Sim, claro que é. Você... é melhor você entrar.

— Não, senhora. Não quero incomodá-la. Basta me mostrar o que deseja que eu faça... indicar onde guarda os apetrechos de jardinagem... Vindo de bicicleta, não pude trazer nada comigo.

— Ah, nem era preciso. Eu tenho tudo que é necessário. — Penelope sabia que as palavras lhe saíam agitadas, mas era porque também estava agitada. — Pode... esperar um momento? Vou pegar um casaco...

— Tudo bem.

Ela entrou, pegou o casaco, as botas e a chave da garagem, pendurada em seu devido lugar. Novamente do lado de fora, viu que o rapaz recolhera a bicicleta de junto do portão e a recostava contra a parede da casa.

— Não vai atrapalhar se eu a deixar aqui, vai?

— Não, de maneira alguma.

Conduziu-o pelo caminho de cascalho, destrancou as portas da garagem e ele a ajudou a abri-las. Penelope acendeu a luz, e ali estava a confusão costumeira: seu antigo Volvo, as bicicletas dos três filhos, das quais não tivera coragem de desfazer-se, um carrinho de bebê se deteriorando, o cortador de grama a gasolina, uma grande variedade de ancinhos, enxadas, pás e forcados.

Ela abriu caminho por entre aquilo tudo, até uma cômoda decrépita, relíquia da Rua Oakley, na qual guardava martelos, chaves de parafuso, enferrujadas latas cheias de pregos e restos de cordéis para uso no jardim. Acima disso, estava a motosserra.

— Sabe usar uma destas?

— Sem dúvida.

— Bem, é melhor verificar se ainda há gasolina.

Felizmente, havia gasolina. Não muito, mas o suficiente.

— O que eu gostaria realmente que você fizesse é aparar a minha sebe de pilriteiros.

— Muito bem. — Ele colocou a serra no ombro e pegou a lata de gasolina com a outra mão. — Basta me indicar a direção certa.

Ela preferiu levá-lo até lá, para ter certeza de que não haveria engano. Contornou a casa, cruzou o gramado endurecido pelo frio, passou pela abertura na cerca viva e atravessou o pomar. A moita dos pilriteiros, um emaranhado de arbustos espinhosos, surgiu diante deles. Mais além, quieto e gélido, fluía o pequeno rio Windrush.

— A senhora tem uma bela propriedade — observou ele.

— Sim. É encantadora. Agora, escuta, quero que você apare a sebe até esta altura. Não mais baixo.

— Quer que guarde alguns galhos para as lareiras?

Penelope não havia pensado nisso.

— Acha que vale a pena guardá-los?

— Eles queimam muito bem.

— Está certo. Guarde os que achar que poderão ser úteis. E faça uma fogueira dos restantes.

— Está certo. — Ele pôs no chão a serra e a lata de gasolina. — Farei como deseja.

O tom era de despedida, mas ela se recusou a ir embora.

— Vai ficar aqui pelo resto do dia?

— Até as quatro e meia, se estiver de acordo. Na época do verão, começo às oito e termino às quatro.

— E quanto à hora de almoço?

— Tiro uma hora. De meio-dia até uma.

— Bem... — Ela falava atrás dele. — Se quiser alguma coisa, estarei em casa.

Ele estava de cócoras, desaparafusando a tampa da serra, com a mão de dedos longos e capazes. Não respondeu à observação dela, limitando-se a assentir com a cabeça, com isso levando Penelope a sentir-se como uma intrusa que o estivesse atrapalhando. Virando-se, pô-se a caminhar para o jardim, um pouco irritada, mas também divertida consigo mesma, por ver-se enfrentada com tamanho desassombro. Na cozinha, sua xícara com café pela metade esperava em cima da mesa. Bebeu um gole, mas, como ficara frio, despejou o restante na pia.

Quando a Sra. Plackett chegou, a serra já estava zumbindo fazia meia hora e, do fundo do pomar, a fumaça da fogueira espiralava-se no ar parado da manhã, enchendo o jardim com o cheiro delicioso de madeira queimando.

— Quer dizer que ele veio — disse a Sra. Plackett, surgindo à porta.

Dava a impressão de um barco com todas as velas enfunadas. Estando o tempo frio, usava um capuz de duende, em pele, e carregava uma sacola de plástico contendo os sapatos para trabalho e o avental. Sabia tudo sobre a decisão de Penelope de contratar um jardineiro, como sabia quase tudo que acontecia na vida de sua patroa. As duas eram boas amigas, não tinham segredos entre si. Quando Linda, a filha da Sra. Plackett, engravidara do rapaz que trabalhava na garagem de Pudley, a primeira pessoa a quem ela contara o fato tinha sido a Sra. Keeling. Então, a Sra. Keeling demonstrara um forte apoio, ferozmente contrária à ideia de que Linda devia casar-se com o indivíduo irresponsável, e tricotara para o bebê um encantador casaquinho branco. Afinal, ela tivera razão, porque, logo após o nascimento do bebê, Linda conhecera Charlie Wheelwright, um rapaz tão simpático como a Sra. Plackett jamais conhecera, que se casou com sua filha, aceitando também o pequeno bastardo. Agora, havia outro bebê a caminho. As coisas sempre davam certo no fim. Não se podia negar isso. Ainda assim, a Sra. Plackett ficara agradecida à Sra. Keeling, por seus conselhos práticos e gentis, em uma fase de grande desgaste emocional.

— Está falando do jardineiro? Sim, ele veio.

— Vi a fumaça da fogueira enquanto pedalava a bicicleta, cruzando a aldeia. — Ela tirou seu capuz de pele e desabotoou o casaco. — E onde está o furgão?

— Ele veio de bicicleta.

— Como se chama?

— Não perguntei.

— Como ele é?

— Jovem, bem-falante, muito bonito.

— Espero que não lhe tenham mandado um daqueles irresponsáveis que não param no mesmo lugar.

— Ele não me pareceu irresponsável.

— Ainda bem. — A Sra. Plackett colocou o avental. — Enfim, ainda estamos por ver. — Esfregou as mãos volumosas e vermelhas. — Que manhã, sim, senhora! Não só fria, como úmida!

— Tome uma xícara de chá — sugeriu Penelope, como sempre fazia.

— Bem, eu aceito — respondeu a Sra. Plackett, como sempre fazia.

A manhã estava em andamento.

Tendo passado o aspirador pela casa, a Sra. Plackett poliu os balaústres de latão da escada, esfregou o chão da cozinha, passou a ferro uma pilha de roupas e usou, pelo menos, metade de uma lata de lustra-móveis, indo embora quando faltavam quinze para o meio-dia, a fim de estar em casa novamente, em Pudley, a tempo de dar almoço ao marido. Deixou para trás uma casa reluzindo de limpa e cheirosa. Penelope olhou para o relógio e começou a preparar almoço para dois. Uma sopa de legumes foi posta no fogo para esquentar. Da despensa, ela tirou meio frango frio e um pão torrado e crocante. Havia algumas maçãs cozidas em um prato, um jarro de creme. Arrumou a mesa da cozinha com uma toalha quadriculada de algodão. Se estivesse ensolarado, arrumaria a mesa no jardim de inverno, porém as nuvens eram baixas e sombrias, aquele dia parecera não dar em nada. Colocou um copo e uma lata de cerveja ao lado do lugar dele. Depois, talvez ele gostasse de uma xícara de chá. A sopa cheirosa começou a fumegar. Ele viria logo. Penelope esperou.

Ao meio-dia e dez, como ele ainda não tivesse aparecido, ela foi procurá-lo. Encontrou uma sebe perfeitamente aparada, uma fogueira já agonizando e uma pilha de pequenos troncos, porém nenhum sinal do jardineiro. Quis chamá-lo, mas, ignorando-lhe o nome, não foi possível. Voltou para a casa, começando a pensar se, após uma única manhã de trabalho, ele não desistira e fora embora, para nunca mais voltar. Entretanto, avistou a bicicleta dele nos fundos da casa, o que lhe deu a certeza de que o rapaz andava por ali. Pelo caminho de cascalho, foi até a garagem, e lá estava ele, logo depois da porta, sentado sobre um balde virado ao contrário, comendo um sanduíche de aparência insossa, feito de pão branco e, pelo visto, entretido com o que só podia ser a seção de palavras cruzadas do *The Times*.

Descobri-lo em tal ambiente tão atravancado, frio e desconfortável a encheu de indignação.

— O que, *por Deus,* você está fazendo?

Ele ficou em pé bruscamente, sobressaltado pela inesperada aparição e pelo tom da voz da senhora. Deixou o jornal cair e derrubou o balde, com um horroroso ruído metálico. Tinha a boca ainda cheia do sanduíche por mastigar, mas engoliu tudo, antes de poder dizer alguma coisa. Ficara vermelho e, evidentemente, muito envergonhado.

— Eu... eu estou almoçando.

— *Almoçando?*

— São doze para uma. A senhora concordou.

— Sim, mas não *aqui!* Não sentado em um balde na garagem! Você deve entrar e almoçar comigo. Pensei que tivesse entendido isso.

— Almoçar com *a senhora?*

— Com quem mais seria? Seus outros patrões não lhe dão a refeição do meio-dia?

— Não.

— Nunca ouvi falar em algo tão terrível. Afinal, como pode passar o dia trabalhando, alimentado com um sanduíche?

— Eu me arranjo.

— Pois não se arranjará comigo. Jogue fora esse pedaço horrível de pão e entre.

Ele pareceu perplexo, mas fez o que lhe era dito. Não jogou fora o sanduíche, como precaução, mas o embrulhou em um pedaço de papel e o guardou no saco de sua bicicleta. Pegou o jornal e também o guardou, depois colocou o balde em seu lugar costumeiro. Feito isso, acompanhou-a ao interior da casa. Tirou o blusão, revelando uma suéter azul-marinho muitas vezes remendada. Depois lavou as mãos, enxugou-as e ocupou seu lugar à mesa. Penelope colocou diante dele uma grande tigela de sopa fumegante, disse-lhe que cortasse pão e passasse manteiga. Então, encheu para si mesma uma tigela menor de sopa e sentou-se ao lado dele.

— Realmente, é muita gentileza da senhora — disse ele.

— Não há gentileza nisso. Apenas é assim que costumo fazer as coisas. Não. Não é bem isso, porque nunca tive um jardineiro antes. No entanto, quando meus pais tinham alguém trabalhando para eles fora da casa, sempre o chamavam para que fizesse conosco a refeição do meio-dia. Talvez eu nunca tenha percebido que as coisas fossem diferentes. Sinto muito. O pequeno desentendimento foi inteiramente culpa minha. Eu devia ter sido mais clara.

— Eu não tinha entendido.

— É claro que não entendeu. Agora, me fale sobre você. Como se chama?

— Danus Muirfield.

— Que nome perfeito!

— Pensei que fosse bastante comum.

— E perfeito para um jardineiro, quero dizer.* Há pessoas cujos nomes são exatos para suas profissões. Isto é, o que seria Charles de Gaulle, senão

---

* Tropas que, na Inglaterra, são incumbidas de proteger a soberania. (N.T.)

o salvador da França?* E o pobre Alger Hiss.** Nascido com semelhante nome, ele simplesmente tinha que ser um espião.

— Quando eu era menino — comentou ele —, tínhamos um reitor em nossa igreja que se chamava Sr. Paternoster.

— Está vendo só? Isso prova o que eu digo. E onde você passou sua infância? Onde foi criado?

— Em Edimburgo.

— Edimburgo. Então, você é escocês.

— Sim, suponho que seja.

— O que faz seu pai?

— É advogado. Como chamam na Escócia, um escrivão da chancela.

— Que título encantador! Tão romântico! Não pretende ser também advogado?

— Por algum tempo, achei que poderia, mas então... — Ele deu de ombros. — Mudei de ideia. Em vez disso, fui para a Faculdade de Horticultura.

— Que idade tem?

— Vinte e quatro.

Ela ficou surpresa. Ele parecia mais velho.

— Gosta de trabalhar para a Autogarden?

— Não desgosto. É bom diversificar.

— Há quanto tempo trabalha para eles?

— Uns seis meses.

— É casado?

— Não, senhora.

— Onde mora?

— Em uma casinha na fazenda dos Sawcombe. Bem nos arredores de Pudley.

---

* *Thatch* = telhado (de folhas, colmo, caniços etc.), tendo também o significado coloquial de cabeleira, bastos cabelos. Assim, o nome da casa poderia ser entendido como "Telhado do Podmore" ou "Cabeleira do Podmore". (N.T.)

** Corrida a cavalo, através do campo e de um ponto a outro, estes reconhecidos apenas por determinados pontos de referência. (N.T.)

— Ah, eu conheço os Sawcombe. É uma boa moradia?

— Dá para o gasto.

— E quem cuida de você?

— Eu mesmo.

Ela pensou naquele horrível sanduíche de pão branco. Imaginou a casinha desolada, com a cama por fazer, a roupa lavada pendurada à volta da estufa para secar. Perguntou-se se ele já teria feito para si mesmo uma refeição decente.

— Você estudou em Edimburgo? — perguntou Penelope.

De repente, sentia-se intrigada por aquele rapaz, querendo saber mais sobre o que acontecera a ele, as circunstâncias e motivações que o haviam impelido a uma vida tão humilde.

— Sim, foi lá.

— E então, entrou diretamente na Faculdade de Horticultura?

— Não, senhora. Fui para os Estados Unidos e fiquei lá uns dois anos. Trabalhei em um rancho, no Arkansas.

— Nunca estive nos Estados Unidos.

— É um grande país.

— Nunca pensou em ficar lá... para sempre, quero dizer?

— Pensei, mas não fiquei.

— Passou todo esse tempo no Arkansas?

— Não. Viajei um pouco. Vi bastante do país. Fiquei seis meses nas Ilhas Virgens.

— Que experiência!

Ele terminara a sopa. Penelope perguntou-lhe se queria mais e, como ele dissesse que sim, ela tornou a encher-lhe a tigela. Ao levantar a colher, ele disse:

— A senhora falou que nunca teve um jardineiro antes. Cuidava da propriedade sozinha?

— Exatamente — respondeu ela, com certo orgulho. — Estava em um estado lamentável, quando cheguei aqui.

— Sem dúvida, deve entender bastante do assunto.

— Entendo alguma coisa.

— Sempre morou aqui?

— Não. Vivi em Londres a maior parte da minha vida, mas lá também tinha um grande jardim. Antes disso, quando nova, morei na Cornualha, onde havia outro jardim. Sou uma mulher de sorte. Sempre tenho jardins... Não consigo me imaginar sem um.

— A senhora tem família?

— Tenho. Três filhos. Todos adultos. Uma é casada. Também tenho dois netos.

— Minha irmã tem dois filhos — disse ele. — É casada com um fazendeiro de Perthshire.

— Você vai à Escócia?

— Sim. Duas ou três vezes ao ano.

— Deve ser muito bonito por lá.

— Sim — concordou ele. — É muito bonito.

Depois da sopa, ele comeu a maior parte do frango e todas as maçãs cozidas. Não bebeu a cerveja, mas aceitou, agradecido, a oferta de uma xícara de chá. Após bebê-lo, olhou para o relógio e levantou-se. Faltavam cinco minutos para uma.

— Já terminei a sebe — comunicou. — Trarei os troncos para cá, e a senhora me diz onde devo colocá-los. Então, dirá o que devo fazer em seguida. E também quantos dias na semana quer que eu venha.

— Eu sugeri três dias à Autogarden; mas, se você trabalha nesta velocidade, acho que dois serão suficientes.

— Tudo bem. Como quiser.

— Como farei seu pagamento?

— A senhora pagará à Autogarden e eles me pagarão.

— Espero que lhe paguem um bom salário.

— É o suficiente.

Ele estendeu a mão para o blusão e tornou a vesti-lo.

— Por que eles não lhe dão um furgão para trabalhar? — perguntou ela.

— Eu não dirijo.

— Ah, mas todos os jovens dirigem, hoje em dia. Você poderia aprender, sem dificuldade.

— Eu não disse que não sei dirigir. Disse apenas que não dirijo.

Após mostrar a ele onde colocar os troncos e indicar-lhe a nova tarefa, agora cavando uma vala dupla no terreno da horta, Penelope voltou à cozinha, a fim de lavar os pratos usados no almoço. *Eu não disse que não sei dirigir. Disse apenas que não dirijo.* Ele não aceitara a lata de cerveja. Ela se perguntou se Danus Muirfield havia sido apanhado dirigindo embriagado e tivera a carteira de motorista cassada. Talvez tivesse matado alguém, e assumira o compromisso de não tornar a beber, jurando que o álcool nunca mais passaria por seus lábios. A simples ideia de semelhante horror causou-lhe arrepios. Não obstante, uma tragédia de tão grandes proporções estava dentro das possibilidades. Isso explicaria muito a respeito dele... a tensão em seu rosto, a boca que não sorria, os olhos fixos, que não pestanejavam. Ali havia algo encoberto pela precaução. Algum mistério. Ainda assim, gostara dele. Ah, sim, gostara muito dele.

Às nove horas da noite seguinte, que era uma terça-feira, Noel Keeling entrou com seu Jaguar na Ranfurly Road e dirigiu pela rua escura e chuvosa, até parar diante da casa de sua irmã Olivia. Não era esperado, mas também já se preparava para não encontrá-la, o que geralmente acontecia. Não conhecia nenhuma mulher com uma vida social mais agitada do que Olivia. No entanto, surpreendentemente, havia luzes acesas atrás das cortinas fechadas da sala de estar, de maneira que ele saiu do carro, trancou-o e caminhou pela pequena passagem, a fim de tocar a campainha. Instantes depois, a porta se abria, e ali estava Olivia, usando um casaco caseiro de viva lã vermelha, sem maquiagem e de óculos. Evidentemente, não estava vestida para receber visitas.

— Olá — disse ele.

— Noel! — Ela parecia surpresa, o que seria muito natural, já que ele não tinha o hábito de aparecer em sua casa, embora morando a apenas uns três quilômetros de distância. — O que faz aqui?

— Vim apenas vê-la. Está ocupada?

— Sim, estou. Tentando me preparar para uma reunião, amanhã cedo. Bem, não vem ao caso. Entre.

— Eu estava tomando uns drinques com amigos, em Putney.

Ele ajeitou os cabelos e a seguiu até a sala de estar. Como sempre, ali dentro era maravilhosamente aquecido, com lareira acesa, flores por toda parte... Noel invejou-a. Sempre a invejara. Não apenas o sucesso da irmã, mas a competência com que ela parecia manejar cada faceta de sua vida movimentada. Na mesinha baixa, junto à lareira, estava sua pasta, entre folhas soltas e provas. Ela se abaixou para organizar os papéis e levá-los, junto com a pasta, para sua secretária. Ele foi para diante da lareira e fingiu aquecer as mãos ao calor das chamas, enquanto espiava os convites que ela colocara sobre o aparador da lareira, fazendo uma vistoria geral em seus compromissos sociais. Viu que recebera um convite para um casamento ao qual não o tinham convidado e também para uma visita privada a uma nova galeria, na Rua Walton.

— Você já comeu alguma coisa? — perguntou ela.

Ele se virou para fitá-la.

— Alguns *hors d'oeuvre.* — Noel pronunciou a última palavra da maneira como era soletrada, uma das poucas e antigas brincadeiras familiares partilhadas pelos dois.

— Não está com fome?

— O que tem para oferecer?

— Um resto da quiche do jantar. Se quiser, pode comê-lo. Também tenho torradas e queijo.

— Formidável!

— Vou apanhar. Tome um drinque, enquanto isso.

Ele aceitou a gentil oferta e serviu para si um uísque com soda, enquanto ela desaparecia em direção à pequena cozinha, além da sala de jantar, acendendo as luzes à medida que avançava. Lá, com ar de camaradagem, Noel se juntou a ela, puxando uma banqueta alta para o pequeno balcão que separava as duas áreas, sentando-se como um homem em um *pub*, de conversa com o encarregado.

— Fui ver a mãe, no domingo — disse ele.

— É mesmo? Estive com ela no sábado.

— Ela me contou. Com um elegante americano a reboque. Como acha que ela está indo?

— Maravilhosamente bem, nas atuais circunstâncias.

— Acha que foi mesmo um ataque do coração?

— Bem, de qualquer modo, pelo menos um aviso. — Olivia olhou para ele, fazendo um trejeito com a boca. — Nancy já a colocou sete palmos abaixo da terra. — Noel riu, balançando a cabeça. Nancy era um assunto sobre o qual ele e Olivia sempre concordavam. — Naturalmente, mãezinha trabalha demais. Sempre foi assim, mas, pelo menos, concordou em arranjar alguém para ajudá-la no jardim. Já é um bom começo.

— Tentei convencê-la a vir até Londres amanhã.

— Para quê?

— Para ir à Boothby's. Ver o Lawrence Stern ser vendido ao bater do martelo. Saber a quanto irá.

— Ah, sim, *As aguadeiras*. Esqueci que seria amanhã. Ela disse que viria?

— Não.

— Bem, afinal, por que viria? Não vai ganhar nada com a venda.

— Claro que não. — Noel baixou os olhos para seu copo. — No entanto, poderia ganhar, se vendesse o que é dela.

— Se está falando de *Os catadores de conchas*, é tempo perdido. Ela prefere morrer a se desfazer daquele quadro.

— E quanto aos painéis?

A expressão de Olivia se tornou profundamente desconfiada.

— Você falou com mãezinha sobre eles?

— Por que não falaria? São pinturas horrendas, convenhamos. Vão acabar se deteriorando, no alto da escada. Ela nem daria pela deterioração.

— Ambos são inacabados.

— Eu gostaria que todos parassem de me dizer que são inacabados. Em minha opinião, têm um valor de raridade que vai além do preço.

Após um momento, Olivia disse:

— Suponhamos que ela concorde em vendê-los. — Pegou uma bandeja, colocou pratos, garfo e faca sobre ela, um potinho de manteiga, um tabuleiro com queijo. — Você pretende lhe sugerir o que fazer com o dinheiro da venda ou deixará isso a critério dela?

— O dinheiro dado por alguém quando vivo vale o dobro do que deixa quando morto.

— Isso significa que espera pôr nele suas patinhas cobiçosas.

— Não apenas eu. Nós três. Ah, não fique tão admirada, Olivia! Afinal, não há nada de que nos envergonhar. Atualmente, todo mundo está apertado, e não me venha dizer que Nancy não anda louca por um dinheirinho extra. Ela vive se lamentando sobre como tudo anda caro.

— Você e Nancy, talvez. Não me envolva nisso.

Noel girou o copo.

— Certo, mas tampouco seria do contra, não é mesmo?

— Não quero coisa alguma de mãezinha. Acho que ela já nos deu o suficiente. Meu desejo é que continue lá, bem de saúde e em segurança, sem preocupações financeiras e capaz de se divertir.

— A situação dela é confortável. Todos nós sabemos disso.

— Sabemos mesmo? E quanto ao futuro? Ela ainda pode viver até uma idade avançada.

— Mais um motivo para a venda daquelas ninfas melancólicas. O dinheiro poderia ser investido para ajudá-la na velhice.

— Eu me recuso a discutir isso!

— Então, não acha que seria uma boa ideia?

Olivia não respondeu. Limitou-se a pegar a bandeja e levá-la para junto da lareira. Enquanto a seguia, Noel decidiu que mulher alguma podia ser tão altiva e temível como Olivia, quando alguém tentava convencê-la de algo que ela não aprovasse.

Ela colocou a bandeja com certa brusquidão sobre a mesinha baixa. Depois, se levantando, encarou-o no outro extremo da sala.

— Não, não acho — respondeu.

— Por que não?

— Acho que você devia deixar mãezinha em paz.

— Tudo bem! — Ele deu-se por vencido simpaticamente, sabendo que, a longo prazo, essa era a melhor maneira de obter o que queria. Acomodou-se em uma das fofas poltronas e inclinou-se para a frente, a fim de dar conta da inesperada refeição. Olivia se postou com os ombros recostados na lareira, as mãos enterradas fundo nos bolsos do agasalho. Noel sentiu-se observado, quando ergueu o garfo e o enterrou na quiche.

— Esqueçamos a venda dos painéis. Falemos de outra coisa qualquer.

— Por exemplo?

— Por exemplo, se você viu ou ouviu a mãe mencionar alguns esboços a óleo que Lawrence Stern teria feito, referentes a todas as suas obras importantes. Será que ela teria ideia da existência de tais esboços?

Noel passara o dia sem saber se deveria falar ou não com Olivia da descoberta da antiga carta e suas decorrentes possibilidades. Por fim, decidiu aceitar o risco. Olivia seria uma aliada importante em sua causa. Dos três filhos, somente ela tinha alguma ascendência sobre a mãe. Enquanto fazia a pergunta, não deixou de encará-la. Viu a expressão dela tornar-se cautelosa, cheia de suspeita. Já era de esperar.

Após um momento, ela disse:

— Não. — Isso também era de esperar, mas Noel sabia que sua irmã dizia a verdade, porque nunca mentia. — Não faço a menor ideia.

— Então, devem ter existido alguns esboços.

— O que o lançou nessa caçada às cegas?

Ele lhe falou sobre o encontro da carta.

— *O jardim do terrazzo*? Bem, está no Metropolitan, em Nova York.

— Exatamente. E, se foi feito um esboço a óleo para *O jardim do terrazzo*, por que não também para *As aguadeiras*, *O galanteio do pescador* e todos os demais velhos clássicos, agora confinados em tediosos museus de cada capital importante do mundo?

Olivia refletiu. Depois disse:

— O mais provável é que tenham sido destruídos.

— Ah, bobagem! O velho nunca destruía nada. Sabe disso tão bem quanto eu. Nenhuma casa já foi tão entulhada de velharias, como a da Rua Oakley. Fora Podmore's Thatch. É sério, aquele sótão da mãe é um risco certo de incêndio. Se qualquer agente de seguros pudesse ver o atravancamento que existe lá, debaixo do colmo, teria um ataque.

— Você subiu lá recentemente?

— Estive lá no domingo, procurando minha raquete de squash.

— Era só mesmo a raquete que procurava?

— Bem, dei uma espiada em volta.

— Esperando encontrar uma pasta com esboços a óleo.

— Algo assim.

— Só que não encontrou nada.

— Claro que não encontrei. Ninguém acharia sequer um elefante naquela montoeira de coisas.

— Mãezinha sabia o que você procurava?

— Não.

— Você é um sujeito desprezível, Noel! Por que sempre tem que agir com deslealdade?

— Porque ela não faz a menor ideia do que existe naquele sótão, do mesmo jeito que não sabia o que existia no sótão da Rua Oakley.

— E o que tem lá em cima?

— De tudo. Caixas velhas, cômodas com roupas e maços de cartas. Manequins de costureira, carrinhos de boneca, banquetas, sacolas com novelos de lã para tapeçaria, balanças, caixas de blocos de madeira, pilhas de revistas amarradas com barbante, moldes de tricô, molduras de retratos carcomidas... Você encontrará qualquer coisa lá. Em um dia de vento, qualquer fagulha tornaria a casa inteira uma fornalha. Só espero que haja tempo de a mãe se atirar por uma janela, antes de ser incinerada. Hum... Essa quiche está deliciosa! Feita por você?

— Eu nunca faço nada. Compro tudo no supermercado.

Afastando-se da lareira, Olivia foi até a mesa da sala, atrás dele. Noel a ouviu servindo-se de bebida e permitiu-se um sorriso, pois sabia que conseguira deixá-la ansiosa e, portanto, ganhara a sua atenção, possivelmente sua simpatia. Ela retornou para perto da lareira e sentou-se no sofá diante dele, com o copo aninhado nas mãos.

— Escute, Noel. Você acha *mesmo* que há perigo?

— Acho. Sinceramente. De verdade. Há perigo.

— Em sua opinião, o que deveríamos fazer?

— Uma boa faxina naquele sótão.

— Mãezinha talvez não concorde.

— Tudo bem, então, *nada* feito. Entretanto, metade daquelas velharias daria uma boa fogueira, como os montes de revistas, os moldes de tricô e os novelos de lã...

— Por que os novelos de lã?

— Porque estão cheios de traças.

Ela nada disse quanto a isso. Noel terminara a quiche e agora atacava uma amostra particularmente deliciosa de queijo brie.

— Diga-me uma coisa, Noel. Não estará armando tudo isso só para ter uma boa desculpa para espionar? Se encontrar os tais esboços ou qualquer outra coisa de valor, lembre-se de que tudo naquela casa pertence a mãezinha.

Ele a encarou, assumindo uma expressão da mais pura inocência.

— Certamente, não está pensando que eu os *roubaria*!

— Tenho minhas dúvidas.

Ele preferiu ignorar o comentário.

— Se eu encontrar aqueles esboços, você tem alguma ideia de quanto valem? Pelo menos, cinco mil cada um.

— Por que fala deles como se *soubesse* que estão lá?

— Eu *não sei* se estão lá! Apenas desconfio que possam estar. No entanto, o mais importante é que o sótão representa um sério risco de incêndio e acho que alguma coisa deveria ser feita.

— Já que falamos nisso, acha que devíamos mandar reavaliar a casa inteira para fazer um seguro?

— George Chamberlain providenciou tudo isso, quando comprou a propriedade para mamãe. Talvez você devesse ter uma conversa com ele. Por outro lado, não tenho nenhum compromisso para este fim de semana. Posso ir até lá na sexta-feira e enfrentar essa tarefa de Hércules. Telefonarei para a mãe, anunciando minha ida.

— Perguntará a ela sobre os esboços?

— Você acha que eu deveria?

Olivia não respondeu logo. Depois disse:

— Não, acho que não. — Ele a fitou com certa surpresa. — Acredito que isso talvez a deixasse nervosa. Se os esboços aparecerem, poderemos contar a ela. Se não estiverem lá, isso não fará qualquer diferença. E mais uma coisa, Noel, você não falará mais nada a ela sobre vender seus quadros! Na verdade, você não tem nada a ver com eles.

Ele pousou a mão no coração.

— Palavra de escoteiro! — Sorriu. — Você pensa o mesmo que eu.

— Você é um grande patife, Noel. Jamais pensarei o mesmo que você.

Ele aceitou a acusação sem perder a calma, terminou de comer em silêncio e, então, levantando-se, foi encher o copo novamente. Às suas costas, Olivia perguntou:

— Você vai mesmo? A Podmore's Thatch, quero dizer.

— Não há razão para deixar de ir. — Retornou à sua cadeira. — Por que pergunta?

— Poderia fazer um favor para mim.

— Poderia?

— Sabe a quem me refiro, quando falo em Cosmo Hamilton?

— Cosmo Hamilton? Ora, mas é claro! O amante da ensolarada Espanha. Não me diga que ele entrou de novo em sua vida!

— Não, ele não entrou em minha vida. Saiu dela. Está morto.

Ao ouvir isso, Noel ficou realmente surpreso e chocado.

— Morto! — O rosto de Olivia estava calmo, mas muito pálido e imóvel, fazendo-o lamentar sua jocosidade. — Ah, sinto muito. O que aconteceu?

— Não sei. Ele morreu no hospital.

— Quando é que soube disso?

— Na sexta-feira.

— Ele ainda era um homem novo...

— Estava com sessenta anos.

— Que coisa terrível, acontecer isso!

— Também acho. Bem, a questão é que ele tem uma filha, Antonia. Ela chega a Heathrow amanhã, vindo de Ibiza. Ficará aqui alguns dias e depois vai para Podmore's Thatch, fazer companhia a mãezinha por algum tempo.

— A mãe já sabe?

— É claro que sabe. Combinamos isso no sábado.

— Engraçado... Ela não me disse nada.

— Imaginei que não diria.

— E que idade tem essa garota... Antonia?

— Dezoito anos. Eu mesma pretendia levá-la e passar lá o fim de semana, porém assumi um compromisso com um homem...

Novamente dono de si, Noel ergueu uma sobrancelha.

— Negócios ou prazer?

— Exclusivamente negócios. Ele é um desenhista francês, homossexual assumido, que se hospeda no Ritz. E imprescindível que nos encontremos.

— E...?

— E, se você pretende ir a Gloucestershire na sexta, de tardinha, faria um favor para mim se a levasse com você.

— Ela é bonita?

— Sua resposta depende disso?

— Não, mas seria bom ficar sabendo.

— Aos treze anos, era encantadora.

— Gorda e sardenta?

— De maneira alguma. Quando mãezinha foi passar uma temporada conosco em Ibiza, Antonia também estava lá. As duas ficaram amicíssimas. Por outro lado, desde que mãezinha adoeceu, Nancy vive buzinando em meus ouvidos que ela não deve morar sozinha. Assim, se Antonia estiver com ela, não ficará só. Achei que seria uma ideia excelente.

— Já está com tudo planejado, não é mesmo?

Olivia ignorou a insinuação.

— Você a levaria?

— Claro, não será incômodo algum.

— Quando virá apanhá-la?

Sexta, de tardinha... ele refletiu.

— Seis da tarde.

— Então, a essa hora, sem falta, já terei voltado do escritório. E, Noel... — De repente, Olivia sorriu. Não sorrira a noite inteira, mas sorria agora e, por um instante, houve ternura entre eles, camaradagem. Era como se fossem apenas dois irmãos afetuosos, que tivessem passado uma agradável hora juntos. — ... fico muito grata a você.

Na manhã seguinte, já no escritório, Olivia ligou para Penelope.

— Mãezinha.

— Olivia.

— Mãezinha, escute uma coisa. Tive que mudar meus planos e não posso ir neste fim de semana, de maneira alguma. Tenho negócios a tratar com um francês efeminado, e sábado e domingo são os únicos dias que ele pode reservar para mim. Não sabe o quanto lamento.

— E quanto a Antonia?

— Noel a levará. Ele ainda não ligou para você?

— Nem uma palavra.

— Pois ele irá. Chegará na sexta-feira e ficará uns dois dias. Tivemos uma longa reunião de família ontem à noite, e decidimos que você precisa, de alguma forma, fazer uma limpeza nesse seu sótão, antes que a casa inteira vire fumaça. Eu não tinha percebido que isso aí era como uma toca de esquilos. Você é uma mulherzinha travessa!

— Uma reunião de família? — Penelope pareceu surpresa, e realmente estava. — Você e Noel?

— Exato. Ele apareceu ontem à noite e jantou. Ele me contou que tinha estado no sótão, procurando algo, e encontrou tantas de coisas lá dentro, que vê um verdadeiro risco de incêndio. Então, combinamos que ele iria até aí para pôr um pouco de ordem no lugar. Não se preocupe, não estamos querendo nos impor, é apenas uma questão de zelo. Além do mais, ele prometeu que não jogaria nada fora nem queimaria coisa alguma sem o seu consentimento. Achei que era muito cuidadoso da parte dele. Noel realmente se prontificou a fazer o trabalho; portanto, não vá ficar zangada, achando que a estamos tratando como uma débil mental.

— Não estou nem um pouco zangada e, aliás, também acho que é muito zelo de Noel. Eu mesma andei querendo limpar aquele sótão todo inverno, nos últimos cinco anos, mas a trabalheira seria tanta que não era difícil encontrar uma justificativa para adiá-la. Acho que Noel pode dar conta do recado sozinho?

— Antonia estará aí. Provavelmente, ela até se divertirá ajudando. E, quanto a *você*, ficará apenas espiando, ouviu? Sem fazer esforço.

Penelope teve uma brilhante ideia.

— Eu poderia pedir a Danus que viesse aqui, nesse dia. Mais dois braços fortes fariam uma boa diferença. Ele poderia se encarregar da fogueira.

— Quem é Danus?

— Meu novo jardineiro.

— Ah, já tinha me esquecido. O que achou dele?

— Um bom rapaz. Antonia ainda não chegou?

— Não. Irei apanhá-la no aeroporto, à noite.

— Dê um abraço nela e diga que estou doida para vê-la.

— Farei isso. Ela e Noel estarão com você na noite de sexta-feira, a tempo para o jantar. Só lamento não poder estar aí também.

— Sentirei sua falta, mas fica para outra vez.

— Então, até logo, mãezinha.

— Até logo, minha querida.

Ao anoitecer, Noel telefonou.

— Mãe?

— Noel.

— Como vai?

— Estou ótima. Soube que virá no fim de semana.

— Olivia já falou com você?

— Hoje de manhã.

— Ela acha que eu devia ir esvaziar o sótão. Vem tendo pesadelos com incêndios.

— Eu sei, ela me contou. Acho que é uma boa ideia e muita gentileza sua.

— Ora, mas que surpresa! Pensamos que você fosse ficar furiosa.

— Pois então, pensaram errado — retorquiu Penelope, meio irritada com essa nova imagem de si mesma, uma velha senhora teimosa e incapaz de colaborar. — Chamarei Danus para trabalhar aqui durante o dia, ajudando você. É o meu novo jardineiro e tenho certeza de que não se importará. Aliás, sabe fazer uma fogueira como ninguém.

Noel hesitou um instante, mas depois disse:

— Boa ideia.

— E você trará Antonia. Então, estarei esperando os dois, na noite de sexta-feira. E não dirija depressa!

Penelope ia desligar e cortar a conversa, mas ele pressentiu e gritou:

— Mãe!

Ela tornou a levar o fone ao ouvido.

— Pensei que já ia desligar.

— Eu queria falar com você do leilão. Fui à Boothby's hoje à tarde. Sabe por quanto *As aguadeiras* saiu?

— Não faço a menor ideia.

— Duzentas e quarenta e cinco mil e oitocentas libras!

— Santo Deus! Quem comprou o quadro?

— Uma galeria de arte norte-americana. Acho que lá de Denver, no Colorado.

Ela balançou a cabeça em negativa, atônita, como se Noel pudesse vê-la.

— Que dinheirama!

— Loucura, não?

— Sem dúvida — respondeu ela —, dá o que pensar.

Quinta-feira. Quando Penelope saiu da cama e desceu para o térreo, o jardineiro já estava trabalhando. Ela lhe dera uma chave para a garagem, a fim de que ele tivesse acesso aos apetrechos de jardinagem e, da janela de seu quarto, podia observá-lo na horta. Não o perturbou, porque durante aquele primeiro dia pudera perceber que Danus não apenas era um trabalhador esforçado, mas também uma pessoa de temperamento reservado. Evidentemente, não gostaria de vê-la a todo instante para dizer que horas eram, fiscalizar suas atividades e ser um estorvo em geral. Se ele precisasse de alguma coisa, era só vir a ela e pedir. Caso contrário, que continuasse entregue ao que fazia.

Ainda assim, quando faltavam quinze para o meio-dia, já tendo encerrado as tarefas domésticas e com uma fornada de pão assando na estufa, ela tirou o avental e desceu ao jardim para recordar-lhe que o esperava em casa para o almoço. O dia esquentara, havia uma boa parte de céu azul. O sol não oferecia muito calor, mas, mesmo assim, ela arrumaria a mesa no jardim de inverno e lá fariam a refeição.

— Bom dia!

Ao erguer os olhos e vê-la, ele endireitou as costas, apoiando-se na pá. O ar parado da manhã estava impregnado de cheiros fortes e revigorantes: terra recentemente revolvida e o composto putrefeito, misturado a uma quantidade de esterco de cavalo, que Danus trouxera em um carrinho de mão, da pilha que ela amontoava e acumulava cuidadosamente.

— Bom dia, Sra. Keeling.

Ele havia tirado o blusão e a suéter, para trabalhar de camisa de manga. Tinha os antebraços bronzeados de sol, enxutos, os músculos bem definidos. Enquanto Penelope o observava, ele ergueu a mão para, com o pulso, limpar do queixo uma mancha de lama. O gesto provocou uma penetrante sensação de *déjà vu,* mas agora ela estava preparada para isso e seu coração não deu um salto, simplesmente se encheu de prazer.

— Parece que está com calor — comentou ela.

Ele assentiu.

— É um trabalho que exige esforço.

— O almoço estará pronto ao meio-dia.

— Obrigado. Estarei lá.

Danus voltou a cavar. Um tordo revoluteava por ali, não só em busca de companhia, adivinhou Penelope, mas também de minhocas. Os tordos eram deliciosamente gregários. Virando-se, deixou o jardineiro ao seu trabalho e retornou a casa, de passagem colhendo um ramo temporão de primavera-dos-jardins. As flores eram aveludadas e tinham um forte perfume, fazendo-a evocar as pálidas prímulas da Cornualha, salpicando as abrigadas cercas vivas, quando o restante do lugar ainda se encontrava nas garras do inverno.

Preciso ir lá o quanto antes, disse para si mesma. A primavera na Cornualha é uma época de tanta magia. Preciso ir logo, antes que seja tarde demais.

— O que você faz nos fins de semana, Danus? — perguntou ela.

Hoje, servia a ele presunto frio, batatas assadas e couve-flor gratinada. Para sobremesa, havia pasteizinhos de geleia e uma torta de creme com ovos. Não era algo para ser comido às pressas, mas uma refeição adequada. Penelope sentou-se e comeu com ele, perguntando-se se, nesse ritmo, não terminaria imensa de gorda.

— Não muita coisa.

— Quero dizer, você trabalha para alguém, nos fins de semana?

— Algumas vezes trabalho para o gerente do banco de Pudley, sábado de manhã. Ele prefere jogar golfe a praticar jardinagem, mas sua esposa se queixa das ervas daninhas.

Penelope sorriu.

— Pobre homem! E quanto aos domingos?

— Meus domingos são sempre livres.

— Você poderia vir aqui no domingo... a trabalho, quero dizer. Eu pagarei a você, não à Autogarden, e acho inteiramente justo, porque não é jardinagem o que quero que faça.

Ele pareceu um tanto surpreso, e tinha razão.

— O que a senhora quer que eu faça?

Penelope lhe falou sobre Noel e o sótão.

— Tem muita coisa imprestável lá em cima, bem sei, e tudo precisará ser transportado escada abaixo, para uma seleção. Não creio que meu filho consiga fazer tudo isso sozinho. Achei que, se você pudesse vir, dar uma ajuda, seria excelente.

— É claro que virei. Mas como um favor. Não precisará pagar coisa alguma.

— Ora, mas...

— Não, senhora — disse ele, com firmeza. — Não quero que me pague. A que horas deverei chegar?

— Por volta das nove da manhã.

— Combinado.

— Terei um bom grupinho para almoçar. Há uma jovem que ficará algumas semanas comigo. Virá com Noel amanhã à noite. Ela se chama Antonia.

— Vai ser bom para a senhora — disse Danus.

— Também acho.

— Terá companhia em casa.

Nancy não era muito afeita a jornais. Quando ia à aldeia fazer compras — o que acontecia quase todas as manhãs, pois parecia haver uma singular falta de comunicação entre ela e a Sra. Croftway, e sempre estavam precisando de manteiga, café instantâneo ou caldo de carne —, ela geralmente passava na loja de jornais e revistas e comprava para si um *Daily Mail* ou um exemplar de *Woman's Own,* folheados durante o sanduíche e os biscoitos de chocolate que constituíam seu almoço. O *The Times,* entretanto, só entrava naquela casa à noite, trazido por George em sua pasta.

Quinta-feira era o dia de folga da Sra. Croftway, o que significava que Nancy estaria na cozinha quando George retornasse do trabalho. Teriam bolinhos de peixe para o jantar, cujo preparo a Sra. Croftway já deixara em andamento, e o marido dela trouxera uma cesta de suas couves-de-bruxelas horríveis, amargas, disformes de tão grandes. Nancy estava diante da pia, preparando-as, odiando a tarefa e praticamente certa de que os filhos se recusariam a comê-las, quando ouviu o som do carro aproximando-se da entrada. Um momento mais tarde, a porta se abriu, tornou a fechar-se, e seu marido chegou junto dela, parecendo cansado e frágil, em suas roupas sóbrias. Nancy desejou que ele não houvesse tido um dia cansativo. Quando George tinha um dia cansativo, costumava descontá-lo na esposa.

Erguendo os olhos, sorriu com firmeza para ele. Era tão raro ele parecer alegre, que se tornava importante não ficar deprimida pela melancolia do marido e manter a ilusão — mesmo que o esforço fosse apenas seu — de que havia um relacionamento cheio de afeto e companheirismo.

— Olá, querido. Teve um bom dia hoje?

— Normal.

Ele colocou a pasta em cima da mesa, e dela retirou o *The Times.*

— Dê uma olhada nisto.

Nancy ficou espantada com o fato de ele se mostrar tão comunicativo. Na maioria das noites, ele simplesmente grunhia e seguia para a biblioteca, onde permanecia cerca de uma hora isolado e em silêncio, antes do jantar. Alguma coisa extraordinária devia ter acontecido. Só esperava que não fosse alguma bomba atômica. Abandonando as couves-de-bruxelas, enxugou as mãos e ficou ao lado dele. George abrira o jornal em cima da mesa, folheara-o até a Seção de Artes e, com um pontudo e lívido indicador, apontava uma coluna em particular.

Nancy espiou, sem conseguir decifrar o borrão de letras impressas.

— Estou sem meus óculos — disse.

George suspirou, resignado com a incapacidade da esposa.

— Noticiário do mercado de arte, Nancy. O quadro de seu avô foi vendido ontem, na Boothby's.

— Foi ontem?

Ela não havia esquecido *As aguadeiras*. Pelo contrário, a conversa tida com Olivia durante o almoço no L'Escargot ocupara seus pensamentos desde então, porém ficara a tal ponto obcecada pelo provável valor das pinturas ainda existentes em Podmore's Thatch, que perdera a noção do tempo. Nunca foi muito boa para recordar datas.

— Sabe quanto o quadro alcançou?

Boquiaberta, ela fez que não com a cabeça.

— Duzentas e quarenta e cinco mil e oitocentas libras!

Ele pronunciou as palavras mágicas lentamente, a fim de não ter possibilidade de Nancy entender errado. Ela se sentiu amolecer. Pousou a mão na mesa da cozinha, a fim de se firmar, e continuou a fitar o marido, de olhos esbugalhados.

— Comprado por americanos. É repugnante a maneira como tudo de valor sempre acaba saindo do país.

Ela finalmente encontrou voz para falar.

— E era um quadro horroroso — disse para ele.

George sorriu gelidamente, sem qualquer toque de humor.

— Para sorte do pessoal da Boothby's e do proprietário anterior, nem todo mundo pensa como você.

Nancy, entretanto, mal reparou no comentário.

— Como então — disse —, Olivia não estava enganada.

— O que quer dizer com isso?

— Que nós conversamos a respeito, naquele dia em que almoçamos no L'Escargot. Ela imaginou que o preço seria mais ou menos esse. — Olhou para George. — Também achou que *Os catadores de conchas* e os dois outros quadros que mamãe ainda possui provavelmente valham meio milhão. Talvez estivesse certa também sobre eles.

— Não há dúvida — disse George. — A nossa Olivia raramente se engana sobre alguma coisa. No tipo de círculo que frequenta, pode manter aquele seu nariz comprido bem rente ao chão.

Nancy puxou uma cadeira e sentou-se, aliviando o peso de suas pernas. Perguntou:

— Você acha que mamãe tem noção do quanto eles valem, George?

— Acho que não. — Ele apertou os lábios. — É melhor eu ter uma conversa com ela a respeito. Devíamos verificar a questão do seguro. Qualquer pessoa pode entrar naquela casa e, simplesmente, tirá-los das paredes. Pelo que me consta, ela nunca trancou uma porta na vida.

Nancy começou a se entusiasmar. Ainda não contara a ele sua conversa com Olivia, porque George não gostava de sua irmã e mostrava visível desinteresse por tudo quanto ela pudesse dizer. Entretanto, já que ele próprio puxara o assunto, tudo ficava bem mais simples.

Falou, procurando malhar o ferro enquanto ainda estava quente:

— Talvez devêssemos ir ver mamãe. Conversar com ela.

— Está falando do seguro?

— Se os valores forem exagerados, ela talvez... — A voz dela ficou rouca. Pigarreou. — ... decida que vendê-los será mais simples. Olivia disse que atualmente o mercado está no auge em relação a essas antigas obras vitorianas... (aquilo soava muito sofisticado e erudito; Nancy sentiu-se orgulhosa de si mesma) ... e seria lamentável perder essa oportunidade.

Estranhamente, George pareceu refletir sobre seu ponto de vista. Franzindo os lábios, tornou a ler o parágrafo e então, em gestos medidos e precisos, dobrou o jornal.

— Isso é com você.

— Ó George! Meio milhão! Mal posso imaginar tanto dinheiro!

— Com certeza, há impostos a pagar.

— Ainda assim! Nós temos que ir lá, George! Além do mais, faz muito tempo que não vejo mamãe. Já é hora de verificar como estão indo as coisas com ela. Então, posso tocar no assunto. Com muito tato. — George pareceu inconvicto. Ambos sabiam que o tato não era o ponto forte de Nancy. — Vou ligar agora mesmo para ela.

***

— Mamãe?

— Nancy.

— Como é que vai?

— Muito bem. E você?

— Sem trabalhar demais?

— Está falando de mim ou de você?

— De você, é claro. O jardineiro já começou a trabalhar?

— Já. Veio na segunda-feira e de novo hoje.

— Espero que seja satisfatório.

— Bem, ele me satisfaz.

— Pensou mais um pouco na ideia de ter alguém morando com você? Coloquei um anúncio no nosso jornal local, mas infelizmente ninguém respondeu. Nem um telefonema.

— Ah, não precisa se preocupar mais com isso. Antonia chega amanhã à noite, vai passar algum tempo comigo.

— Antonia? Quem é Antonia?

— Antonia Hamilton. Ô meu bem, acho que todos esquecemos de falar com você. Pensei que Olivia tivesse lhe contado a novidade.

— Não contou — replicou Nancy com frieza. — Ninguém me contou nada.

— Bem, aquele simpático amigo de Olivia, com quem ela morou, quando esteve em Ibiza... Ah, foi muito triste, ele faleceu. Então, sua filha vem para cá durante algum tempo, a fim de se refazer e decidir o que fará de sua vida agora.

Nancy irritou-se.

— Francamente, acho que alguém deveria ter me contado! Se já soubesse disso, não me daria ao trabalho de colocar o anúncio!

— Sinto muito, meu bem, mas é que, com uma coisa e outra, tenho andado tão ocupada, que acabei esquecendo. Enfim, de qualquer modo, isso significa que não precisará se preocupar mais comigo.

— E que espécie de pessoa ela é?

— Segundo imagino, muito meiga.

— Que idade tem?

— Apenas dezoito anos. Será uma companhia esplêndida para mim.

— Quando vai chegar?

— Já disse. Amanhã à noite. Noel a trará de Londres. Ele virá passar o fim de semana aqui e pretende fazer uma limpeza no sótão. Ele e Olivia acham que, com todo aquele atravancamento, há risco de incêndio. — Houve uma pausa na conversa, e então ela prosseguiu: — Por que vocês não vêm também almoçar conosco no domingo? Tragam as crianças. Então, poderão ver Noel e conhecer Antonia.

E abordar o assunto dos quadros.

— Ah... — Nancy hesitou. — Sim, acho que seria uma boa ideia. Espere um momento, enquanto falo com George...

Ela deixou o fone pendendo do fio e foi em busca do marido. Não teve que procurar muito. Conforme já imaginava, encontrou-o enfiado em sua poltrona, escondido atrás do *The Times*.

— George! — Ele baixou o jornal. — Ela nos convidou para almoçar no domingo.

Deu a notícia em um cochicho, como se a mãe pudesse ouvi-la, embora o telefone estivesse distante dali.

— Não posso ir — respondeu George, no ato. — Tenho um almoço diocesano formal e preciso comparecer a uma reunião.

— Sendo assim, levarei as crianças.

— Pensei que elas fossem passar o dia com os Wainwright...

— Ah, é mesmo! Eu tinha esquecido. Bem, então irei sozinha.

— É, parece que não há outro jeito — disse George.

Nancy voltou ao telefone.

— Mamãe?

— Fale, ainda estou aqui.

— George e as crianças estão comprometidos para o domingo, mas eu gostaria muito de ir, se você não se incomodar.

— Sozinha? — (Teria mamãe parecido um tanto aliviada? Nancy afastou tal ideia da cabeça.) — Ah, que alegria! Chegue por volta do meio-dia, para podermos bater um papinho. Estarei esperando, então.

Nancy desligou e foi contar a George o que combinara com a mãe. Terminou também falando na desconsideração e arbitrariedade de Olivia que, sem a menor dificuldade, encontrara uma companhia para a mãe, não se preocupando em comunicar a ela, Nancy, nada do que havia feito.

— ... e ela só tem dezoito anos! Provavelmente, alguma tagarelazinha, que vai ficar na cama o dia inteiro, esperando ser servida, dando ainda mais trabalho para mamãe. Você não acha, George, que Olivia devia ter me contado? Pelo menos, discutido o assunto? Afinal de contas, tenho assumido a responsabilidade de ficar de olho em mamãe, mas nenhum deles demonstra a menor consideração pelo que faço. Não acha que foi muito pouco-caso deles... George?

George, no entanto, já se desligara, e não a ouvia mais. Nancy suspirou e o deixou, retornando à cozinha para despejar seu ressentimento no que sobrara das couves-de-bruxelas.

Quando Noel e Antonia finalmente chegaram de Londres, eram quase nove e quinze da noite e, a esta altura, Penelope já os imaginava mortos, entre pedaços retorcidos de metal (o Jaguar), ao lado da rodovia. Chovia a cântaros, a noite era escura e ela ia à janela da cozinha a todo instante, espiando esperançosa na direção do portão. Já começava a pensar em ligar para a polícia, quando ouviu o som do motor descendo a rua que vinha da aldeia, diminuindo, trocando a marcha e passando — graças a Deus — pelos portões da casa, para vir parar perto da porta dos fundos.

Levou um segundo para compor-se. Nada deixava Noel em pior estado de espírito do que uma saraivada de perguntas e recriminações. Afinal de contas, se eles só houvessem saído de Londres às seis horas ou depois, seria tolice mostrar-se tão preocupada. Ela dominou a ansiedade, procurou assumir uma expressão sorridente e foi acender a luz externa e abrir a porta.

Viu o vulto comprido, aerodinâmico e um pouco maltratado do carro do filho. Ele já saía e se encaminhava para abrir a outra porta. Desta última saiu Antonia, arrastando atrás de si uma espécie de mochila. Penelope ouviu Noel dizer: "É melhor você dar uma corrida", e Antonia fez exatamente isso, de cabeça baixa contra a chuva, precipitando-se para o abrigo da varanda e direto nos braços que a esperavam.

Ela deixou cair a mochila no capacho da entrada e as duas trocaram um abraço apertado, Penelope cheia de alívio e afeição, Antonia simplesmente grata por finalmente estar ali, segura e nos braços da única pessoa com quem, naquele momento, desejaria estar.

— Antonia! — As duas separaram-se, mas Penelope, ainda a segurando pelo braço, puxou-a para a porta interior, para longe da noite escura, fria e chuvosa, ao encontro do calor da cozinha. — Ah, pensei que vocês nunca mais fossem chegar!

— Eu também.

Parecia a mesma, muito semelhante àquela menina de treze anos. Estava mais alta, isso era certo, porém tão esguia quanto antes... tinha um belo corpo, de pernas longas... e agora o rosto se tornara proporcional à boca, mas, fora isso, bem pouco mudara. Ainda havia as sardas no nariz, os olhos amendoados e verdes, os cílios espessos, compridos e claros. Ainda o mesmo cabelo louro-avermelhado, caindo à altura dos ombros, liso e cheio. Também o mesmo tipo de vestimenta: jeans, camiseta branca de malha e uma suéter masculina, de decote em V.

— É tão bom ter você aqui! Fez boa viagem? Que chuvarada terrível.

— Sim, chovia demais.

Antonia se virou quando Noel entrou, vindo ao encontro delas, trazendo não apenas a mala de Antonia e sua própria sacola, como também a mochila que fora abandonada na varanda.

— Ó Noel! — Ele pousou a bagagem no chão. — Que noite terrível.

— Vamos torcer para que não chova durante todo o fim de semana, porque, do contrário, não conseguirei fazer nada aqui. — Ele fungou. — Há alguma coisa com um cheiro delicioso!

— Escondidinho de carne.

— Estou faminto!

— Não é de admirar. Vou subir com Antonia para mostrar seu quarto e então jantaremos. Tome um drinque. Tenho certeza de que precisa de um. Desceremos em um minuto. Venha, Antonia.

Penelope pegou a mochila, e Antonia, sua bolsa. As duas subiram a escada, cruzaram um pequeno patamar, passaram diante do primeiro quarto e entraram no segundo.

— Que casa maravilhosa! — exclamou Antonia, andando mais atrás.

— Não no que diz respeito à privacidade. Todos os quartos têm portas de comunicação entre si.

— Como Ca'n D'alt.

— Antigamente, eram dois chalés. Ainda há duas escadas e duas portas de entrada. Bem, aqui estamos.

Penelope largou a mochila e olhou em torno do quarto cuidadosamente preparado, verificando se esquecera alguma coisa. Parecia muito aconchegante. O carpete branco era novo, embora tudo o mais fosse dos tempos da casa da Rua Oakley. Duas camas de solteiro, com cabeceiras polidas, em feitio de meias-luas radiadas; cortinas com uma estampa de rosas diferente daquela de que eram feitas as cobertas das camas. O pequeno toucador de mogno e as poltronas de encosto bem proeminente. Ela enchera um jarro de louça vidrada com narcisos e dobrara a coberta de uma das camas, revelando os lençóis brancos bem passados e os cobertores cor-de-rosa.

— Este armário é o guarda-roupa e, pela outra porta, você chega ao banheiro. O quarto de Noel é o seguinte, e terá de partilhar o banheiro com ele, mas, se estiver ocupado, basta ir ao outro extremo da casa, onde fica o meu. E agora... — Com tudo explicado, ela se virou para Antonia. — O que gostaria de fazer? Tomar um banho? Há tempo de sobra.

— Não. Gostaria apenas de lavar as mãos, se puder. Desço logo em seguida.

Havia sombras, como manchas, sob seus olhos.

— Você deve estar cansada — disse Penelope.

— Estou, bastante. Acho que é a diferença de fuso horário. Ainda não consegui me refazer.

— Não importa, agora você está aqui. Não terá de ir para lugar algum, a menos que queira. Desça quando estiver pronta, e Noel lhe servirá um drinque.

Penelope voltou à cozinha, onde encontrou Noel com um grande e escuro uísque com soda, sentado à mesa e lendo o jornal. Ela fechou a porta após entrar, e ele ergueu os olhos.

— Está tudo bem?

— Tadinha, ela parece exausta...

— Sem dúvida. Não falou muito enquanto vínhamos para cá. Cheguei a pensar que estivesse dormindo, mas não estava.

— Ela quase não mudou. Acho que nunca conheci uma menina tão linda!

— Não comece a botar ideias na minha cabeça.

Ela dirigiu ao filho um olhar de advertência.

— Procure se comportar este fim de semana, Noel.

Ele parecia a viva imagem da inocência.

— O que está querendo dizer com isso?

— Sabe muito bem o que estou querendo dizer.

Ele sorriu, ainda bem-humorado, petulante.

— Quando eu terminar de carregar no carrinho de mão todas as quinquilharias de seu sótão, estarei esgotado demais para qualquer outra coisa que não seja cair em minha caminha e perder os sentidos.

— Assim espero.

— Ora, pare com isso, mãe. Veja bem, ela não faz o meu tipo, em absoluto... cílios brancos não me atraem. Me fazem pensar em coelhos. Estou morrendo de fome. Quando vamos comer?

— Assim que Antonia descer.

Penelope abriu a porta do forno e examinou a torta, para que não ficasse assada além ou aquém do ponto. Estava indo muito bem. Tornou a fechar a porta.

— O que acha da venda da quarta-feira? — perguntou Noel. — Estou falando do quadro *As aguadeiras.*

— Eu já lhe disse. É inacreditável.

— Já decidiu o que vai fazer?

— E eu tenho que fazer alguma coisa?

— Ora, você está sendo obtusa. Aquele quadro alcançou quase um quarto de milhão! Você é dona de três Lawrence Stern, e a responsabilidade financeira, se nada mais, altera completamente a situação. Faça como sugeri, da última vez que vim aqui. Peça a um profissional para avaliá-los. E, se ainda assim não quiser vendê-los, então, por Deus, faça um novo seguro. Um dia em que você estiver lá fora, cuidando de suas rosas, qualquer espertalhão poderá entrar na casa e, simplesmente, dar o fora com eles. É bom tomar alguma providência quanto a isso.

Do outro lado da mesa, Penelope contemplou o filho, dividida entre uma espécie de gratidão maternal por seus cuidados e uma maldosa suspeita de que ele — tão semelhante ao pai — estivesse tramando alguma coisa. Noel continuou a fitá-la com os olhos azuis, muito abertos e cheios de sinceridade, porém ela permaneceu indecisa.

— Está bem — concordou Penelope por fim —, vou pensar nisso. Entretanto, jamais venderei meu querido *Os catadores de conchas*, e sempre será para mim motivo de satisfação e conforto indizíveis olhar para ele. É tudo quanto me resta dos velhos tempos, de quando era criança, da Cornualha e de Porthkerris.

Noel pareceu ligeiramente alarmado.

— Ih... Já estou até ouvindo violinos plangentes! Não há motivos para que comece a chorar.

— Não estou começando a chorar. Acontece apenas que, ultimamente, venho sentindo esse anseio de voltar lá. Tem algo a ver com o mar. Quero voltar a olhar para o mar. E por que não? Nada me impedirá de ir. Vai ser apenas por uns dias.

— Acha mesmo que seria sensato? Talvez não fosse melhor lembrar do lugar como era antigamente? Tudo muda, porém jamais para melhor.

— O mar não muda nunca — replicou Penelope, teimosamente.

— Você não conhece mais ninguém lá.

— Conheço Doris. Poderia ficar na casa dela.

— Doris?

— Nós a acolhemos como refugiada, no início da guerra. Ela morou conosco, em Carn Cottage. Nunca mais voltou para Hackney, pois resolveu se estabelecer em Porthkerris. Ainda nos correspondemos, e ela sempre me convida para visitá-la... — Penelope hesitou, antes de perguntar: — Você iria comigo?

— Ir com você?

Ele foi apanhado tão desprevenido pela sugestão que não conseguiu esconder o espanto.

— Seria uma companhia. — O argumento soou patético, como se ela estivesse solitária. Tentou outra tática. — Poderia ser divertido para nós dois. Não lamento muitas coisas de minha vida, porém me arrependo de nunca ter levado vocês a Porthkerris, quando eram crianças. Enfim, não sei, nunca surgiu uma oportunidade.

Um leve constrangimento pairou entre eles. Noel decidiu apelar para a brincadeira.

— Acho que está um pouco tarde para fazer castelos de areia na praia...

Penelope não pareceu achar a menor graça.

— Há outros divertimentos — disse.

— Quais?

— Eu poderia lhe mostrar Carn Cottage, onde morávamos. O estúdio de seu avô. A galeria de arte que ele ajudou a montar. Você parece tão subitamente interessado pelos quadros dele... Imaginei que talvez também lhe interessasse ver onde tudo começou.

Ela fazia isso algumas vezes, dava um golpe baixo. Noel bebeu um gole do uísque, procurando compor-se.

— Quando é que pretende ir?

— Ah... em breve. Antes que a primavera termine. Antes que chegue o verão.

Ele se sentiu aliviado em ter uma desculpa já pronta.

— Nessa época eu não poderia me afastar.

— Nem mesmo por um fim de semana prolongado?

— Mãe... Estamos com trabalho até o pescoço, no escritório. Só terei folga em julho, se tiver.

— Sendo assim, é impossível. — Para alívio de Noel, ela encerrou o assunto. — Quer ter a gentileza de abrir uma garrafa de vinho, Noel?

Ele se levantou. Sentia-se um tanto culpado.

— Sinto muito, mãe. Eu a acompanharia, se pudesse.

— Eu sei — respondeu ela. — Eu sei.

Quando Antonia reapareceu, eram quinze para as dez. Noel encheu as taças de vinho e todos se sentaram para saborear o escondidinho, a salada de frutas frescas e as torradas com queijo. Em seguida, Noel preparou café para si mesmo e, anunciando que subiria ao sótão para uma espiada preliminar, antes de começar a trabalhar no dia seguinte, subiu, levando seu café.

Depois que ele se foi, Antonia também se levantou, começando a retirar os pratos e copos, mas Penelope a interrompeu.

— Não é preciso. Porei tudo na lavadora de pratos. São quase onze horas e você precisa ir para a cama. Gostaria de um banho agora?

— Sim, gostaria. Não sei por quê, mas estou me sentindo simplesmente imunda. Acho que tem algo a ver com Londres.

— Eu sempre me senti assim também. Encha a banheira e tome um bom banho de imersão.

— Foi um jantar maravilhoso. Obrigada.

— Ó minha querida... — Penelope ficou emocionada e, de repente, não sabia o que falar, embora tanto houvesse para ser dito. — Talvez, quando já estiver deitada, eu chegue lá para lhe dar um boa-noite.

— Irá mesmo?

— É claro que sim.

Depois que ela saiu, Penelope limpou a mesa lentamente, empilhou os pratos sujos no lava-louças, pôs para fora as garrafas de leite e fez os preparativos para o café da manhã do dia seguinte. No andar de cima, naquela casa onde os sons ecoavam através de portas abertas e tetos de madeira, ouviu Antonia preparando o banho e, mais alto ainda, os passos abafados de Noel abrindo caminho por entre as traquitandas do sótão atravancado. Pobre rapaz, pretendendo desincumbir-se de uma tarefa hercúlea. Ela esperava que seu filho não desanimasse com o trabalho pela metade, deixando-a às voltas com um problema ainda maior do que antes. A água, gorgolejando pelo cano de esgoto abaixo, indicava que Antonia terminara o banho. Penelope pendurou o pano de prato, apagou as luzes e subiu a escada.

Encontrou Antonia na cama, acordada, folheando uma revista que Penelope deixara na mesa de cabeceira. Seus braços nus eram bronzeados e esguios, os cabelos sedosos espalhavam-se sobre o tecido branco da fronha.

Fechou a porta após entrar.

— Tomou um bom banho?

— Divino. — Antonia sorriu. — Usei um pouco daqueles deliciosos sais de banho que encontrei. Espero que não se incomode.

— Foi justamente para isso que os deixei lá. — Ela se sentou na beirada da cama. — Fez bem a você. Agora não parece mais tão cansada.

— Eu sei. O banho me despertou. Fiquei alerta, com vontade de conversar. Seria impossível dormir agora.

Acima delas, de algum ponto além do teto de vigas, veio o ruído de algo sendo arrastado através do piso.

— Com essa barulheira que Noel faz lá em cima — disse Penelope —, é até melhor que não tenha pressa em dormir.

Naquele momento, ouviram um baque, como se alguma coisa pesada tivesse caído inadvertidamente.

— Que droga! — soou a voz de Noel.

Penelope começou a rir. Antonia riu também, mas, de repente, não havia mais riso, porque seus olhos estavam marejados de lágrimas.

— Ó minha querida criança!

— Que tolice a minha... — Ela fungou, tateou por um lenço e assoou o nariz. — É que é tão maravilhoso estar aqui com você, ser capaz de rir por coisas bobas novamente... Lembra-se de como costumávamos rir? Quando esteve conosco, aconteciam coisas divertidas o tempo todo. Depois que veio embora, nada mais foi o mesmo.

Ela estava certa. Não ia chorar. As lágrimas haviam cessado, mal assomaram.

— Você quer conversar? — perguntou Penelope suavemente.

— Sim, acho que quero.

— Quer me falar sobre Cosmo?

— Quero.

— Eu senti tanto. Quando Olivia me contou... fiquei tão chocada... com tanta pena...

— Ele morreu de câncer.

— Eu não sabia.

— Câncer do pulmão.

— Ora, mas Cosmo não fumava.

— Fumava. Antes de a senhora conhecê-lo. Antes de Olivia conhecê-lo. Cinquenta cigarros por dia ou mais. Ele se livrou do vício, mas isso o matou do mesmo jeito.

— Você estava com ele?

— Sim. Morei com ele estes últimos dois anos. Desde que minha mãe casou de novo.

— Isso incomodou você?

— Não. Fiquei feliz por ela. Não gosto muito do homem que escolheu, mas não vem ao caso. Ela gosta dele. Deixou Weybridge e foi morar no Norte, porque é onde ele está radicado.

— O que ele faz?

— Acho que é negociante de lãs... estambres, tecidos, esse tipo de coisas.

— Você já esteve lá?

— Estive. Fui lá no primeiro Natal depois de se casarem, mas foi horrível. Ele tem dois filhos repulsivos, não via a hora de vir embora, antes que um deles conseguisse me violentar. Bem, talvez eu esteja exagerando um pouco, mas este é o motivo que me impede de ficar com minha mãe, agora que papai morreu. Eu simplesmente não suportaria. E a única pessoa a quem me ocorreu pedir ajuda foi a Olivia.

— Sim, eu entendo, mas me fale mais sobre Cosmo.

— Ele estava muito bem. Quero dizer, parecia nada haver de errado, entende? Então, há uns seis meses, começou a ter aquela tosse horrível. Era uma tosse que não o deixava dormir à noite, e eu ficava deitada, ouvindo e tentando dizer a mim mesma que não devia ser coisa séria. Finalmente, consegui convencê-lo a ir ao médico. Ele foi ao hospital local, para fazer raios X e um check-up. A verdade é que nem saiu de lá. Eles o operaram, extraíram metade de um pulmão e disseram que logo poderia ir para casa. Entretanto, sofreu um colapso pós-operatório, e foi assim. Morreu no hospital. Nunca recuperou a consciência.

— E você estava sozinha?

— Sim, mas Maria e Tomeu procuravam estar sempre por perto, e eu jamais imaginei que fosse acontecer uma coisa dessas. Não cheguei a ficar muito preocupada ou assustada. Tudo aconteceu muito depressa. Como se, um dia, estivéssemos juntos em Ca'n D'alt, como sempre havia sido, e, no outro, ele morresse. Claro que não foi no dia seguinte. Apenas me pareceu assim.

— O que você fez?

— Bem... isso parece terrível, mas era preciso cuidar do enterro. Em Ibiza, o período entre a morte e o sepultamento é muito curto, entende? Tem que ser no mesmo dia. Qualquer um pensaria que, em apenas um dia, em uma ilha onde praticamente ninguém tem telefone, a notícia da morte dele não se espalhasse. Pois foi. Correu como um rastilho de pólvora. Meu pai tinha muitos amigos. Não apenas pessoas como nós, mas todos os moradores de lá, homens com quem ele bebia no bar do Pedro, os pescadores do cais do porto, os fazendeiros que moravam à nossa volta. Estavam todos lá.

— Onde foi sepultado?

— No cemitério da igrejinha da aldeia.

— Ora, mas... é uma Igreja Católica!

— Claro, mas não houve problemas. Papai não frequentava a igreja, mas em criança foi batizado e admitido no seio da Igreja Católica. Além do mais, sempre foi muito amigo do padre da aldeia. Um homem muito gentil... não sabia o que fazer para me confortar. Conduziu o serviço para nós, não na igreja, mas à beira da sepultura, à luz do sol. Quando partimos, não se podia ver a sepultura, por causa das flores. Foi muito bonito. Então todos voltamos para Ca'n D'alt. Maria tinha preparado alguma coisa para comer, eles beberam vinho e depois foram embora. Foi assim que aconteceu.

— Entendo. Tudo parece muito triste, mas absolutamente perfeito. Me diga, você contou tudo isso para Olivia?

— Algumas partes. Na verdade, ela não quis ouvir muito.

— É o jeito dela. Quando Olivia fica muito comovida ou abalada, esconde os sentimentos, quase como se fingisse para si mesma que nada aconteceu.

— Sim, eu sei. Percebi isso. E não me importei.

— O que você fez, quando esteve com ela em Londres?

— Não muita coisa. Fui à Marks & Spencers comprar algumas roupas de inverno para mim. Depois fui ver o procurador de papai. Foi uma reunião bastante deprimente.

O coração de Penelope condoeu-se pela jovem.

— Ele deixou alguma coisa para você?

— Praticamente nada. Ele não tinha nada para deixar, coitado.

— E aquela casa em Ibiza?

— Ela nunca foi nossa. Pertence a um homem chamado Carlos Barcello. Por outro lado, eu não queria ficar lá. Mesmo que quisesse, não teria como pagar o aluguel.

— E o barco? O que foi feito dele?

— Papai o vendeu, logo depois que Olivia partiu. Nunca mais comprou outro.

— E as outras coisas? Os livros, móveis, quadros...

— Tomeu conseguiu com um amigo que os guardasse para mim, até eu precisar deles ou até que possa voltar para apanhá-los.

— É duro de acreditar, Antonia, bem sei, mas um dia terá que fazer isso.

Antonia colocou os braços atrás da cabeça e fitou o teto.

— Eu estou bem, agora. Triste, mas não por ele ter deixado de viver. Meu pai continuaria doente e frágil, não duraria além de um ano. Foi o que me disse o médico. Assim, foi melhor acontecer como aconteceu. Minha única tristeza real é pelos anos que foram perdidos, após Olivia vir embora. Ele nunca mais teve outra mulher. Amou Olivia demais. Acho que, provavelmente, ela foi o amor de sua vida.

Havia muito silêncio agora. Os ruídos e passos no forro tinham cessado e Penelope adivinhou que Noel encerrara a vistoria preliminar, tendo descido do sótão. Escolhendo as palavras com cuidado, disse, após alguns momentos:

— Olivia também o amou muito, tanto quanto seria capaz de entregar seu coração a algum homem.

— Papai quis casar com ela, mas Olivia não quis.

— Você a censura por isso?

— Não. Eu a admiro. Foi sincera e muito forte.

— Ela é uma pessoa especial.

— Eu sei.

— Ela, simplesmente, nunca quis se casar. Tem horror a ser dependente, a assumir um compromisso, a criar raízes.

— Olivia tem uma carreira.

— Sim, a carreira... É o que mais importa para ela no mundo.

Antonia meditou sobre tais palavras. Depois disse:

— Curioso... Eu compreenderia isso melhor se a infância de Olivia tivesse sido infeliz ou se ela tivesse sofrido algum trauma terrível. No entanto, tendo a senhora como mãe, custo a crer que algo semelhante ocorresse com ela. Olivia é muito diferente de seus outros filhos?

— Em tudo e por tudo. — Penelope sorriu. — Nancy é o extremo oposto. Sempre sonhou ser uma mulher casada e ter seu próprio lar. Uma espécie de senhora feudal, talvez, mas e daí? Não se pode censurá-la. Tem a vida que desejou, é uma mulher feliz. Pelo menos, imagino que seja. Ela tem, exatamente, aquilo que sempre quis.

— E a senhora? — perguntou Antonia. — Queria ser casada?

— Eu? Santo Deus, isso aconteceu há tanto tempo, que mal consigo recordar. Acho que não pensava muito no assunto. Tinha apenas dezenove anos e estávamos em guerra. Em épocas assim, nunca pensamos em um futuro muito distante. Vivemos cada dia que passa.

— O que aconteceu a seu marido?

— Ambrose? Ah, morreu alguns anos depois do casamento de Nancy.

— A senhora se sentiu muito solitária?

— Eu fiquei sozinha. Entretanto, não é o mesmo que se sentir solitária.

— Eu jamais perdera alguém conhecido. Cosmo foi o primeiro.

— Quando enfrentamos pela primeira vez a experiência da perda de um ente querido, tudo é muito doloroso. Entretanto, com o passar do tempo, terminamos conformados.

— Acho que sim. Ele dizia que "a vida inteira é um compromisso".

— Muito bem dito. Para alguns, tem que ser assim. Para você, no entanto, eu gostaria de pensar que houvesse algo melhor à sua espera.

Antonia sorriu. A revista há muito caíra ao chão e seus olhos haviam perdido aquele brilho febril. Como uma criança, estava quase dormindo. Ficara sonolenta.

— Você está cansada — disse-lhe Penelope.

— Sim... Acho que agora vou dormir.

— Não acorde cedo demais. — Levantando-se da cama, Penelope foi fechar as cortinas. A chuva cessara e, da escuridão, chegou o pio de uma coruja. — Boa noite.

Caminhou para a porta, abriu-a e apagou a luz.

— Penelope.

— O que foi?

— É simplesmente maravilhoso estar aqui. A seu lado.

— Durma bem.

Penelope saiu fechando a porta.

A casa estava em silêncio. No andar de baixo, todas as luzes já tinham sido apagadas. Obviamente, Noel decidira encerrar seu dia e já fora para a cama. Nada mais havia a ser feito.

Em seu quarto, ela realizou o ritual noturno, sem pressa, escovando os dentes, o cabelo, passando creme no rosto. Já de camisola, abriu as pesadas cortinas. Pela janela aberta passava uma leve brisa, fria e úmida, mas cheirando docemente a terra, despertada do longo sono de inverno. A coruja piou novamente, e o silêncio era tal que ela podia ouvir o suave rumorejo do Windrush, seguindo seu curso além do pomar.

Afastando-se da janela, Penelope subiu na cama e apagou o abajur. Seu corpo pesado e cansado agradeceu o conforto dos lençóis frescos e dos travesseiros macios, porém a mente continuou desperta, porque a curiosidade inocente de Antonia instigara o passado, de uma maneira desconcertante e não de todo bem-vinda. Penelope respondera ao que ela perguntara, com alguma cautela, sem mentir, mas não contando toda a verdade. A verdade era demasiado confusa para ser contada, tortuosa e muito antiga. Antiga demais para que ela começasse a desenredar os fios da motivação, da razão e da sequência dos eventos. Não havia falado em Ambrose, não mencionara seu nome nem pensara nele, por mais tempo do que podia recordar. Agora, no entanto, deitada e de olhos abertos, fitando a escuridão que não era tão escura assim, percebeu que não tinha opção senão voltar atrás. Era uma extraordinária experiência, como ver um filme antigo ou descobrir um álbum de fotos com as folhas já desbotadas, ir virando suas páginas e admirando-se, ao perceber que os instantâneos em sépia não haviam desbotado em absoluto, mas permaneciam evocadores, claros, mais nítidos do que nunca.

8

AMBROSE

A oficial wren* ajeitou seus papéis e destampou sua caneta-tinteiro.

— Agora, Stern, precisamos decidir em que categoria inscrevê-la.

Sentada do outro lado da mesa, Penelope olhava para ela. A mulher tinha dois galões azuis na manga e cabelos bem curtos. Seu colarinho e gravata eram tão rígidos e apertados que pareciam sufocá-la. Usava relógio masculino e, ao seu lado, em cima da mesa, havia uma cigarreira de couro e um pesado isqueiro dourado. Penelope identificou outra Srta. Pawson e começou a encará-la com simpatia.

— Você tem alguma qualificação?

— Não. Acho que não.

— Taquigrafia? Datilografia?

— Não.

— Grau universitário?

— Não.

— Você deve me tratar por "senhora".

— Senhora.

---

* Mulher que faz parte do Women's Royal Naval Service. (N.T.)

A oficial wren pigarreou, desconcertada pela expressão ingênua e sonhadora dos olhos castanhos da nova classificada wren. Ela usava uniforme, porém não lhe caía bem, era demasiado alta, tinha pernas muito compridas e seu cabelo era um desastre, macio, escuro e preso em um frouxo coque, que não parecia muito bem-feito nem seguro.

— Presumo que tenha frequentado uma escola, não?

Quase esperava ouvir a wren Stern responder que havia recebido educação em casa, com uma refinada preceptora. Ela parecia esse tipo de jovem. Daquelas que aprendiam um pouco de francês, pintura em aquarela e não muito mais. No entanto, a wren Stern respondeu:

— Frequentei.

— Internatos?

— Não. Externatos. A escola da Srta. Pritchett, quando morávamos em Londres, e depois a escola de ensino médio local, quando fomos viver em Porthkerris. Fica na Cornualha — acrescentou, com gentileza.

A oficial wren sentiu que precisava de um cigarro.

— É a primeira vez que deixa sua casa?

— É.

— Você deve me tratar por "senhora".

— Senhora.

A oficial wren suspirou. Sem dúvida, a wren Stern ia ser um daqueles problemas. Culta, medianamente instruída e inteiramente inútil.

— Você sabe cozinhar? — perguntou, sem maiores esperanças.

— Não muito bem.

Não havia alternativa.

— Neste caso, acho que teremos de colocá-la como camareira.

A wren Stern sorriu, simpática, parecendo satisfeita por, finalmente, terem chegado a uma decisão.

— Perfeitamente.

A oficial wren registrou algumas anotações no formulário e depois tornou a enroscar a tampa de sua caneta. Penelope aguardou o que aconteceria em seguida.

— Creio que isso seja tudo. — Penelope levantou-se, porém a oficial wren ainda não terminara. — Stern, o seu cabelo. Tem que fazer algo a respeito.

— O quê? — perguntou Penelope.

— Ele não deve tocar seu colarinho, entende? São regulamentos da Marinha. Por que não vai ao cabeleireiro e o corta?

— Não quero cortá-lo.

— Bem... então, trate de dar um jeito nele. Procure se acostumar a fazer um coque mais firme e apertado.

— Ah, sim. Está bem.

— Pode ir agora.

Ela saiu.

— Até logo. — A porta ia se fechando, mas tornou a abri-la, para acrescentar: — Senhora.

Foi designada para a Real Escola de Artilharia Naval, a bordo do navio *Excellent,* em Whale Island. Seu posto era o de camareira, mas, talvez porque "falasse bem", foi feita camareira dos oficiais, o que significava que trabalharia no alojamento e no salão de oficiais arrumando mesas, servindo drinques, comunicando às pessoas que alguém as esperava ao telefone, polindo talheres e servindo as refeições. Além do mais, antes do anoitecer, tinha que fazer uma ronda por todos os camarotes e providenciar o blecaute, batendo às portas e, se houvesse alguém no interior, dizendo: "Permissão para apagar as luzes do navio, senhor." De fato, era uma copeira magnífica, e, como copeira, recebia um soldo de trinta xelins por quinzena. A cada duas semanas tinha que comparecer à formação para receber o pagamento, permanecendo em fila até sua hora de fazer continência para o rabugento chefe da pagadoria — que dava a impressão de odiar as mulheres e, provavelmente, as odiava mesmo — dizer seu nome e receber o magro envelope amarelado.

Pedir permissão para apagar as luzes do navio era apenas parte de uma linguagem inteiramente nova que tivera de aprender, para isso passando uma semana no posto de treinamento. Quarto de dormir era camarote;

o chão, o convés; quando ia trabalhar, estava indo para bordo; um fazer e refazer significava metade do dia; e, se alguém discutia com uma amiga, isso tinha o nome de romper com alguém. Entretanto, como ela não tinha nenhuma amiga com quem discutir, jamais houve oportunidade para empregar essa expressão de marinheiro.

Whale Island era *realmente* uma ilha, tendo-se que cruzar uma ponte para chegar lá, um detalhe muito empolgante, dando a impressão de que se ia para bordo de um navio, mesmo não sendo esse o caso. Muito tempo atrás, a ilha ganhara vida como um banco de lodo no meio do porto de Portsmouth, porém agora era um grande e importante estabelecimento de instrução naval, com terreno de exercícios, galpão para treinamentos, uma igreja, molhes e gigantescas baterias, onde os homens praticavam. A parte administrativa e os alojamentos ficavam em um setor de prédios de belos tijolos vermelhos. Os alojamentos do convés inferior eram quadrados e despretensiosos, como edifícios públicos, mas o salão de oficiais era bastante grande, uma mansão rural, tendo o campo de futebol como seu terreno.

O barulho era incessante. Cornetas ecoavam e apitos soavam, enquanto ordens eram diariamente transmitidas, entre chiados, pelo sistema de alto-falantes. Homens em treinamento iam para toda parte em passo acelerado, suas botas fazendo *tump-tump-tump* no macadame. Na área para exercícios, suboficiais gritavam até a apoplexia, bradando ordens para atemorizados esquadrões de jovens marinheiros, que se esforçavam ao máximo para entender as complexidades do exercício de ordem unida. Toda manhã, hasteava-se a bandeira do comando, e a banda da Marinha Real estrugia os ares com os hinos "Braganza" e "Corações de carvalho". Quem fosse apanhado fora dos edifícios, enquanto a White Ensign* era içada ao mastro, tinha que se virar de frente para ela, ficar perfilado e prestando continência, até tudo terminar.

---

* Bandeira distintiva da Marinha Keal Britânica, desde 1864. (N.T.)

Os alojamentos das wrens, para onde Penelope fora designada, ficavam em um hotel requisitado no extremo norte da cidade. E lá, ela dividia um camarote com mais cinco jovens, todas dormindo em beliches. Uma das moças exalava um odor terrível das axilas, mas, como nunca se lavava, isso não era de admirar. Os alojamentos ficavam a três quilômetros de Whale Island, porém nenhum transporte fora providenciado e não havia ônibus, de maneira que Penelope ligou para Sophie, pedindo a ela que lhe mandasse sua velha bicicleta da escola. Sophie prometeu enviá-la. Despacharia a bicicleta em um trem e Penelope a pegaria na estação de Portsmouth.

— E como você está, meu bem?

— Tudo certo. — Era horrível ouvir a voz de Sophie e não estar com ela. — E você, como está? Como vai papai?

— A Srta. Pawson tem ensinado a ele como usar um extintor de incêndio, para pequenos focos de fogo. É do tipo que tem uma espécie de estribo, para ser firmado com o pé, enquanto é usado.

— E Doris? E os meninos?

— Ronald entrou para o time de futebol. E achamos que Clark está com sarampo. Ah, sim! Estou com anêmonas no jardim.

— Já?

Penelope gostaria de vê-las. Queria estar lá. Era horrível pensar neles todos em Carn Cottage e não estar lá também. Era duro recordar seu delicioso quarto individual, com as cortinas agitando-se à brisa marinha e os fachos do farol cruzando as paredes.

— Você está feliz, meu bem?

Entretanto, antes que Penelope pudesse responder, o telefone começou a fazer *pip-pip-pip*, e a ligação foi cortada. Ela recolocou o fone no gancho, satisfeita pela ligação ser interrompida antes de ter tempo para responder, porque não estava feliz. Sentia-se solitária, com saudades de casa e entediada. Não se ajustava àquele estranho mundo novo e achava que nunca iria ajustar-se. Teria sido preferível tornar-se enfermeira, trabalhar na terra ou numa fábrica de munições — qualquer coisa, exceto seguir aquela dramática e impulsiva decisão que a deixara nesse angustioso transe, que parecia permanente.

O dia seguinte era uma quinta-feira. Estavam em fevereiro, a temperatura continuava baixa, porém o sol brilhou o dia inteiro e, às cinco horas, finalmente encerrado o expediente, Penelope deixou a ilha, fez continência para o oficial de guarda e atravessou a estreita ponte. A maré estava alta e, à claridade que se esbatia, Portsdown Hill parecia sedutoramente rural. Quando sua bicicleta chegasse, talvez fosse capaz de fazer passeios solitários, encontrar um lugarzinho relvado para se sentar. No momento, com as horas vazias da noite estendendo-se à sua frente, ela se perguntou se disporia de dinheiro suficiente para ir ao cinema.

Um carro vinha na ponte, atrás dela. Continuou andando. O carro diminuiu a marcha e rodou ao lado dela, um pequeno e bonito MG, com a capota arriada.

— Para onde está indo?

Por um momento, Penelope não acreditou que a pergunta lhe tivesse sido dirigida. Era a primeira vez que um homem falava com ela, sem ser para dizer que queria ervilhas e cenouras ou para pedir uma dose de gim. Entretanto, não havendo mais ninguém por perto, tinha que ser com ela. Já o tinha reconhecido. Era o subtenente Keeling, alto, de cabelos escuros e olhos azuis. Sabia que ele estava no curso de artilharia, porque no salão de oficiais usava perneiras, calças de flanela branca e cachecol branco, o traje regulamentar para oficiais sob instrução. Agora, no entanto, usando o uniforme de dia, com um ar alegre e despreocupado, ele era apenas um homem disposto a se divertir.

— Para os alojamentos das wrens, a Wrennery.

Inclinando-se, ele abriu a porta.

— Entre. Eu lhe dou uma carona.

— Está indo para aquele lado?

— Não, mas posso ir.

Penelope sentou-se no banco do carona e bateu a porta. O carrinho disparou e ela precisou segurar o boné para que não voasse.

— Já vi você por aí, não? Trabalha no salão de oficiais.

— Exatamente.

— Está gostando?

— Não muito.

— Então, por que aceitou o trabalho?

— Não tinha qualificações para outra coisa.

— É a sua primeira designação?

— É. Só comecei há um mês.

— O que acha da Marinha?

Ele parecia tão entusiasmado, que Penelope não teve coragem de responder que a odiava.

— É interessante. Estou começando a me acostumar.

— Mais ou menos como um internato, não?

— Nunca estive em um internato; portanto, não sei dizer.

— Como se chama?

— Penelope Stern.

— Eu sou Ambrose Keeling.

Não houve tempo para muito mais. Em cinco minutos estavam lá, entrando pelos portões dos alojamentos das wrens e parando diante da entrada, com rangidos no cascalho solto do chão, o que fez a suboficial de controle espiar por sua janela, com o cenho franzido em sinal de desaprovação.

Ele desligou o motor.

— Muito obrigada — disse Penelope, virando-se para abrir a porta do carro.

— O que vai fazer hoje à noite?

— Sinceramente, nada.

— Eu também não. Que tal tomarmos um drinque no Clube dos Suboficiais?

— Como... agora?

— Isso. Agora. — Os olhos azuis dele dançaram alegremente. — Será uma sugestão tão desastrosa assim?

— Não... nem um pouco. Apenas... — Nos clubes dos oficiais não era permitida a presença de subalternos em uniforme. — ... terei que entrar e me vestir à paisana.

Era outra coisa que aprendera no posto de treinamento — chamar trajes civis de "trajes à paisana". Sentiu-se orgulhosa por recordar todas aquelas normas e regulamentos.

— Tudo bem. Eu espero, enquanto troca de roupa.

Ela o deixou lá, em seu carrinho, acendendo um cigarro para fazer hora. Entrou no prédio e subiu a escada de dois em dois degraus, sem querer perder tempo, aterrada em pensar que, se demorasse muito, ele perderia a paciência e iria embora, sem nunca mais dirigir-lhe a palavra.

Em seu camarote, tirou rapidamente o uniforme e o jogou sobre o beliche; lavou o rosto e as mãos, retirou os grampos da cabeça e deixou o cabelo solto. Escovando-o, apreciou o peso confortador e familiar sobre os ombros. Era como estar livre novamente, ser ela própria de novo, e sentiu que a confiança retornava. Abrindo o guarda-roupa comunitário, tirou dele o vestido que Sophie lhe dera no Natal e o velho casaco de pele de civeta, minúsculo, que tia Ethel quisera doar para uma quermesse, mas que ela salvara para si mesma. Retirou um par de meias ainda não desfiadas e seus melhores sapatos. Não precisava de bolsa, porque não tinha dinheiro algum e jamais usara pintura. Tornou a disparar para baixo, assinou o livro de regulamento e saiu pela porta.

Estava quase escuro agora, mas ele continuava lá, sentado em seu carrinho, ainda fumando o mesmo cigarro.

— Desculpe ter demorado tanto — disse, sem fôlego, sentando-se ao lado dele.

— *Tanto?* — Ele riu, jogando fora o resto do cigarro. — Nunca vi uma mulher tão rápida. Já me preparava para esperar no mínimo uma hora.

O fato de ele ter se disposto a esperar tanto foi surpreendente e gratificante para Penelope. Sorriu para ele. Esquecera-se de pôr um pouco de perfume, e esperava que o cheiro de naftalina do casaco da tia Ethel passasse despercebido.

— É a primeira vez que fico sem uniforme, desde que me alistei. — Ele ligou o motor.

— E como se sente? — perguntou.

— No céu!

Foram para o Clube dos Suboficiais, em Southsea. Ele a levou para o andar de cima e sentaram-se no bar. Keeling perguntou-lhe o que queria beber. Penelope não sabia ao certo o que pedir, de maneira que ele se decidiu por dois gins com suco de laranja. Ela não contou que jamais havia bebido gim antes.

Quando as bebidas chegaram, os dois conversaram e foi tudo muito fácil. Penelope contou que morava em Porthkerris e que seu pai fora para lá por ser artista, mas que agora deixara de pintar. Contou também que sua mãe era francesa.

— Ah, então está explicado — disse ele.

— O que está explicado?

— Não sei ao certo. É algo em você. Notei imediatamente. Olhos escuros. Cabelos escuros. Você é diferente de todas as outras wrens.

— Sou três metros mais alta.

— Não é isso, embora eu goste de mulheres altas. Uma espécie de... — Ele deu de ombros, tornando-se também bastante gaulês. — *...je ne sais quoi.* Já morou na França?

— Não. Passei uma temporada lá. Certo inverno, tivemos um apartamento em Paris.

— Fala francês?

— Naturalmente.

— Tem irmãos?

— Não.

— Nem eu.

Ele lhe falou sobre si mesmo. Tinha vinte e um anos. Seu pai, que dirigia os negócios da família, algo a ver com publicações, havia falecido quando ele tinha dez anos. Após deixar a escola, tinha ido trabalhar na mesma editora, porém não pretendia passar a vida inteira em um escritório... Além disso, havia uma guerra iminente... e então se alistara na Marinha. Sua mãe viúva morava em um apartamento em Knightsbridge, em Wilbraham Place, mas, com a eclosão da guerra, fora residir em um hotel rural, em um remoto recanto de Devon.

— É melhor que ela fique lá, longe de Londres. Não é muito forte e, se o bombardeio começar, será mais um estorvo aqui do que uma ajuda.

— Há quanto tempo você está em Whale Island?

— Um mês. Espero ficar lá só mais umas duas semanas, dependendo dos exames. Meu último curso é o de artilharia. Graças a Deus, já terminei os de navegação, de torpedos e de sinalização.

— E para onde irá?

— Ficarei uma semana final na Escola Divisional, e então estarei no mar.

Terminaram os drinques e ele pediu uma segunda rodada. Em seguida, passaram para o refeitório e jantaram. Depois do jantar, rodaram por Southsea um pouco e então, como Penelope teria de estar nos alojamentos às dez e meia, ele a levou.

— Muito obrigada — disse Penelope.

Entretanto, as palavras formais não chegaram a expressar a gratidão que sentia, não apenas pela noite em sua companhia, mas por ele ter aparecido quando ela mais precisava, por agora contar com um amigo e não ter de sentir-se solitária.

— Você está livre no sábado? — perguntou ele.

— Estou.

— Tenho ingressos para um concerto. Gostaria de ir?

— Ah... — Ela podia sentir o sorriso, incontido, espalhando-se por seu rosto. — Eu adoraria!

— Então, virei apanhá-la. Por volta das sete. E, Penelope... lembre-se de pegar um passe para chegar tarde.

O concerto foi em Southsea. Anne Zeigler e Webster Booth, cantando canções como "Somente uma rosa" e "Se você fosse a única mulher no mundo".

Haja o que houver,
Sempre recordarei
A encosta ensolarada da montanha

Ambrose segurou a mão dela. Naquela noite, quando a levou de volta, ele parou o carro um pouco antes dos alojamentos, em uma ruazinha sossegada, e então a tomou nos braços, com casaco cheirando a naftalina e tudo. Beijou-a. Penelope nunca havia sido beijada, teria que aprender, mas em pouco tempo pegou o jeito e não achou aquilo desagradável, de maneira alguma. De fato, a proximidade dele, sua pura masculinidade, o cheiro refrescante da pele despertaram dentro dela uma reação física que foi uma experiência inteiramente nova. Um despertar, lá muito no fundo. Uma dor que não era uma dor.

— Penelope, querida, você é a criatura mais deliciosa do mundo!

Entretanto, Penelope divisou o relógio no painel do carro. Dez e vinte e cinco. Soltou-se de seus braços com relutância, erguendo a mão automaticamente para compor o cabelo em desordem.

— Tenho que ir — disse. — Não posso chegar atrasada.

Ele suspirou, também a largando com relutância.

— Maldito relógio! Maldito horário!

— Sinto muito.

— Você não tem culpa. Apenas, teremos que fazer outro tipo de planos.

— Que tipo de planos?

— Vou ter uma curta folga de fim de semana. E você? Poderia arranjar uma também?

— Nesse fim de semana?

— Exatamente.

— Posso tentar.

— Podíamos ir até a cidade. Assistir a um espetáculo. Passar a noite fora.

— Ah, que ideia maravilhosa! Ainda não tive nenhuma folga. Tenho quase certeza de conseguir uma.

— O único problema é que... — Ele pareceu preocupado. — ...minha mãe alugou o apartamento para um sujeito enfadonho do Exército, de modo que não podemos ficar lá. Acho que eu poderia ir para meu clube, mas...

Ela achou formidável poder resolver os problemas dele.

— Iremos para minha casa.

— *Sua* casa?

Penelope começou a rir.

— Não a minha casa em Porthkerris, seu tolo! Estou falando de minha casa em Londres.

— Você tem uma casa em Londres?

— Tenho. Na Rua Oakley. Não há problema algum. Tenho uma chave e tudo.

Sim, não haveria qualquer dificuldade.

— A casa é sua?

Ela continuava rindo.

— Não propriamente minha. É de papai.

— E eles não vão se incomodar? Seus pais, quero dizer.

— Se *incomodar*? Ora, por que se incomodariam?

Ele pensou em dizer-lhe por quê, mas decidiu calar-se. Mãe francesa e pai artista... Boêmios. Ambrose jamais conhecera boêmios, mas começava a perceber que agora encontrara uma.

— Tem razão — concordou, apressadamente, mal podendo acreditar em sua boa sorte.

— Bem, você pareceu tão surpreso...

— Talvez tenha ficado — admitiu ele, mas então sorriu, da maneira mais sedutora que pôde. — Enfim, talvez deva parar de ficar surpreso com você. Talvez deva aceitar o fato de que nada feito por você deve me surpreender.

— E uma boa coisa?

— Não pode ser ruim.

Ambrose então a levou para os alojamentos, deu-lhe um beijo de despedida, e ela entrou. Estava tão bestificada, que esqueceu de assinar o livro e foi chamada à ordem pela wren de plantão, em irascível estado de ânimo, porque o jovem marinheiro por quem se enrabichara tinha levado outra garota ao cinema.

Penelope conseguiu a folga, e Ambrose fez seus planos. Um amigo, tenente da Reserva de Voluntários da Marinha Real, possuidor de invejáveis ligações no mundo teatral, conseguira garantir duas entradas para *The Dancing* Years, no teatro Drury Lane. Ele conseguiu também um pouco de gasolina com um amigo, e outro colega ingênuo emprestou--lhe cinco libras. Ao meio-dia do sábado seguinte, passou com seu carro pelos portões do alojamento das wrens e parou diante da entrada, com uma exibicionista manobra que fez os cascalhos voarem. A uma wren que passava, pediu a gentileza de procurar a wren Stern, dando-lhe o recado de que o subtenente Keeling já chegara e a esperava. Os olhos dela arregalaram-se um pouco diante do elegante carrinho e seu belo ocupante, mas Ambrose estava acostumado a ser admirado, de maneira que achou não ser mais do que obrigação dela sua visível inveja e admiração.

"Nada feito por você deve me surpreender", havia dito garrulamente a Penelope, mas, quando ela, por fim, apareceu, teve que ficar espantado, pois a viu de uniforme, carregando o velho casaco de pele e uma sacola de couro pendurada ao ombro. Nada mais do que isso.

— Onde está sua bagagem? — perguntou quando ela entrou no carro, embolando o casaco e pondo-o no espaço entre os pés.

— Aqui — respondeu Penelope, erguendo a sacola.

— Sua bagagem é *isso?* Bem, nós vamos passar o fim de semana fora. Vamos ao teatro. Não pretende usar seu vistoso uniforme o tempo todo, pretende?

— É claro que não, mas acontece que estou indo para casa. Tenho roupas lá. Encontrarei alguma coisa para vestir.

Ambrose pensou em sua mãe, que gostava de comprar um traje para cada ocasião, levando depois duas horas para se aprontar.

— E quanto a uma escova de dentes?

— Minha escova de dentes e a de cabelos estão na sacola. É tudo de que preciso. Muito bem, vamos para Londres ou não?

Era um belo dia ensolarado, um dia para se escapar e aproveitar, para se passar o fim de semana com uma pessoa de quem se gostasse realmente. Ambrose pegou a estrada que ia para Portsdown Hill e, no alto, Penelope olhou para Portsmouth, dando-lhe um aceno de até logo alegremente. Passaram por Purbrook, cruzaram a região de Downs até Petersfield e, ali, concordaram que estavam com fome, pararam e entraram em um *pub*. Ambrose pediu cerveja, e uma solícita mulher preparou-lhes sanduíches de presunto enlatado, guarnecidos com um pouquinho de couve-flor muito tenra e amarela, tirada de um pote de picles.

Após a refeição, continuaram a viagem, cruzando Haslemere, Farnham e Guildford. Entraram em Londres por Hammersmith, desceram a King's Road e chegaram à Rua Oakley, beatificamente familiar, com a ponte Albert em uma das extremidades, as gaivotas, o cheiro salitrado e lamacento do rio, o som dos apitos dos barcos.

— É aqui.

Ele estacionou o MG, desligou o motor e ficou espiando, com certo assombro, a alta fachada da circunspecta e antiga casa.

— É esta a casa?

— É. Sei que os gradis precisam de pintura, mas não tivemos tempo. Naturalmente, é enorme para nós, mas não a ocupamos por completo. Venha, eu vou te mostrar.

Apanhando a sacola e o casaco, ela o ajudou a baixar a capota do carro, para o caso de chover. Feito isso, ele pegou a mochila e ficou espiando, cheio de grata expectativa, à espera de que Penelope subisse os impressionantes degraus marginados de pilares até a grande porta principal, tirasse uma chave da sacola e a desse para ele. Sentiu-se ligeiramente decepcionado quando, em vez disso, ela correu para a área da escada que conduzia ao porão. Ambrose a seguiu, fechando o portão, e viu que não era uma área deprimente, mas bastante agradável, com paredes brancas, uma lata de lixo vermelho vivo e inúmeros vasos de cerâmica que, sem dúvida, no verão pulalariam de gerânios, madressilvas e pelargônios.

A porta tinha a mesma cor da lata de lixo. Ele esperou, enquanto Penelope a abria. Então, seguiu-a cautelosamente ao interior e viu-se em uma clara e arejada cozinha, diferente de qualquer outra já vista. Não que tivesse visto muitas. Sua mãe jamais ia à cozinha, exceto para dizer a Lily, a cozinheira e faz-tudo da casa, quantas pessoas viriam almoçar no dia seguinte. Como ela nunca passara tempo algum em sua cozinha e, certamente, tampouco trabalhara lá, a decoração de tal aposento não lhe exigia cuidados. Ambrose o recordava como um lugar inconveniente e nada acolhedor, tomado pela penumbra, com paredes pintadas de verde-garrafa, impregnado do cheiro de madeira molhada, desprendido do escorredor de pratos. Quando não estava carregando carvão, preparando refeições, espanando móveis ou servindo à mesa, Lily ocupava um quarto ao lado da cozinha, mobiliado com uma cama de armação de ferro e uma cômoda amarela envernizada. Ela precisava pendurar suas roupas em um cabide preso atrás da porta e, se quisesse tomar um banho, antes de envergar seu melhor uniforme de tecido preto, com avental de musselina, tinha que ser no meio da tarde, quando ninguém mais precisava do banheiro. Iniciada a guerra, Lily estarrecera a Sra. Keeling, trocando seu emprego de cozinheira pelo posto em uma fábrica de munições. A Sra. Keeling não encontrou quem quisesse substituí-la, e a deserção de Lily fora um dos motivos que a haviam desiludido, forçando-a a retirar-se para o insípido e remoto condado de Devon, onde permaneceria durante a guerra.

Esta cozinha, no entanto... Ambrose largou sua mochila e olhou em volta. Viu a comprida mesa, de tampo desgastado, a variedade de cadeiras em estilos diferentes, o aparador de pinho, carregado de pratos, canecas e tigelas em cerâmica pintada. Panelas de cobre, lindamente ordenadas por tamanho, pendiam de uma viga acima da estufa, assim como raminhos de ervas e flores secas do jardim. Havia uma poltrona de vime, uma cintilante geladeira branca e uma pia funda de porcelana branca abaixo da janela, de tal maneira, que qualquer pessoa impelida a lavar pratos e panelas podia, ao mesmo tempo, divertir-se vendo os pés dos transeuntes passando pela calçada da rua. O chão era lajeado, tendo espalhados sobre ele vários tapetinhos de junco entretecido, e o cheiro era de alho e ervas, como em alguma *épicerie* rural francesa.

Ele mal podia acreditar em seus olhos.

— Esta é a sua *cozinha*?

— É o nosso aposento para tudo. Moramos aqui embaixo.

Ambrose então percebeu que o porão tomava todo o comprimento da casa, de um extremo a outro, com portas de vidro dando para um jardim verdejante. Não obstante, era dividido em dois apartamentos distintos, através de uma ampla e encurvada passagem em arco, da qual pendiam pesados cortinados, com uma estampa que ele não reconheceu como sendo obra de William Morris.

— Naturalmente — prosseguiu Penelope, deixando o casaco e a sacola em cima da mesa da cozinha —, quando a casa foi construída, todo esse espaço era apenas uma enfiada de despensas e quartos de depósito, que papai derrubou e fez o que chamamos de sala do jardim. Só que a usamos como sala de estar. Venha ver.

Ambrose tirou o quepe e a seguiu. Passando por sob o arco, viu a lareira aberta, montada com vivos ladrilhos italianos, o piano de armário, o gramofone antiquado. Sofas e poltronas grandes e gastos espalhavam-se por ali, cobertos por uma variedade de cretones desbotados ou xales de seda, guarnecidos com belas almofadas em tapeçaria. As paredes eram brancas, servindo de pano de fundo para livros, enfeites, fotografias... recordações de anos a fio, pensou ele. O espaço que sobrava era preenchido por quadros, em cores tão vibrantes e ensolaradas, que Ambrose quase podia sentir o calor emanando daqueles terraços lajeados, daqueles jardins efervescentes, com suas sombras pretas.

— São telas de seu pai?

— Não. Temos apenas três telas dele, mas estão na Cornualha. Papai tem artrite nas mãos. Há anos deixou de trabalhar. Essas aí foram pintadas por seu grande amigo Charles Rainier. Os dois trabalharam juntos em

Paris, antes da última guerra, e ficaram muito amigos. Os Rainier moram na casa mais maravilhosa que você pode imaginar. Fica bem no sul da França. Muitas vezes passamos temporadas com eles... íamos de carro... veja aqui... — Penelope tirou uma foto da prateleira e a passou para ele, a fim de que a examinasse. — Lá estamos nós, a caminho...

Ambrose viu o pequeno e costumeiro grupo familiar, certamente fazendo pose para a foto. Penelope de rabo de cavalo, com um exíguo vestidinho de algodão. Ela e seus pais, foi o que imaginou, com alguma amiga da família. Entretanto, o que mais lhe chamou a atenção foi o carro.

— Um antigo Bentley, de quatro litros e meio! — exclamou Ambrose, sem conseguir ocultar a reverência.

— Isso mesmo. Papai o adora. Exatamente como o Sr. Toad, em *O vento nos salgueiros*. Quando está dirigindo, ele tira seu chapéu preto e coloca um capacete de couro para motorista, recusando-se a levantar a capota. Se chove, ficamos todos encharcados.

— Vocês ainda têm o carro?

— É claro que temos. Papai nunca se desfaria dele.

Ela tornou a colocar a foto no lugar. Instintivamente, os olhos de Ambrose retornaram às telas encantadas de Charles Rainier. Não conseguia pensar em nada mais glamouroso do que passear despreocupadamente pelo sul da França, na época de antes da guerra, dirigindo um Bentley de quatro litros e meio, rumo a um mundo ensolarado, perfumado com resina de pinheiros, onde se faziam as refeições ao ar livre e fruía-se a delícia de nadar no Mediterrâneo. Pensou em vinho, bebido sob uma latada de parreiras. Em demoradas e preguiçosas sestas, atrás de persianas descidas para refrescar o ambiente. Pensou em amor ao entardecer, em beijos doces como uvas.

— Ambrose!

Despertado do devaneio, Ambrose olhou para ela. Penelope lhe sorriu com inocência, tirou o boné do uniforme, jogou-o em uma poltrona, e, ainda perdido e envolvido em sua própria fantasia, ele a imaginou tirando também todo o resto — e então poderia fazer amor com ela, ali e naquele momento, em um daqueles grandes e convidativos sofás.

Deu um passo na direção dela, mas já era tarde, pois Penelope se tinha virado e começava a puxar o ferrolho das portas de vidro. O feitiço se rompera. O ar frio penetrou o aposento, e ele suspirou, seguindo-a obedientemente para o friorento dia londrino, a fim de ser apresentado ao jardim.

— Você precisa ver... é enorme, porque há muitos e muitos anos as pessoas que moravam na casa ao lado venderam sua parte do jardim a papai. Agora, sinto pena de quem mora lá. Ficaram apenas com um patiozinho horrível. O muro dos fundos do jardim é muito antigo, creio que Tudor; imagino que um dia possa ter sido algum pomar da realeza, um parque de diversões ou coisa assim.

Era realmente um enorme jardim, com relva, sebes, canteiros e uma pérgula bamba.

— O que é o galpão? — perguntou ele.

— Não é um galpão. Ali fica o estúdio londrino do meu pai. Infelizmente, não posso mostrá-lo a você, porque não tenho a chave. Enfim, é apenas cheio de telas e tintas, de móveis de jardim e camas de armar. Papai tem a mania terrível de acumular as coisas. Aliás, todos nós temos. Nenhum de nós joga coisas fora. Sempre que vem a Londres, papai diz que vai fazer uma arrumação em seu estúdio, mas fica só na promessa. Acho que é uma espécie de nostalgia. Ou então preguiça pura. — Ela tiritou. — Está frio aqui fora, não? Vamos entrar e então lhe mostrarei o resto.

Calado, ele a seguiu. Sua expressão de polido interesse não traía o torvelinho que lhe ia na mente, a qual trabalhava a todo o vapor, como uma máquina de calcular, computando bens. Porque, apesar da surrada penúria daquela antiga casa londrina e do estilo de vida anticonvencional de seus donos, ele ficara profundamente impressionado com seu tamanho e grandeza, tendo decidido que era infinitamente preferível ao perfeito e elegante apartamento de sua mãe.

Ao mesmo tempo, Ambrose refletia nos fiapos de informação que Penelope deixara escapar, despreocupadamente, como se não tivessem importância, sobre sua família e o estilo de vida que levavam, maravilhosamente romântico e boêmio. Em comparação, o dele parecia francamente insípido e estereotipado. Criado em Londres, com férias anuais em Torquay ou Frinton, escola, depois a Marinha. Esta, aliás, até agora fora simplesmente um prolongamento da escola, com um pouco de treinamento de vez em quando. Ainda não estivera no mar, nem estaria, enquanto não concluísse os cursos.

Penelope, no entanto, era cosmopolita. Vivera em Paris; sua família não possuía apenas esta casa de Londres, mas ainda outra na Cornualha. Ambrose pensou na casa da Cornualha. Ultimamente, lera *Rebeca*, de Daphne du Maurier, e imaginava a tal casa como alguma Manderley; algo vagamente elisabetano, talvez, com uma alameda de entrada medindo um quilômetro e meio, marginada de hortênsias. O pai dela era um artista famoso, a mãe era francesa. Quanto a ela, parecia achar a coisa mais natural do mundo passar temporadas com amigos no sul da França, viajando em um Bentley de quatro litros e meio. O Bentley de quatro litros e meio o enchia de inveja, como nada mais seria capaz de fazer. Sempre sonhara com um carro assim, um símbolo de *status* que faria as cabeças se virarem, que proclamava opulência e masculinidade, com um leve toque de excentricidade, para realçar o sabor.

Agora, refletindo em tudo aquilo e ansioso por saber mais, Ambrose foi atrás dela, cruzou o porão subiu e uma escada apertada e escura. Através de outra porta, chegaram ao hall principal da casa, espaçoso e elegante, com uma bela bandeira acima da porta, em forma de leque, por onde penetrava a claridade. Uma ampla escadaria, de degraus baixos, encurvava-se para o andar de cima. Atordoado por tal inesperada grandeza, ele olhou ao redor.

— Acho que está tudo muito deteriorado — admitiu ela, como que se desculpando. Na opinião de Ambrose, ali nada havia de deteriorado. — E aquela mancha desbotada enorme e horrível no papel de parede é onde costumava ficar Os *catadores de conchas*. É a tela favorita de papai.

Como não queria que fosse destruída em algum bombardeio, eu e Sophie a embalamos e a levamos para a Cornualha. Sem ela, a casa não parece mais a mesma.

Ambrose foi para a escada, ansioso por subir e ver mais.

— Só usamos até aqui — disse Penelope. Abriu uma porta. — Esse é o quarto de meus pais. Acho que deve ter sido uma sala de refeições, e dá para o jardim. Aqui fica o meu, dando para a rua. E o banheiro. Aqui é onde minha mãe guarda seu aspirador de pó. Nada mais.

A ronda de inspeção terminara. Ambrose voltou para o pé da escada e ficou lá parado, olhando para o alto.

— Quem mora na outra parte da casa?

— Um bocado de gente. Os Hardcastle e também os Clifford e os Friedmann, no sótão.

— Inquilinos — disse Ambrose.

A palavra ficou engasgada em sua garganta, por ser uma que sua mãe sempre proferira com o maior desdém.

— Sim, suponho que sejam. É formidável. É como ter amigos por perto, o tempo todo. Aliás, isso me lembra uma coisa. Devo ir contar a Elizabeth Clifford que estamos aqui. Tentei ligar para ela, mas o número estava ocupado e acabei me esquecendo de ligar novamente.

— Vai contar a ela que também estou aqui?

— Vou. Vem comigo? Ela é um amor de pessoa, você vai adorá-la.

— Não. Prefiro não.

— Então, por que não volta à cozinha e põe uma chaleira no fogo? Podemos tomar uma xícara de chá ou outra coisa. Verei se consigo um pedaço de bolo ou qualquer coisa com Elizabeth. Depois do chá, daremos uma saída para comprar ovos, pão... Caso contrário, nada teremos para comer no desjejum.

Penelope parecia uma garotinha brincando de dona de casa.

— Tudo bem.

— Não me demoro.

Ela o deixou e correu escada acima com suas pernas longas. Ambrose ficou parado no saguão, vendo-a subir. Mordeu o lábio. Em geral tão seguro de si, agora experimentava aquela incerteza nada familiar, a incômoda suspeita de que, vindo ali, à casa de Penelope, de algum modo perdera o controle da situação. Era perturbador, porque nada semelhante já lhe acontecera na vida. Havia ainda a horrenda premonição de que a singular mescla de ingenuidade e sofisticação de Penelope bem poderia ter sobre ele o mesmo efeito tremendamente forte do martíni seco, que o deixava de pernas bambas e zonzo.

O grande fogão da cozinha estava apagado, porém havia uma chaleira elétrica, que ele encheu de água e ligou à tomada. A obscuridade da tarde de fevereiro adensara-se, e o enorme aposento penumbroso esfriara, mas a lareira da sala de estar fora preparada com gravetos e papel. Ele a acendeu com seu isqueiro, observou os gravetos pegarem fogo e então acrescentou um pouco de carvão tirado de um balde de cobre, mais uma ou duas toras. Quando Penelope desceu a escada às carreiras, o fogo já queimava bem, e a chaleira cantava.

— Ah, que homem inteligente! Você acendeu a lareira. Isso sempre deixa tudo mais agradável. Não havia bolo algum, mas consegui um pouco de pão e margarina. Ah, está faltando uma coisa... — Ela franziu o cenho, procurando atinar com o que seria, então descobriu.

— O relógio! Está sem corda! Dê corda no relógio, Ambrose. Ele faz um tiquetaque muito reconfortante.

Era um relógio antigo, no alto da parede. Ambrose puxou uma cadeira, subiu nela, abriu o vidro do relógio, acertou os ponteiros e deu corda, com a enorme chave. Enquanto se ocupava nisso, Penelope abria armários, tirava xícaras e pires, apanhara um bule de chá.

— Esteve com sua amiga? — perguntou ele, descendo da cadeira.

— Não, ela não estava, mas fui até o sótão e estive com Lalla Friedmann. Fiquei muito contente em vê-la, porque andava um pouco preocupada com eles. São refugiados, um jovem casal de judeus de Munique. Passaram coisas terríveis. Da última vez que vi Willi, pensei que ele fosse ter um colapso nervoso. — Penelope pensou em contar a Ambrose que se juntara às wrens por causa de Willi, mas depois decidiu o contrário. Não tinha certeza de que ele entenderia. — Enfim, ela está bem melhor agora, conseguiu um novo emprego e vai ter um bebê. É uma pessoa maravilhosa. Dá aulas de música, portanto, deve ser incrivelmente inteligente. Importa-se de tomar seu chá sem leite?

Depois do chá, caminharam até a King's Road, acharam uma mercearia, fizeram algumas compras e voltaram à Rua Oakley. Era quase noite, de modo que fecharam bem todas as cortinas para blecaute e ela arrumou as camas com lençóis limpos, enquanto ele permanecia sentado, vendo-a ocupar-se naquilo.

— Você pode dormir no meu quarto. Eu vou dormir na cama dos meus pais. Gostaria de tomar um banho, antes de trocar de roupa? Sempre há bastante água quente. Ou quer um drinque?

Ambrose aceitou as duas coisas. Tornaram a descer para o porão, ela abriu um aparador e de lá tirou uma garrafa de Gordon's, uma de Dewars e uma outra sem rótulo, contendo algo estranho que cheirava a amêndoas.

— De quem é tudo isso? — perguntou ele.

— Do papai.

— Ele não se incomodará se eu beber?

Penelope olhou para ele com perplexidade.

— Ora, mas é para isso que estão aí! Para os amigos.

Aquele era um novo terreno, mais uma vez. Sua mãe servia xerez em copinhos minúsculos, e, quando ele queria gim, tinha que providenciá-lo. Agora, evitou quaisquer comentários, limitando-se a servir para si mesmo uma generosa dose de uísque. Levando o copo na mão e a mochila na outra, subiu a escada e foi para o quarto que Penelope lhe destinara. Era estranho tirar as roupas naquele ambiente feminino e desconhecido. Enquanto se despia, fez uma ligeira vistoria nos arredores, como um gato pondo-se à vontade: olhou para fotos, sentou na cama, examinou os títulos dos livros na estante. Esperava encontrar Georgette Heyer e Ethel M. Dell, mas o que viu foi Virgínia Woolf e Rebecca West. Não apenas uma boêmia, mas também intelectual... Isso fez com que se sentisse sofisticado. Usando seu robe de Noel Coward e carregando a toalha de banho, os apetrechos para se barbear e o copo de uísque, atravessou o saguão. No banheiro entulhado, fez a barba, logo depois encheu a banheira e ensaboou-se um pouco. A banheira era pequena para suas pernas muito compridas, porém a água estava bem quente. De volta ao quarto, tornou a vestir-se, acrescentando ao uniforme uma camisa engomada, uma gravata preta de cetim, de Gieves, e suas melhores botas pretas de meio cano, dando-lhes brilho com um lenço. Escovou o cabelo, virou a cabeça de um lado e de outro para admirar seu perfil e então, satisfeito, recolheu o copo vazio, tornando a descer a escada.

Penelope desaparecera, talvez para encontrar algo que vestir no guarda-roupa da mãe. Ambrose esperava que ela não o envergonhasse. À claridade da lareira, a sala de estar parecia satisfatoriamente romântica. Serviu-se de outro uísque e examinou as pilhas de discos para vitrola. A maioria era de música clássica, mas encontrou Cole Porter, imprensado entre Beethoven e Mahler. Colocou o disco na vitrola antiquada e deu corda.

Você é o máximo,
Você é o Coliseu,
Você é o máximo, Você é o Louvre.

Ambrose começou a dançar, de olhos semicerrados, enlaçando uma parceira imaginária. Depois do cinema e de jantarem em algum lugar, talvez fossem a um clube noturno. O Embassy ou o Bag of Nails. Se seu dinheiro não desse, provavelmente aceitariam um cheque. Com um pouco de sorte, ainda haveria fundos no banco.

— Ambrose.

Não a vira chegar. Um pouco encabulado por ser surpreendido em sua ligeira pantomima, virou-se para ela. Penelope caminhou para ele, incerta sobre a própria aparência, esperando algum comentário, ansiosa em ser aprovada. Ambrose, contudo, naquele momento estava sem fala porque, à luz suave da lâmpada e da lareira, ela estava linda. O vestido que finalmente desencavara devia ter estado em moda cinco anos antes. Era de chiffon creme, salpicado de flores roxas e escarlates. A saia rodada ajustava-se bem à cintura e aos quadris esguios, para então desdobrar-se em gomos. O corpete tinha pequeninos botões na frente, havendo uma espécie de pelerine curta, em camadas, esvoaçando a cada movimento, semelhante a asas de borboleta. Ela havia penteado os cabelos para cima, revelando a alongada e perfeita linha do pescoço e ombros, assim como um notável par de brincos, pendentes, em prata e coral. Também aplicara um pouco de batom coral e cheirava deliciosamente.

— Seu perfume é estonteante — disse ele.

— Chanel Número 5. Encontrei um pouquinho, no fundo de um frasco. Achei que poderia estar um tanto velho...

— Nem pense nisso!

— Acha que... estou bem? Experimentei uns seis vestidos, mas achei que esse era o melhor. E muito, muito antigo e fica um pouco curto em mim, porque sou mais alta do que Sophie, mas...

Ambrose largou a bebida e estendeu a mão.

— Venha cá.

Ela foi, colocou a mão na dele. Ele a tomou nos braços e a beijou muito delicada e ternamente, não querendo que nada prejudicasse o elegante penteado dela ou sua modesta maquiagem. O batom tinha um sabor adocicado. Ambrose recuou ligeiramente e sorriu para aqueles olhos cálidos e escuros.

— Eu quase desejaria que não tivéssemos de sair — disse.

— Nós voltaremos — respondeu ela, e o coração dele saltou de esperança.

The Dancing Years foi muito romântico, triste e totalmente irreal. Havia uma porção de camponesas e camponeses em trajes do Tirol. As canções eram lindas, os personagens apaixonavam-se uns pelos outros e depois renunciavam corajosamente a seu amor, separando-se para sempre. Metade do repertório era composto de valsas. Terminado o espetáculo, eles saíram para a rua escura como breu, rodaram por Piccadilly e foram jantar no Quaglinos. Uma banda tocava e casais dançavam na pista minúscula, todos os homens uniformizados, assim como boa parte das moças.

Bum! Bum!
Porque meu coração faz bum!
Eu e meu coração fazemos bum-paratim-bum
O tempo inteiro!

Entre os pratos, Ambrose e Penelope também dançaram, porém não foi realmente uma dança, já que o espaço mal permitia ao casal ficar em pé no mesmo lugar, transferindo o peso do corpo de um dos pés para o outro. Entretanto, estava ótimo, porque se enlaçavam, os rostos se tocavam e, de vez em quando, Ambrose a beijava no ouvido, murmurando algo ousado.

Eram quase duas da madrugada quando retornaram à Rua Oakley. De mãos dadas, contendo o riso, tatearam o caminho por entre a cerrada escuridão, através do portão de ferro forjado e depois descendo os altos degraus de pedra.

— Quem se preocupa com bombas? — disse Ambrose. — Podemos morrer do mesmo jeito, dando cabeçadas por aí, nessa escuridão!

Penelope afastou-se dele, encontrou a chave, a fechadura, e finalmente conseguiu abrir a porta. Ambrose passou por ela, penetrando a morna e aveludada escuridão. Ouviu-a fechar a porta e, então, quando foi seguro fazê-lo, ela acendeu a luz.

A casa estava silenciosa. Acima deles, os outros ocupantes da casa dormiam profundamente. Apenas o tiquetaque do relógio perturbava a quietude, ou o passar de um carro na rua. O fogo que ele acendera estava quase apagado, mas Penelope foi até o outro extremo do aposento, a fim de atiçar as brasas e acender um abajur. Além da arcada, a sala de estar foi inundada de luz, como um palco preparado, após o pano ter acabado de subir. Primeiro ato. Primeira cena. Faltavam apenas os atores.

Ambrose não foi imediatamente ao encontro dela. Sentia-se agradavelmente ébrio, mas chegara ao ponto em que se sabia necessitado de outro drinque. Foi até a garrafa de uísque e serviu-se de uma dose, enchendo o copo com soda do sifão. Em seguida, apagando a luz da cozinha, passou ante a claridade crepitante da lareira e rumou para o enorme sofá almofadado e a jovem que tinha desejado a noite inteira.

Ela se ajoelhara diante da lareira, perto do calor do fogo. Havia tirado os sapatos. Quando o sentiu chegar, virou a cabeça e sorriu. Era tarde, devia estar cansada, porém os olhos escuros cintilavam e o rosto parecia iluminado.

— Por que o fogo é uma espécie de companhia? — disse. — É como ter outra pessoa ao lado.

— Fico feliz por não ser esse o caso. Falo da outra pessoa, claro.

Ela estava relaxada, tranquila.

— Foi uma noite ótima. Muito divertida.

— Ainda não terminou.

Ambrose sentou-se em uma ampla poltrona baixa. Largou o copo e disse:

— Seu cabelo está todo errado.

— Por quê, errado?

— Está arrumado demais para amar.

Ela riu, depois ergueu as mãos e começou lentamente a desfazer o elegante coque. Ele a contemplou em silêncio, observando o clássico gesto feminino de erguer os braços, a diáfana pelerine do vestido caindo contra o pescoço esguio, como um pequeno cachecol. Removido o último grampo, ela sacudiu a cabeça, e a comprida massa de cabelos escuros, como um apanhado de fios de seda, caiu sobre seus ombros.

— Agora sou eu outra vez — disse.

Da cozinha, o velho relógio bateu duas suaves e sonoras badaladas.

— Duas da manhã — disse Penelope.

— Uma boa hora. A hora certa.

Ela tornou a rir, como se qualquer coisa que ele dissesse só lhe pudesse dar alegria. Estava muito quente, perto do fogo alto da lareira. Ambrose deixou o copo em uma mesinha e tirou o casaco. Depois puxou o nó da gravata e o afrouxou, desabotoando o colarinho apertado da camisa engomada. Levantando-se, ficou em pé junto dela e a ajudou a levantar-se. Beijou-a, enterrando o rosto na profusão limpa e perfumada da cabeleira escura, as mãos tateando, por baixo da seda fina do vestido, a esbeltez do corpo jovem, as costelas, as batidas firmes do coração. Ergueu-a nos braços — para uma moça tão alta, ela era singularmente leve — e a acomodou no sofá. Ela continuava rindo, deitada ali com aqueles cabelos mágicos espalhados inteiramente sobre as almofadas surradas. O coração dele agora batia como um tambor, cada nervo de seu corpo gritando pela necessidade dela. Por vezes, durante seu curto relacionamento com ela, Ambrose se vira questionando se Penelope seria ou não virgem, porém agora não queria mais saber, isso não importava mais. Sentado ao lado dela, começou, muito delicadamente, a desabotoar os pequeninos botões da frente do vestido. Ela ficou quieta, complacente, não tentando detê-lo e, quando ele começou a beijá-la novamente, sua boca, seu pescoço, seus seios macios e arredondados, ela foi toda doçura e aceitação.

— Você é tão bonita...

Após dizer isso, Ambrose percebeu, com certa surpresa, que havia falado instintivamente, as palavras brotando do coração.

— Você também é bonito — respondeu Penelope.

Passou os braços fortes e jovens à volta do pescoço dele, puxando-o para baixo. Tinha a boca aberta e pronta para ele. Ambrose então soube que toda ela estava, simplesmente, à sua espera.

A lareira chamejava, aquecendo-os, iluminando seu amor. Do fundo do inconsciente dele surgiram lembranças despertas, lembranças de um quarto de criança à noite, as cortinas cerradas — imagens da infância há muito perdidas. Nada que prejudicasse, nada que perturbasse. Segurança. E também este mesmo senso fugidio de exultação. Entretanto, em algum ponto à beira dessa exultação, havia ainda uma vozinha de senso comum.

— Querida...

— Sim? — Um sussurro. — Sim?

— Você está bem?

— Se estou bem? Ah, sim, muito bem!

— Eu a amo.

— Ah! — Não mais que um exalar. — Meu amor...

Em meados de abril, com certa surpresa para Penelope, que não tinha a menor prática em tais assuntos, ela foi informada pelas autoridades de que tinha direito a uma semana de folga. Em vista disso, apresentou-se no gabinete da suboficial de regulamentos, formando fila com uma infinidade de outras wrens. Chegada a sua vez, solicitou um passe ferroviário para Porthkerris.

A suboficial era uma alegre senhora da Irlanda do Norte. Tinha rosto sardento e ruivos cabelos anelados, parecendo muito interessada ao ouvir Penelope dizer sua destinação.

— Isso fica na Cornualha, não, Stern?

— Fica.

— É lá que você mora?

— É.

— Garota de sorte.

Ela lhe entregou o passe, Penelope agradeceu e saiu dali, aferrada ao seu bilhete para a liberdade.

A viagem de trem foi interminável. De Portsmouth a Bath. De Bath a Bristol. De Bristol a Exeter. Em Exeter, teve que esperar uma hora e então embarcar no vagaroso trem parador que a levaria à Cornualha. Não se importou. No trem imundo ficou sentada em um banco junto à janela, espiando pela vidraça suja de fuligem. Chegaram a Dawlish, onde teve sua primeira visão de relance do mar; somente o canal da Mancha, mas, ainda assim, melhor do que nada. Plymouth e a ponte Saltash, mais o que parecia metade da Marinha Britânica ancorada no estreito. Em seguida, a Cornualha e todas as pequenas estações de parada, com seus nomes românticos e religiosos. Após Redruth, ela deixou a vidraça da janela descer em sua correia de couro e debruçou-se para fora, não querendo perder o primeiro vislumbre do Atlântico, as dunas e as ondas quebrando na distância. Então, o trem rodou pelo viaduto Hayle, e ela avistou o estuário, inchado com as águas da maré alta. Tirou sua bagagem do depósito acima do banco e ficou em pé no corredor, enquanto faziam a última curva e passavam para o entroncamento.

Eram agora oito e meia. Abrindo a pesada porta, ela desembarcou, agradecida, arrastando a mala atrás, com o boné enfiado no bolso do casaco. O ar estava cálido, suave e refrescante. O sol poente enviava compridos raios ao longo da plataforma e, emergindo de seu clarão, papai e Sophie foram ao encontro dela.

Era indescritivelmente maravilhoso estar em casa. A primeira coisa que ela fez foi voar para o andar de cima, arrancar o uniforme e vestir algo adequado — uma velha saia de algodão, uma blusa antiga do colégio e um cardigã cerzido. Nada mudara, o quarto continuava exatamente como o tinha deixado, apenas mais arrumado e reluzindo de limpeza. Quando, de pernas nuas, correu escada abaixo, para ir de aposento em aposento, em minuciosa inspeção, querendo certificar-se de que ali também tudo continuava exatamente como antes. Continuava.

Bem, praticamente. O retrato de Sophie, pintado por Charles Rainier, que outrora ocupava o lugar de honra acima da lareira na sala de estar, havia sido removido para posição menos importante, substituído em seu posto original por *Os catadores de conchas*, que finalmente chegara de Londres, após inúmeros e inevitáveis atrasos. Era grande demais para a sala e ali não havia claridade suficiente para fazer justiça à intensidade de seu colorido, mas, ainda assim, continuava belíssimo.

Também os Potter tinham mudado para melhor. Doris perdera as curvas rechonchudas e ficara bastante esbelta. Deixara de oxigenar os cabelos, que agora estavam metade oxigenados e metade de um castanho desbotado, incrivelmente semelhantes ao pelo sarapintado de um pônei. Ronald e Clark haviam crescido e perdiam a magreza, a palidez de meninos criados na cidade. Seus cabelos também estavam grandes, e sua fala *cockney** agora apresentava nuances do puro linguajar da Cornualha. Os patos e as galinhas haviam duplicado. Uma galinha velha ficara choca e, sem que ninguém percebesse, havia chocado uma bela ninhada em um carrinho de mão, quebrado e esquecido no interior de uma moita de amoras silvestres.

Penelope queria apenas absorver tudo que acontecera desde aquele dia — que agora parecia imensuravelmente distante —, quando tomara o trem para Portsmouth. Lawrence e Sophie não a decepcionaram. O coronel Trubshot estava dirigindo o PRA (Precauções contra Reides Aéreos) e se tornara uma inconveniência para todos. O Hotel Sands havia sido requisitado e estava pululando de soldados. A velha Sra. Treganton — a rica e altiva matrona da cidade, uma atemorizante dama com brincos pendurados nas orelhas — amarrara um avental à cintura e estava encarregada da cantina militar. Havia arame farpado na praia, e estavam sendo construídas edificações quadradas de concreto, bloqueadas com armas sinistras, no correr de toda a costa. A Srta. Preedy desistira das aulas de dança e agora lecionava ginástica, em uma escola para meninas que tinham sido evacuadas de Kent. Quanto à Srta. Pawson, tropeçara em seu extintor de incêndio durante o blecaute e quebrara a perna.

Quando, finalmente, eles esgotaram todas as novidades, esperaram ouvir o que a filha teria também para contar, cada detalhe de sua nova — e para ambos inimaginável — vida. Entretanto, Penelope não queria falar sobre isso. Não queria contar aos pais. Não queria nem pensar em Whale Island e Portsmouth. Nem mesmo queria pensar em Ambrose. Cedo ou tarde, naturalmente, acabaria falando. Só que não naquele momento. Não naquela noite. Tinha uma semana pela frente. Aquilo podia esperar.

A partir do topo da colina, a terra se expunha, dormitando à ensolarada e morna tarde de primavera. Para o norte, a grande baía cintilava em azul, salpicada de douradas moedas de sol. Trevose Head estava brumosa, um

* Dialeto das classes baixas londrinas. (N.T.)

sinal seguro de que o bom tempo continuaria. Para o sul, encurvava-se a outra baía, com o monte e seu castelo. No espaço intermediário, havia campos de cultivo, estradinhas marginadas de altas sebes e prados cor de esmeralda, nos quais o gado pastava por entre os afloramentos de granito. O vento era brando, perfumado de tomilho, sendo os únicos sons o latido ocasional de algum cão ou o agradável rangido de um trator distante.

Ela e Sophie haviam caminhado os oito quilômetros desde Carn Cottage. Seguiam pelos caminhos estreitos que subiam para a charneca, onde as sebes relvosas apareciam pontilhadas de prímulas silvestres, com flores-de-cuco e celidônias irrompendo das margens, em uma profusão de rosa vibrante e amarelo. Por fim, tinham chegado aos degraus que atravessavam a cerca e, depois deles, continuaram a subida pela trilha turfosa que serpenteava através de maciços de sarças e samambaias, conduzindo ao topo da montanha — aos rochedos cobertos de liquens e altos como penedos, de cima dos quais, milhares de anos antes, os homenzinhos que habitavam aquela terra antiga tinham vigiado os barcos de velas quadradas dos fenícios, entrando na baía, lá ancorando e trocando seus tesouros do Oriente pelo precioso estanho.

Agora, cansadas da longa caminhada, elas descansavam — Sophie, deitada de costas em uma nesga de turfa, com um braço sobre os olhos, protegendo-se do clarão do sol, Penelope sentada ao lado dela, os cotovelos descansando nos joelhos, o queixo na mão.

Muito alto no céu, passou acima delas um avião, mais semelhante a um pequenino brinquedo prateado. As duas olharam para cima e ficaram observando seu trajeto.

— Não gosto de aviões — disse Sophie. — Me fazem lembrar da guerra.

— Você nunca a esqueceu?

— Às vezes, procuro esquecer. Finjo que nunca aconteceu. É fácil fingir, em um dia como esse.

Penelope estirou a mão e arrancou um tufo de relva.

— Não aconteceu grande coisa por enquanto, não acha?

— Sim.

— Acredita que irá acontecer?

— Sem a menor dúvida.

— Você se preocupa com isso?

— Eu me preocupo por causa de seu pai. Porque ele anda preocupado. Já passou por tudo isso antes.

— Então, você...

— Não como foi com ele. Nunca como foi com ele.

Penelope jogou fora o tufo de relva e estirou a mão para arrancar outro.

— Sophie.

— O que é?

— Vou ter um bebê.

O som do avião morreu, absorvido pela imensidade do céu estival. Sophie espreguiçou-se, depois se sentou lentamente. Penelope virou a cabeça para encontrar os olhos da mãe, e viu naquele rosto jovem e queimado de sol uma expressão que só poderia ser descrita como sendo do mais profundo alívio.

— Era isso que estava querendo dizer para nós?

— Vocês sabiam?

— É claro que sim! Tão reticente, tão silenciosa... Alguma coisa devia estar errada. Por que não nos contou antes?

— Não por estar envergonhada ou apreensiva. Eu só queria contar na hora certa. Queria ter tempo para falar a respeito.

— Eu estava tão preocupada! Sentia que você estava infeliz, arrependida por algo que fizera, ou, talvez, em apuros.

Penelope teve vontade de rir.

— E não estou?

— Ora, é claro que não há problema algum!

— Sabe de uma coisa? Você é sempre uma surpresa para mim.

Sophie ignorou o comentário. Mostrou-se prática.

— Está certa de que espera um filho?

— Certíssima.

— Procurou um médico?

— Não preciso. De mais a mais, o único médico que podia procurar em Portsmouth era o da Marinha e eu não queria consultá-lo.

— Para quando é o bebê?

— Novembro.

— E quem é o pai?

— Um subtenente. De Whale Island. Está fazendo o curso de artilharia. Chama-se Ambrose Keeling.

— Onde está ele agora?

— Ainda lá. Não passou nos exames e, por causa disso, vai ter que fazer todo o curso novamente. Chamam a isso de "segunda categoria".

— Que idade ele tem?

— Vinte e um anos.

— Sabe que você está grávida?

— Não. Eu quis contar primeiro para você e papai.

— Vai contar a ele?

— É claro que vou. Quando voltar.

— O que ele dirá?

— Não faço a menor ideia.

— Isso dá a impressão de que não o conhece muito bem.

— Eu o conheço o suficiente. — Muito abaixo, no vale, um homem caminhava por um campo cultivado com um cão em seus calcanhares, abria um portão e começava a subir a encosta, onde pastavam suas vacas leiteiras. Penelope reclinou-se sobre os cotovelos para observá-lo. O homem usava uma camisa vermelha e o cão corria em círculos à volta dele. — Sabe, você tinha razão sobre eu estar infeliz. No começo, quando fui designada para Whale Island, não achei que me sentiria tão infeliz. Eu era como um peixe fora da água. Sentia saudade de casa e estava solitária. No dia em que me alistei, pensei que estava empunhando uma espada e que iria lutar, juntamente com todos os outros, mas minhas tarefas limitaram-se a servir pratos de verduras no refeitório, fechar cortinas de blecaute e morar na companhia de um bando de mulheres, com as quais nada tenho em comum. E nada havia que pudesse fazer a respeito.

Não tinha escapatória. Então, conheci Ambrose e, daí em diante, tudo começou a melhorar.

— Não imaginei que fosse tão ruim assim.

— Eu não lhe contei. De que adiantaria?

— Se tiver um bebê, será obrigada a deixar as wrens?

— Sim, serei desligada. Provavelmente com desonra.

— Você se importaria?

— Se me importaria? Não vejo a hora de sair de lá!

— Penelope... você engravidou de propósito?

— Por Deus, não! Afinal, não estava desesperada a esse ponto. Não foi nada disso. Apenas, aconteceu. Sem qualquer premeditação.

— Você sabe... certamente sabe... que a gente pode tomar precauções.

— É claro, mas pensei que o homem sempre fazia isso.

— Ó minha querida! Nunca imaginei que fosse tão ingênua. Que mãe desleixada tenho sido...

— Nunca pensei em você como mãe. Sempre a considerei uma irmã.

— Bem, então tenho sido uma irmã desleixada. — Sophie suspirou. — O que vamos fazer agora?

— Ir para casa e contar a papai, suponho. Então, voltarei para Portsmouth e contarei a Ambrose.

— Pretende casar com ele?

— Se ele quiser, sim.

Sophie pensou a respeito. Então, disse:

— Imagino que deva sentir uma forte afeição por esse rapaz, pois do contrário não estaria esperando um filho dele. Conheço-a bem o suficiente para saber. Entretanto, não deve casar com ele apenas por causa do bebê.

— Você casou com papai, quando eu estava a caminho.

— Sim, mas eu o amava. Sempre o amei. Não podia conceber minha vida sem ele. Casado comigo ou não, eu jamais o deixaria.

— Se eu casar com Ambrose, vocês irão ao meu casamento?

— Não o perderíamos por nada no mundo.

— Eu gostaria que estivessem presentes. E então, depois... quando ele terminar seu curso em Whale Island, será enviado ao mar. Posso voltar para casa e ficar com você e papai? Ter o bebê em Carn Cottage?

— Ora, mas que pergunta. O que mais você faria?

— Suponho que poderia me tornar uma mulher de vida airada, porém não faria meu gênero.

— De qualquer modo, você não daria para isso.

Penelope se sentia repleta de agradecido amor.

— Eu sabia que você reagiria assim. Seria horrível ter uma mãe como a dos outros.

— Se eu fosse como a mãe dos outros, talvez fosse uma pessoa melhor. Na verdade, não sou boa a esse ponto. Sou egoísta. Penso apenas em mim mesma. Essa guerra horrível começou, e as coisas vão ficar muito ruins antes que tudo termine. Filhos serão mortos, e também filhas, pais e irmãos, porém penso apenas no quanto fico grata por você voltar para casa. Senti muito a sua falta. Enfim, agora ficaremos juntas de novo. Por piores que sejam as coisas, pelo menos estaremos juntas.

Com um drinque forte na mão, Ambrose telefonou para a mãe.

— Hotel Coombe — respondeu uma voz de mulher, muito gentil.

— A Sra. Keeling pode atender?

— Se esperar um momento, irei chamá-la. Creio que está no saguão.

— Obrigado.

— Quem digo a ela que está ligando?

— Seu filho. O subtenente Keeling.

— Perfeitamente.

Ele esperou.

— Alô?

— Mamãe.

— Oi querido! Que bom ouvir sua voz. De onde está ligando?

— De Whaley. Mamãe, escute. Tenho algo a dizer para você.

— Espero que sejam boas notícias.

— Sim, notícias esplêndidas. — Ele pigarreou. — Vou me casar. — Silêncio total. — Mamãe?

— Sim, ainda estou ouvindo.

— Você está bem?

— Sim. Estou, é claro. Você disse que vai se casar?

— Isso mesmo. No primeiro sábado de maio. No cartório de Registros de Chelsea. Você pode vir?

Era como se ele a convidasse para alguma festinha.

— Bem... quando? ... com quem? ... Ó céus, você me deixou nervosa!

— Não precisa ficar nervosa. O nome dela é Penelope Stern. Tenho certeza de que vai gostar — acrescentou, sem muita esperança.

— M-mas... quando foi que tudo isso aconteceu?

— Apenas aconteceu. Por isso liguei para você. Para lhe dar a notícia imediatamente.

— E... e quem é ela?

— É uma wren. — Ambrose tentava pensar em algo que tranquilizasse a mãe. — O pai é um artista. Da Cornualha — Silêncio novamente. — Eles têm uma casa na Rua Oakley.

Ambrose pensou em mencionar o Bentley quatro litros e meio, porém sua mãe nunca fora grande entendida em carros.

— Querido, lamento parecer tão pouco entusiasmada, porém você é tão jovem... sua carreira.

— Estamos em guerra..

— Eu sei. Sei disso mais do que ninguém.

— Virá ao nosso casamento?

— Sim, sim, é claro... Passarei o fim de semana aí. Ficarei no Hotel Basil Street.

— Ótimo. Então, poderá conhecê-la.

— Ah, Ambrose...

A voz dela soava absolutamente lacrimosa.

— Lamento tê-la apanhado de surpresa, mas... não se preocupe. — O telefone fez *pip-pip-pip*. — Você vai adorá-la — insistiu ele. Desligou rapidamente, antes que a mãe tivesse tempo para implorar-lhe que colocasse mais moedas no telefone.

Após alguns segundos parada com o telefone zumbindo na mão, Dolly Keeling o restituiu lentamente ao gancho.

De trás de sua pequena secretária debaixo da escada, onde estivera simulando fazer uma conta, enquanto ouvia cada palavra, a Sra. Musspratt ergueu o olhar e sorriu, curiosa, a cabeça de lado, como um pássaro de olhos vivos.

— Espero que tenham sido boas notícias, Sra. Keeling.

Dolly procurou recompor-se, inclinou a cabeça ligeiramente para o lado e assumiu uma expressão de grande entusiasmo.

— Foram excelentes. Meu filho vai casar.

— Ah, mas que esplêndido. Que romântico. Esses jovens, tão corajosos! Quando será?

— O que disse?

— Quando será o feliz evento?

— Dentro de duas semanas. No primeiro sábado de maio. Em Londres.

— E quem é a jovem felizarda?

A curiosidade daquela mulher estava indo longe demais. Dolly decidiu pô-la em seu devido lugar.

— Ainda não tive o prazer de conhecê-la — replicou, circunspecta. — Obrigada por me ter chamado, Sra. Musspratt.

Dolly deixou a mulher e retornou ao saguão dos residentes.

Anos antes, o Hotel Coombe havia sido uma residência particular, tendo o atual saguão como sala de estar. Aquele aposento possuía um alto aparador de lareira em mármore branco, circundando uma pequena grade protetora do fogo, com vários sofás e poltronas tufados, forrados em linho branco salpicado de flores cor-de-rosa. Algumas aquarelas também pendiam bem alto nas paredes. Uma janela de sacada fechada dava para o jardim. Este há muito deixara de ser cuidado, desde o início da guerra. A Sra. Musspratt fazia o que podia com o aparador de grama, porém o jardineiro partira para a guerra, de modo que agora os canteiros estavam tomados pelas ervas daninhas.

Oito moradores permanentes residiam naquele hotel-pensão, mas quatro haviam cerrado fileiras, formando uma elite, o núcleo da pequena comunidade. Dolly pertencia a esse grupo. Os restantes eram Lady Beamish e um casal, o coronel e a Sra. Fawcett Smythe. Juntos, costumavam jogar bridge ao anoitecer, reivindicando as melhores cadeiras junto à lareira ou no saguão, e as melhores mesas na sala de refeições, perto da janela. Os outros contentavam-se com os recantos friorentos, onde a claridade era tão fraca que quase não se podia ler, e as mesas ficavam no caminho para a porta da despensa. Entretanto, eram tão tristes e oprimidos, afinal de contas, que ninguém pensava em sentir pena deles. O coronel e a Sra. Fawcett Smythe tinham vindo de Kent para Devon. Ambos estavam na casa dos setenta anos. O coronel passara a maior parte da vida no Exército e, portanto, sabia perfeitamente dizer a todos o que o tal Hitler faria em seguida, além de dar sua própria interpretação aos fiapos de notícias que surgiam nos jornais, com relação a armas secretas e ao movimento dos navios de guerra. Era um homem baixote, de pele queimada de sol, com um bigode de vassoura, mas compensava a pouca altura exibindo um tom ríspido de praça de armas e um porte militar. Sua esposa tinha cabelos macios e sedosos, sendo inteiramente desprovida de personalidade. Estava sempre tricotando, dizia "Sim, querido" e concordava com tudo quanto o marido dissesse, uma boa coisa para todos, porque, quando contrariado, o coronel Fawcett Smythe ficava com o rosto corado, parecendo prestes a ser vitimado por uma apoplexia.

Lady Beamish era ainda melhor. Entre todos, era a única que não tinha medo de bombas, tanques ou qualquer coisa que os nazistas pudessem descarregar sobre ela. Tinha mais de oitenta anos, era alta e corpulenta, de cabelos grisalhos presos em um coque atrás da cabeça e olhos cinzentos implacavelmente frios. Costumava mancar um pouco (segundo revelara a uma impressionada plateia, aquilo resultara de um acidente de caça) e precisava caminhar com a ajuda de uma forte bengala. Quando não estava em movimento, deixava esse objeto ao lado da poltrona, onde invariavelmente atrapalhava quem passasse por perto, fosse fazendo os outros tropeçarem ou chocando-se dolorosamente contra suas canelas. Havia sido com relutância que concordara em aguardar o fim da guerra no hotel Coombe, mas sua casa em Hampshire fora requisitada pelo Exército e, pressionada duramente, a família por fim a convencera a transferir-se para Devon. "Posta para pastar", resmungava ela constantemente, "como algum velho cavalo de guerra."

O marido de Lady Beamish havia sido um graduado membro do Serviço Civil da Índia, tendo ela vivido grande parte da vida naquele grande subcontinente, a joia da coroa do Império Britânico, à qual sempre se referia como "Inja". Dolly sempre pensava que Lady Beamish devia ter sido um grande esteio para o esposo, reinando em festas ao ar livre e, nos momentos difíceis, arquitetando saídas oportunas. Não era difícil imaginá-la, armada apenas com um capacete de couro e uma sombrinha de seda, subjugando uma multidão de nativos turbulentos com aqueles olhos de aço ou, se os brigões se recusassem a ser subjugados, convocando as senhoras e fazendo-as rasgar suas anáguas para servir de ataduras.

Esperavam Dolly como ela os deixara, reunidos à volta do diminuto fogo da lareira. A Sra. Fawcett Smythe tricotava, Lady Beamish jogava paciência em sua mesa portátil e o coronel continuava em pé, de costas para a lareira, aquecendo os fundilhos e inclinando-se para estirar os joelhos reumáticos, como um guarda de diligência.

— Tudo bem — disse Dolly, tornando a ocupar sua poltrona.

— De que se tratava? — perguntou Lady Beamish, colocando um valete preto sobre uma dama vermelha.

— Era Ambrose. Anunciando seu casamento.

A notícia apanhou o coronel desprevenido, com as pernas arqueadas. Foi-lhe preciso certa concentração, a fim de endireitá-las novamente.

— Ora, macacos me mordam! — exclamou ele.

— Ah, que ótima notícia — balbuciou a Sra. Fawcett Smythe.

— Quem é a moça? — perguntou Lady Beamish.

— Ela é... ela é filha de um artista.

Lady Beamish ficou boquiaberta.

— Filha de um artista? — exclamou, em total desaprovação.

— Tenho certeza de que deve ser muito famoso — disse a Sra. Fawcett Smythe, em tom de consolo.

— Como se chama ela?

— Hum... Penelope Stern.

— Penelope Stein? — perguntou o coronel, cuja audição nem sempre era confiável.

— Ó céus, não! — Todos tinham muita pena dos pobres judeus, é claro, porém era inimaginável que o filho de algum deles se casasse com um. — É Stern.

— Nunca ouvi falar de algum artista chamado Stern — disse o coronel, como se imaginasse que Dolly pretendia enganá-lo.

— Eles têm uma casa na Rua Oakley. E Ambrose disse que vou adorar sua noiva.

— Quando será o casamento?

— No início de maio.

— Você irá?

— É claro que irei. Preciso telefonar para o Basil Street e reservar um quarto. Talvez chegue um pouco mais cedo e dê uma espiada nas lojas, a fim de encontrar algo para vestir.

— A cerimônia será muito prolongada? — perguntou a Sra. Fawcett Smythe.

— Não. Vai ser no cartório de Registros de Chelsea.

— Ó céus.

Dolly sentiu-se impelida a tomar o partido do filho. Não podia permitir que qualquer um deles lhe tivesse pena.

— Bem, estamos em guerra, compreendem, e, com Ambrose tendo que ir para o mar a qualquer momento... talvez seja o mais prático... embora eu deva dizer que sempre sonhei para ele um casamento realmente belo na igreja, com um arco de espadas. Enfim, não pôde ser. — Deu corajosamente de ombros. — *C'est la guerre.*

Lady Beamish prosseguiu com seu jogo de paciência.

— Onde foi que ele a conheceu?

— Ambrose não me disse, mas ela é uma wren.

— Bem, já é alguma coisa — comentou Lady Beamish.

Lançou a Dolly um olhar agudo e significativo ao dizer isso. Entretanto, Dolly teve o cuidado de não interceptar a mensagem. Lady Beamish sabia que ela estava com apenas quarenta e quatro anos. Dolly lhe falara um pouco sobre as próprias fragilidades, as tremendas dores de cabeça (ela as chamava de enxaquecas) que a deixavam abatida, nos momentos mais inoportunos; havia ainda o problema com suas costas, deflagrado durante a execução de qualquer tarefa doméstica simples, como fazer a cama ou passar roupa horas a fio. Trabalhar com extintores de incêndio ou dirigir uma ambulância era algo simplesmente fora de cogitação. Contudo, ainda assim, Lady Beamish não se mostrou solidária e, de tempos em tempos, fazia comentários ferinos sobre "sonegadores de bombas" e pessoas que "não faziam a sua parte".

— Se Ambrose a escolheu — declarou Dolly firmemente para todos eles —, é porque deve ser encantadora. Além disso — acrescentou —, eu sempre quis ter uma filha.

Não era verdade. No andar de cima, em seu quarto, sozinha e livre dos olhares alheios, podia ser ela própria, deixar de lado todas as simulações. Tomada por autopiedade e solidão, dilacerada pelo ciúme do amor rejeitado, procurou consolo em sua caixa de joias e em seu guarda-roupa, entulhado de roupas caras e femininas. Inspecionava uma pequena peça, depois outra. Os chiffons suaves e as lãs macias deslizavam sob suas mãos. Tirou do armário um vestido vaporoso e foi até o espelho de corpo inteiro, segurando a peça diante dela. Era um de seus trajes favoritos. Sempre se sentira muito bonita nele. Linda. Seus olhos encontraram os de sua imagem no espelho. Estavam cheios de lágrimas. Ambrose. Amando outra mulher que não ela. Casando com ela. Deixou o vestido cair na banqueta acolchoada, atirou-se na cama e chorou.

O verão chegara. Londres impregnava-se do perfume das flores. O sol se mostrava, em cálida bênção, banhando calçadas e tetos, seus reflexos emanando das curvaturas prateadas dos balões de barragem flutuando no alto. Era maio; uma sexta-feira; meio-dia. Abrigada no Hotel Basil Street, Dolly Keeling sentou-se no sofá junto da janela aberta do saguão do primeiro andar e aguardou a chegada do filho e sua noiva.

Quando ele chegou, subindo os degraus de dois em dois, de quepe na mão, simplesmente lindo em seu uniforme, ela se sentiu plena de felicidade, não apenas por vê-lo, mas porque também parecia ser apenas seu. Talvez tivesse vindo dizer-lhe que decidira interromper tudo aquilo, que afinal de contas não pretendia mais casar-se. Ansiosa, ela se levantou e foi ao encontro dele.

— Olá, mamãe...

Ele parou para beijá-la. A altura do filho era um dos prazeres de Dolly, porque fazia com que se sentisse vulnerável e indefesa.

— Meu querido... onde está Penelope? Pensei que viriam juntos.

— E viemos. Partimos de Pompey esta manhã, mas ela queria trocar o uniforme, de maneira que a deixei na Rua Oakley e vim para cá. Penelope logo estará aqui.

A pequena esperança morreu quase ao nascer, mas, ainda assim, teria Ambrose para si um pouco mais. Aliás, estando sozinhos, a conversa seria mais fácil.

— Bem, então só nos resta esperá-la. Vamos sentar e você me contará tudo que está acontecendo — Dolly atraiu o olhar do garçom, pediu um sherry para si mesma e um gim para Ambrose. — Rua Oakley. Os pais dela estão lá?

— Não. Estas são as más notícias. O pai dela está com bronquite. Penelope só ficou sabendo ontem à noite. Eles não poderão vir para o casamento.

— Ah, mas certamente a mãe virá, não?

— Ela disse que tem de ficar na Cornualha, cuidando do velho marido. Porque ele é realmente velho. Setenta e cinco anos. Acho que não querem correr nenhum risco.

— Bem, mas parece terrível... somente eu no casamento...

— Penelope tem uma tia que mora em Putney, além de alguns amigos chamados Clifford. Eles estarão presentes. É o bastante.

As bebidas chegaram e foram postas na conta de Dolly. Os dois ergueram os copos.

— Estava ansioso por vê-la — disse Ambrose.

Dolly sorriu, complacente, certa de que os outros ocupantes do saguão do hotel olhavam para eles, atentos ao belo e jovem oficial de Marinha e à bonita mulher que parecia nova demais para ser sua mãe.

— E quais são os seus planos?

Ele lhe contou. Finalmente fora aprovado em seus exames de artilharia, ficaria uma semana na Escola Divisional e então seria mandado para o mar.

— E sua lua de mel?

— Não vamos ter lua de mel. Casamos amanhã, passamos a noite na Rua Oakley e, no domingo, retornamos a Portsmouth.

— E quanto à Penelope?

— Vou embarcá-la no trem para Porthkerris, na manhã de domingo.

— Porthkerris? Ela não vai para Portsmouth com você?

— Para dizer a verdade, não. — Roendo a unha do polegar, ele espiou pela janela, como se algo muito interessante estivesse prestes a acontecer na rua mais abaixo. O que não era verdade. — Ela tem um curto período de folga.

— Ó céus! Vão ficar tão pouco tempo juntos!

— Não temos escolha.

— Bem, suponho que não.

Ela se virou para pousar o copo de sherry na mesa, e então viu a jovem chegar ao alto da escada, parar lá, hesitar, olhar em volta e procurar alguém. Uma jovem muito alta, de compridos cabelos escuros repuxados para trás — o penteado de uma colegial, liso e sem sofisticação. O rosto de compleição delicada, com olhos escuros e encovados era extraordinário pela própria falta de maquiagem; o brilho da pele não empoada, a boca pálida, as sobrancelhas escuras, naturais, não demarcadas pela pinça e de desenho forte. Naquele dia quente, usava roupas mais convenientes para um feriado no campo do que para um jantar formal em um hotel de Londres. Um vestido de algodão vermelho-escuro com poá branco e um cinto branco à volta da cintura estreita. Sandálias brancas nos pés e... Dolly precisou olhar de novo, para ter certeza... sim, era isso mesmo, não estava de meias! Afinal, quem seria aquela jovem? E por que olhava na direção deles? Por que se encaminhava para lá? E sorrindo...?

Ó santo Deus.

Ambrose se levantou da mesa.

— Mamãe — disse ele —, esta é Penelope.

— Olá — disse Penelope.

Dolly não conseguiu manter o queixo no lugar. Sentiu a boca se abrindo, mas logo a fechou e transformou o esgar em um sorriso esfuziante. Sem meias. Sem luvas. Sem bolsa. Sem chapéu. Sem meias. Só esperava que o chefe dos garçons não barrasse a entrada deles no restaurante.

— Minha querida...

As duas cumprimentaram-se com um aperto de mão, enquanto Ambrose ocupava-se em trazer mais uma cadeira e fazer sinal para o garçom. Penelope sentou-se à plena claridade da janela e fitou Dolly com um olhar desconcertante, franco e fixo. Está me examinando, disse Dolly para si mesma, e conheceu a alfinetada do ressentimento. Ela não tem o direito de encarar a futura sogra, de provocar esse aborrecido disparar em meu coração. Dolly esperara juventude, acanhamento, insegurança, qualquer coisa. Tudo, menos isso.

— Foi um prazer conhecê-la... Já sei que fizeram uma boa viagem de Portsmouth até aqui. Ambrose me contava...

— O que quer beber, Penelope?

— Uma laranjada ou qualquer outro suco. Com gelo, se possível.

— Não prefere um xerez? Uma taça de vinho? — sugeriu Dolly, procurando tentá-la, ainda sorrindo para encobrir seu constrangimento.

— Não. Estou com calor e muita sede. Apenas uma laranjada.

— Bem, pedi uma garrafa de vinho para o almoço. Teremos que fazer o nosso pequeno brinde.

— Obrigada.

— Fiquei triste em saber que seus pais não poderão estar aqui amanhã.

— É mesmo uma pena, mas papai apanhou uma bronquite, não quis ficar de cama e começou a espirrar. Agora, o médico o mandou fazer repouso por uma semana.

— Não há mais ninguém para cuidar dele?

— Além de Sophie, é o que quer dizer?

— Sophie?

— Minha mãe. Eu a chamo de Sophie.

— Ah, entendo. Exatamente. Não há mais ninguém que possa tomar conta de seu pai?

— Somente Doris, uma moça de Londres, que mora conosco. Entretanto, ela tem dois filhos e precisa ficar de olho neles. E o papai é um paciente difícil, Doris não teria a menor paciência com ele.

Dolly fez um ligeiro gesto com as mãos.

— Suponho que vocês, como todos nós, estejam sem empregados.

— Nós nunca tivemos empregados — disse Penelope. — Obrigada, Ambrose, está ótimo.

Penelope apanhou o copo da mão dele, bebeu metade do conteúdo no que pareceu ser um só gole e depois o pousou sobre a mesa.

— Nunca tiveram? Nunca houve ninguém para ajudá-los nos trabalhos domésticos? — perguntou Dolly.

— Sempre foi assim. Sem empregados. Volta e meia havia alguém para dar uma ajuda, porém nunca empregados fixos.

— E quem cozinha?

— Sophie. Ela adora cozinhar. É francesa. Cozinha maravilhosamente bem.

— E os trabalhos domésticos?

Penelope pareceu ligeiramente desconcertada, como se nunca houvesse parado para pensar neles.

— Não sei. Sempre acabam sendo feitos. Cedo ou tarde.

— Bem... — Dolly permitiu-se uma risadinha, leve e mundana, *mondaine.* — Tudo soa muito encantador. E boêmio. Espero que, dentro em breve, eu tenha o prazer de conhecer seus pais. Agora, falemos sobre amanhã. O que vai usar para seu casamento?

— Não sei.

— *Não* sabe?

— Não pensei nisso. Qualquer coisa, suponho.

— Ah, mas então precisa fazer algumas compras!

— Francamente, não. Não pretendo fazer qualquer compra. Há roupas de sobra na Rua Oakley. Encontrarei alguma coisa.

— Encontrará *alguma coisa...*

Penelope riu.

— Receio que eu não seja uma pessoa muito preocupada com roupas. Lá em casa ninguém tem essas preocupações. Por outro lado, nunca jogamos nada fora. Sophie tem algumas coisas bonitas, deixadas na Rua Oakley. Hoje à tarde, eu e Elizabeth Clifford vamos fazer uma boa lista do que existe por lá. — Penelope olhou para Ambrose. — Não fique tão inquieto, Ambrose. Não o decepcionarei.

Ele sorriu, sombrio. Dolly disse para si mesma que sentia pena do pobre rapaz. Nem um olhar amoroso, um toque de ternura, nem um beijo rápido foram trocados entre ele e aquela excêntrica jovem com quem seu filho decidira casar-se. Estariam apaixonados? Seria possível se amarem e, ainda assim, continuarem se portando de modo tão despreocupado? Por que Ambrose se casaria com ela, se não estivesse apaixonado? Por que Ambrose se casaria...?

Depois de pensar por algum tempo, chegou a uma possibilidade tão aterradora que, mal aflorou, foi logo sufocada. Então, timidamente, a mesma ideia tornou a aflorar.

— Ambrose me disse que você vai para casa no domingo.

— É, eu vou.

— Está de folga?

Ambrose olhava para Penelope, tentando atrair-lhe a atenção. Dolly percebia a manobra, mas, pelo visto, a moça não. Ela simplesmente permaneceu quieta, continuando a parecer calma e despreocupada.

— Sim, por um mês.

— Ficará em Whale Island?

Ambrose começou a agitar a mão e, finalmente, como se não imaginasse o que mais fazer com ela, pousou-a em cima da boca.

— Não, estou sendo desligada.

Ambrose deixou escapar um sonoro suspiro.

— Para sempre?

— É, para sempre.

— Isso é rotineiro? — perguntou Dolly, orgulhosa de si mesma, ainda sorrindo, mas em voz gélida.

Penelope sorriu também.

— Não — respondeu.

Talvez decidindo que a situação não ficaria pior do que já estava, Ambrose levantou-se.

— Vamos comer alguma coisa. Estou morrendo de fome.

Muito dona de si, lentamente, Dolly levantou-se da cadeira, pegou a bolsa e as luvas brancas. Em pé, baixou os olhos para a futura esposa de Ambrose, para seus olhos escuros e a abundante cabeleira no mesmo tom, para sua beleza descuidada.

— Não tenho certeza se deixarão Penelope entrar no restaurante — disse. — Segundo me parece, ela não está usando meias.

— Ah, pelo amor de Deus... eles nem perceberão.

Ambrose parecia irritado e impaciente, mas Dolly sorriu para si mesma, sabendo que a raiva dele era dirigida não para ela, mas para Penelope, por ter dado com a língua nos dentes.

Ela está grávida, disse para si mesma, encabeçando a fila, ao saírem do saguão para o refeitório. Ela o encurralou, capturou-o. Meu filho não a ama. Ela o está forçando ao casamento.

Depois do almoço, Dolly desculpou-se. Ia subir para se deitar um pouco. Uma dor de cabeça chata, explicou a Penelope, com apenas um toque de acusação na voz. Precisava ser cautelosa. O menor excitamento... Penelope pareceu um pouco constrangida, porque o almoço nem chegara a ser divertido, mas respondeu que compreendia perfeitamente; que veria Dolly no cartório de Registros, no dia seguinte; que fora um almoço delicioso, muitíssimo obrigada. Dolly entrou no arcaico elevador e subiu, como uma ave engaiolada.

Os dois a viram se afastar. Quando percebeu que a mãe não poderia mais ouvi-los, Ambrose se virou para Penelope.

— Por que diabos tinha que contar para ela?

— O quê? Que estou grávida? Eu não contei. Ela adivinhou.

— Ela não precisou adivinhar.

— Sua mãe ficaria sabendo, cedo ou tarde. Por que não agora?

— Porque... bem, coisas assim a perturbam.

— Foi por isso que ela ficou com dor de cabeça?

— Sim, claro que foi... — Os dois começaram a descer a escada. — Tudo está começando da maneira errada.

— Então, sinto muito. Só que, sinceramente, não entendo que diferença isso faz. Por que interessaria a ela? Vamos nos casar e, afinal, acho que tudo isso só diz respeito a nós dois!

Ele não soube o que responder. Se Penelope podia ser tão obtusa, então não adiantava lhe explicar. Em silêncio, saíram para o sol quente e desceram a rua, até onde ele estacionara o carro. Ela pousou a mão em seu braço, sorrindo.

— Ah, Ambrose, você está mesmo aborrecido? Ela acabará conformada. O que passou, passou, como sempre diz papai. Incomoda por alguns dias, mas tudo terminará esquecido. Além do mais, assim que o bebê chegar, ela ficará encantada. Toda mulher anseia pelo primeiro neto e o enche de vontades.

Ambrose, no entanto, não parecia tão certo. Rodaram a alguma velocidade pela Pavilion Road, depois desceram a King's Road e viraram na Rua Oakley. Quando ele freou diante da casa, Penelope perguntou:

— Não quer entrar? Venha conhecer Elizabeth. Irá adorá-la.

Ele não aceitou a proposta. Disse que tinha outras coisas a fazer. Tornaria a vê-la no dia seguinte.

— Está bem. — Penelope estava tranquila e não discutiu. Beijou-o, saiu do carro e bateu a porta. — Tenho que ir agora, arranjar um vestido de noiva para mim.

Ele sorriu, contrafeito. Viu-a subir os degraus correndo e entrar pela porta da frente. Penelope acenou e desapareceu.

Ambrose ligou o carro, manobrou-o e voltou velozmente pelo mesmo caminho por onde viera. Cruzou Knightsbridge e entrou no parque. Estava muito quente, mas debaixo das árvores estava fresco. Estacionou o carro e caminhou por um pequeno trecho, encontrou um banco e sentou-se. As árvores farfalhavam à brisa, e o parque estava cheio de agradáveis sons de verão... eram vozes de crianças e trinados de pássaros, com o contínuo rumor do trânsito londrino como música de fundo.

Sentia-se taciturno e desalentado. Penelope tinha razão ao dizer que não importava, que a mãe dele se acostumaria à ideia de um casamento forçado — porque, de fato, o que mais era aquele casamento? —, mas ele sabia muito bem que Dolly jamais esqueceria e que provavelmente nunca o perdoaria. Era muito azar os Stern não poderem vir para o casamento no dia seguinte. Eles, com seus conceitos liberais e atitudes boêmias, talvez conseguissem equilibrar a situação. Mesmo que Dolly não aderisse à sua maneira de pensar, pelo menos perceberia a existência de outros pontos de vista.

Segundo Penelope, os pais dela não estavam nem um pouco aborrecidos com a iminente chegada do bebê, muito pelo contrário — haviam ficado empolgados, tendo deixado claro, através da filha, que Ambrose de maneira alguma tinha a obrigação de se casar com ela.

Ao saber que iria ser pai, ele tivera a sensação de que um buraco se abrira sob seus pés. Ficara abalado, chocado e furiosamente irritado — consigo mesmo, por se deixar apanhar na clássica e temida armadilha, mas também com Penelope, por havê-lo capturado.

"Você está bem?", ele havia perguntado, e ela respondera: "Ah, sim, estou muito bem", mas, no calor do momento, com uma coisa e outra, ele simplesmente não tivera tempo de se certificar.

Não obstante, ela havia sido muito terna. "Não precisaremos nos casar, Ambrose", havia garantido. "Por favor, não pense que tem essa obrigação."

Durante todo o tempo, parecera tão calma e despreocupada sobre toda aquela situação lamentável, que ele se vira rapidamente considerando o outro lado da moeda. Afinal, talvez nem tudo fosse tão ruim como imaginava. As coisas poderiam ter sido bem piores. À sua maneira estranha, ela era bonita. E bem-nascida. Penelope não era qualquer jovenzinha comum, conhecida em algum *pub* de Portsmouth, mas filha de pais bem situados na vida, apesar de anticonvencionais. Além disso, tinham bens. Aquela casa da Rua Oakley não era de se jogar fora, e uma propriedade na Cornualha era decididamente um extra. Ele se viu velejando pelo estreito de Helford. E, no futuro, sempre havia a possibilidade de herdar um Bentley de quatro litros e meio.

Não. Ele tinha feito a coisa certa. Quando sua mãe superasse o pequeno choque de descobrir que Penelope estava grávida, tudo correria bem. Por outro lado, estavam em guerra. A fase de combate efetivo podia estourar a qualquer momento e durar bastante; eles não teriam muito tempo de convivência ou nem mesmo viveriam juntos, enquanto a guerra não terminasse. Ambrose não tinha a menor dúvida de que sobreviveria. Não tendo imaginação fértil, não era perturbado por pesadelos em que a casa das máquinas explodia, em que se afogava ou morria congelado nos mares invernais do Atlântico. E, mais tarde, quando tudo terminasse, provavelmente se sentiria mais tentado a assumir o papel de chefe de família do que no momento presente.

Remexeu-se no banco de encosto duro e extremamente desconfortável. Pela primeira vez, reparou nos namorados que estavam apenas a alguns metros dali, abraçados sobre a relva pisada. Aquilo lhe deu uma esplêndida ideia. Levantando-se, caminhou de volta ao carro, contornou Marble Arch e desembocou nas ruas sossegadas de Bayswater. Estava assobiando baixinho.

Não fico alto com champanhe,
Beber simplesmente não me excita,
Mas, então, diga por que será verdade.

Estacionou junto ao meio-fio, diante de uma casa de fachada alta e respeitável e, descendo a escada para o porão, chegou a uma área cheia de flores. Tocou a campainha da porta amarela. Estava arriscando, naturalmente, mas, às quatro da tarde, ela costumava estar por ali, tirando uma soneca, zanzando por sua cozinha minúscula ou, então, desocupada. Valia a pena arriscar. Ela abriu a porta, com os cabelos louros em desalinho e um penhoar de renda jogado recatadamente sobre os ombros, escondendo os seios arredondados e tentadores. Angie. A mesma que lhe tirara a virgindade, quando ele tinha dezessete anos, e para quem Ambrose desde então se voltava em momentos problemáticos.

— Ah! — O rosto dela ficou radioso de alegria. — Ambrose! Homem nenhum seria mais bem recebido.

— Olá, Angie.

— Há séculos que não o vejo! Pensei que, a esta altura, você estaria em alto-mar. — Ela lhe estendeu um braço roliço e maternal. — Não fique parado aí fora. Vamos, entre.

Foi o que ele fez.

Quando Penelope abriu a porta da frente na Rua Oakley, Elizabeth Clifford debruçou-se na balaustrada da escada e chamou por ela. Penelope subiu.

— E então, como correu tudo?

— Não muito bem. — Penelope sorriu. — Ela é horrível. Toda enchapelada, enluvada e furiosa porque eu não usava meias. Disse que não teríamos permissão para entrar no restaurante porque eu estava sem meias, mas é claro que entramos.

— Ela desconfia que você vai ter um bebê?

— Sim. Não lhe disse com todas as letras, mas, num dado momento, ela teve o estalo. Só não via quem não quisesse. Aliás, foi melhor assim. Ambrose ficou furioso, mas achei que não seria nada de mais ela saber.

— Sim, acho que sim — disse Elizabeth, mas, no fundo do coração, lamentava pela pobre mulher. Pessoas jovens, até mesmo Penelope, podiam ser terrivelmente insensíveis e pouco sutis. — Quer uma xícara de chá ou outra coisa qualquer?

— Mais tarde, eu adoraria um chá. Escute, preciso encontrar alguma coisa para vestir amanhã. Gostaria que me ajudasse.

— Andei remexendo uma velha arca... — Elizabeth encabeçou o trajeto para seu quarto, onde uma boa quantidade de peças de roupas amarrotadas e em frangalhos empilhava-se sobre a enorme cama de casal que ela dividia com Peter. — Este aqui não é uma graça? Comprei-o para ir a Hurlingham... Acho que foi em 1921, quando Peter estava em sua fase de jogar críquete. — Ela havia apanhado um vestido do alto da pilha; era de linho creme, muito fino, cintura longa, solto, de bainha feita a mão. — Parece um tanto encardido, mas posso lavá-lo e passá-lo, deixando-o pronto para amanhã. E, olha, tem até sapatos combinando, você não adora fivelas *diamante*?... Sem falar nas meias cor da pele...

Penelope pegou o vestido e foi com ele até o espelho, erguendo-o diante do corpo, observando-se com olhos semicerrados e virando a cabeça para um e outro lado, a fim de captar o efeito.

— A cor é linda, Elizabeth. Parece trigo maduro. Não se incomodaria mesmo de emprestá-lo?

— Seria um prazer.

— E o que me diz de um chapéu? Acho que terei de usar um. Ou prender o cabelo num coque, qualquer coisa assim.

— Também teremos que arranjar uma anágua. O vestido é tão fino, que chega a ser transparente. Suas pernas apareceriam.

— Ah, sim, minhas pernas não podem aparecer. Dolly Keeling teria um ataque...

As duas começaram a rir. Ainda rindo, Penelope despiu seu vestido de algodão vermelho e enfiou o de linho claro pela cabeça, começando a sentir-se bastante alegre. Dolly Keeling era uma dor de cabeça, porém ela ia casar com Ambrose, não com a mãe dele. Assim, que diferença fazia o que pensasse aquela senhora a seu respeito?

O sol brilhava. O céu estava azul. Tendo tomado o café da manhã na cama, Dolly Keeling levantou-se às onze horas. Embora não tendo desaparecido de todo, sua dor de cabeça melhorara bastante. Ela tomou um banho, arrumou os cabelos, fez a maquiagem. Tudo isso demorou muito, pois era importante que se mostrasse jovem e impecável ao mesmo tempo. Esperava eclipsar todos os presentes, até a noiva. Após ajeitar no lugar o cílio que faltava, levantou-se, tirou o penhoar transparente e vestiu seu elegante traje. Era um vestido de seda lilás, com um casaco frouxo e esvoaçante do mesmo tecido. Um fino chapéu de aba, feito de palha, diminuía-lhe o rosto, e era preso por uma fita de gorgorão lilás. Seus sapatos de salto, muito altos e finos, as compridas luvas brancas, a bolsa em couro branco. O último reflexo no espelho a tranquilizou e levantou sua moral. Ambrose ficaria orgulhoso dela. Tomou duas últimas aspirinas, perfumou-se com Houbigant e desceu para o saguão.

Ambrose a esperava, deslumbrante em seu uniforme mais elegante, perfumado como se acabasse de sair de algum barbeiro de luxo, o que realmente acontecera. Havia um copo vazio na mesa ao seu lado e, quando beijou a mãe, ela sentiu o conhaque em seu hálito. Sentiu seu coração se oprimir, penalizada pelo pobre rapaz, pois, afinal de contas, ele estava apenas com vinte e um anos, sendo natural que ficasse nervoso.

Desceram para a rua e tomaram um táxi até a King's Road. Durante o trajeto, Dolly segurou a mão de Ambrose com força entre seus pequenos dedos enluvados de branco. Não falaram. Qualquer conversa seria dispensável agora. Havia sido uma boa mãe para ele... mulher nenhuma teria feito mais. E, quanto a Penelope... bem, era melhor que certas coisas não fossem ditas.

O táxi parou diante do imponente prédio da municipalidade de Chelsea. Os dois saíram para a calçada quente e varrida pela brisa. Ambrose pagou a corrida. Enquanto ele fazia isso, Dolly procurou ajeitar-se, alisando a saia e dando retoques no chapéu para ter certeza de que estava seguramente ancorado. Depois olhou em volta. A alguns metros de distância, outra pessoa esperava. Era uma figurinha bizarra, ainda mais miúda do que ela, com as pernas mais finas que Dolly já vira, calçadas em meias de seda pretas. Os olhos das duas encontraram-se. Afogueada, Dolly virou o rosto rapidamente, porém já era tarde, pois a outra mulher encaminhava-se em sua direção, o rosto animado de ansiosa expectativa. Chegando perto de Dolly, ela lhe agarrou o punho com força, proclamando:

— Você deve ser da família Keeling. Adivinhei logo. Adivinhei assim que pus os olhos em cima de você!

Dolly a encarou, boquiaberta, certa de estar sendo atacada por uma louca. Ambrose acabava de pagar a corrida e, ao se virar, ficou tão chocado quanto a mãe.

— Perdão, mas...

— Sou Ethel Stern. Irmã de Lawrence Stern. — Ela vestia um casaco escarlate de numeração infantil, com muitos babados e ornatos. Na cabeça tinha uma enorme boina de veludo preto. — Mas pode me chamar de tia Ethel, meu rapaz!

Largando o braço de Dolly, ela apontou a mão na direção de Ambrose. Como ele não a tomasse imediatamente, uma terrível incerteza cobriu o rosto enrugado de tia Ethel.

— Não me digam que interpelei a família errada?

— Não. Não, claro que não. — Ele corara ligeiramente, constrangido pelo encontro e pela incrível aparência dela. — Como vai? Eu *sou* Ambrose e esta é minha mãe, Dolly Keeling.

— Logo vi que não podia estar enganada. Fiquei esperando por horas — prosseguiu ela, tagarelante. Seus cabelos eram pintados de um tom escuro de acaju, e a confusa maquiagem era desastrosa, como se a tivesse feito com os olhos fechados. As sobrancelhas pintadas não combinavam muito bem, e o batom escuro começava a infiltrar-se nas rugas da pele, ao redor da boca. — Geralmente chego atrasada em todos os lugares, de maneira que hoje me esforcei ao máximo e, como não podia deixar de ser, cheguei cedo demais. — Imediatamente, sua expressão alterou-se para uma da mais profunda tragicidade. Aquela mulher assemelhava-se a um pequeno palhaço, o macaquinho de um tocador de realejo. — Santo Deus, não é absolutamente terrível o que aconteceu ao pobre Lawrence? Coitado, deve ter ficado tão chateado.

— Imagino — disse Dolly fracamente. — Estávamos muito ansiosos por conhecê-lo.

— Ele sempre adora vir a Londres. Dá qualquer desculpa esfarrapada para vir...

Ela se interrompeu subitamente, soltando uma exclamação esganiçada que deixou Dolly apavorada, ainda mais ao vê-la agitando os braços no ar. Dolly viu o táxi que chegava, vindo da direção contrária, de cujo interior agora saíam Penelope e, presumivelmente, o casal Clifford. Estavam todos rindo, e Penelope parecia relaxada por completo, sem o menor toque de nervosismo.

— Olá! Aqui estamos nós. Um timing perfeito, não? Tia Ethel, que prazer te ver de novo... Olá, Ambrose. — Ela lhe deu um beijo rápido. — Você ainda não conhece os Clifford. Bem, estes são o professor e a Sra. Clifford. Peter e Elizabeth. E essa é a mãe de Ambrose...

Todos pareceram satisfeitos, trocaram apertos de mão e disseram: "Como vai?" Dolly sorria e assentia, mostrando-se encantadora, enquanto seus olhos ocupados iam de um rosto a outro, nada perdendo, fazendo a costumeira e instantânea avaliação.

Penelope dava a impressão de estar usando uma fantasia, mas, ainda assim, estava simplesmente linda — deslumbrante e distinta. Era muito alta e esbelta e, conforme Dolly percebeu, aquele comprido e frouxo vestido creme, uma herança de família, servia apenas para acentuar sua invejável elegância. Prendera os cabelos em um coque frouxo atrás da cabeça e usava um enorme chapéu de palha verde-limão, coroado de margaridas.

A Sra. Clifford, por sua vez, assemelhava-se a uma preceptora aposentada, provavelmente muito intelectual e inteligente, mas trajada sem a menor elegância. O professor estava ligeiramente mais bem-vestido (enfim, para um homem era sempre mais fácil apresentar-se bem trajado), com um terno de flanela cinza risca de giz e camisa azul. Era alto e magro, de faces encovadas, ascético. Bastante bonito, sob uma perspectiva erudita. Dolly não foi a única a achá-lo bonito. Pelo canto do olho, viu tia Ethel cumprimentá-lo com um forte abraço, pendurada ao pescoço dele e erguendo para trás uma perna pequenina e velha, como alguma *soubrette* em uma comédia musical. Perguntou-se se tia Ethel não seria levemente perturbada e torceu para que o distúrbio não fosse hereditário.

Finalmente, Ambrose conseguiu organizar o grupo, dizendo que, se não se apresentassem logo, ele e Penelope perderiam a sua vez. Tia Ethel ajeitou a boina na cabeça, e o grupo entrou com pressa no prédio para a cerimônia. Esta foi realizada com grande rapidez, tendo terminado antes que Dolly encontrasse um momento para levar aos olhos seu lencinho orlado de rendas. Então, tornaram a sair com a mesma pressa e encaminharam-se para o Ritz, onde Peter Clifford, seguindo instruções vindas da Cornualha, havia reservado uma mesa para o almoço.

Para melhorar qualquer situação, nada como uma refeição deliciosa, acompanhada de champanhe farto, oferta de um anfitrião educado. Todos, até mesmo Dolly, começaram a relaxar, embora tia Ethel continuasse fumando sem parar durante todo o almoço e contasse histórias de gosto duvidoso, dobrando-se de rir muito antes de chegar ao desfecho. O professor se mostrou encantador e cortês, dizendo para Dolly que tinha gostado do seu chapéu, enquanto a Sra. Clifford parecia realmente interessada pela vida no Hotel Coombe, querendo saber tudo sobre as pessoas que lá moravam. Dolly lhe contou, deixando escapar o nome de Lady Beamish algumas vezes Penelope tirou seu chapéu verde-limão e o pendurou no encosto da cadeira. Ambrose foi muito gentil, levantando-se para uma breve saudação, referindo-se a Penelope como sua esposa, o que motivou alguns aplausos dos presentes. Foi uma boa comemoração sob todos os aspectos e, ao terminar, Dolly tinha a impressão de que fizera amigos para a vida toda.

Enfim, tudo o que é bom tem de terminar e, por fim, chegou o momento de recolherem seus pertences, a contragosto, arrastarem para trás as pequenas cadeiras douradas, levantarem-se e tomarem o rumo de seus respectivos destinos — Dolly para o Hotel Basil Street, e os Clifford para um concerto à noite, no Albert Hall. Tia Ethel retornaria a Putney, e o jovem casal iria para a Rua Oakley.

Foi enquanto estavam no saguão, levemente embriagados e esperando pelos táxis que enfim os dispersariam, que ocorreu o evento que condenaria para sempre o relacionamento de Penelope com sua sogra. Atordoada pelo champanhe, sentindo-se magnânima e sentimental, Dolly tomou as mãos de Penelope nas suas e, erguendo os olhos para ela, disse:

— Minha querida, agora que você é esposa de Ambrose, eu gostaria que me chamasse de Marjorie.

Penelope pestanejou, um tanto perplexa. Parecia engraçado, chamar a sogra de Marjorie, quando se sabia perfeitamente que o nome dela era Dolly. Entretanto, já que ela queria assim...

— Está bem. É claro que farei isso.

Penelope inclinou-se e beijou a bochecha macia e perfumada que lhe era tão gentilmente oferecida.

Assim, durante um ano, ela a chamou de Marjorie. Ao escrever para agradecer um presente de aniversário: "Querida Marjorie...", era como iniciava a carta. Ao ligar para o Hotel Coombe, a fim de dar notícias de Ambrose, costumava dizer: "Marjorie, quem está falando é Penelope."

Somente após transcorridos muitos meses, quando então era muito tarde para voltar atrás, ela percebeu que Dolly realmente lhe havia dito, no saguão do Ritz: "Minha querida, eu gostaria que me chamasse de Madre."

Na manhã de domingo, Ambrose levou Penelope até a estação de Paddington, a fim de embarcá-la no *Riviera,* para a Cornualha. Como sempre, o trem estava apinhado de militares, marinheiros e soldados, mochilas, máscaras contra gases e capacetes de metal. Era impossível reservar um assento, mas Ambrose encontrou um lugar vago em um canto, que ocupou com a bagagem dela, a fim de que outra pessoa não o reclamasse.

Voltaram à plataforma para a despedida. Era difícil encontrarem as palavras, porque, de repente, tudo era estranho e novo; tinham se tornado marido e mulher, sem saberem o que era esperado deles. Ambrose acendeu um cigarro e começou a fumar, observando a plataforma de um e outro lado, enquanto consultava o relógio. Penelope ansiava pelo apito do guarda, porque assim o trem partiria, encerrando tudo aquilo.

— Odeio despedidas — disse ela, com certa irritação.

— Terá de se acostumar.

— Não sei quando tornarei a vê-lo. Dentro de um mês, quando eu voltar a Portsmouth para meu desligamento, acha que já terá ido embora?

— É o mais provável.

— Para onde o mandarão?

— Ninguém sabe. Para o Atlântico, talvez. Ou o Mediterrâneo.

— O Mediterrâneo seria ótimo. Pelo menos, é ensolarado.

— É verdade.

Outra pausa.

— Gostaria que papai e Sophie tivessem vindo ontem. Assim, você poderia conhecê-los.

— Quando eu conseguir alguma folga decente, talvez vá até a Cornualha por alguns dias.

— Ah, vá mesmo!

— Espero que tudo corra bem. Com o bebê, quero dizer.

Ela ruborizou-se ligeiramente.

— Tenho certeza de que tudo correrá bem.

Ele tornou a olhar para o relógio. Ela disse, um tanto desesperada:

— Eu lhe escreverei. Você precisa...

O apito do guarda varou o ar nesse momento. Imediatamente, teve início o pequeno pânico de costume. Portas foram batidas, vozes se altearam, um homem chegou às carreiras, alcançando o trem no último momento. Ambrose jogou o cigarro no chão, esmagou-o com o sapato, inclinou-se para beijar a esposa, embarcou-a no trem e bateu a porta atrás dela. Penelope baixou a janela e debruçou-se para fora. O trem começou a andar.

— Você escreverá para me dar seu novo endereço, Ambrose?

Uma coisa totalmente inusitada ocorreu a ele.

— Eu não sei o *seu* endereço!

Ela começou a rir. Ambrose agora corria, acompanhando o trem.

— É Carn Cottage — gritou ela, acima do barulho das rodas nos trilhos. — Carn Cottage, Porthkerris!

O trem agora corria mais depressa do que ele, e Ambrose foi diminuindo sua corrida até parar, pondo-se a acenar em despedida. O trem fez a curva da plataforma e, expelindo vapor, escondeu um do outro. Penelope se fora. Dando meia-volta, Ambrose iniciou a longa caminhada de volta à plataforma deserta.

Carn Cottage. A mansão elisabetana que sonhara para si mesmo, o barco a vela no rio Helford — tudo se embaciara e dissolvera, perdido para sempre. Carn Cottage. "Chalé do Penedo." Soava decepcionantemente vulgar, e ele não pôde deixar de sentir que, de algum modo, havia sido logrado.

Não obstante, sentia-se sossegado. Ela se fora. Sua mãe voltara para Devon e tudo estava seguramente encerrado. Agora, tudo o que tinha a fazer era voltar a Portsmouth e reassumir suas funções. De maneira curiosa, enquanto ia para seu carro no estacionamento, percebeu que ansiava por retornar à rotina, à vida militar e à companhia dos colegas. De um modo geral, era mais fácil conviver com os homens do que com as mulheres.

Alguns dias depois, a 10 de maio, os alemães invadiram a França, e a guerra começou de fato.

9

SOPHIE

Novembro começava quando eles voltaram a se ver. Após os longos meses de separação, houve um telefonema inesperado. Era Ambrose, ligando de Liverpool. Conseguira alguns dias de folga, ia tomar o primeiro trem disponível e passaria o fim de semana em Carn Cottage.

Ele chegou, ficou e tornou a partir. Devido a várias circunstâncias adversas, a visita foi um desastre total. Antes de mais nada, choveu torrencialmente durante os três dias inteiros. Outra circunstância foi que tia Ethel, cujas visitas não primavam pelo senso de oportunidade e o convencionalismo, também estava lá na época. Os outros motivos foram demasiado numerosos e desalentadores para serem analisados ou enumerados.

Encerrada a visita do marido, após ele ter retornado ao seu destróier, Penelope decidiu que tudo havia sido demasiadamente depressivo, para ocupar seus pensamentos com isso. Assim, com a insensibilidade da juventude, aliada à gravidez incipiente, extirpou da mente todo o desagradável episódio. Havia outras coisas mais importantes com que se preocupar.

O bebê chegou no momento previsto, em fins de novembro. Uma menina. Não nasceu em Carn Cottage, como sua mãe, mas no pequenino hospital de Porthkerris. Chegou ao mundo tão depressa, que, quando o médico apareceu, tudo já havia terminado, o trabalho feito inteiramente por Penelope e a enfermeira Rogers. Após deixar Penelope mais ou menos em ordem, a enfermeira, como era costumeiro, levou o bebê dali, a fim de lavá-lo, arrumá-lo e vesti-lo com suas diminutas roupas, embrulhando-o no xale de Shetland que Sophie — nem era preciso dizer — tinha desencavado de alguma gaveta, cheirando fortemente a naftalina.

Penelope sempre tivera suas próprias teorias sobre bebês. Jamais lidara com um, nunca segurara nenhum no colo, mas acreditava implicitamente que qualquer mãe, vendo um filho pela primeira vez, não deixaria de reconhecê-lo no ato. Não poderia ser diferente. Claro que, ao empurrar a manta para o lado, com toda a delicadeza, e olhar para o novo rostinho, o reconhecimento seria imediato. Nada mais natural.

Entretanto, não foi o que aconteceu. Quando a enfermeira Rogers finalmente voltou, trazendo o bebê com tanto orgulho como se ela própria o tivesse posto no mundo, e o acomodou ternamente nos braços ansiosos da mãe, Penelope olhou para a criança com absoluta incredulidade. Gorducha, loura, com olhos azuis que quase se fechavam, bochechuda e com o aspecto geral de um repolho rosado, não se parecia com qualquer pessoa que ela conhecesse. Evidentemente, não tinha qualquer traço de seus pais; não mostrava a menor semelhança com Dolly Keeling. E, quanto aos Stern, era como se nem uma gota de seu sangue corresse por aquelas veias de uma hora de idade.

— Não é uma belezinha?! — exclamou a enfermeira Rogers, inclinando-se sobre a cama para admirá-la.

— Sim, é — concordou Penelope fracamente.

Se houvesse outras mães no hospital, insistiria na possibilidade de uma troca de bebês, achando que lhe tinham trazido o filho de outra mulher, porém, como ela era a única puérpera ali dentro, as probabilidades tornavam-se bastante escassas.

— Veja esses olhinhos azuis. Ela é como uma florzinha. Vou deixá-la com você um momento, enquanto ligo para sua mãe. — Penelope, entretanto, não queria ser deixada a sós com o bebê.

Não conseguia pensar em nada a dizer ao pequenino ser.

— Não, por favor, leve-a, enfermeira. Eu posso deixá-la cair ou fazer qualquer coisa terrível.

Diplomaticamente, a enfermeira não discutiu. Algumas jovens mães eram curiosas e, Deus sabia, ela já tinha visto inúmeras.

— Está bem — disse, tomando o pequeno embrulho lanoso nos braços. — Quem é essa gracinha? — disse para o bebê. — Quem é a coisinha linda da tia?

A enfermeira Rogers saiu do quarto, com seu avental engomado estalando. Penelope ficou quieta, olhando para o teto. Tinha um bebê. Agora era mãe. A mãe da filha de Ambrose Keeling.

Ambrose.

Para seu desalento, constatou que não era mais possível ignorar ou expulsar da mente tudo que acontecera durante aquele medonho fim de semana, já condenado antes mesmo de começar, porque a projetada visita de Ambrose havia sido a causa da única briga de verdade que já tivera com a mãe. Penelope e tia Ethel haviam saído durante a tarde, para tomar chá com uma decrépita e antiga conhecida de sua tia, residente em Penzance. Quando voltou para casa, Sophie, entusiasmada, informou que havia úma agradável surpresa esperando-a no andar de cima. Obedientemente, Penelope seguiu a mãe até seu quarto, onde viu, no lugar de sua muito amada cama, uma nova e monstruosa cama de casal, que ocupava todo o espaço disponível. As duas jamais haviam brigado antes, mas, tomada por um acesso de inusitada raiva, Penelope perdeu a calma e disse à mãe que ela não tinha aquele direito, que aquele era o seu quarto, que se tratava de sua cama. Além disso, não fora uma surpresa agradável, em absoluto, mas uma surpresa odiosa. Não queria uma cama de casal, aquilo era um horror, não dormiria nela, de maneira alguma.

O explosivo temperamento gaulês de Sophie incendiou-se, revelando-se igual ao da filha. Não era possível supor-se que homem algum, lutando bravamente em uma guerra, fosse fazer amor com sua esposa em uma cama de solteiro. O que Penelope esperava? Agora era uma mulher casada, não mais uma garotinha. Aquele não era mais o quarto *dela*, mas o quarto *deles*. Como podia ser tão infantil? Então, Penelope prorrompera em furiosas lágrimas e gritara que estava *grávida*, que não pretendia fazer amor com ninguém. Por fim, as duas começaram a gritar uma com a outra, feito mulheres de pescadores.

Nunca houvera uma discussão semelhante antes. Aquilo deixou todos perturbados. Papai enfureceu-se com as duas, e os outros moradores da casa andavam na ponta dos pés, como se ali tivesse tido uma explosão. Finalmente, é claro, mãe e filha fizeram as pazes, desculparam-se, beijaram-se e o assunto não tornou a ser mencionado. Contudo, não era um bom augúrio para a visita de Ambrose. De fato, ao recordar agora, aquilo contribuíra muito para o desastre resultante.

Ambrose. Ela era a esposa de Ambrose.

Seus lábios tremeram. Sentiu o nó crescendo em sua garganta. As lágrimas acumularam-se, marejaram seus olhos e caíram, livres, deslizando por suas faces, encharcando a fronha do travesseiro. Uma vez tendo começado, era impossível parar. Foi como se todas as lágrimas não derramadas durante anos decidissem brotar ao mesmo tempo. Ainda chorava quando sua mãe chegou, irrompendo alegremente pela porta. Sophie estava de calças compridas de brim vermelho-ferrugem e o blusão de pescador que usava quando a enfermeira Rogers telefonara. Tinha nos braços uma profusão de margaridas, colhidas apressadamente nos canteiros, enquanto cruzava o jardim.

— Ah, minha querida, que garota esperta, não demorou nada com isso... — Soltou as flores sobre uma cadeira e foi abraçar a filha. — A enfermeira Rogers me contou... — Interrompeu-se. A alegria desapareceu de seu rosto, substituída por uma aguda preocupação. — Penelope! —

Sentou-se na beira da cama e segurou a mão da filha. — Minha querida, o que houve? Por que está chorando? Foi assim tão difícil, tão ruim?

Transtornada por causa do choro, Penelope fez que não com a cabeça. Seu nariz escorria, e o rosto estava vermelho e inchado.

— Tome. — Sempre prática, Sophie entregou-lhe um lenço limpo, perfumado e fresco. — Assoe o nariz e enxugue as lágrimas.

Penelope apanhou o lenço e fez o que lhe fora instruído. Já se sentia menos mal. Bastava ter Sophie ali, sentada ao seu lado, para a situação melhorar. Depois de assoar o nariz e enxugar as lágrimas, fungando um pouco, sentiu-se forte o bastante para sentar-se na cama. Sophie afofou os travesseiros e os virou, a fim de que o lado molhado das fronhas ficasse para baixo.

— Muito bem, agora me conte. O que há? Alguma coisa errada com o bebê?

— Não, não se trata do bebê.

— Então, o que é?

— Sophie, é Ambrose! Eu não amo o Ambrose! Nunca devia ter casado com ele! — Pronto, soltara. Tinha dito. O alívio de realmente admitir o fato, de expressá-lo em voz alta, era imenso. Encontrou os olhos da mãe e viu que tinham uma expressão grave, mas, como sempre, Sophie não ficara surpresa nem chocada. Limitou-se a ficar calada por um instante, depois pronunciando o nome, "Ambrose", como se fosse a resposta para algum enigma não resolvido. — Sim. Agora eu sei. Foi o erro mais terrível que cometi.

— Quando ficou sabendo?

— Naquele fim de semana. Mesmo quando ele saiu do trem e foi pela plataforma ao meu encontro, eu já estava cheia de apreensão. Era como ver um estranho chegando, alguém que eu não sentia vontade de ver. Não achei que ia ser assim. Estava me sentindo um tanto acanhada por tornar a vê-lo, após todos aqueles meses, porém nunca imaginei que seria assim. Quando voltamos de carro para Carn Cottage, comigo sentada ao lado dele, e a tempestade desabando, procurei fingir que não era nada, apenas um constrangimento entre nós. No entanto, assim que ele entrou em Carn Cottage, soube que era irremediável. O homem estava errado. Tudo estava errado. A casa o rejeitava. Ambrose não se encaixava nela. Depois disso, tudo foi ficando cada vez pior.

— Espero que não tenha nada a ver com papai e comigo — disse Sophie.

— Ah, nada, nada! — apressou-se Penelope em tranquilizá-la. — Vocês foram uns anjos com ele, os dois! Eu é que me portei mal com ele, mas foi mais forte do que eu, entende? Eu não suporto ele. Foi como ser forçada a ficar ao lado de um perfeito estranho. É como se costuma dizer, fulano de tal está nas vizinhanças, que ótimo, sei que você será gentil com ele. Então, somos gentis, convidamos o fulano de tal para passar o fim de semana conosco e tudo se transforma num tédio sufocante. Bem sei que choveu o tempo todo, mas isso não faria diferença. Era ele. Tão sem interesse, tão inútil. Imagine, ele nem mesmo sabia limpar os sapatos! Jamais limpou os próprios sapatos. Além do mais, foi rude com Doris e Ernie, e achava que os meninos eram dois diabretes. Ambrose é um esnobe. Não entendia por que todos nos sentávamos à mesa para fazer as refeições juntos. Não compreendia por que Doris, Clark e Ronald não eram banidos para a cozinha. Acho que isso me irritou mais do que tudo. Nunca imaginei que ele, que *alguém,* para ser franca, pudesse pensar tais coisas, que pudesse dizê-las, que fosse tão cheio de ódio.

— Meu bem, por justiça, não creio que possa culpá-lo por ter esses pontos de vista. Ele foi criado assim. Nós é que talvez estejamos fora da ordem vigente. Sempre conduzimos nossa vida doméstica de maneira inteiramente diversa da de outras pessoas.

Penelope, entretanto, recusava-se a ser consolada.

— Não se trata apenas *dele.* Como lhe disse, fui eu também. Portei-me horrivelmente mal com Ambrose. Não sabia que podia ser uma pessoa tão desagradável com alguém. Simplesmente, não o queria lá. Não queria que ele me tocasse. Não o deixei fazer amor comigo.

— Em vista da condição em que você estava na época, isso dificilmente seria de surpreender.

— Ele não pensou assim. Ficou aborrecido e ressentido. — Penelope fitou a mãe com certo desespero. — É tudo culpa minha. Você disse que eu não devia casar, a menos que o amasse de verdade. Não te dei ouvidos. No entanto, sei que se pudesse tê-lo trazido a Carn Cottage para conhecer vocês dois, antes de resolvermos casar, então nunca teria casado com ele, nem em mil anos.

Sophie suspirou.

— Sim, é uma pena que não tenha havido tempo para isso. Também foi uma pena que eu e seu pai não tenhamos podido ir ao seu casamento. Mesmo no último momento, seria possível você mudar de ideia, voltar atrás. Entretanto, não adianta ficar pensando nisso. Agora é tarde demais.

— Você não gostou dele, gostou, Sophie? Você e papai? Devem ter pensado que eu estava fora de mim, não?

— Não. Nunca pensamos isso.

— O que vou fazer agora?

— Meu bem, no momento não há nada que você possa fazer. Exceto, creio eu, crescer um pouco. Não é mais uma criança. Agora tem responsabilidades, tem uma filha. Estamos no meio dessa guerra terrível, seu marido está no mar, com os comboios do Atlântico. Nada resta a fazer, senão aceitar a situação e seguir em frente. Por outro lado — ela sorriu, recordando —, ele nos visitou em um mau momento. Com toda aquela chuva e a tia Ethel lá em casa, fumando seus cigarros, bebericando seu gim, com seus comentários indesejáveis e inconvenientes. Quanto a você, nenhuma mulher grávida age equilibradamente. Talvez seja diferente, da próxima vez que vir Ambrose. Você poderá se sentir diferente.

— Ah Sophie, como fui burra!

— Não. Você era apenas muito jovem, e se viu enredada em circunstâncias totalmente alheias à sua vontade. E agora, faça isso por mim, alegre-se. Sorria, toque a campainha, e a enfermeira Rogers trará aqui minha primeira neta para que eu a conheça. Também vamos esquecer que tivemos esta conversa.

— Vai contar a papai?

— Não. Ele ficaria perturbado e não gosto de vê-lo preocupado.

— Você nunca teve segredos para ele.

— Esse será o primeiro.

Não foi apenas Penelope quem ficou perplexa com a aparência do bebê. Vindo ao hospital no dia seguinte para ver a neta, Lawrence também se mostrou intrigado.

— Meu bem, com *quem* ela se parece?

— Não faço a menor ideia.

— É muito bonita, mas acho que não tem nada a ver com você nem com o pai. Será parecida com a mãe de Ambrose?

— Nem um pouco. Cheguei à conclusão que deve ser um caso de atavismo, remontando a alguma geração distante. Talvez seja a imagem viva de algum ancestral morto há muito tempo. Seja o que for, para mim é tudo um mistério.

— Não importa. Ela parece ter vindo plenamente equipada. Isso é tudo que importa.

— Os Keeling já foram informados?

— Sim. Enviei um cabograma pro navio de Ambrose, e Sophie telefonou pro hotel da mãe dele.

Penelope fez uma careta.

— Sophie, corajosa como sempre! O que Dolly Keeling disse?

— Parecia encantada. Disse sempre ter esperado que fosse uma garotinha.

— Aposto como está contando para todas as bruxas velhas do hotel e Lady Beamish que é um bebê de sete meses.

— Ah, se as aparências valem tanto para ela, que mal isso faz? — Lawrence hesitou um instante, depois acrescentando: — Ela disse que seria muita amabilidade sua, se o bebê pudesse ter o nome de Nancy.

— *Nancy?* Ora, de onde foi que ela tirou esse nome?

— Era o nome da mãe dela. Acho que seria uma boa ideia. Sabe — ele fez um pequeno e expressivo gesto com a mão —, isso ajudaria a apaziguar um pouquinho as coisas.

— Está bem, ela se chamará Nancy. — Levantando-se, Penelope espiou o rosto do bebê. — Nancy. Acho que combina muito bem com ela.

Lawrence, contudo, estava menos preocupado com o nome do bebê do que com seu comportamento.

— Será que ela vai chorar o tempo todo? Não suporto bebês chorando.

— Ó papai, é claro que não! Ela é muito calma. Mama, dorme e depois acorda para tornar a mamar.

— Que sede, hein?

— Acha que ela será bonita, papai? Você sempre teve um bom olho para rostos bonitos.

— Será, sem dúvida. Ela é um Renoir. Loura e rosada como uma rosa.

Então, foi a vez de Doris. A maioria dos exilados, não conseguindo mais suportar o exílio, retornara a Londres aos trancos e barrancos. Doris, Ronald e Clark decidiram ficar. Agora eram moradores permanentes de Carn Cottage e faziam parte da família. Em junho, durante a retirada da Força Expedicionária Britânica da França, o marido de Doris, Bert, havia sido morto. A notícia foi levada a eles pelo mensageiro do telégrafo, que partiu em sua bicicleta do correio de Porthkerris e pedalou colina acima, até Carn Cottage. O rapazinho abriu o portão no muro e cruzou o jardim assobiando, ao encontro de Sophie e Penelope, que arrancavam ervas daninhas dos canteiros.

— Telegrama para a Sra. Potter — anunciou.

Sophie ficou de joelhos, as mãos cobertas de terra, os cabelos caídos de lado no rosto e uma expressão que Penelope já vira antes.

— *Mon Dieu!*

Ela pegou o envelope alaranjado, e o rapazinho foi embora. O portão no muro se fechou com uma batida, quando ele saiu.

— Sophie?

— Deve ser o marido dela.

Penelope sussurrou, após um momento:

— O que faremos?

Sophie não respondeu. Limpou a mão no fundilho da calça comprida de algodão e abriu o envelope, usando um polegar com a unha suja de terra. Retirou a mensagem, leu-a e então a dobrou, tornando a enfiá-la no envelope.

— Sim — disse. — Ele está morto. — Sophie levantou-se. — Onde está Doris?

— Lá em cima, no terraço, pendurando roupas no varal.

— E os meninos?

— Devem voltar da escola a qualquer momento.

— Devo dizer a Doris antes de eles chegarem. Se eu não voltar logo, procure mantê-los ocupados. Ela vai precisar de algum tempo. Vai precisar de algum tempo, antes de contar aos filhos.

— Pobre Doris!

A frase soava lamentavelmente trivial, porém o que mais se podería dizer?

— Sim, pobre Doris...

— O que ela vai fazer?

O que Doris fez foi extremamente corajoso. Ela chorou, claro, desabafando a raiva e o pesar em uma espécie de invectiva contra o marido jovem, que fora tão burro a ponto de ir para a guerra e ser morto. No entanto, uma vez passada a primeira reação, recompôs-se e, juntamente com Sophie, bebeu uma xícara de chá quente bem forte, sentada com ela à mesa da cozinha. Então, seus pensamentos voltaram-se para os filhos.

— Coitadinhos, como será a vida para eles, sem um pai?

— As crianças se recuperam em pouco tempo.

— E agora, como me arranjarei?

— Você vai dar um jeito.

— Suponho que devo voltar para Hackney. A mãe de Bert... bem, acho que vai precisar de mim. Vai querer ver os meninos.

— Acho que você deveria ir. Ver se está tudo bem com ela. Se estiver, creio que deveria voltar para cá. Os meninos são felizes aqui, fizeram amigos... Seria cruel desenraizá-los agora. Deixe que continuem na segurança em que vivem atualmente.

Doris olhou para Sophie. Fungou um pouco. Havia parado de chorar pouco antes, e seu rosto estava vermelho e inchado.

— Ah, mas eu não posso simplesmente ficar aqui, até não sei quando.

— Por que não? Você é feliz aqui.

— Não está apenas querendo ser gentil?

— Ah, minha querida Doris, não sei o que faríamos sem você! E os meninos... bem, são como nossos filhos. Sentiríamos muita falta de vocês, se fossem embora.

Doris refletiu no assunto.

— Eu não desejaria mais nada senão ficar aqui. Nunca fui tão feliz na vida. E agora, com Bert morto...

Seus olhos encheram-se novamente de lágrimas.

— Não chore, Doris! Os meninos não devem vê-la chorando. Precisa lhes ensinar a serem corajosos. Diga a eles que sintam orgulho do pai, morrendo por semelhante causa, para libertar todos aqueles pobres povos da Europa! Ensine seus filhos a serem bons homens, como foi o pai deles.

— Bert não foi tão bom assim. Às vezes dava motivos para sérios aborrecimentos. — As lágrimas recuaram, e a sombra de um sorriso surgiu no rosto de Doris. — Voltava do futebol para casa, caindo de bêbado, atirava-se na cama sem tirar os sapatos...

— Não esqueça essas coisas — disse-lhe Sophie. — Todas fazem parte da pessoa que ele era. É preciso recordar os maus momentos, juntamente com os bons. Afinal de contas, assim é a vida.

Então, Doris ficou. E, quando o bebê de Penelope nasceu, ela não via a hora de vê-lo. Uma garotinha. Doris sempre quisera ter uma filha, mas agora, com Bert morto, possivelmente jamais a teria. No entanto, esta garotinha... Ela foi a única a ficar imediatamente enfeitiçada pelo bebê

— Oooh! Ela é *maravilhosa!*

— Você acha?

— Penelope, ela é um escândalo. Posso segurá-la?

— Claro que pode!

Inclinando-se, Doris tomou a criança em seus braços experientes e capazes. Ficou contemplando-a, com tal expressão de adoração maternal no rosto, que Penelope se sentiu ligeiramente envergonhada, sabendo-se incapaz de uma dedicação tão transparente.

— Nenhum de nós sabe com quem ela se parece.

Doris, no entanto, sabia. Sabia exatamente com quem ela se parecia.

— Ela é a cara de Betty Grable.

Tão logo mãe e filha retornaram a Carn Cottage, Doris incumbiu-se de Nancy. Quanto a Penelope, embora atenuasse seu vago sentimento de culpa ao dizer a si mesma que estava fazendo um bem a Doris, ficou feliz em deixá-la cuidar da menina. Era Doris quem dava banho em Nancy e lavava suas fraldas. Quando Penelope se cansou de amamentá-la, foi Doris quem passou a preparar as mamadeiras e a alimentar o bebê, sentada em uma cadeira baixa, na cozinha aquecida ou ao lado da lareira da sala. Ronald e Clark eram igualmente devotados, trazendo colegas da escola para admirarem a nova moradora da casa. Enquanto o inverno passava lentamente, Nancy desenvolvia-se, exibia cabelos e dentes, ficava mais gorda do que nunca. Do galpão de ferramentas, Sophie retirou o antigo carrinho de Penelope, com rodas altas e correias para firmar seu ocupante. Doris poliu o carrinho e, com certo orgulho, empurrava-o pelas colinas de Porthkerris, subindo e descendo ladeiras, entre muitas paradas para exibir Nancy a qualquer transeunte que se mostrasse interessado e a muitos que não se mostravam.

O temperamento de Nancy permaneceu dócil e tranquilo. Ficava em seu colchãozinho no jardim, ora dormindo, ora observando beatificamente as nuvens que passavam ou os galhos da cerejeira branca, agitando-se à brisa. Quando chegou a primavera e caíram as flores da cerejeira, suas mantas ficavam salpicadas de pétalas brancas. Em pouco tempo já ficava em um tapetinho, tentando alcançar um chocalho. Logo depois se sentava e esforçava-se em unir dois prendedores de roupa.

Nancy era uma fonte de diversão para Sophie e Lawrence, na mesma medida em que era uma fonte de consolo e alegria para Doris. Quanto a Penelope, que, por obrigação, brincava com a criança, empilhava cubos ou virava as páginas de surrados livros ilustrados, tinha para si mesma que sua filha era um tédio completo.

Enquanto isso, além das fronteiras daquele pequeno mundo doméstico, a tormenta da guerra, reverberante e carregada de nuvens pretas, ganhava intensidade. A Europa estava ocupada, a amada França de Lawrence havia sido invadida, e não se passava um dia em que ele não se angustiasse por aquele país e temesse por velhos amigos. No Atlântico, os submarinos alemães andavam à caça, atacando os lentos comboios de destróieres e indefesos navios mercantes. A Batalha da Grã-Bretanha fora vencida, porém a um preço terrível de aviões, pilotos e aeroportos. O Exército, novamente organizado após a França e Dunquerque, tomava posição em Gibraltar e Alexandria, em antecipação à próxima e violenta investida do poderio militar alemão.

E, obviamente, o bombardeio começara. Os reides intermináveis sobre Londres. Noite após noite, as sirenes de aviso soavam e, noite após noite, as maciças formações de Heinkels, com suas cruzes pretas e sinistras, enchiam o espaço com o rugido de seus motores, após terem cruzado o Canal, vindo da escuridão da França.

Em Carn Cottage, eles ouviam o noticiário cada manhã e lamentavam profundamente por Londres. Em nível mais pessoal, a preocupação de Sophie era pela casa da Rua Oakley e as pessoas que lá moravam. A seu conselho, os Friedmann se tinham mudado do sótão para o porão, porém os Clifford continuavam onde sempre haviam estado, no segundo pavimento. Sempre que o noticiário comunicava algum reide (o que acontecia na maior parte das manhãs), Sophie os imaginava mortos, feridos, destroçados ou soterrados sob escombros.

— Eles já são velhos demais para suportar essa horrível experiência — dizia ao marido. — Por que não os convidamos para cá, para morarem conosco?

— Meu bem, nós não temos espaço. E, mesmo que tivéssemos, eles não viriam. Você sabe disso. São londrinos. Jamais sairiam de lá.

— Eu ficaria mais feliz se pudesse vê-los. Falar com eles. Para me certificar de que estão bem.

Dissimuladamente, Lawrence observava sua jovem esposa, sentindo-lhe a inquietude. Durante dois anos ela ficara presa ali, em Porthkerris, sua Sophie que nunca levava mais de três meses em um só lugar, durante sua vida inteira de casada. E Porthkerris, em tempo de guerra, ficara monótona, triste e vazia, uma cidade muito diferente daquele lugar animado para o qual escapavam alegremente, nos verões anteriores ao conflito. Sophie não estava entediada, ela jamais se entediava, porém a vida do dia a dia foi ficando cada vez mais difícil, enquanto o alimento escasseava, as rações diminuíam e começava a aumentar uma escassez mais aborrecida — xampu, cigarros, fósforos, filmes fotográficos, uísque, gim —, qualquer pequeno luxo que contribuísse para amenizar as agruras da vida. Cuidar de uma casa também ia ficando difícil. Para tudo havia filas, e as compras depois tinham que ser carregadas da cidade até o alto da colina, porque nenhum veículo de entrega dispunha mais de gasolina para trabalhar. A gasolina talvez representasse a maior privação de todas. Eles ainda possuíam o velho Bentley, mas o carro passava a maior parte de sua existência nos recessos da garagem Grabney's, simplesmente porque não dispunha de combustível suficiente para rodar mais do que uns poucos quilômetros.

Assim, Lawrence entendia a inquietude da esposa. Conhecedor profundo das mulheres, ele a compreendia e solidarizava-se. Sabia que Sophie precisava afastar-se deles por alguns dias. Pôs-se à espera do momento certo, da oportunidade ideal para tocar no assunto, mas parecia que agora nunca estavam sozinhos, a pequenina casa fervilhava de atividade e vozes. Doris e os meninos, Penelope e agora o bebê enchiam cada aposento, cada hora do dia e, quando finalmente iam para a cama, à noite, ela estava tão exausta, que já adormecera, quando Lawrence se deitava ao seu lado.

Por fim, certo dia, ele conseguiu surpreendê-la. Estivera desenterrando batatas, com esforço, porque suas mãos deformadas pela artrite tinham dificuldade em usar a pá e arrancar os tubérculos da terra, mas finalmente enchera uma cesta e a levara para dentro, pela porta dos fundos. Encontrara Sophie sentada à mesa da cozinha, cortando desconsoladamente as folhas de um repolho.

— Batatas — anunciou, deixando-as no chão, ao lado da estufa.

Ela sorriu. Mesmo quando se sentia melancólica, sempre tinha aquele sorriso para ele. Lawrence puxou uma cadeira, sentou-se e olhou para a esposa. Estava magra demais. Havia rugas em torno de sua boca e à volta dos belos olhos escuros.

— Enfim sós — disse ele. — Onde estão os outros?

— Penelope e Doris levaram as crianças até a praia. Logo estarão chegando para o almoço. — Sophie cortou mais uma ou duas folhas do repolho. — E eu darei isso para comerem... e ouvirei os meninos dizerem que detestam repolho.

— Apenas repolho? Nada mais?

— Macarrão gratinado.

— Você faz o seu melhor.

— É um prato insípido. Insípido de fazer e de comer. Não os culpo por se queixarem.

— Você tem trabalhado demais — disse ele.

— Não é isso.

— Claro que é. Está cansada.

Ela ergueu o rosto, e os olhos de ambos encontraram-se. Após um momento, Sophie perguntou:

— Está assim tão aparente?

— Só para mim, que a conheço tão bem.

— Ah, que vergonha! Que raiva de mim mesma! Por que deveria estar descontente? A verdade, porém, é que me sinto tão inútil... O que faço? Tranço redes e preparo refeições. Penso nas mulheres em toda a Europa e me odeio, mas o que posso fazer? E se tiver que enfrentar uma fila por mais uma hora, em busca de uma rabada que outra pessoa acabou de comprar, creio que começarei a ter ataques histéricos.

— Você devia se ausentar por um dia ou dois.

— Me ausentar?

— Ir a Londres. Ver sua casa. Ficar com os Clifford. Para se tranqüilizar. — Lawrence colocou a mão sobre a dela, sujando-a com a terra da plantação de batatas. — Ouvimos o noticiário dos bombardeios e ficamos horrorizados, mas o desastre informado é, frequentemente, pior do que o horror em si. A imaginação desanda, o coração fica oprimido pelo medo. No entanto, nada é tão ruim como achamos que seja. Por que não vai a Londres e verifica por si mesma?

Já parecendo mais animada, Sophie refletiu sobre a sugestão.

— Você iria também?

Ele fez que não com a cabeça.

— Não, meu bem. Estou velho demais para essa movimentação, mas é justamente disso que você precisa. Fique com os Clifford, converse e ria com Elizabeth. Vá fazer compras com ela. Faça Peter levá-la para almoçar no Berkeley ou no L'Ecu de France. Imagino que a comida lá ainda seja excelente, a despeito de toda a escassez atual. Ligue para suas amigas. Vá a um concerto, ao teatro. A vida continua. Mesmo em Londres, em plena guerra. Talvez, especialmente em Londres, em plena guerra.

— E não vai se incomodar se eu for sem você?

— Eu me incomodarei mais do que poderia exprimir. Nem um momento passará sem que sinta sua falta.

— Por três dias? Acha que suportaria minha ausência por três dias?

— Posso suportar. E, quando voltar, ficará três semanas me contando tudo o que fez por lá.

— Lawrence, eu o amo tanto!

Ele balançou a cabeça em negativa, não refutando o que ela havia dito, mas simplesmente dando a entender que Sophie não precisava dizer-lhe. Inclinando-se para a frente, beijou-lhe a boca e então, levantando-se, foi até a pia, lavar a terra das mãos.

Na véspera de tomar o trem para Londres, Sophie foi cedo para a cama. Doris tinha saído, para dançar na sede da municipalidade, e as crianças já estavam dormindo. Penelope e Lawrence ficaram ouvindo um concerto pelo rádio, mas então ela começou a bocejar, deixou o tricô de lado, deu um beijo de boa-noite no pai e subiu para seu quarto.

A porta do quarto de Sophie estava aberta e havia luz acesa. Penelope enfiou a cabeça pela abertura da porta. Sua mãe estava na cama e lia.

— Pensei que fosse dormir mais cedo, para acordar bem descansada amanhã.

— Estou animada demais para dormir. — Ela largou o livro sobre o edredom. Penelope entrou e sentou-se ao seu lado. — Gostaria que você fosse comigo.

— Não. Papai tem razão. Você se divertirá muito mais indo sozinha.

— O que devo trazer para você?

— Não consigo pensar em nada.

— Encontrarei alguma coisa especial. Alguma coisa que nem você mesma sabe que gostaria de ter.

— Vai ser ótimo! O que está lendo? — Penelope pegou o livro e leu o título: *Elizabeth e seu jardim alemão*. — Sophie, você já deve ter lido isto umas cem vezes!

— No mínimo, mas sempre estou relendo. Esse livro me consola e tranquiliza. Me faz lembrar um mundo que já existiu e que voltará a existir, quando a guerra terminar.

Penelope abriu o livro ao acaso e leu em voz alta:

— "Que mulher feliz eu sou, morando em um jardim, com livros, crianças, pássaros e flores, além de ter tempo de sobra para desfrutá-los!"

Rindo, ela tornou a largar o livro.

— Você tem todas essas coisas — comentou. — Falta apenas o tempo de sobra. Boa noite.

As duas se beijaram.

— Boa noite, minha querida.

Ela telefonou de Londres e sua voz era alegre, em meio à chiadeira da ligação.

— Lawrence, sou eu, Sophie. Como vai você, meu querido? Sim, estou tendo momentos maravilhosos. Você tinha razão, nada está tão ruim como eu achei que estaria. Sim, claro, há os estragos dos bombardeios, enormes buracos em ruas de casas geminadas, como dentes arrancados da boca, mas todos se mostram corajosos, alegres e seguindo em frente, como se nada tivesse acontecido. E a vida continua, mesmo. Fomos a dois concertos, ouvimos Myra Hess na hora do almoço, foi maravilhoso, você ia ter amado! Também visitei os Ellington e aquele simpático rapazinho, Ralph, que estudava no Slade; ele agora está na RAF. A casa está ótima, enfrentando todos esses solavancos, e é tão bom estar de volta, e Willi Friedmann está plantando verduras na horta...

Ele perguntou, quando encontrou uma brecha:

— O que vai fazer hoje à noite?

— Vamos jantar com os Dickin, eu, Elizabeth e Peter. Você se lembra deles, ele é médico, trabalhava com Peter... não moram perto de Hurlingham?

— E como chegarão lá?

— Ah, de táxi ou metrô. E, por falar em metrô, é incrível, as estações estão cheias de gente dormindo. Eles cantam, fazem festas formidáveis e depois todos vão dormir. Ô meu querido, já estou começando a ouvir os "pips" Preciso desligar. Um beijo para todos. Chego em casa depois de amanhã.

Naquela noite, Penelope acordou com um forte sobressalto. Alguma coisa — algum som, algum alarme. O bebê, talvez. Teria Nancy chorado? Ficou ouvindo, mas tudo que percebeu foi apenas o disparar amedrontado de seu próprio coração. As batidas tranquilizaram-se aos poucos. Então, ouviu as pisadas cruzando o patamar, o rangido dos degraus da escada, o clique do interruptor, quando a luz foi acesa. Levantou-se da cama, saiu do quarto e inclinou-se no corrimão da escada. A luz do saguão estava acesa.

— Papai?

Não houve resposta. Ela cruzou o patamar e espiou no quarto dele. A cama estava desarrumada, mas vazia. Voltou ao patamar, hesitante: o que ele estaria fazendo? Teria ficado indisposto? Aguçando os ouvidos, percebeu que Lawrence zanzava pela sala de estar. Depois, tudo ficou quieto. Seu pai havia acordado, só isso. As vezes, quando perdia o sono, ele agia da mesma forma: descia para o térreo, acendia a lareira e pegava um livro para ler.

Penelope voltou para a cama. Porém, o sono não vinha. Ficou acordada na escuridão, espiando o céu fosco pela janela aberta. Mais abaixo, na praia, a maré murmurava, as ondas sussurravam na areia. Ouvindo os ruídos do mar, ela esperou o alvorecer, de olhos abertos.

Às sete horas, levantou-se e desceu para o térreo. Seu pai tinha ligado o rádio. Estava tocando música. Ele esperava o noticiário do começo da manhã.

— Papai...

Ele ergueu a mão, em um gesto para silenciá-la. A música extinguiu-se. Soou o indicador do tempo.

— "Aqui é Londres falando. Este é o noticiário das sete horas, lido por Alvar Liddell."

A voz calma, desapaixonada e objetiva, contou a eles o que tinha acontecido. Contou a eles sobre o ataque aéreo daquela noite, sobre Londres... bombas incendiárias, minas terrestres, explosivos potentes, tudo havia sido despejado sobre a cidade. Ainda enfrentavam incêndios, mas estavam sob controle... as docas tinham sido atingidas...

Penelope estendeu a mão e desligou o rádio. Lawrence ergueu os olhos para ela. Usava seu velho robe, e a barba despontando no queixo cintilava prateada.

— Não pude dormir — disse

— Eu sei. Ouvi você descer.

— Fiquei aqui sentado, esperando que amanhecesse.

— Já houve outros reides, papai. Está tudo bem! Vou fazer o chá. Não se preocupe. Tomaremos uma xícara de chá e depois ligaremos para a Rua Oakley. Vai estar tudo bem, papai.

Tentaram a ligação, porém a telefonista informou que, após o reide daquela noite, não havia linhas para Londres. Durante toda a manhã, de hora em hora, tentaram uma comunicação, sem êxito.

— Sophie deve estar tentando ligar para nós, papai, assim como estamos tentando ligar para ela. Deve estar tão frustrada e ansiosa como nós, porque sabe que ficamos preocupados.

Entretanto, só por volta do meio-dia o telefone finalmente soou. Cortando verduras para a sopa, na pia da cozinha, Penelope ouviu a chamada, largou a faca e correu para a sala de estar, enxugando as mãos no avental. Entretanto, sentado ao lado do telefone, Lawrence já atendia. Ela ficou de joelhos ao lado do pai, bem perto, não querendo perder uma palavra da ligação.

— Alô? Aqui é de Carn Cottage. Alô?

Um zumbido, um estalido, um curioso chiado e, finalmente:

— Alô.

Entretanto, não era a voz de Sophie.

— Lawrence Stern falando.

— Lawrence, aqui é Lalla Friedmann. Sim, Lalla, da Rua Oakley. Não consegui ligar antes. Há mais de duas horas que estou tentando. Eu...

A voz dela interrompeu-se subitamente, e a linha emudeceu.

— O que é, Lalla?

— Você está sozinho?

— Não, Penelope está comigo. É... Sophie, não é?

— Sim. Ô Lawrence, sim. E os Clifford. Todos eles. Foram todos mortos! Uma bomba atingiu em cheio a casa dos Dickin. Nada restou. Fomos até lá para saber, eu e Willi. Hoje de manhã, como eles não tinham voltado, Willi tentou ligar para os Dickin, mas, é claro, foi impossível. Então, fomos até lá, para saber o que tinha acontecido. Já tínhamos ido lá antes, em um Natal, sabíamos o endereço. Tomamos um táxi, mas depois tivemos de ir andando...

Nada restou.

— ... e, quando chegamos ao fim da rua, estava isolada por cordões; não permitiam que ninguém fosse lá, e os bombeiros ainda trabalhavam. Entretanto, pudemos ver. A casa havia desaparecido. Nada mais havia lá, senão uma enorme cratera. Chamei um policial e falei com ele. Foi muito gentil, mas disse que não havia esperanças. Nenhuma esperança, Lawrence. — Ela começou a chorar. — Todos eles... Mortos. Sinto muito. Lamento tanto ter de lhe contar isso.

Nada restou.

— Foi muita gentileza sua ter ido procurá-los. E também muita gentileza ter ligado para cá...

— É a *pior coisa que já tive de fazer.*

— Eu sei — disse Lawrence. — Eu sei.

Ele ficou parado. Após um momento, desligou o telefone, seus dedos contorcidos recolocando o fone desajeitadamente no gancho. Penelope virou a cabeça e a recostou na lã grossa da suéter do pai. O silêncio que se seguiu foi vazio de tudo. Um vácuo.

— Papai.

Ele ergueu a mão, afagou-lhe o cabelo.

— Papai.

Ela ergueu o rosto e o viu balançar a cabeça em negativa. Soube que ele apenas queria ficar só. Reparou, então, que seu pai estava velho. Nunca lhe parecera tão velho antes, mas agora sabia que Lawrence Stern jamais seria outra coisa. Levantando-se, saiu da sala e fechou a porta.

Nada restou.

Penelope subiu para o andar de cima e entrou no quarto dos pais Naquela manhã fantasmagórica, a cama não fora arrumada. As cobertas estavam ainda amarfanhadas, o travesseiro mostrava a impressão funda da cabeça insone de seu pai. Ele já sabia. Ambos já sabiam. Esperançosos, apelando para a coragem, mas tomados por uma certeza mortal.

Nada restou.

Na mesa de cabeceira de Sophie estava o livro que ela ficara lendo à noite, na véspera de sua partida para Londres. Penelope foi até lá e o pegou.

Ele se abriu automaticamente em suas mãos, naquela página muito lida, muito relida.

> Que mulher feliz eu sou, morando em um jardim, com livros, crianças, pássaros e flores, além de ter tempo de sobra para desfrutá-los! Às vezes, tenho a sensação de haver sido mais abençoada do que todos os meus semelhantes, por ser capaz de encontrar a felicidade tão facilmente.

As palavras dissolveram-se e ficaram perdidas, como figuras vistas através de uma vidraça lavada pela chuva. Encontrar a felicidade tão facilmente. Sophie não apenas encontrara a felicidade, ela a irradiara. E agora, nada havia restado. O livro escorregou de seus dedos. Ela caiu sobre a cama e enterrou o rosto lacrimoso no travesseiro de Sophie, sentindo o linho fresco como a pele de sua mãe, ainda com um doce cheiro de seu perfume, como se ela, apenas um momento antes, houvesse saído do quarto.

10

ROY BROOKNER

Embora fosse um jogador competente e demonstrasse uma incrível velocidade nas quadras de squash, Noel Keeling não era adepto do esforço físico. Nos fins de semana, quando pressionado por sua anfitriã para passar uma tarde podando árvores ou trabalhando em grupo no jardim, ele escolhia as tarefas menos árduas sem pestanejar, recolhendo pequenos galhos para uma fogueira ou cortando as rosas mortas na ponta dos ramos. Podia oferecer-se para aparar a grama, porém somente se o aparador fosse do tipo que ele soubesse dirigir, e fazia questão de que outra pessoa — em geral alguma jovem loucamente apaixonada por ele — se incumbisse de levar o carrinho de mão, cheio de grama aparada, até o monte de composto. Caso a situação ficasse realmente complicada, como acontecia quando ele de repente era obrigado a encarar moirões de cerca a serem fincados em solo pedregoso ou um enorme buraco cavado para um arbusto recentemente adquirido, ele aperfeiçoara a arte de esgueirar-se para dentro da casa, onde finalmente seria descoberto por outros convidados exaustos e indignados, aboletado diante da televisão, assistindo a uma partida de críquete ou golfe, com os jornais dominicais espalhados à sua volta, como folhas soltas.

Em vista disso, ele elaborou seus planos. Passaria todo o sábado simplesmente bisbilhotando, verificando o conteúdo de cada arca, cada caixa, cada cômoda antiga e cambaia. (O verdadeiro trabalho pesado, o de arrastar, carregar e empilhar velharias debaixo dos dois estreitos lances de escada, podia ser tranquilamente deixado para o dia seguinte, para o novo jardineiro que fazia às vezes de operário, enquanto ele nada de mais penoso teria a fazer, além de dar ordens.) Se tivesse êxito em sua vistoria e encontrasse o que procurava... um, dois ou talvez mais esboços a óleo de Lawrence Stern... então agiria com toda a calma. *Isto aqui talvez fosse interessante*, diria para sua mãe e, dependendo da reação dela, continuaria. *Talvez valesse a pena serem examinados por um perito; conheço um, Edwin Mundy...*

Na manhã seguinte, Noel levantou cedo, preparou um lauto desjejum de bacon, ovos e salsicha, mais quatro torradas e um bule de café forte. Comeu à mesa da cozinha, enquanto via a chuva deslizar vidraça abaixo. Isso o alegrou, porque não haveria chance de sentir-se tentado a sair para o jardim e sua mãe pedir-lhe que fizesse alguma coisa. Quando estava na segunda xícara de café e já completamente desperto, ela surgiu em seu penhoar, parecendo um tanto surpresa ao ver o filho acordado tão cedo em uma manhã de sábado e tão diligente.

— Não vá fazer muito barulho, está bem, meu querido? Gostaria que Antonia dormisse o maior tempo possível. Pobre menina, deve estar esgotada.

— Ouvi as duas conversando de madrugada. Do que falavam?

— Ah, nada de importante. — Ela serviu um pouco de café para si mesma. — Escuta, Noel, não vá jogar nada fora sem me mostrar primeiro, está bem?

— Não farei mais nada, além de verificar o que você entulhou lá em cima. A queima e a destruição podem ficar para amanhã. Entretanto, procure ser sensata. Moldes antigos de tricô e retratos de casamento tirados por volta de 1910, decididamente, precisam ser eliminados.

— Odeio pensar no que você irá destruir.

— Nunca se sabe — disse Noel, sorrindo para ela. — Tudo pode acontecer.

Ele a deixou tomando o café e subiu. Entretanto, antes de começar a trabalhar, uma ou duas dificuldades práticas precisavam ser resolvidas. O sótão tinha apenas uma pequena janela, profundamente incrustada no oitão para o leste, e a única lâmpada, suspensa na viga central do teto, era tão fraca e mortiça, que pouca luminosidade acrescentava à escassa claridade do dia cinzento. Descendo para a cozinha, ele pediu à mãe uma lâmpada mais potente. Ela desentranhou uma de uma caixa debaixo da escada. Ele a levou para cima e, equilibrando-se em uma cadeira cambaia, substituiu a lâmpada fraca pela mais forte. Entretanto, ao acionar o interruptor, verificou que nem assim havia luz suficiente para levar a cabo a minuciosa investigação que tinha em mente. Um abajur, era disso que precisava. Havia um bem ali, um velho abajur de modelo comum, com a cúpula torta e quebrada, mais um comprido fio que se espichava pelo chão, porém sem tomada. Isso significava mais uma viagem ao andar de baixo. Apanhou outra lâmpada potente na caixa de papelão e perguntou à mãe se dispunha de alguma tomada extra. Ela disse que não havia nenhuma. Noel insistiu que era indispensável. Ela respondeu que, neste caso, tirasse alguma de outro aparelho doméstico. Noel precisava de uma chave de fenda. Penelope informou que havia uma em sua gaveta de utilidades e, começando a parecer meio exasperada, apontou-a para ele.

— Aquela ali, Noel! No aparador!

Ele abriu a gaveta e se defrontou com uma barafunda de pedaços de fio elétrico, fusíveis, martelos, caixas de tachinhas e tubos achatados de cola. Remexendo entre tudo aquilo, terminou encontrando uma pequena chave de fenda, com a qual removeu a tomada do ferro de passar. Novamente no sótão, adaptou com certa dificuldade a tomada ao fio do velho abajur e, rezando para que fosse comprido o suficiente, arrastou-o escada abaixo, ligando-o na tomada do patamar. Pelo que lhe pareceu ser a centésima vez, tornou a subir a escada, apertou o interruptor do abajur e soltou um suspiro de alívio, quando a lâmpada acendeu. Facilmente desencorajado pela menor dificuldade, ele se sentia exausto, porém agora tudo ficara iluminado e, finalmente, podia começar.

Por volta do meio-dia, já havia trabalhado até metade do entulhado e empoeirado sótão. Vasculhara três arcas, uma mesa roída pelos cupins, um caixote de uma empresa de mudanças, em madeira leve, e duas malas. Havia encontrado cortinas e almofadas, inúmeras taças de vinho embrulhadas em papel de jornal, pesados álbuns de fotos, com suas baças reproduções em sépia, um aparelho de chá para boneca, uma pilha de fronhas amareladas pelo tempo e tão surradas que estavam além de qualquer possibilidade de conserto. Vira livros de contabilidade encadernados em couro, as entradas meticulosamente escritas em desbotada e floreada caligrafia; montes de cartas, amarradas com fitas; tapeçarias inacabadas, nas quais estavam enfiadas agulhas enferrujadas; e algumas instruções para o manejo da última invenção, um aparelho para limpar facas. Em certo momento, ao se deparar com uma grande caixa de papelão fechada com adesivos, sentiu a esperança brotar. Com mãos trêmulas de excitação, arrancara os adesivos, mas encontrara apenas aquarelas pintadas por algum amador, só Deus sabia quem, e representando as Dolomitas. A decepção foi imensa, mas ele reuniu energias para prosseguir em sua tarefa. Havia penas de avestruz e xales de seda com longas franjas; toalhas de mesa bordadas, com as dobras amareladas; quebra-cabeças e peças de tricô inacabadas. Encontrou um tabuleiro de xadrez, mas nenhuma peça; cartas de baralho, uma edição do *Burke's Lauded Gentry*, de 1912.

Em toda a sua busca, nada tinha encontrado que remotamente possuísse alguma semelhança com a obra de Lawrence Stern.

Soaram passos nos degraus. Noel se encarapitara em uma banqueta, empoeirado, sujo e desconsolado, lendo um exemplar de *Sugestões para a dona de casa*, onde se ensinava a lavar meias pretas de lã. Erguendo o olhar, viu Antonia, no alto dos degraus. Usava jeans, tênis e uma suéter branca. Ele pensou brevemente que era lamentável ela ter cílios tão claros, porque seu corpo era simplesmente sensacional.

— Olá — disse ela, parecendo tímida e insegura, como se relutasse em perturbá-lo.

— Olá — respondeu Noel, fechando o livro com uma pancada seca e o deixando cair no chão, a seus pés. — Quando foi que saiu do casulo?

— Por volta das onze horas.

— Eu te acordei?

— Não. Não ouvi coisa alguma. — Antonia aproximou-se, esgueirando-se por entre todos aqueles objetos penosamente vasculhados. — Como está indo com o trabalho?

— Devagar. A ideia geral é separar o joio do trigo. Tentar eliminar tudo que represente risco de incêndio.

— Não imaginava que fosse tão difícil assim. — Ela parou para olhar em volta. — De onde veio tudo isto?

— É uma boa pergunta. Do sótão da casa da Rua Oakley. E de outros sótãos, de outras casas, recuando através dos séculos, a julgar pela aparência das coisas. Essa absoluta incapacidade de jogar coisas fora deve ser hereditária.

Inclinando-se, Antonia recolheu um xale de seda escarlate.

— Que bonito. — Ajeitou-o em torno dos ombros, ordenando as franjas emaranhadas. — O que acha?

— Bizarro.

Ela retirou o xale, dobrando-o com cuidado.

— Penelope me pediu para perguntar se você quer comer alguma coisa.

Noel olhou para o relógio e, com surpresa, viu que era meio-dia e meia. O tempo lá fora não clareara, e ele estivera tão concentrado em sua tarefa que perdera inteiramente a noção das horas. Percebeu que não apenas tinha fome, como também sede. Saltou da banqueta e ficou em pé.

— Do que agora preciso, mais do que tudo, é um gim-tônica.

— Vai voltar ao sótão à tarde?

— Não tenho alternativa. Do contrário, isso nunca terminará.

— Se quiser, posso vir ajudar.

Noel, entretanto, não a queria por perto... não queria ninguém espiando o que fazia.

— É muita gentileza sua, mas acho melhor continuar sozinho, trabalhando no meu próprio ritmo. Venha... — Ele a tocou em direção à escada. — Vamos ver o que a mãe fez para o almoço.

Por volta das seis e meia da tarde, a longa vistoria terminara, e Noel já sabia que não acertara o alvo. O sótão de Podmore's Thatch não continha tesouro algum. Nem um só croqui de Lawrence Stern fora encontrado, e todo o projeto havia sido pura perda de tempo. Ruminando tão amarga verdade, ele se postou em pé, de mãos nos bolsos, contemplando a confusão que era tudo quanto tinha conseguido. Cansado e sujo, sem mais esperanças, seu estado de espírito passou para o ressentimento, dirigido principalmente para sua mãe, a culpada de tudo. Provavelmente, em um ou outro momento, ela destruíra os esboços ou os vendera por alguns níqueis, não se podendo descartar a hipótese de tê-los dado para alguém. Sua despreocupada generosidade, somada àquela mania de amealhar como um esquilo, acumulando coisas inúteis, sempre o deixara fora de si. Agora, Noel deixou que sua fúria lavrasse, queimando-o silenciosamente. Seu tempo era precioso, e perdera um dia inteiro vasculhando os destroços do naufrágio, de quantas gerações só Deus saberia, simplesmente porque ela nunca se dera ao trabalho de fazer aquilo sozinha.

Agora, com a raiva de mil demônios, por um momento chegou a pensar em abandonar o navio e seguir a rota de fuga designada para os fins de semana. Uma Estrela, que era recordar de súbito um premente compromisso em Londres, dar adeus e voltar para casa.

Entretanto, isso não era mais possível. Já tinha ido longe demais e também falara além da conta. Fora ele quem começara tudo (casa insegura, risco de incêndio, seguro com pouca cobertura etc.) e também falara a Olivia sobre a possível existência dos esboços. A essa altura, embora certo de que tais esboços não existiam, podia imaginar os ferinos comentários de Olivia se ele tirasse o corpo fora, deixando o trabalho inacabado. Apesar de sua insensibilidade, não o entusiasmava a perspectiva de enfrentar as cáusticas reprimendas de sua inteligente irmã.

Nada havia a fazer. Teria de ficar ali. Enfurecido, chutou para o lado uma cama quebrada de boneca e, apagando as luzes, desceu para o térreo.

A chuva parou durante a noite, e as nuvens carregadas dispersaram-se, levadas por um leve vento sudoeste. A manhã de domingo mostrou um céu claro e tranquilo, a quietude quebrada apenas pelo coro dos trinados de pássaros. Foi isso que despertou Antonia. Os primeiros raios de sol entravam enviesados em seu quarto, pela janela aberta, pousavam aquecidos no tapete e destacavam as rosas em tonalidade rosa vibrante, no tecido das cortinas. Ela saiu da cama e foi inspecionar o dia, debruçando-se com os braços nus no peitoril da janela e aspirando o ar úmido, impregnado do cheiro de musgo. O teto de colmo era tão baixo, que lhe roçava o alto da cabeça. Ela viu o orvalho cintilando na relva e os dois tordos que trinavam no castanheiro — a suave cerração de uma perfeita manhã de primavera.

Eram sete e meia da manhã. Chovera durante todo o dia anterior, e eles não haviam saído de casa. Ainda não refeita dos traumas e das viagens, Antonia nada mais desejaria do que um dia de sossego. Fora deixada a sós junto à lareira, com as gotas de chuva escorrendo nas vidraças e as luzes acesas, por ser o dia tão penumbroso. Tinha encontrado um livro, uma obra de Elizabeth Jane Howard que ainda não lera e, depois do almoço, aninhando-se no sofá, mergulhou na leitura. Penelope surgia de vez em quando, a fim de colocar mais uma tora no fogo da lareira ou procurar seus óculos. Depois, juntou-se a Antonia, não para tagarelar, e sim para ler os jornais. Mais tarde, preparou chá e o trouxe. Sozinho no sótão, Noel ficara lá o dia inteiro, para finalmente aparecer, exibindo um péssimo estado de espírito.

Isso deixou Antonia pouco à vontade. Ela e Penelope estavam então na cozinha, preparando o jantar em franca camaradagem, mas bastou-lhe um olhar em direção a Noel para ter um mau pressentimento, uma certeza de que seu descontentamento estava prestes a destruir a inteira harmonia do dia.

Na verdade, tudo referente a Noel a deixava pouco à vontade. Ele possuía a mesma vitalidade morena de Olivia, seu linguajar animado, porém nada tinha da simpatia da irmã. Fazia Antonia sentir-se feia e canhestra, sendo-lhe difícil encontrar coisas para dizer a ele, coisas que não fossem banais nem tediosas. Quando ele cruzou a porta da cozinha, de rosto carregado como uma tormenta e uma mancha de sujeira num lado do rosto, a fim de encher um copo com uma generosa dose de uísque puro e questionar a mãe sobre o motivo de haver trazido tanto lixo da rua Oakley para Gloucestershire, as pernas de Antonia tremeram, ante a perspectiva de uma cena ou, pior ainda, de uma noite de silencioso mau humor. Penelope, entretanto, enfrentou a situação à sua maneira, não se deixando provocar pelo ataque e deixando claro que o filho não levaria a melhor.

— Preguiça, suponho — respondeu serenamente. — Foi mais fácil enfiar tudo empacotado no caminhão de mudanças do que decidir que destino dar a tanta coisa. Eu já tinha bastante o que fazer, tendo que selecionar todos aqueles livros e cartas velhas.

— Certo, mas quem foi que os guardou lá?

— Não faço a menor ideia.

Derrotado, silenciado pelo bom humor da mãe, ele despejou todo o uísque no fundo da garganta, e imediatamente ficou mais relaxado. Chegou a esboçar um breve sorriso.

— Você é a mulher mais impossível do mundo — disse para a mãe. Ela aceitou isso também.

— Sei disso muito bem, mas nem todos nós somos perfeitos. Pense apenas no quanto sou boa em outras coisas. Como cozinhar para você e ter sempre a bebida certa no aparador. Caso se lembre, a mãe de seu pai nunca deixava nada em seu aparador, exceto garrafas de xerez, que tinha um sabor de passas.

Ele franziu o cenho, desgostoso ao evocar aquilo.

— O que tem para o jantar?

— Truta assada com amêndoas, batatas frescas e framboesas com creme. Não menos do que você merece. Além disso, pode escolher uma garrafa de vinho adequada, beber seu drinque lá em cima e tomar um banho. — Ela sorriu para o filho, porém os olhos escuros eram penetrantes. — Tenho certeza de que precisará de um, depois de toda essa trabalheira.

Assim, a noite havia sido tranquila. Cansados, foram todos cedo para a cama, e Antonia dormiu a noite inteira. Agora, com a vitalidade da juventude, pela primeira vez em muitos dias voltava a sentir-se ela mesma novamente. Queria ir lá para fora, correr pelo gramado e encher os pulmões de ar puro e fresco. A manhã de primavera esperava, e Antonia sabia que precisava fazer parte dela.

Vestiu-se, desceu para o térreo, apanhou uma maçã na fruteira sobre o aparador da cozinha, passou pelo jardim de inverno e saiu para o jardim. Comendo a maçã, atravessou o gramado. O orvalho umedecia seus tênis de lona, os quais deixavam uma trilha de pegadas sobre a grama úmida. Passou de baixo do castanheiro, cruzou a passagem pela cerca viva e viu-se no pomar. Uma trilha rústica serpenteava pelo gramado sem trato e já pontilhado de brotos de narcisos, passando junto aos restos de uma fogueira e contornando uma sebe de pilriteiros recentemente podada. Um pouco além, ela chegou até o rio, correndo fundo e estreito entre margens altas. Acompanhou a corrente, abaixo de um arco de salgueiros. Onde os salgueiros rareavam, o rio seguia o curso, através de amplos prados úmidos, cheios de gado pastando; mais além, as encostas suaves subiam para o céu. Havia ovelhas nas pastagens altas e, a distância, um homem com um cão em seu encalço subia a ladeira na direção daqueles animais.

Agora, Antonia aproximava-se da aldeia. Na curva da estrada, estavam a velha igreja com sua torre quadrada e os chalés edificados em pedras douradas. A fumaça subia reta no ar imóvel, brotando de chaminés e lareiras acesas pouco antes. O sol subia no céu cristalino e seu débil calor arrancava da ponte um cheiro de creosoto. Era um cheiro agradável. Ela se sentou na ponte, deixando penduradas as pernas úmidas, e terminou de comer a maçã. Atirou o caroço com as sementes na água corrente e limpa, e depois o ficou vendo ir embora, até desaparecer para sempre.

Decidiu que o condado de Gloucestershire era de uma beleza imensa, altamente poética excedendo tudo quanto havia imaginado. E Podmore's

Thatch era perfeito, mas mais que tudo, era Penelope. Só de estar com Penelope fazia uma pessoa sentir-se calma e segura, como se a vida — ultimamente quase insuportável, de tão vazia e melancólica — ainda tivesse algo de empolgante e contivesse alegrias futuras. "Você pode ficar aqui o tempo que quiser", ela havia dito para Antonia. Em si, o convite era uma tentação, mas ela sabia ser impossível. Por outro lado, o que pretendia fazer?

Estava com dezoito anos. Não tinha família, lar, nem dinheiro e tampouco qualificações para exercer alguma profissão. Durante aqueles poucos dias passados em Londres, fizera confidências a Olivia.

— Nem eu mesma sei o que quero fazer. Isso é, nunca senti grande vocação para alguma coisa. Seria bem mais fácil se sentisse. E, mesmo que me decidisse subitamente a ser uma secretária, médica ou contadora, aprender essas profissões custa muito dinheiro.

— Eu poderia ajudá-la — dissera Olivia.

Antonia ficara imediatamente agitada.

— De maneira alguma, nem pense nisso! Você não tem qualquer responsabilidade comigo.

— De certa forma, acho que tenho. Você é a filha de Cosmo. E eu não estava pensando tanto em preencher cheques polpudos, mas sim em ajudá-la de outras maneiras. Posso apresentá-la a pessoas. Nunca pensou em ser modelo?

Modelo!? Antonia ficara boquiaberta de espanto.

— Eu? Ora, jamais poderia ser modelo! Eu nem sou bonita!

— Para ser modelo, não precisa ser bonita. Basta ter as medidas certas de corpo, e você as tem.

— Impossível. Fico muito constrangida com uma máquina fotográfica apontando para mim.

Olivia riu.

— O tempo a fará superar isso. Tudo que precisa é de um bom fotógrafo, alguém que lhe infunda confiança. Já vi isso acontecer antes. Patinhos feios transformados em cisnes.

— Comigo não.

— Não seja tão tímida. Não tem nada de errado com seu rosto, exceto esses cílios claros demais. Por outro lado, eles são incrivelmente espessos e longos. Não sei por que não usa rímel.

Aqueles cílios eram o maior motivo de vergonha para Antonia e, ao ouvir Olivia mencioná-los, ela enrubesceu de constrangimento.

— Já tentei, Olivia, mas não posso. Sou alérgica a esses produtos ou tenho algum outro problema desse tipo. Minhas pálpebras incharam, depois a bochecha, fiquei com o rosto todo vermelho, os olhos começaram a lacrimejar e toda a tinta preta me escorreu dos olhos. É um desastre, mas não posso fazer nada.

— Por que não os tinge?

— *Tingir?*

— Sim. Tingir de preto. Em um salão de beleza. Então, todos os seus problemas terminariam.

— E eu não seria alérgica à tintura?

— Não acredito. Enfim, você vai ter que descobrir. Seja como for, isso não vem ao caso agora. Estamos falando de você arranjar um emprego como modelo fotográfico. Só por um ou dois anos. Ganharia um bom dinheiro e poderia economizar um pouco. Então, quando tivesse decidido o que fazer, poderia contar com algum capital, seria independente. De qualquer modo, reflita nisso durante sua permanência em Podmores Thatch e depois me comunique o que decidiu, para eu providenciar as fotos.

— Você é muito generosa.

— Não, querida. Apenas prática.

Considerando o caso objetivamente, até que não era má ideia. A perspectiva de realmente fazer tal trabalho deixara Antonia alarmada, mas, se pudesse ganhar algum dinheiro nessa profissão, certamente valeria a pena submeter-se ao constrangimento e a ter o rosto carregado de maquiagem. Além disso, por mais que pensasse, não conseguia imaginar alguma coisa que realmente quisesse fazer. Gostava muito de cozinhar, de jardinagem, de plantar flores e de colher frutas — durante os dois anos passados com

Cosmo em Ibiza, pouco mais fizera além disso —, mas era impossível progredir grande coisa como colhedora de frutas profissional. Por outro lado, não a seduzia a perspectiva de trabalhar em um escritório, muito menos em uma loja, um banco ou um hospital. Assim sendo, qual era a alternativa?

Na torre da igreja, do outro lado do vale, um sino começou a badalar, infundindo uma espécie de melancólica tranquilidade ao pacífico cenário. Antonia pensou em outros sinos: sinos de cabras em Ibiza, dissonantes, badalando no início das manhãs, pelos áridos campos pedregosos que circundavam a casa de Cosmo. E o cantar dos galos, os grilos cricrilando na escuridão... todos os sons de Ibiza, desaparecidos para sempre, mergulhados no passado. Pensou em Cosmo e, pela primeira vez, tal pensamento não lhe encheu os olhos de lágrimas. O pesar era uma carga terrível, mas, pelo menos, era possível deixá-lo à beira da estrada e seguir em frente. Antonia dera apenas alguns passos, mas já podia virar a cabeça, olhar para trás e não chorar. Isso nada tinha a ver com esquecimento. Era apenas aceitação. Nada volta a parecer tão ruim, depois que o aceitamos.

O sino da igreja soou por uns dez minutos, então cessou abruptamente. O silêncio que se seguiu ficou impregnado dos pequenos sons da manhã. A água fluindo, os berros do gado, os balidos distantes das ovelhas. Um cão latiu. O motor de um carro roncou. Antonia percebeu que estava morta de fome. Levantando-se, saiu da ponte e começou a refazer seus passos, encaminhando-se para Podmore's Thatch e o desjejum. Ovos cozidos, talvez, pão integral, manteiga e chá forte. A simples ideia de tão deliciosa comida a encheu de satisfação. Despreocupadamente feliz, pela primeira vez em semanas, começou a correr, abaixando a cabeça ao passar sob os galhos pendentes dos salgueiros, de coração leve e livre, como uma criança a quem estivesse prestes a acontecer algo maravilhoso.

Quando alcançou a sebe de pilriteiros e o portão que dava para o pomar de Penelope, estava sem fôlego, encalorada pelo exercício. Ofegando, reclinou-se no portão por um instante, depois o abriu e passou para o outro lado. Ao fazer isso, um movimento lhe chamou a atenção e, erguendo o olhar, viu um homem conduzindo um carrinho de mão pela trilha sinuosa que levava para fora do jardim, naquele momento passando sob o varal de Penelope, entre a vetusta macieira e as pereiras. Era um rapaz alto, de pernas compridas. Não Noel. Um outro homem.

Antonia fechou o portão. O clique da fechadura chamou a atenção do estranho, que olhou para ela.

— Bom dia — disse ele em voz bem alta.

Continuou empurrando o carrinho pela grama crescida, a roda rangendo, necessitada de óleo. Antonia ficou parada, vendo-o aproximar-se. À altura dos restos da fogueira, ele parou, largou o carrinho e endireitou as costas, enquanto a observava. Usava jeans desbotados e manchados, enfiados em botas de borracha, e uma suéter velha e frouxa sobre uma camisa azul vivo. A gola da camisa fora erguida em torno do pescoço, e os olhos dele mostravam a mesma tonalidade azul forte, fixos e fundos, as faces curtidas pelo tempo.

— Que lindo dia — disse o rapaz.

— Tem razão.

— Foi dar um passeio?

— Só cheguei até a ponte.

— Você deve ser Antonia.

— Sim, sou eu mesma.

— A Sra. Keeling me disse que você ia chegar.

— Não sei quem é você.

— Sou o jardineiro. Danus Muirfield. Vim dar uma ajuda hoje. Na limpeza do sótão. Queimar tudo que for imprestável.

O carrinho de mão continha algumas caixas de papelão, jornais velhos e um forcado. Pegando o comprido cabo do forcado, ele começou a remexer as cinzas da fogueira anterior, puxando-as para o lado a fim de limpar um trecho seco de solo.

— Há uma montanha de coisas para queimar — informou Antonia. — Subi ontem até o sótão e vi a quantidade.

— Não importa, temos o dia todo para isso.

Ela gostou de ouvi-lo falar no plural. Aquilo parecia incluí-la, ao contrário da fria rejeição de Noel, quando se oferecera para ajudar. Agora, começava a sentir-se não apenas parte de todo o projeto, mas também bem-vinda.

— Ainda não tomei café, mas, assim que comer alguma coisa, venho dar uma ajuda.

— A Sra. Keeling está na cozinha, cozinhando ovos.

Antonia sorriu.

— Eu estava torcendo para que fossem ovos cozidos.

Ele não correspondeu ao sorriso.

— Pois então, vá comê-los — disse. Enfiou os dentes do forcado na terra preta e se virou para recolher um monte de jornais. — Não se pode ter um dia de trabalho duro com o estômago vazio.

Com as mãos enluvadas em couro de porco firmemente aferradas ao volante de seu carro, Nancy Chamberlain rodava pelas ensolaradas Cotswolds em direção a Podmore's Thatch, para o almoço de domingo com a mãe. Estava bem-humorada e seu atual estado de espírito era resultante de vários fatores. O dia inesperadamente radioso era um deles. O céu muito azul não afetara a ela, apenas, mas também à sua família, pois as crianças não tinham discutido durante o desjejum, George fizera uma ou duas piadas sobre suas salsichas da manhã de domingo e até a Sra. Croftway se tinha oferecido para levar os cães em sua caminhada à tarde.

Sem a tarefa de um lauto almoço de domingo para preparar, sobrara tempo para tudo. Tempo para Nancy demorar-se em maiores cuidados com sua aparência (estava usando seu melhor duas-peças e a blusa de crepe da China, com laço no pescoço); tempo para levar Melanie e Rupert de carro até a casa dos Wainwright; tempo para acenar a George, quando ele partiu para sua reunião diocesana; e até mesmo tempo para ir à igreja. Ir à igreja sempre deixava Nancy sentindo-se boa e piedosa, da mesma forma como comparecer a comitês dava-lhe uma sensação de importância. Assim, desta vez, a imagem que fazia de si mesma nivelava-se a suas ambições. Era uma senhora residente no campo bem organizada, com filhos convidados a passarem o dia na companhia de amigos adequados, um marido envolvido em atividades meritórias e empregados dedicados.

Tudo isso a fazia experimentar uma sensação de segurança tão plena quanto incomum, de maneira que, enquanto dirigia, ia planejando exatamente o que faria e diria no transcorrer da tarde. No momento oportuno, sozinha com a mãe, talvez durante o café, abordaria o assunto dos quadros de Lawrence Stern. Mencionaria o preço absurdo que *As aguadeiras* fora leiloado e salientaria sua falta de visão em não aproveitar os preços do mercado, que agora estavam no ápice. Viu-se fazendo isso, argumentando tranquilamente, deixando bem claro que pensava apenas no melhor para sua mãe.

Vender. Apenas os painéis, naturalmente, que estavam pendurados, privados de observadores e apreciadores, no patamar junto ao quarto de Penelope. Não *Os catadores de conchas*. De maneira alguma se desfariam dessa tela tão amada, parte fundamental da vida de sua mãe, mas, ainda assim, Nancy citaria George e se mostraria muito objetiva. Poderia sugerir uma nova avaliação do quadro e a possibilidade de um outro seguro. Suscetível como era a respeito de seus bens, Penelope certamente não faria objeções a uma preocupação tão sensata e filial.

A estrada sinuosa chegou ao alto da montanha e, abaixo, no vale, a aldeia de Temple Pudley apareceu, cintilando como uma pederneira à luz do sol. Havia poucos indícios de atividade, excetuando-se o fio escuro de fumaça de fogueira, brotando do jardim de sua mãe. Nancy estivera tão absorvida em seus planos para vender os painéis e nas resultantes centenas de milhares de adoráveis libras, que havia esquecido o verdadeiro propósito do fim de semana, isto é, a faxina no sótão de Podmore's Thatch e a eliminação de todas as coisas inúteis que lá se achavam. Esperava não ser convocada para realizar nenhum trabalho pesado. Não estava adequadamente trajada para encarar fogueiras.

Momentos mais tarde, quando o relógio da igreja badalava a meia hora, Nancy passou pelo portão da casa de sua mãe e estacionou o carro ao lado da porta aberta. Viu o velho Jaguar de Noel parado junto à garagem, uma bicicleta que não reconheceu recostada contra a parede da casa e uma miscelânea de objetos impróprios para o fogo, evidentemente expurgados do sótão e à espera de serem jogados fora. Algumas balanças para pesar bebês, um carrinho de bonecas com uma roda faltando, uma ou duas cabeceiras de cama em metal e dois urinóis lascados. Nancy esgueirou-se por entre tudo aquilo e entrou na casa.

— Mamãe?

Como sempre, a cozinha estava impregnada de odores deliciosos — carneiro assado, hortelã picada, um limão recém-cortado em rodelas. Nancy foi remetida à infância e às lautas refeições que, então, eram preparadas na enorme cozinha do porão da Rua Oakley. O desjejum que fizera parecia ter acontecido muitas horas antes, e ela começou a ficar com água na boca.

— Mamãe?

— Estou aqui!

Nancy a encontrou no jardim de inverno, não fazendo alguma coisa, mas parada, em pé, mergulhada em profundos pensamentos. Penelope não se vestira para uma ocasião especial, como ela; pelo contrário, usava suas roupas mais velhas — uma saia de brim surrada e desbotada, uma camisa de algodão com a gola esfiapando e um cardigã cheio de cerzidos, as mangas arregaçadas até os cotovelos. Nancy largou a bolsa de *lézard*, retirou as luvas e aproximou-se para beijar a mãe.

— O que está fazendo? — perguntou-lhe.

— Tentando decidir onde vamos almoçar. Ia arrumar a mesa na sala de refeições, mas então pensei, com um dia tão lindo, por que não almoçarmos aqui? Além do mais é maravilhosamente aquecido, mesmo com a porta aberta para o jardim. Olhe minhas frésias. Não estão lindas? Que bom ver você, e como está elegante. E então, o que acha? Devemos comer aqui? Noel pode trinchar a carne na cozinha e todos levaremos nossos pratos. Creio que será divertido. O primeiro piquenique do ano e, estando todos tão empoeirados, de qualquer maneira, assim será mais fácil.

Nancy espiou na direção do pomar, contemplando a coluna de fumaça que surgia acima da sebe de alfeneiros e subia para o céu límpido.

— Como vai indo tudo?

— As mil maravilhas. Todos trabalhando duro.

— Não você, espero.

— Eu? Ora, não fiz mais nada além de preparar o almoço.

— E a moça... Antonia?

Nancy pronunciou o nome friamente. Ainda não perdoara Olivia e Penelope pela presença da jovem e só esperava que aquele arranjo fosse um fracasso total. Entretanto, suas esperanças foram baldadas.

— Está de pé desde que amanheceu e logo se atirou ao trabalho, assim que terminou o café da manhã. Noel está no sótão, dando ordens, direita, esquerda, centro... enquanto Danus e Antonia retiram os despojos e alimentam a fogueira.

— Espero que ela não seja um estorvo para você, mamãe.

— Ora, claro que não! Ela é um amor de pessoa.

— O que Noel acha dela?

— Para começar, disse que não fazia o seu tipo, porque tem pestanas alouradas. Dá para imaginar coisa semelhante? Ele nunca vai encontrar uma mulher, recusando-se a olhar além das pestanas!

— "Para começar"? Por quê? Ele mudou de ideia?

— Apenas porque há outro rapaz nos arredores, com quem Antonia parece ter feito amizade. Noel sempre foi um terrível despeitado e acredito que nem tenha faro para o que é bom.

— Outro rapaz? Está falando de seu jardineiro?

— Danus? Sim, ele mesmo. Um rapaz tão simpático!

Nancy estava chocada.

— Está querendo dizer que Antonia fez amizade com o jardineiro?

A mãe apenas riu.

— Ah, Nancy, se pudesse ver como ficou o seu rosto! Não devia ser tão esnobe nem fazer julgamentos antes de conhecer o rapaz.

Nancy, entretanto, não se deixou convencer.

— O que poderia estar acontecendo? Espero que não estejam queimando alguma coisa que você queira conservar.

— De jeito algum. Noel está se portando muito, muito bem. Volta e meia Antonia é enviada para me chamar e tenho que ir lá, dar minha opinião sobre uma coisa ou outra. Houve uma pequena discussão sobre uma mesa atacada por cupins. Noel disse que deveria ir para a fogueira, mas Danus replicou que era boa demais para o fogo e que os cupins podiam ser eliminados. Então, falei que se ele quisesse exterminar os cupins... os velhos e felizardos cupins... poderia ficar com a mesa. Noel não gostou nem um pouco. Voltou para cima pisando forte, carrancudo, mas nem liguei. Muito bem, agora temos que decidir. Vamos almoçar aqui. Você pode ajudar a arrumar a mesa.

Foi o que as duas fizeram, em clima de grande camaradagem. Abriram as folhas dobráveis da velha mesa de pinho e a cobriram com uma toalha de linho azul-escuro. Nancy trouxe talheres e copos da sala de jantar e sua mãe dobrou guardanapos de linho branco em forma de mitras. O toque final foi um vaso de gerânios vermelhos, colocado em um cachepô pintado com flores e posto no centro da mesa. O resultado foi encantador, tão bonito quanto informal. Recuando alguns passos, Nancy maravilhou-se, como sempre, ante o talento natural de sua mãe para criar não apenas um ambiente, mas um verdadeiro prazer visual, utilizando os objetos mais comuns. Sua impressão era de que isso tinha algo a ver com o fato de ter um pai artista. Desanimada, pensou em sua própria sala de jantar, que sempre tinha uma aparência sombria e insossa, por mais que ela tentasse o contrário.

— Agora — disse Penelope — só nos resta esperar que os trabalhadores apareçam e comam. Sente-se aqui ao sol, enquanto me arrumo um pouco, e logo em seguida lhe trarei um drinque. O que prefere? Uma taça de vinho? Um gim-tônica?

Nancy disse que gostaria de um gim-tônica, e foi deixada sozinha. Tirando o casaco, vistoriou o ambiente. Quando sua mãe anunciara a intenção de construir um jardim de inverno, ela e George haviam objetado firmemente.

Na opinião deles, era um luxo que não valia a pena, uma despesa extravagante que, possivelmente, não estava ao alcance de Penelope. O conselho, no entanto, tinha sido ignorado, sendo a delicada e arejada construção devidamente erigida. Agora, aquecida, perfumada, verdejante e cheia de flores, Nancy era forçada a admitir que se tornara um lugar invejável, embora nunca houvesse conseguido descobrir quanto custara. Isso a fez pensar, de maneira inevitável, na inquietante questão do dinheiro. Quando sua mãe voltou, com o cabelo penteado, o rosto empoado e exalando seu melhor perfume, encontrou-a acomodada na mais confortável poltrona de vime, perguntando-se se não seria aquele o momento oportuno para abordar a venda dos painéis. Chegou mesmo a tentar algumas diplomáticas frases de abertura, mas Penelope a interrompeu, desviando a conversa para um rumo inteiramente diverso e inesperado.

— Aqui está. Gim-tônica... Espero que tenha ficado forte o suficiente. — Para si mesma, ela servira uma taça de vinho. Puxou outra poltrona e sentou-se nela, estirando as pernas compridas, o rosto voltado para o calor do sol. — Ah, isso não é uma bênção? O que sua família está fazendo hoje?

Nancy lhe contou.

— Pobre George! Posso imaginá-lo, enfurnado entre quatro paredes o dia inteiro, com um bando de bispos com cara de alce. E quem são os Wainwright? Eu os conheço? É bom que as crianças saiam por conta própria. Aliás, é muito bom para todos nós uma saída por conta própria. Você gostaria de ir à Cornualha comigo?

Sobressaltada, Nancy virou para a mãe o rosto tomado de espanto e incredulidade.

— *Cornualha?*

— Exatamente. Quero voltar a Porthkerris. Em breve. De repente, fui tomada por esta tremenda urgência. Seria muito mais divertido se alguém estivesse comigo.

— Sim, mas...

— Já sei o que vai dizer. Que há quarenta anos não vou lá, que tudo estará mudado e não conhecerei mais ninguém. Só que, mesmo assim, quero ir. Desejo rever tudo aquilo. Por que não vamos juntas? Poderíamos ficar com Doris.

— Com *Doris?*

— Sim, com Doris. Ora, Nancy, você não pode ter se esquecido de Doris. Não é possível. Ela praticamente a criou até seus quatro anos de idade, quando deixamos Porthkerris para sempre.

É claro que Nancy se lembrava de Doris. Não tinha uma recordação muito nítida do avô, mas não esquecera Doris, com seu agradável cheiro de talco, os braços fortes e o conforto macio de seus seios. A primeira recordação clara da vida de Nancy incluía Doris. Estava sentada em alguma espécie de carrinho de bebê, no pequeno prado atrás de Carn Cottage, cercada de patos e galinhas para engorda, enquanto Doris estendia roupas lavadas em um varal, à brisa forte que vinha do mar. A imagem ficara para sempre em sua mente, vívida e colorida como em um livro de gravuras. Podia ver Doris, com os cabelos esvoaçando e os braços erguidos para o varal; via os lençóis e fronhas que se agitavam; via o límpido céu azul.

— Doris ainda mora em Porthkerris — continuou Penelope. — Tem uma casinha, Downalong, como costumávamos chamá-la, na parte velha da cidade, nos arredores do porto. E, agora que os filhos saíram de casa, ela tem um quarto disponível. Está sempre me convidando para ir lá e ficar com ela. Além disso, ela adoraria ver você. Você era a queridinha dela. Ela chorou, quando partimos. Você também chorou, mas não creio que tenha entendido o significado de tudo aquilo.

Nancy mordeu o lábio. Hospedar-se na casa de uma velha empregada, num chalezinho apertado, em uma cidade da Cornualha, não era a sua ideia de aproveitar alguns dias de folga. Por outro lado...

— E quanto às crianças? — perguntou. — Não haveria espaço para elas.

— Que crianças?

— Melanie e Rupert, ué. Eu não poderia me ausentar sem levar os dois comigo.

— Ah, pelo amor de Deus, Nancy, não estou falando nas crianças. Estou falando em você! Por que não pode se ausentar sem levá-las? Já têm idade bastante para ficar com o pai e a Sra. Croftway. Divirta-se um pouco. Dê um passeio sem preocupações. Não seria por muito tempo. Apenas alguns dias, não mais do que uma semana.

— Quando é que pretende ir?

— Em breve. Assim que puder.

— Ó mamãe, é tão difícil! Tenho tanta coisa em cima de mim... A quermesse da igreja para ser planejada, a Conferência dos Conservadores... Nesse dia, terei que providenciar um almoço festivo. Também há o campeonato de Melanie, no Clube Equestre...

Sua voz extinguiu-se, quando as escusas rarearam. Penelope nada disse. Nancy tomou outro reconfortante gole do gim-tônica gelado e lançou um olhar de esguelha para a mãe. Viu o perfil bem delineado, os olhos fechados.

— Mamãe?

— Sim?

— Talvez mais para a frente... quando eu estiver com menos responsabilidades. Em setembro, quem sabe...

— Não. — A voz de Penelope foi inflexível. — Tem que ser logo. — Ergueu a mão. — Não se preocupe com isso. Sei que é muito ocupada. Enfim, foi apenas uma ideia que tive.

Entre as duas, pairou um silêncio que a Nancy pareceu desconfortável, carregado de censuras. Não obstante, por que deveria sentir-se culpada? Não lhe seria possível ir para a Cornualha assim tão repentinamente, sem tempo para organizar as coisas.

Nancy não era amiga de ficar sentada em silêncio. Gostava de manter um fluxo de conversa constante. Tentando encontrar outro assunto, descobriu que tinha a mente vazia. De fato, sua mãe podia ser terrivelmente irritante às vezes. A culpa não era sua. Era natural que fosse tão ocupada, tão envolvida no cuidado da casa, do marido e dos filhos. Não achava justo que, de súbito, se sentisse tão culpada.

Foi assim que Noel as encontrou. Se Nancy tivera uma boa manhã, a dele havia sido medonha. Vasculhar todas aquelas velharias do sótão, no dia anterior, fora algo bem diferente porque, lá no fundo, sempre existira a convicção de que, a qualquer momento, acharia algo de grande valor. O fato de que isso não acontecera tornava a manhã ainda mais insuportável. Além do mais, ficara ligeiramente despeitado pela chegada de Danus. Noel esperava algum caipira cabeça-dura e musculoso, mas, em vez disso, vira-se diante de um tranquilo e silencioso rapaz, e ficara desconcertado com a expressão direta e firme daqueles olhos azuis. O fato de Antonia instantaneamente ter simpatizado com Danus em nada contribuiu para melhorar-lhe a disposição. O som da amistosa tagarelice dos dois, enquanto subiam e desciam as escadas apertadas, carregados de caixas de papelão e móveis imprestáveis, no decorrer de toda a manhã, fora motivo de uma crescente irritação para ele. A discussão sobre a mesa danificada pelos cupins havia sido a gota de água; faltando quinze minutos para uma hora, com tudo mais ou menos selecionado e o remanescente empurrado para o lado da parede, ele decidiu que já era o suficiente. Ainda por cima, estava imundo, precisando de uma ducha, mas precisando ainda mais de um drinque. Assim, apenas lavou o rosto e as mãos, desceu para o térreo e serviu-se de uma dose cavalar de martíni seco. Com o copo na mão, cruzou a cozinha até o jardim de inverno banhado pelo sol, mas seu ânimo em nada melhorou ao ver a mãe e a irmã confortavelmente instaladas nas poltronas de vime, como se nenhuma delas houvesse movido uma palha até então.

Nancy olhou em sua direção ao ouvi-lo chegar. Exibiu um sorriso radioso como se, daquela vez, estivesse de fato alegre em vê-lo.

— Olá, Noel!

Ele não retribuiu o sorriso, limitando-se a encostar um ombro ao batente da porta aberta e observar as duas. Sua mãe parecia adormecida.

— O que fazem as duas aqui, relaxando ao sol, enquanto os outros se matam de trabalhar?

Penelope não se moveu. O sorriso de Nancy perdeu algo da espontaneidade, mas permaneceu lá, fixo no rosto. Noel terminou reconhecendo a derrota e assentiu com a cabeça.

— Olá — disse.

Puxando uma cadeira da mesa arrumada para o almoço, arriou seu peso nela, finalmente o tirando das pernas. Sua mãe abriu os olhos. Não estava dormindo.

— Acabado?

— Completamente. Não estou me aguentando em pé. Sou um destroço físico.

— Estou falando do sótão, não de você.

— Pode-se dizer que sim. Falta apenas que alguma ativa dona de casa suba até lá e varra o chão.

— Noel, você é maravilhoso. O que eu faria sem você?

Seu sorriso agradecido, entretanto, passou inteiramente despercebido para o filho.

— Estou morto de fome — foi a resposta dele. — Quando vamos almoçar?

— Quando você quiser. — Ela deixou a taça de vinho na mesa e empertigou-se na cadeira, para olhar além dos vasos de plantas, na direção do jardim. A fumaça continuava subindo para o céu, porém não havia o menor sinal dos outros. — Talvez alguém devesse ir chamar Antonia e Danus. Vou fazer o molho.

Houve uma pausa. Noel esperou que Nancy se voluntariasse para essa tarefa não tão árdua, mas ela parecia concentrada em retirar um fiapo aderido à saia, dando a impressão de não ter ouvido.

— Não tenho mais forças — disse ele, reclinando-se na cadeira. — Vá você, Nancy. Um pouco de exercício só lhe fará bem.

Reconhecendo aquilo como uma alusão ao seu peso, ela imediatamente ficou melindrada, como o irmão imaginava.

— Muitíssimo obrigada!

— A julgar por sua aparência, você não moveu uma palha a manhã inteira.

— Acontece que me arrumei como devia, antes de vir almoçar. — Ela fitou o irmão direta e acusadoramente. — Eu não poderia dizer o mesmo a seu respeito.

— O que George usa para almoçar no domingo? Um fraque?

Nancy empertigou-se na poltrona, com ar feroz.

— Se está querendo bancar o engraçadinho...

Os dois continuaram discutindo, implicando um com o outro, como sempre haviam feito. Com exasperação e impaciência crescentes, Penelope soube que não suportaria continuar ouvindo aquilo. Levantou-se bruscamente.

— Eu mesma irei chamá-los — anunciou.

Os filhos não objetaram, e ela se foi pelo gramado ensolarado, cruzando a relva agreste e não cortada do inverno, enquanto eles continuavam sentados, ignorando o calor docemente perfumado do jardim de inverno, sem se falarem e sem se olharem. Ficaram acalentando seus drinques e a mútua animosidade.

Penelope estava perturbada. Deixara que eles a perturbassem. Podia sentir o sangue aflorando às suas faces, o coração começando aquela sarabanda agitada e irregular. Foi andando devagar, sem pressa, respirando fundo, dizendo a si mesma para não ser precipitada. Eles não importavam, aqueles filhos adultos que continuavam a comportar-se como as crianças que não eram mais. Não importava se Noel não pensasse em mais ninguém além de si mesmo ou se Nancy se houvesse tornado tão presunçosa e hipócrita, com todas as manias psicológicas da meia-idade. Não importava se nenhum deles, nem mesmo Olivia, quisesse ir com ela à Cornualha.

O que saíra errado? O que fora feito das crianças que pusera no mundo, que amara, criara, educara e cuidara? A resposta era que, talvez, não houvesse esperado o suficiente da parte deles. Contudo, Penelope aprendera, da maneira mais difícil, na Londres do pós-guerra, que nada devia esperar de ninguém, além de si mesma. Sem pais ou velhos amigos que a apoiassem, ficara apenas com Ambrose e a mãe dele para ampará-la, mas, em poucos meses, percebera a futilidade de fazer qualquer coisa quanto a isso. Sozinha, vira-se dependendo apenas dos próprios recursos — em vários sentidos.

Autoconfiança. Aquela era a palavra-chave, a única coisa capaz de impelir alguém através de uma crise imposta pelo destino. Ser ela mesma. Independente. Inteligente. Ainda capaz de tomar decisões e marcar o rumo daquilo que lhe restava de vida. Não preciso de meus filhos. Conhecendo suas faltas, reconhecendo seus defeitos, amo a todos eles, mas não *preciso* deles.

E torceu para nunca precisar.

Estava mais calma agora, capaz até de sorrir para si mesma. Passou pela abertura na sebe de alfeneiros e viu o pomar que se estendia à sua frente, salpicado de luz e sombras. Na extremidade oposta, a enorme fogueira ainda chamejava e crepitava, soltando fumaça. Danus e Antonia estavam lá, ele espalhando as brasas com o forcado, ela observando-o, sentada na beira do carrinho de mão. Haviam tirado as suéteres e ficado apenas com as camisetas, tagarelando incessantemente, suas vozes soando nítidas no ar parado.

Pareciam tão absorvidos e alegres, que era uma pena interrompê-los, mesmo sendo para anunciar que era hora de virem para dentro e comer cordeiro assado, suflê de limão e torta de framboesas. Assim, ficou quieta onde estava, entregue ao prazer de apenas contemplar a encantadora cena pastoral. Então, Danus parou, apoiou-se ao cabo do forcado, falou algo que Penelope não ouviu, e Antonia riu. O som daquele riso trouxe de volta, com nítida clareza, retinindo através dos anos, a recordação de outro riso, assim como os êxtases inesperados e as alegrias físicas que acontecem, talvez, apenas uma vez, em toda a existência de uma pessoa.

Foi bom. E nada que seja bom jamais fica perdido. Faz parte de uma pessoa, torna-se parte de sua personalidade.

Outras vozes, outros mundos. Ao se lembrar daquele êxtase, ela se sentiu impregnada, não de um senso de perda, mas de renovação e redescoberta. Nancy, Noel e a tediosa irritação que haviam desencadeado foram esquecidos. Eles não importavam. Nada importava, exceto este instante, este momento de clarividência.

Ela poderia ter ficado ali, devaneando no pomar, pelo restante do dia. Entretanto, Danus logo a avistou e acenou, Penelope pôs as mãos em concha, chamou-os e disse que estava na hora do almoço. Ele assentiu com um gesto, largou o forcado no chão e depois se inclinou, a fim de recolher as suéteres abandonadas. Antonia levantou-se do carrinho de mão. Danus lhe pôs a suéter à volta dos ombros e amarrou as mangas, em um nó abaixo do queixo. Os dois começaram a caminhar pela trilha do pomar, passaram por entre as árvores, lado a lado; ambos altos, esguios, queimados de sol e jovens. E, aos olhos de Penelope, também muito belos.

Ela se viu cheia de gratidão. Não apenas estava grata a eles pelo trabalho duro feito durante toda a manhã, mas também por eles. Sem terem dito uma só palavra, os dois lhe tinham devolvido a paz de espírito, o senso de valores. Penelope lançou um breve e comovido "obrigada" à reviravolta do destino (ou seria a mão de Deus? — ela gostaria de ter certeza...), que os havia introduzido em sua vida, como uma segunda chance.

Uma coisa que podia ser dita com justiça em favor de Noel era que seus acessos de mau humor tinham curta duração. Quando o pequeno grupo finalmente se reuniu, ele estava no segundo martíni (tendo também enchido novamente o copo da irmã) e, para Penelope, foi uma satisfação constatar que realmente conversavam com cordialidade.

— Bem, aqui estamos nós. Nancy, você ainda não conhece Danus, nem Antonia. Essa é minha filha, Nancy Chamberlain. Noel, você está encarregado do bar... sirva-lhes algo para beber. Depois, talvez possa vir trinchar o carneiro para mim...

Noel largou seu copo e levantou-se, com exagerado esforço.

— O que gostaria de beber, Antonia?

— Uma cerveja seria ótimo.

Ela se recostou contra a mesa, as pernas muito compridas em seus jeans desbotados. Quando Melanie, a filha de Nancy, usava jeans, ficava com uma aparência terrível, por ter quadris muito largos. Em Antonia, no entanto, os jeans ficavam fantásticos. Nancy concluiu que a vida era, de fato, muito injusta. Perguntou-se se deveria obrigar Melanie a fazer dieta, mas logo tratou de tirar a ideia da cabeça, porque sua filha sempre fazia, automaticamente, o oposto do que ela lhe ordenava.

— E quanto a você, Danus?

O rapaz alto fez que não com a cabeça.

— Alguma coisa sem álcool seria ótimo. Um suco. Um copo de água.

Noel ainda insistiu, mas, como Danus manteve-se firme, ele deu de ombros e desapareceu no interior da casa Nancy se virou para o rapaz.

— Você não bebe?

— Nada alcóolico.

Era muito bonito. Expressava-se bem. Um cavalheiro. Algo extraordinário. O que, afinal, estaria fazendo ali, como jardineiro de sua mãe?

— Nunca bebeu?

— Sinceramente, nunca.

Danus não parecia nem um pouco perturbado por tudo aquilo. Nancy, entretanto, insistiu no assunto, porque era de fato extraordinário conhecer um homem que não bebia nem mesmo um copo de cerveja.

— Será porque não gosta do sabor? — perguntou.

Ele pareceu refletir sobre a pergunta, para então responder:

— Sim, talvez seja esse o motivo.

Seu rosto estava sério, mas, ainda assim, Nancy não teve certeza se ele estaria ou não rindo dela.

O cordeiro tenro, as batatas assadas, as ervilhas e o brócolis tinham sido devorados. As taças de vinho foram enchidas mais uma vez, e servida a sobremesa. Estando todos novamente relaxados e joviais, a conversa passou para a maneira como aproveitariam o resto do dia.

— Eu — anunciou Noel, despejando sobre sua torta de morangos o creme de um jarro rosa e branco — considero o expediente encerrado. Já fiz minha parte e estou indo. Voltarei para Londres e, assim, com um pouco de sorte, não pegarei a pior parte do trânsito do fim de semana.

— Sem dúvida, será o melhor — concordou sua mãe. — Você já fez o suficiente. Deve estar exausto.

— O que mais tem para ser feito? — indagou Nancy.

— Carregar e queimar os últimos destroços e varrer o chão do sótão.

— Eu vou fazer isso — disse Antonia prontamente.

Nancy pensava em algo mais.

— E quanto a todas aquelas coisas empilhadas diante da porta da casa? As cabeceiras de cama e o carrinho quebrado. Não podem continuar lá indefinidamente. Do contrário, Podmore's Thatch ficará parecendo um acampamento de ciganos.

Houve uma pausa, enquanto todos esperavam que alguém fizesse uma sugestão. Foi Danus quem falou:

— Poderíamos levar tudo para o depósito de lixo de Pudley.

— Como? — perguntou Noel.

— Se a Sra. Keeling não se incomodar, levaremos tudo na traseira do carro dela.

— É claro que não me incomodo.

— Quando? — quis saber Noel.

— Esta tarde.

— O depósito de lixo fica aberto aos domingos?

— É claro que fica — afirmou Penelope. — Está sempre aberto. Há um senhor que mora lá, em uma espécie de galpão. Os portões nunca são trancados.

Nancy estava horrorizada.

— Está querendo dizer que ele mora lá o tempo todo? Num galpão junto ao depósito de lixo? O que o Conselho Regional pensa a respeito disso? Deve ser muito anti-higiênico.

Penelope riu.

— Não creio que ele seja do tipo que se preocupa muito com higiene. É incrivelmente sujo e barbudo, mas uma criatura encantadora. Certa vez, os lixeiros entraram em greve e fomos forçados a tirar nós mesmos o nosso lixo. Ele não poderia ter sido mais prestimoso.

— Mas...

Nancy foi então interrompida por Danus, algo em si surpreendente, pois ele mal falara durante toda a refeição.

— Na Escócia, tem um depósito de lixo nas redondezas da cidadezinha onde mora meu avô, e um velho sem teto vive lá há trinta anos. — E acrescentou: — Em um guarda-roupa.

— Ele mora em um *guarda-roupa?!* — exclamou Nancy, mais horrorizada do que nunca.

— Exatamente. E um guarda-roupa grande. Vitoriano.

— Ainda assim! Deve ser extremamente desconfortável!

— Qualquer um acharia, não é mesmo? Mas ele parece bastante feliz. É uma figura muito conhecida, muito respeitada. Anda por toda a região usando botas de borracha e uma velha capa de chuva. As pessoas lhe dão xícaras de chá e sanduíches com geleia.

— E o que ele faz à noite?

— Não tenho a menor ideia — replicou Danus.

— Por que parece tão preocupada com as noites do velho? — Noel quis saber. — Eu consideraria sua existência inteira tão terrível que a maneira como ele passa as noites pouca diferença faz.

— Bem, deve ser monótono. Quero dizer, evidentemente, ele não tem uma televisão ou um telefone...

A voz de Nancy extinguiu-se, enquanto se esforçava por imaginar tais privações. Noel balançou a cabeça em reprimenda, mostrando a expressão exasperada que ela recordava do passado, quando era um menino esperto, tentando fazê-la compreender as regras de algum jogo de cartas simples.

— Você não tem jeito — disse ele, e Nancy emudeceu. Noel se virou para Danus.

— Você é da Escócia?

— Meus pais moram em Edimburgo.

— O que seu pai faz?

— É advogado.

Tomada de curiosidade, Nancy esqueceu a leve reprimenda do irmão.

— E você nunca quis ser um advogado também?

— Quando ainda estava na escola, cheguei a pensar em seguir o exemplo dele, mas depois mudei de ideia.

Noel reclinou-se na cadeira.

— Sempre imaginei os escoceses como um povo super esportivo; caçando veados, matando galos silvestres, pescando. Seu pai faz essas coisas?

— Ele pesca e joga golfe.

— Será ele também um *Elder of the Kirk?** — Noel arremedou o sotaque escocês, o que fez sua mãe ranger os dentes. — Não é assim que vocês dizem, no Norte gelado?

Impassível, Danus respondeu tranquilamente:

— Sim, ele é um dignitário. Também é arqueiro.

— Não entendi. Por favor, me explique.

— Ele é membro da Companhia Honorífica de Arqueiros. Trata-se do Corpo de Guarda da Rainha, quando ela vai a Holyrood House. Em tais ocasiões, meu pai veste um uniforme arcaico e fica resplandecente.

— Com que ele protege o corpo da rainha? Arco e flecha?

— Exatamente.

Os dois homens encararam-se por um momento.

— Fascinante! — exclamou Noel, em seguida servindo-se de mais um pedaço da torta de morango.

A lauta refeição por fim terminou, arrematada por café recém-passado e um doce de chocolate. Noel empurrou a cadeira para trás, bocejou com enorme satisfação e anunciou que ia pegar a mochila para ir embora, antes que entrasse em coma. Desanimada, Nancy começou a empilhar as xícaras e pires vazios.

— O que vai fazer? — perguntou Penelope a Danus. — Voltar à sua fogueira?

---

* Na Inglaterra, reunião de cavaleiros e cães de caça em determinado local, em preparação para a caça à raposa. (N.T.)

— Ela está queimando bem. Acho que seria melhor nos livrarmos logo do que tem de ir para o depósito de lixo. Vou colocar tudo no seu carro.

Houve uma pausa momentânea. Em seguida, Penelope disse:

— Se você esperar até eu tirar a mesa, poderei levá-lo.

Noel interrompeu seu bocejo, os braços acima da cabeça.

— Ora, francamente, mãe, ele não precisa de motorista.

— Na verdade, preciso, sim — disse Danus. — Não dirijo.

Houve outra longa pausa, durante a qual Noel e Nancy ficaram olhando para ele, boquiabertos e incrédulos.

— Você não dirige? Está querendo dizer que não sabe dirigir? E como se desloca por aí?

— De bicicleta.

— Ora, mas você é mesmo extraordinário... É algum tipo de protesto contra a poluição do ar ou coisa assim?

— Não.

— Mas...

Antonia intrometeu-se na conversa, dizendo, rapidamente:

— Eu sei dirigir. Se você deixar, Penelope, eu dirijo e Danus me indicará o caminho.

Olhou para Penelope por sobre a mesa, e as duas sorriram simultaneamente, como mulheres partilhando um segredo.

— Seria muita gentileza sua — disse Penelope. — Por que não vai agora, enquanto eu e Nancy cuidamos disto aqui? Então, quando voltarem, iremos todos ao pomar e terminaremos a fogueira juntos.

— Na verdade — disse Nancy —, tenho que voltar para casa. Não vou poder ficar a tarde inteira aqui.

— Ah, fique só mais um pouco. Quase nem conversei com você. Não deve ter coisas importantes a fazer...

Penelope levantou-se e esticou o braço para apanhar uma bandeja. Antonia e Danus também se levantaram, despediram-se de Noel e saíram pela cozinha. Enquanto sua mãe começava a empilhar as xícaras de café na bandeja, Noel e Nancy continuaram sentados, em silêncio. Entretanto, assim que ouviram a porta da frente bater e perceberam que ninguém mais os ouviria além de Penelope, começaram a falar imediatamente.

— Que rapaz extraordinário ele é!

— Tão solene! Nunca sorri...

— Onde o achou, mãe?

— Sabe alguma coisa sobre o passado dele? Sem dúvida, é um menino muito educado. Acho estranho ter se tornado jardineiro...

— E toda aquela história de não beber nem dirigir... Por que será que ele não dirige?

— Na minha opinião — declarou Nancy, com ares importantes —, ele provavelmente matou alguém enquanto estava embriagado e lhe cassaram a licença de motorista.

O comentário estava tão desconfortavelmente próximo das ansiosas especulações de Penelope que, de repente, ela soube ser impossível ouvir mais uma só palavra, e saiu em defesa de Danus.

— Pelo amor de Deus! Pelo menos, deem ao pobre rapaz tempo suficiente para cruzar o portão de entrada, antes de começarem a estraçalhar seu caráter!

— Ah, mãe. Ele é estranho e sabe disso tanto quanto nós. Se estiver contando a verdade, provém de uma família respeitabilíssima e talvez endinheirada. O que faz, então, trabalhando como escravo pelo salário insignificante de um jardineiro?

— Não faço a menor ideia.

— Já perguntou a ele?

— É claro que não. Sua vida particular não é da minha conta.

— Escuta, mãe, ele apareceu aqui com alguma credencial?

— Certamente. Contratei-o através de uma firma de jardinagem.

— E eles sabem se o rapaz é honesto?

— Honesto? Por que ele não seria honesto?

— Você tem tanta boa-fé, mamãe, que confiaria em qualquer pessoa vagamente apresentável. Afinal de contas, ele está trabalhando na sua propriedade e você é uma pessoa que vive sozinha!

— Não vivo sozinha. Tenho Antonia.

— Pelo jeito, Antonia ficou tão fascinada por ele como você...

— Nancy, por que se acha no direito de dizer essas coisas?

— Se eu não estivesse preocupada com você, não precisaria dizê-las.

— E, em sua opinião, o que acha que Danus poderia fazer? Violentar Antonia e a Sra. Plackett, imagino. Me assassinar, roubar todos os meus bens e fugir Europa afora. Ora, ele não conseguiria grande coisa. Seja como for, por aqui não existe nada de valioso.

Ela falou impensadamente, no ímpeto do momento, mas arrependeu-se de suas palavras assim que as pronunciou, porque Noel aproveitou a oportunidade, com a velocidade de um gato saltando sobre o rato.

— Nada de valioso! O que me diz dos quadros do seu pai? Nada que eu diga a convencerá de que aqui você é uma mulher vulnerável. Não dispõe de qualquer sistema de alarme, jamais tranca uma porta e, sem dúvida, tem um seguro ruim. Nada sabemos sobre esse desconhecido que empregou como jardineiro e, mesmo que soubéssemos em quaisquer circunstâncias, seria loucura não tomar alguma atitude drástica. Vendê-los, tornar a fazer um seguro, enfim, fazer *qualquer* coisa, que droga!

— Tenho a curiosa impressão de que você gostaria que eu os vendesse.

— Vamos, não comece a se irritar. Seja racional. Não *Os catadores de conchas*, é claro, mas talvez os painéis. Agora, enquanto os preços estão altos no mercado. Descubra o quanto valem essas porcarias e depois ponha-as à venda.

Penelope permanecera todo esse tempo em pé. Tornando a sentar-se, apoiou um cotovelo na mesa e descansou a testa na palma da mão. Com a outra mão, apanhou a faca da manteiga e, com ela, começou a fazer marcas fundas no tecido áspero da toalha de mesa azul-escura.

— O que você acha, Nancy? — perguntou, após um momento.

— Eu?

— Sim, você. O que tem a dizer sobre meus quadros, meu seguro e minha vida privada em geral?

Nancy mordeu o lábio, respirou fundo e então falou, em voz clara e aguda, como se estivesse fazendo uma preleção no Instituto Feminino.

— Eu acho... acho que Noel tem razão. George acredita que você devia fazer um novo seguro. Foi o que me disse, após ter lido sobre a venda de *As aguadeiras*. Entretanto, é claro que o prêmio seria muito alto. Além disso, a companhia seguradora talvez insista em um seguro mais elevado. Seja como for, eles precisam considerar o investimento do cliente.

— Você me dá a impressão de estar citando George, palavra por palavra — respondeu Penelope —, ou lendo instruções de algum manual incompreensível. Não tem ideias próprias?

— Tenho — replicou Nancy, voltando a falar com naturalidade. — Acho que você devia vender os painéis.

— E ganhar, talvez, duzentas e cinquenta mil libras?

Penelope soltou as palavras casualmente. A discussão corria melhor do que Nancy ousara esperar, e ela sentiu que a animação a encalorava.

— Por que não?

— E, uma vez recebido o dinheiro, o que deverei fazer com ele?

Penelope olhou para Noel. Ele deu de ombros exageradamente e disse:

— O dinheiro dado por alguém quando vivo vale o dobro do que deixa quando morto.

— Em outras palavras, vocês o querem agora.

— Não fale assim, mãe. Estou apenas generalizando. De qualquer modo, morrer com semelhante pecúlio equivaleria simplesmente a entregá-lo ao governo.

— Então, acha que eu deveria dá-lo a vocês.

— Bem, você tem três filhos. Poderia dar uma parte desse dinheiro, dividi-la em três. Fique com um pouco para si mesma, a fim de aproveitar a vida. Nunca fez isso. Estava sempre em dificuldades financeiras. Quando seus pais eram vivos, viajava por todo canto com eles. Poderá viajar novamente. Ir a Florença. Voltar ao sul da França.

— E o que vocês dois fariam com todo esse dinheiro?

— Imagino que Nancy gastasse sua parte com os filhos. Quanto a mim, mudaria de vida.

— De que maneira?

— Buscaria novos horizontes. Trabalharia por conta própria... corretagem de ações, talvez...

Noel novamente se assemelhava ao pai, por completo. Sempre insatisfeito com a própria sorte, invejando os outros, materialista e ambicioso, nutrindo a inabalável convicção de que o mundo lhe devia uma boa vida. Poderia ter sido Ambrose falando com ela. Foi isso, acima de qualquer outra coisa mais, que finalmente a fez perder a paciência.

— Corretagem de ações! — Penelope esforçou-se para que sua voz não deixasse transparecer o desdém que sentia. — Você deve estar fora de si. Seria o mesmo que apostar todo o seu capital num só cavalo ou numa jogada de roleta. Você é tão imprudente que às vezes me enche de desespero e indignação. — Noel abriu a boca para defender-se, porém ela o calou, erguendo a voz: — Quer saber o que penso? Acho que você não liga para o que possa acontecer comigo, com minha casa ou com os quadros do meu pai. Você só se preocupa com você, com a rapidez e a facilidade com que pode colocar as mãos em ainda mais dinheiro. — Noel fechou a boca, o rosto tenso de raiva, a cor desaparecendo das faces magras. — Não vendi os painéis e talvez nunca os venda, mas, se por acaso os vender, ficarei com todo o dinheiro para mim, porque é meu, meu para fazer com ele o que bem entender, e o maior presente que os pais podem deixar para um filho é a independência deles. Quanto a você e seus filhos, Nancy, foram você e George que decidiram enviá-los para aquelas escolas ridiculamente caras. Se fosse um pouco menos ambiciosa em relação a eles, se passasse mais algum tempo ensinando-lhes boas maneiras, talvez fossem muito mais simpáticos do que são hoje.

Com uma rapidez que surpreendeu até a ela mesma, Nancy saltou em defesa da prole:

— Eu agradeceria muito, se não criticasse meus filhos.

— Já era tempo de alguém fazer isso.

— E que direito você tem de falar deles? Não demonstra o menor interesse pelos dois. Parece mais interessada em seus incontáveis amigos excêntricos e seu lamentável jardim. Nunca foi vê-los. Nunca foi nos visitar, por mais que a convidemos...

Agora, foi Noel quem perdeu a paciência.

— Ah, pelo amor de Deus, Nancy, cala essa boca! Isso não tem nada a ver com seus malditos filhos. Não estamos falando deles. Estamos procurando ter uma conversa lúcida...

— Eles têm tudo a ver com isso! São a futura geração...

— Que Deus nos ajude...

— ... e merecem muito mais apoio financeiro do que qualquer de seus planos desmiolados para ganhar ainda mais dinheiro. Mamãe está certa. Você jogaria fora sua parte, perderia tudo no jogo...

— Vindo de você, isso é hilário. Nunca tem uma só opinião própria, não entende droga de droga nenhuma.

Nancy ficou em pé subitamente.

— Para mim chega. Não vou continuar aqui para ser insultada. Vou voltar para minha casa.

— Muito bem — disse sua mãe. — Acho que é hora de irem embora, os dois... Aliás, creio ter sido uma boa coisa Olivia não estar aqui. Se ouvisse essa conversa atroz, liquidaria os dois. Apenas por este motivo, tenho absoluta certeza de que, se ela estivesse conosco, nenhum de vocês jamais ousaria começar tão desagradável discussão. E agora... — Ela também se levantou e apanhou a bandeja. — ... como nunca se cansam de repetir para mim, ambos são pessoas muitíssimo ocupadas. Talvez não haja proveito algum em perderem o restante da tarde em brigas sem sentido. Enquanto isso, vou começar a lavar a louça.

Penelope estava indo para a cozinha quando Noel desferiu seu impiedoso tiro final:

— Aposto que Nancy adoraria ajudá-la. Sua distração predileta é enfrentar uma pia entulhada de pratos sujos...

— Já disse que para mim chega. Vou para casa. E, quanto a lavar os pratos, não há necessidade de mamãe se dar ao trabalho. Antonia pode perfeitamente fazer isso, quando voltar. Afinal de contas, não veio para trabalhar como governanta?

Diante da porta aberta, Penelope estacou de repente. Virou a cabeça e encarou a filha. Havia tal expressão de fúria em seus olhos escuros, que Nancy desconfiou ter ido longe demais. Entretanto, sua mãe não lhe jogou em cima a bandeja cheia de xícaras de café. Disse apenas, com a maior tranquilidade:

— Não, Nancy. Ela não veio para trabalhar como governanta. Ela é minha amiga. Minha convidada.

Penelope se foi. Pouco depois, eles ouviram o som de torneiras abertas, o entrechocar de louças e talheres. Um silêncio pairou entre ambos, perturbado apenas por uma enorme mosca-varejeira que, enganada pela ilusão de estarem subitamente no auge do verão, decidira ser aquele o momento de distender as asas e sair de seu esconderijo de inverno. Nancy estendeu a mão para seu casaco e o vestiu. Abotoando-o, ergueu a cabeça e encarou Noel. Os olhos dos dois se cruzaram acima da mesa. Ele ficou em pé.

— Muito bem — disse Noel em voz calma. — Você estragou tudo, tudo, tudo.

— Você é que estragou! — soltou ela, irada.

Ele a deixou e subiu para apanhar suas coisas. Nancy ficou onde estava, esperando que o irmão retornasse, decidida a manter a dignidade, a acalentar os sentimentos feridos, a não se mostrar atingida. Preencheu o tempo vistoriando sua aparência, penteando o cabelo, empoando o rosto afogueado, aplicando uma camada de batom. Estava profundamente perturbada e ansiosa por ir embora, mas não tinha a energia suficiente para só escapar dali. Sua mãe sempre tivera um jeito especial para manipulá-la, porém estava determinada a abandonar aquela casa sem qualquer pedido de desculpas. Afinal de contas, por que se desculparia? Fora sua mãe que se mostrara intratável, fora ela que dissera aquelas coisas imperdoáveis!

Ouvindo Noel voltar, Nancy fechou seu estojo de pó compacto com um estalido, enfiou-o na bolsa e foi para a cozinha. O lava-louças zumbia e, de costas para eles, Penelope colocava panelas na pia.

— Bem, já estamos indo — anunciou Noel.

Penelope deixou as panelas de lado, sacudiu as mãos molhadas e se virou para eles. O avental e as mãos avermelhadas em nada lhe diminuíam a dignidade, e Nancy recordou que suas raras explosões temperamentais dificilmente duravam mais do que alguns minutos. Em toda a sua vida, ela jamais guardara ressentimentos, jamais se mostrara mal-humorada. Agora, chegava a sorrir, porém seu sorriso tinha algo de estranho. Era como se sentisse pena deles e, de certa forma, os tivesse derrotado.

— Foi muito bom terem vindo — disse ela, e parecia sincera. — E obrigada, Noel, por toda aquela trabalheira.

— Não foi nada.

Ela pegou uma toalha e enxugou as mãos. Saíram todos da cozinha, saíram pela porta da frente e dirigiram-se para onde os dois carros esperavam, parados na alameda de cascalho. Noel deixou suas coisas no banco traseiro do Jaguar, sentou-se ao volante e, com um aceno de mão casual, disparou como uma bala pelo portão, para desaparecer na direção de Londres. Não se despedira de nenhuma das duas, porém mãe e filha nada comentaram a respeito.

Em silêncio, Nancy entrou no carro, afivelou o cinto de segurança e calçou as luvas de couro de porco. Penelope ficou olhando aqueles preparativos para a partida. Nancy podia sentir o olhar da mãe em seu rosto e também o rubor que começava a lhe subir pelo pescoço até as faces.

— Vá com cuidado, Nancy — disse sua mãe. — Dirija devagar.

— Sempre faço isso.

— Eu sei, mas você está perturbada.

Fitando o volante, Nancy sentiu as lágrimas lhe subirem aos olhos. Mordeu o lábio.

— É claro que estou perturbada. Nada perturba tanto como brigas familiares.

— Brigas familiares são como acidentes de carro. Cada família pensa: "Isto não podia ter acontecido conosco", mas é algo que pode acontecer a qualquer um. A única maneira de evitar uma e outra coisa é dirigir com a máxima prudência e mostrar muita consideração pelos outros.

— Nós temos consideração por você. Pensamos apenas em seu bem.

— Não, Nancy, não é bem assim. Vocês só querem que eu faça o que *querem* que eu faça, isto é, vender os quadros de meu pai e entregar-lhes o dinheiro antes de morrer. Entretanto, só vou vendê-los quando quiser. E não vou morrer tão cedo. Ainda vou viver bastante tempo. — Ela recuou. — Agora, vá. — Nancy enxugou as lágrimas idiotas em seus olhos, ligou o motor, passou a marcha e soltou o freio de mão. — Não se esqueça de dar lembranças minhas a George.

Nancy foi embora. Penelope ficou parada no caminho de cascalho ao lado da porta aberta, ali continuando muito depois que o som do carro da filha fora absorvido pelo que ainda restava de calor na miraculosa tarde de primavera. Olhando para baixo, viu uma tasneirinha abrindo caminho por entre as lascas pedregosas. Inclinando-se, arrancou-a pela raiz, jogou-a longe e, dando meia-volta, tornou a entrar em casa.

Estava sozinha. Abençoada solidão. As panelas podiam esperar. Penelope foi à sala de estar. O anoitecer seria friorento, de maneira que acendeu um fósforo e, ajoelhando-se, aproximou-se dos gravetos da lareira. Quando as chamas ganharam um volume que a satisfez, levantou-se e foi até sua secretária, lá encontrando o recorte de jornal com o anúncio da Boothby's, para o qual Noel lhe chamara a atenção, uma semana antes. *Telefone para o Sr. Roy Brookner.* Ela o colocou no centro de sua pasta mata-borrão, firmou-o com o peso de papéis e então voltou à cozinha. Abrindo uma gaveta, apanhou sua afiada faquinha para legumes. Com ela na mão, subiu para seu quarto. O aposento agora estava cheio de uma dourada claridade do sol da tarde, penetrando pela janela que dava para oeste, cintilando em prata, e refletindo-se em vidros e espelhos. Ela deixou a faquinha sobre o toucador e foi abrir as portas do enorme guarda-roupa vitoriano, que quase não cabia sob o teto inclinado. O armário estava entulhado de roupas suas. Ela as retirou às braçadas, colocando-as em cima da cama. Isso implicou algumas idas e vindas, mas, aos poucos, a grande cama, com sua colcha de crochê, ficou inteiramente ocupada por todos os tipos de roupas, assemelhando-se à barraca de roupas usadas nas quermesses da igreja ou talvez ao vestiário das senhoras, na festa de algum louco.

Entretanto, o guarda-roupa ficou vazio, exibindo a parte dos fundos. Anos atrás, aquela parte havia sido forrada de papel escuro e fortemente estampado, mas, sob os desenhos, ela podia discernir certas irregularidades: os painéis e tirantes que compunham a estrutura da peça de mobiliário maciça e antiga. Apanhando a faca, Penelope estirou o braço para o espaçoso interior do móvel, correu os dedos pela superfície áspera do papel de forro, tateando a direção certa. Encontrando o que buscava, inseriu a faca numa parte bem baixa da parede e então foi subindo com ela, fendendo o papel como se abrisse um envelope. Avaliou as medidas com concentrada cautela. Meio metro na vertical, um metro na horizontal, depois mais meio metro para baixo novamente. Sem apoio, a tira de papel oscilou, enrolou-se e finalmente caiu, revelando o objeto que ali estivera escondido durante os últimos vinte e cinco anos: uma pasta de papelão surrada, amarrada com barbante e presa aos painéis de mogno por tiras de fita gomada.

Naquela noite, em Londres, Olivia ligou para Noel.

— E então, como foi?

— Tudo terminado.

— Encontrou alguma coisa interessante?

— Não encontrei porcaria de coisa nenhuma.

— Ai, ai. — Ele podia sentir a hilaridade na voz dela e a xingou em silêncio. — Tanto trabalho por nada. Não importa. Terá mais sorte da próxima vez. Como está Antonia?

— Muito bem. Acho que gostou do jardineiro.

Com isto, Noel esperava chocar Olivia.

— Ora, mas isso é ótimo! — exclamou ela. — Como é ele?

— Esquisito.

— Esquisito? Está querendo dizer que é gay?

— Não. Quero dizer que é esquisito. Um peixe fora da água. Um estranho no ninho. Classe média alta, escola particular... ora, o que faz como jardineiro? Mais uma coisa: ele não dirige e não bebe. E nunca sorri. Nancy está convencida de que o sujeito esconde algum segredo obscuro e, dessa vez, sou tentado a concordar com ela.

— O que mãezinha pensa dele?

— Ah, ela simplesmente o ama. Trata-o como se fosse um sobrinho que não via fazia muito tempo.

— Sendo assim, não me preocupo. Mãezinha não é nenhuma burra. Como vai ela?

— Do jeito de sempre.

— Não está com a aparência cansada?

— Pelo que pude observar, está ótima.

— Você falou alguma coisa sobre os esboços? Mencionou-os? Interrogou-a sobre eles?

— Não disse uma só palavra. Se algum dia existiram, provavelmente já os esqueceu. Você sabe o quanto ela é desligada. — Noel, vacilou, mas então acrescentou, como que casualmente: — Nancy almoçou lá. Começou a citar George sobre a questão de fazer um novo seguro. Chegamos a ensaiar os primeiros acordes de um bate-boca.

— Ah, Noel.

— Bem, sabe como é Nancy. Sem o menor tato, metendo os pés pelas mãos, aquela cretina.

— Mãezinha ficou perturbada?

— Um pouco. Consegui endireitar as coisas. No entanto, ela agora está teimando mais do que nunca sobre a questão dos quadros.

— Bem, acho que isso só diz respeito a ela. De qualquer modo, obrigada por ter levado Antonia.

— Foi um prazer.

***

Manhã de segunda-feira novamente. Quando Penelope desceu, Danus já havia chegado e estava trabalhando duro na horta. O próximo a chegar foi o carteiro em seu pequeno furgão vermelho e depois a Sra. Plackett, solenemente ereta em sua bicicleta, com o avental na sacola e a novidade de que o dono da casa de ferragens de Pudley estava liquidando. Por que a Sra. Keeling não comprava uma nova pá para carvão? As duas discutiam esse importante projeto, quando Antonia apareceu, sendo devidamente apresentada à Sra. Plackett. Foram trocadas amabilidades e relatadas as variadas atividades do fim de semana de cada uma. Em seguida, a Sra. Plackett apanhou o aspirador, os espanadores e subiu a escada. Segunda-feira era seu dia de cuidar dos quartos. Antonia começava a fritar bacon enquanto Penelope foi para a sala de estar, fechou a porta e sentou-se à secretária, a fim de telefonar.

Eram dez da manhã. Ela discou o número.

— Boothby's, Galeria de Arte. Em que posso servi-la?

— Será que eu poderia falar com o Sr. Roy Brookner?

— Só um instante, por favor.

Penelope aguardou. Estava nervosa.

— Roy Brookner — anunciou uma voz grave, culta, muito agradável.

— Bom dia, Sr. Brookner. Meu nome é Sra. Keeling, Penelope Keeling, e estou telefonando de minha casa, em Gloucestershire. Os senhores colocaram um anúncio sobre pinturas vitorianas no *The Sunday Times* da semana passada. Trazia seu nome e o número do telefone.

— Perfeitamente.

— O senhor, por acaso, estaria nesses arredores em um futuro próximo?

— A senhora possui algo que gostaria de me mostrar?

— Sim. Algumas obras de Lawrence Stern.

Houve apenas uma ligeiríssima hesitação.

— Lawrence Stern? — repetiu ele.

— Exatamente.

— A senhora tem certeza de serem trabalhos de Lawrence Stern?

Ela sorriu.

— Sim, certeza absoluta. Lawrence Stern era meu pai.

Outra leve pausa. Ela o imaginou puxando um bloco de notas e retirando a tampa da caneta-tinteiro.

— Poderia me fornecer seu endereço? — Penelope forneceu. — E seu número de telefone? — Ela fez isso também. — Preciso apenas consultar minha agenda. Essa semana seria muito cedo para a senhora?

— Ah, não. Quanto mais cedo, melhor.

— Quarta-feira? Ou quinta?

Penelope calculou, fazendo rápidos planos.

— Quinta-feira é melhor para mim.

— A que horas?

— Que tal à tarde? Por volta das duas horas?

— Esplêndido. Tenho outra visita a fazer em Oxford, de modo que poderei cuidar disso na parte da manhã e passar aí à tarde.

— Será mais facil se vier pela estrada para Pudley. Há uma placa sinalizadora indicando a direção da aldeia.

— Encontrarei o caminho — garantiu ele. — Duas da tarde, na quinta-feira. E obrigado por ligar para mim, Sra. Keeling.

Enquanto esperava que ele chegasse, Penelope ocupou-se em seu jardim de inverno, regando um ciclâmen, retirando botões mortos de gerânio e folhas secas. O tempo ficara ameaçador, com o vento leste trazendo enormes nuvens cirrus e apagando a luz do sol. Entretanto, os efeitos do calor já se faziam sentir, porque já havia botões de narciso amarelo surgindo no pomar, as primeiras prímulas mostravam suas carinhas pálidas e os aderentes brotos do castanheiro começavam a abrir-se, revelando o verde delicado das rendilhadas folhas tenras.

Ela vestira suas roupas mais respeitáveis, para estar de acordo com a importância e formalidade da ocasião. Agora, ocupava a mente decidindo como seria o Sr. Brookner. Tendo como únicas pistas o nome dele e a voz ouvida ao telefone, havia pouco em que se basear, de maneira que, sempre que pensava a respeito, obtinha uma imagem diferente do homem. Podia ser muito jovem, um estudante inteligente, com testa grande e gravata-borboleta avermelhada. Podia ser idoso, acadêmico, dono de imenso conhecimento. Ou seria diligente e apressado, falando em gíria e possuindo a mente de uma máquina de calcular.

Naturalmente, ele não era nada disso. Quando, pouco depois das duas da tarde, ela ouviu a batida de uma porta de carro, seguida pelo toque da campainha da porta da frente, largou o regador e cruzou a cozinha, a fim de recebê-lo. Ao abrir a porta, viu-o de costas, parado no caminho de cascalho e olhando em volta, como se apreciasse a quietude do campo e o ambiente rural. Ele se virou imediatamente. Era um cavalheiro muito alto e distinto, de cabelos escuros, penteados para trás; a testa alta e queimada de sol, com fundos olhos castanhos que a observavam polidamente por trás de óculos de grossos aros de chifre. Usava um terno de tweed de bom corte e estilo sóbrio, camisa quadriculada e uma gravata discretamente listrada. Com um chapéu-coco e um binóculo, ele faria excelente figura na mais elegante plateia de uma corrida de cavalos.

— Sra. Keeling?

— Eu mesma, Sr. Brookner... Boa tarde.

Os dois cumprimentaram-se com um aperto de mão.

— Eu estava admirando a vista. Que belo lugar e que casa encantadora.

— Receio que tenha de entrar pela cozinha. Não tenho um vestíbulo na frente da casa...

Ela o conduziu para o interior e, imediatamente, ele teve a atenção atraída para a sedutora perspectiva da porta mais distante, a que dava para o jardim de inverno, naquele momento banhado de sol e verdejante de plantas.

— Eu não me preocuparia com um vestíbulo, se tivesse uma cozinha tão bonita quanto essa... e também um jardim de inverno.

— Eu mandei construir o jardim de inverno, porém o restante da casa está praticamente como encontrei.

— Mora aqui há muito tempo?

— Seis anos.

— Vive sozinha?

— A maior parte do tempo. No momento, tenho comigo uma jovem amiga, porém passará a tarde fora. Levou meu jardineiro de carro até Oxford... Os dois puseram o cortador de grama no banco traseiro para mandar afiá-lo.

O Sr. Brookner pareceu um tanto surpreso.

— Precisam fazer todo o trajeto até Oxford, para afiar o cortador?

— Não, mas eu queria os dois fora de casa, enquanto o senhor estivesse aqui — declarou Penelope, sem rodeios. — Também vão comprar sementes de batata e coisas para o jardim, de maneira que a viagem será bem aproveitada. Bem, aceitaria uma xícara de café?...

— Não, obrigado.

— Muito bem. — Como ele continuasse pacientemente parado, dando a impressão de que poderia ficar ali para sempre, ela disse: — Nesse caso, acho melhor não perdermos mais tempo. Vamos subir e ver primeiro os painéis?

— Como quiser — disse o Sr. Brookner.

Ela o conduziu para fora da cozinha e subiram a escada estreita até o minúsculo patamar.

— Aqui estão eles, pendurados a cada lado da porta de meu quarto. Foram as últimas pinturas feitas por meu pai. Não sei se o senhor sabia, mas ele padeceu horrivelmente de artrite. Na época em que estas foram feitas, quase não conseguia segurar os pincéis e, como pode ver, nunca puderam ser terminadas.

Penelope ficou de lado, dando espaço para que o Sr. Brookner se adiantasse, examinasse, recuasse — apenas uns trinta centímetros ou meio metro, pois, do contrário, cairia de costas escada abaixo —, avançasse novamente. Ele nada disse. Talvez não tivesse gostado do que via. Para disfarçar o nervosismo, ela recomeçou a falar.

— Esses painéis sempre foram uma espécie de brincadeira. Sabe, tínhamos aquela casinha em Porthkerris, encarapitada no alto da colina, porém nunca dispúnhamos de dinheiro para gastar nela, de maneira que ficou terrivelmente decrépita. O vestíbulo era decorado com um antigo papel de parede de Morris, que foi ficando gasto e furado com o tempo. Como minha mãe não tinha meios para substituí-lo, sugeriu a papai que ele pintasse dois painéis decorativos compridos, para esconder as partes mais dilaceradas do papel de parede. Ela quis algo no estilo antigo dele, uma pintura que fosse alegórica, com temas mitológicos, que pudesse guardar para sempre. Meu pai assim fez... e aí está o resultado. Infelizmente, não conseguiu terminar os painéis. Por outro lado, Sophie... minha mãe... bem, não importa. Ela disse que gostava ainda mais dos painéis como tinham ficado.

O Sr. Brookner continuou sem falar nada. Penelope deduziu que certamente procurava encontrar coragem para dizer-lhe que os painéis não tinham qualquer valor. Então, de repente, ele se virou e sorriu.

— A senhora os considera inacabados, Sra. Keeling, mas eles são maravilhosamente completos. Não tão detalhados, claro, ou tão meticulosos como aquelas grandes obras que ele executou na virada do século, mas, ainda assim, perfeitos em seu estilo. E que grande colorista ele foi. Repare no azul desse céu.

Penelope se encheu de gratidão ao ouvi-lo.

— Não imagina como estou satisfeita ao saber que o senhor gostou, já que meus filhos, quando não os ignoravam, procuravam depreciá-los. Seja como for, a mim sempre foram lindos.

— E nem poderia ser de outra forma. — Ele se virou, abandonando a absorta inspeção. — Existe mais alguma coisa que queira me mostrar, ou isto é tudo?

— Não. Tenho mais, no andar de baixo.

— Podemos dar uma espiada?

— Sim, vamos lá.

No andar de baixo, passando para a sala de estar, os olhos dele imediatamente recaíram sobre Os *catadores de conchas*. Antes da chegada do Sr. Brookner, Penelope acendera a pequena lâmpada fluorescente que iluminava a tela, a qual agora aguardava a avaliação dele. Naquele momento, neste dia em especial, o quadro pareceu a Penelope mais amado do que nunca, vivido, radioso e tão fresco, como no dia em que fora pintado.

Após um longo momento, o Sr. Brookner disse:

— Eu não sabia da existência de tal obra.

— Ela nunca foi exposta.

— Quando foi feita?

— Em 1927. Foi seu último quadro grande... Mostra a praia do Norte, em Porthkerris, pintada da janela de seu estúdio. Uma das crianças sou eu. Seu nome é *Os catadores de conchas.* Quando me casei, ele me deu o quadro, como presente de casamento. Isso foi há quarenta e quatro anos.

— Que presente. Que dote, aliás. Está pensando em vendê-lo?

— Não. Não pretendo vendê-lo, mas gostaria que o senhor o visse.

— Foi um grande prazer para mim.

Os olhos dele retornaram à tela. Após alguns instantes, Penelope percebeu que ele apenas procurava ocupar-se, deixando a ela a iniciativa do próximo passo.

— Receio que seja tudo, Sr. Brookner. Exceto por alguns esboços.

Ele desviou os olhos do quadro, com as feições impassíveis.

— Alguns esboços?

— Feitos por meu pai.

O Sr. Brookner esperou que ela fosse mais explícita, mas, como isso não aconteceu, perguntou:

— A senhora me daria permissão para vê-los?

— Não sei se valem alguma coisa. Talvez nem lhe interessem.

— Primeiro tenho de vê-los.

— Sim, tem razão. — Inclinando-se para trás do sofá, Penelope apanhou a pasta de papelão surrada, amarrada com barbante. — Estão aqui.

O Sr. Brookner tomou-lhe a pasta e se sentou em uma ampla poltrona vitoriana. Pousou a pasta no tapete, a seus pés, e então, com dedos longos e sensíveis, começou a desatar o barbante.

***

Roy Brookner era um homem de considerável experiência em seu trabalho e, durante os anos, se tornara imune ao choque e à decepção. Aprendera mesmo a lidar com o pior pesadelo de todos, aquele clássico, da velhinha que, vendo-se com pouco dinheiro, talvez pela primeira vez na vida, resolve mandar avaliar e depois vender seu bem mais precioso. A Boothby's era informada de tal intenção e Roy Brookner marcava adequadamente a entrevista, assim como a viagem — provavelmente longa — para vê-la. No fim do dia, cabia-lhe a dolorosa incumbência de informar a ela que a pintura não era um Landseer, que o jarro chinês, tido na conta de Ming, nem remotamente o era, e que o sinete de marfim de Catarina de Médicis, de fato, não datava da época dessa dama, e sim de fins do século XIX. Ou seja, nenhum dos objetos tinha qualquer valor.

A Sra. Keeling, no entanto, não era uma velhinha, além de ser filha de Lawrence Stern. Ainda assim, ele abriu as capas da pasta sem muita esperança. Não sabia ao certo o que esperava encontrar ali. O que encontrou, entretanto, foi de tão espantosa importância que, por um momento, mal pôde acreditar no que via.

Penelope Keeling lhe falara em esboços, sem explicar que tipo de esboços seriam. Aqueles eram pintados a óleo, sobre tela, as telas com as margens irregulares, ainda mostrando a impressão enferrujada das tachas que, um dia, as tinham firmado sobre seus suportes. Ele as pegou, de uma em uma, demorando-se, examinando-as com incrédula admiração, para depois colocá-las de lado. As cores não haviam desbotado, os temas eram imediatamente reconhecíveis. Com crescente excitação, ele iniciou um catálogo mental. O *espírito da primavera. A chegada do amante. As aguadeiras. O deus do mar. O jardim do terrazzo...*

Era quase demasiado. Como um homem na metade de uma lauta refeição para um gourmet, ele se viu saciado, incapaz de continuar. Fez uma pausa, as mãos imóveis pendendo frouxamente entre os joelhos. Parada junto à lareira vazia, Penelope Keeling esperava seu julgamento. Ele ergueu o rosto e seus olhos cobriram a curta distância que o separava dela. Por um demorado momento, nenhum dos dois falou. Não obstante, a expressão do rosto, dele disse a Penelope tudo quanto ela queria saber. Sorriu, e o sorriso iluminou seus olhos escuros; era como se todos os seus anos de vida jamais tivessem acontecido. Por um momento, ele a viu como a bela jovem que um dia havia sido. Então, ocorreu-lhe o pensamento de que, se também tivesse sido jovem naquela época, provavelmente se apaixonaria por ela.

— De onde vieram estes esboços? — perguntou.

— Eu os guardo comigo há vinte e cinco anos, escondidos no forro do meu guarda-roupa.

Ele franziu o cenho.

— E onde foi que os encontrou?

— Estavam no estúdio de meu pai, no jardim de nossa casa da Rua Oakley.

— Alguém mais sabe de sua existência?

— Acredito que não. Entretanto, tenho o pressentimento de que meu filho, Noel, começou a desconfiar de que existissem, embora eu não imagine de onde lhe veio tal desconfiança. Seja como for, não tenho certeza disso.

— O que a faz pensar assim?

— Ele andou vasculhando por aqui, revistando o sótão. Ficou muito irritado por não encontrar nada. Tenho certeza de que procurava algo específico e quase posso garantir que eram estes esboços.

— Isso deixa certa impressão de que ele sabe o quanto poderiam valer. — Inclinando-se, ele pegou outra tela. O *jardim de Amoretta.* — Quantas são ao todo?

— Quatorze.

— Estão no seguro?

— Não.

— Foi por isso que as escondeu?

— Não. Eu as escondi porque não queria que Ambrose as encontrasse.

— Ambrose?

— Meu marido. — Ela suspirou. O sorriso morreu, levando consigo aquele vibrante vislumbre de juventude. Voltara a ter sua própria idade, era novamente uma simpática e grisalha mulher de sessenta e poucos anos, agora cansada de ficar em pé. Afastando-se da lareira, foi sentar-se no canto do sofa, descansando um braço ao longo do encosto. — Nós nunca tínhamos dinheiro. Este foi o ponto crítico de tudo, a raiz de todo o problema.

— Residiu com seu marido na Rua Oakley?

— Sim, depois da guerra. Durante a guerra, fiquei na Cornualha, porque tinha uma filha pequena para cuidar. Então, minha mãe foi morta na Blitz e continuei lá, porque também tinha de cuidar de papai. Ele me transferiu a posse da casa da Rua Oakley... e de uma... — De repente, ela riu, desanimada, balançando a cabeça em negativa. — Assim fica tudo deturpado, não faz sentido. Como o senhor pode entender?

— A senhora pode começar do princípio e ir direto até o fim.

— Isso levaria o dia inteiro.

— Eu tenho o dia inteiro.

— Ah, Sr. Brookner, minha história o deixaria mortalmente entediado.

— A senhora é filha de Lawrence Stern — replicou ele. — Poderia ler para mim o catálogo telefônico, da primeira à última página, que eu continuaria fascinado.

— Ah, como o senhor é gentil! Sendo assim...

— Em 1945, meu pai estava com oitenta anos. Eu tinha vinte e cinco, estava casada com um tenente da Marinha e era mãe de uma criança de quatro anos. Havia ficado algum tempo com as wrens. Foi quando conheci Ambrose, mas, ao saber que esperava um filho, fui desligada e voltei para casa, em Porthkerris. Fiquei lá pelo resto da guerra. Raramente via Ambrose durante aqueles anos. Ele passou a maior parte do tempo no mar, primeiro no Atlântico, depois no Mediterrâneo e, finalmente, no Extremo Oriente. Confesso que isso não me preocupava muito. Havíamos feito um casamento precipitado de tempos de guerra, era um relacionamento que jamais teria ido adiante em época de paz.

"Também havia papai. Ele sempre foi um homem incrivelmente vigoroso e jovem, porém, depois da morte de Sophie, pareceu envelhecer de repente diante de meus olhos, de modo que nem me passava pela cabeça abandoná-lo. Então, a guerra terminou e tudo mudou. Os combatentes voltavam para casa, e papai achava que eu também precisava voltar para o meu marido. Tive vergonha de dizer que não queria, e foi nessa ocasião que ele me disse que havia transferido para mim a posse de sua casa da Rua Oakley, porque assim eu sempre teria uma base, segurança para meus filhos e independência financeira. Depois disso, eu não tinha nenhuma justificativa para ficar lá. Eu e Nancy, minha filha, deixamos Porthkerris pela última vez. Papai nos levou à estação para se despedir de nós e essa também foi a última vez, porque ele morreu no ano seguinte e nunca mais tornei a vê-lo.

"A casa da Rua Oakley era enorme. Tão grande que papai, Sophie e eu sempre moramos no porão, destinando os andares superiores a inquilinos. Dessa maneira, podíamos viver sem grandes dificuldades. Eu continuei com esse arranjo. Um casal — Willi e Lalla Friedmann — morara lá durante a guerra, e continuou morando. Eles tinham uma filhinha, era uma boa companhia para Nancy, e se tornaram meus inquilinos permanentes. O restante da casa era ocupado por inquilinos, que iam e vinham. Artistas, em sua grande maioria, escritores e rapazes tentando entrar para a televisão. Eram o meu tipo de gente. Não o de Ambrose.

"Então, Ambrose voltou para casa. Não somente voltou, como abandonou a Marinha e aceitou um emprego na antiga empresa da família de seu pai, a editora Keeling & Philips, em St. James. Fiquei bastante surpresa quando ele me contou isso, mas pensei que, no geral, havia feito a coisa certa. Mais tarde, fiquei sabendo que, quando estava no Extremo Oriente, manchara sua ficha profissional — antagonizara seu capitão e tivera registros negativos em seu relatório pessoal. Assim, se continuasse na Marinha, suponho que não demoraria muito por lá.

"Bem, lá estávamos nós. Não tínhamos grande coisa, porém era mais do que cabia a muitos casais jovens. Éramos novos e saudáveis, Ambrose tinha um emprego e possuíamos uma casa para morar. Só que, além disso, não dispúnhamos de um alicerce comum para a construção de qualquer tipo de relacionamento. Ambrose era extremamente convencional, mais ou menos um esnobe social... tinha grandes ideias sobre sempre travar amizade com as pessoas adequadas. Quanto a mim, era excêntrica, descuidada e, imagino, indigna da menor confiança. Entretanto, coisas que eram importantes para Ambrose me pareciam triviais, de modo que não partilhava do entusiasmo dele. Além do mais, havia a humilhante questão do dinheiro. Ele nunca me dava nada. Com certeza, achava que eu tinha reservas particulares — o que de certo modo era verdade —, porém eu vivia sempre apertada de finanças. Da mesma forma, em minha família, dinheiro era algo que esperávamos ter, mas sobre o qual nunca falávamos. Durante a guerra, eu me sustentava com minha pensão da Marinha, e papai costumava depositar mensalmente uma quantia em minha conta, para pagamento das contas domésticas, porém não havia luxos em que gastar dinheiro e, por outro lado, todos viviam quase na penúria. Assim, a questão parecia não importar muito.

"Entretanto, casada com Ambrose e morando em Londres, a situação se modificara. A essa altura, já havia nascido minha segunda filha, Olivia, e era mais uma boca para alimentar. Ao mesmo tempo, a velha casa precisava de reparos urgentes. Nao havia sofrido com os bombardeios, felizmente, mas estava cheia de rachaduras, caindo aos pedaços, uma verdadeira ruína. Precisava de nova fiação elétrica, e o teto tinha de ser consertado. Além disso, o encanamento começava a se deteriorar e, claro, tudo clamava por pintura. Quando falei sobre isso a Ambrose, ele respondeu que a casa me pertencia, sendo portanto minha responsabilidade. Por fim, terminei vendendo quatro preciosas telas de Charles Rainier que haviam sido de papai, o que resultou em dinheiro suficiente para os consertos mais rudimentares. Pelo menos, pararam as goteiras do teto e deixei de me angustiar, me perguntando se as crianças não seriam eletrocutadas, enfiando os dedos naquelas antiquadas tomadas de parede.

"Então, aconteceu algo que foi a gota de água. Dolly Keeling — a mãe de Ambrose, que se retirara para Devon durante toda a guerra — voltou a residir em Londres. Tinha uma casinha na Rua Lincoln e, desde sua chegada, começou a criar problemas. Jamais gostara de mim. Aliás, não a culpo. Ela nunca me perdoou por ter ficado grávida antes do tempo, por ter "forçado" Ambrose ao casamento. Era seu único filho, e ela era altamente possessiva. Assim, tornou a se apossar dele. De repente, estar casada com Ambrose ficou mais ou menos semelhante a cuidar do cão de uma outra pessoa: sempre que abrimos a porta, ele corre para casa. Ambrose corria para a casa da mãe. Costumava passar lá para tomar um drinque, quando voltava do escritório... imagino que fosse a Síndrome do Colinho da Mamãe. Além disso, levava-a para fazer compras nas manhãs de sábado e, nos domingos, levava-a de carro à igreja. Era o suficiente para fazer alguém não querer ir mais à igreja, pelo resto da vida.

"Pobre homem... Lealdades divididas não são companhias de fácil convivência. Afinal, ele precisava muito da atenção e da adulação que Dolly lhe proporcionava, mas que eu era incapaz de dar. Além disso, a casa da Rua Oakley nunca fora o lugar mais tranquilo do mundo. Eu gostava da proximidade de meus amigos, sempre tive muita afinidade com Lalla Friedmann. E gostava também de crianças. Muitas crianças. Não apenas de Nancy, mas também de suas coleguinhas da escola. Quando o tempo estava bom, o jardim enxameava delas, pendurando-se em cordas de cabeça para baixo ou sentadas em caixas de papelão da mercearia. Aliás, as coleguinhas da escola tinham mães que entravam e saíam, ficavam na cozinha, bebendo café e fofocando. Havia uma atividade constante — geleia sendo feita, alguém cortando um vestido ou fazendo biscoitos para o chá, e brinquedos espalhados por todo o chão sempre.

"Ambrose não suportava isso. Dizia que lhe atacava os nervos, quando voltava do trabalho e encontrava tal confusão. Começou a se ressentir dos aposentos apertados em que vivíamos, uma vez que toda a espaçosa casa era nossa. Também começou a falar em expulsar os inquilinos, a fim de termos mais espaço para nós. Falava sobre uma sala de refeições para jantares festivos, uma sala de estar para coquetéis, um quarto de dormir com closet e banheiro, uma suíte completa, para nós dois. Perdi a paciência e lhe perguntei do que viveríamos se não tivéssemos os aluguéis. Ele mergulhou em um mau humor de três semanas e, mais do que nunca, ficou na companhia da mãe.

"A mera existência se tornou árdua como a escalada de uma montanha. Brigávamos sobre dinheiro o tempo todo. Eu nem sabia quanto ele ganhava, de maneira que não tinha argumentos nesse sentido. Mas sabia que devia ganhar alguma coisa — e o que fazia com seu dinheiro? Pagava bebida para os amigos? Pagava a gasolina para o carrinho que a mãe lhe dera? Comprava roupas? Ambrose sempre gostara de se vestir bem. Fiquei muito curiosa. Comecei a bisbilhotar. Encontrei seu extrato bancário e vi que sacara mais de mil libras a descoberto. Eu era tão ingênua, tão simplória, que terminei imaginando que meu marido tinha uma amante e gastava todo o salário com ela, dando-lhe casacos de vison e sustentando-lhe um apartamento em Mayfair.

"Por fim, ele me contou. Tinha que contar. Devia quinhentas libras a um bookmaker e tinha que saldar a dívida em uma semana. Lembro-me de que eu preparava sopa, mexia o grande panelão, a fim de que as ervilhas secas não se colassem no fundo. Perguntei-lhe há quanto tempo apostava em corridas de cavalos e ele respondeu que há três ou quatro anos. Também perguntei outras coisas, e então fiquei sabendo de tudo. Acho que, hoje em dia, ele seria chamado de jogador compulsivo. Costumava jogar em clubes privados. Fizera um ou dois grandes investimentos no mercado de ações, mas acabara tendo prejuízo. E eu, durante todo aquele tempo, eu nunca desconfiei. Mas então ele me diz que não estava apenas um pouco envergonhado, mas desesperado. Tinha de arranjar o dinheiro.

"Respondi que não o tinha. Sugeri que pedisse ajuda à mãe. Ambrose respondeu que já apelara para ela antes, que não tinha mais coragem de procurá-la de novo. Então, disse, por que não vendemos os quadros, os três Lawrence Stern? Eles eram tudo que eu possuía da obra de meu pai. Ao ouvi-lo falar assim, fiquei quase tão amedrontada quanto ele, pois sabia-o perfeitamente capaz de esperar até ficar sozinho em casa, para então apanhar os quadros e levá-los a um leiloeiro. *Os catadores de conchas* era não só o meu bem mais precioso, como também meu conforto e consolo. Eu não podia viver sem o quadro, e Ambrose sabia disso. Assim, respondi-lhe que arranjaria as quinhentas libras, e foi o que fiz, vendendo meu anel de noivado e também o de minha mãe. Depois disso, ele voltou a ficar bastante animado, satisfeito consigo mesmo. Parou de jogar durante algum tempo. Havia passado um mau período. Entretanto, não demorou muito, começou tudo de novo e, mais uma vez, retornamos à vida antiga de mal termos o que comer.

"Então, em 1955 nasceu Noel e, ao mesmo tempo, enfrentamos a primeira das grandes contas escolares. Eu ainda possuía a casinha na Cornualha, Carn Cottage. Com a morte de papai, ela passara a me pertencer, e me apeguei a ela durante anos, alugando-a a quem quisesse alugá-la e dizendo para mim mesma que, um dia, levaria meus filhos até lá para passarem o verão. Só que nunca fiz isso. Então, recebi uma boa oferta pela casa, boa demais para ser recusada, e a vendi. Quando fiz isso, soube que Porthkerris se fora para sempre, que o último elo se rompera. Ao vender a casa da Rua Oakley, tinha planos de retornar à Cornualha. Compraria um pequeno chalé de granito, com uma palmeira no jardim. Entretanto, meus filhos se intrometeram e, finalmente, meu genro encontrou Podmore's Thatch. Assim, terei de passar meus últimos anos em Gloucestershire, sem ver mais o mar nem ouvir o seu som."

— Eu lhe contei tudo isso e ainda não cheguei à questão, não é verdade? Ainda não lhe falei sobre o encontro dos esboços.

— Não estavam no estúdio de seu pai?

— Sim, escondidos por trás de coisas acumuladas durante anos por um artista.

— Como foi isso? Quando foi que os encontrou?

— Noel devia ter uns quatro anos. Para acomodar nossa família em crescimento, tivemos que ocupar mais dois cômodos. Os inquilinos, contudo, enchiam o resto da casa. Um dia, um rapaz surgiu à porta. Era estudante de arte, muito alto e magro, de aparência pobre, mas extremamente simpático. Alguém lhe dissera que eu talvez pudesse ajudá-lo, porque ele conseguira uma vaga no Slade, mas não encontrava um lugar onde morar. Eu não dispunha de um só canto vago para colocá-lo, mas gostei do jeito dele, convidei-o a entrar, dei-lhe uma refeição e um copo de cerveja. Começamos a conversar. No momento de ele ir embora, eu já me sentia tão sua amiga, que era difícil suportar a ideia de não poder ajudá-lo. Foi quando pensei no estúdio. Era um galpão de madeira no jardim, mas de construção forte e sem goteiras. Ele poderia dormir e trabalhar lá, eu lhe daria o café da manhã e ele teria liberdade para utilizar o banheiro da casa e lavar sua roupa. Quando sugeri isso, ele aceitou de imediato. Então, peguei a chave e fomos lá fora inspecionar o estúdio. Estava sujo e empoeirado, entulhado com antigos sofás-camas e cômodas, para não falar nos cavaletes, paletas e telas de meu pai, porém o lugar era impermeabilizado e possuía uma claraboia dando para o norte, detalhe que tornou o galpão ainda mais desejável para o rapaz.

"Combinamos um aluguel e o dia em que ele se mudaria para lá. Depois que ele se foi, comecei a trabalhar. Levei dias e precisei encontrar meu amigo, o trapeiro, para me ajudar na tarefa. Pouco a pouco, ele encheu seu carrinho com aquelas velharias imprestáveis e levou tudo embora. Teve de fazer várias viagens, mas, finalmente, chegamos ao carregamento final. Foi então, no canto mais afastado do estúdio, que encontrei a pasta dos esboços, perdida atrás de uma velha arca. Identifiquei os esboços de cara, porém sem ter ideia de seu valor. Naquela época, Lawrence Stern não estava em moda, de maneira que uma tela sua talvez valesse quinhentas ou seiscentas libras. Não obstante, achar aqueles esboços foi como receber um presente do passado. Eu tinha tão pouca coisa da obra de meu pai!... Foi quando pensei que, se Ambrose descobrisse sua existência, logo exigiria que fossem todos vendidos. Assim, levei-os para casa e subi com eles para meu quarto. Prendi-os com fita adesiva à parte dos fundos de meu guarda-roupa, depois peguei um rolo de papel de parede e o colei por cima, para disfarçar. Foi lá que a pasta com os esboços ficou até agora. Até a noite de domingo passado. Foi quando, subitamente, compreendi que chegara a hora de deixá-los ver novamente a luz do dia e de mostrá-los ao senhor."

— Bem, agora já sabe tudo. — Ela olhou para seu relógio. — Demorei para lhe contar... Sinto muito. Aceitaria uma xícara de chá? Tem tempo para uma xícara de chá?

— Sim, tenho tempo. Eu ainda gostaria de saber mais. — Ela ergueu as sobrancelhas, com ar de interrogação. — Por favor, não me considere impertinente ou curioso, mas o que foi feito de seu casamento? O que foi feito de Ambrose?

— Meu marido? Ah, ele me deixou...

— Ele a deixou?

— Exatamente. — Perplexo, ele viu o rosto de Penelope animar-se, divertido. — Por sua secretária.

— Logo depois que encontrei os esboços e os escondi, a Srta. Wilson, antiga secretária de Ambrose, que sempre trabalhara para a firma Keeling & Philips, aposentou-se e foi substituída por uma jovem. Imagino que essa nova secretária também fosse muito bonita. Chamava-se Delphine Hardacre. A secretária antiga sempre fora tratada como Srta. Wilson, porém a nova jamais foi mencionada por outro nome senão Delphine. Certo dia, Ambrose me disse que iria a Glasgow, a negócios; o setor gráfico da firma estava sediado lá, e ele ficou fora uma semana. Mais tarde, descobri que não tinha estado em Glasgow, mas em Huddersfield, com Delphine, para ser apresentado aos pais dela. O pai era riquíssimo, acho que engenheiro civil, mas, se considerou Ambrose um pouco velho para sua filha, isso evidentemente foi compensado pelo fato de ela ter encontrado um homem de bom nível social para si mesma e de estar fascinada por ele. Logo depois, Ambrose chegou do trabalho e me comunicou que ia me deixar. Foi em nosso quarto. Eu tinha lavado os cabelos e os escovava para secar, sentada diante da minha penteadeira. Ambrose se sentou na cama, atrás de mim, de maneira que toda a conversa aconteceu pelo espelho. Ele disse que estava apaixonado por ela. Que ela lhe dava tudo que eu jamais dera. Que queria o divórcio. Uma vez divorciado, casaria com ela e, nesse ínterim, deixaria a Keeling & Philips, o mesmo fazendo Delphine. Os dois pretendiam se mudar para o Norte e morar em Yorkshire, onde o pai dela lhe oferecera um posto em sua empresa.

"Devo dizer, em favor de Ambrose, que quando ele se dedicou a organizar sua nova vida saiu-se muito bem. Foi tudo tão estudado, tão planejado e frio, um fato consumado tão perfeito que, na verdade, nada havia para lhe dizer. Não queria dizer nada a ele. Eu sabia que sua partida não fazia a menor diferença para mim. Sabia que estaria bem melhor por conta própria. Criaria meus filhos e cuidaria de minha casa. Concordei com tudo, ele se levantou da cama, desceu para o andar de baixo e eu continuei escovando meu cabelo, sentindo uma paz imensa.

"Dias mais tarde, a mãe dele me procurou, não por comiseração nem para se queixar ou me acusar, mas, simplesmente, para se certificar de que, em vista da deserção de Ambrose, eu não impediria que as crianças a vissem ou vissem o pai. Respondi que meus filhos não eram propriedade minha, nada que eu pudesse dar ou reter, mas sim pessoas com vontade própria. Eles poderiam fazer o que quisessem, ver quem quisessem, que eu não os tolheria. Dolly ficou muito aliviada, porque, embora nunca dedicasse muito tempo a Olivia e Noel, idolatrava Nancy, e Nancy a amava. As duas tinham a mente igual, tinham tudo em comum. Quando Nancy casou, foi Dolly quem providenciou seu grande casamento londrino e, por causa disso, Ambrose veio de Huddersfield para levá-la ao altar. Foi a única ocasião em que nos vimos, depois do divórcio. Ele havia mudado, tinha uma aparência de homem muito próspero. Engordara bastante, o cabelo ficara grisalho e tinha uma compleição muito vermelha. Recordo que, naquele dia, por algum motivo, ele usava uma corrente de relógio em ouro, parecendo a viva imagem do homem que permanecera no Norte a vida inteira, nada mais fazendo além de ganhar dinheiro.

"Depois do casamento, ele retornou a Huddersfield e nunca mais o vi. Morreu uns cinco anos depois. Ainda era um homem relativamente jovem, de maneira que sua morte foi um choque terrível. Pobre Dolly Keeling, viveu muitos anos mais do que o filho e nunca se recuperou da dor de perdê-lo. Eu também lamentei. Creio que, com Delphine, ele finalmente havia encontrado a vida que desejava. Escrevi a ela, porém nunca me respondeu. Talvez julgasse demasiada presunção minha. Ou, então, simplesmente não sabia o que dizer em resposta."

— E agora, vou *mesmo* fazer um pouco de chá!

Penelope levantou-se e ergueu a mão para firmar a presilha de tartaruga que lhe prendia o coque.

— Acha que estará bem aqui, enquanto preparo o chá? Está aquecido o suficiente? Gostaria que eu acendesse a lareira?

O Sr. Brookner respondeu que ficaria bem ali, que estava aquecido, não havendo necessidade de acender a lareira. Ela então o deixou, focado na análise de mais um esboço, e foi para a cozinha. Encheu a chaleira e a pôs para ferver, sentindo-se em paz consigo mesma, justamente como se sentira naquela noite de verão, escovando o cabelo e ouvindo Ambrose dizer-lhe que ia embora para sempre. Disse para si mesma que devia ser assim que se sentiam os católicos após se confessarem — limpos, livres e finalmente desobrigados. Estava grata a Roy Brookner por ter ouvido e também grata à Boothby's por lhe ter enviado um homem não apenas profissional, mas também humano e compreensivo.

Durante o chá com biscoitos de gengibre, eles voltaram a falar de negócios. Os painéis seriam vendidos. Os esboços, catalogados e levados a Londres para avaliação. E *Os catadores de conchas*? Este, por enquanto, ficaria onde estava, acima da lareira, na sala de estar em Podmore's Thatch.

— O único empecilho sobre a venda dos painéis — comentou Roy Brookner — é o fator tempo. Como sabe, a Boothby's acabou de organizar uma grande venda de telas vitorianas, de maneira que não teremos outra, durante pelo menos seis meses. Não em Londres. Talvez nossa galeria de arte em Nova York pudesse cuidar deles, porém eu precisaria saber quando irão programar seu próximo leilão.

— Seis meses? Não quero esperar seis meses. Quero vendê-los *agora.*

Ele sorriu de sua impaciência.

— A senhora consideraria a hipótese de um comprador particular? Sem a concorrência de um leilão, talvez não encontrasse um preço tão bom. Estaria disposta a assumir o risco?

— O senhor pode arranjar para mim um comprador particular?

— Há um colecionador americano, da Filadélfia. Veio a Londres expressamente para participar do leilão de *As aguadeiras,* mas perdeu para o representante do Museu de Belas-Artes de Denver. Ficou muito triste. Não possui nenhum Lawrence Stern, pois são quadros que aparecem muito pouco no mercado.

— Ele continua em Londres?

— Não sei. Eu posso verificar. Estava hospedado no Connaught.

— Acha que iria querer os painéis?

— Sem dúvida. No entanto, a venda dependeria do quanto estivesse disposto a oferecer.

— O senhor vai entrar em contato com ele?

— Vou.

— E os esboços?

— A senhora vai decidir. Valeria a pena aguardar alguns meses antes de vendê-los... para nos dar tempo de anunciá-los e despertar o interesse.

— Sim, eu entendo. No caso dos esboços, talvez fosse melhor esperar.

Assim ficou combinado. Ali mesmo, Roy Brookner começou a catalogar os esboços. Isso demorou algum tempo, mas, quando ele terminou e entregou a ela um recibo assinado, tornou a colocá-los dentro da velha pasta que os abrigara por tanto tempo, amarrando o barbante com firmeza. Feito isso, ela o levou para fora da sala, os dois subiram a escada até o patamar e, delicadamente, Roy Brookner retirou os painéis da parede, deixando apenas algumas teias de aranha e duas longas faixas de papel de parede não desbotado.

Fora da casa, tudo foi colocado no esplêndido carro do visitante, os esboços no porta-malas e os painéis, cuidadosamente embrulhados em uma manta xadrez, sobre o banco traseiro. Após acomodar tudo como pretendia, Roy Brookner saiu do carro e bateu a porta. Virou-se para Penelope.

— Foi um prazer, Sra. Keeling. E obrigado.

Os dois trocaram um aperto de mão.

— Fiquei muito feliz em conhecê-lo, Sr. Brookner. Espero que não o tenha entediado.

— Nunca fui tão entretido. E, assim que tiver novidades, entrarei em contato com a senhora.

— Obrigada. E até logo. Faça uma boa viagem.

— Até, Sra. Keeling.

Ele telefonou no dia seguinte.

— Sra. Keeling? É Roy Brookner falando.

— Pois não, Sr. Brookner.

— O cavalheiro americano que lhe mencionei, o Sr. Lowell Ardway, não está mais em Londres. Liguei para o Connaught e fui informado de que ele partiu para Genebra. Sua intenção é retornar para os Estados Unidos, diretamente da Suíça. Entretanto, tenho seu endereço em Genebra e escreverei hoje para ele, falando sobre os painéis. Tenho certeza de que, ao saber que estão disponíveis, voltará a Londres para vê-los. Contudo, talvez esperemos uma ou duas semanas.

— Posso esperar uma ou duas semanas. Apenas não suportaria esperar seis meses.

— Posso assegurar que não terá de esperar tanto. E, no referente aos esboços, mostrei-os ao Sr. Boothby, que ficou extremamente interessado. Nada tão importante surge no mercado há anos.

— O senhor... — Parecia quase indelicado perguntar. — O senhor tem alguma ideia de quanto poderiam valer?

— Segundo minha avaliação, não menos de cinco mil libras cada.

Cinco mil libras. Cada um. Recolocando o fone no gancho, ela ficou parada, no meio de sua cozinha, tentando apreender a enormidade da soma. Cinco mil libras multiplicadas por catorze davam... era impossível fazer a conta de cabeça. Pegou um lápis e efetuou a soma em sua lista de compras. O total chegava a setenta mil libras. Penelope puxou uma cadeira e sentou-se porque, de repente, seus joelhos haviam ficado bambos.

Pensando bem, não era tanto a ideia da riqueza que a aturdia, mas sua reação a isso. A decisão de chamar o Sr. Brookner, de mostrar-lhe os esboços e de vender os painéis ia mudar sua vida. Um raciocínio simples, mas, ainda assim, demorava um pouco para acostumar-se a ele. As duas insignificantes e inacabadas pinturas de Lawrence Stern, que ela sempre amara, mas que nunca imaginara terem algum valor, agora estavam na Boothby's, esperando a oferta de um milionário americano. E o monte de esboços, escondidos e esquecidos durante anos, de repente estavam valendo setenta mil libras! Uma fortuna. Era como ganhar na loteria.

Considerando seu alterado status, Penelope recordou a jovem ganhadora da loteria, aparecendo na televisão e vista por ela com espanto, despejando champanhe na cabeça e gritando esganiçadamente: "Gastar, gastar, gastar!"

Era uma cena espantosa, como algo extraído de algum desvairado conto de fadas. No entanto, ela agora se via mais ou menos na mesma situação, e percebia — aqui estava a sua perplexidade — que isso não a aturdia nem acabrunhava. Em vez disso, sentia-se invadida pela gratidão de uma pessoa aquinhoada com uma opulência inesperada. O maior presente que os pais podem deixar para um filho é a independência dele. Era o que havia dito para Noel e Nancy, e sabia que era verdade, que a segurança propiciada pela independência não tinha preço. Além disso, havia as possibilidades de prazeres extravagantes.

Sim, mas quais? Penelope era inexperiente em prazeres e extravagâncias, tendo poupado e feito valer cada *penny* conseguido em toda a sua vida de casada. Não sentia ressentimento nem inveja do luxo dos outros, era grata por ter conseguido criar e educar os filhos, ficando acima das dificuldades. Somente após ter vendido a casa da Rua Oakley pudera dispor de algum capital, mas este imediatamente havia sido investido com prudência — a fim de produzir uma renda modesta, que era gasta da maneira que ela mais apreciava. Em comida, vinho, recebendo os amigos. Havia também os presentes — com os quais era extremamente generosa — e, óbvio, seu jardim.

Agora, se quisesse, podia reformar a casa de alto a baixo. Tudo quanto possuía era incrivelmente antigo e surrado, mas era assim que gostava das coisas. O velho Volvo tinha oito anos de idade e já o comprara de segunda mão. Talvez pudesse exibir-se em um Rolls-Royce, porém nada havia de errado com o Volvo — ainda —, e beiraria o sacrilégio entulhar o porta-malas de um Rolls com sacos de turfa e vasos de cerâmica com plantas para o jardim.

Roupas, então. A verdade, no entanto, era que ela nunca se interessara por roupas, uma atitude mental imposta pelos longos anos de guerra e pela privação dos anos que se seguiram. Muitas de suas peças favoritas haviam sido adquiridas nas barraquinhas de roupas usadas nas quermesses da igreja de Temple Pudley. Além do mais, sua capa de marinheiro a mantivera aquecida no correr de quarenta invernos. Sempre poderia dar-se de presente um casaco de vison, porém jamais acalentara a ideia de usar uma peça confeccionada com uma pilha de peles de pobres animaizinhos mortos e, por outro lado, parecería uma tola, caminhando pela rua da aldeia em uma manhã de domingo, apenas para recolher os jornais, toda empetecada com um casaco de vison. Os outros pensariam que perdera o juízo.

Poderia viajar. Entretanto, aos sessenta e quatro anos e não estando (era forçoso enfrentar o fato) em seu melhor estado de saúde, ela se achava velha demais para começar a se aventurar pelo mundo afora sozinha. Aqueles dias de viagens de carro, o *Train Bleu* e os paquetes haviam terminado. E a ideia de aeroportos estrangeiros, de disparar pelo espaço em jatos supersônicos, jamais a tinha atraído muito.

Não. Nenhuma dessas coisas. Por enquanto, nada faria, nada diria e nada contaria a alguém. O Sr. Brookner chegara e se fora, sem que pessoa alguma soubesse de sua visita. Era melhor continuar agindo como se nada tivesse acontecido, até ter notícias dele novamente. Disse para si mesma que devia expulsá-lo da mente, mas constatou que era impossível. Todo dia, esperava ter notícias dele. Cada vez que o telefone tocava, corria para ele, como uma jovem ansiosa, esperando uma ligação do homem amado. Entretanto, ao contrário dessa jovem ansiosa, à medida que os dias passavam sem que nada acontecesse, ela permanecia tranquila, inabalada. Sempre havia o amanhã. Não tinha pressa. Cedo ou tarde, ele teria algo para lhe comunicar.

Enquanto isso, a vida continuava, e a primavera, em vários sentidos, estava no ar. O pomar brilhava com tenros narcisos, as trombetas amarelas dançando à brisa. As árvores envolviam-se no verde tenro da folhagem nova e, nos canteiros abrigados, perto da casa, os goivos abriam as faces aveludadas, enchendo o ambiente de nostálgico aroma. Danus Muirfield, com a horta recém-plantada, dera ao gramado o primeiro corte da estação, estando agora empenhado em cavar, limpar e afofar os canteiros que marginavam paredes e muros. A Sra. Plackett de vez em quando aparecia; iniciara uma orgia de faxina da primavera e lavara todas as cortinas do quarto. Antonia as pendurara no varal, como estandartes. Sua energia era enorme e incumbia-se alegremente de qualquer tarefa que Penelope talvez não se preocupasse em realizar por si mesma, como ir de carro a Pudley para fazer a imensa compra semanal ou esvaziar o grande armário da cozinha e limpar com esfregão todas as prateleiras. Quando não estava ocupada dentro de casa, podia ser encontrada no jardim, erigindo uma treliça para arrimo das ervilhas-de-cheiro ou removendo dos vasos da entrada seus narcisos prematuros, para substituí-los por gerânios, fúcsias e nastúrcios. Quando Danus estava lá, ela nunca permanecia longe dele, e as vozes dos dois flutuavam através do jardim ou da horta, enquanto trabalhavam juntos. Quando os via, fazendo uma pausa para espiar de uma janela do andar de cima, Penelope ficava muito satisfeita. Antonia era uma pessoa diferente daquela jovem tensa e exaurida que Noel trouxera de Londres; havia perdido a pálida tristeza que a acompanhara de Ibiza e também as olheiras escuras. Seu cabelo reluzia, a pele vicejava e, à sua volta, havia uma espécie de aura indefinível, mas, aos olhos experientes de Penelope, ainda assim, indiscutível.

Ela desconfiava que Antonia havia se apaixonado.

— Acho que a melhor coisa do mundo é fazer algo construtivo em um jardim, numa bela manhã. É uma combinação das melhores coisas que existem. Em Ibiza, o sol era sempre tão quente, deixava as pessoas tão suadas e pegajosas, que não havia alternativa senão pular na piscina.

— Aqui não temos uma piscina — observou Danus. — Mas, enfim, acho que sempre se possa pular no Windrush.

— Deve estar gélido, não? Enfiei os pés no rio outro dia, e foi terrível. Danus, você vai ser jardineiro para sempre?

— Por que esta súbita curiosidade?

— Sei lá... Estava só pensando. Você parece ter deixado tanta coisa para trás... Estudou, viajou para os Estados Unidos, depois se formou em horticultura. Parece um desperdício nunca mais fazer outra coisa, além de plantar repolhos e arrancar ervas daninhas para os outros.

— Ah, mas nem sempre vou ficar fazendo isso, vou?

— Não vai? Então, o que pretende?

— Economizar, até juntar o suficiente para comprar um pedaço de terra, ter meu próprio terreno, plantar legumes, vender plantas, mudas, rosas, gnomos, tudo que alguém queira comprar.

— Uma loja de jardinagem?

— Eu me especializaria em alguma coisa... rosas ou fúcsias, para ser um pouquinho diferente dos outros.

— Isso não seria muito caro? Para começar, quero dizer?

— Claro. O preço da terra é alto, e ela teria que ser grande o suficiente para tornar o empreendimento viável.

— Seu pai não poderia ajudá-lo? Apenas no começo?

— Poderia, se eu lhe pedisse. No entanto, prefiro começar à minha custa. Estou com vinte e quatro anos agora. Quando chegar aos trinta, é possível que já esteja em condições de me sustentar sozinho.

— Seis anos de espera parecem uma eternidade. Eu iria querer agora.

— Aprendi a ser paciente.

— E o local? Quero dizer, onde teria sua loja?

— Não faz diferença. Onde desse. Contudo, eu preferiria ficar neste extremo do país. Gloucestershire, Somerset...

— Acho que o melhor seria Gloucestershire. É tão bonito. E pense também no mercado. Todas aquelas pessoas ricas de Londres, comprando casas de pedra dourada encantadoras e querendo jardins cheios de benfeitorias... Você faria uma fortuna. Em seu lugar, eu ficaria aqui mesmo. Encontraria uma casinha e uns dois acres de terra. Eis o que eu faria.

— Bem, mas você não vai abrir uma loja de jardinagem. Vai ser modelo.

— Só se não encontrar outra coisa para fazer.

— Você é engraçada. Nove em dez garotas se matariam por uma oportunidade dessas.

— Não sei pra quê.

— Além do mais, você não ia querer passar a vida desenterrando nabos.

— Eu não plantaria nabos. Plantaria coisas deliciosas, como espigas de milho, aspargos e ervilhas. E não seja tão cético. Sou muito boa nisso. Em Ibiza, nunca compramos um só legume. Plantávamos todos eles, além de frutas. Tínhamos laranjeiras e limoeiros. Papai costumava dizer que nada mais esplêndido do que um gim-tônica com uma rodela de limão colhido pouco antes. O sabor é muito diferente daqueles que são comprados.

— Suponho que poderia plantar limoeiros em uma estufa.

— O interessante sobre os limoeiros é que frutificam e florescem ao mesmo tempo. Assim, sempre estão bonitos. Danus, você nunca quis ser advogado, como seu pai?

— Houve uma época em que pensei nisso. Achei que seguiria os passos do velho. Só que, então, fui para os Estados Unidos e, depois disso, as coisas mudaram um pouco. Decidi passar a vida usando as mãos, em vez da cabeça.

— Ora, mas você usa a cabeça. A jardinagem exige muito raciocínio, conhecimento e planejamento. E, se tiver sua loja, na certa precisará fazer toda a contabilidade, providenciar compras e vendas, o pagamento de impostos... Para mim, isso é usar a cabeça. Seu pai se decepcionou por você não querer mais ser advogado?

— No começo, sim. Entretanto, discutimos o assunto e ele acabou concordando com meu ponto de vista.

— Não seria terrível ter um pai com quem não se pudesse conversar? O meu era perfeito. Eu podia falar de tudo com ele. Gostaria que você o tivesse conhecido. E nem posso lhe mostrar minha casa querida, Ca'n D'alt, porque agora alguma outra família estará morando lá. Danus, houve algo em especial que o levou a trocar de carreira? Aconteceu alguma coisa nos Estados Unidos?

— Talvez.

— O que aconteceu tem a ver com o fato de você não dirigir um carro e nunca beber álcool?

— Por que pergunta isso?

— E que penso nisso algumas vezes. Queria saber.

— Isso a preocupa? Gostaria que eu fosse como Noel Keeling, disparando em seu carro estrada acima e abaixo, querendo uma bebida sempre que a situação fica difícil?

— Não, eu não gostaria que você fosse como Noel. Se fosse, eu não estaria aqui, ajudando-o. Estaria espichada em uma espreguiçadeira, folheando uma revista.

— Então, por que não deixa tudo isso para lá? Olhe só, você está plantando uma mudinha, não martelando um prego. Plante-a com delicadeza, como se estivesse pondo um bebê para dormir. Apenas comprima a terra em volta, nada mais. Ela precisa de espaço para crescer. Precisa de espaço para respirar.

Ela estava andando de bicicleta. Pedalando em roda livre, colina abaixo, entre sebes de fúcsias, carregadas de flores vermelhas e purpúreas. A estrada encurvava-se à frente, branca e empoeirada. Na distância, o mar era azul-safira. Havia uma sensação de manhã de sábado. Ela estava de sandálias. Chegou a uma casa, e era Carn Cottage, mas não era Carn Cottage, porque tinha um telhado achatado. Papai estava lá, com sua boina, sentado em uma banqueta de dobrar, com o cavalete armado à sua frente. Não tinha artrite e dava longas pinceladas de cor na tela. Não ergueu os olhos quando ela chegou ao seu lado, mas disse: "Um dia eles virão, virão para pintar o calor do sol e a cor do vento." Ela espiou por sobre a borda do telhado, e era um jardim como em Ibiza, um jardim com piscina. Sophie nadava na piscina, para cá e para lá. Estava nua, os cabelos molhados e lisos como uma pele de lontra. Via-se a paisagem, lá do alto, porém não era a baía, era a praia do Norte, de maré baixa, e ela estava ali, procurando, com um balde escarlate cheio de conchas enormes. Vieiras, mexilhões e cintilantes cauris. Entretanto, ela não catava conchas, mas procurava algo, alguém mais; ele estava por ali, em algum lugar. O céu escureceu. Ela continuou andando na areia que afundava, lutando contra o vento. O balde ficou insuportavelmente pesado, de maneira que o largou e o deixou para trás. O vento trazia consigo uma névoa marinha que se enroscava sobre a praia como fumaça, e ela o viu caminhando, destacando-se da fumaça, vindo em sua direção. Estava usando uniforme, mas não tinha nada na cabeça. Ele disse: "Estive procurando por você", e lhe deu a mão. Puseram-se a caminhar juntos e chegaram a uma casa. Cruzaram a porta, porém não era uma casa, mas a Galeria de Arte, nas ruas da periferia de Porthkerris. E papai estava lá novamente, sentado num sofá gasto, no meio do piso vazio. Virando a cabeça, disse para eles: "Eu gostaria de ser jovem novamente, de poder ver tudo isso acontecendo."

Ela se encheu de felicidade. Abriu os olhos, e a felicidade permaneceu; o sonho era mais real do que a realidade. Podia sentir o sorriso em seu rosto, como se alguém o tivesse posto ali. O sonho esmaeceu, mas o senso de tranquilo contentamento continuou. Satisfeitos, seus olhos abarcaram os detalhes penumbrosos do quarto. O vislumbre da cabeceira de latão da cama, a forma agigantada do imenso guarda-roupa, as janelas abertas, com as cortinas movendo-se levemente ao fluxo do doce ar noturno.

Eu gostaria de ser jovem novamente. De poder ver tudo isso acontecendo.

De repente, ela se viu plenamente desperta e soube que não tornaria a adormecer. Empurrou as cobertas e saiu da cama, tateando o chão com os pés à procura dos chinelos, esticando a mão para o robe. Na escuridão, abriu a porta e desceu para a cozinha. Acendeu a luz. Tudo estava aquecido e arrumado. Encheu uma panela com leite e a pôs para esquentar. Depois tirou uma caneca do aparador, colocou nela uma colherada de mel e a encheu até a borda com o leite quente. Mexeu. Levando a caneca, cruzou a sala de jantar e entrou na sala de estar. Acendeu a luz que iluminava *Os catadores de conchas* e, à sua claridade suave, atiçou o fogo da lareira. Quando as chamas cresceram, ela levou a caneca para o sofá, ajeitou as almofadas e aninhou-se em um dos cantos, com os pés dobrados sob o corpo. Acima dela, o quadro cintilava a meia-luz, brilhante como uma janela de vitral com o sol atrás. Aquele quadro era seu mantra pessoal, penetrante como o amuleto de um hipnotizador. Ela ficou olhando, a concentração aguçada, sem pestanejar, esperando que o encantamento funcionasse, que a magia acontecesse. Encheu os olhos com o azul do mar e do céu, depois sentiu o vento salitrado; também sentiu o cheiro de algas e areia molhada; ouviu o grasnido das gaivotas, o tamborilar da brisa em seus ouvidos.

Ali, em segurança, ela podia permitir-se recordar as várias, numerosas ocasiões em sua vida, quando havia feito apenas isso — confinar-se, ficar sozinha, trancar-se com *Os catadores de conchas.* Assim tinha se sentado, de tempos em tempos, durante aqueles tristonhos anos em Londres, logo depois da guerra, atormentada, às vezes quase derrotada pela escassez, pela falta de dinheiro e pela carência afetiva; pela inutilidade de Ambrose e uma aterradora solidão que, por algum motivo, não era preenchida pela companhia dos filhos. Ela fizera a mesma coisa na noite que Ambrose arrumara as malas, abandonara a família e partira para Yorkshire, rumo à prosperidade, ao corpo jovem e cálido de Delphine Hardacre. Tornara a fazê-lo quando Olivia, a filha predileta, deixara a casa da Rua Oakley para sempre, a fim de morar sozinha e concentrar-se em sua carreira brilhante.

Você não deveria voltar lá, nunca mais, todos lhe tinham dito. *Tudo estará mudado.* No entanto, ela sabia que se enganavam, porque as coisas pelas quais mais ansiava eram elementares e, a menos que o mundo explodisse, permaneceriam imutáveis.

Os catadores de conchas. Como um velho amigo de confiança, a constância do quadro a enchia de gratidão. E, da mesma forma como nos tornamos possessivos em relação aos amigos, ela se apegara a ele, vivera com ele, recusando-se até mesmo a falar em desfazer-se dele. Agora, porém, as coisas haviam subitamente mudado. Não havia simplesmente um passado, mas também um futuro. Havia planos a fazer, prazeres à sua espera, toda uma nova perspectiva diante dela. Por outro lado, estava com sessenta e quatro anos. Não era uma soma de anos a desperdiçar, olhando nostalgicamente para trás.

— Talvez eu não precise mais de você — disse em voz alta, sem que o quadro fizesse qualquer comentário. — Talvez seja hora de nos separarmos.

Penelope terminou o leite. Largou a caneca vazia, esticou a mão para a manta que jazia dobrada no encosto do sofá, aninhou-se sobre as almofadas macias e estendeu a manta sobre o corpo espichado, a fim de aquecê-lo. *Os catadores de conchas* far-lhe-ia companhia, ficaria vigiando, espiando sua forma adormecida. Ela pensou no sonho, em papai dizendo: *Eles virão, virão para pintar o calor do sol e a cor do vento.* Fechou os olhos. Eu gostaria de ser jovem de novo.

11

RICHARD

No verão de 1943, como a maioria das pessoas, Penelope tinha a impressão de que a guerra já durava uma eternidade e, pior ainda, que poderia continuar por uma eternidade. Era um ramerrão de tédio — escassez de tudo e blecautes, alternando-se com vislumbres ocasionais de horror, terror ou coragem, enquanto navios de guerra britânicos eram afundados no mar, o desastre se abatia sobre as tropas aliadas ou o Sr. Churchill ia ao rádio dizer a todos como estavam se saindo esplendidamente bem.

Era como as duas últimas semanas antes de uma mulher ter um filho, quando ela tem certeza de que o filho nunca virá e que ela ficará parecendo o Albert Hall pelo restante da vida. Ou estar no meio de um túnel ferroviário muito comprido e sinuoso, com a luz do dia há muito deixada para trás e a pequena fagulha de claridade no final ainda não entrevista. Um dia, a luz aparece. Quanto a isto, ninguém tinha a menor dúvida. Só que, nesse meio-tempo, tudo era escuridão. Penelope apenas seguia em frente, dando um passo cauteloso de cada vez, enfrentando os problemas diários de alimentar os outros, de mantê-los aquecidos, providenciando sapatos para as crianças e tentando impedir que a estrutura de Carn Cottage desabasse, por negligência e falta de reparos.

Estava com vinte e três anos e, às vezes, com exceção do próximo filme semanal no pequeno cinema local, parecia não haver mais nada a esperar. Ir ao cinema se tornara verdadeiramente um culto para ela e Doris. Doris chamava aquilo de "ir ver uma fita", e as duas não perdiam uma que fosse. Não se importavam com o que estivesse em cartaz, assistiam a tudo que aparecesse, simplesmente procurando escapar do tédio de sua existência, nem que por uma ou duas horas. No final da sessão, após terem permanecido devidamente empertigadas ouvindo "God Save The King", tocado em um disco rachado, saíam aos tropeções para a rua escura como breu, ainda tomadas de excitação ou chorosas de sentimentalidade, e voltavam para casa, andando de braços dados, rindo até ficarem fracas, tropeçando no meio-fio e subindo, à claridade das estrelas, as ladeiras que levavam a Carn Cottage.

Como Doris comentava, invariavelmente, isso era uma boa compensação.

E era mesmo, sem dúvida. Penelope supunha que aquele purgatório cinzento que era a guerra terminaria algum dia, mas era difícil acreditar nisso, mais difícil ainda imaginá-lo. Poder comprar carne e geleia de laranja; não ter mais medo de ouvir as notícias; deixar as luzes passarem pelas janelas e varrerem a escuridão, sem o risco de um bombardeio casual ou uma torrente de impropérios do coronel Trubshot. Ela pensava em voltar à França, seguir de carro para o sul, em direção às mimosas desabrochadas e ao sol quente. Também pensava em sinos badalando nas torres de igrejas silenciosas, não para anunciar a invasão, mas para comemorar a Vitória.

Vitória. Os nazistas derrotados, a Europa libertada. Prisioneiros de guerra, amontoados em acampamentos por toda a Alemanha, voltando para casa. Militares desmobilizados, famílias reunidas. Esta última hipótese era o pavor de Penelope. Outras mulheres rezavam pelo retorno seguro dos maridos e viviam para isso, porém ela sabia que não se incomodaria muito, se nunca mais tornasse a ver Ambrose. Não se tratava de insensibilidade; apenas, à medida que os meses passavam, sua recordação dele ia pouco a pouco se esvaecendo, como a de um sonho. Ela queria que a guerra terminasse — somente um louco desejaria outra coisa —, porém não sentia entusiasmo à ideia de retomar a vida com o marido, um marido que mal conhecia, que praticamente esquecera, e de ter que se conformar com seu casamento disfuncional.

Às vezes, quando se sentia desanimada, brotava de seu inconsciente uma vergonhosa esperança, o pensamento de que algo acontecesse a Ambrose. Não que ele fosse morto, é claro. Isso era impensável. Ela não desejava a morte de ninguém, em particular de alguém tão jovem, tão bonito e que amava tanto a vida como ele. Pensava apenas que, entre as batalhas no Mediterrâneo, as patrulhas noturnas e caçadas aos submarinos alemães, ele podia chegar a algum porto e encontrar alguma jovem — talvez uma enfermeira ou oficial wren, infinitamente mais bonita do que a esposa — por quem se apaixonasse perdidamente. Então, no correr do tempo, essa jovem tomaria seu lugar ao lado dele, preenchendo os mais loucos sonhos de felicidade de Ambrose.

Sem dúvida, ele lhe escreveria sobre esse envolvimento amoroso.

> Cara Penelope,
>
> Odeio fazer isto, porém só existe uma maneira de contar-lhe. Encontrei outra. O que aconteceu entre nós é intenso demais para ser desfeito. Nós nos amamos... etc.

A cada vez que recebia uma das infrequentes cartas dele — em geral, aerogramas impessoais, uma página reduzida ao tamanho e formato de um instantâneo fotográfico —, seu coração se enchia da leve esperança de que, por fim, seria a carta esperada. No entanto, sempre se decepcionava. A leitura das poucas linhas garatujadas, dando notícias de amigos de caserna que ela jamais conhecera ou descrevendo alguma festa em outro navio qualquer, indicava que nada havia mudado. Continuava casada com ele. Ambrose continuava sendo seu marido. Ela tornava a enfiar o aerograma no envelope e, depois — às vezes, dias depois —, sentava-se para responder, escrevendo-lhe uma carta ainda mais seca do que a recebida. "Tomamos chá com a Sra. Penberth. Ronald se juntou aos Escoteiros do Mar. Nancy já sabe desenhar uma casa."

Nancy. Nancy não era mais um bebê e, à medida que crescia e se desenvolvia, Penelope ficava fascinada pela filha, além de inesperadamente maternal. Vê-la transformar-se de bebê em garotinha era como ver um botão desabrochar em flor — um processo lento, porém delicioso. Conforme predissera seu pai, ela era um Renoir, rosa e dourado, com espessas pestanas escuras e dentinhos perolados, tendo permanecido a queridinha de Doris, a queridinha da maioria dos amigos de Doris. Por vezes, Doris saía com ela em seu carrinho de bebê, quando comparecia a alguma reunião. Nancy ia exibindo com ar triunfal um macacãozinho ou roupinha de festa cedidos por alguma jovem mãe, para cujo filho tais peças haviam ficado pequenas. A roupa seria lavada e imaculadamente passada, com Nancy ataviada em sua nova indumentária. Nancy adorava roupas novas e bonitas. "Ela não é uma belezinha?", exibia Doris. Nancy sorria, satisfeita, ajeitando a saia do vestido novo com dedinhos gorduchos e vaidosos.

Em tais momentos, ela era a viva imagem de Dolly Keeling, porém não chegava a estragar o prazer e o divertimento de Penelope.

— Você é muito metidinha — dizia para a filha, tomando-a nos braços e estreitando-a. — Uma verdadeira princesinha!

Manter Nancy e os meninos vestidos, assim como todos de casa alimentados, ocupava praticamente todos os momentos dela e de Doris. As rações haviam encurtado a proporções ridículas. Todas as semanas, Penelope descia as ladeiras para a cidade até a mercearia do Sr. Ridley. Estava "registrada" com o Sr. Ridley. Uma vez lá, exibia os talões de racionamento da família e, em troca, eram-lhe vendidas pequenas quantidades de açúcar, manteiga, margarina, gordura, queijo e bacon. Ainda pior era o racionamento da carne, porque exigia que se enfrentasse uma fila na calçada durante horas, sem que se tivesse nenhuma ideia sobre o destino de tal fila. Quando compravam legumes ou frutas, eram todos colocados na bolsa de malha, como tinham vindo, com restos de terra e tudo, já que não havia papel para sacolas de compras e sendo considerado impatriótico solicitar-se alguma.

Nos jornais surgiam receitas estranhas, elaboradas pelo Ministério da Alimentação, receitas que se declaravam não apenas econômicas, mas também nutritivas e deliciosas. A torta de salsichas do Sr. Woolton, feita de massa quase sem gordura e pequenas amostras de carne enlatada. Um bolo, umedecido com cenoura ralada, e um prato de caçarola, consistindo quase que inteiramente em batata. ECONOMIZE PÃO, COMA BATATA DE MONTÃO, exortavam os cartazes, da mesma forma como eram todos exortados a TRABALHAR PELA VITÓRIA e advertidos de que COMENTÁRIOS DESCUIDADOS CUSTAM VIDAS. O pão era de trigo que, com imenso perigo para navios e vidas, tinha de ser importado do outro lado do Atlântico. O pão branco há muito desaparecera das prateleiras das padarias, substituído por algo denominado "pão nacional", de coloração cinza-acastanhada e fibras secas em sua massa. Penelope o chamava de pão de tweed e fingia gostar dele, mas seu pai comentava que tinha exatamente a mesma cor e textura do novo papel higiênico, achando que o ministro da Alimentação e o ministro de Suprimentos — os dois cavalheiros presumivelmente responsáveis por tais necessidades da vida — de alguma forma tinham ficado com suas linhas cruzadas.

Era tudo muito difícil, mas, ainda assim, em Carn Cottage eles viviam melhor do que a maioria. Ainda tinham os patos e galinhas de Sophie, e faziam pleno uso dos abundantes ovos produzidos por aquelas prestimosas aves. Também tinham Ernie Penberth.

Ernie era um homem de Porthkerris, que morara a vida inteira em Downalong. Seu pai era o verdureiro da cidade, fazendo carregamentos e entregas em uma carroça puxada a cavalo; a mãe dele, a Sra. Penberth, era uma personalidade marcante, pilar da Associação de Senhoras e regular frequentadora da igreja. Quando adolescente, Ernie tivera tuberculose e ficara dois anos no sanatório de Tehidy, mas, após recuperar-se, fora empregado por Sophie nos termos mais casuais, aparecendo quando havia necessidade de executar tarefas variadas na pequena propriedade ou quando a horta e o jardim exigiam trabalhos mais pesados com a enxada. Sua aparência não chegava a impressionar, pois era de estatura baixa e pele amarelada. Devido à doença, fora dispensado de prestar serviços no Exército e, dessa maneira, em vez de virar soldado, ficara trabalhando na terra, ajudando um fazendeiro em dificuldades, cujos filhos tinham sido convocados. Entretanto, em qualquer momento de folga de sua árdua labuta, ele se dedicava a dar sua ajuda à pequena família em Carn Cottage. No correr dos anos, Ernie se tornara cada vez mais indispensável, pois se revelara um homem com boa mão para qualquer tarefa. Não apenas plantava legumes magníficos, como consertava muros e aparadores de grama, descongelava encanamentos e instalava fusíveis. Podia até torcer o pescoço de uma galinha, quando ninguém mais na casa sentia coragem de condenar à morte alguma fiel e velha ave, após tê-los abastecido de ovos durante anos, mas agora servindo apenas para a panela.

Quando os alimentos ficaram realmente escassos, e a ração de carne reduziu-se a uma rabada de boi para seis pessoas, Ernie, por alguma espécie de mágica, sempre vinha em seu socorro, chegando à porta dos fundos com um coelho ou uma penca de pombos silvestres que matara, às vezes com duas cavalinhas que tinha pescado.

Nesse meio-tempo, Penelope e Doris faziam o possível para introduzir alguma variedade nas refeições. Foi nessa época que Penelope adquiriu um hábito que a acompanharia pelo resto da vida, que consistia em levar uma sacola, balde ou cesta, sempre que saía para uma caminhada. Nada era insignificante demais para ser examinado, colhido e levado para casa. Um repolho caído de uma carroça era conduzido a Carn Cottage em triunfo, a fim de se tornar a base de um nutritivo prato de verduras ou sopa. Cercas vivas eram reviradas em busca de amoras-pretas, frutos de roseira brava ou bagas de sabugueiro, os prados ainda molhados de orvalho, vasculhados de manhã cedo à procura de cogumelos. Elas levavam para casa raminhos secos e cones de pinheiro para acender lareiras, galhos caídos, toras atiradas à praia pelo mar, que seriam cortadas como lenha — qualquer coisa que pudesse queimar, e mantivesse quente a água e aceso o fogo da lareira da sala de estar. A água quente era especialmente preciosa. Não eram permitidos banhos com profundidade além de dez centímetros — papai pintara uma espécie de linha demarcatória, acima da qual nenhuma pessoa tinha permissão para encher a banheira. Além disso, haviam adquirido o econômico hábito de fazer fila para a mesma água de banho: primeiro as crianças e depois os adultos, os ocupantes finais ensaboando-se furiosamente, antes que a água esfriasse.

As roupas eram outro problema inquietante. Em sua maioria, os cupons de racionamento para roupas eram destinados às vestimentas das crianças e substituição de lençóis e cobertas já velhos e gastos, nada sobrando para necessidades pessoais. Doris, que gostava de roupas, enfrentava com isso uma grande frustração, mas estava sempre remodelando para si mesma alguma peça velha, encompridando uma bainha ou fazendo uma blusa de um vestido de algodão. Certa vez, transformou uma sacola azul de lavanderia numa saia camponesa, com suspensórios.

— Ficou com as palavras ROUPA BRANCA aparecendo na frente — observou Penelope, quando Doris submeteu a saia à sua apreciação.

— Ah, talvez pensem que fiz de propósito.

Penelope não ligava muito para a própria aparência. Usava suas roupas velhas e, quando se reduziam a farrapos, vasculhava os guardados de Sophie, apoderando-se de qualquer coisa que ainda encontrasse pendurada nos armários.

— Como pode fazer isso? — perguntava Doris, achando que as roupas de Sophie eram sagradas, e talvez tivesse razão. Penelope, entretanto, ficava impassível. Enfiava-se em um cardigã de lã que pertencera à mãe e não permitia a si mesma a menor sombra de sentimentalismo.

Na maior parte do tempo ela ficava de pernas nuas, mas, ao soprar o frio vento leste em janeiro, voltava a usar as grossas meias pretas que restavam dos seus dias nas wrens. Quando seu surrado capote finalmente se desintegrou, ela cortou um buraco no centro de uma velha manta para carro (uma manta escocesa axadrezada, com franja de lã) e passou a usá-la como poncho.

O pai comentou que ela parecia uma cigana mexicana com o poncho, mas sorriu ao fazê-lo, satisfeito pela iniciativa da filha. Naqueles dias, Lawrence não sorria com muita frequência. Desde a morte de Sophie, havia envelhecido bem e ficado fragilizado. Por algum motivo, seu antigo ferimento na perna, que ganhou na Primeira Guerra Mundial, começara a incomodar. A temperatura fria e úmida do inverno causava-lhe muitas dores e ele passara a andar com uma bengala. Estava encurvado, emagrecera assustadoramente, as mãos deformadas tinham ficado curiosamente lívidas e sem vida, como as de um homem já morto. Agora, incapaz de fazer grande coisa na casa e no jardim, levava a maior parte do tempo enluvado e embrulhado em mantas, sentado junto à lareira da sala de estar ou escrevendo cartas com os dedos doloridos e vacilantes, dirigidas a velhos amigos residentes em outras partes do país. Às vezes, quando o sol brilhava e o mar estava azul, com ondas dançantes coroadas de branco, ele anunciava que gostaria de respirar um pouco de ar fresco. Então, Penelope apanhava-lhe a pelerine, a boina e a bengala, descendo em seguida com ele as ladeiras e becos, de braços dados, até o centro da cidadezinha. Caminhavam ao longo do molhe do porto, espiando os barcos de pesca e as gaivotas, talvez indo até o Sliding Tackle para beber alguma coisa que o dono tirasse de baixo de seu balcão; se nada houvesse a tirar, ele enchia copos de cerveja aguada e morna. Em outras ocasiões, quando Lawrence se sentia forte, os dois caminhavam até a praia do Norte e até o velho estúdio, agora trancado e raramente visitado. Quando não, tomavam a tortuosa alameda que conduzia à Galeria de Arte, onde ele gostava de sentar-se e ficar contemplando a coleção de telas que ele e seus amigos, não se sabe como, haviam conseguido reunir, perdido nas suas silenciosas e solitárias recordações de velho.

Em agosto, no entanto, quando Penelope já se conformara com o fato de que nada empolgante jamais tornaria a acontecer, aconteceu algo.

Foram os meninos, Ronald e Clark, que deram início aos comentários especulativos. Voltaram da escola tomados de profundo ressentimento, ao terem perdido o jogo de futebol da tarde, pois, segundo parecia, não tinham mais permissão para usar o acidentado campo da cidade, no topo da colina. Juntamente com dois dos melhores pastos de Willie Pendervis, esse campo havia sido requisitado e cercado com quilômetros de cercas de arame farpado. A entrada era proibida a todos. O motivo disso foi causa de muita discussão: uns diziam que seria um arsenal, em prontidão para a Segunda Frente, outros alegavam tratar-se de um acampamento para prisioneiros de guerra, havendo ainda quem se inclinasse para a hipótese de uma potente estação radiotransmissora, para enviar mensagens secretas em código ao Sr. Roosevelt.

Resumindo, Porthkerris fervilhava de boatos.

Foi Doris a portadora da próxima e misteriosa manifestação de atividade bélica. Voltando de um passeio com Nancy, viera pela rua principal e chegara a Carn Cottage cheia de novidades.

— O velho Hotel White Caps, aquele que ficou meses vazio... Bem, agora está todo reformado. Pintado e consertado, reluzindo como moeda nova. O estacionamento ficou entulhado de caminhões e daqueles jipes americanos. Há um esplendoroso comando da Marinha Real montando guarda no portão. É verdade. São homens da Marinha Real, vi o distintivo no quepe. Imagina. Vai ser divertido termos alguns soldados por aqui...

— Homens da Marinha Real? Que diabos vieram fazer aqui?

— Talvez sejam preparativos para invadir a Europa. Será que é o começo da Segunda Frente?

Penelope achou tal possibilidade improvável.

— Invadirem a Europa, partindo de Porthkerris? Ora Doris, todos acabariam afundando, quando tentassem contornar Land's End.

— Bem, alguma coisa tem que ser.

Então, Porthkerris perdeu seu quebra-mar; pelo visto, da noite para o dia. Mais emaranhados de arame farpado surgiram, montados ao longo da rua do porto, passando pelo Sliding Tackle, e tudo além, incluindo-se o Mercado de Peixe e o galpão do Exército da Salvação, foi declarado propriedade do Almirantado. Os atracadouros de águas fundas, no final do quebra-mar, foram expurgados dos barcos de pesca, e estes, substituídos por cerca de uma dúzia de pequenas barcaças de transporte de tropas. Tudo isso era discretamente guardado por uma meia dúzia de comandos da Marinha Real, trajando uniformes de combate e boinas verdes. Sua presença na cidade provocou certa comoção, mas, ainda assim, ninguém atinava com uma explicação racional sobre o que acontecia.

Foi somente em meados do mês que finalmente ficaram sabendo. Tinha havido um período de tempo perfeito, quente e ventoso. Naquela manhã em especial, Penelope e Lawrence haviam saído de dentro de casa, ela para sentar-se nos degraus da entrada e debulhar ervilhas para o almoço, ele para reclinar-se em uma espreguiçadeira sobre o gramado, com o chapéu puxado sobre os olhos, a fim de protegê-los da claridade. Enquanto permaneciam ali sentados, em silêncio, fazendo companhia um ao outro, um som lhes chegou aos ouvidos — o portão dos fundos sendo aberto e fechado. Ambos olharam para aquela direção e, pouco depois, observavam o general Watson-Grant subindo os degraus de pedra, por entre as sebes de fúcsias.

Embora o coronel Trubshot fosse o encarregado da Precaução Antiaérea (PAA), o general Watson-Grant comandava a Guarda Nacional local. Lawrence detestava o coronel Trubshot, porém sempre tinha tempo de sobra para o general que, embora houvesse passado a maior parte do tempo de vida militar entre escaramuças com os afegãs, em Quetta, para onde fora designado, quando reformado deixara para trás essas atividades bélicas para ocupar-se em empreendimentos pacíficos, pois era excelente jardineiro e dono de considerável coleção de selos. Neste dia, não usava seu uniforme da Guarda Nacional, mas um conjunto creme no treinamento, certamente confeccionado em Delhi, bem como um chapéu-panamá que tinha uma desbotada faixa preta de seda. Levava uma bengala e, quando ergueu os olhos e viu que Penelope e Lawrence o aguardavam, levantou-a em cumprimento.

— Bom dia! Mais um dia lindo.

Era um homem baixo, seco como um chicote, com um bigode hirsuto e pele cor de couro, legado dos anos passados na fronteira noroeste. Lawrence o viu aproximar-se, sentindo-se satisfeito com a inesperada visita. O general só aparecia de vez em quando, mas era sempre bem-vindo.

— Não estou interrompendo, estou?

— De maneira alguma. Estamos apenas apreciando o sol. Perdoe-me se não me levanto. Penelope, traga outra cadeira para o general.

Usando seu avental de cozinha e com os pés descalços, ela se levantou, deixando a um lado a peneira com as vagens de ervilhas.

— Bom dia, general Watson-Grant.

— Ah, Penelope... Que bom ver você, minha querida. Ocupada com a comida? Deixei Dorothy catando feijão.

— Aceita uma xícara de café?

O general considerou a oferta. Fizera uma longa caminhada e não era particular apreciador de café, preferindo gim. Lawrence sabia disso, e consultou o relógio, como pretexto para retificar a oferta.

— Meio-dia. Sem dúvida, seria bom algo mais forte. O que temos em casa, Penelope?

Ela riu.

— Não creio que muita coisa, mas vou dar uma olhada.

Ela entrou em casa, escura após a claridade ofuscante do exterior. No aparador da sala de refeições, encontrou duas garrafas de Guinness, copos e um abridor. Colocou tudo em uma bandeja que levou para fora e deixou nos degraus da porta. Depois voltou para levar a cadeira do general. Penelope ajeitou a cadeira para ele, e o general se sentou agradecidamente, inclinado para a frente, com os joelhos ossudos salientando-se e as calças apertadas subindo um pouco, revelando tornozelos angulosos, envoltos em meias amarelas e botas rústicas, reluzentes como castanhas.

— Isso, sim, é que é vida. — comentou.

Penelope tirou a tampa de uma garrafa e serviu-lhe a bebida.

— Infelizmente, é Guinness. Há meses não temos gim...

— Está bem assim. Quanto ao gim, terminamos nossa ração faz cerca de um mês. O Sr. Ridley me prometeu uma garrafa, assim que receber seu próximo carregamento, mas só Deus sabe quando isso será. Bem... saúde!

Ele sorveu metade do copo, no que pareceu um só gole. Retornando às ervilhas, Penelope ficou ouvindo enquanto os dois idosos trocavam perguntas sobre as respectivas saúdes e faziam alguns comentários e mexericos sobre o tempo e a situação geral da guerra. Entretanto, ela estava certa de que não era esse o motivo da visita do general e, quando houve uma pausa na conversa, decidiu intrometer-se.

— General Watson-Grant, tenho certeza de que o senhor é o único capaz de nos dizer o que está acontecendo em Porthkerris. O campo de futebol fechado, o porto interditado e os homens da Marinha Real vindo para cá... Todo mundo está especulando, mas ninguém sabe ao certo. Ernie Penberth é nossa fonte de informações costumeira, mas está ocupado na lavoura e há três semanas que não o vemos.

— De fato — respondeu o general —, eu sei.

— Não nos diga que é segredo — Lawrence se apressou em dizer.

— Na verdade, há semanas que estou a par, porém tudo tem sido mantido em sigilo. Contudo, agora posso lhes contar. Trata-se de um exercício de treinamento. Escalada de penhascos. Os homens da Marinha Real são os instrutores.

— E quem irão instruir?

— Uma companhia de Rangers dos Estados Unidos.

— Rangers dos Estados Unidos? Quer dizer que vamos ser invadidos por *americanos?*

O general pareceu divertido.

— Antes americanos do que alemães.

— O campo foi destinado aos americanos? — perguntou Penelope.

— Exatamente.

— Os Rangers já chegaram?

— Ainda não. Creio que ficaremos sabendo quando eles vierem. Tadinhos... Provavelmente levaram a vida inteira nas pradarias ou planícies do Kansas e nunca viram o mar antes. Imaginem, serem designados para Porthkerris e então convidados a escalar os penhascos Boscarben.

— Os penhascos Boscarben? — Penelope ficou atônita. — Não posso imaginar nada pior do que aprender a escalá-los. Os penhascos são a pique, têm quase trezentos metros de altura.

— Suponho que seja essa a ideia geral — disse o general. — No entanto, concordo com você, Penelope. Só de pensar nisso, fico tonto. Enfim, antes eles do que eu, pobres e miseráveis ianques.

Penelope sorriu. O general não tinha papas na língua, sendo essa uma das coisas que mais gostava nele.

— E quanto às barcaças? — perguntou Lawrence.

— São para transporte. Contornarão os penhascos com elas, pelo mar. Sou quase capaz de apostar que todos estarão passando mal com o balanço das ondas, antes mesmo de chegarem ao pé dos penhascos.

Penelope lamentou ainda mais os pobres e jovens americanos.

— Eles se perguntarão o que os atingiu. Além disso, o que farão com o tempo de folga? Porthkerris não é precisamente um centro de vida social animada, e o Sliding Tackle não é o *pub* mais esfuziante do mundo. Por outro lado, não tem ninguém aqui. Todos os jovens se foram. Agora contamos apenas com mulheres separadas dos maridos, crianças e velhos. Como nós.

— Doris ficará eufórica — observou Lawrence. — Soldados americanos, todos falando como artistas de cinema... nada mau, para variar.

O general riu.

— Sempre é um problema saber o que fazer com um bando de soldados alvoroçados. Entretanto, depois que tiverem subido e descido os penhascos Boscarben umas duas vezes, acho que não terão muita energia sobrando para... — Ele fez uma pausa, procurando uma palavra aceitável. — Vagabundear — foi tudo o que lhe ocorreu.

Foi a vez de Lawrence rir.

— Considero tudo isso muito empolgante. — Ele teve uma repentina e brilhante ideia. — Vamos espiar, Penelope. Agora que sabemos do que se trata, iremos até lá, ver com nossos olhos. Vamos hoje à tarde.

— Ah, papai... Não tem nada para ver.

— Tem muita coisa. Um bocado de gente nova por aqui. Bem que estamos precisando de uma novidade, desde que não seja uma bomba extraviada. Bem, general, sua bebida terminou... tome a outra metade.

O general estudou a proposta. Penelope disse prontamente:

— Não temos mais. Essas foram as duas últimas garrafas.

— Sendo assim — o general colocou o copo vazio na grama, junto a seus pés —, acho que vou andando. Vejamos o que Dorothy conseguiu preparar para o almoço — Ergueu-se da espreguiçadeira bamba, com certa dificuldade. — Foi esplêndido. Muito agradável.

— Obrigado por ter vindo. E por nos informar do que há.

— Achei que gostariam de saber, embora certamente já se estivessem questionando sobre toda essa movimentação. Faz com que fiquemos mais esperançosos, não? Como se estivéssemos cambaleando para a conclusão desta violenta guerra. — Ele levou a mão à aba do chapéu. — Até logo, Penelope.

— Até logo. Dê lembranças minhas para sua esposa.

— Darei.

— Vou acompanhá-lo até o portão — disse Lawrence.

Os dois foram juntos. Espiando-os enquanto desciam o caminho do jardim, Penelope comparou-os a dois velhos cães: um circunspecto são-bernardo e um pequeno e peludo Jack Russell. Eles chegaram aos degraus e, com algum cuidado, começaram a descê-los. Penelope inclinou-se para recolher a panela de ervilhas debulhadas e a peneira de cascas. Levaria tudo para dentro e encontraria Doris, a fim de repetir-lhe tudo que o general Watson-Grant havia contado para ela e Lawrence.

— Americanos! — Doris mal podia acreditar na boa sorte de ambas. — Americanos em Porthkerris. Ah, graças a Deus por isso, finalmente teremos um pouco de vida por aqui... Americanos! — ela repetiu a palavra mágica. — Bem, andamos imaginando um bocado de coisas curiosas, mas nunca pensamos em *americanos*...

***

A visita do general Watson-Grant teve, para Lawrence, o efeito de uma injeção de ânimo. Durante o almoço, todos não falaram de outra coisa e, quando Penelope saiu da cozinha, após retirar os pratos da mesa e lavá-los, já encontrou o pai à sua espera, vestido para a atividade ao ar livre, com um cachecol escarlate. Usava o chapéu e as meias-luvas, estava pacientemente sentado, reclinado contra a cômoda do vestíbulo, as mãos descansando no cabo de chifre de sua bengala.

— Papai...

— Já podemos ir.

Penelope tinha mil coisas a fazer. Verduras a picar, sementeiras a preparar, grama para cortar e uma pilha de roupas para passar.

— Você quer mesmo ir?

— Eu disse que queria, não disse? Disse que queria ir lá para dar uma olhada.

— Bem, vai ter que esperar um instante, enquanto apanho um par de sapatos.

— Vá apanhá-los, então. Não temos o dia inteiro.

Era exatamente o que eles tinham, porém Penelope nada comentou. Voltou à cozinha, disse a Doris que iam sair, deu um beijo rápido em Nancy e correu para o andar de cima para calçar os tênis, lavar o rosto, escovar o cabelo e amarrá-lo para trás, com uma velha echarpe de seda. Apanhou um cardigã em uma gaveta, amarrou-o em torno dos ombros e tornou a descer.

Lawrence continuava como ela o deixara, mas, ao vê-la, levantou-se pesadamente.

— Você está linda, meu bem.

— Ah, papai, obrigada.

— Muito bem, vamos lá inspecionar os militares.

Assim que saíram, Penelope ficou satisfeita com a ideia do pai porque era uma tarde perfeita, brilhante e azul, com a maré alta e a baía coberta de jatos de espuma alva. Trevose Head envolvia-se em brumas, porém a brisa era fresca, com cheire de maresia. Após cruzarem a estrada principal, pararam um momento, contemplando o paredão semelhante a um contraforte, que formava parte do penhasco. Então espiaram os telhados, os jardins íngremes e as alamedas tortuosas que levavam a uma pequena estação ferroviária, descendo depois para a praia. Antes da guerra, em agosto, a praia estaria apinhada de gente, mas agora se mostrava quase deserta. Os alambrados de arame farpado, erigidos em 1940, continuavam entre um trecho verdejante do campo de golfe e a areia, porém havia uma passagem aberta no centro, através da qual um punhado de famílias tomava a direção da praia, com crianças correndo, gritando ansiosas pela água, e cachorros caçando as gaivotas, ao longo da orla. Muito abaixo, abrigado do vento, via-se um pequeno jardim murado, salpicado de rosas cor-de-rosa, com uma velha macieira e uma palmeira farfalhando as folhas secas ao vento.

Um pouco depois, eles recomeçaram a caminhar, descendo a encosta da colina. A rua encurvou-se e deixou à mostra o Hotel White Caps, uma casa de pedra isolada em uma fileira de edificações similares, com maciças janelas de guilhotina dando para a baía. Tinha andado vazia e maltratada por algum tempo, mas agora podiam ver que fora restaurada com uma camada de tinta branca, e estava toda arrumada. Os altos gradis de ferro que cercavam o estacionamento para carros também tinham sido pintados, e o pátio surgia povoado de caminhões e jipes cáqui. No portão aberto, um jovem fuzileiro montava guarda.

— Caramba — disse Lawrence —, parece que Doris acertou dessa vez. — Chegaram mais perto. Viram o mastro branco, com a bandeira agitando-se ao vento. Degraus de granito escovados recentemente conduziam à porta principal, cintilando sob o sol. Eles pararam para espiar. O jovem marinheiro, de guarda na beira da calçada, olhou impassível para eles. — Acho melhor irmos andando — observou Lawrence, após um momento —, do contrário, seremos enxotados, como dois transeuntes mexeriqueiros.

Entretanto, antes que se pudessem afastar, do interior do prédio brotou um surto de atividade. A porta interna envidraçada foi aberta e surgiram duas figuras fardadas — um major e um sargento. Desceram os degraus com um belo repicado militar de pés calçados em botas, cruzaram o cascalho e entraram em um dos jipes. O sargento dirigia. Ligou o motor, recuou e fez a volta. Quando passaram pelo portão, o jovem marujo de guarda lhes fez continência e o oficial devolveu o cumprimento. Despontando na rua principal, eles pararam por um segundo, mas, não havendo trânsito, imediatamente o jipe manobrou e desceu a colina na direção da cidade, a certa velocidade, provocando um grande alarido.

Penelope e o pai viram o jipe desaparecer além da curva na rua de casas silenciosas. Quando o som do motor morreu, Lawrence disse:

— Muito bem, vamos andando.

— Aonde vamos?

— Ver as barcaças de desembarque, ué. Depois, à galeria. Faz semanas que não vamos lá.

A galeria. Isso significava dar adeus a quaisquer outros planos pelo restante da tarde. Pronta para objetar, Penelope se virou para ele, mas viu os olhos escuros do pai brilhando com a perspectiva do prazer e não teve coragem de estragar-lhe a alegria.

Sorriu, assentindo, depois passou o braço pelo dele.

— Tudo bem. As barcaças e depois à galeria. Só que iremos bem devagar. Não faz sentido ficarmos exaustos.

Mesmo em agosto, a galeria estava gelada. As espessas paredes de granito mantinham fora dali o calor do sol, e as janelas altas permitiam a entrada de todas as correntes de ar. Além disso, o piso era forrado de ardósia e não havia qualquer forma interna de aquecimento. Neste dia, o vento que soprava em rajadas da praia do Norte de tempos em tempos arremetia contra o prédio, fazendo a estrutura da claraboia do norte estremecer e trepidar. A Sra. Trewey, de plantão ao lado da porta, sentava-se a uma velha mesa de jogo, cheia de catálogos e cartões-postais, com uma manta nos ombros e um pequeno fogareiro elétrico aquecendo-lhe os pés.

Penelope e Lawrence eram os únicos visitantes. Sentaram-se lado a lado no comprido e vetusto sofá de couro situado no centro do piso. Ficaram em silêncio. Essa era a tradição. Lawrence não gostava de falar. Preferia ser deixado sozinho, inclinado para a frente, com o queixo descansando nas mãos apoiadas sobre a bengala, concentrado nas obras familiares, recordando, comungando beatificamente com seus velhos amigos, muitos deles agora falecidos.

Aceitando a situação, Penelope recostou-se no sofá, aninhada em seu cardigã, com as compridas pernas nuas espichadas à frente do corpo. Seus tênis tinham furos na altura dos dedos dos pés. Ela pensou em sapatos. Nancy estava precisando de um par, mas também precisava de uma nova suéter de lã grossa, agora que o inverno chegava. Havia cupons de roupas insuficientes para ambos. Teria que dar prioridade aos sapatos. Quanto à suéter, talvez fosse possível desencavar alguma peça de lã há muito tricotada, desmanchar os pontos e tornar a tricotar o fio para Nancy. Isso já havia sido feito antes, porém era uma tarefa idiota e tediosa, de perspectiva nada atraente. Como seria bom comprar lã nova, rosa-choque ou amarelo-prímula, grossa e macia, para com ela tricotar algo realmente bonito para Nancy...

Atrás deles, a porta se abriu e tornou a fechar-se. Uma corrente de ar frio entrou e se dispersou. Outro visitante. Penelope e seu pai continuaram quietos. Pisadas. Um homem. Algumas palavras trocadas com a Sra. Trewey. E depois a sequência de passos lentos de botas, parando e prosseguindo, enquanto o recém-chegado dava a volta à sala. Após uns dez minutos, ele penetrou o campo visual de Penelope. Ainda pensando na suéter para Nancy, ela virou a cabeça e então viu as costas do que só poderia ser o major da Marinha Real, aquele que fora conduzido tão espalhafatosamente no jipe. Uniforme cáqui de serviço, boina verde, uma coroa sobre os galões do ombro. Inconfundível. Viu-o avançar, à medida que se movia lentamente na direção deles, as mãos entrelaçadas às costas. Então, quando chegou a apenas alguns metros, ele se virou, cônscio da presença de mais duas pessoas, talvez acanhado por perturbá-las. Era alto e musculoso, o rosto notavelmente escanhoado, no qual brilhavam dois olhos claros, extraordinariamente azuis.

Os olhos de Penelope encontraram os dele e ela ficou encabulada por ser pega a espiá-lo. Virou o rosto. Coube a Lawrence romper o silêncio que se seguiu. Imediatamente ele se tornara cônscio do recém-chegado, tendo erguido a cabeça para ver quem seria.

Houve nova rajada de vento, outro estremecer e trepidar de vidraças. Cessado o ruído, Lawrence cumprimentou:

— Boa tarde.

— Boa tarde, senhor.

Por sob a aba de seu grande chapéu preto, os olhos de Lawrence apertaram-se, perplexos.

— O senhor não é o homem que vimos partir no jipe?

— Isso mesmo, senhor. Estavam ambos do outro lado da rua. Pensei tê-lo reconhecido — respondeu o militar, em voz calma, descontraída.

— Onde está seu sargento?

— Foi até o porto.

— Não demorou muito para encontrar esse lugar.

— Há três dias estou na cidade e essa foi a primeira oportunidade que tive para visitá-lo.

— Quer dizer que sabia da existência da galeria?

— Claro que sim. Quem não sabe?

— Mais gente do que seria de desejar. — Houve outra pausa, enquanto os olhos de Lawrence vistoriavam o estranho. Em tais ocasiões, ele tinha uma expressão penetrante e inteligente, embora muitas pessoas, sujeitas a ela, a achassem constrangedora. O major da Marinha Real, no entanto, não pareceu constranger-se. Apenas esperou e, apreciando sua impassibilidade, Lawrence relaxou visivelmente. Disse, de súbito: — Sou Lawrence Stern.

— Imaginei. É uma honra conhecê-lo.

— E essa é minha filha, Penelope Keeling.

— Como vai? — disse o major, mas não fez qualquer menção de aproximar-se e apertar-lhe a mão.

— Olá — respondeu ela.

— Poderia nos dizer seu nome?

— É Lomax, senhor. Richard Lomax.

— Bem, major Lomax... — Lawrence deu um tapinha no couro gasto do assento ao seu lado. — Sente-se. Deixa-me pouco à vontade, ficando aí em pé. Nunca fui muito amigo de ficar em pé.

Ainda parecendo imperturbável, o major Lomax aceitou a sugestão, indo sentar-se do outro lado de Lawrence. Inclinou-se para a frente, relaxado, a mão entre os joelhos.

— Foi o senhor quem iniciou a galeria, não?

— Eu e muitas outras pessoas. Aconteceu no começo da década de vinte. Aqui era uma capela. Ficou anos vazia. Conseguimos comprá-la por uma ninharia, mas então surgiu o problema de ocupá-la somente com o melhor da pintura. Queríamos formar o núcleo de uma coleção rara, então todos doamos uma obra favorita. Veja. — Inclinando-se para trás, usou a bengala como indicador: — Stanhope Forbes. Laura Knight. Veja que beleza especial tem esse quadro.

— É incomum. Sempre associo as pinturas dessa artista a circos.

— Esse foi feito em Porthcurno. — A bengala se moveu. — Lamorna Birch. Munnings. Montague Dawson. Thomas Millie Dow. Russell Flint...

— Devo lhe dizer, senhor, que meu pai possuía um de seus quadros. Infelizmente, quando ele morreu, sua casa foi vendida e o quadro também...

— Qual era?

Eles ficaram conversando. Penelope deixou de ouvir. Parou de cismar sobre o guarda-roupa de Nancy e, em vez disso, começou a pensar em comida. O jantar daquela noite. O que poderia dar a eles? Macarrão gratinado? Sobrara uma fatia de cheddar da ração semanal, que poderia ser ralada e transformada em molho. Ou suflê de couve-flor. Entretanto, haviam comido suflê de couve-flor duas noites atrás, as crianças se queixariam.

— ... não têm obras modernas aqui?

— Como pode ver. Isso o incomoda?

— De maneira alguma.

— Entretanto, gosta delas, não?

— Gosto muito de Miró e Picasso. Chagall e Braque enchem-me de alegria. Odeio Dalí.

Lawrence deu uma risadinha satisfeita.

— Surrealismo... Um culto. Entretanto, depois desta guerra, em breve acontecerá algo esplêndido. Eu e minha geração, assim como a geração seguinte, fomos o mais longe que pudemos. A perspectiva da revolução que tomará o mundo da arte é algo que me enche de enorme expectativa. Apenas por esse motivo, eu gostaria de ser jovem novamente. Ser capaz de ver tudo isso acontecendo. Porque, um dia, eles virão. Como nós viemos. Homens jovens, de visões brilhantes, profundas percepções e tremendo talento. Eles virão, não para pintar a baía, o mar, os barcos e as charnecas, mas o calor do sol e a cor do vento. Um conceito inteiramente novo. Que estímulo. Que vitalidade. Maravilhoso. — Ele suspirou. — E estarei morto, antes que isso chegue sequer a começar. Pode imaginar o quanto lamento? Perder tudo isso...

— Nessa vida, não podemos fazer mais do que o nosso quinhão.

— Tem razão, mas é difícil não ser ganancioso. E da natureza humana sempre querer mais.

Houve outro silêncio. Pensando no jantar, Penelope olhou para seu relógio. Faltavam quinze minutos para as quatro. Quando chegassem a Carn Cottage, já seriam quase cinco horas.

— Precisamos ir, papai — disse.

Ele mal a ouviu.

— Hum?

— Eu disse que é hora de voltarmos para casa.

— Ah, sim. Sim, claro. — Lawrence se endireitou, procurou reunir forças, mas, antes que pudesse lutar para levantar-se, o major Lomax já estava de pé, pronto para ajudá-lo. — Obrigado... é muita gentileza. A idade é uma coisa terrível... — Ele finalmente estava ereto. — O pior é a artrite. Faz anos que não pinto.

— Sinto muito.

Quando por fim se dispuseram a andar, o major Lomax seguiu com eles até a porta. Seu jipe estava lá fora, estacionado na praça pavimentada de lajes. Ele procurou desculpar-se:

— Gostaria de poder levá-lo até em casa, mas é contra o regulamento transportar civis em veículos do Serviço.

— Preferimos caminhar — assegurou-lhe Lawrence. — Vamos andando sem pressa. Foi um prazer conversar com o senhor.

— Espero tornar a vê-lo.

— Sem dúvida. Venha um dia desses fazer uma refeição conosco. — Pôs-se a refletir sobre tão brilhante ideia. Com o coração apertado, Penelope sabia exatamente o que diria em seguida. Cutucou-o nas costelas com o cotovelo, mas seu pai ignorou a advertência. Era tarde demais. — Venha jantar conosco hoje.

Penelope sibilou furiosamente para ele:

— Não há nada para o jantar, papai. Nem mesmo sei o que iremos comer.

— Ah! — Ele pareceu magoado, humilhado.

O major Lomax, entretanto, prontamente contornou a situação:

— É muita gentileza sua, mas já tenho compromisso para hoje.

— Em outra ocasião, então.

— Sim, senhor. Obrigado. Eu gostaria muito, em outra ocasião.

— Estamos sempre por aqui.

— Vamos, papai.

— *Au revoir* então, major Lomax.

Lawrence ergueu a bengala em despedida, finalmente aceitou a sugestão da filha e se pôs a andar. Entretanto, continuava abatido.

— Foi grosseiro de sua parte — censurou-a. — Sophie nunca recusou um convidado, mesmo que nada mais tivesse para lhe oferecer além de pão e queijo.

— Bem, ele não poderia ir, mesmo.

De braços dados, seguiram pelo pavimento lajeado e sinuoso até a rua do porto, primeiro estágio da longa caminhada para casa. Ela não olhou para trás, mas ainda tinha a sensação de que o major Lomax continuava parado no mesmo lugar, ao lado de seu jipe, espiando-os, até finalmente dobrarem a esquina ao lado do Sliding Tackle e sumirem de vista.

A animação e o estímulo da tarde, aliados ao prolongado passeio e às copiosas doses de ar fresco nos pulmões, deixaram o homem idoso muito fatigado. Foi com certo alívio que Penelope finalmente o conduziu jardim acima e pela porta aberta na fachada de Carn Cottage, onde ele, no mesmo instante, arriou em uma cadeira e ali ficou, recuperando o fôlego devagar. Ela lhe tirou o chapéu e o pendurou, depois lhe desenrolou o cachecol do pescoço. Tomou uma das mãos enluvadas entre as suas e a friccionou suavemente, como se esta pequena atenção pudesse devolver a vida àqueles dedos pálidos e contorcidos.

— Da próxima vez que formos à galeria, papai, voltaremos de táxi.

— Poderíamos ter ido no Bentley. Por que não fomos no Bentley?

— Porque não temos gasolina para ele.

— Um carro não vale muito sem gasolina...

Após um momento, ele se recuperou o suficiente para ir até a sala de estar, onde ela o acomodou entre as familiares e fofas almofadas de sua poltrona.

— Vou preparar uma xícara de chá para você.

— Não se preocupe. Vou tirar uma soneca.

Reclinando-se contra o encosto, ele fechou os olhos. Penelope ajoelhou-se junto à lareira e levou um fósforo ao papel, esperando até ver os gravetos e carvões arderem. Ele abriu os olhos.

— Lareira acesa em agosto?

— Não quero que você sinta frio. — Ela se levantou. — Você está bem?

— Claro que estou. — Ele sorriu para ela, um sorriso de grato amor. — Obrigado por ter ido comigo. Foi uma boa tarde.

— Fico feliz que você tenha gostado.

— Gostei de conhecer aquele rapaz. Gostei de conversar com ele. Há muito tempo não falava tanto assim. Muito tempo... Vamos convidá-lo para uma refeição conosco, não vamos? Gostaria de vê-lo outra vez.

— Sim, é claro.

— Peça a Ernie para abater alguns pombos. Ele gostará de pombos...

Os olhos de Lawrence tornaram a fechar-se. Ela o deixou.

Em finais de agosto, a colheita havia terminado, os Rangers dos Estados Unidos tinham tomado posse do novo acampamento no alto da colina e o tempo piorara.

Havia sido uma boa colheita, e os fazendeiros tinham ficado bem satisfeitos. Sem dúvida, no devido tempo, receberiam felicitações do Ministério da Agricultura. Quanto às tropas americanas, seu impacto em Porthkerris havia sido menor do que o temido. Revelaram-se infundados os lúgubres pressentimentos dos fanáticos frequentadores da igreja. Não houve bebedeiras, fanfarronices nem estupros. Pelo contrário, eles pareciam excepcionalmente bem-comportados e educados. Jovens, esbeltos, de cabelos à escovinha, usando blusões de camuflagem e boinas vermelhas, caminhavam pelas ruas em seus coturnos e, além de alguns obrigatórios assobios galanteadores e amistosas aproximações com as crianças, cujos bolsos em breve avolumavam-se com chocolates e gomas de mascar, sua presença pouca diferença provocou na vida rotineira da cidadezinha. Quando comandados, mantinham-se contidos, talvez por medida de segurança, fazendo o trajeto entre o acampamento e o porto, comprimidos como sardinhas na carroceria de caminhões ou dirigindo jipes com reboques entulhados de cordas, arpéus e ganchos para escalar. Em tais ocasiões, assobiavam por honra da firma para qualquer mulher que cruzasse seu caminho, como que ansiosos em justificar a turbulenta reputação que os precedera. Não obstante, à medida que passavam os dias e prosseguia seu exaustivo treinamento, ficava claro que o general Watson-Grant tivera razão, ao afirmar que homens que passavam todas as suas horas de vigília enfrentando tempestuosas viagens por mar e a face aterradora dos penhascos Boscarben, pensavam apenas em tomar um banho quente, comer e dormir, quando chegava o fim do dia.

Para aumentar-lhes o desconforto, após semanas ensolaradas, o tempo se tornara apavorante. O vento torvelinhava para noroeste, o barômetro caíra e a chuva descia, torrencial, despencando de pesadas nuvens baixas e carregadas, varridas do oceano. Na cidade, as lajes molhadas das ruas estreitas reluziam como escamas de peixe, enquanto as sarjetas avolumavam-se de água encachoeirada e ensopados detritos. Em Carn Cottage, os canteiros marginando as paredes assemelhavam-se a fitas molhadas, uma velha árvore perdera um galho e a cozinha estava orlada de roupa molhada, porque não havia outro lugar onde secá-la.

Espiando pela janela, Lawrence comentava que aquilo bastava para extinguir o ardor de qualquer um.

O mar estava cinzento e enfurecido. Vagalhões tempestuosos quebravam na praia do Norte, depositando uma nova categoria de restos de naufrágios, muito além do nível costumeiro da maré alta. Os melancólicos despojos de um navio mercante, torpedeado e afundado no Atlântico meses ou semanas antes e finalmente levados a terra pelas ondas e o vento insistente; um ou dois salva-vidas; pedaços estraçalhados de tábuas de convés e inúmeros caixotes de madeira.

Ainda de manhã bem cedo, com seu cavalo e a carroça de verduras, o pai de Ernie Penberth foi o primeiro a vê-los. As onze horas da mesma manhã, Ernie surgia à porta dos fundos de Carn Cottage. Penelope descascava maçãs e ergueu o olhar para vê-lo ali, sua capa de oleado preto gotejando água e um boné encharcado puxado para cima do nariz. Entretanto, ele sorria.

— Gostaria de alguns pêssegos enlatados?

— Pêssegos enlatados? Ora, você está brincando comigo.

— Meu pai está com dois caixotes cheios, lá na loja. Recolheu-os na praia do Norte. Levou-os e os abriu. Pêssegos enlatados da Califórnia. Tão bons como se estivessem frescos.

— Que achado! Posso mesmo ficar com algumas latas?

— Ele separou seis para vocês. Achou que as crianças iam gostar. Mandou dizer que, se você quiser, pode ir buscar. A qualquer hora.

— Ah, ele é um *santo!* Ernie, nem sei como agradecer. Irei hoje mesmo, antes que seu pai mude de ideia.

— Ele não faria isso.

— Quer almoçar conosco?

— Não, é melhor eu voltar logo. Obrigado.

Tão logo o almoço terminou, Penelope preparou-se devidamente para sair, de botas, um velho impermeável amarelo abotoado até o pescoço e um gorro de lã enterrado até as orelhas. Carregava duas cestas resistentes para compras e, uma vez acostumada à força do vento — que de vez em quando ameaçava levá-la pelos ares — e às rajadas de chuva, cujos pingos lhe picavam o rosto como pontas de agulha, o mau tempo se tornou estimulante, e ela começou a se divertir. Chegando à cidade, encontrou-a estranhamente deserta. A tempestade levara todos para dentro das casas, porém a sensação de isolamento, de ter o lugar todo para si, apenas aumentou sua satisfação Começou a sentir-se intrépida, como um explorador.

A quitanda do Sr. Penberth ficava em Downalong, mais ou menos na metade da rua do porto. Era possível chegar lá por um labirinto de ruas secundárias, mas, em vez disso, ela preferiu o trajeto à beira-mar dobrando a esquina da Lifeboat House e penetrando a fúria da ventania. A maré estava alta, e o porto transbordava de água cinzenta enfurecida. Grasnando agudamente, gaivotas eram lançadas em todas as direções, os barcos de pesca balançavam-se agitados, puxando as âncoras, e, na extremidade mais distante do píer do Norte, ela avistou uma barcaça de transporte de tropas, subindo e descendo nas águas, dançando em seus cabrestantes. Evidentemente, o tempo estava tão ruim, que nem os comandos aventuravam-se a sair.

Com certo alívio, finalmente chegou à quitanda, uma pequena edificação triangular, na junção de duas estreitas alamedas. Quando abriu a porta e entrou, uma sineta tilintou. O estabelecimento estava vazio, tinha um cheiro agradável de ervas, maçãs e terra, mas, quando ela fechou a porta, uma cortina se ergueu na parede ao fundo e o Sr. Penberth surgiu, usando a costumeira camisa de malha de lã grossa azul-marinho, como a dos marinheiros, e um gorro em forma de cogumelo.

— Sou eu — disse ela, desnecessariamente, gotejando água por todo o chão.

— Eu já imaginava. — Ele tinha os olhos escuros e o mesmo sorriso do filho, embora com menos dentes. — Por que resolveu vir até aqui? Um dia infernal, não? Entretanto, a ventania vai terminar e teremos um céu claro ao entardecer. Acabei de ouvir no rádio a previsão do tempo para as embarcações. Recebeu meu recado? Ernie lhe falou sobre os pêssegos em lata?

— Por que mais acha que estou aqui? Nancy nunca provou um pêssego na vida.

— É melhor vir até os fundos. Achei melhor *escondê-los*. Sim senhora! Se alguém descobrir que tenho pêssegos em lata, minha vida vai virar um inferno!

Ele puxou a cortina para um lado e, carregando suas cestas, ela passou para o atravancado e entulhado espaço nos fundos, que funcionava como depósito e escritório. Ali havia uma estufa preta que ficava permanentemente funcionando, e era onde o Sr. Penberth dava seus telefonemas e preparava xícaras de chá para si mesmo, quando o movimento diminuía. Hoje, havia um forte cheiro de peixe, porém Penelope mal o notou, a atenção inteiramente voltada para as pilhas de latas ocupando cada superfície horizontal disponível... o butim matinal do Sr. Penberth.

— Que achado! Ernie disse que foi na praia do Norte. Como conseguiu trazer os caixotes para cá?

— Chamei meu vizinho e ele me deu uma ajuda. Depois o levei em casa na carroça. Acha que seis são suficientes para você?

— Mais do que suficientes.

Ele colocou três latas em cada cesta.

— E como estão, em matéria de peixe? — perguntou ele.

— Por quê?

O Sr. Penberth desapareceu por baixo de sua mesa e voltou carregando o que ocasionou o cheiro de peixe. Olhando para o balde, Penelope viu que estava cheio quase até a borda de cavalinhas azul-prateadas.

— Um dos rapazes saiu esta manhã para o mar. Trocou estes peixes por alguns pêssegos. A Sra. Penberth não gosta de cavalinhas, diz que são peixes impróprios para comer. Achei que você talvez os quisesse. Estão frescos.

— Se eu puder levar meia dúzia, teremos um bom jantar.

— Excelente — disse o Sr. Penberth. Remexendo os papéis, ele desencavou um jornal velho, enrolou os peixes em desajeitados embrulhos e os colocou em cima das latas de pêssegos. — Pronto. — Penelope ergueu as cestas. Estavam muito pesadas. O Sr. Penberth franziu o cenho. — Acha que aguenta? Não ficaram muito pesadas para você? Eu poderia levar as cestas, quando passasse perto de sua casa na carroça, mas as cavalinhas não ficarão frescas por mais um dia.

— Darei um jeito.

— Bem, espero que todos as aproveitem... — Ele a conduziu à porta. — Como está Nancy?

— Maravilhosa.

— Diga a ela e a Doris para virem nos ver logo. Deve fazer bem um mês que não ponho os olhos nelas.

— Darei o recado. E obrigada, muito obrigada, Sr. Penberth.

Ele abriu a porta e a sineta tilintou.

— Foi um prazer, meu bem.

Curvada ao peso dos pêssegos e dos peixes, Penelope foi para casa. Agora, com a tarde mais avançada, havia algumas pessoas à vista, saindo para fazer compras ou cuidar da própria vida. O Sr. Penberth estivera certo sobre a previsão do tempo. A maré começava a recuar, o vento ia diminuindo e a chuva rareava. Erguendo os olhos, ela viu bem alto no céu, entre as nuvens carregadas que a ventania empurrava, um esfarrapado pedacinho de céu azul, suficiente apenas para fazer um par de calças para um gato. Ela caminhava lepidamente, sentindo certa euforia por daquela vez não precisar preocupar-se com o que seria servido no jantar. Entretanto, após algum tempo, as cestas carregadas começaram a pesar demais, suas mãos doíam, e os braços pareciam estar sendo destroncados. Pensou que talvez houvesse errado ao recusar a oferta do Sr. Penberth para fazer a entrega, porém, quase em seguida, a ideia lhe foi afastada da mente, interrompida pelo som de um veículo que se aproximava rapidamente, vindo de sua retaguarda, da direção do píer do Norte.

A rua era estreita, com poças fundas. Não querendo ser ensopada por uma onda de água suja, ela ficou de lado para esperar até que o carro passasse. O veículo passou como um bólido, mas, alguns metros adiante, parou quase imediatamente, com um rangido de freios. Penelope identificou o jipe aberto e os dois familiares ocupantes fardados: o major Lomax e seu sargento. O jipe ficou parado no mesmo lugar, o motor trabalhando, mas o major Lomax saltou, estirando as pernas compridas, e começou a caminhar em sua direção.

Já foi logo dizendo, sem rodeios:

— Parece sobrecarregada.

Grata por uma justificativa para se aliviar das cestas, Penelope as pousou na calçada e endireitou o corpo para fitá-lo.

— Tem razão. Estou.

— Nós nos conhecemos faz alguns dias.

— Eu me lembro.

— Estava fazendo compras?

— Não. Fui apanhar um presente. Seis latas de pêssegos. Foram lançadas pelo mar, hoje de manhã, na praia do Norte. Também ganhei algumas cavalinhas.

— Até onde precisará levar as cestas?

— Até em casa.

— E onde fica sua casa?

— No alto da colina.

— Não poderiam ser levadas por um entregador?

— Não.

— Por que não?

— Porque quero comer tudo hoje.

Ele sorriu, divertido. O sorriso fez algo extraordinário ao seu rosto, dando a Penelope a sensação de que só agora o via pela primeira vez.

"Absolutamente comum" havia sido seu veredicto privado, no dia em que ele os conhecera na galeria, mas, agora que via isso, pelo contrário, aquele homem nada tinha de comum em seu rosto de feições bem proporcionadas, nos olhos azuis estranhamente brilhantes que, aliados ao inesperado sorriso, formavam um conjunto de extraordinário charme.

— Talvez possamos ajudá-la — disse ele.

— Como?

— Não podemos lhe dar uma carona, mas não vejo motivo algum que impeça o sargento Burton de levar os pêssegos para sua casa.

— Ele jamais acertaria o caminho.

— Está subestimando o sargento. — Ao falar, ele se inclinou e ergueu as cestas. Disse, bastante irritado: — Não devia estar carregando isso. Vai se machucar.

— Carrego compras o tempo inteiro. Todos têm de carregar.

Ele ignorou suas palavras, já se dirigindo para o jipe. Penelope o seguiu, ainda protestando fracamente:

— Eu posso dar um jeito...

— Sargento Burton.

O sargento desligou o motor.

— Senhor?

— Transporte essa carga. — Ele acomodou as cestas no banco traseiro do jipe. — A senhorita lhe fornecerá o endereço.

O sargento se virou para ela, esperando polidamente. Sem nenhuma alternativa aparente, Penelope concordou.

— ... suba a colina, depois dobre à direita na garagem Grabney's e siga a estrada até chegar ao alto. Verá um muro alto que tem o nome de Carn Cottage. Terá que deixar o jipe na estrada e cruzar o jardim.

— Há alguém em casa, senhorita?

— Sim. Meu pai.

— Como é o nome dele, senhorita?

— Sr. Stern. Se ele não o ouvir... se ninguém responder à sineta, pode deixar as cestas na porta.

— Perfeitamente, senhorita.

O sargento aguardou. O major Lomax disse:

— Muito bem, sargento. Pode ir. Farei o resto do trajeto a pé. Tornarei a vê-lo no Q.G.

— Sim, senhor.

O sargento fez continência, tornou a ligar o motor e partiu com sua carga de curiosa aparência doméstica, pousada no banco traseiro do jipe. Dobrou a esquina da Lifeboat House e desapareceu. Penelope ficou sozinha com o major. Sentia-se pouco à vontade, desconcertada por aquela súbita reviravolta. Também estava insatisfeita com sua aparência, algo que, em geral, bem pouco a perturbava. Contudo, nada podia fazer a respeito, exceto tirar o gorro de lã e soltar o cabelo, sacudindo-o. Foi o que fez, enfiando o gorro no bolso do impermeável.

— Podemos ir? — perguntou ele.

Penelope tinha as mãos geladas, de maneira que também as enfiou nos bolsos.

— Pretende mesmo ir andando? — perguntou, inconvicta.

— Se não pretendesse, não estaria aqui.

— Não tem mais nada que devesse estar fazendo?

— Por exemplo?

— Algum exercício a planejar, algum relatório a ser escrito...

— Não. Tenho o dia livre.

Os dois começaram a caminhar. Uma ideia assaltou Penelope.

— Espero que seu sargento não tenha problemas. Sem dúvida, não tem permissão para transportar compras das pessoas no jipe.

— Se alguém lhe criar problemas, serei eu. E como tem tanta certeza?

— Estive nas wrens por uns dois meses, de maneira que sei tudo sobre normas e regulamentos. Eu não tinha permissão de carregar uma bolsa nem um guarda-chuva. Isso tornava a vida muito difícil.

Ele pareceu interessado.

— Quando foi que esteve nas wrens?

— Há séculos... Em 1940. Estive em Portsmouth.

— Por que saiu?

— Eu engravidei. Casei-me e tive um bebê.

— Entendi.

— Ela agora tem quase três anos. Chama-se Nancy.

— Seu marido está na Marinha?

— Sim. Acho que agora se encontra no Mediterrâneo. Nunca tenho certeza.

— Há quanto tempo não o vê?

— Ah... — Ela não se lembrava, nem queria. — Séculos. — Mal acabara de falar, as nuvens muito no alto se abriram por um instante, deixando passar um raio de sol úmido. As ruas molhadas devolveram o reflexo de sua luz, lavando pedras e lajes em ouro. Admirada, Penelope ergueu o rosto para aquele ofuscante e momentâneo clarão. — Realmente está melhorando... O Sr. Penberth disse que o tempo ia melhorar. Ouviu a previsão meteorológica e disse que a tempestade passaria. Talvez tenhamos um belo entardecer.

— Sim, talvez.

O clarão do sol desapareceu tão rapidamente como viera, e tudo voltou a ficar acinzentado. A chuva, no entanto, havia parado.

— Seria melhor não irmos pelo centro da cidade — disse ela. — Vamos costeando o mar até a estação ferroviária. Há um lance de degraus que fica bem em frente ao Hotel White Caps.

— Eu gostaria muito. Ainda não me oriento muito bem por aqui e suponho que você conheça tudo como a palma da sua mão. Sempre morou aqui?

— Durante o verão. Durante o inverno, ficávamos em Londres. E, nas férias, íamos para a França. Minha mãe era francesa. Tínhamos amigos lá. Entretanto, ficamos aqui desde que a guerra começou. Sim, imagino que ficaremos em Porthkerris até que ela termine.

— E quanto a seu marido? Não a quer por perto, quando desembarcar?

Os dois haviam desembocado em uma alameda estreita que corria ao longo da praia. A maré alta jogara seixos ali, bem como talos de algas em decomposição e restos de uma corda alcatroada. Inclinando-se, ela pegou um seixo e o atirou ao mar. Respondeu:

— Como já disse, ele deve estar no Mediterrâneo. E, mesmo que pudesse ficar com ele, seria impossível, pois preciso cuidar de papai. Minha mãe foi morta na Blitz, em 1941. Dessa maneira, tenho de ficar com ele. — Ele não disse que lamentava. Repetiu "Entendo" e parecia realmente entender. — Não se trata apenas de mim e de Nancy. Temos Doris e os dois meninos, que moram conosco. São evacuados. Ela é viúva de guerra. Nunca voltou a Londres. — Penelope olhou para ele. — Papai gostou de conversar com você, naquele dia, na galeria. Ficou zangado comigo por eu não o ter convidado para o jantar... disse que fui muito rude. Não era a minha intenção. Apenas, não consegui pensar em nada para lhe oferecer.

— Gostei imensamente de conhecê-lo. Quando soube que seria designado para cá, me passou pela cabeça que talvez visse o famoso Lawrence Stern, porém nunca imaginei que isso fosse, de fato, acontecer. Achava que ele estaria demasiado frágil e idoso para sair de casa. Quando o vi lá na rua, ao lado do Q.G., soube imediatamente que só podia ser ele. Então, quando entrei na galeria e os vi lá, mal pude acreditar em minha sorte. Que grande pintor ele foi. — O major baixou os olhos para ela. — Você herdou o talento paterno?

— De maneira alguma. Aliás, é muito frustrante. Com frequência vejo algo tão bonito que chega a doer, como uma velha casa de fazenda ou dedaleiras crescendo em uma sebe, agitando-se ao vento contra um céu azul. Então, desejaria ardentemente poder capturar o que vejo, pôr no papel e guardá-lo para sempre. No entanto, é claro que não posso...

— Não é fácil encarar nossas limitações.

Ocorreu a ela que ele parecia ser do tipo de homem que ignora o sentido da palavra "limitações".

— Você pinta? — perguntou-lhe.

— Não. Por que pergunta?

— Quando conversou com papai, pareceu entender muito do assunto.

— Se dei tal impressão, foi por ter sido criado por uma mãe extremamente artística e criativa. Assim que aprendi a andar, fui levado a toda galeria e todo museu de Londres, *além* de ser forçado a assistir a concertos.

— Do jeito como fala, poderia ter tomado horror à cultura para o resto da vida.

— De modo algum. Ela agia com muito tato e tornava tudo aquilo interessante e divertido.

— E seu pai?

— Meu pai era corretor de ações, na City.*

Ela pensou a respeito. A vida dos outros é sempre fascinante.

— Onde morava?

— Em Cadogan Gardens. Bem, depois que ele morreu, minha mãe vendeu a casa, grande demais para nós. Fomos morar em uma menor, em Pembroke Square. Ela continua morando lá. Ficou na casa durante todo o bombardeio. Disse que preferia estar morta a viver em outro lugar que não Londres.

Penelope pensou em Dolly Keeling, confortavelmente instalada no Hotel Coombe, seu pequeno refúgio, jogando bridge com Lady Infernal Beamish e escrevendo compridas cartas amorosas ao filho. Suspirou, porque pensar em Dolly sempre a deixava um pouco deprimida. Continuava existindo aquele sentimento de culpa por não convidar Dolly para passar alguns dias em Carn Cottage, ao menos para ver a neta. Ou por ela, Penelope, não visitar o Hotel Coombe, levando Nancy consigo. Entretanto, qualquer das alternativas era tão aterrorizante, que jamais tivera dificuldade em expulsá-las rapidamente da cabeça, para começar a pensar em qualquer outra coisa.

A estrada estreita subia a colina. Tinham deixado o mar para trás e agora caminhavam entre filas de chalés caiados de pescadores, encarapitados na encosta. Uma porta se abriu e surgiu um gato, seguido por uma mulher com uma cesta de roupa lavada, que começou a

* Centro comercial e financeiro de Londres. (N.T.)

estender em um varal esticado diante de sua casa. Enquanto o fazia, o sol tornou a aparecer, bem forte agora. A mulher virou para eles o rosto sorridente.

— Já melhorou um pouco, não? Nunca vi um temporal como o que tivemos esta manhã. Dentro em pouco, o dia estará bonito novamente.

O gato enroscou-se nos tornozelos de Penelope. Ela se abaixou para afagá-lo. Continuaram andando. Tirando as mãos dos bolsos, ela desabotoou o impermeável.

— Você se juntou à Marinha Real — perguntou — porque não queria ser corretor de ações ou por causa da guerra?

— Por causa da guerra. Sou conhecido como um "oficial somente durante as hostilidades". Sempre achei que soava um tanto depreciativo. Entretanto, também não me seduziu a ideia de lidar com ações. Fui para a universidade e fiz Literatura Inglesa e Clássica. Depois, arranjei um emprego como professor de meninos, num internato.

— Os fuzileiros o ensinaram a escalar?

Ele sorriu.

— Não. Eu já escalava, muito antes disso. Fui enviado para um internato em Lancashire e lá havia um professor que costumava levar um bando de nós para escalar no distrito dos Lagos. Aos quatorze anos eu me apaixonei pelo esporte, e passei a praticá-lo desde então.

— Já escalou no exterior?

— Sim. Na Suíça, na Áustria. Eu queria ir ao Nepal, porém isso requereria meses de preparativos e viagens, e nunca tive tempo disponível.

— Depois do Matterhorn, os penhascos Boscarben devem ser fáceis.

— Não — assegurou ele firmemente. — Eles nada têm de fáceis.

Continuaram andando, subindo, percorrendo o labirinto de alamedas escondidas que os visitantes nunca descobriam, e subindo degraus de granito tão íngremes que Penelope ficara sem fôlego para conversar. O último lance ziguezagueava para o alto, pela face do penhasco, entre a estação ferroviária e a estrada principal, para finalmente desembocar bem em frente ao velho Hotel White Caps.

Encalorada com o esforço, Penelope descansou recostada ao muro, esperando que seu fôlego e seu pulso voltassem ao normal. Vindo atrás dela, o major Lomax não parecia cansado. Ela viu o fuzileiro de guarda fitando-os inexpressivamente do outro lado da rua, porém a fisionomia do major nada revelava.

Quando finalmente conseguiu falar, ela disse:

— Estou podre.

— Não é de admirar.

— Há anos que não faço este caminho. Quando pequena, costumava correr por ele acima, da praia até o alto. Era uma espécie de teste de resistência autoimposto.

Virando-se e apoiando-se com os braços no topo do muro, ela olhou para baixo, para o caminho percorrido. O mar, com a maré vazante, estava mais calmo e refletia o azul do céu clareando. Muito abaixo, na praia, um homem caminhava com seu cão. O vento se tornara uma brisa leve, perfumada pelo úmido cheiro musgoso dos jardins encharcados da chuva. Era um cheiro pejado de nostalgia e, no ato, Penelope viu-se desarmada, invadida por um êxtase irracional, que não sentia desde criança.

Pensou nos dois últimos anos, no tédio, na existência sem horizontes, na falta de algo por que ansiar. Agora, no entanto, bastara um instante, e as cortinas tinham sido puxadas para o lado, as janelas além, escancaradas para uma paisagem brilhante que estivera lá o tempo todo, esperando por ela. Uma paisagem, além disso, carregada com as mais maravilhosas possibilidades e oportunidades.

A felicidade — recordada dos dias anteriores à guerra, anteriores a Ambrose e à morte chocante de Sophie. Era como ser jovem de novo. Entretanto, eu sou jovem. Tenho apenas vinte e três anos. Virando-se do muro, encarou o homem ao seu lado e ficou tomada de gratidão, pois, de certo modo, fora ele quem provocara este milagre de *déjà vu*.

Viu-o observando-a e perguntou-se o quanto ele teria percebido, o quanto saberia. No entanto, a imobilidade e o silêncio dele nada revelaram.

— Preciso ir para casa — disse ela. — Papai deve estar imaginando o que aconteceu comigo.

Ele assentiu, aceitando sua explicação. Agora seria a despedida e cada um tomaria seu rumo. Ela seguiria em frente. Ele atravessou a rua, retribuiria a continência do homem de guarda, subiria os degraus, desapareceria atrás da porta envidraçada e talvez nunca mais fosse visto.

— Gostaria de vir jantar? — perguntou.

Ele não respondeu imediatamente e, por um terrível momento, Penelope pensou em uma recusa. Então, o major sorriu.

— Será um prazer.

Alívio.

— Hoje?

— Tem certeza?

— Absoluta. Papai gostaria muito de tornar a vê-lo. Assim, poderão continuar a conversa.

— Obrigado. Seria maravilhoso.

— Então, por volta das sete e meia. — Ela soava terrivelmente formal. — Posso... posso convidá-lo porque, dessa vez, temos algo para comer.

— Deixe-me adivinhar o que será. Cavalinha e pêssegos em lata?

A formalidade e o constrangimento dissolveram-se. Os dois desataram a rir, e Penelope soube que jamais esqueceria aquele som, porque era o da primeira piada que partilhavam.

Encontrou Doris morta de curiosidade.

— O que houve? Lá estava eu, cuidando da minha vida, quando surge à porta um esplêndido sargento, trazendo suas cestas. Convidei-o para tomar uma xícara de chá, mas disse que não poderia ficar. Onde foi que o arranjou?

Penelope sentou-se à mesa da cozinha e contou toda a história do inesperado encontro. Doris ouvia, com olhos que iam ficando redondos como bolas de gude. Quando o relato terminou, ela deixou escapar um grito esganiçado de deleite.

— Não me diga! Parece que você encontrou um admirador.

— Ai, Doris, eu o convidei para jantar...

— Quando?

— Hoje.

— Ele vai vir?

— Sim.

A alegria de Doris murchou.

— Ah, droga.

Ela tornou a arriar em sua cadeira. Era a imagem da melancolia.

— Droga, por quê?

— Porque não vou estar aqui. Vou levar Ronald e Clark a Penzance, para assistirem à representação de *The Mikado,* pela Sociedade Lírica.

— Ah, Doris! Eu contava com você aqui... Preciso de alguém para me ajudar. Não pode adiar isso?

— Não, não posso. Já foi providenciado um ônibus e, de qualquer modo, a representação será apenas por duas noites. Os meninos ficaram sonhando semanas com ela, coitadinhos... — Sua expressão se tornou resignada. — Enfim, não tem jeito. Eu lhe darei uma ajuda na cozinha antes de ir e coloco Nancy para dormir. Francamente, estou amolada por perder este divertimento. Há anos que não temos um Homem com H em casa...

Penelope não mencionou Ambrose. Disse, em vez disso:

— E quanto a Ernie? É um homem com H maiúsculo.

— É. Ele é bonzinho. — O pobre Ernie, no entanto, fora rejeitado. — Só que ele não conta.

Como duas meninas tomadas por inocente empolgação, começaram a trabalhar, descascaram legumes, fizeram uma salada, lustraram a velha mesa da sala de refeições, poliram superficialmente os talheres e a baixela pouco usados, limparam os copos de cristal. Alertado, Lawrence levantou-se de sua poltrona e foi com cuidado à adega, onde, em dias mais felizes, havia abrigado seu considerável estoque de vinhos franceses. Agora restavam bem poucos, mas ele voltou com uma garrafa do que denominava vinho algeriano barato, assim como uma empoeirada garrafa de vinho do Porto, que começou a decantar com o máximo cuidado. Penelope sabia ser esta a maior homenagem que poderia prestar a um convidado.

Faltando vinte e cinco minutos para as sete, Nancy já adormecida em sua cama, Doris e os filhos fora de casa, e tudo pronto como deveria estar, ela voou para o andar de cima e foi a seu quarto fazer alguma coisa para melhorar a aparência. Colocou uma blusa limpa, enfiou os pés nus em duas sapatilhas escarlates, escovou os cabelos, trançou-os, enrolou-os em um coque e os firmou no lugar. Não tinha pó nem batom e já usara o último resto de seu perfume. Um prolongado e crítico olhar ao espelho produziu bem pouca satisfação. Parecia uma governanta. Encontrou um colar de contas escarlate e o prendeu ao pescoço. Enquanto fazia isso, ouviu o portão no final do jardim sendo aberto, depois o clique ao ser fechado. Foi à janela e viu Richard Lomax subindo por entre as flores do jardim fragrante, aproximando-se da casa pelo caminho íngreme. Viu que também ele havia trocado o uniforme de combate para a meia formalidade do cáqui de exercícios com cintilantes botas marrons. Trazia, discretamente, um embrulho que só podia conter uma garrafa.

Desde que se despedira, ela vivera ansiosa pela perspectiva de tornar a vê-lo. Agora, no entanto, vendo-o aproximar-se, sabendo que logo ele estaria tocando a sineta da porta da frente, foi assaltada pelo pânico. "Frio na barriga" — era como Sophie costumava denominar aquela angústia, causada por um ato impetuoso, subitamente lamentado. E se a noite fosse uma tragédia, se tudo desse errado, sem Doris ali para ajudá-la a suportar a situação? Era perfeitamente possível que se enganasse com Richard Lomax. Que o vislumbre de êxtase, a felicidade inexplicável, a extraordinária sensação de proximidade e familiaridade fossem apenas parte de uma ilusão, nascida de sua crescente animação e do fato de que o sol, após dias de chuva, tivesse decidido brilhar.

Saiu da janela, dirigiu um último olhar ao seu reflexo no espelho, ajeitou o colar escarlate, abandonou o quarto e desceu a escada. Enquanto descia, a sineta da porta soou. Ela cruzou o vestíbulo e abriu a porta. Ele sorriu e disse:

— Espero não ter chegado muito cedo nem muito tarde.

— Nem uma coisa nem a outra. Vejo que encontrou o caminho.

— Não foi difícil. Vocês têm um lindo jardim.

— A tempestade não lhe fez nenhum bem. — Ela deu um passo atrás. — Entre, por favor.

Ele entrou e tirou a boina verde, com seu emblema vermelho e o distintivo prateado. Ela fechou a porta. O major deixou a boina em cima da cômoda e se virou para encará-la. Disse, entregando-lhe o embrulho:

— Isso é para seu pai.

— É muita gentileza.

— Ele bebe uísque?

— Sim...

Tudo ia dar certo, não se enganara sobre ele. Richard Lomax não era vulgar, mas muito especial, porque, consigo, trouxera a Carn Cottage não apenas uma certa elegância, mas também espontaneidade. Ela recordou a tremenda infelicidade, quando da passagem de Ambrose por ali. As tensões e os silêncios a maneira como todos, afetados pelo ambiente tenso, haviam ficado irritáveis e suscetíveis. Com este estranho alto, no entanto, vinha somente a mais confortável das presenças. Ele poderia ter sido um velho amigo de muitos anos, chegando para renovar a camaradagem, pôr as notícias em dia. A sensação de *déjà vu* retornou, mais forte do que nunca. Tão forte, que ela quase esperou que a porta da sala de estar se escancarasse repentinamente e Sophie aparecesse, rindo e falando pelos cotovelos, atirando os braços ao pescoço do rapaz e beijando-o nas duas faces. *Ó querido, como eu estava ansiosa em tornar a vê-lo...*

— ... mas há meses não temos uma garrafa em casa. Ele ficará encantado. Está na sala à sua espera... — Ela foi abrir a porta que dava para a sala de estar. — Papai... Nosso convidado chegou... e lhe trouxe um presente...

— Esta sua designação para cá — disse Lawrence — será por quanto tempo?

— Não tenho a menor ideia, senhor.

— E, se soubesse, não me diria. Acha que no próximo ano já estaremos prontos para invadir a Europa?

Richard Lomax sorriu, mas nada deixava escapar.

— É a minha esperança — disse.

— Esses americanos... parecem bem retraídos. Tínhamos imaginado todo tipo de estripulias.

— Eles não estão aqui exatamente de férias. Além disso, são soldados altamente profissionais e formam uma unidade autossuficiente. Tem seus próprios oficiais, sua cantina, suas recreações.

— Vocês se dão com eles?

— No geral, muito bem. São razoavelmente impetuosos... talvez não tão disciplinados quanto os de nossas tropas, mas, individualmente, muito corajosos.

— E você é o encarregado da operação, como um todo?

— Não, senhor. O oficial comandante é o coronel Mellaby. Sou apenas o oficial de treinamento.

— Gosta de trabalhar com eles?

Richard Lomax deu de ombros.

— É um tanto diferente.

— E Porthkerris... Já havia estado aqui antes?

— Nunca. Em geral, passava minhas férias no Norte, escalando montanhas. Entretanto, sabia a respeito de Porthkerris, por causa dos artistas que vieram para cá. Já tinha visto pinturas do porto, nas várias galerias que visitava por insistência de minha mãe, e considero extraordinário o fato de ser tão *sui generis,* tão rapidamente identificável. Imutável. E a luminosidade... O brilho ofuscante do mar... Eu quase não acreditava, até que vi pessoalmente.

— Sim, há uma magia. Nunca nos acostumamos a ela, por mais que vivamos aqui.

— Há muitos anos que vive em Porthkerris?

— Desde princípios da década de vinte. Trouxe minha esposa para cá logo depois que nos casamos. Não tínhamos casa, de maneira que acampávamos em meu estúdio. Como dois ciganos.

— O retrato na sala de estar é de sua esposa?

— Sim. Aquela era Sophie. Devia ter dezenove anos, quando o retrato foi pintado. Obra de Charles Rainier. Certa primavera, ocupamos todos uma casa perto de Varengeville. A finalidade era tirarmos férias, mas ele ficava inquieto quando não trabalhava, de modo que Sophie concordou em posar para ele. Levou menos de um dia, porém foi uma das melhores coisas que ele já fez. Enfim, Rainier a conhecia a vida inteira, como eu. Conhecia-a desde menina. Podemos trabalhar depressa, quando temos tanta intimidade com nosso modelo.

A sala de refeições estava na penumbra, à claridade que morria. Apenas as velas forneciam iluminação, e os últimos lampejos do sol se pondo penetravam pelas janelas em fachos que arrancavam reflexos do cristal, da prataria e da superfície polida da mesa redonda de mogno. O papel de parede escuro abrigava a sala como o forro de um estojo de joias e, além das dobras do pesado e desbotado reposteiro de veludo, apanhado em esfiapados cordéis e borlas de seda, oscilavam leves cortinas rendadas, à brisa que penetrava pelas venezianas abertas.

Estava ficando tarde. Logo a janela teria que ser fechada, e as cortinas de blecaute, puxadas. A refeição chegava ao fim. A sopa, o peixe grelhado, os pêssegos deliciosos, tudo fora consumado, e retirados os pratos. Do aparador, Penelope havia tirado uma travessa de maçãs Cox, que o vento derrubara da árvore no alto do pomar, e a colocara no centro da mesa. Richard Lomax apanhara uma e a descascava com uma faca apropriada, de cabo em madrepérola. Suas mãos eram longas, com dedos de extremidades espatuladas. Ela ficou olhando enquanto ele manejava destramente a faca, a espiral inteira da casca caindo dentro do prato. Depois, partiu a maçã em quatro quartos iguais.

— O senhor ainda tem o estúdio?

— Sim, mas agora está abandonado. Raramente vou lá. Não posso mais trabalhar, e é longe demais para mim.

— Gostaria de vê-lo.

— Quando quiser. Tenho a chave comigo. — Do outro lado da mesa, ele sorriu para a filha. — Penelope o levará até lá.

Richard Lomax tornou a cortar os quartos da maçã.

— Charles Rainier... ainda vive?

— Que eu saiba, sim. A menos que tenha falado demais, como é do seu feitio, e a Gestapo o tenha assassinado. Espero que não. Ele vive no sul da França. Se souber se comportar, sobreviverá...

Penelope pensou na casa de Rainier, com o teto coberto de buganvílias, as rochas vermelhas caindo para o mar violeta, as mimosas penugentas e amarelas. Pensou em Sophie, chamando da varanda para dizer que estava na hora de parar de nadar, porque iam almoçar. Diante de tais imagens tão vividas, era difícil conceber que Sophie estivesse morta. Esta noite — desde a chegada de Richard Lomax — ela havia estado com eles, não morta, mas viva. Ainda agora, sentada na cadeira vazia da cabeceira da mesa. Não era fácil encontrar um bom motivo para tal persistente ilusão, a ilusão de que tudo estava como havia sido antes. De que nada mudara. Não obstante, a verdade é que tudo mudara. O destino tinha sido cruel; lançara a guerra sobre eles, dividira sua família; levara Sophie e os Clifford na Blitz. Talvez o destino é que houvesse levado Penelope a Ambrose. Entretanto, ela é que o induzira a fazerem amor, que fora responsável por Nancy e finalmente casara com ele. Olhando para trás, Penelope não se arrependia de terem feito amor, pois apreciara aquele momento tanto quanto ele. Lamentava ainda menos a chegada de Nancy e, de fato, agora não conseguia imaginar a vida sem sua filha, tão linda e cativante. O que lamentava mais amargamente era aquele casamento idiota. *Não deve casar com ele, a menos que o ame*, havia dito Sophie e, pela primeira vez na vida, ela não seguira o conselho da mãe. Ambrose fora seu primeiro relacionamento e não tinha ninguém com quem compará-lo. O casamento feliz de seus pais não ajudava em nada nesse sentido. Ela imaginou que todos os casamentos fossem igualmente felizes; portanto, casar era uma boa ideia. Ao enfrentar a situação, após o choque inicial, Ambrose também parecia achar uma boa ideia. Assim, os dois tinham ido em frente e consumado o fato.

Um erro tremendo, horrível. Ela não o amava. Jamais o amara. Nada tinha em comum com ele, não sentia o menor desejo de tornar a vê-lo. Olhou para Richard Lomax, com seu rosto tranquilo voltado para Lawrence. Depois fitou as mãos dele, os dedos agora entrelaçados sobre a mesa. Pensou em tomar aquelas mãos nas suas, erguê-las e apertá-las contra o rosto.

Perguntou-se se ele também seria casado.

— Nunca o conheci — dizia Lawrence —, porém acho que deve ter sido um indivíduo bastante enfadonho. — Os dois continuavam discutindo os retratistas. — Poder-se-iam esperar maus procedimentos e indiscrições inauditas... evidentemente, ele teve oportunidades de sobra... no entanto, parece que jamais deu um passo em falso. Beerbohm fez uma caricatura dele, espiando de sua janela uma longa fila de damas da sociedade, todas esperando o momento de serem imortalizadas por seu pincel.

— Gosto mais dos croquis dele do que de seus retratos — comentou Richard Lomax.

— Concordo. Todos aqueles cavalheiros e damas alongados, vestidos para caçar... Com três metros de altura e absurdamente arrogantes... — Lawrence estendeu a mão para a garrafa ornamental em que despejara o vinho do Porto, encheu seu copo e passou a garrafa a seu convidado. — Diga-me, você joga gamão?

— Sim, jogo.

— O que acha de uma partida?

— Adoraria.

Quase escurecera de todo. Penelope levantou-se da mesa, fechou as janelas e cerrou as cortinas, aquelas horríveis de tecido preto e as outras, as belas cortinas de veludo. Dizendo algo sobre café, saiu da sala, e foi à cozinha. Fechou o blecaute da cozinha e então acendeu a luz, para a já esperada desordem de tigelas, pratos sujos e talheres. Colocou a chaleira no fogo. Ouviu os homens passarem para a sala de estar, ouviu o carvão que era atirado ao fogo, e depois o contínuo e amistoso murmúrio da conversa.

Papai estava em seu elemento, divertindo-se bastante. Se gostasse do jogo, era provável que convidasse Richard Lomax para outra partida. Apanhando uma bandeja limpa e tirando xícaras do armário, ela sorriu.

O jogo terminou precisamente quando o relógio marcava onze horas. Lawrence tinha ganhado. Aceitando a derrota com um sorriso, Richard Lomax ficou em pé.

— Creio que é hora de eu ir.

— Não achei que fosse tão tarde assim. Gostei muito do jogo. Poderíamos repetir a dose. — Lawrence pensou a respeito, depois acrescentou: — Se for do seu agrado.

— Seria um prazer, senhor. Entretanto, receio não poder fazer planos específicos, pois meu tempo não me pertence...

— Está bem. Qualquer noite que quiser. É só aparecer. Estamos sempre aqui.

Lawrence começou a esforçar-se para sair da poltrona, porém Richard Lomax o deteve, pousando a mão em seu ombro.

— Por favor — disse. — Não precisa se levantar...

— Bem... — Agradecido, o velho tornou a recostar-se no encosto. — Talvez eu não consiga. Penelope o acompanhará.

Enquanto eles jogavam, ela ficara sentada junto à lareira, tricotando. Daí enfiou as agulhas no novelo de lã e levantou-se. O visitante se virou e sorriu-lhe. Ela foi abrir a porta, ouvindo-o dizer:

— Boa noite, senhor, e, mais uma vez, muito obrigado.

— Não há de quê.

Ela o conduziu pelo vestíbulo escuro e abriu a porta da frente. Lá fora, o jardim estava banhado de luz azulada, impregnado com o cheiro de troncos. Uma pequena meia-lua pendia no céu. Muito abaixo, na praia, o mar sussurrava. Ele saiu e se postou ao lado dela, nos degraus da porta, com a boina na mão. Os dois olharam para o alto, para os fiapos de nuvens e o fraco fulgor da lua. Não havia vento, mas um frio úmido emanava da grama, e Penelope encolheu-se, tiritando.

— Quase não falei com você a noite inteira — disse ele. — Espero que não me considere muito descortês.

— Você veio conversar com papai.

— Não tanto, mas parece que acabou sendo assim.

— Haverá outra oportunidade.

— Assim espero. Como disse, não posso dispor de meu tempo... É impossível fazer planos ou marcar encontros...

— Eu sei.

— Contudo, virei quando puder.

— Faça isso.

Ele colocou a boina, ajeitou-a na cabeça. O luar arrancou reflexos do distintivo prateado.

— Foi um jantar delicioso. Jamais comi uma cavalinha tão gostosa. — Ela riu. — Boa noite, Penelope.

— Boa noite, Richard.

Ele se virou e afastou-se, tragado pela forte penumbra do jardim, até desaparecer. Ela esperou para ouvir o clique do portão se fechando atrás. Parada ali, em sua blusa fina, sentia os braços arrepiados. Tornou a tiritar e entrou na casa, fechando a porta.

Passaram-se duas semanas antes de tornarem a vê-lo. Por alguma extraordinária razão, isso não perturbou Penelope. Ele havia dito que voltaria quando pudesse, e não havia motivos para duvidar disso. Ela esperaria. Pensava muito nele. Durante a agitação do dia, ele nunca estava inteiramente fora de sua mente e, à noite, invadia-lhe os sonhos, fazendo-a acordar com um sonolento contentamento, sorrindo, apegada à lembrança do sonho, antes que se diluísse e morresse.

Lawrence pareceu mais preocupado.

— Não tenho tido notícias daquele simpático rapaz Lomax — resmungava de tempos em tempos. — Eu estava ansiando por outra sessão de gamão.

— Ah, ele virá, papai — afirmava ela, tranquila em sua certeza.

Estavam em setembro. A época do veranico. Entardeceres e noites frios, dias de céu límpido e sol dourado, brilhante. As folhas começavam a mudar de cor, a cair, revoluteando no ar parado, salpicando a relva. O canteiro diante da casa estava colorido de dálias, e as últimas rosas do verão abriam suas faces aveludadas, enchendo o ar com uma fragrância que, por ser tão preciosa, parecia duas vezes mais forte do que a de junho.

Um sábado, durante o almoço, Clark e Ronald anunciaram que iam descer até a praia, para nadar com um grupo de colegas do colégio. Doris, Penelope e Nancy não foram convidadas a ir com eles. Assim, os dois partiram, precipitando-se pelo caminho do jardim, como se não houvesse um momento a perder, carregados de toalhas e pás, um pacote de sanduíches de presunto e uma garrafa de limonada.

Com os meninos fora do caminho, a tarde cálida ficou silenciosa e vazia. Lawrence foi tirar uma soneca perto da janela aberta, na sala de estar. Doris levou Nancy para o jardim. Com os pratos lavados e a cozinha arrumada, Penelope foi até o pomar e recolheu do varal o enorme volume de roupa lavada naquele dia. De volta à cozinha, dobrou as pilhas de colchas, lençóis e toalhas, que exalavam um cheirinho de limpeza, deixando de lado as camisas e fronhas para serem passadas a ferro. Mais tarde. Isso poderia ser feito mais tarde. O dia lá fora era convidativo. Saiu da cozinha e foi até o vestíbulo, onde somente o relógio de pé tiquetaqueava, e uma abelha sonolenta zumbia em uma vidraça. A porta da frente estava aberta, e a claridade dourada penetrava o aposento, banhando o tapete gasto. No gramado, Doris estava sentada em uma velha cadeira de jardim, tendo ao colo uma cesta com peças para cerzir, enquanto Nancy brincava alegremente em seu cercado de areia. O cercado tinha sido construído por Ernie. A areia viera da praia, na carroça de verduras do Sr. Penberth. Com o tempo estável, Nancy divertia-se ali horas a fio. Agora usava um macacão remendado e nada mais, fazendo tortas de areia com um velho balde de lata e uma colher de pau. Penelope juntou-se a elas. Doris espalhara um lençol velho no chão e ali se sentou, contemplando Nancy, divertida pela concentração no rosto da criança, fascinada pelo bater das pestanas escuras nas bochechas rechonchudas, as mãozinhas cheias de covinhas socando a areia.

— Você andou passando roupa? — perguntou Doris.

— Não. Está quente demais.

Doris ergueu uma camisa amarrotada, o colarinho rasgado de lado e aberto como um sorriso.

— Será que adianta remendar isto?

— Acho que não. Rasgue em tiras e use como trapo para polir.

— Já temos mais trapos para polir do que roupas, nessa casa. Sabe de uma coisa? Quando essa maldita guerra terminar, a melhor coisa que farei será comprar roupas. Roupas novas. Roupas e mais roupas. Estou farta e cansada de remendar tudo. Veja essa blusa de malha de Clark. Remendei-a semana passada e já tem outro enorme buraco no cotovelo. Raios, como será que eles fazem tantos buracos?

— Os dois estão crescendo. — Indolente, Penelope deitou-se de costas, desabotoou a blusa e puxou a saia acima dos joelhos nus. — Nada podem fazer, se estão estourando dentro das roupas. — Fechou os olhos, ofuscada pelo clarão do sol. — Lembra-se de como eram magricelas e pálidos, quando vieram para cá? Mal se poderia reconhecê-los agora, tão fortes e queimados, verdadeiros nativos da Cornualha.

— Fico contente por não serem mais velhos. — Doris partiu um pedaço de linha e enfiou-o na agulha. — Não gostaria que fossem soldados. Não suportaria...

Ela parou de falar. Penelope esperou.

— O que é que não suportaria? — insistiu.

A resposta de Doris foi um sussurro agitado:

— Temos visitas.

O sol escureceu. Uma sombra caiu sobre seu corpo deitado. Ela abriu os olhos e viu, aos seus pés, a silhueta escura de um homem. Com certo pânico, sentou-se, endireitou as pernas esparramadas, começou a abotoar a blusa...

— Sinto muito — disse Richard. — Não queria assustá-las.

— De onde foi que surgiu?! — exclamou Penelope, já em pé, tendo abotoado o último botão e agora afastando o cabelo do rosto.

— Vim pelo portão de cima, depois cruzei o jardim.

O coração dela disparara. Esperou não ter enrubescido.

— Não o ouvi chegar.

— O momento é inoportuno para uma visita?

— De maneira alguma. Não estamos fazendo nada.

— Passei o dia inteiro preso em um escritório e, de repente, não aguentei mais. Pensei que, com alguma sorte, poderia encontrá-la aqui. — Seus olhos passaram de Penelope a Doris, que permanecia sentada em sua cadeira como que hipnotizada, a cesta de costura ainda no colo, a agulha com linha segura nos dedos, como alguma espécie de símbolo. — Creio que ainda não nos conhecemos. Richard Lomax. Você deve ser Doris.

— Ela mesma. — Os dois apertaram-se as mãos. Ligeiramente afogueada, Doris acrescentou: — É um prazer conhecê-lo, sem dúvida.

— Penelope me falou sobre você e seus dois filhos. Não estão por aqui?

— Não. Foram nadar com amigos.

— Garotos sensatos. Vocês tinham saído na outra noite, quando vim para o jantar.

— Sim. Levei os garotos para ver *The Mikado.*

— Eles gostaram?

— Ah, adoraram! Músicas excelentes. Também foi divertido. Não paravam de rir.

— Fico contente em saber. — Ele voltou a atenção para Nancy, que erguia os olhos para ele, nem um pouco perturbada pela chegada daquele estranho alto em sua vida. — É a sua filhinha?

Penelope assentiu.

— Sim. Essa é Nancy.

Ele se agachou, para ficar à altura da menina.

— Olá. — Nancy encarou-o fixamente. — Que idade ela tem?

— Quase três anos.

Havia areia no rosto de Nancy, e o fundilho do macacão estava molhado.

— O que você está fazendo? — Richard perguntou a ela. — Tortas de areia? Vamos, me deixe ajudar...

Ele pegou o baldinho e tirou da mãozinha passiva de Nancy a colher de pau. Encheu o balde, pressionou a areia, virou-o para baixo e desenformou uma perfeita torta de areia. Nancy imediatamente a demoliu. Ele riu, tornando a devolver-lhe os brinquedos.

— Ela tem todos os instintos corretos — comentou.

Então, sentando-se na relva, tirou a boina e desabotoou o colarinho apertado da farda cáqui de combate.

— Parece sentir calor — disse Penelope.

— Acertou... Está quente demais para esse tipo de vestimenta.

Desabotoando os botões restantes, ele despiu o blusão, dobrou as mangas da camisa de algodão e prontamente assumiu uma aparência bastante comum e à vontade. Talvez encorajada por isso, Nancy abandonou seu cercado de areia e foi sentar-se no joelho de Penelope, de onde tinha uma boa visão do recém-chegado e podia olhar fixamente para seu rosto.

— Eu nunca consigo adivinhar a idade dos filhos dos outros — comentou ele.

— Você tem filhos? — perguntou Doris, inocentemente.

— Não que eu saiba.

— Como assim?

— Não sou casado.

Penelope baixou a cabeça e encostou a face nos cachos sedosos de Nancy. Richard reclinou-se para trás, sobre os cotovelos, o rosto virado na direção do sol.

— Quente como meados de verão, concordam? Onde mais alguém poderia estar, senão em um jardim? E seu pai, onde está?

— Tirando uma soneca. Imagino que já tenha acordado. Vou dar uma olhado e dizer a ele que você está aqui. Está ansioso por vê-lo e jogar mais uma partida de gamão.

Doris olhou para seu relógio, espetou a agulha na costura e pousou a cesta no chão.

— São quase quatro horas — disse. — Por que não vou eu e preparo uma xícara de chá para todos nós? Aceitaria uma, não, Richard?

— Eu adoraria.

— Direi a seu pai, Penelope. Ele gosta de tomar chá no jardim. Ela os deixou. Eles a espiaram entrar na casa.

— Que moça simpática... — disse Richard.

— Muito.

Penelope começou a colher margaridas e tecer com elas uma guirlanda para Nancy.

— O que andou fazendo todo esse tempo? — perguntou.

— Escalando os penhascos. Sacolejando nos vagalhões, naquela maldita barcaça de tropas. Encharcado até os ossos. Redigindo ordens, planejando exercícios e escrevendo longos relatórios.

Calaram-se. Ela acrescentou outra margarida à guirlanda. Após um instante, ele perguntou, abruptamente:

— Conhece o general Watson-Grant?

— Sim, claro. Por que pergunta?

— Eu e o coronel Mellaby fomos convidados para tomar um drinque com ele, na segunda-feira.

Ela sorriu.

— Eu e papai também. A Sra. Watson-Grant telefonou hoje cedo, para nos convidar. O Sr. Ridley, o merceeiro, apareceu com duas garrafas de gim, e eles decidiram que era uma boa desculpa para uma pequena reunião.

— Onde é que moram?

— A uns dois quilômetros daqui, no alto da colina, fora da cidade.

— E como vão chegar até lá?

— O general mandará seu carro para nos levar. Seu jardineiro sabe dirigir. Ele consegue gasolina por trabalhar na Guarda Nacional, sabe? Tenho certeza de que é absolutamente ilegal, porém acho muita gentileza dele, pois, do contrário, não poderíamos ir.

— Eu esperava que você estivesse lá.

— Por quê?

— Bem, seria alguém que eu já conheço. E porque imaginei que, mais tarde, poderia levá-la para jantar.

A guirlanda de margaridas tinha ficado bastante comprida. Penelope a ficou segurando, pendendo no ar entre suas mãos.

— Está convidando papai também... ou o convite é só para mim?

— Só para você. Entretanto, se seu pai quiser ir...

— Ele não iria. Não gosta de ficar acordado até tarde.

— Você iria?

— Sim.

— E aonde vamos?

— Não sei.

— O que acha do Hotel Sands...?

— Foi requisitado, desde o começo da guerra. Agora está cheio de feridos em convalescença.

— E o Castle?

O Castle. Penelope ficou desanimada só em pensar no lugar. Durante a primeira e infeliz visita de Ambrose a Carn Cottage, em desespero e procurando alguma forma de distrair o marido, ela sugerira que fossem ao Castle para o jantar dançante da noite de sábado. O evento não havia sido mais feliz do que o resto do fim de semana. O salão de refeições, gelado e formal, tinha apenas metade das mesas ocupadas, a comida era insossa, e os demais convivas, idosos. De tempos em tempos, uma banda desanimada tocava uma seleção de melodias antigas, mas eles nem puderam dançar, pois, então, a gravidez de Penelope estava muito avançada, e Ambrose não conseguia enlaçá-la.

— Não, eu não gostaria de ir lá — apressou-se em objetar. — Os garçons são velhos como tartarugas, e a maioria dos hóspedes usa cadeira de rodas. É muito deprimente. — Ela refletiu sobre o assunto e encontrou uma sugestão bem mais animadora. — Podíamos ir ao Gastons Bistro.

— Onde fica isso?

— Logo acima da praia do Norte. É pequenino, porém tem boa comida. Às vezes, em aniversários e coisas assim, papai nos leva lá. Doris e eu.

— Gastons Bistro. Totalmente inusitado. Tem telefone?

— Sim.

— Então, telefonarei reservando uma mesa.

— Doris, ele me convidou para jantar fora.

— Não me diga! Quando?

— Na segunda-feira. Depois da reunião dos Watson-Grant.

— Você disse que iria?

— Disse. Por quê? Acha que eu devia ter recusado?

— Recusado? Então, seria preciso mandar examinar sua cabeça. Acho que ele é ótimo. Sei lá, de certa maneira, me faz recordar Gregory Peck.

— Doris, ele não se parece com Gregory Peck nem um pouquinho!

— Não me refiro à aparência, mas àquele seu jeitão quieto. Sabe o que quero dizer, não? E o que vai usar?

— Ainda não pensei nisso. Encontrarei alguma coisa.

Doris exasperou-se.

— Sabe de uma coisa? Você às vezes me deixa louca. Vá comprar alguma roupa nova. Nunca a vi gastar nada consigo mesma. Vá até a cidade, à Madame Jolie, veja o que ela lhe arranja.

— Não tenho mais cupons para roupas. Gastei o último em panos de prato horríveis e uma camisola quente para Nancy.

— Pelo amor de Deus, só precisará de sete. Garanto como, entre nós seis, podemos juntar sete cupons para roupas. E, se não for possível, sei onde posso comprar cupons no mercado paralelo.

— Isso é contra a lei.

— Para o diabo com a lei! Essa é uma ocasião única. Sua primeira saída com um homem, em anos. Viva perigosamente, menina. Na manhã de segunda-feira, vá à cidade e compre alguma coisa bem bonita para vestir.

***

Ela não recordava a última vez em que entrara numa loja de roupas femininas, mas, como Madame Jolie na realidade era a Sra. Coles, mulher do guarda costeiro, gorda e bonachona como a avó de todo mundo, não havia motivo para sentir-se intimidada.

— Minha querida, há anos que não a vejo por aqui! — comentou ela, quando Penelope cruzou a entrada.

— Preciso de um vestido novo — disse-lhe Penelope, sem perda de tempo.

— Não tenho nada muito especial em estoque, meu bem, a maioria não passa de roupas comuns. Não se consegue mais nada atualmente. Mas tem um belo vestido vermelho que talvez lhe sirva. Vermelho sempre foi a sua cor. Este é estampado com margaridas. De raiom, naturalmente, porém o tecido é sedoso ao toque.

Ela trouxe o vestido. Fechada em um cubículo encortinado, Penelope despiu suas roupas e passou o vestido vermelho pela cabeça. Ele caiu macio, desprendendo um delicioso cheiro de novo. Emergindo de trás do cortinado modesto, ela abotoou os botões e afivelou o cinto de couro vermelho.

— Ah, ficou perfeito! — exclamou Madame Jolie.

Ela foi até o espelho de corpo inteiro e olhou para sua imagem, tentando ver-se com os olhos de Richard. O vestido tinha gola quadrada e ombros acolchoados, com uma saia de pregas fundas. O cinto largo fazia sua cintura parecer diminuta e, ao virar-se para inspecionar as costas, a saia se abriu em leque com o movimento; o efeito foi tão feminino, tão sedutor, que a deixou deliciada com a própria aparência. Nenhum vestido jamais lhe infundira tanta confiança em si mesma. Foi mais ou menos como apaixonar-se por ele, e Penelope soube que precisava obtê-lo.

— Quanto custa?

Madame Jolie remexeu nas costas do decote, em busca da etiqueta com o preço.

— Sete libras e dez xelins. E sete cupons.

— Fico com ele.

— Tomou a decisão certa, meu bem. Curioso, não? O primeiro vestido que experimentou. Pensei nele no momento em que a vi entrar. Poderia ter sido feito especialmente para você. Que sorte.

— Gosta de meu vestido novo, papai?

Penelope o tirou da sacola de papel, sacudiu-o para desfazer as dobras e o suspendeu à frente do corpo. Na poltrona, ele tirou os óculos e reclinou-se nas almofadas do encosto, com olhos semicerrados, para ver melhor o efeito.

— É uma cor que lhe fica bem... sim, gosto dele. Bem, mas por que resolveu, subitamente, comprar um vestido novo?

— Porque vamos à reunião dos Watson-Grant. Esqueceu?

— Não, mas esqueci como chegaremos lá.

— O general mandará seu carro nos apanhar.

— É muita gentileza dele.

— E alguém virá trazê-lo de volta. Porque eu vou jantar fora.

Ele tornou a colocar os óculos e, por um longo momento, perscrutou a filha por sobre as lentes. Então disse:

— Com Richard Lomax.

Não era uma pergunta.

— Exatamente.

Lawrence estendeu a mão para seu jornal.

— Muito bem.

— Ouça, papai, você acha que devo ir?

— Por que não deveria?

— Sou uma senhora casada.

— Mas não uma palerma burguesa.

Ela vacilou.

— Suponhamos que eu fique envolvida.

— Acha isso provável?

— Poderia acontecer.

— Muito bem. Fique envolvida.

— Sabe de uma coisa, papai? Eu amo você.

— Fico feliz em saber disso. Por quê?

— Por mil motivos, mas, principalmente, porque sempre podemos conversar.

— Seria um desastre se não pudéssemos. E, quanto a Richard Lomax, você não é mais uma criança. Não gostaria de vê-la magoada, porém deve saber o que faz. Você é que toma suas decisões.

— Eu sei — disse ela.

Não respondeu "Já tomei".

Eles foram os últimos a chegar à festa dos Watson-Grant. Isso aconteceu porque, quando John Tonkins, o velho jardineiro do general, chegou para apanhá-los, Penelope continuava diante de seu toucador, angustiada e sem saber que jeito dar em seu cabelo. Finalmente decidiu prendê-lo num coque. No último instante, entretanto, com certa exasperação, arrancou todos os grampos e o deixou solto. Depois disso, precisou encontrar algum tipo de agasalho, porque o vestido novo era fino, e as noites de setembro, gélidas. Não tinha casaco, apenas seu poncho de manta xadrez, mas o efeito foi tão desolador, que mais momentos foram perdidos, em busca de um velho xale de caxemira que fora de Sophie. Agarrada a ele, correndo escada abaixo em busca do pai, ela o encontrou na cozinha, por ter subitamente decidido que precisava lustrar os sapatos.

— Papai! O carro está lá fora. John está nos esperando.

— Não há outro jeito. Estes são meus melhores sapatos e não são engraxados há quatro meses.

— Como sabe que foram quatro meses?

— Porque faz quatro meses que fomos pela última vez à casa dos Watson-Grant.

— Papai! — As mãos deformadas dele lutavam com a lata de graxa para calçados. — Deixe que eu faço isso.

Ela os engraxou o mais rapidamente que pôde, manejando escovas e sujando as mãos com graxa marrom. Lavou-as enquanto ele calçava os sapatos, depois se ajoelhou a fim de amarrá-los para o pai. Por fim, saíram da casa, no passo lento de Lawrence, e cruzaram o jardim até o portão de cima, onde John Tonkins e o antigo Rover os esperavam.

— Sinto muito tê-lo feito esperar, John.

— Não tem importância, Sr. Stern.

Ele manteve a porta aberta, e Lawrence entrou penosamente no carro, no banco dianteiro. Penelope acomodou-se no traseiro. John assumiu seu lugar ao volante, e eles partiram, mas não muito depressa, porque aquele motorista era cauteloso com o carro de seu patrão e dirigia como se uma bomba-relógio fosse explodir, caso fizesse mais de cinquenta quilômetros por hora. Finalmente, às sete horas, subiram laboriosamente a alameda do invejável jardim do general, onde florescia uma profusão de rododendros, azaleias, camélias e fúcsias. O carro parou diante da porta principal da casa, fazendo ranger o cascalho. Outros três ou quatro carros já estavam estacionados na alameda de cascalho. Penelope reconheceu o velho Morris dos Trubshot, mas não o veículo regulamentar de cor cáqui, com a insígnia da Marinha Real. Um jovem motorista marinheiro, sentado ao volante, fazia hora lendo o *Picture Post*. Ao sair do Rover, ela se viu sorrindo secretamente.

Entraram. Antes da guerra, uma empregada uniformizada os teria recebido, mas agora não havia ninguém. O saguão estava vazio e um murmúrio de vozes conversando os guiou através da sala de visitas até o jardim de inverno do general, onde a reunião já se encontrava em pleno andamento.

Era um grande e requintado jardim de inverno, construído pelos Watson-Grant, quando o general finalmente deixara o Exército e eles haviam partido da índia para sempre. Ali havia palmeiras envasadas, cadeiras de vime com espaldar alto, banquetas em pele de camelo, tapetes de pele de tigre e um gongo de bronze suspenso entre as presas de marfim de algum elefante há muito falecido.

— Ah, finalmente chegaram! — exclamou a Sra. Watson-Grant, aproximando-se para recebê-los. Era uma mulher miúda e magra, de cabelos curtos, a pele curtida como couro pelo sol cruel da índia, fumante inveterada e fanática jogadora de bridge. A se dar crédito aos boatos, ela passara a maior parte da vida em Quetta, no dorso de um cavalo, e, certa vez, enfrentara um tigre atacante, baleando-o friamente na cabeça. Agora, vira-se reduzida a dirigir a Cruz Vermelha local e a cultivar sua Horta da Vitória, porém sentia falta da movimentação social dos velhos tempos, e era típico que, tendo posto as mãos em duas garrafas de gim, imediatamente desse uma festa. — Atrasados como sempre — acrescentou, porque era do tipo que não tem papas na língua. — O que vão beber? Gim com laranja ou gim com limão? Naturalmente, já conhecem todos, exceto, talvez, o coronel Mellaby e o major Lomax...

Penelope olhou em volta. Avistou os Springburn, de St. Enedoc, e a Sra. Trubshot, alta e espectral, envolta em chiffon lilás e usando um enorme chapéu com uma fita de veludo e uma fivela. Com ela estava a Srta. Pawson, calçando os inexoráveis sapatos masculinos, com um solado de borracha espesso como a roda de um tanque. Avistou o coronel Trubshot, que monopolizara o desconhecido coronel Mellaby e assim permaneceria, como de hábito, sem dúvida expondo suas opiniões sobre a condução da guerra. O coronel da Marinha Real era bem mais alto do que o coronel Trubshot, um homem bonito, com um bigode cheio e o cabelo rareando, que precisava inclinar-se ligeiramente, a fim de ouvir o que lhe era dito. Por sua expressão de polido e atencioso tédio, Penelope adivinhou que não devia ser nada fascinante. Avistou Richard, em pé no outro extremo do aposento, de costas para o jardim. A Srta. Preedy estava com ele. Ela vestia uma blusa húngara bordada e uma saia camponesa pregueada, dando a impressão de estar prestes a iniciar alguma dança folclórica. Ele lhe tinha dito algo e ela prorrompera em risadinhas, inclinando a cabeça para o lado recatadamente. Richard olhou para cima, viu Penelope e enviou-lhe uma sutilíssima piscadela.

— Penelope. — O general Watson-Grant materializou-se ao seu lado. — Quer algo para beber? Graças a Deus vocês chegaram. Fiquei com medo de que não viessem.

— Sim, nós nos atrasamos. Deixamos o pobre John Tonkins esperando.

— Não importa. Eu estava um pouco ansioso, por causa destes membros da Marinha Real. Pobres coitados, convidados para uma festinha, vendo-se em uma sala cheia de velharias. Eu teria convidado pessoas mais animadas para lhes fazerem companhia, mas não consegui pensar em nenhuma. Apenas você.

— Se fosse o senhor, eu não me preocuparia. Eles parecem bem satisfeitos.

— Vou apresentá-la.

— Nós já conhecemos o major Lomax.

— É mesmo? Quando foi que o conheceram?

— Papai conversou com ele na galeria.

— Parecem pessoas simpáticas. — O general desviou os olhos, cioso de seu papel de anfitrião. — Vou resgatar o Mellaby. Já teve dez minutos contínuos de Trubshot, o que é suficiente para qualquer homem.

Deixou-a tão abruptamente como tinha surgido e, abandonada, Penelope foi falar com a Srta. Pawson e ouvir sobre seus extintores de incêndio. A reunião prosseguiu. Durante algum tempo, Richard não a procurou nem a reclamou, porém isso não importava, já que apenas prolongava a expectativa de finalmente ver-se ao lado dele, de estar de novo com ele. Como se executassem alguma dança ritual, eles circularam, um nunca estando nas proximidades do outro, permanecendo sorridentes, ouvindo conversas alheias. Por fim, Penelope se viu junto à porta aberta que dava para o jardim. Ela se virou para largar o copo vazio, mas foi atraída pela vista do jardim do general. O gramado ondulado estava salpicado de claridade dourada, e nuvens de mosquitos dançavam à sombra penumbrosa das árvores. O ambiente fechado era animado pelos arrulhos dos pombos silvestres e adocicado com os aromas de um cálido anoitecer de setembro.

— Olá.

Ele havia parado ao seu lado.

— Olá.

Richard tirou o copo vazio de sua mão.

— Quer outro drinque?

— Não — respondeu ela.

Ele encontrou espaço em uma mesa com uma palmeira envasada e ali depositou o copo.

— Passei meia hora de ansiedade, imaginando que vocês talvez não viessem.

— Sempre chegamos atrasados em todos os lugares.

Ele olhou em volta.

— Estou maravilhado com esse ambiente fascinante. Poderíamos estar em Poona.

— Eu devia tê-lo avisado.

— Por quê? É simplesmente delicioso.

— Acho que um jardim de inverno é o mais invejável dos aposentos. Um dia, se chegar a ter minha própria casa, mandarei construir um. Tão grande, espaçoso e ensolarado como esse.

— E vai querer enchê-lo de peles de tigres e gongos de bronze? — Ela sorriu.

— Papai costuma dizer que aqui falta apenas um *punkah wallah.**

— Ou talvez uma horda de dervixes, irrompendo do matagal, dispostos a fazer um estrago histórico. Acha que foi nosso anfitrião que matou aquele tapete?

— Mais provavelmente foi a Sra. Watson-Grant. A sala de estar contém fotos dela usando um capacete espetacular, tendo aos pés a caça abatida.

— Já foi apresentada ao coronel Mellaby?

— Não. Ele está sendo monopolizado. Não consegui me aproximar dele.

— Venha e eu a apresentarei. Acho que, então, ele dirá que chegou a hora de nos retirarmos. Ele nos levará até o Q.G. no carro oficial e depois teremos de caminhar. Você se importa?

— Nem um pouco.

---

* Operário que coloca cobertura de colmo em telhados. (N.T.)

— E quanto a seu pai...?

— John Tonkins o levará para casa.

Ele pousou a mão debaixo de seu cotovelo.

— Então, vamos...

Aconteceu como ele previra. Apresentado a Penelope, o coronel Mellaby manteve uma breve e educada conversa. Depois olhou para seu relógio e anunciou que chegara a hora de partir. Foram feitas as despedidas. Penelope certificou-se de que Lawrence seria levado a Carn Cottage e deu-lhe o beijo de boa-noite. O general conduziu os três à porta, e Penelope recolheu seu xale da poltrona onde o deixara. Do lado de fora, o motorista da Marinha Real guardou apressadamente seu Picture Post, saltou do carro e manteve a porta aberta. O coronel sentou-se na frente, enquanto Penelope e Richard ocupavam o assento traseiro. Afastaram-se solenemente, porém o motorista-marinheiro não era tão tímido como o pobre John Tonkins, de maneira que em pouquíssimo tempo eles chegavam ao velho hotel White Caps, onde desceram do carro.

— Vocês dois vão jantar fora? Se quiserem, levem o carro e meu motorista.

— Obrigado, senhor, mas iremos caminhando. Está uma linda noite.

— Sem dúvida. Bem, divirtam-se.

O coronel ofereceu-lhes um aceno de cabeça paternal, despachou o motorista, deu meia-volta e subiu os degraus da entrada, desaparecendo atrás da porta.

— Vamos indo? — sugeriu Richard.

Era de fato um belo anoitecer, perolado e quieto; o mar calmo estava translúcido, cintilando como o interior de uma concha. O sol já se pusera, porém o amplo firmamento continuava manchado com o róseo de sua partida. Eles foram andando, descendo para a cidade por calçadas vazias e passando por casas comerciais já fechadas.

Havia pouca gente à vista, mas, misturados aos habitantes, havia grupos incertos de Rangers americanos, com o passe de licença sob o cinto e sem o menor jeito de se estarem divertindo. Um ou dois haviam encontrado parceiras, jovens risonhas de dezesseis anos, que se penduravam aos seus cotovelos. Outros faziam fila diante do cinema, esperando que abrisse, ou caminhavam pelas ruas com seus coturnos, em busca de possíveis *pubs*. Quando percebiam a aproximação de Richard, tais grupos tinham o dom de desaparecer misteriosamente de vista.

— Sinto pena deles — disse Penelope.

— Está tudo bem com eles.

— Seria bom se também fossem convidados a festas.

— Não creio que tivessem muito em comum com os convidados do general Watson-Grant.

— Ele estava um pouco constrangido, por ter convidado vocês para uma reunião de gente idosa.

— Foi o que disse? Pois estava muito enganado. Achei todas aquelas pessoas fascinantes.

Essa afirmação parecia um pouco exagerada.

— Eu gosto dos Springburn. Ele é fazendeiro em St. Enedoc. E dos Watson-Grant também.

— O que me diz da Srta. Pawson e da Srta. Preedy?

— Ah, elas são lésbicas.

— Foi o que pensei. E quanto aos Trubshot?

— Eles são uma cruz que todos nós carregamos. Ela não é das piores, porém o marido é pura carne de pescoço; é chefe da PAA e vive acusando as pessoas de deixarem escapar frestas de luz em suas casas, de modo que são obrigadas a comparecer ao tribunal e pagar multas.

— Admito que não seja a melhor maneira de conquistar amigos e influenciar pessoas, mas imagino que ele esteja apenas fazendo o seu trabalho.

— Você é muito mais benévolo com ele do que eu e papai. Uma outra coisa que nunca entendemos é por que um homenzinho daqueles casou com uma mulher tão alta. Ele mal lhe chega à cintura.

Richard refletiu nisso.

— Meu pai tinha um amigo baixinho que fez a mesma coisa. Quando meu pai lhe perguntou por que não escolhera uma mulher de sua própria altura, ele disse que, se tivesse feito isso, seriam sempre conhecidos como "aquele casalzinho engraçado". Talvez o coronel Trubshot tenha escolhido sua esposa pelo mesmo motivo.

— Sim, é possível. Eu nunca havia pensado nisso...

Ela o conduziu à praia do Norte pela rota mais curta, através de vielas dos fundos e praças lajeadas, subindo uma ladeira incrivelmente íngreme e então descendo uma aleia serpenteante. Saindo dali, chegaram à rua sinuosa e lajeada que bordejava a costa norte. Uma fileira de compridos chalés caiados tinha a fachada voltada para a baía, o mar e as longas ondas da arrebentação.

— Muitas vezes vi essa baía do mar — comentou ele —, porém jamais havia estado aqui...

— Gosto mais dessa praia do que da outra. Sempre foi vazia e agreste, e, de certa forma, muito mais bonita. Bem, estamos chegando. É aquele chalezinho com uma placa pendurada e janelas com jardineiras.

— Quem é Gaston?

— Um francês legítimo, da Bretanha. Costumava pescar nos arredores de Newlyn, em um lagosteiro. Casou com uma moça da Cornualha e, mais tarde, perdeu a perna num terrível acidente no mar. Depois disso, foi impossível continuar pescando, então ele e Grace, sua esposa, abriram este lugar, faz quase cinco anos. — Penelope esperava que ele não achasse tudo aquilo um tanto humilde. — Como eu disse, não é muito pomposo.

Ele sorriu, enquanto estendia a mão para abrir a porta.

— Não gosto de lugares pomposos — disse.

Acima deles tilintou uma sineta. Viram-se em um corredor ladrilhado e imediatamente sentiram o cheiro de comida apetitosa, temperada com alho e ervas, e ouviram o som de música suave. Um alegre acordeão. Paris, nostalgia. Um arco levava ao pequeno refeitório, de vigas no teto e caiado de branco, as mesas arrumadas com toalhas em xadrez vermelho e guardanapos brancos, dobrados. Havia velas e canecas com flores frescas em cada mesa. Em uma lareira gigantesca, lenhos atirados pelo mar faiscavam e crepitavam.

Duas mesas já estavam ocupadas. Um jovem e pálido tenente-aviador com sua namorada... ou talvez sua esposa... e um casal idoso, parecendo ter escolhido o Gastons como uma variação para o tédio do Hotel Castle. Não obstante, a melhor mesa, a que ficava perto da janela, permanecia vazia.

Enquanto eles hesitavam, Grace ouvira o toque da sineta e aparecia pela porta de vaivém no fundo da sala, esboçando um gesto de boas-vindas.

— Boa noite. Major Lomax? O senhor reservou uma mesa. Vou colocá-lo ao lado da janela. Imaginei que gostaria da vista e... — Olhando para trás, ela espiou Penelope. Seu rosto sardento e queimado de sol, sob a massa de cabelos oxigenados, mostrou um sorriso atônito. — Olá. O que está fazendo aqui? Não sabia que você viria.

— É, acho que não sabia. Como vai, Grace?

— Muitíssimo bem. Trabalhando duro como sempre, é claro, mas não vamos falar nisso. Trouxe seu pai?

— Não. Hoje não.

— Ah, bem, não há nenhum mal em sair sem ele de vez em quando, para variar.

Os olhos dela se viraram para Richard, com algum interesse.

— Você ainda não conhece o major Lomax.

— É um prazer conhecê-lo. E agora, onde querem se sentar? De frente para a vista? Terão tempo suficiente para apreciá-la, embora logo tenhamos que fazer o lamentável blecaute. Certamente vão querer algo para beber. Depois, então, trarei o cardápio e farão sua escolha.

— O que poderemos beber?

— Não muita coisa... — Ela franziu o nariz. — Temos algumas garrafas de xerez, mas é sul-africano e tem gosto de passa. — Inclinando-se diante de Richard, ela fingiu arrumar seus talheres. — Gostaria de vinho? — sussurrou em seu ouvido. — Sempre reservamos uma ou duas garrafas para o Sr. Stern, quando vem aqui. Tenho certeza de que ele não objetaria, se eu lhe servisse uma delas.

— Ah, que notícia maravilhosa.

— Bem, não faça muitas demonstrações a respeito, por favor. Há outros por perto. Farei com que Gaston o decante e, assim, ninguém verá o rótulo.

Grace deu uma forte piscadela para ele, entregou o cardápio e os deixou. Depois que ela se foi, Richard recostou-se na cadeira, parecendo admirado.

— Que tratamento. É sempre assim?

— Geralmente. Gaston e papai são amicíssimos. Ele nunca sai da cozinha, mas, quando papai está aqui e os outros clientes se vão, aparecem com uma garrafa de conhaque. Então, os dois ficam conversando e bebendo até altas horas, enquanto resolvem os problemas do mundo. A música foi ideia de Grace. Ela diz que o local é pequeno e, assim, a música impede que uns ouçam a conversa dos outros. Sei bem o que ela pretende. No refeitório do Castle, ouvem-se apenas sussurros e talheres roçando os pratos. Prefiro a música. Dá a sensação de estarmos em um filme.

— Você gosta disso?

— Cria uma ilusão.

— E quanto ao cinema?

— Adoro. Eu e Doris vamos duas vezes por semana, em certas ocasiões, quando chega o inverno. Nunca perdemos um filme novo. Nessas épocas, não há grande coisa para se fazer em Porthkerris.

— Antes da guerra era diferente?

— Ah, sem dúvida, tudo era diferente. Por outro lado, nunca ficávamos aqui no inverno, sempre estávamos em Londres. Tínhamos uma casa na Rua Oakley. Ainda a temos, porém não vamos mais para lá. — Ela suspirou. — Sabe, uma das coisas que mais odeio na guerra é ficar enfiada em um só lugar. Já é difícil sair de Porthkerris, com apenas um ônibus diário e nenhuma gasolina para o carro. Creio ser o preço que pagamos, quando somos criados para uma vida nômade. Papai e Sophie nunca ficaram muito tempo em um só lugar. Sob qualquer pretexto, de uma hora para a outra, arrumávamos as malas e partíamos, para a França ou a Itália. Isto tornava a vida maravilhosamente excitante.

— Você foi filha única?

— Sim. E muito mimada.

— Não acredito.

— É verdade. Sempre convivi com pessoas adultas e era tratada como elas. Meus melhores amigos eram os amigos dos meus pais. Entretanto, não parece tão estranho, se pensarmos no quanto minha mãe era jovem. Na verdade, era mais como uma irmã para mim.

— Além de muito bonita.

— Ah, está pensando no retrato dela... Sim, Sophie era linda. Entretanto, mais do que isso, era cordial, divertida e amorosa. Furiosa em um momento, dando risadas no outro. Conseguia transformar qualquer lugar em um lar. Irradiava uma espécie de segurança. Não conheço ninguém que não a amasse. Ainda penso nela todos os dias da minha vida. Há vezes em que parece estar morta, mas, em outras, fico achando que deve estar em qualquer lugar da casa, que uma porta se abrirá e ela vai estar ali. Somos tremendamente autossuficientes... egoístas, imagino. Nunca quisemos outras pessoas, nunca precisamos delas. No entanto, quando reflito nisso, recordo que nossa casa vivia cheia de visitas, muitas vezes conhecidos casuais que, simplesmente, não tinham outro lugar qualquer para ficar. Havia amigos também. E parentes. Tia Ethel e os Clifford costumavam vir todos os verões.

— Tia Ethel?

— É a irmã de papai. Uma pândega, doidinha de pedra. Entretanto, há anos que não vem a Carn Cottage, em parte porque Doris e Nancy se apoderaram de seu quarto, mas também porque ela se mudou de Londres, foi morar na zona rural do País de Gales, com alguns amigos birutas, que criam cabras e fazem tecelagem manual. Pode rir, mas é verdade. Ela sempre teve amigos excêntricos.

— E os Clifford? — perguntou ele, querendo ouvir mais.

— Aqui acaba a graça. Os Clifford não vêm porque estão mortos. Foram mortos pela mesma bomba que matou Sophie...

— Sinto muito. Não sabia disso.

— Por que saberia? Eram os amigos mais queridos de papai. Dividiam a casa da Rua Oakley conosco. Quando tudo aconteceu, quando ele ouviu a notícia pelo telefone, se transformou. Ficou muito velho. Foi de repente. Diante dos meus olhos.

— Seu pai é um homem fantástico.

— Ele é muito forte.

— Solitário?

— Sim, mas creio que a maioria das pessoas idosas é solitária.

— Ele tem muita sorte em contar com você.

— Eu jamais o deixarei, Richard.

Foram interrompidos pela chegada de Grace, que irrompia das portas de vaivém com dois jarros para água, contendo vinho branco.

— Aqui estão. — Ela depositou os dois jarros na mesa, com outra significativa piscadela, cuidadosamente escondida dos olhos dos demais clientes. — E agora, sinto muito, mas está ficando escuro e tenho que fazer o blecaute. — Ela manejou destramente as várias camadas de cortinas, enfiando-as com força nas laterais, a fim de que nenhum raio de luz se infiltrasse. — Já decidiram o que vão comer?

— Nem mesmo lemos o cardápio. O que nos recomendaria?

— A sopa de mexilhões e depois a torta de peixe. A carne está imprestável essa semana. Dura como sola de sapatos, cheia de cartilagens.

— Muito bem, ficamos com o peixe.

— E que tal brócolis frescos com feijão-verde? O sabor é excelente. Ficariam prontos num instante.

Ela saiu, retirando os pratos vazios das outras mesas, enquanto Richard servia o vinho. Ergueu o copo.

— Saúde — brindou.

— *Santé.*

O vinho era leve, refrescante e delicioso. Tinha um sabor da França, de outros verões, outras épocas. Penelope apoiou sua taça na mesa.

— Papai aprovaria este.

— Muito bem, me conte mais.

— Sobre o quê? Tia Ethel e suas cabras?

— Não. Sobre você.

— É chato.

— Não acho. Fale-me sobre sua passagem pelas wrens.

— É a última coisa que eu gostaria de comentar.

— Não gostou?

— Odiei cada momento.

— Então, por que se alistou?

— Ah, por um impulso idiota. Estávamos em Londres e... aconteceu uma coisa...

Ele esperou.

— O que aconteceu? — quis saber.

Penelope encarou-o. Depois disse:

— Vai pensar que sou uma boba.

— Duvido.

— É uma longa história.

— Temos tempo de sobra.

Então, respirando fundo, ela começou a contar. Iniciou o relato com Peter e Elizabeth Clifford, e chegou à noite em que ela e Sophie tinham subido ao apartamento dos amigos para tomar um café, e lá conheceram os Friedmann.

— Eram muito jovens, refugiados de Munique. Judeus. — Do outro lado da mesa, Richard ouvia, com os olhos fixos nela, impassível. Penelope viu-se falando coisas que jamais se animaria a contar para Ambrose. — Então, Willi Friedmann começou a falar sobre o que estava acontecendo com os judeus, na Alemanha nazista. Era aquilo que os Clifford vinham tentando dizer ao mundo durante anos, sem que ninguém quisesse ouvir. Para mim, isso tornava a guerra uma coisa pessoal. Horrorizante, aterradora, mas pessoal. Assim, no dia seguinte saí e fui ao primeiro posto de recrutamento que encontrei, alistando-me nas wrens. Fim da história. Na realidade, patético.

— Patético? De maneira alguma.

— Bem, nada haveria de patético se, quase imediatamente, eu não me arrependesse de minha atitude. Sentia saudades de casa, não fazia amizade com ninguém e odiava ter de viver com um bando de estranhas.

Richard se mostrou compreensivo.

— Você não foi a única a se sentir assim. Para onde a designaram?

— Para Whale Island. Para a Real Escola de Artilharia Naval.

— Foi onde conheceu seu marido?

— Foi. — Ela baixou os olhos, pegou o garfo e começou a traçar riscos entrecruzados na toalha xadrez da mesa. — Ele era um subtenente, fazendo o curso.

— Como se chamava?

— Ambrose Keeling. Por que pergunta?

— Pensei que talvez pudesse tê-lo conhecido. Não conheci.

— Não acredito que pudesse conhecê-lo — replicou ela, friamente. — Ele é muito mais novo do que você. Ah, bem... — Ela ergueu a voz, aliviada. — Aí vem Grace com a nossa sopa. — Acrescentou, rapidamente: — Só agora percebi que estou com fome.

Assim, Richard pensaria que ficara aliviada com a chegada da sopa e não por haver bons motivos para interromper o comentário sobre Ambrose.

Eram onze da noite quando finalmente saíram do restaurante, andando de volta para casa por alamedas escuras de casas com janelas trancadas, depois subindo a colina. A temperatura caíra bastante, e Penelope aconchegou-se no xale de Sophie, grata por seu perfumado conforte. Muito acima, as nuvens corriam por um céu salpicado de estrelas e, enquanto eles subiam, deixando para trás e bem abaixo as tortuosas ruas de Downalong, o vento, fresco e forte, soprava do Atlântico.

Por fim, chegaram à garagem de Grabney e à última colina. Penelope fez uma pausa para afastar o cabelo do rosto e firmar o xale mais seguramente nos ombros.

— Eu sinto muito — disse ele.

— O quê?

— Toda essa caminhada. Devia ter chamado um táxi.

— Não estou cansada. Já me acostumei a andar. Faço isso duas ou três vezes ao dia.

Ele lhe tomou o braço, entrelaçando os dedos nos dela, e recomeçaram a andar.

— Vou ficar bastante ocupado nos próximos dez dias — explicou —, mas, se houver uma oportunidade, talvez passe em sua casa para vê-la. E jogar gamão.

— Venha quando quiser — disse ela. — É só aparecer. Papai adoraria tornar a vê-lo. E sempre há algo na mesa para comer, nem que seja apenas sopa e pão.

— É muita gentileza sua.

— De maneira alguma. Você é que tem sido gentil. Há anos não tenho uma noite tão boa... Já tinha esquecido como era ser convidada para jantar fora.

— E após quatro anos de vida militar, eu já tinha esquecido como é estar em outro lugar que não uma cantina de oficiais, com um bando de homens que só sabem falar sobre seu serviço. Assim, talvez estejamos nos prestando uma gentileza mútua.

Haviam chegado ao muro, ao portão alto. Ela parou e se virou para ele.

— Quer entrar para tomar uma xícara de café?

— Não. Tenho que ir andando. Preciso acordar muito cedo amanhã.

— Pois é como falei, Richard. Venha quando quiser.

— Eu virei — disse ele. Pousou as mãos nos ombros dela e inclinou-se para beijar-lhe o rosto. — Boa noite.

Ela atravessou o jardim e entrou na casa. Em seu quarto, parou diante da penteadeira e contemplou a jovem de olhos escuros refletida no espelho comprido. Afrouxou o nó do xale e o deixou cair no chão, a seus pés. Lentamente, foi desabotoando os botões de seu vestido vermelho com estampa de margaridas, mas então parou e inclinou-se para a frente, a fim de examinar seu rosto. Com dedos leves, tocou a face que ele beijara. Viu-se enrubescendo, viu a coloração rósea invadir-lhe o rosto. Rindo de si mesma, ela se despiu, apagou as luzes, puxou as cortinas para os lados e se deitou. Ficou espichada na cama com olhos abertos, contemplando o céu escuro além da janela escancarada, ouvindo o murmúrio do mar, sentindo as batidas de seu coração, repassando mentalmente cada palavra que ele havia dito durante as últimas horas.

Richard Lomax foi fiel à sua promessa. Nas semanas seguintes, ele ia e vinha, e suas chegadas ao acaso, inesperadas e sem aviso, logo se tornaram rotineiras para os ocupantes de Carn Cottage. Inclinado à melancolia, no início de outro longo período preso em casa, Lawrence alegrava-se assim que ouvia a voz de Richard. Doris já decidira que ele era encantador, e o fato de estar sempre disposto a jogar futebol com seus filhos ou ajudá-los a consertar as bicicletas em nada esfriava seu entusiasmo. Ronald e Clark, a princípio um tanto acanhados diante de tão respeitável figura, logo perderam toda a inibição, chamando-o pelo primeiro nome e fazendo-lhe perguntas intermináveis sobre o número de batalhas em que tomara parte, se já saltara de para-quedas de um avião e quantos alemães tinha abatido. Ernie gostava dele por achá-lo despretensioso, sempre disposto a sujar as mãos e, sem que lhe fosse pedido, serrar, cortar e empilhar uma gigantesca montanha de toras para o fogo. Até Nancy finalmente entregou os pontos e, certo entardecer, quando Doris havia saído e Penelope se ocupava da cozinha, permitiu que Richard a levasse para o andar de cima e lhe desse um banho.

Para Penelope, aquela foi uma época extraordinária — uma época de redespertar, como se, até onde pudesse recordar, tivesse estado viva apenas a meio. Agora, dia a dia, sua visão interior clareava, e suas percepções eram aguçadas por uma nova conscientização. Uma manifestação disso era o súbito significado das canções populares. Na cozinha de Carn Cottage havia um rádio que raramente ficava desligado, porque Doris apreciava sua companhia. Colocado a um canto do aparador, ele irradiava a *Workers' Playtime,* a hora de lazer do trabalhador, transmitia boletins de notícias, falava e cantava para si mesmo, para o mundo inteiro ouvir, como algum parente louco que toda a família ouvisse, mas sem levar a sério. Uma manhã, no entanto, enquanto descascava cenouras na pia, Penelope ouviu Judy Garland cantar.

Parece que antes já nos falamos assim,
Que então, do mesmo jeito, olhamos um para o outro,
Mas não recordo onde nem quando.
As roupas que estás usando são aquelas que usavas,
O sorriso que sorris, então sorrias também...

Doris irrompeu na cozinha.

— O que há de errado com você?

— Hum?

— Parada aí diante da pia, com uma faca na mão e uma cenoura na outra, espiando pela janela... Está se sentindo bem?

Havia outros exemplos, menos banais, de sua acentuada sensibilidade. A cena mais rotineira a fazia parar e ficar olhando fixamente. As últimas folhas caíam das árvores, e os galhos nus formavam rendilhados contra o céu pálido. O sol, depois da chuva, tornava as ruas lajeadas azuis como escamas de peixe, ofuscando a vista. Os ventos de outono, fustigando a baía em um torvelinho de ondas coroadas de espuma branca, traziam com eles não o frio, mas um crescente senso de vitalidade. Ela se sentia impregnada de energia física, atirava-se a tarefas que levara meses adiando, polia talheres e pratas, trabalhava no jardim e, nos fins de semana, reunia as crianças e as levava em extensas caminhadas, subindo à charneca e descendo até os penhascos além da praia do Norte. O melhor, porém, e talvez mais estranho de tudo, era que não mergulhava em ansiosa especulação quando Richard não aparecia durante vários dias. Penelope sabia que cedo ou tarde ele estaria lá, trazendo consigo a mesma aura de intimidade e familiaridade que percebera tão instantaneamente, na ocasião da primeira visita dele. Então, quando ele chegava, era como uma dádiva maravilhosa, um bônus de alegria.

Tentando encontrar um motivo para sua tranquila aceitação da situação, ela descobriu que nada havia de efêmero, fosse em seu relacionamento com Richard Lomax ou na rara e nova qualidade de seus dias. Pelo contrário, sentia-se cônscia apenas de uma espécie de atemporalidade, como se aquilo tudo fizesse parte de um plano, de um desígnio predestinado, concebido no dia de seu nascimento. O que lhe acontecia agora estava predeterminado para acontecer, ia continuar acontecendo. Sem qualquer início discernível, parecia impossível que um dia tivesse fim.

— ... havia um dia, em meados de cada verão, chamado Dia da Visitação. Todos os artistas limpavam seus estúdios... e alguns deles precisavam realmente de uma limpeza em regra... e expunham seu trabalho e suas telas inacabadas. Então surgia o público em geral, visitando, indo de um estúdio para outro, inspecionando, às vezes comprando. Claro que alguns visitantes só faziam aquela ronda por curiosidade... era como se bisbilhotassem casas alheias... porém também surgiam muitos compradores autênticos. Como disse, alguns estúdios eram sujos e precários, mesmo naquele tempo, mas Sophie sempre fazia uma tremenda faxina no de papai, enchia-o de flores, distribuía biscoitos amanteigados e copos de vinho aos visitantes. Ela dizia que essa gentileza ajudava nas vendas...

Estavam agora em fins de outubro, era domingo, e a tarde mal começara. Em suas visitas esporádicas a Carn Cottage, Richard insistira várias vezes no desejo de visitar o estúdio de Lawrence Stern, mas, fosse por que fosse, não surgira ainda a oportunidade para tanto. Neste domingo, contudo, ele estava de folga e, impulsivamente, Penelope abandonou outros planos, a fim de levá-lo ao estúdio. Agora, estavam indo para lá, andando como sempre e, no bolso de seu cardigã pesava a grande e antiga chave da porta.

O tempo estava frio e fresco, o vento oeste soprava rajadas através do mar, tingindo a paisagem de luz ou sombras conforme as nuvens baixas se formavam ou dispersavam, vez por outra, revelando vislumbres de um céu muito azul. A rua do porto estava quase deserta, os poucos veranistas há muito tendo partido. Todas as lojas tinham as portas fechadas, e os moradores, sendo metodistas que guardavam o sétimo dia, ficavam entregues a si mesmos, dormindo após os ajantarados domingueiros ou talvez cuidando de jardins escondidos.

— Ainda há telas de seu pai no estúdio?

— Não, imagine! Bem, talvez apenas alguns esboços ou telas inacabadas, nada mais. No tempo em que trabalhava, ele ficava feliz quando vendia tudo que produzia, às vezes com a tinta ainda secando. Era o nosso sustento, compreende? Ele vendeu tudo, exceto *Os catadores de conchas*. Esse nunca foi exposto. Por algum motivo, era um quadro muito pessoal, que ele nunca pensou em vender.

Haviam saído da rua do porto e agora subiam para o confuso labirinto de ruelas e aleias que ficava mais à frente.

— Fiz esse mesmo trajeto — prosseguiu ela — no dia em que foi declarada a guerra. Vinha buscar papai, levá-lo para almoçar em casa. Quando o relógio da igreja bateu onze horas, todas as gaivotas encarapitadas na torre debandaram, voando pelo céu.

Dobraram a última esquina, e a praia do Norte surgiu. Como sempre, a força do vento chegou como um choque, fazendo com que vacilassem por um segundo, recuperando o fôlego antes de continuar descendo pela sinuosa alameda que levava ao estúdio.

Penelope enfiou a chave na porta maciça e a girou. A porta se abriu, ela entrou e foi imediatamente tomada de vergonha, porque há meses não punha os pés ali, e o enorme recinto transmitia uma imediata impressão de desmazelo e negligência. O ar era frio, mas, mesmo assim, confinado; tudo cheirava a terebintina, fumaça de lenha, alcatrão e mofo. A fria claridade do norte, penetrando em jorros pelas janelas altas, retratava em cruéis detalhes a decadência e a desordem gerais.

Atrás dela, Richard fechou a porta.

— Que bagunça — suspirou ela, desanimada. — E está úmido aqui dentro...

Atravessou o piso, puxou o fecho da janela e, com alguma dificuldade, forçou-a a abrir-se. O vento penetrou o aposento como uma inundação de água gelada. Ela viu a praia deserta, a maré muito baixa, a linha das ondas esfumando-se numa espuma nevoenta.

Richard chegou ao seu lado. Disse, com certa satisfação:

— *Os catadores de conchas...*

— Exatamente. Foi pintado dessa janela. — Ela se virou para supervisionar o ambiente do estúdio. — Sophie teria um ataque, se visse o estúdio de papai desse jeito.

O piso, assim como cada superfície horizontal, estava coberto por uma fina camada de areia. Sobre uma mesa havia uma pilha de revistas muito manuseadas, um cinzeiro por esvaziar e uma toalha de banho esquecida. A cortina de veludo, que fazia fundo para a cadeira do modelo, estava desbotada e empoeirada. Na lareira diante da estufa bojuda e antiquada amontoava-se uma boa quantidade de cinzas. Mais além, dois divãs estavam dispostos no ângulo da parede, cobertos de mantas listradas e cheios de almofadas. Estas, no entanto, estavam murchas, e um camundongo aventureiro estivera em uma delas, tendo feito um buraco no canto e deixado uma trilha de recheio.

Mal sabendo por onde começar, Penelope tentou melhorar um pouco a situação. Encontrou um velho saco de papel, dentro do qual esvaziou a almofada furada e o conteúdo do cinzeiro. Colocou o saco a um lado, para mais tarde ser depositado na lata de lixo mais próxima. Jogou as outras almofadas ao chão, desnudou os divãs e levou as mantas até a janela aberta, onde foram vigorosamente sacudidas no ar fresco e frio. Excrementos de camundongos e pedacinhos de recheio foram levados pelo vento. Depois que mantas e almofadas — estas sacudidas e afofadas — foram recolocadas, o ambiente logo pareceu um pouco melhor.

Enquanto isso — e, pelo visto, pouco ligando para a desordem —, Richard vistoriava, espiava tudo, fascinado pelas pistas e indicadores da vida inteira de outro homem, eventos dignos de serem recordados e *objets trouvés*, dos quais ali havia uma profusão. Conchas, seixos marinhos e pedaços de madeira trazidos pelo mar, colecionados e preservados por sua cor e formato; fotografias pregadas com percevejos às paredes; o molde em gesso de uma mão; uma caneca de cerâmica cheia de penas de aves marinhas e folhas secas de relva, frágeis como poeira. Os cavaletes de Lawrence, montes de telas e cadernos de esboços, mostrando as marcas do tempo; as bandejas de tubos de tinta com o conteúdo ressequido; as velhas paletas e potes repletos de pincéis, manchados com o vermelhão, o ocre, o cobalto e o siena queimado que ele adorava usar.

— Há quanto tempo seu pai deixou de trabalhar?

— Ah, anos...

— No entanto, tudo isso continua aqui.

— Ele jamais jogaria alguma coisa fora, e eu não teria coragem de fazer isso.

Richard parou diante da estufa bojuda.

— Por que não acendemos o fogo? Isso ajudaria a secar o lugar, não acha?

— Sem dúvida, mas não tenho fósforos.

— Eu tenho.

Ele se agachou, abriu cautelosamente as portas da estufa e espalhou as cinzas da lareira, com a extremidade de um atiçador.

— Há um bocado de papel de jornal aqui — anunciou —, além de alguns gravetos e madeira recolhida na praia.

— E se alguma gralha tiver feito ninho na chaminé?

— Se for o caso, logo saberemos.

Endireitando-se, ele tirou a boina verde, jogou-a para um lado e desabotoou o blusão de campanha. Dobrando as mangas, meteu mãos à obra.

Enquanto Richard limpava as cinzas e torcia pequenos pedaços de jornal, Penelope desencavou uma vassoura de trás de uma pilha de pranchas de natação e começou a varrer a areia das mesas e pisos. Encontrou uma folha de papelão, recolheu a areia nela e jogou tudo pela janela. A praia não estava mais deserta. À distância, brotando de algum lugar, surgiram duas figuras diminutas — um homem e uma mulher, acompanhados de um cão. O homem atirava um pedaço de pau, e o cão corria por entre as ondas para recuperá-lo. Ela tiritou. O ar estava frio. Fechou metade da janela e passou o ferrolho. Nada mais havendo para ser feito, enrodilhou-se no canto do divã, como fazia em criança, no sonolento final de um longo e ensolarado dia de natação e brincadeiras, recostada ao lado de Sophie, para ler um livro ou ouvir uma história.

Agora, espiava Richard, e havia aquela mesma sensação de paz e segurança. De algum modo, ele conseguiu acender o fogo. Os gravetos estalaram e crepitaram. Uma chama brotou. Ele a alimentou com um pouco de madeira, cautelosamente. Ela sorriu, porque ele lhe parecia tão concentrado como um colegial, acendendo uma fogueira de acampamento. Erguendo os olhos, ele notou seu sorriso.

— Você já foi escoteiro? — perguntou ela.

— Fui. Aprendi a dar nós e a fazer uma padiola, usando dois pedaços compridos de madeira e uma capa de chuva.

Ajeitou na lareira um ou dois troncos, e a madeira ressequida imediatamente pegou fogo. Ele fechou as portas da estufa, ajustou o registro da chaminé e se levantou, limpando as mãos nos fundilhos da calça.

— Pronto, está aceso.

— Se tivéssemos um pouco de chá e leite, poderíamos ferver uma chaleira e tomar uma xícara quente de chá.

— É o mesmo que dizer que, se tivéssemos bacon, poderíamos preparar bacon com ovos, se tivéssemos ovos. — Puxando uma banqueta, ele se sentou diante dela. Havia uma mancha de fuligem em sua face direita, porém Penelope não lhe falou sobre isso. — Era isso que vocês costumavam fazer? Preparar chá aqui?

— Sim, depois de nadarmos. Não há nada melhor, quando se está com o corpo enregelado e tiritando. Aliás, sempre havia biscoitos de gengibre para molhar no chá. Em alguns anos, quando havia temporais durante o inverno, a areia chegava até a janela, em dunas enormes. Em outros anos, no entanto, era como hoje, uma descida de seis metros, obrigando-nos a usar uma escada de corda para chegarmos à praia. — Ela esticou as pernas, acomodando-se mais confortavelmente entre as almofadas. — Nada como a nostalgia. Sou uma velha, não? Pareço falar o tempo todo sobre como eram as coisas. Você deve achar isso extremamente tedioso.

— Não acho nem um pouco tedioso. Às vezes, no entanto, fico com a impressão de que sua vida terminou no dia em que estourou a guerra. E isso está errado, porque você é muito jovem.

— Estou com vinte e quatro anos. Recém-feitos — ela emendou. Ele sorriu.

— Quando foi o seu aniversário?

— Mês passado. Você não estava lá.

— Setembro. — Ele pensou nisso por um momento, depois assentiu, com ar satisfeito. — Sim. Tem razão. Isso se ajusta.

— O que quer dizer?

— Já leu Louis MacNeice?

— Nunca ouvi falar nele.

— É um poeta irlandês. O melhor. Vou apresentá-lo agora a você, recitando-o de cor e, provavelmente, deixando-a muito encabulada.

— Não fico encabulada com facilidade.

Ele riu. Sem mais rodeios, começou:

> "Setembro chegou, e é daquela,
> Cuja vitalidade salta para o outono,
> Cuja natureza prefere
> Árvores sem folhas e um fogo na lareira.
> Assim, eu lhe dou este mês e o seguinte,
> Embora meu ano inteiro devesse ser dela, que já tornou Intoleráveis
> ou perplexos tantos de seus dias,
> Mas tantos tão felizes.
> Daquela que deixou um perfume em minha vida,
> Que deixou minhas paredes sempre dançando com sua sombra,
> Cujos cabelos se entrançam em todas as minhas cachoeiras,
> E toda a Londres apinhada de beijos recordados."

Um poema de amor. Inesperadamente, um poema de amor. Ela não ficou encabulada, mas profundamente comovida. As palavras, ditas na voz tranquila de Richard, despertaram um jorro de emoções, mas também de tristeza. *E toda a Londres apinhada de beijos recordados.* Ela pensou em Ambrose e na noite em que tinham ido ao teatro, jantado fora e retornado à casa da Rua Oakley. Entretanto, as recordações eram insossas e descoloridas, em nada estimulando seus sentidos, como tinham feito as palavras do poema. Enfim, para dizer-se o mínimo, isso era algo deprimente.

— Penelope.

— Hum...?

— Por que nunca fala em seu marido?

Ela ergueu o rosto bruscamente, por um terrível instante imaginando que estivera pensando alto.

— Você *quer* que eu fale sobre ele?

— Não exatamente. Apenas, seria natural. Conheço vocês... deixe-me ver... há quase dois meses e, durante todo esse tempo, você nunca falou nele espontaneamente nem mencionou seu nome. Digo o mesmo sobre seu pai. Sempre que nos aproximamos do assunto, mesmo remotamente, a conversa muda de rumo.

— O motivo é muito simples: Ambrose o aborrece. Ambrose também aborrecia Sophie. Eles nada tinham em comum. Nada para dizer um ao outro.

— E você?

Ela soube que teria de ser sincera não apenas com Richard, mas também consigo mesma.

— Não falo nele porque é algo de que não me sinto muito orgulhosa. Não me saio muito bem nisso.

— O que quer que isso signifique, acha que eu pensaria mal de você?

— Ai, Richard, não tenho a menor ideia do que você pensaria...

— Experimente.

Ela deu de ombros, como se não encontrasse palavras.

— Casei com ele.

— Você o amava?

Mais uma vez, ela se forçou a ser verdadeira.

— Não sei. Ele era bem-apessoado e gentil, foi o primeiro amigo que fiz depois de me alistar e ser enviada para Whale Island. Nunca havia tido um... — Ela hesitou, buscando a palavra correta, porém que outra usar, se não namorado? — Eu nunca havia tido um namorado antes, nem qualquer tipo de relacionamento com um homem da minha idade. Ele era uma boa companhia, gostava de mim, tudo era novo e diferente.

— Isso foi *tudo?*

Richard não parecia nem um pouco perplexo, após esta explanação tão truncada.

— Não. Houve outro motivo. Fiquei grávida de Nancy. — Ela forçou um sorriso. — Isso o deixa chocado?

— Pelo amor de Deus, é claro que não me deixa nem um pouco chocado.

— Você pareceu chocado.

— Apenas porque, de fato, você casou com o homem.

— Eu não precisava casar com ele. — Era importante assegurar-lhe isto, pois, do contrário, Richard imaginaria Lawrence com uma espingarda e Sophie em lágrimas de recriminação. — Papai e Sophie jamais fizeram questão disso. Eles eram as almas livres do início da Criação. As convenções sociais normais nada representavam para eles. Eu estava de folga, quando lhes contei sobre a vinda do bebê. Em circunstâncias normais, poderia simplesmente ficar em casa e ter Nancy, sem que Ambrose tomasse qualquer conhecimento do fato. No entanto, eu continuava nas wrens. Minha folga terminou e precisei voltar a Portsmouth e, naturalmente, tive que ver Ambrose de novo. Tive que falar a ele sobre o bebê. Era a atitude mais justa. Disse-lhe que não tinha qualquer obrigação de casar comigo... mas... — Ela hesitou, achando impossível recordar exatamente o que acontecera. — ...na verdade, após se ter acostumado à ideia, ele pareceu pensar que devíamos casar. Confesso que fiquei comovida, porque não esperara dele semelhante decisão. Assim, uma vez decidido, não havia tempo a perder, porque ele já terminara seus cursos e estava prestes a ser enviado ao mar. Marcamos a data, e foi só. No Cartório de Registros em Chelsea, numa bela manhã de maio.

— Seus pais já o tinham conhecido?

— Não, e tampouco foram ao casamento, porque papai ficou de cama com bronquite. Assim, só o ficaram conhecendo meses mais tarde, quando ele teve uma folga de fim de semana e veio a Carn Cottage. E, no momento em que entrou em casa, percebi que estava tudo errado. Aquele havia sido o mais terrível, o mais medonho dos erros. O lugar dele não era entre nós. O lugar dele não era a meu lado. E eu me portei muito mal com ele. Estava grávida com uma barriga enorme, entediada e irritável. Nem mesmo procurei tornar a permanência dele agradável. Isso é algo de que me envergonho. E me envergonho porque sempre me considerei madura e inteligente, mas acabara tomando a decisão mais burra e precipitada que uma mulher poderia tomar.

— Refere-se ao casamento?

— Exato. Admita, Richard, você jamais faria algo tão burro.

— Não tenha tanta certeza. Estive bem perto disso três ou quatro vezes, mas, no último momento, o bom senso sempre me fez ver com clareza.

— Então, sabia que não estava apaixonado, que um casamento não era o certo para você?

— Em parte. Também em parte porque, nesses últimos dez anos, eu já sabia que esta guerra se aproximava. Estou com trinta e dois anos agora. Tinha vinte e dois, quando Hitler e o Partido Nazista entraram em cena. Tive um grande amigo na universidade, Claus von Reindorp. Era bolsista em Oxford, um aluno brilhante. Não era judeu, mas membro de uma das antigas famílias germânicas. Conversávamos muito sobre o que estava acontecendo em sua pátria. Já então, ele tinha lúgubres pressentimentos. Certo verão, fui à Áustria praticar alpinismo no Tirol e pude tirar a temperatura pessoalmente, ver a tempestade se aproximado. Seus amigos, os Clifford, não foram os únicos a perceber que teríamos tempos horrendos pela frente.

— O que aconteceu a seu amigo?

— Não sei. Ele voltou para a Alemanha. Durante algum tempo, chegamos a nos corresponder, mas depois as cartas cessaram. Ele simplesmente desapareceu da minha vida. A essa altura, imagino que esteja finalmente em segurança, ou seja, morto.

— Odeio essa guerra — disse ela. — Odeio-a tanto quanto qualquer um. Quero vê-la terminada, para que cessem as matanças, os bombardeios e as batalhas. No entanto, receio também o seu fim. Papai está cada vez mais idoso, não viverá muito tempo. Sem ele para cuidar e sem uma guerra, não terei alternativa senão voltar para meu marido. Vejo-me vivendo, juntamente com Nancy, em alguma horrível casinha em Alverstoke ou Keyham, uma perspectiva que me enche de terror.

A confissão fora feita. As palavras ficaram em suspenso no silêncio entre eles. Penelope suspeitou que ele a desaprovasse e, mais do que tudo, sentiu a necessidade de que a tranquilizasse. Um tanto angustiada, virou-se para ele:

— Você me odeia por ser tão egoísta?

— Não. — Inclinando-se para diante, Richard pousou a mão na palma da mão dela, virada para cima sobre a manta listrada. — É exatamente o contrário.

A mão de Penelope estava gelada, mas o toque da dele era quente. Fechou os dedos em torno do pulso de Richard, necessitando daquele calor, desejando que se espraiasse a cada parte de seu ser. Instintivamente, ergueu a mão dele e a pressionou contra o rosto. Então os dois falaram, precisamente no mesmo momento:

— Amo você.

Ela ergueu o rosto, fitou-o nos olhos. Havia sido dito. Havia sido feito. Jamais poderia ser desdito ou desfeito.

— Ah, Richard.

— Amo você — repetiu ele. — Acho que a amei desde o primeiro momento em que a vi, parada com seu pai do outro lado da rua, com seus cabelos esvoaçando ao vento, parecendo alguma cigana fascinante.

— Eu não sabia... Sinceramente, não sabia...

— Desde o início sabia que era casada, porém isso não fazia a menor diferença. Eu não conseguia tirá-la do pensamento. Aliás, nem mesmo tentei. E, quando me convidou para ir a Carn Cottage, pensei que fosse por causa de seu pai, porque ele apreciava minha companhia e os jogos de gamão. Então fui, depois voltei... para vê-lo, naturalmente, mas também porque, estando com ele, sabia que você andaria por perto. Cercada de crianças e incessantemente ocupada, mas ali. Nada mais importava.

— Para mim, também nada mais importava. Nem tentei analisar o que acontecia. Sabia apenas que tudo mudava de cor quando você atravessava aquela porta. Era como se sempre o tivesse conhecido. Como se o melhor de tudo, no passado e no futuro, estivesse acontecendo ao mesmo tempo. Entretanto, não ousava chamar a isso de amor...

Richard agora estava ao lado dela, não mais a um metro de distância, mas bem junto, abraçando-a, mantendo-a tão apertada contra si, que ela podia ouvir-lhe as batidas fortes do coração. Penelope apertava o rosto contra o ombro dele, sentia os dedos envolvendo seus cabelos.

— Ah, minha querida, minha garotinha querida.

Ela afastou o rosto, ergueu os olhos para ele e se beijaram, como apaixonados que houvessem passado anos separados. E era como voltar para casa, ouvir uma porta sendo fechada e saber-se em segurança, com o mundo intruso fechado lá fora e nada, ninguém se intrometendo entre ela e a única pessoa no mundo com quem desejaria estar.

Penelope se deitou de costas, os cabelos escuros espalhados sobre as velhas e desbotadas almofadas.

— Ah, Richard... — Era um sussurro, porque não se sentia capaz de mais do que isso. — Eu nunca soube... nunca imaginei que pudesse me sentir assim., que pudesse ser assim.

Ele sorriu.

— Pode ser ainda melhor.

Olhando-o de frente, ela soube o que ele dizia, como soube que seu próprio coração nada mais desejava. Começou a rir, e a boca de Richard desceu sobre seus lábios ainda entreabertos pelo riso, e as palavras, por mais doces que fossem, imediatamente se tornaram inúteis e não mais suficientes.

O velho estúdio não desconhecia o amor. A estufa bojuda, ardendo bravamente, confortou-os com seu calor; o vento, que penetrava em haustos pelas janelas abertas a meio, já vira tudo aquilo antes. Os divãs cobertos de mantas, onde um dia Lawrence e Sophie haviam partilhado sua alegria mútua, acolheram este novo amor como cúmplices generosos. E, mais tarde, na profunda paz da paixão saciada, tudo foi tranquilidade, e eles ficaram quietos, nos braços um do outro, olhando as nuvens que passavam pelo céu e ouvindo o estrondo imemorial das ondas quebrando na praia vazia.

— O que vai acontecer? — perguntou ela.

— O que quer dizer?

— O que faremos?

— Continuaremos a nos amar.

— Não quero voltar. Para as coisas como eram antes.

— Nunca faremos isso.

— Ah, mas vamos ter que fazer. Não podemos fugir à realidade! No entanto, quero que haja um amanhã, outro amanhã e outro, quero saber que em todos esses amanhãs posso passar cada hora de minha vida com você.

— Eu também quero isso. — A voz dele era tristonha. — Entretanto, não pode ser.

— Esta guerra. Como a odeio.

— Talvez devêssemos ser gratos. Foi o que nos uniu.

— Ah, não. Nós nos encontraríamos. De algum modo. Em algum lugar. Estava escrito nas estrelas. No dia em que nasci, algum funcionário civil celeste pôs um carimbo em você, com meu nome nele, em grandes letras maiúsculas. Este homem está reservado para Penelope Stern.

— Só que, no dia em que você nasceu, eu não era um homem. Era um menino colegial, lutando com as obscuras dificuldades de minha gramática latina.

— Não faz diferença. Mesmo assim, éramos um do outro. Você sempre esteve lá.

— Sim, eu sempre estive lá... — Ele a beijou então, depois ergueu o pulso com relutância, para consultar o relógio. — São quase cinco horas..

— Odeio a guerra, mas também odeio relógios.

— Infelizmente, minha querida, não podemos ficar aqui para sempre.

— Quando tornarei a vê-lo?

— Vai demorar um pouco. Terei de me ausentar.

— Por quanto tempo?

— Três semanas. Eu não devia lhe contar; portanto, não diga uma palavra a ninguém.

Ela ficou alarmada.

— Mas para onde é que vai?

— Não posso dizer..

— O que irá fazer? É perigoso?

Ele riu.

— Não, sua tolinha, claro que não é perigoso. Trata-se de um exercício de treinamento... parte de meu trabalho. Chega de perguntas.

— Fico aterrorizada, pensando que pode acontecer algo a você.

— Nada vai acontecer comigo.

— Quando voltará?

— Em meados de novembro.

— Nancy faz aniversário em fins de novembro. Fará três anos.

— Até lá, já estarei de volta.

Ela pensou nisso.

— Três semanas — suspirou. — Parece uma eternidade...

— "A ausência é o vento que apaga a pequenina vela, mas que atiça as brasas, transformando-as em esplêndida fogueira."

— Ainda assim, eu poderia muito bem passar sem ela.

— Acha que vai ajudá-la a recordar o quanto a amo?

— Sim. Um pouco.

O inverno estava começando. Cortantes ventos do leste fustigavam a zona rural e gemiam através da charneca. Turbulento e enfurecido, o mar adquiria uma tonalidade de chumbo. Casas, ruas, o próprio céu estavam desbotados pelo frio. Em Carn Cottage, as lareiras eram acesas logo que amanhecia e assim permaneciam o dia inteiro, alimentadas por pequenas rações de carvão e tudo o mais que houvesse para queimar. Os dias ficavam mais curtos e, com as cortinas de blecaute já fechadas à hora do chá, as noites alongavam-se. Penelope retornou a seu poncho e às grossas meias pretas. Levar Nancy para as caminhadas à tarde implicava o enorme trabalho de agasalhá-la em suéteres de lã, meias compridas, bonés e luvas.

Com os velhos ossos enregelados, Lawrence aquecia as mãos ao fogo e ficava inquieto, rabugento. Estava entediado.

— Para onde foi Richard Lomax? Há três semanas ou mais que ele não aparece.

— Três semanas e quatro dias, papai — disse Penelope, que começara a contar o tempo.

— Antes, ele nunca ficou tanto tempo sem vir.

— Ele ainda virá jogar gamão com você.

— O que será que aconteceu com ele?

— Não consigo imaginar.

Mais outra semana passou, sem qualquer sinal dele. Mesmo contra a sua vontade, Penelope começou a se preocupar. Talvez ele nunca mais voltasse. Talvez algum almirante ou general, comodamente refestelado em seu gabinete, decidisse que Richard deveria incumbir-se de outras coisas e o designara para longe, para o norte da Escócia. Então, ela jamais tornaria a vê-lo. Ele não escrevera, mas talvez não lhe fosse permitido. Ou então... e isto era quase inconcebível... com a ameaça da Segunda Frente prestes a se cumprir, o tivessem despejado de para-quedas na Noruega ou Holanda, como observador avançado, a fim de preparar o terreno para as tropas aliadas... Sua imaginação ansiosa, atormentada, recusava-se a aceitar tal perspectiva.

O aniversário de Nancy estava próximo, o que era uma boa coisa, porque dava a Penelope algo mais em que pensar. Ela e Doris planejavam uma festinha. Convites para o chá foram enviados a dez amiguinhas. Cupons de racionamento para alimentos foram esbanjados em biscoitos de chocolate e, com alguns gramas economizados de manteiga e margarina, Penelope fez um bolo.

Nancy já tinha compreensão suficiente para ansiar por seu aniversário; pela primeira vez em sua curta vida, entendia o motivo de toda aquela mobilização. Também havia os presentes. Após o café da manhã, sentou-se no tapete diante da lareira da sala de estar e abriu seus embrulhos, contemplada com certo divertimento pela mãe e pelo avô, e com total embevecimento por Doris. Não foi desapontada. Penelope deu-lhe uma boneca nova, e Doris, roupas para a boneca, amorosamente confeccionadas com retalhos de tecido e pedaços de lã para tricotar. Havia um rústico carrinho de mão em madeira, de parte de Ernie Penberth, e um jogo de quebra-cabeça dado por Ronald e Clark. Sempre atento a sinais de talento herdado, Lawrence comprara para a neta uma caixa de lápis de cor. Entretanto, o melhor presente de Nancy foi enviado por sua avó, Dolly Keeling. Era uma grande caixa a ser aberta, com camadas e camadas de papel de seda a serem rasgadas, para revelar, finalmente, um vestido novo. Um vestido de festa. Camadas de organdi branco, arrematadas com renda e sombreadas em seda rosa. Nada poderia deixar Nancy mais encantada.

Largando a um lado os outros presentes, anunciou:

— Quero vestir ele agora. — E ali mesmo começou a esforçar-se para despir seu macacão.

— Não, é um vestido de festa. Poderá vesti-lo hoje, na sua festa. Veja, aqui está sua boneca, vista-a com suas roupinhas novas. Olhe o vestido de festa que Doris fez para ela. Também tem uma anágua com rendinhas...

Mais tarde, nessa manhã, Penelope disse ao pai:

— Vai ter que sair da sala de estar, papai. Faremos a festa aqui e precisamos de espaço para as brincadeiras.

Ela empurrara a mesa para um canto da sala.

— E para onde eu vou? Para o depósito de carvão?

— Nada disso. Doris acendeu a lareira do estúdio. Você pode ficar lá, tranquilo e sem ser perturbado. Nancy não quer homens à vista. Deixou isto bem claro. Até Ronald e Clark ficarão fora do caminho. Os dois vão tomar chá com a Sra. Penberth.

— Não tenho permissão para vir comer um pedaço de bolo?

— É claro que tem. Não vamos permitir que Nancy fique mandona demais.

As pequenas convidadas chegaram às quatro horas, conduzida até a porta da frente por mães ou avós. Durante uma extenuante hora e meia, Penelope e Doris foram as únicas a tomar conta do bando. A festa seguiu os padrões costumeiros. Todas haviam trazido pequenos presentes para Nancy, os quais tinham de ser abertos. Uma menina chorou, dizendo que queria voltar para casa, e uma outra, uma voluntariosa senhorita de cabelos encaracolados, perguntou se ia haver um mágico. Penelope respondeu, secamente, que não haveria.

Chegou o momento dos jogos. Sentadas de pernas cruzadas, formando um círculo no chão da sala de estar, as menininhas cantaram em coro:

"Mandei uma carta
Pro meu namorado,
E no meio do caminho
Ela caiu no chão."

Uma das pequeninas convidadas, talvez superanimada, terminou molhando os fundilhos das calcinhas e teve que ser levada ao andar de cima, para vestir outras de empréstimo.

"O fazendeiro tá no seu canto,
O fazendeiro tá no seu canto,
Ah, que pena, papaizinho,
O fazendeiro tá no seu canto."

Já exausta, Penelope olhou para o relógio, mal acreditando que eram apenas quatro e meia. Ainda teria que enfrentar mais uma hora antes que mamães e vovós reaparecessem para reclamar suas queridinhas e levá-las para casa.

Brincaram depois de "passar o embrulho". Tudo foi muito bem até que a tiranazinha encaracolada acusou Nancy de lhe ter tomado o embrulho, quando era a sua vez de abrir o papel. Nancy objetou, tendo recebido da encaracolada um sopapo no ouvido, o qual foi prontamente revidado. Penelope interveio, apaziguadora, e separou as duas diplomaticamente. Doris surgiu à porta, anunciando que o chá estava pronto. Nenhuma comunicação seria mais bem-vinda.

As brincadeiras foram alegremente abandonadas e foram todas para a sala de jantar, onde Lawrence já estava sentado em sua cadeira de encosto lavrado, à cabeceira da mesa. Puxadas as cortinas, a claridade do dia penetrou o ambiente e tudo ficou festivo. Por um momento, as crianças mantiveram-se silenciosas, talvez aterrorizadas pela visão do velho, sentado ali como um patriarca, ou ante a perspectiva de comer. Ficaram encarando a toalha branca engomada, as reluzentes canecas e pratos, os canudinhos para a limonada e as balas de estalo.* O festim incluía gelatinas e sanduíches, biscoitos glaçados ou com recheio de geleia, além do bolo, naturalmente. Acomodaram-se todas à volta da mesa e, por um longo momento, fez-se profundo silêncio, interrompido apenas pelo som de mastigação. Houve acidentes, como era de prever: sanduíches derrubados no carpete e um copo de limonada que tombou, molhando a toalha da mesa, mas tudo rotineiro, rapidamente contornado. Então, as balas de estalo foram puxadas, os chapéus de papel desdobrados e enfiados nas cabeças, os alegres broches e quinquilharias presos às roupas. Finalmente, Penelope acendeu as três velas do bolo, e Doris apagou a luz. A sala em penumbra transformou-se numa espécie de palco, num lugar mágico, as chamas das velas refletidas nos olhos arregalados das crianças sentadas à volta da mesa.

No lugar de honra ao lado do avô, Nancy ficou em pé em sua cadeira, e ele a ajudou a cortar o bolo.

---

* Balas embrulhadas em papel vivamente colorido, que explodem inofensivamente, quando as pontas são puxadas. (N.T.)

"Parabéns pra você...
Nessa data querida...
Muitas felicidades..."

A porta se abriu, e Richard entrou.

— Eu não conseguia acreditar. Quando você apareceu, pensei que estivesse vendo coisas. Não acreditava que fosse verdade. — Ele parecia mais magro, mais velho, morto de cansaço. Precisava fazer a barba, e seu uniforme de campanha estava sujo e amarrotado. — Por onde foi que andou?

— Por onde o vento faz a curva...

— Quando foi que voltou?

— Há cerca de uma hora.

— Você parece exausto.

— E estou — admitiu ele —, mas havia prometido estar aqui para o aniversário de Nancy.

— Seu bobo, isso não tinha importância. Você devia estar na cama agora.

Estavam sozinhos. As pequeninas convidadas de Nancy já tinham ido embora, cada uma levando um balão de gás e um pirulito. Doris levara a menina para o andar superior, a fim de lhe dar um banho. Lawrence sugerira uma dose de uísque e fora em busca da garrafa. A sala de estar continuava em desordem, com os móveis fora do lugar, mas eles se sentaram em meio a tudo aquilo, despreocupadamente, Richard arriado em uma poltrona e Penelope no tapete da lareira, aos pés dele.

— Todo o exercício demorou mais tempo... foi mais complicado do que... tínhamos imaginado. Nem pude lhe escrever uma carta.

— Foi o que pensei.

Ficaram em silêncio. Ao calor do fogo, as pálpebras dele caíram. Lutando contra o sono, ele se empertigou, esfregou os olhos e passou a mão pelo queixo com a barba despontando.

— Devo estar com uma aparência horrível. Não fiz a barba e não durmo há três noites. Estou me sentindo um trapo, nesse momento, o que é uma pena, pois planejara sairmos juntos e tê-la para mim pelo resto da tarde, com esperanças de que fosse também pelo resto da noite. Enfim, agora não me sinto em condições para isso. Estou imprestável. Cairia dormindo no meio do jantar. Você se importa? Pode esperar?

— Posso. Nada mais importa agora que você está de volta, são e salvo outra vez. Tive visões aterrorizantes, vendo-o praticar temeridades e sendo morto ou capturado.

— Você me superestima.

— Quando você partiu, tive a sensação de que era para sempre, mas agora que voltou, que posso vê-lo e tocá-lo... é como se nunca tivesse partido. Aliás, não fui a única a sentir sua falta. Papai também, ansiando por seu gamão.

— Voltarei qualquer noite dessas e jogaremos uma partida. — Inclinando-se para a frente, ele lhe tomou o rosto nas mãos. Disse: — Sua beleza continua tão deslumbrante como eu a recordava. — Seus olhos fatigados se franziram, divertidos. — Talvez ainda mais.

— O que há de tão engraçado?

— Você. Esqueceu que está usando um chapéu de papel inteiramente descabido neste momento?

Ele demorou apenas mais um pouco, o suficiente para beber o uísque que Lawrence lhe trouxera. Depois disso, a exaustão foi mais forte e, contendo bocejos, ele se forçou a ficar em pé, desculpou-se por ser tão má companhia e disse boa noite. Penelope o acompanhou à porta. Na escuridão além da porta aberta, eles se beijaram. Depois ele a deixou, atravessou o jardim e foi para uma ducha quente, seu beliche e o sono.

Ela entrou e fechou a porta. Vacilou um momento, precisando de tempo para ordenar os pensamentos que davam voltas em sua cabeça, e, por fim, foi à sala de refeições, apanhou uma bandeja e entregou-se à tediosa tarefa de limpar os restos da festa de Nancy.

Estava na cozinha, lavando a louça na pia, quando Doris aproximou-se.

— Nancy já dormiu. Queria ir para a cama com o vestido novo. — Ela suspirou. — Estou mais morta do que viva. Pensei que a festa nunca chegaria ao fim. — Pegou uma toalha no cabide e começou a enxugar os pratos. — Richard já foi?

— Já.

— Pensei que fosse levá-la para jantar fora hoje à noite.

— Não. Ele antes precisa pôr o sono em dia.

Doris enxugou e empilhou um monte de pratos.

— Mesmo assim, foi muita gentileza dele, aparecer de repente... Você o esperava?

— Não.

— Foi o que pensei.

— Por que diz isso?

— Porque a estava espiando. Seu rosto ficou branco. Os olhos eram um brilho só. Como se fosse desmaiar.

— Apenas fiquei surpresa.

— Ah, não é bem assim, Penelope. Não sou nenhuma burra. Quando os dois estão juntos, é como se explodisse um relâmpago. Pude reparar na maneira como Richard a olha. Está caído por você. E, a julgar por sua aparência, depois que ele entrou em sua vida, a coisa é recíproca...

Penelope lavava uma caneca do Coelho Peter. Girou-a nas mãos, dentro da água com sabão.

— Não pensei que transparecesse tanto.

— Ora, não precisa ficar tão aflita por causa disso. Não é nenhum motivo de vergonha ter um flerte com um sujeito tão atraente como Richard Lomax.

— Não creio que seja só um flerte. Sei que não. Estou apaixonada por ele.

— Fuja disso.

— E não sei ao certo o que fazer...

— É *tão* sério assim?

Penelope virou a cabeça e olhou para Doris. Os olhos de ambas encontraram-se e, naquele momento, ocorreu a ela que, no correr dos anos, as duas se tinham tornado muito íntimas. Partilhando responsabilidades e angústias, frustrações, segredos, alegrias e brincadeiras, tinham construído um relacionamento que ia além dos limites da mera amizade. De fato, mais do que qualquer outra pessoa, Doris... conhecedora do mundo, prática e infinitamente gentil... preenchera o dolorido vácuo deixado pela morte de Sophie. Por isso era tão fácil fazer-lhe confidências.

— Sim, é.

Houve uma pausa. Então Doris perguntou, num tom incrivelmente casual:

— Está dormindo com ele, não?

— Estou.

— Mas como diabos conseguiram?

— Ora, Doris, não foi tão difícil assim.

— Não, quero dizer... bem, *onde?*

— No estúdio.

— Raios me partam! — exclamou Doris, sem saber o que dizer.

— Ficou chocada?

— Por que deveria? Não tenho nada a ver com isso, tenho?

— Bem... eu sou casada.

— Sim, infelizmente é casada.

— Você não gosta de Ambrose?

— Sabe que não. Eu nunca disse isso, mas uma pergunta direta merece uma resposta direta. Acho que ele é imprestável como marido e imprestável como pai. Nunca apareceu para vê-las e não me venha dizer que foi por falta de folga. Também nunca escreveu para você. E nem mandou um presente de aniversário para Nancy. Francamente, Penelope, ele não merece você. Para mim, continua sendo um mistério o motivo de ter casado com ele.

Penelope respondeu, desalentada:

— Eu estava esperando Nancy.

— Essa é a desculpa mais esfarrapada que já ouvi na vida.

— Nunca pensei que você diria isso.

— O que acha que sou? Alguma santinha?

— Quer dizer que não desaprova o que estou fazendo?

— Não, de jeito nenhum. Richard Lomax é um cavalheiro *de fato*, um cavalheiro de cima a baixo, e Ambrose Keeling nem chega aos pés dele. Afinal, por que você não deveria se divertir um pouco? Só tem vinte e quatro anos e, Deus é testemunha, vem levando uma vida extremamente monótona, nesses últimos anos. Chego a ficar surpresa por você ainda não ter saído dos trilhos, sendo a mulher que é. Enfim, vamos encarar a realidade. Antes da chegada de Richard, andávamos bem escassas de talentos locais...

Contra a própria vontade, e apesar dos pesares, Penelope começou a rir.

— Doris, não sei o que seria de mim sem você.

— Seria muita coisa, imagino. Pelo menos, agora sei em que pé as coisas estão. E acho que é formidável.

— E como terminará?

— Estamos em guerra. Não sabemos como qualquer coisa irá terminar. Só nos resta agarrar firmemente cada momento de alegria que passar ao nosso lado. Se ele a ama e você o ama, então, vão nessa! Estarei logo atrás dos dois e farei tudo que puder para ajudá-los. E agora, pelo amor de Deus, vamos tirar esses pratos do caminho, antes que os meninos voltem para casa e seja hora de começar a fazer o jantar.

Estavam em dezembro. Quase sem perceberem, o Natal se aproximava, com todo o seu tradicional aparato. Nas lojas desguarnecidas de Porthkerris, era difícil comprar-se algo conveniente para quem quer que fosse, mas, de algum modo, os presentes foram reunidos, embrulhados e escondidos, da mesma maneira que em outro ano qualquer. Valendo-se de uma receita do Ministério da Alimentação, Doris preparou um Pudim de Natal para Tempo de Guerra, enquanto Ernie prometia torcer o pescoço de alguma ave, em substituição ao peru tradicional. O general Watson-Grant forneceu um abeto pequeno de seu jardim e, da caixa dos enfeites para a árvore de Natal, Penelope desencavou os enfeites e penduricalhos que vinham de sua infância, os cones dourados de pinheiro, as estrelas de papel e as guirlandas metalizadas já sem brilho.

Richard teria folga no Natal, mas viajaria para Londres, a fim de passar alguns dias com a mãe. Antes de partir, no entanto, foi a Carn Cottage, levando presentes para todos. Estavam embrulhados em papel pardo e amarrados com fitas vermelhas, etiquetados com brilhantes adesivos de tordos e azevinhos. Penelope ficou extremamente comovida. Imaginou-o fazendo as compras, escolhendo a fita, talvez sentado na cama, em seu austero cubículo no Q.G. da Marinha Real, embrulhando os objetos e dando laços nas fitas sem o menor jeito para a coisa. Tentou imaginar Ambrose fazendo algo tão pessoal e demorado, mas não conseguiu.

Para Richard, ela havia comprado um cachecol escarlate, em lã de carneiro. Custara-lhe não apenas dinheiro, mas também preciosos cupons para roupas. No fim, talvez fosse uma peça totalmente inútil, já que não poderia ser usada com o uniforme, e Richard nunca estava à paisana. Entretanto, era um excelente cachecol, tão alegre e natalino, que ela foi incapaz de resistir. Embrulhou-o em papel de seda e encontrou uma caixa para acondicioná-lo. Quando Richard empilhou seus presentes debaixo da árvore, ela lhe entregou o embrulho, para levá-lo em sua viagem a Londres.

Ele o revirou entre as mãos.

— Por que não abri-lo agora mesmo?

Penelope horrorizou-se.

— Ah, não, não deve abri-lo. Vai ter de guardá-lo até a manhã do dia de Natal.

— Está bem. Se você quer assim...

Ela não queria despedir-se, mas disse, com um sorriso:

— Tenha um feliz Natal.

Richard a beijou.

— Você também, minha querida. — Foi como ser dilacerada. — Feliz Natal!

***

A manhã do Natal começou mais cedo do que nunca e houve a costumeira algazarra, com todos seis reunidos no quarto de Lawrence, os adultos bebendo canecas de chá e as crianças amontoadas na enorme cama do velho, abrindo suas meias com presentes. Tocaram cornetas, fizeram brincadeiras e comeram maçãs. Lawrence colocou um nariz postiço com um bigode de Hitler, e todos se dobraram de rir. O café da manhã veio a seguir e, então, todos se reuniram na sala de estar, para a abertura dos presentes colocados debaixo da árvore. A empolgação aumentou. Logo o chão estava repleto de papel e barbantes prateados, o ar cheio de gritos esganiçados, risos e alegria.

— Ah, obrigado, mamãe, era justamente o que eu queria. Olhe só, Clark, uma buzina para a minha bicicleta.

Penelope pusera de lado o presente de Richard, reservando-o para ser aberto por último. Os outros não exigiam muito esforço de imaginação. Doris rasgou o papel do seu, e do embrulho retirou uma echarpe de seda, de tamanho e riqueza extravagantes, em uma estampa que ostentava todas as cores do arco-íris.

— Jamais tive nada igual antes! — exultou, para, em seguida, dobrá-la em triângulo, jogá-la por sobre a cabeça e atá-la debaixo do queixo. — Como fiquei?

Ronald lhe disse:

— Você parece a princesa Elizabeth em seu pônei.

— Uuh! — exclamou, deliciada. — Muito elegante.

Para Lawrence, havia uma garrafa de uísque; para os meninos, estilingues profissionais, devidamente mortíferos. Para Nancy, um aparelho de chá para bonecas, em porcelana branca, orlada de ouro e pintada com diminutas florezinhas.

— O que foi que ele lhe deu, Penelope?

— Ainda não abri.

— Pois abra agora.

Ela assim fez, sentindo-se alvo de todos os olhares. Desatou o laço e puxou para trás o barulhento papel pardo. No interior havia uma caixa branca, com bordas pretas. Chanel N° 5. Erguendo a tampa da caixa, ela viu o frasco quadrado acondicionado em dobras de cetim, a tampa de cristal, o precioso líquido ali contido.

Doris estava boquiaberta.

— Nunca vi um frasco de perfume tão grande! Fora das lojas, quero dizer. E Chanel N° 5! Você vai ficar mais cheirosa do que nunca.

Ao lado da tampa, havia um envelope azul, dobrado firmemente. Em gestos furtivos, Penelope o apanhou e enfiou no bolso do cardigã. Mais tarde, enquanto os outros recolhiam a confusão de papéis de presentes espalhada pela casa, ela subiu a seu quarto e abriu a carta.

Minha querida garota,

Feliz Natal. Isto veio do outro lado do Atlântico para você.

Um amigo meu estava em Nova York, enquanto reparavam seu cruzador, e o trouxe ao voltar para a Inglaterra. Para mim, a fragrância de Chanel N° 5 evoca tudo que existe de fascinante e sensual, de descontraído e alegre. Almoço no Berkeley, em Londres, no mês de maio, com os lilases desabrochando; riso e amor; e você. Você nunca está fora dos meus pensamentos. Nunca está fora de meu coração.

Richard

Era o mesmo sonho. Ela pensava naquele lugar como sendo o país de Richard. Sempre a mesma coisa. O terreno comprido e arborizado, com a casa no final, de teto achatado, uma casa mediterrânea. A piscina, e Sophie nadando lá, papai sentado diante de seu cavalete, o rosto sombreado pela aba do chapéu. E então, a praia vazia, a certeza de que não catava conchas, mas procurava uma pessoa. Ele chegava, ela o via chegando, vindo de muito longe, sentia-se tomada de alegria. Entretanto, antes que pudesse chegar junto dele, uma bruma vinda do mar a tudo envolvia, um nevoeiro escuro, alto como a maré. A princípio ele parecia atravessá-lo e, em seguida, afogar-se.

— Richard.

Despertou com os braços estendidos para ele. Entretanto, o sonho se dissolvera e ele se fora. Suas mãos sentiram apenas as cobertas geladas do outro lado da cama. Podia ouvir o mar murmurando na praia, porém não havia vento. Tudo estava silencioso e tranquilo. Então, o que a tinha perturbado, o que jazia na borda da consciência? Abriu os olhos. A escuridão se desfazia e, do lado de fora da janela aberta, o céu pálido do alvorecer iminente, a meia claridade, tornavam discerníveis os detalhes familiares de seu próprio quarto: o balaústre de latão aos pés da cama, sua mesa de cabeceira, o espelho inclinado refletindo o céu. Viu a pequena poltrona, a mala aberta, no chão a seu lado, arrumada pela metade.

Era isso. A mala. Hoje. Vou partir hoje. Em férias, por sete dias. Com Richard.

Ficou deitada e pensou nele por algum tempo, então recordou o sonho enigmático. Nunca era diferente. Sempre a mesma sequência. Imagens nostálgicas de contentamento perdido, depois a busca. O todo esmaecendo para a incerteza e o senso final de perda. Entretanto, analisando tudo aquilo mais a fundo, talvez não fosse tão enigmático assim, porque o primeiro sonho da série acontecera logo depois de Richard retornar de Londres, no início de janeiro, tendo recorrido a intervalos regulares, durante os últimos dois meses e meio.

Aquele fora um período da mais dolorosa frustração, porque ele ficara tão ocupado e envolvido com suas funções, que mal tinha tempo para vê-la. Os treinamentos haviam se intensificado visivelmente, na proporção direta da severidade da estação. Isso se tornava evidente pelo número crescente de tropas e veículos do Exército vistos por ali. Agora, era comum as ruas estreitas da cidade e do porto ficarem congestionadas por comboios. Além do mais, a sede dos Comandos, no píer do Norte, fervilhava de atividade militar.

Obviamente, a situação estava esquentando. Helicópteros sobrevoavam o mar e, depois do ano-novo, uma companhia de sapadores surgiu da noite para o dia, rumando para a charneca abandonada, além dos penhascos Boscarben, lá estabelecendo uma área para treino de fogo de artilharia. O lugar parecia sinistro, com arame farpado, bandeiras vermelhas de perigo e enormes avisos do Departamento de Guerra, advertindo a população de que a entrada era proibida, ameaçando com mil e uma punições quem não obedecesse àquelas normas. Quando o vento soprava na direção certa, podiam ser ouvidos em Porthkerris, dia e noite, os estrondos esporádicos do fogo de artilharia. Aquilo se tornava particularmente inquietante à noite, quando a pessoa despertava com um sobressalto e o coração disparado, sem nunca ter certeza do que realmente acontecia.

Richard aparecia de vez em quando, inesperadamente, como sempre. Suas passadas no vestíbulo e sua voz alta nunca deixavam de enchê-la de alegria. Em geral, tais visitas aconteciam depois do jantar, quando então ele se sentava com ela e papai, bebia café e, mais tarde, jogava gamão até altas horas. Certa vez, telefonando e fazendo a reserva na última hora, ele a levara para jantar no Gaston's, onde beberam uma garrafa do excelente vinho do restaurante e puseram seus assuntos em dia, após semanas sem se verem.

— Me fale sobre o Natal, Richard. Como foi?

— Sossegado.

— O que vocês fizeram?

— Fomos a concertos. Assistimos ao Serviço da Meia-Noite na Abadia de Westminster. Conversamos.

— Apenas você e sua mãe?

— Apareceram alguns amigos, mas em geral éramos apenas os dois.

Aquilo denotava companheirismo. Ela ficou curiosa.

— Sobre o que conversaram?

— Uma infinidade de coisas. Você.

— Você falou a ela sobre mim?

— Falei.

— O que contou a ela?

Ele estendeu o braço através da mesa e lhe tomou a mão.

— Que havia encontrado a única pessoa no mundo com quem desejaria passar o resto de minha vida.

— Disse para ela que sou casada, que tenho uma filha?

— Disse.

— E como ela reagiu a esta informação?

— Ficou surpresa. Depois entendeu, foi compreensiva.

— Ela deve ser uma pessoa generosa.

Ele sorriu.

— Eu gosto dela.

Então, antes mesmo de perceberem o que sucedia, o longo inverno estava chegando ao fim. A primavera chega cedo na Cornualha. Surgem um perfume no ar e um calor na luz do sol que tornam o fenômeno evidente, enquanto o restante do país continua a tiritar. Aquele ano não foi diferente. Em meio a preparativos bélicos, fogo de artilharia e helicópteros revoluteando, as aves migratórias deram o ar de sua presença, em vales abrigados. A despeito das enormes manchetes nos jornais, da especulação e boatos sobre a iminente invasão da Europa, o primeiro daqueles dias balsâmicos os envolveu, paradisíaco, com céu azul e ar perfumado. Os brotos intumesciam nas árvores, a charneca estava enevoada de verde com plantas tenras, e as margens da estrada apareciam pontilhadas pelas faces cremosas das prímulas silvestres.

Precisamente em um desses dias, Richard viu-se livre, sem quaisquer demandas prementes sobre seu tempo. Por fim, eles puderam voltar ao estúdio, acender o fogo e deixá-lo iluminar seu amor. Novamente tornaram a habitar seu mundo secreto e particular, mitigaram suas carências individuais e voltaram a tornar-se uma única e rutilante entidade.

Mais tarde, ela quis saber:

— Quanto tempo demoraremos a voltar aqui outra vez?

— Eu gostaria de saber.

— Sou gananciosa. Sempre quero mais. Sempre quero um amanhã.

Estavam sentados junto à janela. Mais além, tudo era ensolarado, as areias tinham um brilho ofuscante, e o mar azul-escuro ondulava, pontilhado de moedas de sol. Arrastadas pelo vento, as gaivotas batiam asas e grasnavam. Logo abaixo delas, perto de uma piscina em uma rocha, dois meninos pescavam camarões.

— Nesse momento, os amanhãs andam escassos.

— Está falando da guerra?

— Como o nascimento e a morte, ela é parte da vida.

Penelope suspirou.

— Tentarei não ser egoísta. Aliás, tento. Lembro-me de milhões de mulheres no mundo que dariam tudo o que possuem para estar em meu lugar, segura, aquecida, alimentada e com a família à minha volta. Entretanto, não adianta muito. Continuo ressentida, porque não posso ficar com você o tempo todo. O que de certa forma ainda piora isso é saber que você realmente está *aqui*. Não se encontra custodiando Gibraltar, lutando nas selvas da Birmânia ou em algum destróier no Atlântico. Está *aqui*. Não obstante, a guerra se intromete entre nós, nos mantém afastados. A questão é que, com todos esses boatos fervilhando, os rumores incessantes da invasão, tenho a terrível sensação de que o tempo está escapando. Que tudo quanto posso agarrar são algumas poucas horas roubadas.

— Terei uma semana de folga no fim do mês — disse ele. — Você iria comigo?

Enquanto falava, ela estivera olhando para os dois meninos e suas redes de pescar camarões. Um deles encontrara qualquer coisa, emaranhada entre as algas esverdeadas. Ficou de cócoras para examiná-la, molhando os fundilhos da calça. Uma semana de folga. Uma semana. Virando a cabeça, ela olhou para Richard, certa de não ter ouvido bem ou de que talvez ele estivesse brincando com sua insatisfação. Vendo a expressão em seu rosto, Richard sorriu.

— Eu falei sério — tranquilizou-a.

— Uma semana inteira?

— Isso mesmo.

— Por que não me disse antes?

— Estava guardando o melhor para o final.

Uma semana. Longe de tudo e de todos. Apenas eles dois.

— E para onde iríamos? — perguntou, cautelosamente.

— Para onde você quiser. Poderíamos ir a Londres. Ficar no Ritz e ir a todos os teatros e clubes noturnos.

Ela estudou a sugestão. Londres. Pensou na casa da Rua Oakley. Londres, no entanto, significava Ambrose, e a casa da Rua Oakley estava habitada pelos fantasmas de Sophie, Peter e Elizabeth Clifford.

— Não quero ir para Londres — disse ela. — Há alguma alternativa?

— Sim. Uma antiga casa chamada Tresillick, no litoral sul, na península de Roseland. Não é grande nem pomposa, mas tem jardins descendo até a água e uma enorme glicínia púrpura, espalhada por toda a fachada.

— Você conhece a casa?

— Conheço. Fiquei lá um verão, quando ainda estava na universidade.

— Quem mora lá?

— Uma amiga de minha mãe, Helena Bradbury. É casada com um homem chamado Harry Bradbury, capitão da Marinha Real, comandante de um cruzador da Esquadra Metropolitana. Minha mãe escreveu a ela depois do Natal e há uns dois dias recebi uma carta sua, convidando-nos a ficar lá.

— Convidando-nos?

— Sim. A nós dois.

— Ela sabe a meu respeito?

— Evidentemente.

— Entretanto, se formos ficar com ela, não teremos que dormir em quartos separados e nos comportar com a máxima discrição?

Richard riu.

— Jamais conheci uma mulher como você, para criar dificuldades.

— Não estou criando dificuldades. Estou sendo prática.

— Não creio que surgissem tais problemas. Helena é conhecida por suas ideias abertas. Foi criada no Quênia e, por algum motivo, as senhoras criadas no Quênia raramente são adeptas das convenções.

— Você aceitou o convite dela?

— Ainda não. Queria primeiro falar com você. Há outras considerações. Seu pai é uma delas.

— Papai?

— Ele objetaria à minha ideia de viajarmos sozinhos?

— Ora, Richard! Pensei que o conhecesse melhor...

— Já falou a ele sobre nós?

— Não. Não explicitamente. — Penelope sorriu. — Mas ele sabe.

— E Doris?

— Eu direi a ela. Doris acha tudo esplêndido. Acha você fascinante. Como Gregory Peck.

— Neste caso, nada há para nos deter. Então... — Ele se levantou. — ... vamos. Comece a se mexer. Temos muito o que fazer.

Havia uma cabine telefônica na esquina perto da loja da Sra. Thomas. Os dois comprimiram-se em seu interior, fecharam a porta e Richard fez uma chamada para Tresillick. Estando tão perto dele, Penelope pôde ouvir o telefone tilintando na outra extremidade da linha.

— Alô? — Penelope ouviu com toda a nitidez a alta voz feminina, que quase ensurdeceu Richard. — Aqui é Helena Bradbury.

— Helena, aqui é Richard Lomax.

— Richard, seu demônio! Por que não ligou para mim antes?

— Sinto muito, mas, sinceramente, não houve oportunidade e...

— Recebeu minha carta?

— Sim. Eu...

— Vocês vêm?

— Se você não se importar.

— Maravilhoso! Estou admirada em pensar que você ficou todo esse tempo em um lugarejo perdido. Só fiquei sabendo quando sua mãe me contou. Quando virão?

— Bem, consegui uma semana de folga no fim de março. Seria conveniente para você?

— Fim de março? Ah, que pena. Não estarei aqui. Irei até Chatham, passar um tempinho com o meu velho. Não poderia transferir para outra época? Não, é claro que não poderia. Que pergunta idiota. Bem, não importa. Venham assim mesmo. A casa é de vocês, basta tomarem posse. Há uma senhora de sobrenome Brick que mora no chalé. Ela tem uma chave. Entra e sai. Deixarei mantimentos na despensa. Fiquem à vontade...

— É muita gentileza...

— Não me venha com essa agora. Se quiser retribuir a estadia, poderá aparar a grama para mim. Fico muito aborrecida em pensar que não vou estar aqui. Não importa, fica para outra vez. Escreva um bilhete, dizendo quando a Sra. Brick deverá esperá-los. Preciso desligar agora. Gostei muito de falar com você. Até logo.

Ela desligou. Após um segundo de imobilidade com o fone zumbindo na mão, Richard o pendurou lentamente no gancho.

— Uma senhora de poucas palavras e muita ação — disse ele.

Passou os braços em torno de Penelope e a beijou. Pela primeira vez, em pé na apertada e malcheirosa cabine telefônica, ela se permitiu acreditar que aquilo ia realmente acontecer. Eles iam viajar sozinhos, não durante uma folga, aquela horrível palavra regulamentar, mas de férias

— Nada pode impedir que isso aconteça, pode, Richard? Nada pode dar errado, não é mesmo?

— Nada, nada.

— Como chegaremos lá?

— Teremos que pensar nisso. Um trem para Truro, talvez. Um táxi.

— Não seria mais divertido irmos de carro? — Ela acabara de ter uma brilhante ideia. — Podemos ir no Bentley. Papai nos emprestaria o Bentley.

— Não esqueceu nada?

— O quê?

— A insignificante questão da gasolina.

De fato, ela havia esquecido.

— Sim, esqueci, mas... falarei com o Sr. Grabney.

— O que ele pode fazer?

— Ele nos conseguirá gasolina. De algum lugar. De alguma forma. Até no mercado paralelo, se preciso.

— Por que ele faria isso?

— Porque é meu amigo e eu o conheço desde que me entendo por gente. Você se incomodaria de me levar a Roseland em um Bentley emprestado, movido a gasolina do mercado negro?

— Não. Desde que me dêem uma declaração por escrito, para não acabarmos na cadeia.

Ela sorriu. Sua imaginação voava. Já se via partindo com ele, rodando para o sul em estradas marginadas de altas sebes. Com Richard ao volante e a bagagem de ambos empilhada no banco traseiro.

— Sabe de uma coisa? — disse ela. — Quando formos, será novamente primavera. De fato, será primavera.

Era uma casa escondida, de difícil localização, enterrada em um recanto inacessível e remoto do país que, durante séculos, não havia alterado seus costumes ou sua aparência. Ficava invisível da estrada, protegida de todos os olhos por bosques e uma estradinha quase intransitável, marginada por altos barrancos de hortênsias. Finalmente descoberta, revelou-se como uma casa que permanecera quadrangular por séculos, reunindo à sua volta outras construções, estábulos e muros protetores, tudo verdejante de floridas trepadeiras, hera, musgos e samambaias.

Diante da casa, o jardim, entre rústico e cultivado, descambava em uma série de gramados e terraços até as margens arborizadas de um riozinho serpenteante, fluindo ao sabor da maré. Trilhas estreitas convidavam sedutoramente, esgueirando-se por entre maciços de camélias, azaleias e rododendros. Na beira da água, a relva não cuidada se mostrava amarelada por profusões de narcisos silvestres, havendo um desconjuntado cais de madeira, ao qual estava amarrado um pequeno bote de remos.

A glicínia que encobria a fachada da casa ainda não florira, mas havia brotos por todos os lados e, ao lado da varanda, erguia-se uma frondosa cerejeira branca. Quando o vento a tocava, as pétalas voavam como flocos de neve.

Conforme o prometido, a Sra. Brick estava lá para recebê-los, saindo da porta da frente, assim que o velho Bentley rodou para os fundos da casa e ali estacionou, para gratidão de seus ocupantes. A Sra. Brick tinha emaranhados cabelos brancos e era estrábica, calçava meias grossas e exibia um avental atado à cintura.

— São o major e a Sra. Lomax?

Penelope emudeceu ante aquela forma de tratamento, porém Richard continuou imperturbável.

— Exatamente — respondeu, descendo do carro. — E a senhora deve ser a Sra. Brick — acrescentou, aproximando-se dela com a mão estendida.

— Sim, senhor. — Era difícil saber para onde apontava o olho transviado. — Fiquei aqui apenas para recebê-los. Foi o que disse a Sra. Bradbury. Não vou estar aqui amanhã. Querem trazer as malas?

Eles a seguiram para o interior da casa, entrando em um vestíbulo com piso de ardósia e uma escadaria de pedra. Os degraus da escada estavam gastos pelo uso dos anos e, no ambiente, pairava um cheiro úmido e abafado, não desagradável, recordando vagamente as lojas de antiguidades.

— Vou lhes mostrar a casa. A sala de refeições e a de estar... bem, estão com os móveis cobertos por protetores de poeira. A Sra. Bradbury não usa nenhuma das duas desde a guerra. Prefere usar a biblioteca, essa sala aqui. A lareira precisa ficar acesa, se quiserem se aquecer. E, se fizer sol, podem abrir as portas de vidro e sair para a varanda. Agora, venham, que eu lhes mostro a cozinha... — Eles a seguiram obedientemente. — Vão precisar tirar a cinza do fogão e enchê-lo toda noite, pois, do contrário, não vão ter água quente... — Como demonstração, ela empunhou o puxador de metal de uma gaveta, que puxou e empurrou uma ou duas vezes, provocando uma sinistra perturbação nas entranhas do antiquado fogão. — Tem um presunto frio na despensa. Eu trouxe leite, ovos e pão. Como a Sra. Bradbury disse.

— Foi muita gentileza sua.

Ela, entretanto, não tinha tempo para trivialidades.

— Agora, vamos lá em cima. — Eles recolheram malas e sacolas, tornando a segui-la. — O banheiro e o lavatório ficam aqui, dando para o corredor. — A banheira sustentava-se em pés e tinha torneiras de cobre. O vaso sanitário exibia uma cisterna da qual pendiam uma corrente e uma empunhadura, sobre a qual estava escrita a palavra PUXE. — Essa privada velha é uma chata de galochas. Quando não funciona da primeira vez, a gente precisa esperar um pouco e depois tentar de novo.

— Obrigado por nos explicar.

Porém não havia tempo para se demorarem nas complexidades do encanamento, porque ela já avançava à frente deles, para abrir uma outra porta no alto da escada, com isso deixando entrar no patamar uma rajada de vento ensolarado, vindo do aposento mais distante.

— Aqui estamos. Botei os senhores no melhor quarto de hóspedes; posso garantir que vão ter uma bela vista daqui. Espero que as camas estejam ao seu gosto. Se botarem um saco de água quente, acabarão com a umidade. E tomem cuidado quando chegarem ao balcão. A madeira dos gradis está podre, e os senhores podem cair. Bem, isso é tudo. — Ela havia cumprido a sua obrigação. — Agora vou embora.

Pela primeira vez, Penelope conseguiu dizer alguma coisa.

— Tornaremos a vê-la por aqui, Sra. Brick?

— Ah, eu estou sempre indo e vindo. A qualquer momento. Cuide deles, foi o que a Sra. Bradbury disse.

Com isso, ela se foi.

Penelope não podia olhar para Richard. Ficou parada, com a mão cobrindo a boca, de alguma forma conseguindo conter o riso até ouvir a batida da porta, sinal de que a Sra. Brick não os ouviria mais. Agora, podia desabafar. Caiu de costas na cama enorme e bem arrumada, depois começou a enxugar as lágrimas de hilaridade nas faces. Richard sentou-se ao seu lado.

— Vamos ter que descobrir qual é o olho são dessa senhora. Caso contrário, isso pode originar complicações insuperáveis.

— "Esta privada velha é uma chata de galochas." Ela era o retrato vivo do Coelho Branco, dizendo: "Mais depressa, mais depressa!"

— Que tal se sente como a Sra. Lomax?

— No paraíso.

— Imagino que foi a Sra. Bradbury quem disse isso.

— Entendo agora o que você queria dizer sobre senhoras que foram criadas no Quênia.

— Acha que será feliz aqui?

— Creio que posso dar um jeito.

— O que posso fazer para torná-la feliz?

Ela começou a rir novamente. Estendendo-se ao seu lado, ele a tomou nos braços, com calma e carinho. Além da janela aberta, pequenos sons se tornavam evidentes. O grasnido de gaivotas distantes. Mais perto, o arrulhar suave de um pombo silvestre. Uma brisa passou, roçando os galhos da cerejeira florida de branco. Lentamente, as águas da enchente da maré ganharam volume, inundando as margens vazias e lodosas do riacho.

Mais tarde, eles desfizeram as malas e arrumaram suas coisas. Richard vestiu calças velhas de brim, uma suéter branca com gola polo, e calçou sapatos de couro cru, já muito usados. Penelope pendurou o uniforme dele na parte mais funda do guarda-roupa e depois chutaram as malas para debaixo da cama.

— Isso dá uma sensação de início de férias escolares — disse Richard. — Vamos explorar os arredores.

Primeiro inspecionaram a casa, abrindo portas, descobrindo passagens e corredores insuspeitos, sondando o ambiente. No andar térreo, na biblioteca, abriram as portas de vidro, olharam o título de alguns dos livros, encontraram um gramofone antigo de corda e uma pilha de deliciosos discos: Delius, Brahms, Charles Trenet, Ella Fitzgerald.

— Podemos ter tardes musicais.

O fogo ardia na enorme lareira. Richard inclinou-se para alimentá-la com mais troncos encontrados na cesta ao lado e, endireitando-se, deparou-se com um envelope dirigido a ele, encostado contra o relógio no meio do aparador da lareira. Apanhou-o, abriu-o e, no interior, encontrou uma mensagem de sua anfitriã ausente.

> Richard. O aparador de grama está na garagem, com uma lata de gasolina ao lado. A chave da adega de vinhos está pendurada acima da porta do porão. Sirva-se à vontade do que encontrar lá dentro. Divirtam-se. Helena.

Em seguida, eles saíram da casa, passando pela cozinha e por um verdadeiro labirinto de despensas, copas, paióis de víveres e lavanderias lajeadas, situados mais além. Chegando à última porta, foram dar em um pátio de cavalariças pavimentado com pedras redondas, cruzado por varais de roupa. As antigas cavalariças agora funcionavam como garagens, depósitos de ferramentas e de lenha para o fogo Encontraram o aparador de grama, assim como dois remos e uma vela enrolada.

— Devem ser do bote — observou Richard, com ar satisfeito. — Quando a maré encher, poderemos sair velejando.

Mais tarde, chegaram a uma antiga porta de madeira, incrustada em um muro de granito coberto de liquens. Richard a forçou com o ombro e ela se abriu. Viram-se no que um dia havia sido uma horta. Descobriram as desconjuntadas estufas envidraçadas e um gradil quebrado para pepinos se alastrarem, mas as garras do tempo tinham se apoderado de tudo, e só o que se podia discernir da exuberância anterior era um punhado de ruibarbos com altura exagerada, um tapete de flores de hortelã e uma ou duas velhas macieiras, retorcidas como homens muito idosos, mas, ainda assim, exibindo brotos de um rosa pálido. O ar cálido estava impregnado do perfume das flores.

Era entristecedor constatar tamanho abandono. Penelope suspirou, penalizada.

— Que tristeza. Isso aqui devia ter sido maravilhoso um dia. Com canteiros e sebes bem aparadas...

— Era assim, quando me hospedei aqui antes da guerra. Só que, naquela época, havia dois jardineiros. Hoje é impossível manter uma propriedade como essa, à própria custa.

Por uma segunda porta, chegaram a uma trilha que descia para o riacho. Penelope colheu um ramo de narcisos, e os dois se sentaram no cais, espiando a maré que subia. Quando sentiram fome, retornaram a casa e comeram pão com presunto, acompanhado de algumas maçãs murchas que encontraram na despensa. Mais tarde, quando a maré estava alta, apanharam capas de oleado no armário dos Bradbury, recolheram os remos, a vela, e encaminharam-se para o pequeno bote. No abrigo do riacho, o progresso foi lento, mas, quando chegaram a espaço aberto, foram apanhados pela brisa. Richard baixou a quilha móvel e içou a vela principal. A pequenina embarcação adernou de maneira alarmante, mas logo se aprumou. Eles começaram a deslizar, impelidos pelo vento e encharcados de borrifos de água, cruzando as águas fundas e picadas do estreito.

Aquela era uma casa secreta, uma casa que parecia dormitar no passado. Era evidente que ali a vida sempre fora quieta e indolente, vivida a passo de tartaruga. Como um relógio muito antigo e errático ou talvez uma pessoa muito idosa e errática, ela havia perdido toda a noção do tempo. Essa influência suave era muito forte. Ao fim ao primeiro dia, sonolentos e entontecidos pelo ar brando da costa sul, Richard e Penelope não resistiram à sedução do modorrento feitiço de Tresillick e, depois disso, o tempo deixou de ter importância ou mesmo de existir. Não liam jornais, nunca ligavam o rádio, e, se o telefone tocava, deixavam que tocasse, sabendo que a chamada não era para eles.

Os dias e as noites fundiram-se lentamente entre si, não sendo interrompidos pela necessidade de refeições regulares, pelos compromissos urgentes ou pela tirania dos relógios. Seu único contato com o mundo exterior era a Sra. Brick que, fiel à sua palavra, ia e vinha. Suas visitas eram irregulares, para dizer-se o mínimo, de maneira que os dois nunca tinham ideia de quando ela apareceria. As vezes, encontravam-na às três da tarde, polindo, esfregando ou passando um aspirador de pó antigo nos tapetes surrados. Certa manhã, ainda muito cedo, eles ainda estavam na cama, quando ela irrompeu no quarto com uma bandeja de chá. Entretanto, antes que ambos se refizessem do sobressalto e encontrassem palavras para lhe agradecer, ela já tinha puxado as cortinas, emitido comentários sobre o tempo, e desaparecido.

Conforme observou Richard, aquela chegada intempestiva poderia ter sido muito constrangedora.

Ao mesmo tempo, como algum gnomo benévolo, ela os mantinha providos de alimento. Ao ir à cozinha providenciar uma refeição, eles encontravam, na prateleira lajeada da despensa, um prato com ovos de pata, uma ave assada no espeto, um pote de manteiga caseira ou um pão recentemente assado. As batatas ficavam descascadas, e as cenouras, raladas. Em certa ocasião, ela lhes deixara duas tortas de batata e carne tão grandes, que nem Richard conseguira terminar a sua.

— Nem mesmo entregamos a ela nossos cartões de racionamento — comentou Penelope, com certo espanto. Tinha vivido tanto tempo à custa de cartões de racionamento, que aquela abundância lhe parecia algo miraculoso. — Afinal, de onde vem tudo isso?

Eles jamais chegaram a descobrir.

Naquele início de primavera, o tempo se mostrou perfeccionista. Se chovia, era uma espécie de dilúvio, e precisavam vestir impermeáveis quando saíam para longas caminhadas ou então ficavam à frente da lareira, lendo um livro ou jogando cartas. Alguns dias eram azuis e cálidos como os de verão. Então, saíam para o ar livre, faziam piqueniques na relva ou espichavam-se em antigas e surradas espreguiçadeiras de jardim. Certa manhã, sentindo-se bem disposta, pegaram o Bentley e cobriram o pequeno trajeto até St. Mawes, perambulando pela aldeia, inspecionando os barcos a vela e encerrando o passeio com um drinque na varanda do Hotel Idle Rocks.

Era um dia ensolarado e com nuvens, o sol aparecendo e desaparecendo, o vento oloroso e suave condimentado pelo frescor da brisa salitrada. Recostada em sua cadeira, Penelope contemplava um barco de pesca que, com sua vela marrom, abria caminho para mar aberto.

— O que você pensa sobre o luxo, Richard?

— Não anseio por ele, se é o que quer saber.

— Na minha opinião, o luxo é a satisfação total e simultânea dos cinco sentidos. Estou aquecida e, se quiser, posso estender a mão e tocar a sua. Sinto o cheiro do mar e também que, dentro do hotel, alguém está fritando cebolas. Um aroma delicioso. Estou saboreando cerveja gelada e posso ouvir as gaivotas, a água batendo e o motor do barco de pesca fazendo *tchuc-thuc-thuc*, de uma forma extremamente agradável.

— E o que vê?

Ela virou a cabeça para fitá-lo, sentado ali com os cabelos em desalinho, usando a velha suéter e o casaco de tweed, com reforços de couro nos cotovelos e cheiro de turfa.

— Vejo você. — Ele sorriu. — Agora é a sua vez. Me diga qual é o seu luxo.

Ele ficou calado, penetrando o espírito do jogo, refletindo.

— Acho que talvez seja o contraste — disse-lhe por fim. — Montanhas e o frio cortante da neve, tudo cintilando sob um céu azul e um sol infernal. Ou estar deitado de costas, em uma rocha quente, sabendo que, a qualquer momento, quando o calor ficar insuportável, o mar profundo e frio está a apenas um metro de distância, esperando que eu mergulhe.

— E o que me diz de voltar para casa num dia enregelante e chuvoso, sentindo frio até os ossos e poder mergulhar em uma banheira com água quente?

— É uma boa pedida. Ou passar um dia em Silverstone, ensurdecido pelos carros de corrida e então, a caminho de casa, parar em alguma vasta catedral, incrivelmente bela, e entrar, apenas para ouvir o silêncio.

— Que horrível seria, ansiar por casacos de pele, Rolls-Royces e esmeraldas, tão enormes quanto vulgares. Porque de uma coisa tenho certeza: assim que possuíssemos tais artigos, eles se tornariam insignificantes, apenas por serem nossos. Então, não os quereríamos mais, não saberíamos o que fazer com eles.

— Seria uma espécie errada de luxo, sugerir que almocemos aqui?

— Não, seria maravilhoso. Eu me perguntava quando você iria fazer a sugestão. Podemos comer cebolas fritas. Essa última meia hora me deixou com água na boca.

Suas tardes, no entanto, eram a melhor parte de tudo. Com as cortinas fechadas e o fogo crepitando, eles ouviam música, percorriam a coleção de discos de Helena Bradbury e revezavam-se, levantando para trocar a agulha e dar corda no velho gramofone de madeira. De banho tomado e roupas limpas, jantavam junto à lareira, arrastavam uma mesa baixa, preparavam-na com copos e talheres, comendo o que quer que a Sra. Brick houvesse deixado para eles e bebendo a garrafa de vinho que Richard, seguindo instruções da dona da casa, tinha ido buscar na adega. Do lado de fora, o vento noturno que vinha do mar fustigava as janelas e as fazia trepidar, mas isso apenas servia para acentuar o isolamento deles, sua intimidade e imperturbada solidão.

Certa noite, já bem tarde, ouviram integralmente a "Sinfonia do novo mundo". Richard se deitara no sofá, e Penelope estava sentada sobre as almofadas no chão, com a cabeça apoiada na coxa dele. O fogo se reduzira a um monte de cinzas, mas, quando as últimas notas enfim morreram, eles continuaram imóveis, simplesmente do jeito como estavam, Richard com a mão pousada no ombro dela, Penelope, perdida em sonhos.

Ele por fim espreguiçou-se, quebrando o encanto.

— Penelope.

— Sim?

— Precisamos conversar.

Ela sorriu.

— Não temos feito outra coisa.
— É sobre o futuro.
— Que futuro?
— O nosso futuro.
— Ah, Richard...
— Não. Não fique tão preocupada. Escuta. Porque é importante. Veja bem, um dia poderei casar com você. Acho impossível imaginar um futuro sem você e, segundo penso, isso significa que devemos casar.
— Já tenho um marido.
— Eu sei, minha querida. Sei disso perfeitamente, mas, ainda assim, preciso lhe perguntar. Quer casar comigo?
Ela se virou, tomou-lhe a mão e a pressionou contra o rosto.
— Não devemos tentar a Providência — disse.
— Você não ama Ambrose.
— Não quero falar a respeito. Não quero falar sobre Ambrose. Ele não faz parte desse lugar. Nem mesmo quero dizer o nome dele em voz alta.
— Não tenho palavras para expressar o quanto a amo.
— Eu também o amo, Richard. Você sabe disso. E não posso pensar em nada mais perfeito do que ser sua mulher, saber que nada jamais poderá nos separar outra vez. Só que, agora, não. Não falemos sobre isso agora.
Ele ficou calado por um longo momento. Depois, suspirou.
— Está bem — disse. Inclinando-se, beijou-a. — Vamos dormir.

O último dia deles foi límpido e ensolarado. Cumprindo sua obrigação e retribuindo a hospedagem, Richard tirou o aparador da garagem e cortou a grama. Levou nisso muito tempo, e Penelope o ajudou, transportando em um carrinho de mão a relva cortada até a pilha de adubo orgânico, no fundo do estábulo. Também aparou todas as margens, valendo-se de uma tesoura de comprida empunhadura. Só terminaram às quatro da tarde, porém a visão do gramado na encosta que descia, liso como veludo e estriado em dois matizes diferentes de verde, valia todo o esforço, era extremamente gratificante. Depois que limparam e lubrificaram o aparador de grama, tornando a guardá-lo em seu lugar, Richard anunciou que estava sedento e ia preparar uma xícara de chá para eles. Penelope, então, voltou à frente da casa, sentou-se no meio da grama recém-aparada e esperou que ele lhe trouxesse o chá.

O cheiro da grama recém-cortada era delicioso. Apoiando-se nos cotovelos, ela ficou espiando um par de gaivotas prateadas, que se empoleirava na extremidade do cais. Contemplou-as com admiração, considerando o quanto eram pequeninas e belas, comparadas às grandes e selvagens gaivotas pescadoras de arenques, que havia no Norte. Suas mãos moveram-se sobre a grama, afagando-a, como se afagasse o pelo de um gato. Seus dedos encontraram um dente-de-leão, que escapara ao aparador de grama. Puxou-o, forcejando com as folhas e a haste, tentando arrancá-lo pela raiz. Entretanto, era uma raiz vigorosa, como toda raiz de dente-de-leão. A haste se partiu, deixando-a com apenas metade da raiz na mão. Penelope olhou para ela, sentiu seu cheiro acre e ao mesmo tempo o aroma fresco da terra úmida, que aderira às suas mãos e as sujara.

Ouviu os passos na varanda.

— Richard?

Ele chegou com o chá, duas canecas em uma bandeja. Agachou-se ao lado dela.

— Encontrei um novo luxo — disse-lhe Penelope.

— Qual é?

— É sentar sobre a grama recém-aparada, sozinha, sem a pessoa amada. Estou sozinha, mas sei que não ficarei só por muito tempo, porque meu amado se afastou apenas por um instante, e logo estará voltando para mim. — Ela sorriu. — Acho que esse é o maior luxo de todos.

Seu último dia. No dia seguinte, bem cedo, estariam partindo, voltariam a Porthkerris. Ela não quis pensar nisso, fechou a mente a tal perspectiva. Sua última noite. Como sempre, ficaram perto da lareira, Richard no sofá e Penelope enrodilhada no chão, ao lado dele. Não ouviram música. Em vez disso, ele leu para ela, em voz alta, o *Diário do Outono*, de MacNeice. Não apenas o poema de amor que lhe recitara naquele dia distante, no estúdio de papai, mas o livro inteiro, do começo ao fim. Era muito tarde, quando chegou às últimas palavras.

> Dormir ouvindo a água corrente.
> Que o amanhã será cruzado, por mais fundo que seja;
> Não há um rio dos mortos ou Letes.
> Esta noite dormiremos
> Às margens do Rubicão — a sorte está lançada,
> Para o exame das contas, mais tarde haverá tempo,
> Mais tarde haverá sol
> E a equação, afinal, surgirá.

Ele fechou o livro lentamente. Ela suspirou, não desejando que tivessem chegado ao fim.

— Tão pouco tempo — disse Penelope. — Ele sabia que a guerra era inevitável...

— Creio que, lá pelo outono de 1938, quase todos nós já sabíamos disso. — O livro escorregou da sua mão para o chão. Ele disse: — Vou embora.

O fogo havia morrido. Virando a cabeça, ela fitou o rosto de Richard e o viu tomado de tristeza.

— Por que está assim?

— Porque sinto que a estou traindo.

— Para onde é que você vai?

— Não sei. Não posso dizer.

— Quando será?

— Assim que retornarmos a Porthkerris.

O coração dela ficou apertado.

— Amanhã...

— Ou no dia seguinte.

— Você voltará?

— Não imediatamente.

— Eles o designaram para outro posto?

— Sim.

— Quem ficará em seu lugar?

— Ninguém. A operação acabou. Terminou. Tom Mellaby e seu pessoal administrativo permanecerão no Q.G. da Marinha Real para encerrar tudo, mas os Comandos e os Rangers partirão dentro de umas duas semanas. Assim, Porthkerris recuperará seu píer do Norte e, tão logo o campo tenha sido desmilitarizado, os garotos de Doris voltarão a jogar futebol.

— Então, terminou tudo?

— Essa parte das operações, sim.

— O que acontecerá em seguida?

— Teremos de esperar para ver.

— Há quanto tempo você está sabendo disso?

— Duas, três semanas.

— Por que não me contou antes?

— Por dois motivos. Primeiro, porque ainda é segredo, informação sigilosa, embora em breve não o seja mais. Segundo, porque eu não desejava que nada estragasse esse pouco tempo que ficamos juntos.

Ela se sentiu inundada de amor por ele.

— Nada o estragaria. — Penelope pronunciou as palavras e percebeu que eram verdadeiras. — Não devia ter guardado essa notícia com você. Não devia me manter na ignorância. Nunca deverá guardar segredos de mim.

— Deixar você será a coisa mais difícil que já fiz na vida.

Ela pensou na partida dele e no vazio que resultaria. Tentou imaginar a vida sem ele e, melancolicamente, não conseguiu. Apenas uma coisa era certa.

— O pior será dizer adeus.

— Então, não o digamos.

— Não quero que isso termine.

— Não terminou, minha querida — Ele sorriu. — Ainda nem começou.

***

— Ele partiu?

Penelope estava tricotando.

— Sim, papai.

— Nem veio aqui para se despedir.

— Seja como for, ele veio vê-lo e lhe trouxe uma garrafa de uísque. Richard não queria se despedir.

— Ele se despediu de você?

— Não. Apenas foi embora, cruzando o jardim. Foi como combinamos.

— Quando voltará?

Ela chegou ao fim da carreira tricotada, trocou de agulha e iniciou outra.

— Não sei.

— Está escondendo alguma coisa de mim?

— Não.

Ele ficou calado. Suspirou.

— Sentirei falta dele. — Sentado do outro lado da sala, ele pousou os olhos escuros e compreensivos sobre a filha. — Mas não tanto quanto você.

— Estou apaixonada por ele, papai. Nós nos amamos.

— Eu sei. Sabia disso fazia meses.

— Somos amantes.

— Também sei disso. Eu a vi desabrochar, ficar radiosa. Havia um brilho em seus cabelos. Desejei ser capaz de segurar um pincel, pintar essa radiosidade, capturá-la para sempre. Além disso... — Ele se tornou prosaico. — ... nenhuma mulher parte por uma semana com um homem para passar o tempo todo falando sobre o tempo. — Penelope sorriu para o pai, mas nada disse. — O que será de vocês dois?

— Não sei.

— E Ambrose?

Ela deu de ombros.

— Também não sei.

— Você está com um problema.

— Um eufemismo maravilhoso.

— Sinto muito por você. Sinto muito pelos dois. Mereciam uma sorte melhor do que um encontrar o outro no meio de uma guerra.

— Você... você gosta dele, não é, papai?

— Jamais gostei tanto de um homem. Passei a querê-lo como a um filho. Penso nele como um filho.

Penelope, que nunca chorava, imediatamente sentiu lágrimas ardendo no fundo dos olhos. Entretanto, aquele não era o momento mais adequado para sentimentalismos.

— Você é um malvado — disse ao pai. — Já lhe falei muitas vezes antes. — Felizmente, as lágrimas recuaram. — Não devia estar aprovando isso. Devia estar estalando seu chicote e rangendo os dentes, desafiando Richard Lomax a ousar desonrar sua soleira novamente.

Ela foi recompensada com um sorriso divertido.

— Assim você me machuca — respondeu seu pai.

A partida de Richard foi o limiar de um êxodo geral. Por volta de meados de abril, ficou claro para os moradores de Porthkerris que o esquema de treinamento da Marinha Real, seu próprio e pequeno envolvimento na guerra, havia terminado. Os Rangers americanos e os Comandos tão sossegada e discretamente como haviam chegado partiram de vez, e as ruas estreitas da cidadezinha ficaram vazias, estranhamente silenciosas, não mais ecoando com as pisadas de botas militares ou com o ruído de veículos oficiais. A barcaça de transporte de tropas desapareceu do porto, afastando-se dali certa noite, oculta pela escuridão; barreiras de arame farpado foram removidas do píer do Norte, e o quartel-general dos Comandos foi devolvido ao Exército da Salvação. No alto da colina, erguiam-se os galpões temporários da base americana, abandonados e vazios, e dos campos de tiro, agora desertos, nos Boscarbens, não mais vinha o som do fogo de artilharia.

Finalmente, tudo que permaneceu como vestígio da atividade militar naquele longo inverno foi o Q.G. da Marinha Real, no velho Hotel White Caps. Ali, no mastro principal, ainda tremulava a bandeira do Corpo de

Fuzileiros Navais, os jipes continuavam estacionados no pátio frontal, a sentinela permanecia montando guarda junto ao portão, e o coronel Mellaby ia e vinha com seu pessoal. Sua presença continuada era um lembrete e uma forma de dar crédito a tudo quanto havia acontecido.

Richard se fora. Penelope aprendeu a viver sem ele, porque não havia alternativa. É impossível dizer-se "não suporto isso", porque, quando não suportamos a situação, a única outra coisa a fazer é parar o mundo e desembarcar dele, porém não existe qualquer maneira prática de se fazer tal coisa. Para preencher o vazio, ocupar as mãos e a mente, ela fazia o que as mulheres, quando tensas e em épocas de ansiedade, levaram séculos fazendo: mergulhar na domesticidade e na vida familiar. A atividade física revelou-se uma terapia prosaica, mas consoladora. Ela limpava a casa, do sótão ao porão, lavava cobertas, trabalhava na horta. Isso não a impedia de sentir falta de Richard, mas, pelo menos, no fim de tudo, ficava com uma casa reluzente e cheirosa, para não falar nas duas fileiras de repolhos novos, recentemente plantados.

Além disso, passava muito tempo com as crianças. O mundo delas era mais simples, tinham um discurso primário, descomplicado, e ela sentia conforto em sua companhia. Aos três anos, Nancy já se tornara uma pessoinha sedutora, teimosa e determinada; seus comentários e observações acertados eram uma fonte de permanente admiração e divertimento. Clark e Ronald, no entanto, estavam crescidos e ela achava as suas discussões e opiniões incrivelmente amadurecidas. Dava total atenção a eles, ajudava-os em suas coleções de conchas, ouvia seus problemas e respondia às perguntas que lhe faziam. Pela primeira vez, ela os viu como iguais, não apenas como dois garotos turbulentos, com duas bocas famintas que precisavam ser alimentadas. Eram seres humanos, como quaisquer outros. A geração futura.

Certo sábado, Penelope levou as três crianças à praia. Voltando a Carn Cottage, encontrou lá o general Watson-Grant, que já estava de saída. Ele fora visitar Lawrence. Haviam tido uma agradável conversa. Doris lhes oferecera chá. Agora, ele voltava para casa.

Penelope acompanhou-o ao portão. Ele fez uma pausa, para tocar com a bengala e admirar uma moita cerrada, com suas folhas carnudas e flores brancas pontudas.

— Coisas lindas — comentou ele. — Uma cobertura maravilhosa para o solo.

— Também gosto delas. São muito exóticas. — Eles seguiram em frente, ao longo da sebe de escalônias, que já explodiam em botões rosa-escuro. — E difícil acreditar que estejamos às portas do verão. Hoje, quando estava na praia com as crianças, vimos o velho com cara de nabo limpando da areia os destroços trazidos pelas ondas. Também já há tendas sendo armadas, e a sorveteria foi aberta. Acho que, em breve, estará chegando a primeira leva de visitantes. Como andorinhas.

— Teve notícias de seu marido?

— Ambrose...? Acho que está bem. Faz algum tempo que não tenho notícias dele.

— Sabe onde se encontra?

— No Mediterrâneo.

— Então, ele perderá o espetáculo.

Penelope franziu o cenho.

— Como disse?

— Eu disse que ele perderá o espetáculo. Ir para a Europa. A invasão.

— É verdade — respondeu ela, em voz fraca.

— Ele deu muito azar. Vou lhe dizer uma coisa, Penelope. Daria meu braço direito para ser jovem novamente e poder participar ativamente disso tudo. Levamos muito tempo para chegar aonde chegamos. Tempo demais. Agora, no entanto, o país inteiro está preparado e esperando o momento certo para atacar.

— Sim, eu sei... De repente, a guerra voltou a ser extremamente importante. Quando passamos por uma rua em Porthkerris, podemos ouvir o boletim de notícias inteiro, de uma casa à outra. E todos compram jornais, todos os leem, aqui e acolá, diante da papelaria. E como se estivéssemos na época de Dunquerque, da Batalha da Grã-Bretanha ou de El Alamein.

Tinham chegado ao portão. Tornaram a parar, com o general apoiado em sua bengala.

— Foi bom ver seu pai. Vim por um impulso súbito. Queria bater papo um pouco.

— Ele tem precisado de companhia ultimamente. — Ela sorriu. — Sente falta de Richard Lomax e seu gamão.

— Sim, ele me disse. — Os olhos deles encontraram-se. A expressão do general era gentil e ela encontrou tempo para se perguntar o quanto Lawrence julgara adequado contar a seu velho amigo. — Para falar a verdade, eu não tinha percebido que o jovem Lomax se fora. Tem notícias dele?

— Tenho.

— E como está?

— Ele não diz ao certo.

— Era de imaginar. Acho que a segurança nunca foi tão rígida.

— Nem mesmo sei onde ele está. O endereço que me deu consta apenas de iniciais e números. E, quanto ao telefone, é como se nunca tivesse sido inventado.

— Bem, sem dúvida logo terá notícias dele. — O general abriu o portão. — Agora tenho que ir mesmo. Adeus, minha querida. Cuide bem de seu pai.

— Obrigada por ter vindo.

— Foi um prazer.

De repente, ele ergueu o chapéu e inclinou-se para a frente, a fim de beijá-la de leve na face. Penelope ficou sem palavras, porque o general jamais fizera semelhante coisa antes. Ficou quieta, vendo-o afastar-se, caminhando lepidamente com sua bengala.

O país inteiro esperando. A espera era o pior. À espera da guerra; à espera de notícias; à espera da morte. Ela estremeceu, fechou o portão e tornou a cruzar o jardim lentamente, de volta para casa.

A carta de Richard chegou dois dias depois. Penelope fora a primeira a descer para o térreo, ainda de manhã cedo, e encontrou-a onde o carteiro a deixara, em cima da cômoda do vestíbulo. Viu a caligrafia preta em itálico, o envelope volumoso. Foi com ele para a sala de estar, aninhou-se na grande cadeira de papai e o abriu. Eram quatro folhas de papel fino, amarelo, dobradas firmemente.

De algum lugar da Inglaterra.
20 de maio de 1944.

Minha querida Penelope,

Nessas últimas semanas, por umas doze vezes me dispus a escrever para você. E, toda vez, não fui além das primeiras quatro linhas, quando então era interrompido por algum telefonema, um chamado em voz alta, batidas à porta ou convocações urgentes, de um tipo ou de outro.

Finalmente encontrei um momento, neste obscuro lugar, em que posso ter alguma certeza de uma hora de quietude. Suas cartas chegaram sãs e salvas, e foram grande fonte de alegria para mim. Carrego-as comigo como um colegial apaixonado e as releio, incontáveis vezes. Já que não posso estar com você, pelo menos ouço a sua voz.

Bem, tenho muitas coisas a lhe dizer. Na verdade, é difícil saber por onde começar, recordar o que falamos e quando ficamos calados. Esta carta é sobre o que não foi dito.

Você nunca quis falar sobre Ambrose e isso pareceu pouco importante quando estivemos em Tresillick, habitando nosso mundo particular. Entretanto, nestes últimos tempos ele raramente me sai da cabeça, ficando claro que é o único bloqueio entre nós e nossa consequente felicidade. Isso talvez soe terrivelmente egoísta, mas um homem não pode tirar a mulher de outro e continuar sendo um santo. Em consequência, minha mente, como que por volição própria, tem feito planos. Vivo pensando em confrontos, admissões, culpas, advogados, tribunais e um conclusivo divórcio.

Sempre existe a possibilidade de que Ambrose aja cavalheirescamente e lhe conceda o divórcio. Com franqueza, não vejo qualquer motivo pelo qual devesse agir assim, de maneira que estou inteiramente preparado para me apresentar no tribunal como cúmplice e, então, permitir que ele se divorcie de você. Se isso acontecer, ele deverá ter acesso a Nancy, porém essa é uma ponte que precisamos cruzar, quando chegarmos a ela.

Importa apenas que fiquemos juntos e que finalmente nos casemos — segundo espero, o mais cedo possível. Um dia, a guerra terminará. Serei desmobilizado e retornarei à vida civil, com agradecimentos e uma pequena indenização. Você pode encarar a perspectiva de ser esposa de um professor? Porque isso é tudo quanto quero ser. Não sei dizer para onde iremos, onde viveremos e como será, mas, se me couber alguma escolha, eu gostaria de voltar para o Norte, a fim de ficar perto dos Lagos e das montanhas do distrito de Peak.

Sei que tudo isso parece muito distante. Há um caminho difícil à frente, pontilhada de obstáculos que deverão ser transpostos, um por um. Entretanto, viagens de mil quilômetros começam com o primeiro passo e, quando pensamos um pouco, nenhuma expedição é a pior.

Ao reler o que escrevi, esta me parece a carta de um homem feliz, que espera viver para sempre. Por algum motivo, tenho esperanças de sobreviver à guerra. A morte, o último inimigo, ainda me parece muito distante, além da velhice e da enfermidade. Por outro lado, não é possível acreditar que o destino, após ter nos unido, não queira que continuemos assim.

Penso em todos vocês em Carn Cottage, tento imaginar o que estarão fazendo e desejaria estar aí com vocês, convivendo com o riso e os afazeres domésticos do lugar que passei a pensar como meu segundo lar. Foi tudo muito bom, em cada sentido da palavra. E, nesta vida, nada bom é realmente perdido. Fica fazendo parte de uma pessoa, torna-se parte de sua personalidade. Assim, uma parte sua me acompanha a todo canto. E uma parte minha é sua, para sempre. Meu amor, minha querida,

Richard

Na terça-feira, seis de junho, as Forças Aliadas invadiram a Normandia. Iniciava-se a Segunda Frente e começava a última longa batalha. A espera havia terminado.

O dia onze de junho foi um domingo.

Tomada por um acesso de zelo religioso, Doris tinha levado seus meninos à igreja e Nancy à escola dominical, deixando a Penelope a tarefa de preparar o almoço. Daquela vez, o açougueiro tivera mais sorte do que o esperado e, de sob o balcão, retirara um pequeno pernil de cordeiro. Agora, o pernil estava no forno, assando e exalando um aroma delicioso, circundado por batatas crocantes. As cenouras cozinhavam, e o repolho havia sido cortado. Como sobremesa, teriam pudim de ruibarbo e creme de leite.

Era quase meio-dia. Ela pensou em molho de hortelã. Ainda usando o avental da cozinha, saiu pela porta dos fundos e subiu a encosta que ia dar no pomar. Uma brisa soprava. Doris lavara uma montanha de roupa e a estendera no varal, onde toalhas e lençóis agitavam-se com estalos de chicote ao vento, como velas mal colocadas. Patos e galinhas, presos em seu galinheiro, viram Penelope chegando e iniciaram um coro de grasnidos e cacarejos, esperando comida.

Ela encontrou a hortelã e colheu rapidamente um molho perfumado. Entretanto, quando voltava para casa por entre a relva alta, ouviu o som do portão de baixo sendo aberto e fechado. Ainda era cedo para a volta dos que tinham ido à igreja, de maneira que ela tomou a direção dos degraus de pedra que levavam ao gramado na frente da casa e ficou lá, esperando para ver quem chegava.

O visitante apareceu, em passos lentos. Um homem alto, uniformizado. De boina verde. Por uma fração de segundo, suficientemente longa para que seu coração saltasse, ela pensou que fosse Richard, mas logo viu que não era. O coronel Mellaby chegou ao alto do caminho e parou. Erguendo a cabeça, viu que ela o espiava.

De repente, tudo ficou imóvel. Como um filme, emperrado em um só quadro, porque o projetor avariou-se. A própria brisa parou. Nenhum pássaro trinou. O gramado verde estendia-se entre eles, como um campo de batalha. Ela permaneceu imóvel, esperando que ele fizesse o primeiro movimento.

Ele o fez. Com um clique e um zumbido, o filme recomeçou. Penelope foi ao encontro dele. O coronel parecia mudado. Ela não havia percebido o quanto estava pálido e abatido.

Penelope falou primeiro:

— Coronel Mellaby.

— Minha querida...

Ele soava como o general Watson-Grant, exibindo suas maneiras mais gentis e, a partir daquele instante, Penelope adivinhou o que o coronel viera dizer-lhe, sem a menor sombra de dúvida.

— É sobre Richard? — perguntou.

— Sim, é. Eu sinto muitíssimo.

— O que aconteceu?

— São más notícias.

— Pode dizer.

— Richard... foi morto. Ele morreu.

Ela esperou sentir alguma coisa. Nada sentiu. Somente o molhinho de hortelã, apertado firme em sua mão, e uma mecha de cabelo contra o rosto. Erguendo a mão, Penelope a afastou. Seu longo silêncio continuou entre eles, como um grande abismo intransponível. Ela sabia disso e lamentava pelo coronel, mas nada podia fazer.

Por fim, com enorme e visível esforço, ele prosseguiu:

— Fiquei sabendo hoje cedo. Antes de partir, ele me pediu... disse que, se alguma coisa lhe acontecesse, que eu viesse imediatamente comunicar a você.

Ela por fim encontrou sua voz.

— Foi muita gentileza sua. — Era uma voz que não parecia a sua. — Quando foi que aconteceu?

— No Dia D. Ele acompanhou os homens que havia treinado aqui. A Segunda Companhia de Rangers dos Estados Unidos.

— Ele tinha que ir?

— Não, mas quis estar com eles. E eles se sentiram orgulhosos em tê-lo na sua companhia.

— O que aconteceu?

— Eles desembarcaram no flanco da praia de Omaha, com a Primeira Divisão dos Estados Unidos, em um lugar chamado Pointe de Hué, perto do fundo da península de Cherburgo. — A voz dele era mais segura agora e falava sem emoção de assuntos que entendia. — Pelo que posso deduzir, tiveram alguma dificuldade com seu equipamento. Os arpéus lançados por foguete ficaram molhados durante a travessia, deixando de funcionar adequadamente. No entanto, eles escalaram o penhasco e assaltaram o ninho de artilharia alemã no alto. Alcançaram seu objetivo.

Ela pensou nos jovens americanos que haviam passado o inverno ali, em Porthkerris, a um oceano de distância de seus lares, de suas famílias.

— Houve muitas baixas?

— Sim. No decorrer do assalto, pelo menos metade deles pereceu.

E Richard com eles. Ela disse:

— Ele não achava que seria morto. Disse que a morte, o último inimigo, ainda parecia muito distante. Foi bom ter pensado assim, não?

— Sem dúvida. — Ele mastigou o lábio. — Ouça, minha querida, você não precisa ser corajosa. Se quiser chorar, não tente sufocar suas lágrimas. Sou um homem casado e com filhos. Eu entenderia.

— Também sou casada e tenho uma filha.

— Eu sei.

— E há anos que não choro.

Ele ergueu a mão para o bolso da camisa, desabotoou a aba e tirou uma fotografia

— Um de meus sargentos me deu isto. Estava com a máquina fotográfica e bateu a foto certo dia, quando estavam todos nos Boscarbens. Ele achou... eu achei... que você gostaria de ficar com ela.

Entregou-lhe a foto. Penelope observou-a. Viu Richard, virando-se como que para olhar para trás, apanhado desprevenido e sorrindo para o fotógrafo. De uniforme, mas com a cabeça descoberta, tendo um rolo de corda de escalar pendendo do ombro. Devia ser um dia de brisa, como agora, porque tinha o cabelo despenteado. Ao fundo, estendia-se o longo horizonte do mar.

— Foi muita consideração sua — disse ela. — Obrigada. Eu não tinha um retrato dele.

O coronel ficou calado. Os dois permaneceram ali, parados, sem saber o que mais dizer.

— Você está bem? — perguntou ele finalmente.

— Sim, claro.

— Então, vou deixá-la. A menos que haja algo que eu possa fazer.

Ela pensou a respeito.

— Sim. Sim, há uma coisa. Meu pai está lá dentro. Na sala de estar. Poderá encontrá-lo sem dificuldade. Quer ir lá, agora, e lhe dar a notícia sobre Richard?

— Quer mesmo que eu faça isso?

— Alguém tem que dizer a ele. E eu não sei se teria coragem para fazer isso.

— Muito bem.

— Estarei lá em um momento. Eu lhe darei tempo para comunicar a notícia e então irei.

Ele foi. Seguiu o caminho até os degraus da entrada da frente e cruzou a porta. Não era apenas um homem gentil, mas também corajoso. Penelope ficou onde ele a deixara, com seu molhinho de hortelã em uma das mãos e a fotografia de Richard na outra. Recordou a manhã terrível do dia em que Sophie morrera, lembrou-se de como havia ficado desesperada e chorara. Agora, ansiava pelo mesmo fluxo de emoção, porém nada acontecia. Estava simplesmente entorpecida, fria como gelo.

Olhou para o rosto de Richard. Nunca mais. Nem mais uma vez. Nada restara. Viu o sorriso dele. Recordou-lhe a voz, lendo para ela.

Evocou as palavras. De repente, lá estavam elas, enchendo-lhe a mente como uma canção um dia esquecida.

> ... a sorte está lançada,
> Para o exame das contas, mais tarde haverá tempo,
> Mais tarde haverá sol
> E a equação, afinal, surgirá.

Mais tarde fará sol. Devo dizer isso a papai, pensou ela. Então, esse lhe pareceu um meio tão bom como qualquer outro de reiniciar o resto de vida que tinha pela frente.

12

DORIS

Podmore's Thatch. Um pássaro trinou, seu canto varando o silêncio do alvorecer acinzentado. O fogo havia morrido, porém a luz acima de *Os catadores de conchas* continuava brilhando, como brilhara a noite inteira. Penelope não havia dormido, porém agora se espreguiçava, como se estivesse despertando de um sono profundo e tranquilo. Esticou as pernas por baixo da espessa manta de lã, estendeu os braços e esfregou os olhos. Espiou em volta; à claridade suave, viu sua própria sala de estar, a tranquilidade de seus bens, flores, plantas, escrivaninhas, quadros; a janela aberta para seu próprio jardim. Viu os galhos mais baixos do castanheiro, os brotos que ainda não haviam despontado como folhas. Não dormira, porém a vigília não a deixara fatigada. Pelo contrário, sentia uma espécie de calmo contentamento, uma tranquilidade que talvez se originasse do raro prazer da evocação detalhada de sua vida.

Agora ela tinha chegado ao fim. A peça terminara. A ilusão do teatro era forte. As luzes da ribalta amorteciam-se e, à claridade agonizante, os atores se viravam para sair do palco. Doris e Ernie, jovens como nunca mais seriam. Também os velhos Penberth, os Trubshot e os Watson-Grant. E papai. Todos mortos. Mortos havia muito. O último a se retirar do palco fora Richard. Recordou-o sorrindo e percebeu que o tempo, aquele grande e velho remédio, finalmente cumprira sua tarefa. Agora, passados os anos, a face do amor não mais despertava agonias de pesar e amargura. Ao contrário, o sentimento que restava era simplesmente de gratidão. Porque sem Richard para recordar, o passado seria indescritivelmente vazio. Era melhor ter amado e perdido, ela disse para si mesma, do que jamais ter amado. E Penelope sabia que isto era verdade.

No aparador da lareira, seu relógio de corda dourado bateu as seis horas. A noite se fora. Já era o dia seguinte. Outra quinta-feira. O que tinha acontecido aos dias? Tentando decifrar o enigma, ela descobriu que haviam escoado duas semanas desde a visita de Roy Brookner, quando ele levara consigo os painéis e os esboços. E até agora não dera notícias.

Ela tampouco tivera notícias de Noel ou de Nancy. Com os ressentimentos causados pela última briga ainda vivos entre eles, os dois simplesmente haviam preferido distanciar-se da mãe e permanecer incomunicáveis. Isto a preocupava bem menos do que seus filhos talvez imaginassem. Com o tempo, sem dúvida, voltariam a se falar, não apresentando desculpas, mas agindo como se nada de anormal tivesse acontecido. Até lá, Penelope tinha muita coisa em que pensar e não dispunha de energias para desperdiçar em rixas infantis e sentimentos feridos. Havia coisas melhores com que se entreter e muitíssimo mais a fazer. Como de costume, a casa e o jardim haviam reclamado a maior parte de sua atenção. Como era típico, os dias de abril alteravam-se continuamente. Céu cinzento, folhagens lívidas, chuvaradas de encharcar os ossos e, então, sol novamente. As forsítias chamejavam amarelo-manteiga; o pomar se tornava um tapete de narcisos, violetas e prímulas

Quinta-feira. Danus viria de manhã. E, talvez hoje, Roy Brookner telefonasse de Londres. Considerando essa possibilidade, Penelope teve certeza de que hoje ele telefonaria. Era mais do que uma sensação. Era mais forte do que isso. Uma premonição.

A essa altura, o pássaro solitário cantava em coro com mais uma dúzia de outros, e o ar estava cheio de seus trinados. Era impossível pensar em dormir. Ela se levantou do sofá, apagou a luz e foi ao andar de cima preparar para si mesma um banho bem quente e com muitíssima água.

Sua premonição estava correta. Ele ligou durante o almoço.

O doce alvorecer transformara-se em um dia cinzento, com nuvens baixas e carregadas, não oferecendo qualquer perspectiva para um piquenique ao ar livre ou no jardim-de-inverno. Assim, ela, Antonia e Danus sentaram-se à mesa da cozinha, dispostos a consumir uma enorme terrina de espaguete à bolonhesa e uma travessa de frios. Por causa do tempo, Danus passara a manhã fazendo uma faxina na garagem. Ao ir até sua escrivaninha para procurar um número de telefone, Penelope acabara ficando por lá, apanhada de surpresa pela papelada amontoada, saldando contas vencidas, relendo cartas antigas e jogando fora uma boa quantidade de folhetos promocionais, que nunca se dera ao trabalho de tirar dos envelopes. Antonia preparara o almoço.

— Você não é apenas uma excelente ajudante de jardineiro, mas uma cozinheira de mão cheia — disse-lhe Danus, espalhando queijo parmesão sobre seu espaguete.

O telefone tocou.

— Quer que eu atenda? — perguntou Antonia.

— Não é preciso. — Penelope largou o garfo e levantou-se. — Seja lá quem for, deve ser mesmo para mim.

Em vez de responder à chamada na cozinha, foi para a sala de estar, fechando portas à sua passagem.

— Alô?

— Sra. Keeling?

— Ela mesma.

— Aqui fala Roy Brookner.

— Pois não, Sr. Brookner.

— Lamento ter ficado tanto tempo sem me comunicar com a senhora, mas o Sr. Ardway estava visitando amigos em Gstaad, só voltou a Genebra há dois dias. Foi quando encontrou minha carta, esperando em seu hotel.

Voou para Heathrow hoje de manhã e agora está aqui, em meu escritório. Mostrei-lhe os painéis e ele ficou muito grato pela oportunidade. Ofereceu cinquenta mil por cada um deles. Serão cem mil pelo par. Em libras esterlinas, naturalmente, não dólares. Seria uma soma aceitável para a senhora ou gostaria de algum tempo para pensar a respeito? Ele pretendia retornar a Nova York amanhã, mas está disposto a adiar a viagem, se for preciso, a fim de que a senhora tenha tempo para chegarem a um acordo. Pessoalmente, acho uma oferta bastante razoável, mas se... Sra. Keeling? Está ouvindo?

— Sim, estou ouvindo.

— Perdão, pensei que a ligação houvesse caído.

— Não. Continuo ouvindo bem.

— A senhora tem algum comentário a fazer?

— Nenhum.

— A soma que mencionei seria aceitável para a senhora?

— Sim. É perfeitamente aceitável.

— Então, gostaria que eu fosse em frente e finalizasse a venda?

— Faça isso. Por favor.

— Nem preciso lhe dizer que o Sr. Ardway está encantado.

— Fico feliz em saber.

— Entrarei em contato com a senhora. E, claro, o pagamento será efetuado assim que a transação for encerrada.

— Obrigada, Sr. Brookner.

— Talvez esse não seja o momento mais apropriado para tocar no assunto, porém é claro que haverá consideráveis impostos a pagar. A senhora entende, não?

— Sem dúvida.

— A senhora tem algum contador ou alguém que cuide de seus negócios?

— Tenho o Sr. Enderby, da Enderby, Looseby & Thring. São advogados, na Gray's Inn Road. O Sr. Enderby cuidou de tudo, quando vendi a casa da Rua Oakley e comprei a que moro hoje.

— Sendo assim, talvez fosse conveniente a senhora entrar em contato com ele e colocá-lo a par da situação.

— Sim. Sim, farei isso...

Houve uma pausa. Penelope perguntou-se se ele iria desligar.

— Sra. Keeling?

— Diga, Sr Brookner.

— A senhora está bem?

— Por quê?

— A senhora parece um pouco... atordoada.

— Deve ser porque estou achando difícil parecer outra coisa.

— Está inteiramente satisfeita com o arranjo?

— Estou. Inteiramente satisfeita.

— Neste caso, até outra ocasião, Sra. Keeling...

— Um momento, Sr. Brookner. Por favor, há algo mais.

— Estou ouvindo.

— É sobre *Os catadores de-conchas.*

— Sim?

Ela lhe disse o que queria que ele fizesse.

Penelope tornou a depositar o fone no gancho, muito lentamente. Estava sentada à sua escrivaninha arrumada há pouco e ali permaneceu por alguns momentos. Estava tudo muito quieto. Da cozinha, podia ver o murmúrio de vozes. Antonia e Danus pareciam nunca ficar sem assunto. Voltou ao encontro deles e os viu ainda à mesa, já tendo terminado seu espaguete e agora passando às frutas, queijo e café. Seu próprio prato havia desaparecido.

— Coloquei seu prato no forno, para não esfriar — disse Antonia.

Ela se levantou para apanhá-lo, mas Penelope a deteve.

— Não. Não se preocupe. Não quero mais comer.

— E que tal uma xícara de café?

— Não. Nem mesmo café.

Sentou-se em sua cadeira, os braços cruzados em cima da mesa. Sorriu, porque não podia deixar de sorrir, porque amava os dois jovens e porque estava prestes a oferecer-lhes o que considerava a mais preciosa dádiva no mundo inteiro. Era um presente que oferecera a cada um de seus três filhos, mas que eles haviam recusado, um a cada vez.

— Tenho uma proposta a fazer — disse ela. — Vocês iriam à Cornualha comigo? Iriam à Cornualha, para passarmos a Páscoa lá? Juntos. Apenas nós três?

Podmore's Thatch,
temple Pudley,
Gloucestershire.

17 de abril de 1984.

Minha querida Olivia,

Escrevo a você para contar-lhe várias coisas que aconteceram e outras que estão prestes a acontecer.

Nesse último fim de semana, quando Noel trouxe Antonia e fez a faxina no sótão, tendo Nancy vindo para o almoço do domingo, tivemos uma forte discussão, e estou certa de que você não ficou sabendo de nada. Como não poderia deixar de ser, foi acerca de dinheiro e do fato de eles acreditarem que eu devia vender os quadros de meu pai imediatamente, agora, enquanto o mercado está em alta. Garantiram-me que estavam preocupados apenas comigo, porém a verdade é que os conheço bem demais. Eles é que precisam do dinheiro.

Depois que finalmente partiram, tive tempo para refletir sobre tudo que aconteceu e, na manhã seguinte, decidi telefonar para o Sr. Roy Brookner, da Boothbys. Ele veio até aqui, viu os painéis e os levou consigo. Encontrou para mim um comprador particular, um americano, que me ofereceu cem mil libras pelo par. Aceitei a oferta.

Há muitas maneiras pelas quais eu poderia gastar este dinheiro caído do céu, mas, no momento, vou fazer uma coisa que venho desejando há muito tempo, que é voltar à Cornualha. Já que nem você, Noel ou Nancy tinham tempo ou vontade de ir comigo, convidei Antonia e Danus. Danus hesitou a princípio, mas acabou aceitando o meu convite. Para ele, foi algo inteiramente inesperado e acho que ficou constrangido, talvez achando que, de certa forma, eu sentia pena dele e me mostrava um tanto protetora. Imagino que seja um rapaz muito orgulhoso. Finalmente o convenci de que nos estaria fazendo um favor; nós duas precisaríamos de um homem forte para lidar com bagagens, carregadores e garçons. Por fim, ele concordou em falar com seu empregador e saber se poderia tirar uma semana de folga. Foi o que fez e, dessa forma, partiremos amanhã cedo, eu e Antonia revezando-nos na direção do carro. Não pretendemos ficar com Doris, porque em sua casinha não há espaço para três hóspedes. Assim, reservei acomodações no Hotel Sands, e lá chegaremos por volta da Páscoa.

Escolhi o Sands porque me recordo desse Hotel como sendo despretensioso e aconchegante. Quando eu era criança, famílias inteiras iam de Londres passar lá as férias de verão. E continuavam indo, anos após ano, levando seus filhos, motoristas, babás e cachorros. Todo verão, a gerência do hotel organizava um pequeno torneio de tênis e havia uma festa ao anoitecer, quando os adultos dançavam foxtrotes em trajes a rigor, com as crianças dançando Sir Roger de Coverley* e ganhando balões de gás. Durante a guerra, o hotel foi transformado num hospital e se encheu de pobres rapazes feridos, envoltos em mantas vermelhas; lá, bonitas auxiliares voluntárias ensinavam a eles como confeccionar cestas.

---

* Dança popular inglesa. (N.T.)

Entretanto, quando falei a Danus para onde íamos, ele pareceu um pouco surpreso. Consta que o Sands agora é muito caro e pomposo, e acho que ele ficou preocupado, da maneira mais delicada possível, com a questão do dinheiro. Evidentemente, o que menos importa agora é o preço. É a primeira vez na vida que escrevo essa frase. Com isto, experimento a sensação mais extraordinária e tenho a impressão de que, repentinamente, me tornei uma pessoa totalmente diferente. Aliás, tal coisa não me provoca a menor vergonha, e estou empolgada como uma criança.

Ontem, eu e Antonia fomos de carro a Cheltenham e fizemos compras. A Penelope é quem manda agora, e você não teria reconhecido sua mãe, sempre tão econômica, mas creio que a teria aprovado. Foi como se houvéssemos enlouquecido. Comprei vestidos para Antonia, uma linda saia de cetim creme, jeans e pulôveres de algodão, bem como um impermeável amarelo e quatro pares de sapatos. Em seguida, ela desapareceu num salão de beleza, para que lhe aparassem a franja, enquanto eu continuei sozinha a gastar dinheiro em coisas deliciosas e desnecessárias para as minhas férias. Um novo par de tênis, talco e um frasco enorme de perfume. Filmes fotográficos e cremes faciais, além de um pulôver de caxemira violeta. Comprei uma garrafa térmica e uma toalha xadrez (para piqueniques), bem como uma pilha de livros de bolso para me distrair (incluindo O *sol também se levanta* — há anos não leio Hemingway). Comprei um livro sobre pássaros britânicos e um outro cheio de mapas, maravilhoso.

Quando encerrei minha orgia de compras, fui até o banco, depois tomei uma xícara de café, para então ir apanhar Antonia. Quando a vi, era uma pessoa inteiramente estranha e muito bonita. Não somente mandara aparar o cabelo, como tingira os cílios. Tal medida modificou inteiramente sua aparência. A princípio, ficou um pouco envergonhada pela mudança, mas agora está acostumada à ideia, e, de vez em quando, a encontro lançando um olhar de admiração ao espelho. Há muito tempo não me sinto tão feliz.

Quando vier amanhã, a Sra. Plackett limpará e trancará a casa, depois que partirmos. Voltaremos no dia vinte e cinco, quarta--feira.

Falta apenas uma coisa. *Os catadòres de conchas* já se foi. Doei-o à Galeria de Arte de Porthkerris em memória de meu pai, que ajudou em sua fundação. Curiosamente, não preciso mais dele e gosto de pensar que outros — pessoas comuns — poderão partilhar o prazer e o encanto que ele sempre me proporcionou. O Sr. Brookner tomou providências para seu transporte até lá; um furgão chegou, como programado, e o levou. O vazio acima da lareira ficou bastante visível, mas um dia voltarei a preenchê--lo com alguma outra coisa. Nesse ínterim, anseio ter o quadro pendurado em seu novo lar, para que todos o vejam.

Não escrevi a Nancy nem a Noel. Eles acabarão sabendo tudo, mais cedo ou mais tarde; provavelmente, ficarão muito ressentidos e aborrecidos, mas nada posso fazer para remediar isso. Dei a eles tudo o que pude, mas estão sempre querendo mais. Talvez agora parem de me importunar e cuidem da própria vida.

Acredito que você, no entanto, compreenderá. Aceite o meu amor, como sempre,

Mãezinha.

Nancy não se sentia muito bem consigo mesma. O motivo disso era não ter tido contato com sua mãe desde aquele malogrado domingo, quando ocorrera a terrível discussão sobre as pinturas, com Penelope se voltando contra eles dois, dizendo a ela e a Noel palavras tão desagradáveis e constrangedoras.

Não que Nancy se sentisse culpada. Pelo contrário, ficara profundamente ofendida. Sua mãe fizera acusações que jamais deveriam ter sido feitas, e ela fora deixando que os dias corressem, em gélida incomunicabilidade, pois esperava que Penelope tomasse a iniciativa de procurá-la. Ela poderia telefonar, se não para se desculpar, ao menos para conversar, indagar dos netos, talvez sugerir uma reunião. Isso provaria a Nancy que tudo fora esquecido, que as relações entre ambas estavam novamente seguindo o curso normal.

Entretanto, nada aconteceu. Não houve telefonema algum. No início, Nancy se manteve irredutivelmente ofendida, acalentando seu ressentimento. Não gostava da sensação de ter caído no desagrado materno. Afinal de contas, nada fizera de errado. Apenas dissera o que pensava, preocupada com o bem de todos eles.

Aos poucos, no entanto, foi ficando preocupada. Sua mãe não costumava guardar ressentimentos. Seria possível que não estivesse bem? Ela parecera ficar muito transtornada e, com certeza, isso não poderia ser bom para uma mulher de idade, que sofrera um ataque cardíaco. Será que a discussão tivera repercussões? Nancy estremecia a tal ideia, procurando expulsar a ansiedade da mente. Claro que não. Se tivesse acontecido alguma coisa, Antonia lhe comunicaria. Ela era jovem e talvez irresponsável, mas sua irresponsabilidade não chegaria a tais extremos.

A preocupação transformou-se em ideia fixa e Nancy não conseguia mais afastá-la da mente. Durante os últimos dias, aproximara-se algumas vezes do telefone e chegara a erguê-lo do gancho, a fim de discar o número de Podmore's Thatch, porém tornara a recolocá-lo, sem saber o que iria dizer e não encontrando qualquer razão para ligar. Então, teve uma inspiração súbita. A Páscoa se aproximava. Convidaria a mãe e Antonia para o almoço da Páscoa, no Antigo Vicariato. Isso não envolveria constrangimento de sua parte e, enquanto saboreavam o cordeiro assado com batatas frescas, as duas chegariam à reconciliação total.

Ocupava-se da não muito árdua tarefa de limpar os móveis da sala de refeições, quando lhe ocorreu o brilhante plano. Largando o espanador e a lata de lustra-móveis, foi diretamente para a cozinha e pegou o telefone. Discou o número e esperou, sorrindo sociavelmente, de todo decidida a colocar em sua voz o mesmo sorriso. Ouviu a campainha retinindo no outro extremo do fio. Ninguém respondeu. Seu sorriso esmaeceu. Esperou bastante tempo. Por fim, vendo que a tentativa seria inútil, desligou.

Tornou a ligar às três da tarde e, mais uma vez, às seis. Pediu o auxílio de "Consertos", solicitando que checassem o número.

— Está chamando — informou o encarregado.

— Eu sei que está chamando. Ouvi o toque da campainha o dia inteiro. Deve ter algo errado.

— Tem certeza de que a pessoa para quem liga está em casa?

— Claro que está em casa! Trata-se de minha mãe. Ela sempre está em casa.

— Se aguardar um momento, farei uma checagem e ligarei para a senhora.

— Obrigada.

Nancy esperou. O homem ligou para ela. Nada havia de errado com a linha. Ao que tudo indicava, sua mãe, simplesmente, não estava lá.

A esta altura, Nancy já estava menos preocupada do que exasperada. Ligou para Olivia, em Londres.

— Olivia?

— Alô?

— Aqui é Nancy...

— Sim, foi o que pensei.

— Escuta, Olivia, estou tentando ligar para mamãe, porém ninguém atende em Podmore's Thatch. Tem alguma ideia do que aconteceu?

— É claro que ninguém atende. Ela foi à Cornualha.

— *Cornualha?*

— Exatamente. Foi passar a Páscoa lá. Foi de carro, com Antonia e *Danus*.

— Antonia e Danus?

— Não fique tão surpresa. — A voz de Olivia estava cheia de divertimento. — Por que ela não iria? Há meses vinha querendo ir e, como nenhum de nós quis acompanhá-la, ela levou os dois.

— Bem, mas eles não vão ficar todos em casa de Doris Penberth, não? Lá não haveria espaço.

— Ah, não! Não foram ficar com Doris. Estão hospedados no Sands.

— No *Sands?*

— Nancy, pare de repetir tudo que digo.

— Bem, o Sands é o melhor. Um dos melhores hotéis do país. Está anunciado em toda parte. Custa os *olhos da cara!*

— Você não sabia? Mamãe pode pagar os olhos da cara. Vendeu os painéis a um milionário americano, por cem mil libras.

Nancy ficou em dúvida se iria passar mal ou desmaiar. Provavelmente desmaiaria. Podia sentir o sangue refluindo de seu rosto. Os joelhos ficaram bambos. Ela estendeu a mão para uma cadeira.

— Cem mil libras... Não é possível! Eles não podiam valer tanto assim. Nada vale cem mil libras.

— Nada vale, a menos que alguém o queira. Também existe o valor da raridade. Tentei explicar tudo isso a você, no dia em que almoçamos no L'Escargot. As obras de Lawrence Stern quase nunca aparecem no mercado, e esse americano, seja lá quem for, provavelmente queria aqueles painéis mais do que tudo no mundo, e não se preocupou com o que pagaria por eles. Felizmente para mãezinha. Eu estou muito feliz por ela.

A mente de Nancy, entretanto, galopava. Cem mil libras.

— Quando foi que tudo isso aconteceu? — conseguiu enfim perguntar.

— Ah, não sei ao certo. Sei apenas que foi bem recente.

— E como é que você sabe?

— Ela me escreveu uma longa carta, contando tudo. Inclusive sobre a briga que teve com você e Noel. Vocês não se emendam. Já cansei de dizer para que a deixem em paz, mas não adianta. Insistem em importuná-la incessantemente e, por fim, ela não suportou mais. Acho que foi isso que a levou a negociar os painéis. Provavelmente percebeu que seria a única maneira de acabar com as chateações intermináveis de vocês.

— Isso é muito injusto.

— Ah, Nancy, pare de fingir para mim e para si mesma!

— Foram eles que passaram a dominá-la.

— Eles, quem?

— Danus e Antonia. Você nunca devia ter mandado essa garota ficar com mamãe. E não confio nada nesse Danus.

— Noel também não.

— E isso não a preocupa?

— Nem um pouco. Tenho grande confiança no julgamento de mãezinha.

— E o que me diz do dinheiro que está desperdiçando com eles? Nesse exato momento. Hospedada com toda a pompa no Hotel Sands. E com seu jardineiro.

— Por que ela não deveria desperdiçar o dinheiro? Afinal, é dela, não? E por que não deveria gastá-lo consigo mesma e com dois jovens de quem gosta? Como falei, ela pediu a todos nós que a acompanhássemos, porém todos recusamos. Tivemos nossa chance. Só podemos culpar a nós mesmos.

— Quando ela me convidou, o Hotel Sands não foi mencionado. Seria para ficarmos hospedados na casa de Doris Penberth. Ocupando seu quarto vago.

— Foi isso que a impediu de aceitar? A ideia de ficar hospedada em um quarto apertado na casa de Doris? Você aceitaria, se o Hotel Sands fosse acenado diante de seu nariz, como uma cenoura diante de um jumento?

— Você não tem o direito de falar assim.

— Tenho todo o direito. Sou sua irmã, que Deus me perdoe. E ainda há mais uma coisa que devia saber. Mãezinha foi a Porthkerris, porque era o seu sonho de anos e anos, mas também porque foi ver *Os catadores de conchas*. Ela o doou para a galeria de arte de lá, em memória de seu pai. Então, quis vê-lo ocupando seu novo lar.

— Ela o doou? — Por um momento, Nancy pensou ter ouvido mal ou não ter entendido bem as palavras da irmã. — Está querendo dizer que o *deu?*

— Isso mesmo.

— Mas talvez ele valha milhares. Centenas de milhares!

— Tenho certeza de que todos os envolvidos sabem disso.

Os catadores de conchas. Perdido para sempre. O senso da injustiça perpetrada contra ela e sua família deixou Nancy lívida de raiva.

— Ela sempre disse que não poderia viver sem esse quadro — falou, em tom amargo. — Repetia que era parte de sua vida.

— E foi. Foi mesmo, durante anos. Entretanto, acho que agora ela se sente capaz de viver sem ele. Mãezinha quer partilhá-lo. Quer que outras pessoas também possam vê-lo e apreciá-lo.

Era evidente que Olivia estava do lado da mãe.

— E quanto a nós? Quanto à sua família? Seus netos. Noel. Noel já sabe disso?

— Não sei. Creio que não. Nunca mais o vi nem soube dele, depois que levou Antonia a Podmore's Thatch.

— Eu vou contar a ele — disse Nancy, em tom de ameaça.

— Pode contar — respondeu Olivia, e desligou.

Nancy soltou o fone no gancho com força. Maldita Olivia. Maldita. Tornou a erguer o fone, e foi com mãos trêmulas que discou o número de Noel. Que se lembrasse, nunca estivera tão perturbada.

— Noel Keeling falando.

— Aqui é Nancy.

Ela falava em voz firme, sentindo-se importante, convocando uma conferência familiar.

— Oi — disse ele, não parecendo nem um pouco entusiasmado.

— Acabei de falar com Olivia. Tentei ligar para mamãe, mas ninguém atendia, então eu falei com Olivia, porque ela talvez soubesse o que estava acontecendo. Ela sabia, porque mamãe lhe escreveu uma carta. Escreveu para Olivia, mas não se deu ao trabalho de entrar em contato comigo ou com você.

— Não faço a menor ideia do que você está falando.

— Mamãe viajou para a Cornualha. Levou Danus e Antonia com ela.

— Santo Deus...

— Os três estão hospedados no Hotel Sands.

Isso chamou a atenção dele.

— No Sands? Pensei que ela fosse ficar com Doris. E com que dinheiro vai pagar a hospedagem no Sands? É um dos hotéis mais caros do país!

— Eu lhe direi com que dinheiro. Mamãe vendeu os painéis. Por cem mil libras. E, diga-se de passagem, sem discutir o assunto com qualquer um de nós. Cem mil libras, Noel. Uma soma que, segundo parece, ela pretende esbanjar. E isso não é tudo. Ela se desfez de *Os catadores de conchas*. Doou o quadro à Galeria de Arte de Porthkerris. É isso mesmo. Simplesmente, deu-o de mão beijada, e Deus sabe o quanto valeria. Acho que ela deve estar louca. Acho que não sabe o que está fazendo. Falei com Olivia disso. Aqueles dois jovens, Antonia e Danus, devem ter adquirido um poder sinistro sobre ela. Você sabe que isso às vezes acontece. A gente lê a respeito nos jornais. É um ato criminoso. Não deveria ser permitido. Deve haver algo que possamos fazer para acabar com isso! Noel. Noel. Está me ouvindo?

— Estou.

— E o que você acha?

— Que merda! — respondeu ele, e desligou.

Hotel Sands, Porthkerris, Cornualha.

Quinta-feira, 19 de abril.

Querida Olivia,

Bem, já chegamos e passamos um dia inteiro neste lugar. Não saberia lhe dizer o quanto tudo isto é lindo. O tempo parece do auge do verão, e tem flores por todo o canto. Também tem palmeiras, ruelas pavimentadas de lajes redondas, um mar do mais maravilhoso azul. Um azul mais esverdeado do que o do Mediterrâneo, passando a azul muito escuro no horizonte. É parecido com Ibiza, só que melhor, porque tudo é verde e exuberante, mas também porque, quando anoitece, depois que o sol se põe, tudo fica úmido, com cheiro de folhagem.

Fizemos uma viagem maravilhosa. Dirigi a maior parte do tempo, e depois Penelope dirigiu um pouco; Danus não, já que ele não dirige. Assim que pegamos a autoestrada, a viagem quase não demorou, e sua mãe mal acreditava o quanto estávamos indo rápido. Chegando a Devon, pegamos a antiga estrada sobre Dartmoor e fizemos um piquenique na hora do almoço no topo de uma rocha, com vista para todas as direções. Lá tinha uns pôneis peludos que ficaram encantados em comer as migalhas de nossos sanduíches.

O hotel é coisa de outro mundo. Jamais estive hospedada num hotel antes e, como acho que Penelope também não, tudo se torna uma nova experiência.

Ela insistia em contar como ele era confortável e aconchegante, mas, quando finalmente manobramos para a entrada (entre maciços de hortênsias), imediatamente ficou óbvio que tínhamos entrado, sem suspeitar de nada, num mundo de luxo. Havia um Rolls e três Mercedes no pátio do estacionamento e um carregador de mala para cuidar de nossa bagagem. Danus a chama de nosso jogo de malas, porque cada uma delas é tão surrada e vergonhosa que se parece com as outras.

Penelope, no entanto, logo se acostumou a tudo. Com "tudo" quero dizer tapetes incrivelmente espessos, piscinas, banheiras de hidromassagem, banheiros privativos, televisão ao lado da cama, enormes terrinas de frutas frescas e flores por todo o canto. Nossos lençóis e toalhas são trocados diariamente. Nossos quartos ficam no mesmo corredor e têm sacadas adjacentes, dando para os jardins e para o mar. De vez em quando, saímos à sacada e conversamos uns com os outros. Bem como em *Vidas privadas*, de Noel Coward.

Quanto ao refeitório, é como sermos levados para jantar fora no mais dispendioso restaurante de Londres. Tenho certeza de que ficarei *blasé* em relação a ostras, lagostas, morangos frescos, creme da Cornualha e filé. É esplêndido Danus estar conosco, porque ele se incumbe perfeitamente de decidir o que iremos beber com essa comida deliciosa. Ele parece muitíssimo entendido em vinhos, porém nunca bebe álcool. Não sei por quê, da mesma forma como não sei por que não dirige.

Há muita coisa para se fazer aqui. Hoje de manhã fomos até a cidade, e nosso primeiro passeio foi a Carn Cottage, onde sua mãe havia morado. Entretanto, foi triste porque, como aconteceu a tantas outras casas aqui, Carn Cottage hoje é um hotel: demoliram o belo muro de pedras e nivelaram a maioria do jardim, que agora é um estacionamento. Entretanto, estivemos no que restou do jardim, e a senhora encarregada do hotel nos trouxe uma xícara de café. Então, Penelope nos contou como era tudo antes, como sua mãe havia plantado todas as velhas roseiras e as glicínias. Depois nos contou como ela foi morta em Londres, durante a Blitz. Eu não sabia de nada a respeito. Quando ela nos contou, senti vontade de chorar, mas não chorei, apenas a abracei, porque vi seus olhos brilhando, marejados de lágrimas. Enfim, foi só o que me ocorreu fazer.

Depois de Carn Cottage, prosseguimos o passeio; indo até o coração da cidadezinha, onde fica a galeria de arte, para ver *Os catadores de conchas*. A galeria não é grande, mas tem um ar particularmente atraente, com paredes caiadas de branco e uma enorme claraboia dando para o lado norte. Eles penduraram *Os catadores de conchas* na posição mais importante, e o quadro parece inteiramente à vontade, banhado pela fria e brilhante luminosidade de Porthkerris, onde foi originalmente concebido. A senhora encarregada da galeria de arte era idosa, e acredito que não se lembrasse de Penelope, mas certamente sabia quem ela era e fez tudo para lhe agradar. Fora isso, parece não haver muitas pessoas ainda vivas que ela conheça ou que se lembrem dos velhos tempos. Com exceção de Doris, naturalmente. Ela pretende visitar Doris amanhã à tarde e tomar chá com ela. Está doida para vê-la e parece animada com a perspectiva da visita. No sábado, tomaremos a estrada de Land's End e faremos um piquenique nos penhascos, em Penjizal. O hotel fornece piqueniques em enfeitadas caixas de papelão, com talheres de verdade, mas Penelope acha que assim não seria realmente um piquenique. Então faremos uma parada no trajeto, para comprar pão e manteiga frescos, patê, tomates, frutas frescas e uma garrafa de vinho. Se o dia estiver tão quente como hoje, espero que eu e Danus possamos nadar.

Na segunda-feira, eu e Danus vamos até a costa sul, a Manaccan, onde um homem chamado Everard Ashley possui um viveiro. Danus foi colega dele na Faculdade de Horticultura. Pretende dar uma olhada e talvez obter informações a respeito, pois é o que pretende fazer daqui a algum tempo na loja de jardinagem. Entretanto, é difícil, porque isso exige um bom capital e ele não tem nada ainda. Não importa, sempre vale a pena trocar ideias com alguém que entenda do assunto, além de ser divertido irmos até lá e vermos o outro lado dessa região mágica.

Ao ficar sabendo de tudo isso, você pode adivinhar o quanto estou feliz. Jamais acreditaria que, tão cedo após a morte de Cosmo, eu poderia voltar a ser feliz. Espero não estar enganada. Não creio que esteja, porque tenho a sensação de que tudo é verdadeiro.

Obrigada por tudo. Por ser tão incansavelmente generosa e paciente, assim como por arranjar minha estada em Podmore's Thatch. Porque, se você não tivesse feito isso, eu não estaria aqui, levando essa vida feliz, ao lado das duas pessoas de quem mais gosto em todo o mundo. Com exceção, naturalmente, de você.

Receba o meu amor,

Antonia

Seus filhos, Nancy, Olivia e Noel estavam... Penelope era forçada a admitir... absolutamente certos. Porthkerris havia mudado, em todos os sentidos. Carn Cottage não era a única casa com o jardim e a horta aplainados por tratores, uma tabuleta de hotel acima do portão e guarda-sóis listrados colocados no terraço recentemente construído. O velho

Hotel White Caps havia sido ampliado, e seus quartos transformados em apartamentos de temporada. A estrada do porto, onde um dia os artistas tinham morado e trabalhado, transformara-se numa feira com galerias de diversões, lojas de disco, franquias de fast food e lojas de suvenires. No cais do porto em si, desaparecera a maioria dos barcos de pesca. Agora somente havia lá um ou dois, e as amarras vazias estavam cheias de ofertas para viagens recreativas em barcos, por somas de dinheiro incrivelmente inflacionadas, viagens diárias para mostrar as focas e a atração adicional de algumas constrangedoras horas para a pesca de cavalinhas.

Curiosamente, no entanto, a mudança não havia sido total. Agora, na primavera, a cidade ainda se encontrava relativamente vazia, porque a primeira leva de turistas só chegaria na época do Pentecostes. Havia espaço para perambular, espaço para parar e espiar. E nada jamais poderia alterar aquele azul maravilhoso, a curvatura suave da baía ou a encosta do promontório, e tampouco a desconcertante confusão das ruas com casas de teto de ardósia, descendo pela colina até a beira da água. As gaivotas continuavam enchendo o céu com seus grasnidos, o ar continuava pesado com o aroma do vento salitrado, alfenas e escalônias, as ruelas estreitas da cidade velha, como um labirinto, eram tão confusas como sempre haviam sido.

Penelope saiu a pé para visitar Doris. Era bom estar sozinha. A companhia de Antonia e Danus havia sido uma total delícia, mas, ainda assim, por algum tempo, a solidão era bem-vinda. Ao sol do quente entardecer, ela caminhou por entre os perfumados jardins do hotel, saiu na rua acima da praia, passou por fileiras de casas vitorianas e desceu até a cidade.

Tentou encontrar uma floricultura. Aquela de que se lembrava agora era uma loja de roupas femininas, exibindo todo o tipo de trajes que as turistas inevitavelmente compram, loucas para gastar seu dinheiro. Bustiês elásticos para banho de sol em rosa-choque, enormes camisetas enfeitadas com ilustrações de astros da música pop e jeans de fundilhos tão apertados, que se sentia dor, só de olhar para eles. Penelope enfim encontrou uma floricultura em uma esquina sinuosa, onde, muito tempo atrás, um velho sapateiro com avental de couro pusera novas solas em seus sapatos, tendo cobrado um xelim e três *pence* pelo trabalho. Entrando, ela comprou um enorme buquê para Doris. Não de anêmonas ou narcisos, mas de flores mais exóticas. Cravos, íris, tulipas e frésias, uma braçada de flores envolta em papel de seda azul claro. Um pouco mais adiante na rua, entrou em um estabelecimento de bebidas e comprou uma garrafa do uísque Famous Grouse, para Ernie. Carregada com suas compras, ela seguiu em frente, entrando em Downalong, onde as ruelas eram tão estreitas que não havia espaço para calçadas, as casas caiadas de branco amontoadas de cada lado, com íngremes degraus de granito subindo para portas pintadas em cores vivas.

A casa dos Penberth estava imprensada no próprio coração daquele labirinto. Ali Ernie residira com os pais. Penelope e Nancy haviam percorrido aquelas aleias nas tardes de inverno, durante a guerra, para visitar a velha Sra. Peuberth, que lhes dava bolinhos de açafrão e chá forte, servido em um bule cor-de-rosa.

Agora, recordando, parecia extraordinário a Penelope quanto tempo demorara a perceber que Ernie, à sua maneira tímida e silenciosa, cortejava Doris. Aliás, talvez não fosse tão extraordinário. Ele era uma pessoa de poucas palavras, e sua presença em Carn Cottage, falando pouco e trabalhando como dez homens, acabara se tornando, com a maior naturalidade, algo que nenhum deles estranhava. *Ah, Ernie dará um jeito nisso!,* era a exclamação que soltavam quando algo realmente horrível precisava ser feito, como torcer o pescoço de uma galinha ou limpar os esgotos. E ele sempre dava conta do recado. Ninguém havia pensado nele como um pretendente; era apenas alguém da família, sem exigências, sem queixas, eternamente bem-humorado.

Apenas no outono de 1944 é que aquilo finalmente foi entendido. Penelope entrara na cozinha de Carn Cottage, certa manhã, e tinha encontrado Doris e Ernie tomando uma xícara de chá. Estavam sentados à mesa da cozinha, em cujo centro podia-se ver um jarro azul e branco, transbordando de dálias. Penelope observou a cena.

— Ah, Ernie, não sabia que você estava aqui...

Ele ficou encabulado.

— Apenas de passagem — respondeu, empurrando a xícara e levantando-se.

Penelope olhou para as flores. Eles não cultivavam mais dálias em Carn Cottage, devido ao trabalho que davam.

— De onde vieram as dálias?

Ernie empurrou o boné para trás e coçou a cabeça.

— Meu pai as cultiva em seu loteamento. Trouxe algumas para... para vocês.

— Nunca vi dálias mais lindas. São enormes!

— Sim, são. — Ernie ajeitou o boné e arrastou os pés. — Tenho que cortar um pouco de lenha.

Quando caminhou para a porta, Doris lhe disse:

— Obrigada pelas flores.

Ele se virou, assentindo.

— Foi uma boa xícara de chá — respondeu.

Saiu. Momentos depois, elas podiam ouvir sons de lenha sendo cortada, no pátio dos fundos. Penelope sentou-se à mesa. Contemplou as flores. Olhou para Doris, que desviou o rosto.

— Tenho a curiosa sensação de que interrompí alguma coisa — disse.

— Que tipo?

— Não sei. Espero que me diga.

— Não há nada para dizer.

— Ele não trouxe estas flores para *nós,* trouxe? Ele as trouxe para você.

Doris virou a cabeça.

— Que diferença faz, saber para quem ele trouxe as flores?

Foi quando percebeu tudo, e Penelope não entendeu como não adivinhara antes.

— Acho que Ernie está apaixonado por você, Doris.

Doris ficou imediatamente mordaz.

— Ernie Penberth? Ah, conte outra!

Penelope, entretanto, recusou-se a desistir.

— Ele já lhe disse alguma coisa?

— Ernie não é de falar muito, concorda?

— Eu sei, mas você gosta dele, não gosta?

— Não desgosto...

As maneiras dela eram demasiado esquivas para serem convincentes. Ali havia algo.

— Ele a está cortejando, Doris.

— Cortejando? — Doris levantou-se bruscamente, recolhendo xícaras e pires, com o máximo de espalhafato. — Ele não saberia cortejar uma mosca. — Ela colocou a louça para escorrer e abriu as torneiras. — E — acrescentou, acima do ruído da água —, ele é um sujeito de aparência muito esquisita.

— Você jamais encontraria alguém mais gentil e...

— E, sinceramente — cortou ela —, não tenho a menor intenção de terminar meus dias com um homem que nem tem a minha altura.

— Só porque ele não é nenhum Gary Cooper, não é motivo para você torcer o nariz. Se quer saber, eu o acho bastante simpático. Gosto de seus cabelos pretos e olhos escuros.

Doris fechou as torneiras e deu meia-volta, recostando-se contra a pia, de braços cruzados.

— Pode ser, mas ele nunca diz coisa alguma, diz?

— Com você falando sem parar o tempo todo, nunca surge uma brecha para ele dar uma palavrinha. Por outro lado, acho que as atitudes falam mais alto do que as palavras. Veja isso, ele lhe trouxe flores. — Penelope rememorou. — Aliás, Ernie nunca para de fazer coisas para você. Emenda o varal de roupas e lhe traz coisinhas apetitosas, da mercearia do pai...

— E daí? — Doris franziu o cenho, desconfiada. — Está querendo me casar com Ernie Penberth? Tentando se livrar de mim ou coisa assim?

— Estou simplesmente — declarou Penelope, com ar solene — pensando na sua felicidade futura.

— Uma ova. Acho bom pensar em outra coisa. No dia em que fiquei sabendo da morte de Sophie, prometi a mim mesma que não iria embora daqui enquanto essa maldita guerra não terminasse. E quando Richard foi... bem, isso apenas me deixou mais decidida do que nunca. Não sei o que você vai fazer... voltar para aquele Ambrose ou não, mas o fim da guerra está próximo e você vai ter de decidir. E eu estarei por perto, para lhe dar um abraço forte, seja qual for sua decisão. Se voltar para ele, quem vai cuidar de seu pai? Pois eu lhe direi, neste momento. Eu irei. Portanto, não falemos mais em Ernie Penberth, muito obrigada.

Ela manteve sua palavra. Não casou com Ernie porque não pretendia deixar papai. Somente depois da morte do velho, ela se viu com liberdade para pensar em si mesma, em seus filhos e seu futuro. Havia tomado a decisão. Dentro de dois meses, tornava-se a Sra. Ernie Penberth e deixava Carn Cottage para sempre. O pai de Ernie tinha falecido pouco antes, e a velha Sra. Penberth fora morar com a irmã, de maneira que Doris e Ernie teriam uma casa para si próprios. Ernie assumiu a mercearia da família e também os filhos de Doris, mas os dois jamais tiveram filhos.

E agora... Penelope fez uma pausa, olhando em volta e procurando orientar-se. Estava chegando ao seu destino. A praia do Norte ficava perto. Podia sentir a força do vento, aspirar seu cheiro salitrado. Dobrando uma última esquina, começou a descer uma ladeira íngreme, em cujo final se erguia o chalé branco, recuado da rua, tendo à frente um pátio lajeado. Ali, um varal exibia roupas lavadas que se agitavam à brisa, e vasos e recipientes espalhados pelo pátio estavam radiosos de narcisos, crocos, jacintos azuis e trepadeiras. A porta da frente era pintada de azul. Ela atravessou o pátio, abaixando-se ao passar pelo varal de roupas, e ergueu o punho fechado para bater. Entretanto, antes que pudesse fazer isso, a porta se abriu, e ali estava Doris.

Doris. Animada e com roupas vistosas, bonita e de olhos brilhantes como sempre, nem mais gorda nem mais magra. Os cabelos estavam prateados, curtos e anelados; havia rugas em seu rosto, é claro, porém o sorriso não se alterara, e tampouco a voz.

— Estava esperando por você. Espiando pela janela da cozinha. — Ela poderia ter chegado naquele mesmo dia, diretamente de Hackney. — Por que demorou tanto? Esperei quarenta anos por isto. — Doris. De batom e brincos, um cardigã escarlate sobre uma blusa branca com babados. — Ah, pelo amor de Deus, não fique aí parada, vamos entrando!

Penelope entrou, diretamente na cozinha minúscula. Deixou as flores e o embrulho do uísque em cima da mesa da cozinha, e Doris fechou a porta. Ela se virou. As duas encararam-se, sorrindo como idiotas, sem palavras. Então, os sorrisos transformaram-se em risadas e elas caíram nos braços uma da outra, abraçando-se, como duas colegiais que se encontrassem.

Ainda rindo e ainda sem palavras, desfizeram o abraço. Foi Doris quem falou primeiro.

— Não acredito, Penelope. Pensei que não a reconheceria, mas você continua tão alta, tão longilínea e tão bonita como sempre. Tinha tanto medo de que tivesse ficado diferente, mas você não...

— É claro que fiquei diferente. Tenho cabelos grisalhos e estou velha.

— Se está com cabelos grisalhos e velha... então já me sinto com um pé na cova! Estou perto dos setenta. Pelo menos, é o que Ernie sempre me diz, quando fico um pouco exaltada demais.

— Onde está Ernie?

— Ele achou que gostaríamos de ficar sozinhas algum tempo. Disse que não aguentaria estar presente. Resolveu ir até seu loteamento. É a sua fonte de sanidade mental, desde que se aposentou do negócio da mercearia. Falei para ele que, se abandonasse as cenouras e os nabos, terminaria sofrendo dos sintomas da aposentadoria.

Ela riu, com a velha, ruidosa e familiar hilaridade.

— Eu trouxe umas flores — disse Penelope.

— Ah, são lindas! Não era preciso... Bem, vou colocá-las em um jarro e, enquanto isso, vá para a sala de estar, fique à vontade. Também porei a chaleira no fogo, acho que gostará de uma xícara de chá...

A sala de estar ficava depois da cozinha, bastando atravessar uma porta aberta. Entrar ali era um pouco como recuar ao passado, porque tudo era aconchegante e atravancado, bem semelhante ao que Penelope recordava da época da velha Sra. Penberth, e os tesouros da idosa senhora continuavam em evidência. Viu a porcelana lustrosa, no armário de frente envidraçada, os cães Staffordshire e, a cada lado da lareira, os sofás e poltronas encaroçados, com protetores de braços e espaldares orlados de rendas. Entretanto, também havia mudanças. O enorme aparelho de televisão reluzia de novo, assim como as cortinas de chita, em vivo estampado. E, acima da lareira, onde um dia uma foto em sépia, muito ampliada, do irmão soldado da velha Sra. Penberth, morto na Primeira Guerra Mundial, ocupara o lugar de honra, pendia agora o retrato de Sophie, pintado por Charles Rainier, que Penelope dera a Doris, após o enterro de Lawrence Stern.

— Você não pode me dar isto — havia dito Doris.

— Por que não?

— O retrato de sua mãe?

— Quero que ele fique com você.

— Sim, mas por que eu?

— Porque você amou Sophie tanto quanto qualquer um de nós. E porque também amou papai e cuidou dele por mim. Nenhuma filha teria feito mais.

— É muita bondade sua. Não mereço tanto.

— Não é suficiente. No entanto, é tudo o que tenho para dar.

Ela ficou parada no meio da sala, olhando para o retrato. Concluiu que, após quarenta anos, ele nada perdera de sua beleza, encanto e alegria. Sophie aos vinte e cinco anos, com seus olhos amendoados, o sorriso fascinante e os cabelos curtos de garoto, uma echarpe franjada de seda escarlate, atada descuidadamente sobre os ombros queimados de sol...

— Está feliz em tornar a vê-lo? — perguntou Doris.

Penelope se virou quando ela cruzou a porta, trazendo o jarro com as flores já arranjadas, que depois colocou com certo cuidado no centro de uma mesa.

— Sim. Já tinha esquecido o quanto é bonito.

— Aposto como gostaria de não ter se separado dele.

— Nada disso. Só é bom tornar a vê-lo.

— Dá à sala um toque de classe, não acha? Tem sido muito admirado. Já me ofereceram uma fortuna por ele, mas eu não o venderia. Não trocaria esse quadro por nada nesse mundo. Bem, agora vamos sentar um pouco, ficar à vontade e conversar, antes que o velho Ernie volte. Queria muito que viesse passar uns tempos aqui, convidei-a tantas vezes... Está mesmo hospedada no Sands? Com todos aqueles milionários! O que aconteceu? Ganhou na loteria ou coisa assim?

Penelope explicou-lhe a mudança de sua situação. Contou a Doris a gradual e miraculosa reavaliação da obra de Lawrence Stern no mercado de arte; falou-lhe sobre Roy Brookner e a oferta pelos painéis. Doris estava estupefata.

— Cem mil libras por aqueles dois quadrinhos! Nunca ouvi nada semelhante. Ah, Penelope, fico felicíssima por você!

— E doei *Os catadores de conchas* à galeria de Porthkerris.

— Eu sei. Li a respeito em nosso jornal local. Depois, eu e Ernie fomos até lá, dar uma espiada. Curioso, ver aquele quadro lá... Me trouxe um mundo de recordações. E você, não vai sentir falta dele?

— Um pouco, mas a vida continua. Estamos todos envelhecendo. É hora de pôr ordem na casa.

— Tem toda razão! E, já que a vida continua, o que me diz de Porthkerris? Aposto como não reconheceu a casa antiga. Nunca se sabe o que as pessoas farão em seguida, embora Deus saiba que as imobiliárias pintaram e bordaram, por um ou dois anos depois da guerra. O antigo cinema agora é um supermercado... Espero que tenha reparado. O estúdio de seu pai foi demolido, construíram exatamente no local um prédio de apartamentos para veranistas, dando para a praia do Norte. E tivemos hippies durante alguns anos, o que foi bastante desagradável, posso garantir. Dormiam na praia, urinavam onde bem entendiam. Era um nojo.

Penelope riu.

— E o velho White Caps também virou um prédio de apartamentos. Quanto a Carn Cottage...

— Não fez você chorar? Aquele jardim maravilhoso de sua mãe.. Pensei em lhe escrever, avisando como andavam as coisas por aqui.

— Foi bom não ter escrito. Enfim, não importa. De algum modo, isso deixou de ter importância.

— Eu não pensaria assim, vivendo com todo o luxo no Sands. Lembra-se de quando era um hospital? Ninguém se aproximava de lá, a menos que estivesse com as duas pernas quebradas.

— Ouça, Doris, não é apenas por me sentir rica que decidi me hospedar no Sands, em vez de ficar na sua casa. É que trouxe dois jovens amigos e sei que você não teria espaço para todos nós.

— Tem razão. E quem são eles, esses amigos?

— A moça se chama Antonia. O pai dela faleceu recentemente e agora está morando comigo. O rapaz se chama Danus. Ele me ajuda no jardim e na horta, em Gloucestershire. Você vai conhecê-los. Os dois acham que é esforço demais para uma velha senhora voltar subindo a colina, de maneira que prometeram vir me buscar de carro.

— É muita consideração. Bem, eu gostaria que você tivesse trazido Nancy. Adoraria ver a minha Nancy novamente. E por que não voltou a Porthkerris antes? Não se pode esperar que, em apenas duas horas, ponhamos em dia quarenta anos...

Não obstante, conseguiram fazer um bom resumo dos acontecimentos, quase perdendo o fôlego, fazendo perguntas, dando respostas, mencionando filhos e netos.

— Clark casou com uma moça de Bristol e tem dois filhos... lá estão eles, na lareira; aquela é Sandra, e aquele, Kevin. Ela é uma garotinha muito inteligente. E aqueles são os de Ronald... Ele mora em Plymouth. Seu sogro dirige uma fabrica de móveis e o colocou no negócio... Eles vêm aqui, nas férias de verão, mas não há espaço para todos, de maneira que ficam hospedados em uma pensão, mais adiante na rua. Agora, me fale sobre Nancy. Que amorzinho de criança ela era.

Então, foi a vez de Penelope, mas, naturalmente, ela se esquecera de trazer quaisquer fotos. Falou a Doris sobre Melanie e Rupert e, com algum esforço, conseguiu dar a impressão de serem atraentes.

— E moram perto de você? Consegue vê-los sempre?

— Vivemos a cerca de trinta quilômetros de distância.

— Ah, mas é muito longe, não? E você gosta de morar no campo? Acha melhor do que Londres? Fiquei verdadeiramente horrorizada, quando escreveu me contando sobre Ambrose, saindo de sua vida daquele jeito. Que coisa. Enfim, ele sempre foi um sujeito mais ou menos inútil. De bela aparência, claro, mas nunca achei que fosse o melhor para você. E, ainda por cima, ele a abandonou! Sujeito egoísta. Os homens só pensam neles mesmos. E o que digo a Ernie, quando larga as meias sujas no chão do banheiro.

Então, com os maridos e famílias já devidamente postos em dia, as duas começaram a recordar, relembrando os longos anos de guerra que tinham vivido juntas, partilhando não apenas as tristezas, os medos e o tédio, mas também os acontecimentos bizarros e engraçados que, analisados agora, tinham sido extremamente cômicos.

O coronel Trubshot, com seu capacete de metal e a braçadeira com as iniciais PRA, caminhando cautelosamente pela cidade e perdendo o rumo em meio ao blecaute, com o que havia transposto o molhe do porto e caído no mar. A Sra. Preedy, falando sobre a Cruz Vermelha para um bando de mulheres desinteressadas e ficando enredada em suas próprias ataduras. O general Watson-Grant treinando a Guarda Nacional no pátio de recreio da escola, e o velho Willie Chirgwin furando o dedão do pé com uma baioneta e tendo de ser levado de ambulância para o hospital.

— E as idas ao cinema — recordou Doris, enxugando do rosto as lágrimas da hilaridade. — Lembra-se de nossas idas ao cinema? Costumávamos ir duas vezes por semana, nunca perdíamos um filme novo... Lembra-se de Charles Boyer em *Hold Back the Dawn?* Não havia um olho seco no cinema inteiro. Molhei três lenços e ainda chorava quando saímos...

— Sim, era maravilhoso, não? Suponho que também pouco mais havia para se fazer. Exceto ouvirmos a *Workers'Playtime*, no rádio, e o Sr. Churchill nos injetando doses de coragem, de vez em quando.

— O melhor era Carmem Miranda. Nunca perdi um filme de Carmem Miranda. — Doris levantou-se e colocou a mão na cintura, com os dedos bem abertos. — *Ai-ai-ai-ai-ai, I love you very much. Ai-ai-ai-ai-ai, I think you're grrrand...*

A porta bateu, e Ernie entrou. Achando aquela interrupção ainda mais engraçada do que sua imitação de Carmem Miranda, Doris caiu de costas no sofá e ficou lá, incapaz de conter as lágrimas em seu acesso de riso. Constrangido, Ernie olhou de uma para a outra.

— O que há com vocês duas? — perguntou.

Percebendo que a esposa dele não estava em condições de responder, Penelope procurou compor-se, levantou-se de sua poltrona e foi cumprimentá-lo.

— Ah, Ernie... — Ela enxugou os olhos, procurando conter o riso. — Eu sinto muito. Que duas idiotas nós somos. Estávamos recordando coisas e morrendo de rir. Por favor, nos perdoe.

Ernie parecia ainda mais baixo do que antes, além de mais velho também, com os antigos cabelos pretos agora inteiramente prateados. Usava uma velha blusa de pescador, tirara as botas de trabalho e calçara chinelos forrados. Sua mão na dela tinha um toque rude e calejado como sempre, e Penelope ficou tão alegre em vê-lo, que quis abraçá-lo, mas percebeu que isso só o deixaria ainda mais constrangido.

— Como vai? — perguntou então. — É formidável tornar a vê-lo.

— Também é muito bom ver você de novo. — Eles trocaram um aperto de mãos com solenidade. Os olhos de Ernie se voltaram para a mulher, agora já sentada, assoando o nariz e mais ou menos controlada. — Ouvi aquela gritaria e pensei que alguém estivesse matando o gato. Já tomaram chá?

— Não, ainda não. Nem tivemos tempo para o chá. Ficamos conversando sem parar.

— A chaleira acabou de secar no fogo. Tornei a enchê-la quando entrei.

— Ai, meu Deus, sinto muito. Eu tinha esquecido. — Doris levantou-se. — Vou fazer agora mesmo um bule de chá. Penelope lhe trouxe uma garrafa de uísque, Ernie.

— Que ótimo. Fico muito agradecido. — Ele puxou o punho da blusa de pescador e olhou para seu grande relógio de pulso. Cinco e meia. Ergueu o rosto, com um brilho estranho no olhar. — Por que não esquecemos o chá e vamos direto ao uísque?

— Ernie Penberth! Seu velho beberrão! Que ideia!

— Pois eu acho — declarou Penelope com firmeza — que o momento não podia ser melhor. Afinal de contas, há quarenta anos que não nos vemos. Se não comemorarmos agora, quando iremos comemorar?

Assim, o encontro dos três transformou-se em uma espécie de festa. O uísque teve o dom de afrouxar a língua de Ernie, e eles poderiam ter continuado a tagarelar até noite alta, se não fosse a chegada de Danus e Antonia. Penelope havia perdido toda a noção de tempo, de maneira que o toque da sineta da porta a deixou tão surpresa quanto Ernie e Doris.

— Ora, quem poderá ser?! — exclamou Doris, ressentida com a interrupção.

Penelope olhou para seu relógio.

— Santo Deus, já são seis horas. Não pensei que fosse tão tarde. Devem ser Danus e Antonia, que vieram para me buscar...

— O tempo passa depressa, quando estamos nos divertindo — comentou Doris, levantando-se para ir até a porta. Penelope e Ernie a ouviram dizer: — Entrem, ela está pronta para vocês. Um pouquinho alta, mas ainda dando para o gasto...

Rapidamente, Penelope terminou sua bebida e colocou o copo vazio na mesa, para os recém-chegados não pensarem que estavam interrompendo alguma coisa. Entraram todos na pequenina sala e Ernie esforçou-se para ficar em pé. Foram feitas as apresentações. O dono da casa foi até a cozinha e voltou com mais dois copos. Danus coçou a nuca e olhou em volta, parecendo divertido.

— Pensei que iam tomar chá.

— Ah, chá! — exclamou Doris, rejeitando a ideia de algo tão monótono. — Até esquecemos o chá. Ficamos aqui conversando e rindo tanto, que esquecemos inteiramente o chá...

— Que sala encantadora! — disse Antonia. — É exatamente o tipo de casa que mais gosto. Adorei todas as suas flores no patiozinho.

— Eu o chamo de meu jardim. Seria ótimo ter um jardim de verdade, mas, como se diz, a gente não pode ter tudo.

Os olhos de Antonia recaíram sobre o retrato de Sophie.

— Quem é a moça do quadro?

— Aquela? Ah, é a mãe de Penelope. Nota a semelhança?

— Ela é linda!

— Sim, era linda mesmo. Jamais houve alguém como ela. Era francesa... não, Penelope? Falava de uma maneira tão sexy, igual a Maurice Chevalier. E quando estava zangada... uh! Deviam ouvi-la! Parecia uma mulher de pescador, se parecia!

— Está tão jovem no retrato...

— Ah, sim, ela era muito jovem. Anos e anos mais nova do que o pai de Penelope. Vocês eram como irmãs, não é mesmo, Penelope?

Querendo chamar a atenção, Ernie pigarreou ruidosamente.

— Aceita um drinque? — perguntou a Danus.

Danus sorriu e negou com a cabeça.

— É muita gentileza sua, e espero que não me considere descortês, mas a verdade é que não bebo.

Naquele momento, Ernie pareceu absolutamente pasmo.

— Não está bem de saúde?

— Estou ótimo. Apenas a bebida não combina comigo.

Sem dúvida, Ernie não conseguia acreditar no que ouvia. Sem muita esperança, virou-se para Antonia.

— E você? Também não aceita?

Antonia sorriu.

— Não, obrigada. E também não estou sendo descortês, mas tenho que dirigir o carro na subida da colina e depois enveredar com ele por todas aquelas curvas íngremes. Acho melhor não beber.

Ernie balançou a cabeça tristemente e tornou a colocar a tampa na garrafa. A reunião terminara. Era hora de partirem. Penelope levantou-se, alisando os vincos de sua saia e checando os grampos na cabeça.

— Precisa mesmo ir agora? — Doris relutava em terminar tudo.

— Temos que ir, Doris, embora seja a última coisa no mundo que tenho vontade de fazer. Já fiquei tempo demais aqui.

— Onde deixou o carro? — Ernie perguntou a Danus.

— No alto da colina — respondeu Danus. — Não encontramos nenhum lugar mais próximo daqui, sem uma linha amarela dupla.

— Um aborrecimento, não? Regras e regulamentos por toda parte. É melhor eu subir até lá com vocês e ajudar na manobra. Não há muito espaço por lá e não vão querer começar a discutir com um muro de granito...

Danus aceitou a oferta, agradecido. Ernie colocou o boné e tornou a calçar as botas. Danus e Antonia despediram-se de Doris.

— Foi um prazer conhecê-los — disse ela.

Os três partiram juntos, para trazer o Volvo. Novamente, Doris e Penelope ficaram a sós. Agora, no entanto, por algum motivo o riso desaparecera. As duas mantinham-se em silêncio. Era como se, após terem falado tanto, tivessem ficado sem assunto. Penelope sentiu que Doris a fitava e virou a cabeça, a fim de encarar aquele olhar fixo.

— Bem, onde foi que você o encontrou? — perguntou Doris.

— Danus? — Penelope procurou parecer casual. — Já lhe contei. Ele trabalha para mim. É meu jardineiro.

— Um jardineiro de alto nível.

— Sem dúvida.

— Ele parece Richard.

— Sim. — O nome dele saíra. Fora dito. — Percebe que ele foi a única pessoa que não mencionamos, a tarde inteira? Falamos de todo mundo, menos dele.

— Não parecia fazer sentido. Só falei o nome agora, porque aquele rapaz é muito parecido com ele.

— Eu sei. Também notei, assim que o vi pela primeira vez. Levei... algum tempo para me acostumar.

— Ele tem algo a ver com Richard?

— Não. Pelo menos, acho que não. É originário da Escócia. A semelhança é apenas uma extraordinária coincidência.

— Foi por isso que se apegou tanto a ele?

— Ó Doris. Você me faz parecer uma velha patética, com um gigolô a reboque.

— Ele a enfeitiçou, não?

— Gosto muito dele. Por sua aparência e pelo que é. Tem uma natureza gentil. É uma boa companhia. E me faz rir.

— Trazê-lo aqui... a Porthkerris... — Doris olhou com ansiedade para sua amiga. — Não estaria... tentando reviver velhas lembranças?

— Não. Pedi a meus filhos que viessem comigo. Pedi a cada um deles, separadamente, porém nenhum podia ou queria. Nem mesmo Nancy. Eu não pretendia lhe dizer isto, mas agora tenho que dizer. Assim, Danus e Antonia vieram no lugar deles.

Doris nada comentou. Por um momento, as duas ficaram em silêncio, cada uma ocupada com seus pensamentos.

— Honestamente — disse Doris —, Richard ser morto daquela maneira... foi cruel. Sempre achei difícil perdoar Deus por permitir que um homem igual a ele fosse morto. Se já houve alguém que devesse ter vivido... É uma coisa que não esqueço, o dia em que ficamos sabendo. Foi uma das piores coisas que aconteceram durante a guerra.

E jamais me saiu da cabeça que, quando morreu, ele levou uma parte de você junto, sem deixar nenhuma de si mesmo.

— Ele deixou uma parte de si mesmo.

— Sim, mas nada que você pudesse tocar, sentir, segurar. Seria melhor se tivesse tido um filho dele. Assim, haveria uma boa desculpa para nunca mais ficar com Ambrose. Você, Nancy e o bebê teriam tido uma boa vida juntos.

— Também pensei nisso muitas vezes. Jamais fiz coisa alguma para não ter um filho de Richard, simplesmente, não concebi nenhum. Olivia foi meu consolo. Foi o primeiro bebê que tive depois da guerra, era filha de Ambrose, mas, por algum motivo, sempre a considerei especial. Não diferente, mas especial. — Ela prosseguiu cuidadosamente, escolhendo as palavras, admitindo para Doris algo que mal admitira para si mesma e, certamente, para nenhuma outra pessoa viva. — Foi como se alguma parte física de Richard tivesse permanecido dentro de mim. Preservada, como uma comida saborosa em uma geladeira. E, quando Olivia nasceu, algum átomo, algum corpúsculo, alguma célula de Richard se tornou parte dela, através de mim.

— Sim, mas ela não era dele.

Penelope sorriu, balançando a cabeça.

— Não.

— No entanto, era como se fosse.

— Exatamente.

— Posso entender.

— Eu sabia que você compreenderia. Por isso é que lhe falei. E compreenderá também, quando eu lhe disser que fiquei satisfeita por demolirem o estúdio de papai, fazendo-o desaparecer para sempre, a fim de construir em seu lugar um prédio de apartamentos. Agora sei que tenho forças suficientes para encarar quase tudo, porém acho que não seria forte o bastante para voltar lá.

— Sim. Posso entender isso também.

— Há mais uma coisa. Quando voltei a morar em Londres, entrei em contato com a mãe dele.

— Eu me perguntava sobre isso.

— Levei muito tempo criando coragem, mas finalmente telefonei para ela. Almoçamos juntas. Foi uma provação para ambas. Ela foi muito simpática, muito gentil, porém nada mais tínhamos para falar além de Richard e, por fim, vi que isso também era demais para ela. Assim, eu a deixei em paz, nunca mais tornei a vê-la. Se me tivesse casado com ele, poderia tê-la confortado e consolado. Da maneira como estavam as coisas, acho que eu simplesmente intensificava seu senso pessoal de tragédia.

Doris nada disse. Do exterior, além da porta aberta, chegou até elas o som do Volvo, descendo cautelosamente a rua íngreme e estreita. Penelope inclinou-se e recolheu sua bolsa.

— O carro está chegando. Tenho de ir agora...

As duas saíram juntas, pela cozinha, para o patiozinho ensolarado. Abraçaram-se e beijaram-se, com grande afeição. Havia lágrimas nos olhos de Doris.

— Até logo, Doris querida. E obrigada por tudo.

Doris esfregou as lágrimas que teimavam em aflorar.

— Volte logo — disse. — Não espere outros quarenta anos, pois talvez não estejamos mais por aqui...

— No ano que vem. Virei no ano que vem, sozinha, e ficarei aqui com você e Ernie.

— Como nos divertiremos.

O carro surgiu, parou a um lado da rua. Ernie desembarcou e, como um motorista, ficou empertigado, deixando a porta aberta para Penelope.

— Até logo, Doris.

Ela se virou para ir, porém Doris ainda não terminara.

— Penelope...

Ela se virou para trás.

— Sim?

— Se ele é Richard, então quem seria Antonia?

Doris nada tinha de tola. Penelope sorriu.

— Eu?

— Eu tinha sete anos, quando vim aqui pela primeira vez. Foi uma grande ocasião, porque papai havia comprado um *carro*. Nunca tínhamos tido um antes, e aquela era a nossa primeira excursão. Foi a primeira de muitas, mas sempre me lembro daquela porque, simplesmente, para mim era espantoso o fato de papai saber como ligar o motor e depois *dirigir* o carro.

Os três estavam sentados nos penhascos de Penjizal, muito acima do Atlântico azul, em um vão relvoso e abrigado da brisa por um enorme paredão de granito, coberto de liquens. Por toda parte, despontando da relva exuberante, havia moitas e maciços de prímulas silvestres e os botões penugentos e azul-claros das escabiosas. O céu estava sem nuvens, e o ar se enchia com o estrondo dos vagalhões e os grasnidos das aves marinhas. O dia estava a meio e, em abril, tão quente como em meados de verão. O calor era tal, que tinham estendido a nova manta xadrez sobre a qual se reclinavam indolentemente, após encontrar uma sombra fresca para a cesta do almoço.

— Que tipo de carro era? — perguntou Danus, apoiado em um cotovelo.

Ele havia tirado a suéter e enrolara as mangas da camisa. Os braços musculosos estavam queimados pelo sol, e seu rosto, virado para ela, tinha uma expressão divertida e interessada.

— Um Bentley quatro litros e meio — respondeu ela. — Já era bem velho, mas ele não podia comprar um carro novo. O Bentley, afinal, se tornou a menina dos olhos dele.

— Que esplêndido! Devia ter correias de couro para firmar o capô, não?

— Exatamente. Também tinha estribos e uma capota que jamais conseguimos manejar, de maneira que nunca a levantávamos, mesmo quando chovia torrencialmente.

— Um carro assim valeria uma fortuna hoje. O que foi feito dele?

— Quando papai morreu, eu o dei para o Sr. Grabney. Não podia imaginar que outra coisa fazer com o carro. Por outro lado, o Sr. Grabney sempre fora muito bondoso, guardando-o para nós em sua garagem durante toda a guerra, sem nunca nos cobrar um *penny* de aluguel. E em certa ocasião... uma ocasião realmente importante... ele arranjou uma boa quantidade de gasolina para mim, no mercado paralelo. Nunca consegui lhe agradecer suficientemente por isso.

— Por que não ficou com o carro?

— Eu não podia manter um carro em Londres e, na verdade, não precisava de um. Estava sempre andando por todo o canto, empurrando carrinhos cheios de bebês e compras. Ambrose ficou furioso, quando soube que eu havia dado o Bentley. Foi a primeira coisa que perguntou, assim que voltei do enterro de papai. Quando lhe disse o que tinha feito, ele ficou emburrado uma semana.

Danus foi compreensivo.

— Sinceramente, eu não o censuraria.

— Eu sei. Tadinho. Deve ter tido uma decepção brutal.

Penelope sentou-se, a fim de espiar pela borda do penhasco e verificar a altura da maré. Estava refluindo, mas não em vazante completa. Quando isso acontecesse, conforme prometera a Danus e Antonia, seria finalmente revelada a grande piscina na rocha, como uma enorme joia azulada, cintilando à luz do sol e perfeita para se nadar e mergulhar.

— Mais uma meia hora — anunciou — e poderão tomar banho.

Ela voltou a reclinar-se sobre a manta, apoiada na rocha, tornando a ajeitar as pernas. Usava sua velha saia de brim, uma camisa de algodão, os tênis novos e um surrado chapéu de palha para jardinagem. O sol era tão brilhante, que se sentia grata por aquela sombra pintalgada da aba. Ao lado dela, Antonia estivera deitada de olhos fechados, parecia que cochilava, mas agora rolava de bruços e descansava a face sobre os braços cruzados.

— Conte mais, Penelope. Você vinha sempre aqui?

— Nem sempre. Era um longo trajeto de carro e depois uma boa caminhada desde a casa da fazenda em que o deixávamos. Naquele tempo não havia nenhuma estrada para os penhascos. Assim, tínhamos que abrir caminho entre tojos, samambaias e amoreiras silvestres, até chegarmos a este ponto. Além disso, sempre precisávamos ter certeza de que era maré baixa, a fim de que eu e Sophie pudéssemos nadar.

— Seu pai não nadava?

— Não. Ele dizia que era velho demais. Ficava sentado aqui em cima, com seu chapéu de aba larga, o cavalete e o banquinho dobrável, pintando ou desenhando. Depois de, naturalmente, ter aberto uma garrafa de vinho, enchido um copo, acendido um charuto e, de um modo geral, ficado à vontade.

— E durante o inverno? Também vinham aqui?

— Nunca. No inverno, íamos para Londres. Ou Paris, Florença... Porthkerris e Carn Cottage ficavam para o verão.

— Devia ser maravilhoso!

— Não mais maravilhoso do que aquela casa divina de seu pai, em Ibiza.

— Imagino que sim. Tudo é relativo, não? — Antonia rolou de lado, sustentando o queixo na mão. — E você, Danus? Para onde ia no verão?

— Esperava que ninguém me perguntasse isso.

— Ora, vamos. Conte para nós.

— Bem, eu ia para North Berwick. Meus pais alugavam uma casa lá, todo verão; eles jogavam golfe, enquanto eu, meu irmão e minha irmã ficávamos sentados na praia fria, com nossa babá, construindo castelos de areia em meio ao vento uivante.

Penelope franziu o cenho.

— Seu irmão? Não sabia que você tinha um irmão. Pensei que tinha apenas uma irmã.

— Sim, eu tive um irmão. Ian. Era o mais velho dos três. Morreu de meningite, aos quatorze anos.

— Meu Deus, que tragédia.

— Sim. Realmente, foi uma tragédia. Minha mãe e meu pai nunca conseguiram superar o trauma. Ele era o favorito, inteligente e bonito, um desportista natural, o filho que todos os pais sonham ter. Para mim, era uma espécie de Deus, porque sabia fazer tudo. Quando estava com idade suficiente, começou a jogar golfe. Consequentemente, minha irmã começou a jogar também, mas eu sempre fui um desastrado, nem mesmo sentia interesse em jogar. Costumava me ausentar sozinho, de bicicleta, a fim de observar pássaros. Achava isso infinitamente mais interessante do que quebrar a cabeça com as complexidades do golfe.

— North Berwick não me parece um bom lugar para ir — comentou Antonia. — Você nunca ia a outro lugar?

Danus riu.

— É claro que ia. Meu melhor amigo na escola se chamava Roddy McCrae. Os pais dele possuíam um *croft*, bem ao norte de Sutherland, perto de Tongue. Além disso, tinham direitos de pesca no Naver, e o pai de Roddy me ensinou a pescar com rede. Quando já estava crescido demais para ir a North Berwick, passei a ir para o *croft* deles quase todas as férias.

— O que é um *croft*? — perguntou Antonia.

— Uma casinhola de dois cômodos, com um a mais no exterior. Uma espécie de cabana de pedras. Contendo apenas o básico. Nada de encanamento, eletricidade, telefone. O fim do mundo, onde o vento faz a curva, sem nenhum contato com a civilização. Era formidável.

Fez-se silêncio. Ocorreu a Penelope que talvez aquela fosse somente a segunda vez que ouvia Danus falar de si mesmo. Sentiu pena dele. Perder um irmão muito amado em tão tenra idade devia ter sido uma experiência traumatizante. E, talvez, sentir que jamais estaria à altura daquele irmão era ainda pior. Ela esperou, imaginando que, após quebrado o gelo de sua reserva e sentindo-se confiante, ele pudesse continuar. Entretanto, Danus ficou calado. Espreguiçou-se e finalmente se pôs de pé.

— A maré baixou — disse ele para Antonia. — A piscina na rocha está nos esperando. Tem coragem bastante para nadar?

Eles tinham ido, escalando com dificuldade a borda do penhasco e depois tomando a estreita trilha que levava aos rochedos mais abaixo. A piscina esperava, imóvel como vidro, cintilante e de um azul vibrante. Esperando para vê-los reaparecer, Penelope pensou em seu pai. Recordou-o com seu chapéu de aba larga, seu cavalete, seu vinho e sua solidão, satisfeita e concentrada. Uma das frustrações de Penelope era o fato de não ter herdado o talento paterno. Não sabia pintar, nem mesmo desenhar, mas a influência dele havia sido incrivelmente forte; convivera com ela por tanto tempo que, com a maior naturalidade, era capaz de observar qualquer perspectiva, com seu olho penetrante de artista, que tudo vê. E tudo permanecia exatamente como antes, exceto pela sinuosa fita verde da estrada do penhasco, palmilhada por andarilhos, que afundava e subia através do novo e verdejante matagal, seguindo os contornos da costa.

Olhou para o mar, tentando decidir como, se fosse papai, se incumbiria de pintá-lo. Porque, embora ele fosse azul, era um azul composto de mil matizes diferentes. Cobrindo a areia, era raso e translúcido, um verde-jade estriado de água-marinha. Sobre as rochas e algas, escurecia para o índigo. Mais além, onde um pequeno barco pesqueiro abria caminho através das ondas, transformava-se em um forte azul escuro. Havia pouco vento, porém o oceano vivia e respirava; intumescia-se desde profundezas distantes, formando ondas. O sol brilhando com seus raios através delas, quando se encurvavam para rebentar, transformava-os em esculturas móveis de vidro verde. E, finalmente, tudo era banhado em luz, aquele único e ofuscante brilho que atraíra os primeiros pintores à Cornualha, que lançara os impressionistas franceses em um apaixonado frenesi de criatividade.

Uma composição perfeita. Faltavam apenas figuras humanas que infundissem proporção e vitalidade. Elas surgiram. Muito abaixo e miniaturizados pela distância, Antonia e Danus faziam uma lenta travessia por sobre as rochas, em direção à piscina. Ela os viu avançando. Danus carregava as toalhas de banho. Quando finalmente alcançaram a rocha achatada que ficava acima da piscina, ele as soltou e caminhou até a borda da rocha. Flexionou o corpo e mergulhou, mal espalhando água, quando se infiltrou nela. Antonia o seguiu. Nadando, eles rompiam a superfície da piscina em fragmentos ensolarados. Ela ouviu suas vozes altas, seus risos. Outras vozes, outros mundos. *Foi bom, e nada que é bom jamais ficará perdido.* A voz de Richard. Ele se parece com Richard.

Penelope jamais havia nadado com Richard, porque seu amor acontecera em tempos de guerra, fora um amor de inverno. Agora, no entanto, observando Danus e Antonia, voltou a sentir, com uma intensidade física que transcendia a mera recordação, aquele choque entorpecente da água fria. Recordou a euforia, a sensação de bem-estar, tão claramente como se seu corpo ainda fosse jovem, intocado pela doença ou pela passagem dos anos. E havia outros prazeres, outras delícias. O doce contato de mãos, braços, lábios, corpos. A paz da paixão saciada, a alegria de acordar para sonolentos beijos e risos irracionais...

Fazia muito tempo, quando ainda era bem pequena, papai a apresentara às fascinantes delícias de um compasso e um lápis de ponta afiada. Ensinara-a a desenhar motivos, botões de flores, pétalas e curvas, porém nada lhe dera tanto prazer como simplesmente desenhar um círculo, em uma folha branca de papel, tão fino e preciso. O lápis se movendo, deixando uma linha atrás de si e terminando, com maravilhosa precisão, exatamente onde havia começado.

Um anel era o signo aceito do infinito, da eternidade. Como se sua vida tivesse sido aquela linha feita a lápis, cuidadosamente desenhada, de repente ela compreendeu que as duas extremidades aproximavam-se. Fiz o círculo completo, disse para si mesma, perguntando-se o que tinha acontecido com todos aqueles anos. Era uma pergunta que, de tempos em tempos, dava-lhe certa ansiedade e a fazia sentir-se atormentada por uma terrível sensação de perda. Agora, no entanto, a pergunta se tornava irrelevante e, quanto à resposta, fosse ela qual fosse, não mais encerrava qualquer importância.

— Olivia!

— Mãezinha! Que surpresa agradável.

— Percebi que não lhe havia desejado uma feliz Páscoa. Sinto muito, porém talvez ainda não seja muito tarde. Aliás, não tinha certeza de encontrá-la, pois achei que poderia ter se ausentado.

— Voltei hoje à noite. Estive na ilha de Wight.

— Com quem você ficou?

— Com os Blakison. Lembra-se de Charlotte? Era a editora de gastronomia da *Venus*, mas depois saiu para se casar e ter filhos.

— Foi bom?

— Divino. Sempre é bom ficar com eles. Uma festa constante. E tudo sem qualquer esforço visível.

— Aquele americano simpático estava com você?

— Americano simpático? Ah, o Hank. Não, ele voltou para os Estados Unidos.

— Achei que ele fosse uma pessoa muito querida.

— E foi. Aliás, é. Irá me procurar novamente, da próxima vez que vier a Londres. Bem, mãezinha, me fale sobre você. Como estão indo as coisas?

— Estamos tendo momentos maravilhosos. Vivendo no maior luxo.

— Já era hora, após tantos anos. Recebi uma longa carta de Antonia. Ela parecia extasiada.

— Ela e Danus vão ficar fora o dia inteiro. Foram com o carro até a costa sul. Vão procurar um rapaz que possui um viveiro. A esta altura já devem ter voltado.

— E como Danus está se portando?

— Maravilhosamente bem.

— Ainda gosta dele da mesma forma?

— Sem dúvida, talvez até mais. Entretanto, nunca conheci um homem tão reservado. Talvez seja esse o jeito dos escoceses.

— Ele já lhe contou por que não bebe nem dirige?

— Não.

— Provavelmente, é um alcoólatra regenerado.

— Se for, isso é com ele.

— Me conte o que tem feito. Já esteve com Doris?

— É claro. Está ótima. Animada como sempre. No sábado, passamos o dia nos penhascos, em Penjizal. E ontem de manhã, ficamos todos muito devotos e fomos à igreja.

— A cerimônia foi bonita?

— Linda. A igreja de Porthkerris é particularmente bonita e, claro, estava lotada de flores, os bancos cheios de pessoas com chapéus incríveis, a música e o coral simplesmente excepcionais. Havia um bispo bastante tedioso em visita, que pregou para nós, porém a música compensou o tédio de seu sermão. No final, houve uma volumosa procissão, todos ficamos em pé e cantamos “Por todos os santos que de seus labores descansam”.

Na volta para casa, eu e Antonia decidimos que era realmente um de nossos hinos favoritos.

Olivia riu.

— Ó mãezinha! Logo você. Eu nem sabia que você tinha um hino favorito.

— Meu bem, eu não sou propriamente uma descrente. Não posso negar que seja um tanto cética. Enfim, a Páscoa é sempre algo perturbador, com a ressurreição e a promessa de vida após a morte. Francamente, jamais consegui acreditar nisso. E, embora adorasse tornar a ver Sophie e papai, há dúzias de outras pessoas que eu passaria muito bem sem nunca mais voltar a ver. Além disso, imagine o aperto. Ser convidada para a maior e mais tediosa festa, onde passaria o tempo todo procurando as pessoas amigas que realmente quisesse ver...

— E quanto a *Os catadores de conchas*? Você o viu?

— Ficou maravilhoso. Absolutamente em casa. Como se tivesse estado lá a vida inteira.

— Não se arrepende de o ter doado?

— Nem por um segundo.

— E agora, o que esteve fazendo? Neste momento?

— Tomei um banho e vim para a cama, onde fiquei lendo *O Sol também se levanta* até ligar para você. Depois, vou ligar para Noel e Nancy, trocar de roupa e descer para jantar. Aqui é tudo sempre muito pomposo e, no restaurante, um homem fica tocando música de fundo num piano de cauda. Como no Savoy.

— Quanto refinamento! O que você vai usar?

— Meu caftan. Está praticamente no fim, mas, semicerrando os olhos, a gente não enxerga os buracos.

— Você vai ficar linda, mãezinha. Quando voltam para casa?

— Na quarta-feira. Chegaremos a Podmore's Thatch na noite de quarta-feira.

— Telefonarei para lá.

— Faça isso, minha querida. Que Deus a abençoe.

— Até lá, mãezinha.

Penelope discou o número de Noel, esperou um momento, ouviu o telefone tocar, mas ninguém atendeu. Ela desligou. Provavelmente ele fora para algum lugar, qualquer lugar no campo, em um de seus longos e movimentados fins de semana. Tornou a erguer o fone, discando então o número de Nancy.

— O Antigo Vicariato.

— George?

— Ele mesmo.

— Aqui é Penelope. Feliz Páscoa!

— Obrigado — disse George, mas não retribuiu o voto.

— Nancy está aí?

— Deve estar em algum lugar. Quer falar com ela?

— Se for possível. (Por que mais eu ligaria, sujeito idiota?)

— Espere um instante. Vou chamá-la.

Ela aguardou. Era agradável ficar ali, relaxada e aquecida, recostada em enormes e macios travesseiros, mas Nancy demorou tanto a atender que Penelope começou a se impacientar. O que estaria ela fazendo? Para passar o tempo, pegou seu livro e já até conseguira ler um ou dois parágrafos, quando ouviu a voz da filha.

— Alô?

Penelope baixou o livro.

— Nancy? Onde é que estava? Nos fundos do jardim?

— Não.

— Teve uma boa Páscoa?

— Tive, obrigada.

— O que foi que fez?

— Nada em particular.

— Teve visitas?

— Não.

A voz era fria. Nancy exibia seu aspecto mais desagradável, parecendo extremamente ofendida. O que teria acontecido agora?

— O que há de errado, Nancy?

— Por que deveria haver algo errado?

— Não sei, mas evidentemente houve alguma coisa. — Silêncio — Acho melhor me dizer o que há, Nancy.

— Eu apenas... estou um pouco magoada e perturbada. Nada mais.

— Com o quê?

— Com o quê? Ora, você ainda pergunta, como se não soubesse perfeitamente o que há?

— Se soubesse, não perguntaria.

— Não ficaria magoada, se estivesse em meu lugar? Há semanas que não tenho notícias suas. Nem uma palavra! E, quando ligo para Podmore's Thatch, querendo convidar você e Antonia para virem passar a Páscoa conosco, descubro que viajou. Foi para a Cornualha, levando Antonia e o jardineiro em sua companhia, e tudo sem dar uma só palavra comigo ou com George.

Então era isso.

— Se quer saber, Nancy, não pensei que você estivesse interessada.

— Não é uma questão de estar interessada, mas de me deixar preocupada. Se ausentar sem mais nem menos, sem avisar a ninguém. Poderia lhe acontecer alguma coisa, e nós nem saberíamos onde é que estava.

— Olivia sabia.

— Ah, *Olivia*... Sim, claro que ela sabia, e aposto como deve ter ficado bem satisfeita, ao me dar a informação. Acho incrível que você considere necessário dizer a ela o que pretende fazer, esquecendo-se de me dar qualquer notícia. — Ela agora estava a pleno vapor. — Tudo que acontece parece chegar até mim em segunda mão, pela Olivia. Tudo que você faz. Tudo que você decide. Contratar aquele jardineiro. Ter Antonia morando com você, quando levei semanas gastando um bom dinheiro em anúncios no jornal, à procura de uma governanta. Depois, a venda dos painéis e a *doação* de *Os catadores de conchas*. Sem nem sequer consultar a mim ou a George. Afinal de contas, sou sua filha mais velha. Mesmo que não me deva nada, pelo menos podia pensar em meus sentimentos. Em seguida, vai para a Cornualha desse jeito, sem avisar, com Antonia e o jardineiro a reboque. Dois perfeitos estranhos. No entanto, quando sugeri que Melanie e Rupert fossem, você rejeitou firmemente a ideia. Seus próprios netos. E leva dois estranhos. Duas pessoas sobre as quais nada sabemos. Eles estão tirando proveito de você, mamãe. Pode ter certeza disso. Claro, você sempre teve coração mole, mas não pensei que fosse tão cega. E tudo tão ofensivo... tanta desconsideração de sua parte...

— Nancy...

— ... se foi assim que se portou com o pobre papai, não é de admirar que ele a tenha abandonado. Ninguém gosta de se sentir rejeitado e indesejável. Vovó Keeling sempre dizia que jamais conheceu mulher tão insensível como você. Eu e George tentamos assumir responsabilidades em seu nome, porém você não torna as coisas fáceis para nós. Viajar, sem uma palavra... e gastando todo esse dinheiro. Todos sabemos o que essa hospedagem no Sands irá lhe custar... e se desfazer de *Os catadores de conchas*... quando sabe o quanto todos nós estamos necessitados... Ah, é muito doloroso...

Os ressentimentos acumulados efervesciam. A esta altura, quase fora de si, Nancy perdera o fôlego. Penelope aproveitou a brecha.

— Terminou? — perguntou polidamente. Nancy não respondeu. — Posso falar agora?

— Se quiser.

— Liguei para você a fim de lhe desejar feliz Páscoa. Não para ter uma discussão. Entretanto, se quer uma, farei sua vontade. Ao vender os painéis, simplesmente fiz o que você e Noel vinham insistindo comigo para que fizesse, durante meses. Obtive cem mil libras por eles, como Olivia provavelmente lhe contou e, pela primeira vez em minha vida, decidi gastar um pouco desse dinheiro comigo mesma. Você sabe que eu planejava voltar a Porthkerris, porque a convidei para vir comigo. Convidei Noel e também convidei Olivia. Vocês todos deram desculpas. Nenhum quis vir comigo.

— Mamãe, eu lhe disse meus motivos...

— Desculpas — repetiu Penelope. — Eu não tinha a menor intenção de vir sozinha. Queria uma companhia alegre, para partilhar o meu prazer. Assim, Antonia e Danus vieram comigo. Não estou tão senil, a ponto de não poder escolher meus próprios amigos. E, quanto a *Os catadores de conchas*, aquele quadro era meu. Jamais esqueça isso. Papai o deu para mim, como presente de casamento. E agora, vendo-o pendurado na galeria de arte em Porthkerris, tenho a sensação de, simplesmente, tê-lo devolvido a ele. A ele e a milhares de pessoas comuns, que agora poderão ir lá e ver o quadro, talvez sentindo parte do consolo e prazer que ele sempre me deu.

— Você não pode ter ideia do quanto ele vale.

— Tenho muito mais ideia do quanto ele vale do que vocês jamais tiveram. Viveram com *Os catadores de conchas* a vida inteira e mal olharam para o quadro.

— Não foi isso que eu quis dizer.

— Eu sei que não foi.

— É que... — Nancy procurava as palavras. — É como se você realmente quisesse nos magoar... como se não gostasse de nós...

— Nancy!

— ... e por que você sempre conta tudo para Olivia, nunca para mim?

— Talvez porque você sempre pareça ter tanta dificuldade em compreender qualquer coisa que eu faça.

— Como posso compreender, se você se porta de maneira tão absurda, sempre se recusando a confiar em mim... me tratando como se eu fosse uma burra. É, sempre Olivia para lá, Olivia para cá. Você sempre gostou mais dela. Quando éramos crianças, Olivia era apontada como o máximo, tão inteligente e interessante. Você nunca procurou me compreender... e, se não fosse pela vovó Keeling...

Nancy atingira aquele ponto em que, transbordando de autopiedade, estava pronta a evocar qualquer erro de um remoto passado, do qual imaginava ter sido vítima. Esgotada pela conversa, Penelope subitamente decidiu que não suportava mais. Já havia recebido uma carga demasiado pesada e ainda tinha de ouvir as lamúrias adolescentes de uma mulher de quarenta e três anos? Ah, era mais do que podia aguentar.

— Acho que devemos encerrar esta conversa, Nancy — disse.

— ... não sei o que teria sido de mim sem vovó Keeling. Poder contar com ela é que tornou minha vida suportável...

— Até logo, Nancy.

— ... porquê você nunca teve nenhum tempo para mim... nunca me deu nada...

Desligando com cuidado, Penelope encerrou a conversa com a filha. A voz irada e alterada foi, misericordiosamente, silenciada. Nas janelas abertas, cortinas transparentes agitavam-se à brisa. Seu coração, como sempre acontecia nessas ocasiões perturbadoras, palpitava em desencontrados batimentos. Ela estendeu a mão para suas pílulas, tomou duas com água e recostou-se nos travesseiros fofos, fechando os olhos. Pensou em simplesmente entregar os pontos. Sentia-se exaurida por completo e, naquele momento, pronta a sucumbir à exaustão, até mesmo às lágrimas. Só que não admitia ser perturbada por Nancy. Não choraria.

Após um instante, depois que seu coração voltou a ficar estável, afastou as cobertas e saiu da cama. Usava um robe leve e fresco, e os compridos cabelos, soltos. Foi ao toucador e sentou-se, espiando a própria imagem sem muita satisfação. Depois pegou a escova e começou a escovar o cabelo, em longos e lentos movimentos.

É sempre Olivia para lá, Olivia para cá. Você sempre gostou mais dela.

Era verdade. Desde que ela nascera e Penelope a vira pela primeira vez, um bebezinho moreno, com um nariz grande demais para o pequenino rosto, sentira aquela indescritível afinidade com a filha. Por causa de Richard, Olivia era especial. No entanto, isso era tudo. Jamais a amara mais do que amara Nancy e Noel. Amara todos eles, seus filhos. Amara mais cada um deles, mas por motivos diferentes. Descobrira que o amor tinha um curioso meio de se multiplicar. De se duplicar, de se triplicar. À medida que cada filho chegava, havia amor mais do que suficiente para dar. E Nancy, a primogênita, recebera mais do que o seu devido quinhão de amor e atenção. Pensou em Nancy pequenina, tão robusta e encantadora, caminhando aos tropeções pelo jardim em Carn Cottage, sobre as perninhas curtas e gordas. Correndo atrás das galinhas, empurrando o carrinho de mão que Ernie lhe tinha feito, mimada e idolatrada por Doris, eternamente cercada de braços amorosos e rostos sorridentes. O que acontecera àquela garotinha? Seria mesmo possível que Nancy não guardasse a menor recordação daqueles primeiros tempos?

Infelizmente, parecia que não.

Você nunca me deu nada.

Não era verdade. Penelope sabia que não era verdade. Dera a Nancy o que tinha dado a todos os seus filhos. Um lar, segurança, conforto, zelo, uma casa aonde levar amigos, uma robusta porta da frente para os manter a salvo do mundo lá fora. Pensou no grande porão da Rua Oakley, cheirando a alho e ervas, aquecido pela enorme estufa e pela lareira. Recordou todos eles, chilrando como andorinhas e famintos como cães de caça, irrompendo da escola nos crepúsculos escuros dos invernos; livrando-se das mochilas, despindo os agasalhos e instalando-se para consumir enormes quantidades de salsichas, massas, bolos de peixe, torradas amanteigadas, bolo de passas e chocolate quente. Recordou aquele aposento maravilhoso na época do Natal, com o cheiro resinoso da árvore e cartões de Natal espalhados por toda parte, pendurados em varais de fita vermelha, como roupa lavada na corda. Pensou nos verões, nas portas de vidro que se abriam para o jardim mais além, na sombra das árvores, no perfume dos pés de tabaco e das trepadeiras. Pensou nas crianças que brincavam naquele jardim, gritando garrulamente. Nancy fora uma delas.

Dera tudo isso a Nancy, porém não fora capaz de lhe dar o que ela queria (Nancy jamais dizia "queria", dizia "precisava"), pois nunca houvera dinheiro suficiente para comprar os bens materiais e presentes luxuosos que a menina cobiçava. Vestidos de festa, carrinhos de boneca, um pônei, seus estudos num internato, sua festa de debutante, sua temporada londrina. Um grande e ostentoso casamento havia sido o pico de suas ambições, mas só realizara esse sonho dourado graças à oportuna intervenção de Dolly Keeling, que providenciara (e custeara) toda a dispendiosa e constrangedora extravagância.

Penelope finalmente largou a escova. Ainda estava irritada com Nancy, mas aquele ato simples de escovar os cabelos a tinha acalmado. Uma vez recomposta, sentiu-se melhor, mais fortalecida, dona de si mesma, capaz de tomar decisões. Apanhou e torceu os extremos da cabeleira, pegou suas presilhas de tartaruga e firmou o coque no lugar, com certa força, de maneira perfeita.

Meia hora depois, quando Antonia veio procurá-la, já tinha voltado para a cama, e agora estava sentada, com os travesseiros afofados, os pertences ao alcance e seu livro no colo.

Houve uma batida à porta, depois a voz de Antonia.

— Penelope?

— Pode entrar.

A porta se abriu e a cabeça de Antonia assomou

— Eu só vim... — Ela entrou e fechou a porta. — Você está na cama. — Sua expressão era da maior preocupação. — Alguma coisa errada, Penelope? Não se sente bem?

Penelope fechou o livro.

— Não, estou bem. Sinto-me apenas um pouco cansada e sem vontade de descer para jantar. Sinto muito. Estavam à minha espera?

— Não esperamos muito tempo. — Antonia sentou-se na beirada da cama. — Descemos até o bar, mas, como você não aparecia, Danus pediu que eu subisse, para saber o que estava acontecendo.

Penelope viu que Antonia se vestira para a noite. Usava uma saia preta, justa, juntamente com a folgada blusa de cetim creme que elas duas, juntas, haviam comprado em Cheltenham. Seus cabelos louro-avermelhados pendiam reluzentes e perfeitos sobre os ombros. O rosto mostrava a pele limpa de uma suave maçã, livre de artifícios. Excetuando-se, é claro, aquelas pestanas pretas, admiravelmente longas.

— Quer comer alguma coisa? Gostaria que eu ligasse para a copa, pedindo que lhe enviem uma bandeja?

— Talvez. Mais tarde. Enfim, eu mesma posso fazer isso.

— Eu espero — disse Antonia, em tom de acusação — que você não tenha exagerado, caminhando além da conta, sem que eu e Danus estivéssemos por perto, para evitar que se esgotasse.

— Não exagerei em nada. Apenas estou aborrecida.

— Ora, mas o que houve para deixá-la aborrecida?

— Liguei para Nancy, a fim de lhe desejar uma feliz Páscoa, mas recebi uma enxurrada de acusações, em retribuição.

— Ah, que lamentável da parte dela... E como foi isso?

— Houve de tudo. Nancy parece achar que estou senil. Que não lhe dei importância quando era criança e que fiquei perdulária na velhice. Que guardo segredos dela, que sou uma irresponsável e não sei escolher meus amigos. Acho que já vinha remoendo tudo isso há algum tempo e que o fato de eu ter trazido você e Danus comigo a Porthkerris foi a gota de água. Então, tudo ferveu e transbordou em cima de mim. — Ela sorriu. — Ah, foi melhor assim. É melhor soltar do que prender, como costumava dizer meu querido pai.

Não obstante, Antonia ficou indignada.

— Como ela *foi capaz* de perturbá-la tanto?

— Não permiti que me perturbasse. Em vez disso, fiquei furiosa. É muito mais saudável. E, convenhamos, toda situação sempre tem seu lado cômico. Desliguei com ela ainda falando e posso imaginá-la correndo para o marido, em um dilúvio de lágrimas vergonhosas para descarregar sobre ele todas as iniquidades de sua mãe irresponsável. Imagino também George se refugiando atrás do jornal, sem abrir a boca. Ele sempre foi o menos comunicativo dos homens. Por que Nancy decidiu casar com ele, antes de mais nada, é algo que me foge à compreensão. Portanto, não admira que os filhos deles sejam tão antipáticos. Rupert, com seus modos descorteses, e Melanie, com aquele olhar funesto, sempre mascando a ponta das marias-chiquinhas.

— Acho que não está sendo muito gentil.

— E não estou mesmo. Estou sendo cruel. No entanto, até foi bom que acontecesse, porque me ajudou a tomar uma decisão.

Sua volumosa bolsa de couro estava sobre a mesa de cabeceira. Penelope remexeu fundo em seu interior, vasculhando as vastas entranhas da bolsa. Por fim, seus dedos encontraram o que buscavam, e ela retirou o surrado estojo de couro para joias.

— Tome — disse, entregando-o a Antonia. — É para você.

— Para mim?

— Sim. Quero que fique com eles. Pegue. Abra o estojo.

Quase relutante, Antonia obedeceu. Pressionou o diminuto fecho, e a tampa se abriu com um estalido. Penelope observou-lhe o rosto. Viu-a arregalar os olhos, incrédula, e ficar boquiaberta de espanto.

— Ah, mas... eles não podem ser para mim!

— São seus. Eu os estou dando para você. Quero que fique com eles. São os brincos da tia Ethel. Ela os deixou para mim quando morreu, e os levei a Ibiza, daquela vez que fiquei com vocês. Usei-os na festa de Cosmo e Olivia. Lembra-se?

— É claro que me lembro. Mesmo assim, não os pode dar para mim. Tenho certeza de que são muito valiosos.

— Não mais do que nossa amizade. Não mais do que as alegrias que você me deu.

— Eles devem valer milhares de libras, Penelope.

— Creio que valem quatro mil. Como nunca tive dinheiro suficiente para segurá-los, deixava-os guardados no banco. Apanhei-os naquele dia em que fomos a Cheltenham. Como acho que você tampouco terá dinheiro sobrando para o seguro, provavelmente terão que retornar ao banco. Pobrezinhos, não têm levado uma vida muito boa, concorda? Entretanto, você pode usá-los agora, hoje à noite. Suas orelhas são furadas, não os irá perder. Coloque-os e me deixe ver como ficam.

Antonia, no entanto, ainda hesitava.

— Ouça, Penelope, se eles valem tanto, não seria melhor guardá-los para Olivia ou Nancy? Ou para sua neta? Talvez Melanie é que devesse ficar com eles.

— Olivia vai querer que você fique com os brincos, posso garantir. Eles a fariam recordar Ibiza e Cosmo. Ela concordará comigo que nada melhor do que ficarem com você. Quanto a Nancy, tornou-se tão tediosamente ambiciosa e materialista, que não merece nada. E duvido muito que Melanie um dia chegasse a apreciar o quanto são belos. Vamos, coloque-os.

Antonia continuava indecisa, mas fez o que ela pedia. Retirou os brincos, um de cada vez, do veludo gasto em que repousavam, depois deslizou os finíssimos pinos de ouro pelos orifícios nos lóbulos de suas orelhas. Jogou o cabelo para trás.

— Como ficaram?

— Perfeitos. Exatamente o acessório que faltava para realçar seu traje tão bonito. Vá até o espelho e veja você mesma.

Antonia assim fez, levantando-se da beira da cama, cruzando o quarto e parando diante do espelho do toucador. Penelope viu seu reflexo e pensou que nunca vira jovem alguma parecer tão sensacional.

— De fato, são perfeitos para você. Uma mulher precisa ter altura bastante para usar joias tão belas. E, se algum dia ficar apertada de dinheiro, sempre os poderá empenhar. Será um pequeno recurso para os momentos difíceis.

Antonia, entretanto, permanecia silenciosa, sem palavras diante da magnificência do presente. Então, após um momento, afastou-se do espelho e voltou para junto da cama de Penelope. Fazendo que não com a a cabeça, disse:

— Estou sem palavras. Não sei por que você é tão generosa, tão gentil comigo...

— Um dia, quando tiver a minha idade, acho que encontrará a resposta para isso.

— Farei um trato com você. Usarei os brincos hoje, mas amanhã cedo talvez você tenha mudado de ideia. Se mudar, eu os devolverei.

— Não vou mudar de ideia, fique certa. Agora que os vi em suas orelhas, fiquei mais certa do que nunca de que lhe deveriam pertencer. Bem, não falemos mais disso. Sente-se outra vez e conte-me como foi seu dia. Danus não se incomodará. Ele pode esperar mais dez minutos. Quero ouvir tudo. Não adorou aquela costa sul? Tão diferente daqui, cheia de florestas e água... Certa vez, durante a guerra, passei lá uma semana. Em uma casa com um jardim que descia para um riacho. Lá havia narcisos silvestres por toda parte e pequenas gaivotas pousadas no final do ancoradouro. Às vezes me pergunto o que terá sido feito daquela velha casa e quem mora lá agora. — Isso, entretanto, não vinha ao caso agora. — Muito bem. Aonde foram? Com quem estiveram? Foi divertido?

— Sim, foi maravilhoso. Uma viagem fascinante. E interessante, também. Estivemos em um imenso mercado de plantas, com estufas envidraçadas, prateleiras de mudas e uma loja, onde se podem comprar plantas, regadores e coisas assim. Eles cultivam tomates, batatas temporãs e todo tipo de vegetais exóticos, como ervilhas-tortas.

— Quem é o dono?

— Uma família chamada Ashley. Everard Ashley frequentou a faculdade de horticultura com Danus. Por isso é que fomos lá.

Ela se calou, como se nada mais houvesse a ser dito. Penelope esperou por mais, porém Antonia continuou em silêncio. Tal reticência era inesperada. Olhou fixamente para a jovem, mas ela baixara os olhos, e suas mãos ocupavam-se com o estojo de joias vazio, abrindo-o e tornando a fechá-lo. Alguma coisa estava errada. Ela insistiu, delicadamente:

— Onde foi que almoçaram?

— Com os Ashley, na cozinha de sua casa.

Agradáveis visões de um almoço íntimo em um *pub,* em alguma deliciosa estalagem, esmaeceram e morreram.

— Everard é casado?

— Não. Mora com os pais. A fazenda é de seu pai. Eles dirigem o negócio juntos.

— E Danus pretende fazer alguma coisa no mesmo ramo?

— Ele diz que sim.

— Você já discutiu o assunto com ele?

— Sim. Até certo ponto.

— Antonia... o que há de errado?

— Não sei.

— Vocês brigaram?

— Não.

— Ora, mas alguma coisa aconteceu.

— Não aconteceu nada. Eis o que há de errado. Consigo chegar até um certo ponto, mas dali não passo. Fico pensando que o conheço, que estou próxima dele, mas então me vejo diante de um muro de retraimento. Como se fechassem uma porta na minha cara.

— Você gosta dele, não gosta?

— Ah, muito!

Uma lágrima surgiu por baixo dos cílios semicerrados e começou a deslizar pela face de Antonia.

— Está apaixonada por ele, imagino.

Houve um longo silêncio. Antonia assentiu.

— E você acha que ele não a ama?

As lágrimas agora caíam rapidamente. Erguendo a mão, Antonia as secou.

— Não sei. É possível. Ficamos tanto tempo juntos, nestas últimas semanas... a esta altura, ele certamente saberia, de um modo ou de outro... existe um ponto em que não se pode mais voltar atrás, e creio que já o ultrapassamos.

— A culpa é minha — disse Penelope. — Tome...

Apanhou um monte de lenços de papel na mesa de cabeceira e os passou para Antonia. Ela assoou o nariz ruidosamente, depois perguntou:

— Por que a culpa haveria de ser sua?

— Porque até agora pensei apenas em mim mesma. Eu queria companhia, velha egoísta que sou. Então, convidei você e Danus para virem aqui comigo. Talvez até estivesse interferindo um pouco. Bancando a casamenteira, algo sempre fatal. Imaginei estar sendo inteligente, mas, talvez, este tenha sido o mais terrível engano.

Antonia parecia desesperada.

— O que *há* com ele, Penelope?

— É do tipo reservado.

— É algo mais do que reserva.

— Então orgulho, talvez.

— Seria orgulhoso demais para amar?

— Não é bem isso. Enfim, acho que ele não tem dinheiro. Sabe o que quer, porém não tem dinheiro para empregar. Qualquer tipo de negócio requer um bom capital, hoje em dia. Assim, ele fica sem perspectiva e talvez não se sinta em condições de se envolver.

— Um envolvimento não significaria necessariamente a responsabilidade do casamento.

— Acho que, em se tratando de um homem como Danus, provavelmente significaria.

— Eu poderia apenas ficar com ele. Trabalharíamos em alguma coisa, juntos. Nós nos entendemos bem trabalhando. Em todos os sentidos.

— Já lhe disse isso?

— Não consegui. Tentei, mas não consegui.

— Sendo assim, acho que deveria tentar novamente. Para o bem de ambos. Diga a ele como se sente. Ponha as cartas na mesa. Afinal, pelo menos são bons amigos. Acha que poderia ser sincera com ele?

— Está querendo dizer, confessar que o amo, que quero passar o resto de minha vida com ele, que não me importo se não tem dinheiro algum em seu nome e que nem mesmo me importo se não casar comigo?

— Dito dessa maneira, admito que ficaria um pouco direto demais. Bem... sim. Acho que foi o que eu quis dizer.

— E se ele responder que devo ir cuidar de minha vida?

— Você ficará magoada e ofendida, mas, pelo menos, saberá onde está pisando. E, por algum motivo, não creio que ele lhe dirá para ir cuidar de sua vida. Acredito que será honesto com você, e acabará descobrindo que a explicação para a atitude dele é algo inteiramente diverso e independente do relacionamento entre ambos.

— Como seria possível tal coisa?

— Não sei. Gostaria de saber. Também gostaria de saber por que ele não bebe nem dirige. Não tenho nada com isso, claro, mas confesso que me intriga. Ele esconde algo, disso tenho certeza, mas, depois de conhecê-lo, não creio que seja alguma coisa vergonhosa.

— Na verdade, eu não me incomodaria se fosse — disse Antonia, agora tendo cessado as lágrimas. Tornou a assoar o nariz e acrescentou: — Sinto muito. Não pretendia fazer toda essa choradeira.

— Às vezes, é o melhor. É melhor soltar do que prender.

— Acontece que ele é o primeiro homem por quem me sinto realmente atraída ou com quem tenho afinidades. Se tivesse havido muitos outros, talvez fosse mais fácil resolver a situação. Entretanto, nada posso fazer sobre a maneira como me sinto e acho que não suportaria a ideia de perdê-lo. Quando o vi a primeira vez, em Podmore's Thatch, achei que ele era especial, soube que seria alguém muito importante em minha vida. E, de certa forma, enquanto estávamos lá, tudo ia bem. Havia naturalidade, podíamos conversar e trabalhar juntos, plantar coisas, sem qualquer tensão. Aqui, no entanto, é diferente. Criou-se uma situação irreal, há qualquer coisa sobre a qual pareço não ter controle algum...

— Ó minha querida, sou eu a culpada. Sinto muito. Pensei que esse passeio seria romântico para você, especial. Ora, não recomece a chorar. Acabará marcando seu rostinho bonito e estragando o resto da noite...

— Eu gostaria de não ser eu... — soltou Antonia. — Gostaria de ser Olivia. Ela jamais se meteria em tal confusão.

— Você não é Olivia. Você é você. É bonita e jovem. Tem tudo pela frente. Jamais deseje ser outra pessoa, nem mesmo Olivia.

— Ela é tão forte, tão sensata...

— Você também vai ser. Agora, vá lavar o rosto, penteie o cabelo e desça para dizer a Danus que prefiro ficar aqui no quarto, tranquila e sozinha. Depois, tome um drinque com ele, vá jantar e, enquanto estiverem comendo, diga a ele tudo o que me disse. Você não é uma criança. Nenhum dos dois é. Essa situação não pode continuar, e não permitirei que se sinta infeliz. Danus é um rapaz educado. O que quer que aconteça, o que quer que ele diga, jamais a magoará deliberadamente.

— Sim, eu sei disso.

Elas trocaram beijos. Antonia levantou-se da cama e foi ao banheiro lavar o rosto. Quando voltou, parou diante do toucador e usou o pente de Penelope para ajeitar o cabelo.

— Os brincos lhe darão sorte — disse-lhe Penelope. — E coragem. Agora, se apresse, é hora de ir. Danus deve estar se perguntando o que terá acontecido a nós duas. E, lembre-se, diga o que pensa e não tenha medo. Jamais tenha medo de ser sincera e verdadeira.

— Tentarei ser corajosa.

— Boa noite, minha querida.

— Boa noite.

13

DANUS

Penelope acordou para outra manhã de céu limpo e azul, para os sons agradáveis e conhecidos — o mar, quebrando suavemente na praia muito abaixo; gaivotas grasnando, e um tordo, logo abaixo de sua janela, fazendo um grande escarcéu sobre qualquer coisa; um carro subindo a rua, mudando a marcha, depois parando na entrada de cascalho; um homem assobiando.

Eram oito e dez. Ela havia dormido oito horas seguidas. Sentia-se descansada, cheia de energia, faminta. Era terça-feira. O último dia das férias. Tal certeza a encheu de melancolia. Na manhã seguinte, deviam arrumar as malas e prepararem-se para a longa viagem até Gloucestershire. Penelope se sentiu instigada por uma sensação de urgência egoísta, porque havia várias coisas que ainda não fizera e gostaria de fazer. Ficou elaborando uma lista mental, dessa vez colocando as próprias prioridades antes de tudo. Danus e Antonia, o dilema em que se encontravam, por ora ficariam em segundo lugar. Mais tarde, ela pensaria nos problemas dos dois. Mais tarde falaria com eles. Por ora, o tempo precisava ser seu apenas.

Levantou-se, tomou um banho, arrumou o cabelo e se vestiu. Então, refrescada, perfumada e com roupas limpas, sentou-se à escrivaninha de seu quarto e escreveu uma carta para Olivia, no espesso e caro papel timbrado, fornecido pelo hotel. Não era muito longa, na verdade mais um bilhete, informando a Olivia que dera para Antonia os brincos da tia Ethel. Por algum motivo, era importante que Olivia ficasse a par disso. Enfiou a carta em um envelope, endereçou-o, selou-o e o fechou. Depois, recolhendo sua bolsa e as chaves, saiu do quarto.

O saguão estava deserto, e as portas giratórias, abertas para o ar puro e os frescos aromas matinais. Somente o recepcionista estava atrás do balcão, e uma mulher de macacão azul passava o aspirador no carpete. Disse bom-dia para os dois, postou sua carta e foi para o refeitório vazio, pedir o desjejum. Suco de laranja, dois ovos cozidos, torradas, geleia e café puro. Quando estava terminando, um ou dois hóspedes entraram, acomodaram-se e abriram seus jornais, para discutir o novo dia. Foram planejados jogos de golfe e excursões turísticas. Penelope ouvia a conversa, satisfeita por não ter de pensar em qualquer outra pessoa mais. Ainda não havia qualquer sinal de Danus ou Antonia, pelo que se sentiu vergonhosamente grata.

Saiu do refeitório. Agora eram quase nove e meia. Quando cruzava o saguão, parou junto ao balcão do recepcionista.

— Vou a pé até a galeria de arte. Sabe a que horas abre?

— Acho que por volta das dez, Sra. Keeling. Vai dirigindo?

— Não. Vou a pé. Está uma manhã muito bonita. Enfim, quando eu quiser voltar, se ligar para o senhor, gostaria que mandasse um táxi me apanhar.

— Perfeitamente.

— Obrigada.

Ela o deixou, encaminhando-se com consciente prazer para a claridade do sol e as doces rajadas de ar fresco, o que intensificava seu senso de liberdade e irresponsabilidade. Quando era criança, as manhãs de sábado infundiam a mesma sensação de vazio e falta do que fazer, a perspectiva de que as horas seriam preenchidas por delícias inesperadas. Foi andando devagar, saboreando odores e sons, parando para contemplar jardins, a cintilante expansão da baía, um homem passeando com seu cão pela praia. Assim, quando finalmente abandonou a rua do porto e começou a subir a íngreme rua lajeada que conduzia à galeria, viu que as portas do prédio estavam abertas. Entretanto, àquela hora e àquela época do ano, descobriu que estava compreensivelmente deserto, com exceção do jovem sentado à sua mesa, na portaria. Era um indivíduo cadavérico, com um comprido cabelo anelado, usando jeans remendados e uma folgada suéter mesclada. Bocejava como se não houvesse dormido, mas, quando Penelope surgiu, ele engoliu o bocejo, empertigou-se na cadeira e prontificou-se a vender-lhe um catálogo.

— Não, não preciso de um catálogo, obrigada. Talvez compre alguns cartões-postais na volta.

Mortalmente fatigado, ele tornou a afundar em sua cadeira. Penelope gostaria de saber quem o considerara apto a ocupar o cargo de curador, mas então decidiu que ele provavelmente executava aquele trabalho por amor.

Os catadores de conchas esperava por ela, magnífico em seu novo lar, pendurado no centro da comprida parede sem janelas. Ela caminhou pelo piso ecoante e acomodou-se confortavelmente no antigo sofá de couro onde, anos antes, costumava sentar-se com papai.

Ele tinha razão. Eles tinham vindo, aqueles jovens artistas, como seu pai havia dito. Emoldurado. *Os catadores de conchas* estava flanqueado por abstratos e primitivos, todos explodindo de colorido, de luz e de vida. Os pintores menores que, nos tempos antigos, haviam preenchido os grandes espaços, haviam desaparecido (*Barcos de pesca à noite*, *Flores em minha janela*). Agora, ela identificava as obras de outros pintores, dos novos artistas que os tinham vindo substituir: Ben Nicholson, Peter Lanyon, Brian Winter, Patrick Heron. Entretanto, de maneira alguma eles superavam *Os catadores de conchas*. Pelo contrário, intensificavam os azuis e cinza, os brilhantes reflexos do quadro favorito de papai. Ela imaginou que era como entrar num aposento mobiliado com belos móveis, tanto tradicionais como gritantemente modernos, onde nenhuma peça desmerecia sua vizinha nem contrastava com ela, simplesmente porque cada uma era a criação de um artesão habilidoso, o melhor de sua época.

Ela ficou ali, contente e em paz, alegrando e enchendo os olhos.

Quando a chegada de outro visitante, que entrava pela porta, interrompeu a cena, ela mal percebeu o sucedido. Houve uma conversa murmurada. Depois passos, devagares. E, de repente, foi como havia sido antes, naquele ventoso dia de agosto durante a guerra, e ela novamente estava com vinte e três anos, tinha buracos nos tênis e papai estava sentado ao seu lado. E Richard entrara, na galeria e na vida deles. E papai dissera a ele: "Eles virão... pintar o calor do sol e a cor do vento." E fora assim que tudo começara.

Os passos aproximaram-se. Ele estava ali, aguardando sua atenção. Ela virou a cabeça. Pensando em Richard, viu Danus. Desorientada, perdida no tempo, olhou para ele; um estranho.

— Estou incomodando a senhora? — perguntou ele.

A voz familiar rompeu o estranho feitiço. Ela procurou compor-se, expulsou o passado e animou as feições, sorrindo.

— É claro que não. Eu estava sonhando.

— Devo deixá-la sozinha?

— Não, não. — Ele estava só. Usava uma blusa de pescador azul-marinho. Voltados para ela, os olhos de Danus pareciam estranhamente brilhantes, intensamente azuis, fixos. — Estou me despedindo de *Os catadores de conchas.* — Penelope mudou de posição e deu um tapinha no couro gasto do assento ao seu lado. — Venha e junte-se a mim, em minha comunhão solitária.

Ele assim fez, sentando-se meio de lado para ela, com um braço ao longo das costas do sofá, as pernas compridas cruzadas.

— Está melhor hoje?

Ela não se recordava de ter se sentido indisposta.

— Melhor?

— Noite passada, Antonia disse que a senhora não se sentia muito bem.

— Ah, isso. Eu estava apenas um pouco cansada. Estou me sentindo perfeitamente bem. Como sabia onde me encontrar?

— O recepcionista do hotel me disse.

— Onde está Antonia?

— Arrumando as malas.

— Arrumando as malas? Tão cedo? Ora, só partiremos amanhã de manhã.

— Ela está arrumando minhas malas. Foi isso que vim lhe dizer. Isso e muitas outras coisas mais. Tenho de ir embora hoje. Vou embarcar no trem para Londres e depois, ainda esta noite, tomarei o que vai para Edimburgo. Tenho de ir para casa.

Ela só podia imaginar um motivo para uma atitude tão precipitada e urgente.

— Sua família. Aconteceu alguma coisa. Há alguém doente?

— Não. Não se trata disso.

— Então, por quê?

Seus pensamentos voaram para a noite anterior e para Antonia. Antonia em lágrimas, sentada na beira de sua cama. Você deve ser sincera e verdadeira, tinha dito a ela, certa, com toda a arrogância da experiência, de estar dando somente o conselho mais sensato. No entanto, tudo parecia indicar que simplesmente se intrometera e destruira tudo. O plano dera errado. O gesto corajoso de Antonia, pondo as cartas na mesa, de maneira alguma esclarecera a situação, a franqueza resultara em um confronto — talvez uma briga irremediável —, e agora ela e Danus haviam decidido que a única solução era o afastamento. Não podia haver outra explicação. Sentiu-se próxima das lágrimas.

— Eu sou a culpada — censurou-se. — Foi tudo culpa minha.

— Ninguém tem culpa. O que aconteceu nada tem a ver com a senhora.

— Ah, mas fui eu que *disse* para Antonia...

Ele a interrompeu.

— E estava certa. E se, ontem à noite, ela nada tivesse dito, eu diria. Porque, ontem, o dia que passamos juntos, foi uma espécie de catalisador. Tudo mudou. Foi como atravessar um rio. Tudo ficou muito simples e muito claro.

— Ela o ama, Danus. Certamente, você percebeu isso.

— Daí o motivo de minha partida.

— Antonia significa tão pouco para você?

— Pelo contrário. Justamente o contrário. É mais do que amor. Ela se tornou parte de mim. Dizer adeus a ela será como arrancar minhas próprias raízes, mas será preciso.

— Estou estupefata.

— Não a censuro.

— O que *aconteceu* ontem?

— Acho que nós dois subitamente amadurecemos. Também pode ser que tenha amadurecido o que vinha ocorrendo entre nós. Até ontem, tudo quanto havíamos feito juntos tinha sido sem importância, muito trivial e inofensivo. Trabalhar no jardim e na horta em Podmore's Thatch, nadar na piscina rochosa em Penjizal... Nada importante. Nada sério. Creio que isso provavelmente foi culpa minha. Eu não procurava um relacionamento significativo. Era a última coisa que desejava. Então, ontem fomos a Manaccan. Já havia falado antes sobre meus sonhos de um dia ter meu próprio negócio, e Antonia discutira tudo isso comigo, porém da maneira mais casual e impessoal. Nunca percebi o quanto se interessava por aquelas discussões. Então, Everard Ashley começou a nos mostrar o que tinha feito e, enquanto o acompanhávamos, aconteceu uma coisa extraordinária. Nós dois nos tornamos um casal. Era como se, o que quer que fizéssemos, fossemos fazê-lo juntos. Antonia parecia tão entusiasmada e interessada como eu, cheia de perguntas, ideias e planos. Foi quando, de repente, bem no meio de uma estufa cheia de tomateiros, eu soube que ela era parte de meu futuro. Parte de mim agora. Não consigo imaginar a vida sem ela. Seja lá o que eu for fazer, quero fazê-lo com ela, e o que quer que aconteça a mim quero que aconteça a nós dois.

— E por que isso não pode acontecer?

— Por dois motivos. O primeiro é estritamente prático. Nada tenho para oferecer a Antonia. Estou com vinte e quatro anos e não tenho dinheiro, casa, rendimentos privados, nada. Meu salário semanal é o de um jardineiro contratado. Um viveiro, um negócio só meu, é só um sonho distante, talvez irrealizável. Everard Ashley entrou no negócio com o pai, mas eu teria de comprá-lo e não disponho de capital.

— Há bancos que emprestam dinheiro. Não seria possível conseguir uma subvenção do governo? — Penelope pensou nos pais dele. Por alguns fiapos de informação soltados por Danus de vez em quando, a impressão deixada era de uma família, se não nadando em dinheiro, pelo menos com um razoável quinhão de bens materiais. — Seus pais não poderiam ajudá-lo?

— A tal ponto, creio que não.

— Já perguntou a eles?

— Não.

— Já discutiu seus planos com eles?

— Ainda não.

Tamanho derrotismo era inesperado e sumamente irritante. Decepcionada com ele, Penelope acabou perdendo a paciência.

— Sinto muito, mas não consigo entender qual é o problema. Você e Antonia se encontraram, se amam e querem passar juntos o resto da vida de vocês. Precisam agarrar a felicidade, segurá-la bem firme, nunca deixá-la fugir! Agir de outro modo é moralmente errado. Tais oportunidades nunca aparecem duas vezes. Que diferença faz, se tiverem de viver com pouco dinheiro? Antonia pode arranjar um emprego, é isso que faz a maioria das esposas jovens. Outros casais jovens conseguem sobreviver, simplesmente estabelecendo uma hierarquia correta de prioridades. — Ele nada objetou a isso e ela franziu o cenho. — Imagino que seja o seu orgulho. O estúpido, obstinado, orgulho escocês. Se for, acho que está sendo tremendamente egoísta. Como pode ir embora e deixá-la, torná-la tão infeliz? O que há de errado com você, Danus, para virar as costas ao amor?

— Eu disse que havia dois motivos. Só lhe contei um deles.

— E qual é o outro?

— Sou epiléptico — disse ele.

Ela se sentiu gelada e imóvel, sem palavras, impotente. Fitou o rosto dele, olhos nos olhos, e a expressão de Danus permaneceu imperturbável. Não baixou os olhos. Ela desejou abraçá-lo, apertá-lo contra si, confortá-lo, porém não fez nada disso. Pensamentos aleatórios tomavam forma, para logo debandar desordenados em todas as direções, como aves assustadas. A resposta a todas aquelas perguntas não respondidas. Este homem é Danus.

Ela respirou fundo. Perguntou:

— Você já contou para Antonia?

— Já.

— Quer contar para mim?

— Por isso vim aqui. Antonia me enviou. Ela disse que a senhora, mais do que ninguém, tinha de saber. Antes que eu parta e a deixe, preciso lhe dizer os meus motivos.

Penelope pousou a mão no joelho dele.

— Estou ouvindo.

— Creio que tudo começou com meu pai e minha mãe. E com Ian. Já lhe disse, imagino, que meu pai é advogado. A família dele já está na terceira geração de advogados, e o pai de minha mãe foi um jurista, membro dos tribunais escoceses. Ian estava destinado a seguir o exemplo de meu pai, juntando-se à firma familiar e, de modo geral, seguindo a tradição. E ele teria sido um bom advogado, porque tudo que se propunha a fazer era sempre um sucesso. Entretanto, aos quatorze anos, Ian morreu. Inevitavelmente, cabia a mim tomar o seu lugar. Eu ainda nem havia pensado no que queria fazer. Sabia apenas que aquela era a minha obrigação. Como se eu fosse programado, como um computador. Bem, fui estudar e, embora jamais tivesse sido tão brilhante como Ian, consegui ser aprovado nos exames necessários e passei para a Universidade de Edimburgo. Contudo, sendo ainda muito novo, antes de ir para a universidade decidi tirar dois anos de folga para viajar, ver um pouco do mundo. Fui para os Estados Unidos. Fui de costa a costa, fazendo qualquer trabalho que me surgisse pela frente, e terminei no Arkansas, trabalhando em um rancho de gado, para um homem chamado Jack Rogers. Ele possuía muitas terras, estendendo-se por quilômetros e quilômetros. Tornei-me um dos vaqueiros, ajudando a recolher o gado e a consertar as cercas. Vivia em um galpão, juntamente com mais três trabalhadores.

"O rancho era incrivelmente distante. Sleeping Creek, a cidade mais próxima, ficava a sessenta e cinco quilômetros, não muito longe para quem estivesse acostumado àquelas distâncias. Eu costumava dirigir até lá algumas vezes, levando Sally Rogers para fazer compras nas lojas ou buscando comida e equipamentos para Jack. Era um dia inteiro de viagem, com o caminhão sacolejando por uma estrada de terra e terminando coberto por uma poeirada marrom.

"Certo dia, quando já chegava ao fim de minha temporada no rancho, fiquei doente. Estava péssimo, comecei a vomitar e tremer, depois tive uma febre altíssima. Devo ter ficado inconsciente, porque não me recordo de ter sido removido do galpão para a casa do rancho, mas foi onde me encontrei, com Sally Rogers cuidando de mim. Ela fez um bom trabalho e, depois de quase uma semana, consegui me recuperar e ficar de pé novamente. Concluímos que eu sofrera alguma virose e, quando pude dar três passos sem ficar de pernas bambas, voltei ao trabalho.

"Então, pouco mais tarde, sem qualquer aviso... nada... perdi os sentidos. Caí sobre um tronco derrubado, bati com as costas e permaneci meia hora inconsciente. Parecia não haver qualquer motivo, mas uma semana mais tarde, aquilo tornou a acontecer, e passei tão mal que Sally me botou no caminhão e me levou ao médico, em Sleeping Creek. Ele ouviu meu relato dos fatos e fez alguns exames. Uma semana depois voltei para vê-lo, quando então ele me disse que eu tinha epilepsia. Receitou remédios para serem tomados, quatro vezes ao dia. Disse que tudo correria bem, se não deixasse de tomar os remédios. Acrescentou que nada mais podia fazer por mim."

Danus calou-se. Penelope sentiu que ele esperava algum comentário seu, mas não imaginava o que dizer, que não fosse redundante ou banal.

— Eu nunca havia estado doente na vida. Jamais tivera algo pior do que sarampo. Perguntei ao médico, *por quê?* Ele me fez algumas perguntas e finalmente chegamos a uma pancada que levei na cabeça, quando jogava rúgbi na escola. Havia sofrido uma concussão, porém nada pior. Até aquele momento. Agora, eu estava com epilepsia. Tinha quase vinte e um anos e era epiléptico.

— Contou isso às pessoas para quem trabalhava?

— Não. E fiz o médico prometer que honraria o sigilo profissional. Eu não queria que ninguém soubesse. Se não conseguisse lidar com aquilo sozinho, então não haveria mais qualquer jeito. Consequentemente, voltei para cá. Voei até Londres e tomei o trem noturno para Edimburgo. A esta altura, já decidira não aceitar aquele lugar na Universidade de Edimburgo. Com tempo para pensar a respeito, acabara descobrindo a verdade, isto é, que jamais tomaria o lugar de Ian. Eu tinha medo de fracassar, decepcionar meu pai. Ao mesmo tempo, durante aqueles últimos meses descobrira algo mais. Eu precisava trabalhar ao ar livre, com as minhas mãos. Não queria ninguém me observando de perto, esperando de mim uma coisa que eu jamais conseguiría realizar. Explicar tudo isso a meus pais foi uma das piores coisas que tive de fazer. A princípio, eles não acreditaram. Depois ficaram magoados, profundamente desiludidos comigo. Não os censurei. Eu estava destruindo todos os planos que tinham feito. Por fim, se conformaram e aceitaram a situação, pois não havia alternativa. No entanto, foi impossível contar a eles sobre a epilepsia.

— Você *nunca* contou a eles? Como pôde ficar calado?

— Meu irmão morreu de meningite. Eu achava que, com uma coisa e outra, eles já tinham bastante para enfrentar. Não lhes faria bem algum se eu os sobrecarregasse com mais preocupações e angústias. Por outro lado, estava tudo bem comigo. Eu tomava a medicação e não perdia mais os sentidos. Estava perfeitamente normal. Tudo que tinha a fazer era procurar outro médico, um médico jovem... um homem que ignorasse meu histórico clínico. Encontrei um, e ele me forneceu uma prescrição permanente para meus medicamentos. Depois disso, me matriculei por três anos numa faculdade de horticultura em Worcestershire. Lá, também, tudo correu bem. Eu era apenas mais um sujeito comum. Fazia tudo que os outros alunos faziam. Me embriagava, dirigia, jogava futebol. No entanto, continuava epiléptico. Sabia que, deixando de tomar os remédios, tudo recomeçaria. Eu procurava não pensar nisso, mas ninguém consegue estancar o que nos vai dentro da cabeça. Era uma coisa que estava sempre lá. Um peso enorme, como uma mochila carregada, que nunca podemos arriar.

— Se você partilhasse seu problema, ele talvez não lhe parecesse tão pesado.

— Finalmente, foi o que fiz. Por força das circunstâncias. Ao terminar os estudos, consegui o emprego com a Autogarden, em Pudley. Vi um anúncio no jornal, me ofereci e fui aceito. Trabalhei até o Natal e então fui para casa, por umas duas semanas. Por volta do Ano-Novo, peguei uma gripe e fiquei cinco dias de cama. Minha medicação se esgotou. Era impossível sair para comprá-la, de maneira que finalmente precisei pedir a minha mãe que fizesse isso por mim. É claro que tive de contar tudo.

— Então, ela sabe. Graças a Deus por isso. Sem dúvida, deve ter desejado estrangulá-lo, por ser tão reservado.

— Curiosamente, acho que ela ficou aliviada. Já parecia desconfiar de alguma coisa e imaginara o pior, mas guardava seus temores para si mesma. Esse é o problema com minha família, nunca fazemos confidências. Tem algo a ver com o fato de sermos escoceses e independentes, de não querermos ser considerados um estorvo. Fomos criados dessa maneira. Minha mãe nunca foi muito de demonstrar sentimentos, nunca o que se poderia chamar de particularmente afetuosa; entretanto, naquele dia, depois que trouxe o remédio da farmácia, sentou-se à minha cama e conversamos durante horas. Ela chegou até a falar sobre Ian, uma coisa que jamais fizera antes. Recordamos os bons tempos e rimos. Então, disse a ela que sempre me considerara inferior a Ian, que nunca poderia substituí-lo. Com isso, ela retomou seu antigo jeito enérgico e prático, e me disse que não devia ser um idiota tão emproado; eu era eu, ela não me queria de outra maneira; seu único desejo era me ver bom novamente. Isso significava outro diagnóstico e uma segunda opinião. Assim que saí da cama, depois daquela gripe, me vi sentado no consultório de um eminente neurocirurgião, respondendo a mil perguntas. Houve mais exames e um EEG... uma cintilografia cerebral... mas, no fim do dia, fiquei sabendo que nenhum diagnóstico preciso poderia ser feito, enquanto eu permanecesse tomando os medicamentos. Assim, eu teria de suspendê-los durante três meses e, então, voltar para uma segunda consulta. Se fosse cuidadoso, nada prejudicial aconteceria comigo, mas, em hipótese alguma, deveria dirigir ou ingerir álcool.

— E quando terminam os três meses?

— Já terminaram. Há duas semanas.

— Ora, mas que tolice. Você não deve perder mais tempo.

— Foi o que Antonia me disse.

Antonia. Penelope quase esquecera Antonia.

— O que aconteceu ontem à noite, Danus?

— A senhora já sabe a maior parte. Fomos para o bar e ficamos à sua espera, mas, como a senhora não apareceu, Antonia foi ao seu encontro. Enquanto fiquei sozinho, fiz uma lista mental de cada coisa que diria a ela. Imaginei que seria dificílimo, e comecei a escolher as palavras mais adequadas, compondo frases ridiculamente formais. Então, ela voltou, usando os brincos que a senhora lhe deu. Parecia tão sensacionalmente adulta e bonita, que todas aquelas frases preparadas com tanto cuidado voaram pela janela, e terminei dizendo a ela o que havia em meu coração. Eu estava falando, quando Antonia começou a falar também, e então desatamos a rir, porque percebemos que ambos dizíamos a mesma coisa.

— Ah, meu querido rapaz...

— O que eu temia era magoá-la ou entristecê-la. Ela sempre me pareceu tão jovem, tão vulnerável... No entanto, foi admirável. Extremamente prática. E, como a senhora, ficou horrorizada em saber que as semanas iam passando, sem que eu marcasse a segunda consulta médica.

— E agora, já marcou?

— Já. Telefonei às nove horas desta manhã. Serei examinado pelo neurocirurgião na quinta-feira e, então, farei outro EEG. Os resultados serão quase imediatos.

— Ligue para nós em Podmore's Thatch e nos conte tudo.

— Naturalmente.

— Se você ficou três meses sem tomar seus medicamentos e sem perder os sentidos, certamente o prognóstico é esperançoso.

— Não quero ficar pensando nisso. Não ouso ter esperanças.

— Seja como for, voltará para nós?

Pela primeira vez, Danus pareceu incerto sobre o que fazer.

— ... ainda não sei. A questão é que talvez tenha que ser submetido a alguma espécie de tratamento. Isso pode durar meses. Então, terei que ficar em Edimburgo...

— E Antonia? O que acontecerá a Antonia?

— Não sei. Não sei nem o que acontecerá comigo. Neste exato momento, não vejo qualquer perspectiva de poder dar a ela a vida que merece. Antonia está com dezoito anos. Pode fazer o que quiser da vida, ter qualquer homem que queira. Basta ligar para Olivia e, dentro de alguns meses, estará na capa de cada revista cara do país. Não posso permitir que se comprometa comigo, enquanto eu não tiver certeza de um futuro pelo menos razoável para nós dois. Realmente, não há alternativa.

Penelope suspirou. No entanto, contra sua opinião, respeitou o raciocínio dele.

— Se vocês tiverem de ficar separados por algum tempo, talvez fosse melhor Antonia voltar para Londres e ficar com Olivia. Ela não pode, simplesmente, ficar parada em Podmore's Thatch, comigo. A pobrezinha morreria de tédio. Será melhor ter um emprego. Novos amigos. Novos interesses...

— Acha que ficará bem lá, sem ela para lhe fazer companhia?

— Ah, mas claro que ficarei. — Ela sorriu. — Pobre Danus, sinto muito por você. A doença é algo odioso, seja que forma assuma. Estou doente. Sofri um ataque cardíaco, porém não admito isso para ninguém. Saí do hospital e disse para meus filhos que os médicos são uns idiotas. Insisti em que nada tinha de errado comigo, mas é lógico que tem. Se fico perturbada, meu coração salta no peito como um ioiô, e sou obrigada a tomar uma pílula. Ele pode se descontrolar inteiramente a qualquer momento e, então, posso cair e morrer. Só que, enquanto isso não acontece, sou muito mais feliz fingindo que nada houve, absolutamente nada. Você e Antonia não devem se preocupar por eu ficar sozinha. Conto com a minha querida Sra. Plackett. Entretanto, não vou fingir que não sentirei falta de vocês dois. Tivemos ótimos momentos juntos. Eu não podería desejar companheiros melhores nessa última semana. Sou muito grata aos dois por terem vindo a esse lugar tão especial.

Ele balançou a cabeça, com sorridente perplexidade.

— Nunca soube por que a senhora sempre se mostrou tão excepcionalmente generosa comigo.

— A explicação é fácil. Eu me apeguei a você desde o começo, devido aos seus traços físicos. É estranhamente parecido com um homem que conheci durante a guerra. Foi como se, logo no início, eu já o conhecesse. Doris Penberth também reparou na semelhança, naquela noite em que você e Antonia foram me apanhar na casa dela. Doris, Ernie e eu somos as únicas pessoas que ainda podem se lembrar dele. Chamava-se Richard Lomax e foi morto no Dia D, na praia de Omaha. Dizer que alguém foi o amor de nossa vida soa como o clichê mais banal, porém é isso que ele significou para mim. Quando morreu, algo em mim morreu também. Nunca houve mais ninguém.

— E seu marido?

Penelope suspirou, dando de ombros.

— O nosso casamento nunca foi muito satisfatório. Se Richard tivesse sobrevivido à guerra, eu deixaria Ambrose, levaria Nancy e iria viver com ele. Com Richard morto, voltei para Ambrose. Parecia a única coisa a fazer. Aliás, eu me sentia um pouco culpada em relação a ele. Eu era jovem e egoísta quando nos casamos, para nos separarmos quase em seguida. O casamento nunca teve uma chance antes. Achei que, pelo menos, devia essa chance a Ambrose e, de mais a mais, ele era o pai de Nancy. Além disso, eu queria mais filhos. Por fim, descobri que jamais amaria de novo daquela forma. Não poderia haver outro Richard e, assim, me pareceu sensato tirar o melhor proveito do que eu tinha. Devo admitir que eu e Ambrose nunca tivemos muito sucesso em nossa vida a dois, porém havia Nancy, depois Olivia e, mais tarde, Noel. Os filhos pequenos, apesar do trabalho que dão, podem ser um grande consolo.

— Nunca falou a seus filhos sobre esse outro homem?

— Nunca. Jamais contei a eles, jamais pronunciei seu nome. Passei quarenta anos sem falar nele. Somente há dias, quando estive com Doris, ela falou em Richard, como se ele tivesse saído da sala naquele momento. Foi maravilhoso. Não havia mais tristeza. Levei uma vida amortalhada pela tristeza por tempo demais. Em uma solidão que nada nem ninguém poderiam amenizar. Entretanto, no correr dos anos, acabei conformada com o sucedido. Aprendi a viver interiormente, a cultivar flores, a ver meus filhos crescendo, a olhar para quadros e ouvir música. Os suaves poderes. Eles são admiravelmente consoladores.

— Sentirá falta de *Os catadores de conchas*.

Ela ficou comovida pela percepção dele.

— Não, Danus. Não sentirei mais. *Os catadores de conchas* se foi, como Richard se foi. Provavelmente, jamais tornarei a pronunciar o nome dele. E você guardará consigo o que lhe contei, para sempre.

— Tem a minha palavra.

— Ótimo. Agora, como parece que já dissemos tudo o que havia a ser dito, não é hora de irmos andando? Antonia irá pensar que desaparecemos para sempre. — Danus levantou-se e estendeu-lhe a mão, a fim de ajudá-la a ficar em pé. Penelope descobriu que seus pés doíam. — Estou cansada demais para subir a colina andando. Vamos pedir àquele rapaz de cabelos compridos que telefone chamando um táxi para nos levar ao hotel. Deixarei para trás *Os catadores de conchas* e todas as lembranças do meu passado. Bem aqui, nesta singular e pequenina galeria, onde todos eles começaram e onde é inteiramente apropriado que terminem seus dias!

14

PENELOPE

Resplandecente em seu uniforme verde-escuro, o porteiro do hotel Sands bateu a porta do carro e desejou a elas uma boa viagem. Antonia dirigia. O velho Volvo partiu, dobrou a curva da entrada de carros, por entre os canteiros de hortênsias, e ganhou a rua. Penelope não olhou para trás.

Era um bom dia para partirem. O feitiço do tempo perfeito parecia temporariamente suspenso. Um nevoeiro surgira do mar durante aquela noite e envolvia a tudo em neblina, dispersando-se e tornando a se formar novamente, como fumaça. Somente uma vez, pouco antes de elas chegarem à autoestrada, o nevoeiro rareou, admitindo uma difusa claridade solar, capaz de revelar o estuário. Era maré vazante. As praias lodosas pareciam vazias de vida, com exceção das eternas aves marinhas rapinantes. À distância, podiam ser vislumbrados os alvos vagalhões do Atlântico, quebrando contra os bancos de areia. Então, a íngreme rampa da nova estrada alteou-se em direção ao céu, e tudo se foi.

Dessa forma, a partida, a despedida, terminava. Penelope preparou-se para a longa jornada. Pensou em Podmore's Thatch e descobriu que ansiava por chegar em casa. Com satisfação, viu-se chegando, entrando em sua casa, inspecionando seu jardim, desfazendo malas, abrindo janelas, lendo a correspondência...

Ao seu lado, Antonia perguntou:

— Você está bem?

— Achou que eu iria me debulhar em lágrimas?

— Não, mas é sempre doloroso deixar algum lugar que amamos. Você esperou tanto tempo para voltar... E, agora, estamos novamente indo embora.

— Sou uma mulher de sorte. Tenho meu coração em dois lugares, de maneira que ficarei contente, onde quer que esteja.

— Acho que deve voltar no ano que vem. Fique com Doris e Ernie. Isso lhe proporcionará algo por que ansiar. Cosmo sempre dizia que a vida não merece ser vivida, a menos que tenhamos uma expectativa.

— Querido homem, como tinha razão! — Penelope pensou nisso. — Receio que, por enquanto, seu futuro pareça um pouco triste e solitário.

— Só por enquanto.

— É melhor ser realista, Antonia. Se ficar preparada para ouvir o pior em relação a Danus, então, tudo o que acontecer de bom virá como um prêmio extra.

— Eu sei. Aliás, não tenho qualquer ilusão sobre ele. Percebo que isso talvez demore muito tempo e odeio tal perspectiva, por causa dele. Entretanto, quanto a mim, egoísta que sou, sei que o fato de ele estar doente torna tudo mais fácil. Nós nos amamos de verdade e nada mais importa... Isso é o principal e é a isso que me apegarei.

— Está sendo muito corajosa. Sensata e corajosa. Não que eu esperasse outra coisa de sua parte. Sinceramente, estou muito orgulhosa de você.

— No fundo, nada tenho de corajosa. Mas nada é tão ruim, se podemos *fazer* alguma coisa. Na segunda-feira, voltando de Manaccan, sem nenhum de nós dizendo uma palavra e sabendo que havia algo errado, embora sem ideia do que fosse... bem, isso foi o pior. Achei que ele havia se cansado de mim, que não desejava a minha presença, que teria preferido ir ver seu amigo sozinho. De fato, foi terrível. O desentendimento não é a coisa mais horrível do mundo? Jamais permitirei que isso aconteça comigo outra vez. E sei que nunca mais acontecerá entre mim e Danus.

— Foi tanto culpa dele como sua. No entanto, acho que essa dolorosa reserva é natural nele, foi herdada dos pais, sendo também, em grande parte, fruto da maneira como foi criado.

— Ele me disse que era disso o que mais gostava em você. Sua maneira de estar sempre mais do que disposta a discutir qualquer coisa. E, mais importante ainda, a ouvir. Danus me contou que, quando criança, nunca de fato conversou com os pais, nunca se sentiu realmente próximo deles. Muito triste, não? Eles provavelmente o amavam, mas nunca pensaram em lhe dizer isso.

— Antonia, se Danus tiver de ficar em Edimburgo e se submeter a um tratamento, talvez tendo que ficar hospitalizado algum tempo... já pensou no que pretende fazer?

— Já. Se possível, ficarei mais uma ou duas semanas com você. Até lá, já deveremos saber que rumo as coisas tomaram. Se a ausência dele for prolongada, então ligarei para Olivia e aceitarei sua oferta de ajuda. Não que eu queira ser modelo. Na verdade, não há um trabalho que eu detestasse mais, porém, se puder ganhar algum dinheiro decente com isso, conseguirei me sustentar e economizar um pouco. Assim, quando Danus ficar bem de novo, pelo menos teremos o mínimo necessário para começar uma vida nova. Esse será meu estímulo para trabalhar. Não vou sentir que estou desperdiçando meu tempo inteiramente.

Enquanto elas viajavam, subindo para a espinha dorsal do condado e deixando o litoral para trás, o nevoeiro se dissipara por completo. Em terras altas, o sol batia em cheio nos prados, fazendas e charnecas, as antigas casas de máquinas de minas de estanho, em desuso, apontando para o céu límpido de primavera, irregulares como dentes quebrados.

Penelope suspirou.

— Que estranho — disse.

— O que é estranho?

— Primeiro foi a minha vida. Depois a de Olivia. Então, apareceu Cosmo. Em seguida você. E agora, é de seu futuro que falamos. É uma estranha progressão.

— Sem dúvida. — Antonia hesitou, depois prosseguiu: — Há uma coisa sobre a qual não precisa se preocupar. Nem tudo está errado com Danus. Quero dizer, ele não é impotente ou coisa assim.

Penelope levou um instante para atinar com a razão de ser dessa observação. Virou a cabeça e olhou para Antonia. O perfil sedutor da jovem estava voltado para a estrada diante delas, porém um leve rubor lhe aquecia as faces.

Tornando a virar-se para espiar pela janela, Penelope sorriu secretamente para si mesma.

— Fico *muito* satisfeita — respondeu.

O relógio da igreja de Temple Pudley batia as cinco horas, quando elas cruzaram o portão de Podmore's Thatch e logo depois pararam. A porta da frente estava aberta e uma coluna de fumaça desprendia-se da chaminé. A Sra. Plackett encontrava-se lá, esperando-as. A chaleira cantava e ela havia feito uma batelada de bolinhos. Nenhuma acolhida ao lar teria sido mais bem-vinda.

A Sra. Plackett falava muito alto, dividida entre querer ouvir as novidades delas e oferecer as suas.

— Vejam só, como estão queimadinhas de sol! Lá deve ter feito o mesmo bom tempo que aqui. O Sr. Plackett teve que regar nossas verduras, de tão seco que o solo ficou. E obrigada pelo cartão-postal, Antonia. Era do seu hotel, com todas aquelas bandeiras içadas? Para mim, mais parecia um palácio! Tivemos vândalos no cemitério, quebraram todos os vasos de flores e escreveram palavras horríveis sobre as sepulturas, com tinta spray. Trouxe algumas coisinhas para vocês; pão e manteiga, leite e algumas costeletas para seu jantar. Fizeram uma boa viagem?

Elas finalmente conseguiram dizer-lhe que sim, tinham feito uma boa viagem, as estradas haviam estado ótimas e agora só pensavam em uma xícara de chá. Foi somente então que a Sra. Plackett reparou no detalhe: das três pessoas que haviam partido para a Cornualha, apenas duas retornavam.

— Onde está Danus? Na certa o deixaram na fazenda aos Sawcombe, não foi?

— Não, ele não veio conosco. Teve que voltar à Escócia. Tomou o trem ontem.

— À Escócia? Um tanto inesperado, não é mesmo?

— Sem dúvida, mas ele precisava ir. De qualquer forma, tivemos cinco dias maravilhosos juntos.

— Isso é o que importa. Viu sua velha amiga?

— Doris Penberth? Sim, é claro. E posso lhe dizer, Sra. Plackett, que conversamos até ficarmos de boca seca! — A Sra. Plackett preparava o chá. Penelope sentou-se à mesa e pegou um bolinho. — A senhora foi muito fofa, ficando aqui para nos receber.

— Bem, eu disse para Linda que achava melhor vir para cá. Arejar a casa. Colher algumas flores... Sei que não gosta de sua casa sem flores. Ah, temos mais uma novidade: o Darren, filhinho de Linda, começou a andar. Ainda outro dia, estava engatinhando pela cozinha... — Ela serviu o chá. — Ele faz anos na segunda-feira. Eu disse que daria uma ajudazinha a Linda; queria saber se não se incomoda se eu vier na terça-feira, em vez de na segunda. Já limpei as janelas, coloquei a correspondência na sua secretária... — Ela puxou uma cadeira e sentou-se também, os braços grossos e competentes cruzados sobre a mesa à sua frente. — ... uma pilha e tanto, acumulada em cima do capacho, atrás da porta...

Ela finalmente se foi para casa, pedalando sua majestosa bicicleta, a fim de servir o chá do Sr. Plackett. Enquanto as duas tagarelavam, Antonia tirara as malas do carro e as levara para cima. Presumivelmente estaria guardando tudo nos armários, porque não tornou a aparecer. Então, assim que a Sra. Plackett foi embora, Penelope fez o que desejava fazer, logo que entrara em casa. Primeiro, seu jardim de inverno. Encheu um regador e regou todas as plantas nos vasos. Depois apanhou as tesouras de jardinagem e foi para o jardim. O gramado precisava ser aparado, as íris haviam despontado e, no extremo oposto do canteiro marginando o muro, havia uma massa de tulipas vermelhas e amarelas. Os primeiros rododendros temporãos tinham florido, e ela colheu apenas uma das flores, maravilhando-se com sua perfeição rosa claro, emoldurada em rígidas folhas verde-escuras. Concluiu que nenhuma mão humana jamais conseguiria criar tão satisfatório arranjo de pétalas e estames. Depois de um momento contemplando a flor, vagou com ela na mão pelo pomar, cheio de árvores floridas, depois foi para a margem do rio. O Windrush fluía sossegadamente, esgueirando-se por baixo dos ramos pendentes dos salgueiros. Havia prímulas silvestres desabrochadas e moitas de malva amarelo-claras. Enquanto ela caminhava, uma pata selvagem saiu de um espesso de juncos e começou a nadar corrente acima, para encantamento de Penelope, seguida por meia dúzia de penugentos patinhos. Ela continuou andando até a ponte de madeira e, naquela hora dando-se por satisfeita, fez lentamente o caminho de volta para casa. Quando atravessava o gramado, Antonia chamou, da janela de seu quarto, no andar de cima.

— Penelope! — Penelope parou e olhou para cima. A cabeça e os ombros de Antonia estavam emoldurados por um emaranhado de madressilvas. — Já passa das seis horas. Posso telefonar para Danus? Prometi a ele que telefonaria, para dizer que chegamos bem.

— Claro que pode. Use o telefone de meu quarto. E dê lembranças minhas a ele.

— Darei.

Na cozinha, apanhou um jarro de vidro, encheu-o de água e colocou dentro dele a flor do rododendro. Levou o jarro para a sala de estar, já toda decorada pelas mãos amadorísticas, mas amorosas da Sra. Plackett. Depositou o jarro em sua secretária, pegou a correspondência e instalou-se em sua poltrona. Os enfadonhos envelopes pardacentos, sem dúvida contendo contas, foram deixados no chão. Os outros... ela os folheou. Um grosso envelope branco parecia interessante. Reconheceu a caligrafia comprida e fina de Rose Pilkington. Fendeu o envelope com o polegar. Ouviu um carro passar pelo portão, aproximar-se e parar diante da porta da frente.

Não se moveu da poltrona. Um estranho tocaria a sineta da porta, e um amigo simplesmente iria entrando. Foi o que fez este visitante. Pisadas cruzaram a cozinha, o vestíbulo. A porta da sala de estar se abriu, e seu filho Noel entrou no aposento.

Dificilmente ela ficaria mais surpresa.

— Noel!

— Olá.

Ele usava calças de sarja marrom-clara, uma suéter azul-celeste e um lenço de algodão com poá vermelho, atado ao pescoço. Estava muito queimado e estava admiravelmente bonito. A carta de Rose Pilkington foi esquecida.

— De onde foi que surgiu?

— De Gales. — Ele fechou a porta atrás de si. Penelope ergueu o rosto, esperando um dos beijos apressados do filho, porém ele não se inclinou para tal, em vez disso, postando-se com alguma graciosidade diante da lareira, os ombros recostados no aparador, as mãos enfiadas nos bolsos da calça. Atrás de sua cabeça, a parede onde *Os catadores de conchas* estivera pendurado agora estava vazia. — Passei lá o fim de semana da Páscoa. Agora, estou indo para Londres e pensei em dar um pulo aqui.

— Fim de semana da Páscoa? Bem, hoje já é *quarta-feira.*

— Foi um longo fim de semana.

— Muito conveniente para você. E então, se divertiu?

— Bastante, obrigado. E como foi na Cornualha?

— Uma viagem mágica. Chegamos por volta das cinco horas. Ainda nem desfiz as malas.

— E onde estão seus companheiros de viagem?

A voz dele tinha um tom cortante. Ela o fitou agudamente, mas ele evitou seu olhar, desviando o rosto.

— Danus está na Escócia. Foi para lá ontem, de trem. E Antonia está lá em cima, no meu quarto, telefonando para ele, a fim de dizer que chegamos bem.

Noel ergueu as sobrancelhas.

— A partir de tão pouca informação, é difícil adivinhar exatamente o que aconteceu. Essa volta à Escócia parece indicar que as relações ficaram tensas, enquanto desfrutavam do Sands. Contudo, neste momento, Antonia está falando com ele ao telefone. Você vai ter que se explicar melhor.

— Não tenho nada para explicar. Danus tinha um compromisso na Escócia, ao qual não podia faltar. Nada mais simples do que isso. — A expressão de Noel dava a entender que ele não acreditava. Penelope resolveu mudar de assunto. — Quer ficar para o jantar?

— Não. Tenho que voltar a Londres.

Entretanto, ele continuou onde estava.

— Um drinque, então... gostaria de um drinque?

— Não, obrigado.

Ela pensou: Não deixarei que ele me intimide. Falou:

— Pois eu gostaria de um. Gostaria de um uísque com soda. Poderia ter a gentileza de servi-lo para mim?

Ele hesitou, depois foi à sala de refeições. Ela ouviu armários sendo abertos, o retinir de copos. Reuniu as cartas que jaziam em seu colo e as colocou bem empilhadas na mesa ao lado da poltrona. Quando Noel voltou, Penelope viu que ele havia mudado de ideia sobre o drinque, pois trazia dois copos. Entregando-lhe um, ele retornou à posição anterior.

— E *Os catadores de conchas*? — perguntou ele.

Então era isso. Ela sorriu.

— Foi Olivia quem lhe falou sobre *Os catadores de conchas* ou foi Nancy?

— Nancy.

— Nancy ficou profundamente ofendida por eu ter feito tal coisa. Pessoalmente ofendida. É o que sente também? Foi isso que veio me dizer?

— Não. Eu só queria saber o que, em nome de Deus, a induziu a fazer tal coisa.

— Meu pai o deu para mim. Doando-o à galeria, achei que simplesmente o devolvia a ele.

— Tem alguma ideia do quanto vale o quadro?

— Sei o quanto ele vale para mim. Quanto a uma avaliação financeira, como ele nunca foi exibido antes, nunca foi avaliado.

— Liguei para meu amigo Edwin Mundy e contei a ele o que você havia feito. Ele nunca viu o quadro, naturalmente, mas tinha uma noção bastante clara do preço que chegaria em um leilão. Sabe em quanto ele o avaliou...?

— Não sei e nem quero saber. — Noel abriu a boca para dizer-lhe, mas se viu na outra extremidade de um olhar de advertência tão formidável, que tornou a fechá-la sem pronunciar palavra. — Você está com raiva — ela prosseguiu. — Porque, por algum motivo, como Nancy, acha que me desfiz de algo que, por direito, pertence a vocês. Não, Noel, não pertence. Nunca pertenceu. Quanto aos painéis, devia se mostrar satisfeito por eu ter seguido o seu conselho. Você insistiu para que eu os vendesse, foi quem me apontou a Boothby's e o Sr. Roy Brookner. O Sr. Brookner encontrou para mim um comprador particular, que me ofereceu cem mil por eles. Aceitei o preço. O dinheiro está aí, para ser incluído em meus bens, quando eu morrer. Isso não o satisfaz? Quer mais?

— Você devia ter discutido o assunto comigo. Afinal de contas, sou seu filho.

— Já havíamos discutido o assunto. Inúmeras vezes. E, a cada vez, a discussão dava em nada, quando não terminava em briga. Sei o que você quer, Noel. Você quer dinheiro, *agora*. Na sua mão. Para jogá-lo fora em alguma ideia louca, que, muito provavelmente, não vai dar em nada. Conseguiu um emprego bastante bom, mas quer um melhor. Corretagem de ações. E, quando se cansar disso e, de quebra, perder cada *penny* que possui, então será algo mais... algum outro caldeirão de ouro, no final de um arco-íris inexistente. Felicidade é tirar o máximo proveito do que se tem, e riqueza é tirar o máximo proveito do que se conseguiu. Você tem tanta coisa a seu favor. Por que não enxerga isso? Por que sempre quer mais?

— Você fala como se eu pensasse só em mim mesmo. Não é verdade. Estou pensando também nas minhas irmãs e nos seus netos. Cem mil libras parecem uma montanha de dinheiro, mas, depois de pagos os impostos, se você continuar a esbanjar com qualquer cão aleijado que cruze seu caminho e lhe caia no agrado...

— Não fale comigo como se eu estivesse senil, Noel. Estou absolutamente lúcida, em pleno gozo de minhas faculdades mentais; posso escolher meus amigos e tomar minhas próprias decisões. Ir a Porthkerris, ficar no Sands, levando Danus e Antonia para me fazerem companhia, foi a primeira vez em minha vida, a primeiríssima vez, que experimentei as alegrias de gastar dinheiro, de ser generosa. Pela primeira vez na vida, não tive de pesar o valor de cada *penny*. Pela primeira vez, pude dar sem me preocupar com o custo. Foi uma experiência que nunca vou esquecer e que tornou tudo mais gratificante, pela dignidade e gratidão com que foi recebido.

— É isso que você quer? Gratidão incessante?

— Não, mas acho que você devia tentar entender. Se não confio em você, em suas necessidades e esquemas, é porque já passei por tudo isso antes com seu pai, e não pretendo recomeçar agora.

— Certamente não pode me censurar por meu pai.

— E não o censuro. Você era só um garotinho, quando ele abandonou a todos nós. Entretanto, em você, ele deixou muita coisa de si mesmo. Boas coisas. A semelhança física, o encanto e suas indubitáveis aptidões. No entanto, deixou também outras características não muito recomendáveis... Grandes ideias, gostos extravagantes e nenhum respeito pela propriedade alheia. Sinto muito. Odeio dizer tais coisas, mas parece que chegou o momento para nós dois de sermos inteiramente francos um com o outro.

— Não achei que você me detestasse tanto — disse ele.

— Noel, você é meu filho. Não pode compreender que, se não o amasse tanto, jamais me daria ao trabalho de dizer essas coisas?

— Você tem uma curiosa maneira de demonstrar o seu amor. Dando a estranhos tudo o que possui... e nada para seus filhos.

— Você fala como Nancy. Ela me disse que nunca lhe dei nada. O que tem de errado com vocês dois? Você, Nancy e Olivia foram a minha vida.

Por anos, vivi apenas para vocês. E, nesse momento, ouvindo-o dizer tais coisas, sinto o desespero tomar conta de mim. Sinto que, em algum ponto e de algum modo, falhei muito com vocês.

— Acredito — disse Noel lentamente — que de fato falhou.

Depois disso, parecia nada mais haver a ser dito. Ele terminou seu drinque, virou-se e colocou o copo na cornija da lareira. Evidentemente, estava disposto a ir embora, e a ideia de ele partir com a amargura da discussão ainda destilando entre eles era mais do que Penelope podia suportar.

— Fique para jantar conosco, Noel. Não vamos demorar. Você estará em Londres por volta das onze horas...

— Não. Preciso ir.

Ele começou a andar para a porta. Penelope levantou-se da poltrona e o seguiu, através da cozinha e passando pela porta. Sem olhar para ela ou encontrar-lhe os olhos, ele entrou no carro, bateu a porta com força, afivelou o cinto de segurança e ligou o motor.

— Noel. — Ele se virou para a mãe, as belas feições sem sorrir, hostis, sem uma gota de amor. — Eu sinto muito. — Ele assentiu brevemente, aceitando o pedido de desculpas. Ela forçou um sorriso. — Volte logo.

Entretanto, o carro já se movia, e as palavras dela se perderam em meio ao rugido estrondoso do motor. Depois que ele se foi, Penelope tornou a entrar. Ficou parada junto à mesa da cozinha e pensou no jantar, mas não conseguia imaginar o que fazer. Com um esforço de vontade, procurou controlar-se. Foi até a despensa, apanhou algumas batatas e foi com elas para a pia. Abriu a torneira de água fria. Ficou vendo a água correr e pensou em chorar, mas estava além das lágrimas.

Permaneceu ali, imóvel, durante alguns momentos. Então, o telefone da cozinha tocou bruscamente, sobressaltando-a, trazendo-a de volta à realidade. Abriu uma gaveta e dela tirou sua faca pequena e afiada. Quando Antonia desceu a escada, correndo ao seu encontro, ela descascava batatas tranquilamente.

— Sinto muito, mas conversamos por horas. Danus disse que pagará a ligação. Deve ter custado um monte de libras. — Antonia sentou-se à mesa e cruzou as pernas. Estava sorrindo, com o ar satisfeito de um gatinho bem alimentado. — Ele mandou mil lembranças para você, disse que irá lhe escrever uma longa carta. Mas não uma carta formal de agradecimento pela viagem à Cornualha. Ah, e vai ao médico amanhã e telefonará para nós, assim que souber qual será o veredicto. Estava ótimo, não parecia nem um pouco preocupado. Disse que o sol está brilhando, mesmo em Edimburgo. Tenho certeza de que é um bom sinal, e você? Um sinal de esperança. Se estivesse chovendo, eu não ficaria tão alegre por ele. Tive a impressão de ouvir vozes. Alguém veio aqui?

— Sim. Era Noel, a caminho de Londres, voltando de um fim de semana em Gales. Um longo fim de semana, conforme garantiu. — Estava tudo nos eixos, sua voz soava ótima, normal, com naturalidade e firmeza. — Convidei-o a ficar para o jantar, mas ele queria voltar para casa. Assim, tomou um drinque e foi embora.

— Que pena não o ter visto. Enfim, havia tanta coisa para dizer a Danus... Eu não conseguia parar de tagarelar. Quer que eu descasque essas batatas? Ou devo ir buscar um repolho ou qualquer outra coisa? Ou prefere que eu ponha a mesa? Não é ótimo estar em casa? Sei que não é a minha casa, mas ela me dá essa sensação e, sinceramente, só sei dizer que é ótimo estar de volta. Você também se sente assim, não é? Não se arrepende de alguma coisa?

— Não — respondeu Penelope. — Não me arrependo de nada.

Na manhã seguinte, às nove horas, ela deu dois telefonemas para Londres e marcou dois compromissos. Um deles era com Lalla Friedmann.

A consulta de Danus seria às dez horas e, na noite anterior, haviam concluído que ele só conseguiria telefonar pelo menos às onze e meia, a fim de lhes comunicar qual fora o veredicto do médico. Entretanto, o telefonema foi dado pouco antes das onze, e Penelope atendeu, porque Antonia estava no pomar, pendurando à brisa roupas lavadas no varal.

— Podmore's Thatch.

— Aqui é Danus.

— *Danus!* Ó céus, Antonia está lá fora, no jardim. Quais são as novidades? Conte-me imediatamente! O que tem para nos dizer?

— Não há novidade alguma.

O coração de Penelope apertou-se, desapontado.

— Você esteve no médico?

— Sim, estive. Depois fui ao hospital para fazer o EEG, mas... você não vai acreditar nisto... o computador estava ruim; não puderam me dar os resultados.

— *Não* acredito. Ah, mas que coisa exasperante. E quanto tempo vai ter de esperar?

— Não sei. Eles não souberam informar.

— E agora, o que irá fazer?

— Lembra-se de eu lhe ter falado sobre meu amigo Roddy McCrae? Estive com ele ontem à noite no Tilted Wig e soube que está partindo amanhã para uma semana de pesca, em Sutherland. Ele me convidou a acompanhá-lo e ficar no *croft,* de maneira que decidi aceitar o convite e aguardar, enquanto isso. Se tenho de esperar dois dias para saber os resultados da cintilografia cerebral, posso perfeitamente esperar uma semana. Pelo menos, não ficarei andando de um lado para o outro dentro de casa, roendo as unhas até o sabugo e deixando minha mãe uma pilha de nervos.

— Então, quando voltará para Edimburgo?

— Provavelmente, na quinta-feira.

— Não existe algum meio de sua mãe entrar em contato com você no *croft* e lhe dar alguma notícia?

— Não. Como eu disse, aquilo fica no fim do mundo. E, para ser sincero, já convivi tanto tempo com essa coisa, que posso muito bem esperar mais sete dias.

— Nesse caso, talvez seja melhor você ir. E, enquanto isso, ficaremos torcendo por você. Não deixaremos de pensar em você um só momento. Promete telefonar, assim que voltar para casa?

— Naturalmente. Antonia está por aí...?

— Vou chamá-la. Só um instante.

Ela deixou o telefone pendurado pelo fio e saiu pelo jardim de inverno. Antonia vinha cruzando o gramado com a cesta vazia da roupa lavada debaixo do braço. Usava uma blusa rosa, as mangas dobradas até os cotovelos, e uma saia de algodão azul-marinho, que se enfunava ao vento.

— Antonia! Depressa, é Danus...

— Já? — A cor lhe fugiu das faces. — O que foi que ele disse? O que aconteceu?

— Ainda não há novidades, o computador está ruim... mas espere, que ele mesmo vai lhe contar. Está ao telefone. Vamos... Me dê a cesta.

Antonia entregou-lhe a cesta e voou para dentro. Levando a cesta, Penelope foi sentar-se na cadeira de jardim que ficava do lado de fora da janela da sala de estar. A vida era muito cruel. Quando não era uma coisa, era outra. Entretanto, em vista das circunstâncias, era melhor que Danus se ausentasse com o amigo. A companhia de um velho amigo por vezes era a solução, em ocasiões semelhantes. Ela imaginou os dois jovens naquele mundo de charnecas intermináveis e montanhas muito altas, em meio ao frio cortante dos mares do Norte e dos rios profundos, de águas marrons e rápida correnteza. Eles pescariam juntos. Sim, Danus havia feito a melhor escolha. Diziam que pescar era extremamente terapêutico.

Um movimento entrevisto com o canto do olho chamou sua atenção. Espiou e viu Antonia sair do jardim de inverno, depois cruzar o gramado, em direção a ela. A jovem parecia abatida, arrastando os pés como uma criança. Deixou-se cair ao lado de Penelope e disse:

— Que droga.

— Concordo. É tudo muito frustrante. Para todos nós.

— Maldito computador antigo. Por que eles não conseguem pôr essas coisas funcionando? E por que tinha de acontecer logo com Danus?

— Se quer saber, acho que foi muita má sorte. Mas, o que podemos fazer? Só nos resta esperar e torcer pelo melhor.

— Com *ele,* está tudo bem, ficará fora uma semana, pescando.

Penelope teve de sorrir.

— Você está parecendo uma esposa abandonada — disse.

— É mesmo? — Antonia pareceu ressabiada. — Não era a minha intenção. Só acho que mais uma semana parece *uma eternidade.*

— Eu sei. No entanto, é muito melhor que ele não fique sem ter o que fazer, andando de um lado para o outro, enquanto espera o telefone tocar. Nada nesse mundo abate mais o moral de uma pessoa. Acho muito melhor que ele fique ocupado com alguma coisa que o deixe feliz. Tenho certeza de que não o censurará por isso. Assim, a semana passará. Nós duas também vamos nos ocupar e nos distrair. Vou a Londres na segunda-feira. Gostaria de ir comigo?

— A Londres? Para quê?

— Quero rever velhos amigos. Há muito que não vou lá. Se você for comigo, podemos ir de carro. Entretanto, se preferir ficar aqui, me levaria de carro até Cheltenham e lá eu pegaria o trem.

Antonia pensou na sugestão. Depois respondeu:

— Não. Acho que vou ficar. Talvez eu precise voltar para Londres em breve, e seria uma pena desperdiçar um dia inteiro na cidade, em vez de aproveitar o campo. Além disso, a Sra. Plackett não vai vir na segunda-feira, por causa do aniversário de Darren. Ficando aqui, farei os trabalhos domésticos e prepararei um jantar delicioso, para quando você voltar. E também — ela sorriu, parecendo um pouco mais dona de si mesma —, sempre existe a pequena possibilidade de que Danus se encontre a uns quinze quilômetros de algum telefone e resolva ligar para mim. Seria uma tragédia se eu não estivesse aqui.

Dessa maneira, Penelope foi a Londres sozinha. Conforme haviam combinado, Antonia a levou de carro até Cheltenham e ela pegou o trem das nove e quinze da manhã. Em Londres, visitou a Royal Academy e almoçou com Lalla Friedmann. Depois disso, pegou um táxi que a levou à Gray's Inn Road e aos escritórios de Enderby, Looseby & Thring, Advogados. Deu seu nome à jovem da recepção e foi conduzida por dois lances de uma estreita escada até a sala do Sr. Enderby. A jovem bateu à porta e depois a abriu.

— A Sra. Keeling deseja vê-lo, Sr. Enderby.

A recepcionista recuou. Quando Penelope passou pela porta, o Sr. Enderby levantou-se e saiu de trás de sua mesa, a fim de recebê-la.

Nos velhos tempos de penúria, Penelope teria ido da Gray's Inn Road até a estação de Paddington de ônibus ou de metrô. Na verdade, era o que tinha planejado fazer agora, mas, quando deixou o prédio dos escritórios de Enderby, Looseby & Thring, descobriu que a perspectiva de deslocar-se por Londres em um transporte público de repente se tornava insuportável. Um táxi vazio aproximava-se. Adiantando-se, ela o chamou.

No táxi, recostou-se no banco traseiro, satisfeita por estar sozinha, e absorveu-se em seus pensamentos, recordando a conversa com o Sr. Enderby. Muito havia sido discutido, decidido e realizado. Nada mais havia a ser feito. O empreendimento fora cumprido, porém tudo se revelara exaustivo demais, de maneira que se sentia no fim de suas forças, tanto física como mentalmente. Sua cabeça doía, e os pés pareciam grandes demais para os sapatos. Como não bastasse, sentia-se também suja e encalorada, porque, embora nublada e sem sol, a tarde estava quente, o ar, pesado, abafado e poluído. Olhando pela janela, enquanto esperava que as luzes do trânsito mudassem do vermelho para o verde, ela subitamente se sentiu arrasada e deprimida por tudo que via. O tamanho da cidade, os milhões de seres humanos enxameando pelas ruas, seus rostos ansiosos e preocupados, todos caminhando apressadamente, como se receassem chegar atrasados a algum compromisso de vida ou morte. Um dia, ela também morara em Londres. Ali tivera seu lar. Ali criara sua família. Agora, no entanto, não podia imaginar como suportara todos aqueles anos.

Pretendia tomar o trem das quatro e quinze da tarde, mas o trânsito em Marylebone Road assumira proporções tão assustadoras que, quando o táxi passou pelo museu de Madame Tussaud, ela já se conformara em perder esse trem e tomar um outro depois. Em Paddington, precisou juntar várias notas para pagar a inflacionada corrida do táxi, depois checou os horários dos trens e, encontrando uma cabine telefônica, ligou para Antonia, a fim de informar que estaria chegando em Cheltenham às quinze para as oito. Feito isso, comprou uma revista, entrou no hotel da estação, pediu um bule de chá e sentou-se para esperar.

A viagem desconfortável no trem quente e lotado pareceu durar uma eternidade, de maneira que foi imenso o alívio de finalmente chegar, desembarcar e saber que havia terminado. Antonia estava na plataforma quando ela desceu do trem, e era uma bênção ser acolhida, beijada e levada pelo braço, não mais responsável por si própria. Passaram pela catraca e saíram para o estacionamento. Penelope olhou para cima, para o céu límpido do anoitecer, sentiu o cheiro das árvores e da relva, e então respirou fundo, enchendo os pulmões com o ar puro e fresco.

— Tenho a sensação — disse para Antonia — de que fiquei fora algumas semanas.

Instalada em seu velho Volvo, ela e Antonia rodaram para casa.

— Teve um bom dia? — perguntou Antonia.

— Sim, mas estou exausta. Sinto-me suja e cansada, igual a uma velha refugiada. Já tinha esquecido o pandemônio que Londres pode ser. A simples ida de um lugar para outro consome a maior parte do dia. Por isso que eu perdi meu trem. Aquele em que consegui embarcar vinha lotado de pessoas voltando do trabalho, e um homem com o maior traseiro do mundo decidiu sentar justamente ao meu lado.

— Teremos fricassê de frango para o jantar, mas talvez você prefira descansar um pouco antes.

— O que realmente quero é um banho quente e depois minha cama...

— Então, assim que chegarmos, é isso que terá. Depois que estiver na cama, irei lhe perguntar se deseja comer alguma coisa e, se sentir fome, eu preparo um prato para você, e poderá comer tranquilamente.

— Você é uma criança adorável.

— Vou lhe dizer uma coisa. Podmore's Thatch fica esquisita sem a sua presença.

— Como foi que passou seu dia solitário?

— Aparei a grama. Liguei o motor do aparador e fiz um trabalho que parece de profissional.

— Danus ligou?

— Não, mas eu já esperava por isso.

— Amanhã é terça-feira. Mais dois dias e receberemos notícias dele.

— Sim — disse Antonia.

As duas silenciaram. A estrada à frente delas começava a subir para a região das Cotswold.

Ela pensou que dormiria, mas não foi assim. O sono repousante teimava em fugir-lhe, cochilava e voltava a acordar. Remexeu-se, virou-se e cochilou de novo. Sonhos superficiais eram assombrados por vozes, palavras e fiapos de conversa que não faziam sentido. Ambrose estava ali, bem como Dolly Keeling, tagarelando sobre um certo aposento que pretendia decorar em tons de magnólia. Depois Doris, falando pelos cotovelos, gargalhando com suas risadas estridentes. Lalla Friedmann, jovem novamente. Jovem e amedrontada, porque seu marido Willi estava perdendo o juízo. *Você nunca me deu nada. Você nunca nos deu nada. Você deve estar insana. Eles estão tirando proveito de você.* Antonia embarcava em um trem e ia embora para sempre, tentava dizer algo que Penelope não ouvia, porque soava o apito do trem e só podia ver-lhe a boca, que se abria e fechava. Ficou agitada, sabendo que Antonia queria dizer algo que era de imensa importância. Então, o antigo sonho entrou em cena: a praia vazia, o nevoeiro sepultando tudo e a desolação, porque no mundo não havia ninguém mais além dela.

A noite escura não terminava. De vez em quando, ela se recostava na cama, acendia a luz e olhava o relógio. Duas da madrugada. Três e meia. Quatro e quinze. As cobertas da cama estavam enroladas e amarfanhadas, escasso consolo para os membros pesados por tão incômoda fadiga. Penelope ansiava pela luz do dia.

Por fim, chegou a claridade. Ela a viu chegar, e isso a acalmou. Imediatamente cochilou um pouco mais, depois abriu os olhos. Viu os primeiros raios baixos do sol, o céu pálido e sem nuvens. Ouviu os pássaros trinando, chamando e respondendo. Em seguida, foi a vez do tordo no castanheiro.

Felizmente, a noite chegava ao fim. Às sete horas, desassossegada e, de algum modo, mais cansada do que nunca, saiu da cama com lentidão, calçou os chinelos e vestiu o roupão. Tudo parecia requerer um esforço enorme, a ponto de atos tão simples como aqueles exigirem pensamento e concentração. Foi até o banheiro, lavou o rosto e escovou os dentes, movendo-se com cautela, procurando evitar qualquer ruído capaz de perturbar Antonia. De volta ao quarto, vestiu-se, sentou-se à frente do espelho e escovou os cabelos, que depois enrolou em um coque e prendeu com grampos. Percebeu as olheiras, semelhantes a equimoses abaixo dos olhos escuros, a palidez de sua pele.

Desceu para o térreo. Pensou em fazer uma xícara de chá, mas desistiu. Saiu da casa pelo jardim de inverno, abrindo a porta envidraçada e chegando ao jardim. O ar era frio e cortante como uma lâmina afiada. Seu impacto a fez estremecer e aconchegar o cardigã à volta do corpo, porém também era refrescante, da mesma forma que a água fria da primavera ou o mergulho em uma piscina de água gélida é refrescante. A grama recém-cortada cintilava com o orvalho, porém os primeiros raios aquecidos do sol haviam tocado um canto, e ali, com o orvalho se derretendo, a relva mostrava uma diferente tonalidade de verde.

Sua disposição de espírito melhorou, como sempre acontecia ante a visão da relva, das árvores, dos canteiros... seu próprio santuário, criado por ela mesma, no decorrer de cinco anos de árduo e satisfeito trabalho. Passaria ali o dia inteiro. Havia muito a ser feito.

Chegou ao terraço, onde ficava o velho assento de madeira. Nas fendas entre as lajes cinza-escura, tinham sido plantadas moitas de tomilho e aubriécias (que, mais adiante no ano, tornar-se-iam gordas almofadas de flores brancas e violetas) —, mas também cresciam as inevitáveis ervas daninhas. Um atrevido dente-de-leão atraiu-lhe o olhar e ela se inclinou para arrancá-lo, puxando-o pela teimosa e firme raiz. Entretanto, parecia que até mesmo esse pequeno esforço físico era demasiado, porque, ao endireitar o corpo, sentiu-se tão estranha, zonza e desorientada, que lhe ocorreu a ideia de estar prestes a desmaiar. Instintivamente, sua mão apoiou-se no encosto da cadeira e, firmando-se nele, conseguiu abaixar-se até ficar sentada. Incerta, esperou o que aconteceria em seguida. Aconteceu quase instantaneamente. Uma dor, como uma corrente elétrica em brasa, subiu-lhe pelo braço esquerdo, circundou-lhe o tórax e se fechou ao redor do peito, como uma apertada fita de aço. Não conseguia respirar e jamais sentia tamanha agonia. Fechou os olhos e abriu a boca para gritar, afugentar a dor, mas nenhum som lhe brotou dos lábios. A existência resumia-se em dor. Em dor e nos dedos de sua mão direita, ainda engalfinhados em torno dos restos do dente-de-leão. Por algum motivo, era imensamente importante continuar aferrada a ele. Podia sentir a terra fria e úmida que aderia às raízes; às suas narinas chegou a fragrância forte e pungente daquela terra. Muito longe, ela ouviu o tordo cantar.

E então, sobrepondo-se subrepticiamente, chegaram outros cheiros e sons. A relva recém-cortada de um gramado de muito tempo atrás, um gramado que descia até a beira de água, onde cresciam os narcisos silvestres. O cheiro salitrado da maré enchente, avolumando-se para encher o riacho. O grasnido das gaivotas pequeninas. As pisadas de um homem.

O luxo derradeiro. Ela abriu os olhos. A dor desaparecera. O sol se fora. Talvez se houvesse escondido atrás de uma nuvem. Não importava. Nada importava.

Ele estava chegando.

— Richard...

Ele estava ali.

Em Ranfurly Road, às nove e quinze da manhã de terça-feira, primeiro de maio, Olivia estava em sua pequena cozinha, fazendo café, cozinhando um ovo para o café da manhã e folheando a correspondência matinal. Já penteara o cabelo e se maquiara, como de costume, porém ainda não estava vestida para o dia de trabalho. Entre a correspondência, encontrou uma foto vivamente colorida de Assis, onde um dos editores de arte fora passar as férias. Virou-a para ler a jocosa mensagem do verso e, ao fazê-lo, o telefone tocou.

Ainda segurando o cartão-postal, cruzou a sala de estar para atender.

— Olivia Keeling.

— Srta. Keeling?

Era uma voz de mulher, uma voz do campo.

— Ela mesma.

— Ah, ainda bem que está em casa. Tinha tanto medo de que já houvesse saído para trabalhar...

— Não, eu só saio de casa às nove e meia. Quem está falando?

— A Sra. Plackett. De Podmore's Thatch.

A Sra. Plackett. Com doloroso cuidado, como se aquilo fosse da máxima importância, Olivia colocou o espalhafatoso cartão-postal sobre a cornija da lareira, recostado à moldura dourada do espelho. Sua boca estava seca.

— Mãezinha está bem? — conseguiu perguntar.

— Srta. Keeling, eu receio que... bem, são notícias tristes. Eu sinto muito. Sua mãe faleceu, Srta. Keeling. Hoje de manhã. Ainda muito cedo, antes que qualquer de nós estivesse aqui.

Assis sob o céu de um azul inteiramente impossível. Ela nunca estivera em Assis. Mãezinha estava morta.

— Como foi que aconteceu?

— Um ataque do coração. Deve ter sido repentino. No jardim. Antonia é que a encontrou. Apenas sentada lá, na cadeira do jardim. Estava arrancando ervas daninhas. Havia um velho dente-de-leão em sua mão... Deve ter tido algum aviso antes e então quis se sentar. Ela... ela não parecia angustiada, Srta. Keeling.

— Ela andava indisposta?

— De maneira alguma. Voltou da Cornualha queimada de sol como uma cigana, era a mesma pessoa de sempre. Só que ontem passou o dia todo em Londres...

— Mãezinha esteve em Londres? Por que não me contou?

— Não sei, Srta. Keeling. Não sei por que ela foi. Tomou o trem em Cheltenham e, quando Antonia foi apanhá-la na estação, ao anoitecer, disse que achou a Sra. Keeling muito cansada. Ela tomou um banho e foi para a cama, assim que chegou em casa, mas Antonia lhe levou uma refeição ligeira, em uma bandeja. Bem, talvez tenha exagerado no que andou fazendo.

Mãezinha, morta. O terrível, o inimaginável tinha acontecido. Mãezinha se fora para sempre, e Olivia, que a tinha amado mais do que a qualquer outro ser humano, nada podia sentir, além de um frio horrível. Envoltos nas mangas largas do robe, seus pelos dos braços estavam arrepiados. Mãezinha tinha morrido. As lágrimas, a angústia e a sensação lancinante de perda estavam ali, mas ainda abaixo da superfície, pelo que ela era grata. Eu a chorarei mais tarde, disse para si mesma. Por enquanto, o pesar seria posto de lado, como um embrulho a ser aberto em momento mais conveniente. Era o velho artifício que aprendera através da dura experiência. O fechamento do compartimento estanque, a concentração focalizada no problema prático, a prioridade máxima sempre em primeiro lugar.

— Me conte o que aconteceu, Sra. Plackett — pediu.

— Bem... Eu cheguei aqui de manhã, às oito horas. Em geral, nunca venho às terças-feiras, mas ontem foi aniversário de meu neto, de maneira que troquei o dia. Cheguei bem cedo, porque nas terças-feiras também faço a faxina da Sra. Kitson. Entrei com a minha chave e não vi ninguém pela casa. Já estava ligando o boiler, quando Antonia desceu de seu quarto. Perguntou onde estaria a Sra. Keeling, porque a porta do quarto dela estava aberta e a cama vazia. Bem, não podíamos imaginar... Então, vi a porta do jardim de inverno aberta e falei para Antonia: "Ela está lá fora, no jardim." Antonia foi ver. Então, ouvi quando gritou meu nome e fui correndo. E vi.

Olivia reconheceu gratamente na voz da Sra. Plackett os tons de uma mulher do campo que já experimentara crises semelhantes antes. Era uma senhora madura. Provavelmente já enfrentara a morte muitas vezes, de modo que isso não lhe infundia mais medos ou horrores.

— A primeira coisa que fiz foi acalmar Antonia. A coitadinha estava chocada demais, chorando, soluçando e tremendo como um bebê. Dei-lhe umas palavrinhas de consolo, fiz com que se sentasse à mesa para tomar uma xícara de chá e acabou se revelando uma moça corajosa; agora está aqui sentada, na cozinha, comigo. Assim que ela ficou melhor, liguei para o doutor, em Pudley, e ele chegou aqui em dez minutos. Então, tomei a liberdade de também chamar o Sr. Plackett. Atualmente ele trabalha no último turno da fábrica de artigos eletrônicos, de modo que pôde vir de bicicleta. Ele e o médico trouxeram a Sra. Keeling para dentro, subiram a escada e a deixaram em seu quarto. Ela está lá agora, em sua cama, decente e em paz. A senhorita não precisa se preocupar com isso.

— O que o médico disse?

— Disse que foi um ataque do coração. Srta. Keeling. Provavelmente fulminante. Também assinou o atestado de óbito. Deixou-o comigo. Então, eu disse para Antonia: "É melhor ligar para a Sra. Chamberlain", mas ela falou que primeiro ia ligar para a senhorita. Eu talvez devesse ter lhe dado a notícia mais cedo, mas não queria que a senhorita pensasse em sua pobre mãe morta e ainda lá fora, no jardim.

— Foi muita consideração sua, Sra. Plackett. Quer dizer que ninguém mais sabe?

— Não, Srta. Keeling. Apenas a senhorita.

— Muito bem. — Olivia olhou para seu relógio. — Ligarei agora para a Sra. Chamberlain e também para meu irmão. Depois irei de carro para Podmore's Thatch, assim que me organizar. Chegarei por volta da hora do almoço. A senhora ainda vai estar aí?

— Não se preocupe com isso, Srta. Keeling. Ficarei aqui o tempo que a senhorita quiser que eu fique.

— Devo ficar aí alguns dias. Talvez pudesse colocar uma cama para mim no outro quarto vago. E se certificar de que há alimentos suficientes na casa. Se preciso, Antonia pode pegar o carro e fazer algumas compras em Pudley. Vai ser bom para ela ter alguma coisa para fazer. — Uma ideia ocorreu-lhe de repente. — E sobre aquele jovem jardineiro... Danus? Ele está por aí?

— Não, Srta. Keeling. Está na Escócia. Foi direto da Cornualha para lá. Tinha um compromisso importante.

— Bem, é uma pena, mas nada se pode fazer. Dê lembranças minhas a Antonia.

— Quer falar com ela?

— Não — disse Olivia. — Não. Agora não. Isso pode esperar.

— Eu sinto muito, Srta. Keeling. Lamento ter sido eu a dar a notícia para a senhorita.

— Alguém teria de fazer isso. E, Sra. Plackett... muito obrigada.

Olivia desligou. Olhou pela janela e, só então, viu que era um lindo dia. Uma perfeita manhã de maio, e mãezinha estava morta.

Mais tarde, depois de tudo terminado, Olivia iria perguntar-se o que, afinal, eles teriam feito sem a Sra. Plackett. Apesar de toda a sua experiência de vida, jamais tivera antes que lidar com um enterro. Descobriu que havia muita coisa a ser feita. E seu obstáculo inicial, quando chegou a Podmore's Thatch, foi a tarefa de lidar com Nancy.

George Chamberlain tinha atendido o telefone no Antigo Vicariato, quando Olivia ligara de Londres. Pela primeira vez na vida, ela ficou profundamente grata por ouvir os tons lúgubres do cunhado. Comunicou a ele o ocorrido, da maneira mais simples e rápida que pôde, explicando que ia diretamente para Podmore's Thatch, em seguida desligou e deixou para o cunhado a incumbência de dar a triste notícia a Nancy. Esperava que por ora aquilo fosse tudo, mas, no fim, ao cruzar os portões de Podmore's Thatch com seu Alfasud, viu o carro de Nancy e compreendeu que a situação não iria ser tão fácil quanto imaginara.

Mal havia saído do carro, Nancy já estava ali, irrompendo pela porta aberta, os braços estendidos, os olhos azuis brilhando, o rosto inchado de chorar. Antes que Olivia pudesse recuar, Nancy já a apertava nos braços, pressionando o rosto afogueado contra a face pálida e fresca da irmã, novamente se dissolvendo em ruidosos soluços.

— Ó minha querida... Vim imediatamente. Quando George me contou, vim em seguida. Tinha que estar com todos vocês. Eu... eu tinha que estar *aqui*...

Olivia ficou rígida como uma pedra, suportando o desagradável e lacrimoso abraço pelo tempo que considerou aceitável. Então, desvencilhou-se delicadamente da irmã.

— Foi muito bom ter vindo, Nancy, mas não havia necessidade...

— Foi o que George disse. Ele falou que eu só atrapalharia. — Nancy enfiou os dedos dentro da manga de seu cardigã, retirou um lenço ensopado e esforçou-se em assoar o nariz e controlar-se de maneira geral. — No entanto, é lógico que eu não podia ficar em casa. Tinha de estar aqui. — Sacudiu-se ligeiramente, jogando os ombros para trás. Estava sendo corajosa. — Eu sabia que tinha de vir. A viagem foi um pesadelo, estava abaladíssima quando cheguei, mas a Sra. Plackett fez uma xícara de chá para mim e já me sinto melhor agora.

A perspectiva de aturar Nancy em seu pesar e ter de suportá-la nas horas seguintes era quase mais do que Olivia podia aguentar.

— Você não devia ficar — disse à irmã, enquanto procurava algum argumento irrebatível para tirá-la dali. Surgiu a inspiração: — Você precisa pensar em seus filhos e George. Não deve abandoná-los. Eu só tenho que pensar em mim mesma; portanto, sou a pessoa óbvia para ficar aqui.

— E o seu trabalho?

Voltando ao carro, Olivia apanhou uma maleta no banco traseiro.

— Tudo providenciado. Só voltarei ao escritório na manhã de segunda-feira. Venha, vamos entrar. Tomaremos um drinque e então você pode ir para casa. Se não está precisando de um gim-tônica, eu estou.

Começou a caminhar, e Nancy a seguiu. A cozinha familiar estava limpa e arrumada, aconchegante, mas terrivelmente vazia.

— E quanto a Noel? — perguntou Nancy.

— O quê?

— Contou a ele?

— Óbvio que sim. Assim que dei a notícia a George. Falei com ele, em seu escritório.

— E ele ficou muito, muito chocado?

— Sim, acho que ficou. Não falou muito.

— Ele vai vir?

— Não por enquanto. Falei que o avisaria, se precisasse dele.

Como que incapaz de sustentar-se em pé por mais de dois minutos, Nancy puxou uma cadeira e sentou-se à mesa. Sua dramática viagem de casa até Podmore's Thatch aparentemente não lhe deixara tempo para pentear o cabelo, empoar o nariz ou encontrar uma blusa que combinasse com a saia.

Ela parecia não só abalada, mas completamente fora de si, o que fez Olivia sentir renascer a velha e irritante impaciência. O que quer que acontecesse, de bom ou de ruim, Nancy sempre transformava em drama e, além disso, colocava-se no papel principal.

— Ela foi ontem a Londres — dizia Nancy. — Não sabemos por quê. Apenas tomou o trem, sozinha, ficando fora o dia inteiro. A Sra. Plackett disse que ela voltou para casa totalmente exausta.

Nancy soava ofendida como se, mais uma vez, Penelope lhe houvesse pregado uma peça. Olivia quase esperou ouvi-la acrescentar: *E ela nem nos disse que pretendia morrer.* Tentando mudar de assunto, perguntou:

— Onde está Antonia?

— Foi a Pudley, fazer algumas compras.

— Você já esteve com ela?

— Ainda não.

— E a Sra. Plackett?

— Está lá em cima, acho que preparando seu quarto.

— Nesse caso, vou subir com a minha mala e dar uma palavrinha com ela. Fique aqui. Quando eu voltar, tomaremos aquele drinque, e então você poderá voltar para George e as crianças...

— Ah, mas eu não posso, simplesmente, deixá-la sozinha...

— É claro que pode — replicou Olivia friamente. — Ficaremos em contato por telefone. Aliás, ficarei melhor sozinha.

Nancy finalmente partiu. Depois que ela se foi, Olivia e a Sra. Plackett por fim puderam tratar de coisas práticas.

— Teremos que chamar um agente funerário, Sra. Plackett.

— Joshua Bedway. É o melhor homem para a tarefa.

— E onde o encontraremos?

— Aqui mesmo, em Temple Pudley. É o carpinteiro da aldeia e faz sepultamentos como trabalho secundário. Trata-se de um bom homem, com muito tato e discrição. Faz um belo trabalho. — A Sra. Plackett olhou para o relógio. Quase quinze minutos para uma da tarde. — Ele agora deve estar em casa, almoçando. Quer que eu lhe telefone?

— Ah, será que me faria esse favor? Peça a ele para vir o mais breve possível.

A Sra. Plackett assim fez, sem histrionismo, sem um baixar piedoso de voz. Forneceu uma explicação simples e fez um simples pedido. Foi como se lhe pedisse para vir consertar um portão. Quando desligou, tinha a expressão satisfeita de quem executou um bom trabalho.

— Tudo combinado, então. Ele estará aqui às três horas. Eu o acompanharei. Vai ser mais fácil para a senhorita, se eu estiver aqui.

— Sim — concordou Olivia. — Vai ser muito mais facil.

As duas sentaram-se à mesa da cozinha e fizeram listas. A essa altura, Olivia estava em seu segundo gim-tônica, enquanto a Sra. Plackett aceitara um cálice de vinho do Porto. Uma verdadeira delícia, confessou a Olivia. Tinha grande predileção por aquele tipo de vinho.

— A pessoa seguinte a ser chamada, Srta. Keeling, é o vigário. Naturalmente, a senhorita desejará uma cerimônia religiosa e um sepultamento cristão. Em seguida, deve ser escolhido um local no cemitério e marcados dia e hora para o enterro. Ainda há a questão dos hinos, essas coisas. Espero que queira hinos. A Sra. Keeling adorava seus concertos, e um pouco de música fica muito bem em um enterro.

A discussão dos detalhes práticos fez com que Olivia se sentisse um pouco melhor. Retirou a tampa de sua caneta.

— Como se chama o vigário?

— É o reverendo Thomas Tillingham. Mais conhecido como Sr. Tillingham. Mora no vicariato, próximo à igreja. Seria bom lhe dar um telefonema e talvez convidá-lo para vir aqui, amanhã cedo. Tomar uma xícara de café.

— Ele conhecia minha mãe?

— Ah, sim. Todos na aldeia conheciam a Sra. Keeling.

— Ela nunca foi uma católica praticante.

— Não. Talvez não. No entanto, estava sempre disposta a colaborar para o fundo de manutenção do órgão ou o bazar de Natal. Além disso, de vez em quando convidava os Tillingham para almoçar. Colocava na mesa os melhores jogos americanos rendados e uma garrafa de seu melhor clarete.

Não era difícil de imaginar. Pela primeira vez naquele dia, Olivia se viu sorrindo.

— Receber amigos... Sim, era do que ela realmente gostava.

— Era uma dama encantadora, em todos os sentidos. A gente podia conversar com ela sobre qualquer coisa. — A Sra. Plackett bebericou elegantemente seu vinho. — Há mais uma coisa, Srta. Keeling. Deverá comunicar ao procurador da Sra. Keeling que ela não está mais conosco. Contas de banco, esse tipo de coisas. Tudo isso precisa ser feito.

— Sim, eu já havia pensado nesse ponto. — Olivia escreveu: Enderby, Looseby & Thring. — Também teremos de pôr anúncios nos jornais. No *The Times* e no *The Telegraph*, talvez...

— Há também as flores na igreja. É bonito pôr flores e talvez a senhorita não disponha de tempo para isso. Há uma jovem prestativa em Pudley que tem um pequeno furgão. Quando a sogra idosa da Sra. Kitson faleceu, ela arranjou flores maravilhosas.

— Bem, depois veremos isso. Antes de mais nada, precisaremos decidir quando será o enterro...

— E depois do enterro... — A Sra. Plackett hesitou. — Hoje em dia, muita gente não considera necessário, mas creio que é agradável as pessoas virem à casa e tomarem uma xícara de chá, comerem alguma coisa... Um bolo de frutas cairia muito bem. Naturalmente, tudo depende do tempo de cerimônia na igreja, mas, quando os amigos vêm de longe, e, sem dúvida, haverá muitos que percorrerão grandes distâncias, seria descortês mandá-los embora sem ao menos uma xícara de chá. E, de certa forma, isso torna as coisas mais fáceis. A senhorita poderá conversar um pouco; a conversa abranda parte da tristeza. Faz com que a gente não se sinta só.

O antiquado costume rural de um velório não tinha ocorrido a Olivia, mas entendeu o senso comum da sugestão da Sra. Plackett.

— Tem toda a razão, Sra. Plackett. Organizaremos alguma coisa. Entretanto, devo lhe dizer que sou uma negação como cozinheira. A senhora terá de me ajudar.

— Deixe por minha conta. Bolo de frutas é a minha especialidade.

— Sendo assim, parece que isso é tudo. — Olivia largou a caneta e recostou-se na cadeira. Por sobre a mesa, ela e a Sra. Plackett entreolharam-se em silêncio durante um momento. Depois Olivia disse: — Acredito, Sra. Plackett, que provavelmente foi a melhor amiga de minha mãe. E, nesse momento, sei perfeitamente que será a minha.

A Sra. Plackett ficou encabulada.

— Não fiz mais nada do que minha obrigação, Srta. Keeling.

— Antonia está bem?

— Acho que sim. Ficou abalada, mas é uma menina sensata. Foi uma boa ideia mandá-la fazer compras. Dei a ela uma lista do comprimento de meu braço. Assim, ficará ocupada. Fará com que se sinta útil. — Com isso, a Sra. Plackett sorveu seu último gole de vinho, colocou o cálice na mesa e levantou-se. — Bem, se a senhorita concordar, vou até em casa dar ao Sr. Plackett alguma coisa para comer. Entretanto, voltarei às três, trazendo Joshua Bedway. Ficarei aqui, até ele terminar tudo e ir embora.

Olivia acompanhou-a à porta e a viu partir, solene como sempre, pedalando sua bicicleta. Parada ali, ouviu o som de um carro que se aproximava e, no momento seguinte, o Volvo passava pelo portão. Olivia continuou onde estava. Apesar da afeição que sentia pela filha de Cosmo e do muito que lamentava por sua tristeza, sabia-se incapaz de enfrentar mais outra enchurrada de emoção, outro abraço lacrimoso. Por enquanto, a carapaça de reserva, forte como uma armadura, era sua única defesa. Viu o Volvo parar, Antonia desafivelar o cinto de segurança e sair de trás do volante. Enquanto ela fazia isso, Olivia cruzou os braços, o típico gesto de rejeição física, na linguagem corporal. Os olhos das duas encontraram-se, acima do teto do carro através da pouca distância de cascalho que as separava. Houve uma pausa. Antonia fechou a porta do carro com uma batida suave e depois caminhou para ela.

— Você está aqui — Foi tudo quanto disse.

Olivia descruzou os braços e pousou as mãos nos ombros dela.

— Sim, estou aqui.

Inclinou-se para a frente e trocou com ela dois beijos carimoniosos no rosto. Tudo ia correr bem. Não haveria cenas. Olivia ficou grata por aquela acolhida, mas também se sentiu triste, porque sempre é triste vermos alguém que conhecemos ainda criança finalmente tornar-se adulto e saber que aquela pessoa jamais será, de fato, jovem novamente.

Às três horas em ponto, Joshua Bedway chegava lá, dirigindo seu pequeno furgão, com a Sra. Plackett ao lado dele. Olivia receara que ele aparecesse trajando preto retinto, com uma expressão lúgubre combinando com a indumentária. No entanto, tudo que ele fizera tinha sido trocar o macacão por um terno decente e gravata preta, e seu rosto queimado de homem do campo dava a impressão de não poder permanecer sombrio por muito tempo.

No momento, contudo, ele se mostrava tristonho e solidário. Disse a Olivia que sentiriam muita falta de sua mãe na aldeia. Acrescentou que, nos seis anos em que ela morara ali, em Temple Pudley, havia se tornado parte integrante da pequena comunidade.

Olivia agradeceu suas palavras gentis e, encerradas as formalidades, o Sr. Bedway tirou seu caderno de notas de algum bolso. Ele lhe disse que havia um ou dois detalhes, e começou a enumerá-los. Ao ouvi-lo, ela percebeu que, em seu trabalho, era um verdadeiro profissional, ficando profundamente grata por isso. Ele falou sobre o terreno para a sepultura, o coveiro e o arquivista. Fez perguntas, às quais ela respondeu. Quando finalmente fechou o caderno de notas, tornou a colocá-lo no bolso, dizendo:

— Creio que seja tudo, Srta. Keeling. Pode deixar o restante comigo, sem preocupações.

Ela assim fez e, reunindo-se a Antonia, saiu da casa. Não desceram até o rio, mas cruzaram o portão, atravessaram a estrada, subiram o degrau que permitia a passagem sobre uma cerca e seguiram por uma antiga trilha para cavalos que subia pela colina, atrás da aldeia. A trilha continuava através de campos com ovelhas e seus filhotes pastando; as sebes de pilriteiros começavam a florescer, e valas musgosas atapetavam-se de prímulas silvestres. No topo da colina havia algumas faias antigas, de raízes expostas, erodidas por séculos de vento e intempéries. Chegando ali, afogueadas e sem fôlego por causa da subida, sentaram-se, com a sensação de alguma façanha realizada, e então contemplaram a vista.

A paisagem estendia-se por quilômetros, uma vasta fatia da Inglaterra rural ainda intocada pelo progresso, aquecendo-se ao cálido sol de uma tarde excepcional de primavera. Fazendas, prados, tratores, casas, tudo ficava minimizado pela distância, do tamanho de brinquedos. Logo abaixo delas, Temple Pudley dormitava, um punhado de casas construídas em pedra dourada, dispostas ao acaso. A igreja ficava quase escondida pelos teixos, mas Podmore's Thatch e as paredes brancas do *pub* Sudeley Arms eram claramente visíveis. Como altas plumas cinzentas, a fumaça se erguia das chaminés e, em um jardim, um homem acendera uma fogueira.

Tudo era maravilhosamente sossegado. Os únicos sons ouvidos eram o balir das ovelhas e o roçar da brisa nos ramos das faias, acima delas. Então, muito alto no céu azul, como uma abelha sonolenta, surgiu um avião cortando os ares preguiçosamente, o que em nada perturbou a paz.

Elas ficaram silenciosas por algum tempo. Desde que se tinham reunido, Olivia passara todo o tempo dando ou recebendo telefonemas (dois deles, ambos sem significado, provindos de Nancy), de maneira que ainda não haviam tido chance para conversar. Olhou para Antonia, sentada sobre a relva espessa, a apenas um metro de distância, em seus jeans desbotados e uma blusa cor-de-rosa de algodão. A suéter, despida durante a longa e calorenta subida da colina, jazia ao lado dela, e seus cabelos caíam para a frente, escondendo-lhe o rosto. Antonia de Cosmo. A despeito de sua extrema infelicidade, Olivia sentiu uma profunda compaixão por ela. Dezoito anos... Jovem demais para suportar tantas coisas terríveis. Entretanto, nada podia ser mudado, e Olivia sabia que, com a perda de Penelope, Antonia se tornara, mais uma vez, responsabilidade sua.

Perguntou, rompendo o silêncio:

— O que você pretende fazer?

Antonia se virou e olhou para ela.

— O que quer dizer?

— Quero dizer, o que irá fazer agora? Com a morte de mãezinha, não tem mais motivos para ficar em Podmore's Thatch. Terá que começar a tomar decisões. Pensar em seu futuro.

Antonia tornou a virar-se, ergueu os joelhos e descansou o queixo sobre eles.

— Eu tenho pensado.

— Quer vir para Londres? Aceitar aquela minha oferta?

— Sim, se for possível. Eu gostaria, mas no devido tempo. Não já.

— Não compreendo.

— Pensei que talvez... fosse uma boa ideia se pudesse ficar aqui, pelo menos um pouco mais. Quero dizer... o que será feito da casa? Vai ser vendida?

— Imagino que sim. Eu não poderia morar aqui, nem Noel. Tampouco acho que Nancy queira se mudar para Temple Pudley. A aldeia não é suficientemente pomposa para ela e George.

— Nesse caso, as pessoas vão querer vir dar uma olhada, não? E certamente conseguirão um preço muito melhor se estiver mobiliada, com flores nos vasos e o jardim bem-tratado. Pensei que talvez pudesse ficar e cuidar de tudo, mostrando a casa aos interessados e mantendo a grama cortada. Então, quando ela fosse vendida e tudo estivesse terminado, talvez eu pudesse voltar a Londres.

Olivia estava surpresa.

— Ah, Antonia, mas você ficaria sozinha. Apenas você, morando na casa. Não se incomodaria?

— Não. Não me incomodaria nem um pouco. Não nessa casa. Não acho que chegasse a me sentir realmente sozinha nela.

Olivia refletiu sobre a ideia e percebeu que, de fato, era bastante sensata.

— Bem, se estiver certa disso, creio que todos lhe ficaremos infinitamente gratos. Porque ninguém da família poderá ficar aqui, à disposição de possíveis compradores e, quanto à Sra. Plackett, tem outros compromissos. Naturalmente, nada ficou decidido ainda, mas tenho certeza de que a casa será vendida. — Ela pensou em algo mais. — Entretanto, não vejo por que você deveria cuidar também do jardim. Sem dúvida, Danus Muirfield voltará a trabalhar.

— Não sei dizer — respondeu Antonia.

Olivia franziu o cenho.

— Ele não tinha ido a Edimburgo apenas por causa de um compromisso?

— Sim. Uma consulta médica.

— Ele está doente?

— Ele tem epilepsia. É epiléptico.

Olivia ficou horrorizada.

— Epiléptico? Ah, mas que coisa terrível. E mãezinha sabia?

— Não. Nenhuma de nós sabia. Ele só nos contou no final daquela semana de férias na Cornualha.

Olivia sentiu-se intrigada. Nunca havia posto os olhos no rapaz, mas tudo que tinha ouvido dele, através da irmã, de sua mãe e de Antonia, apenas lhe tinha aumentado o interesse.

— Que pessoa reservada ele deve ser. — Antonia nada comentou, e ela pensou em algo mais. — Mãezinha me tinha contado que ele não bebia nem dirigia. Você também mencionou isso em sua carta. Suponho que a doença seja o motivo.

— E é.

— O que houve em Edimburgo?

— Ele foi ao médico e se submeteu a outra cintilografia cerebral, mas o computador do hospital estava ruim, então ele não recebeu os resultados dos exames. Ligou para nós, contando isso. Foi na última quinta-feira. Então decidiu ir pescar com um amigo, durante uma semana. Achou que seria melhor do que ficar em casa, com os nervos saindo pela pele.

— E quando ele volta dessa viagem de pesca?

— Na quinta-feira. Depois de amanhã.

— Então, já terá sabido do resultado da cintilografia?

— Já.

— E depois disso, como será? Ele pretende voltar a Gloucestershire para trabalhar?

— Não sei. Acho que depende da gravidade de sua doença.

Tudo aquilo parecia triste e irremediável. No entanto, ao refletir melhor, Olivia não achou tão surpreendente assim. Desde que se podia lembrar, uma sucessão de pessoas problemáticas fizera parte da vida de sua mãe — como abelhas atraídas pelo mel. Mãezinha jamais deixara de apoiá-las e sustentá-las, e esse generoso dispêndio de energia — às vezes também de altas somas de dinheiro — era uma das coisas que enfureciam Noel. Talvez por isso ele sentira tão instantânea antipatia por Danus Muirfield.

— Mãezinha gostava dele, não? — perguntou.

— Sim, acho que sentia uma grande afeição por ele. E Danus era muito carinhoso com ela, cuidava dela.

— Ela ficou muito preocupada, quando ele falou da doença?

— Ficou. Não por si mesma, mas por causa dele. Foi um choque ficar sabendo. Algo inimaginável. A Cornualha era mágica, estávamos nos divertindo tanto... era como se nada de ruim pudesse acontecer. E isso faz apenas uma semana. Quando Cosmo morreu, pensei que nada seria pior. No entanto, creio que nenhuma semana já foi tão terrível ou tão longa quanto esta.

— Ah, Antonia, eu sinto muito...

Olivia receou que Antonia terminasse sucumbindo às lágrimas, porém ela se virou para fitá-la e, com alívio, reparou que tinha os olhos secos e que o rosto, embora sério, estava composto.

— Não precisa, fique contente por ter havido tempo suficiente para ela voltar à Cornualha, antes de morrer. Penelope adorou cada momento lá. Acho que, para ela, foi como ser jovem outra vez. Nunca lhe faltou energia ou entusiasmo. Os dias eram cheios. Ela não perdeu um só momento.

— Mãezinha tinha grande afeição por você, Antonia. Tê-la por perto deve ter duplicado seu prazer.

Antonia disse, triste:

— Tem mais uma coisa que preciso lhe contar. Ela me deu os brincos. Os brincos que a tia Ethel lhe deixou. Eu não queria aceitá-los, mas Penelope insistiu. Estão agora em meu quarto, em Podmore's Thatch. Se achar que devo devolvê-los...

— Por que você os devolveria?

— Porque são muito valiosos. Valem quatro mil libras. Na minha opinião, deviam ficar para você ou para Nancy. Ou para a filha de Nancy.

— Se mãezinha não quisesse que fossem seus, não os teria dado. — Olivia sorriu. — Aliás, não precisava falar sobre os brincos, porque eu já sabia. Ela me escreveu uma carta, para dizer o que tinha feito.

Antonia ficou perplexa.

— Ora, mas por que ela fez isso?

— Suponho que estaria pensando em você e em seu bom nome. Evidentemente, não queria que ninguém a acusasse de os ter tirado de sua caixa de joias.

— Estranho, não? Poderia ter lhe contado a qualquer momento.

— Certas coisas ficam melhor por escrito.

— Você não acha que Penelope tinha alguma espécie de premonição? Que sabia que ia morrer?

— Todos nós sabemos que vamos morrer.

O reverendo Thomas Tillingham, vigário de Temple Pudley, chegou a Podmore's Thatch às onze horas da manhã seguinte. Olivia não ansiava pela entrevista. Sua experiência com vigários era escassa e não tinha bem certeza de como lidariam um com o outro. Antes da chegada dele, decidiu preparar-se para qualquer exigência, porém era difícil, sem saber que espécie de homem seria ele. Talvez fosse um indivíduo idoso e cadavérico, de voz anasalada e conceitos arcaicos. Ou jovem e moderno, a favor de esquemas bizarros para modernizar a religião, convidando os membros de sua congregação a apertarem as mãos uns dos outros e esperando que todos cantassem hinos alegres e inovadores, acompanhados pelo grupo pop local. Qualquer das perspectivas era aterradora. Seu maior medo, no entanto, era de que o vigário pudesse sugerir que, juntos, ele e Olivia se ajoelhassem em oração. Ela decidiu então que, se tão tenebrosa eventualidade surgisse, fingiria uma leve dor de cabeça ou outra indisposição qualquer e desapareceria da sala.

Felizmente, nenhum de seus receios se realizou. O Sr. Tillingham não era jovem nem velho, apenas um homem de meia-idade bonito e comum, com um paletó de tweed e colarinho eclesiástico. Agora, compreendia perfeitamente por que Penelope gostava de convidá-lo para almoçar. Recebeu-o à porta e o levou para o jardim de inverno, certamente o lugar mais agradável em que poderia pensar. Isso se revelou acertado, porque falaram das plantas envasadas de Penelope, em seguida do seu jardim e, com naturalidade, a conversa chegou ao assunto principal.

— Todos nós sentiremos terrivelmente a falta da Sra. Keeling — disse o Sr. Tillingham. Suas palavras pareciam profundamente sinceras, e Olivia acreditou sem dificuldade que ele não se referia nostalgicamente aos deliciosos almoços que não mais saborearia. — Ela era muitíssimo amável e adicionou grande qualidade à vida de nossa aldeia.

— Foi o que disse o Sr. Bedway. Achei-o um homem muito gentil. E foi especialmente amável comigo, pois, entenda, nunca me vi às voltas com um enterro antes. Quero dizer, jamais tive que providenciar um. Entretanto, a Sra. Plackett e o Sr. Bedway cuidaram de tudo para mim.

Como se isso fosse uma deixa, a Sra. Plackett surgiu, trazendo uma bandeja com duas canecas de café e um prato de biscoitos. O Sr. Tillingham misturou uma boa dose de açúcar ao seu café e, em seguida, passou a tratar dos assuntos da igreja. Não demorou muito. O enterro de Penelope seria no sábado, às três da tarde. Eles combinaram o tipo de cerimônia, e então chegaram à questão da música.

— Minha esposa é a organista — o Sr. Tillingham informou a Olivia. — Ela ficaria feliz em tocar, se a senhorita assim desejar.

— É muita gentileza... Sim, eu gostaria que ela tocasse, mas não música fúnebre. Alguma coisa bonita que as pessoas conheçam. Deixarei que ela decida quanto a isso.

— E sobre os hinos?

Eles chegaram a um acordo sobre um hino.

— Uma leitura de alguma passagem da Bíblia?

Olivia hesitou.

— Conforme lhe disse, Sr. Tillingham, esse tipo de coisa é absolutamente novo para mim. Talvez fosse melhor ficar a seu critério.

— Seu irmão não gostaria de ler a passagem?

Olivia respondeu que não, não achava que fosse algo do agrado de Noel. O Sr. Tillingham abordou mais um ou dois detalhes, que foram rapidamente resolvidos. Então, terminou seu café e levantou-se. Olivia acompanhou-o, pela cozinha e pela porta da frente, até onde o surrado Renault do visitante estava estacionado, no caminho de cascalho.

— Adeus, Srta. Keeling.

— Adeus, Sr. Tillingham. — Eles apertaram-se as mãos. — O senhor foi muito amável — disse ela.

O vigário sorriu, um sorriso de inesperado encanto e cordialidade. Não havia sorrido antes, mas agora suas feições despretensiosas se tinham transformado a tal ponto, que de repente Olivia parou de pensar nele como um vigário e, em decorrência, não sentiu qualquer constrangimento em expor algo que lhe fermentava no fundo da mente, desde que ele havia entrado na casa.

— Não entendo, sinceramente, por que o senhor deveria ser tão amável e obsequioso. Afinal, ambos sabemos que minha mãe não era uma frequentadora assídua da igreja. Nunca foi uma mulher muito religiosa. Para ela, era difícil acreditar na ideia da ressurreição e da vida após a morte.

— Eu sei disso. Certa vez discutimos o assunto, porém não chegamos a nenhum acordo.

— Nem mesmo tenho certeza de que ela acreditasse em Deus.

Ainda sorrindo, o Sr. Tillingham balançou a cabeça, enquanto estendia a mão para a maçaneta da porta do carro.

— Em seu lugar, eu não me preocuparia muito com isso. Ela podia não acreditar em Deus, mas tenho absoluta certeza de que Deus acreditava nela.

Perdida a sua dona, a casa era uma casa morta, o invólucro de um corpo, cessadas as batidas de seu coração. Desolada, estranhamente silenciosa, ela parecia esperar. A quietude era uma coisa física, inescapável, sufocante como um peso. Nenhum rumor de passos, de vozes, de panelas na cozinha. Nenhum Vivaldi ou Brahms, murmurejando de maneira confortadora no toca-fitas sobre o aparador da cozinha. Portas fechadas, permanentemente fechadas. A cada vez que subia a escada estreita, Antonia se via face a face com a porta fechada do quarto de Penelope. Antes, ela sempre ficara aberta, permitindo vislumbres de roupas jogadas sobre uma cadeira, rajadas de ar soprando pela janela aberta, o cheiro suave que emanava da própria Penelope. Agora, apenas uma porta.

No andar térreo não era diferente. Sua poltrona vazia junto à lareira da sala de estar. O fogo apagado, o tampo da secretária cerrado. Não mais conversas amistosas, risos, abraços cálidos e espontâneos. No mundo em que Penelope vivera, existira, respirara, ouvira e recordara, tinha sido possível acreditar que nada tão terrível um dia pudesse acontecer. Ou que algo errado acontecesse. E se acontecesse... se Penelope passasse por isso... então haveria meios de enfrentar, de aceitar, de recusar-se a admitir a derrota.

Ela estava morta. Naquela manhã espectral, ao sair do jardim de inverno e chegar ao jardim, ao ver Penelope estirada na velha cadeira de madeira do jardim, com as pernas compridas espichadas e os olhos fechados, Antonia havia dito rispidamente para si mesma que ela estava apenas descansando por um momento; desfrutava o ar rijo da manhã, o débil calor do sol nascido pouco antes. Por um instante absurdo, o óbvio foi demasiado medonho e definitivo para ser considerado. Era impensável a existência sem aquela fonte de constante delícia, aquela rocha de segurança. No entanto, o impensável acontecera. Ela se fora.

O pior era aguentar cada dia. Dias que anteriormente nunca eram longos o bastante para conter suas várias atividades, agora se estendiam à eternidade — era como se o espaço entre o nascer do sol e a escuridão contivesse séculos inteiros. O próprio jardim não infundia mais conforto, porque Penelope não estava lá para trazê-lo à vida, e constituía um enorme esforço sair da casa e encontrar algo para fazer, como arrancar ervas daninhas ou colher uma braçada de narcisos, que seriam arranjados em um jarro e colocados em algum lugar. Qualquer lugar. Não importava agora. Nada mais importava.

Estar tão só era uma experiência aterradora. Ela jamais soubera o que era sentir-se tão sozinha. Antes, sempre houvera alguém. A princípio, Cosmo; então, quando Cosmo morrera, a confortadora certeza de que Olivia estava lá. Em Londres, talvez, a muitos e muitos quilômetros de Ibiza, mas lá, mesmo assim. No final de uma ligação telefônica, dizendo-lhe: "Está tudo bem, venha ficar comigo, cuidarei de você." Entretanto, por ora Olivia era inacessível. Prática, organizada, fazendo listas, falando ao telefone — parecia que ela nunca largava o telefone. Sem precisar dizer nada, deixara perfeitamente claro para Antonia que aquele não era o momento para longas e íntimas conversas, que não havia tempo para confidências. Antonia teve a sagacidade de perceber que, pela primeira vez, estava presenciando o outro lado de Olivia: a mulher de negócios, calma e competente, que lutara para crescer na profissão, ascender ao cargo de editora da Venus, com isso aprendendo a ser impiedosa ante as fragilidades humanas, intolerante com o sentimentalismo. A outra Olivia, aquela que Antonia conhecera em uma época que já considerava "os velhos tempos", devia estar fragilizada demais para se expor e, por ora, fechava-se em si mesma. Antonia compreendia e respeitava isso, porém tal situação não tornava as coisas mais fáceis para si própria.

Em vista da barreira que se erguera entre elas e também por ser evidente que Olivia já tinha mais do que o suficiente em suas costas, Antonia pouco lhe confiara sobre Danus. Tinham-no mencionado com naturalidade, no alto ventoso da colina, enquanto o Sr. Bedway se desincumbia das coisas inimagináveis que fora fazer em Podmore's Thatch, porém nada de importante fora dito. Pelo menos, nada realmente importante. Antonia dissera: Ele tem epilepsia, ele é epiléptico, mas não dissera: Eu o amo. Ele é o primeiro homem que já amei e sente o mesmo por mim. Ele me ama e fomos para a cama juntos. Isso não foi amedrontador, do jeito que sempre imaginei que fosse, mas pura magia, o tempo todo. Não me incomodo com o que o futuro nos reserva, não me importo se ele não tem dinheiro algum. Quero que volte para mim tão depressa quanto possível e, se estiver doente, esperarei até que fique bom de novo. Cuidarei dele, vamos morar no campo e plantar repolhos juntos.

Ela nada havia dito sobre isso, sabendo que Olivia tinha a mente concentrada em outras coisas... havendo ainda a possibilidade de que não estivesse interessada em suas confidências, não as quisesse ouvir. Morar na mesma casa que Olivia era como sentar-se ao lado de um estranho num trem. Não existia qualquer ponto real de contato, de modo que Antonia se sentia isolada na própria infelicidade.

Antes, sempre houvera alguém. Agora, não havia nem mesmo Danus. Ele estava longe, muito distante, no norte de Sutherland, inatingível por telefone, telegrama ou qualquer meio normal de comunicação. Disse para si mesma que ele não poderia ter se desligado dela mais completamente nem que houvesse decidido subir o rio Amazonas de canoa ou guiar uma matilha de cães pela gelada calota polar. Era quase insuportável não poder entrar em contato com ele. Penelope estava morta, e Antonia precisava dele.

Como se a telepatia fosse alguma espécie de sistema confiável de radar, ela ficava enviando-lhe mensagens positivas, durante a maior parte do dia, instigando-o a recebê-las, impelindo-o a estabelecer contato. A dirigir, se preciso, trinta quilômetros até a cabine telefônica mais próxima, para discar o número de Podmore's Thatch e descobrir o que havia de errado.

Contudo, nada acontecia e isso não a surpreendia. Para se consolar, dizia a si mesma que ele ligaria na quinta-feira. Danus voltará para Edimburgo na quinta e então telefonará, na primeira oportunidade. Ele prometeu. Vai ligar para me contar... a nós?... os resultados da cintilografia cerebral e o prognóstico do médico. (Como era extraordinário que, agora, isso parecesse ser de menor urgência.) Então, direi a ele que Penelope está morta, e Danus virá, de um jeito ou de outro, estará aqui e conseguirei ser forte novamente. Antonia precisava daquela força, a fim de suportar a provação que seria o enterro de Penelope. Sem Danus ao seu lado, não sabia se conseguiria enfrentar a situação.

As horas passaram lentamente. Lentissimamente. A quarta-feira chegou ao fim, amanheceu a quinta-feira. Ele vai telefonar hoje. Na manhã de quinta-feira. Ao meio-dia de quinta-feira. Na tarde de quinta-feira.

Não houve telefonema algum.

Às três e meia da tarde, Olivia saiu. Foi a pé até a igreja, encontrar-se com a jovem de Pudley que prepararia as flores para a cerimônia do enterro. Sozinha, Antonia vagou sem rumo pelo jardim, sem fazer coisa alguma, depois foi até o pomar, recolher do varal um monte de panos de prato e fronhas. O relógio da igreja bateu as quatro horas e, imediatamente, como uma revelação, ela soube que não podia esperar um só momento mais. Chegara a hora de tomar uma atitude e, se não fizesse isso logo, teria um piripaque ou rolaria pela encosta das margens do Windrush, afogando-se no rio. Abandonou a cesta da roupa lavada, cruzou o jardim, entrou pela porta do jardim de inverno, chegou à cozinha e, pegando o telefone, discou o número de Edimburgo.

Era uma tarde quente e modorrenta. A palma de suas mãos estava pegajosa, e ela sentia a boca seca. O relógio da cozinha tiquetaqueava os segundos em ritmo mais rápido do que as batidas de seu coração. Enquanto esperava que alguém atendesse, viu-se indecisa, sem saber ao certo o que dizer. Se Danus não estivesse lá, se fosse a mãe dele quem chegasse ao telefone, então teria de deixar uma mensagem para ele. *A Sra. Keeling morreu. Por favor, pode dizer isso a Danus? E peça a ele que ligue para mim. Antonia Hamilton. Ele sabe o número.* Até aí, tudo bem. Como teria coragem de prosseguir, de perguntar à Sra. Muirfield se havia alguma notícia do hospital? Não seria uma intromissão, uma enorme insensibilidade? Supondo-se que já houvesse um diagnóstico e que este fosse negativo, a mãe de Danus dificilmente partilharia sua natural angústia com uma perfeita estranha, uma voz incorpórea, ligando dos confins de Gloucestershire. Por outro lado...

— Alô?

Com os pensamentos voando em todas as direções, Antonia foi apanhada desprevenida e quase deixou o fone cair.

— Eu... ah... é a Sra. Muirfield?

— Não. Sinto muito, mas a Sra. Muirfield não está aqui no momento.

Era uma voz feminina extremamente refinada, falando com forte sotaque escocês.

— Bem... Sabe quando ela voltará?

— Sinto muito, mas não faço ideia. Ela foi a uma reunião do Fundo de Ajuda à Criança, e creio que depois irá tomar chá com uma amiga.

— E o Sr. Muirfield?

— O Sr. Muirfield está trabalhando. — A resposta foi enérgica, como se Antonia houvesse feito uma pergunta idiota (e havia), cuja resposta fosse óbvia. — Ele só chegará a casa às seis e meia.

— Quem está falando?

— Sou a diarista da Sra. Muirfield. — Antonia vacilou. A voz, cuja dona talvez quisesse prosseguir com a limpeza, tornou-se impaciente. — Quer deixar algum recado?

Com certo desespero, Antonia perguntou:

— Danus está aí?

— Danus está fora, pescando.

— Eu sei, mas ele ficou de voltar hoje e pensei que já tivesse chegado.

— Não. Ele não veio e não sei quando chegará.

— Bem, sendo assim... — Não havia alternativa. — ... a senhora podia anotar um recado?

— Espere um momento, enquanto apanho papel e lápis. — Antonia esperou. Passou-se algum tempo. — Pode dizer.

— Escreva apenas que Antonia ligou. Antonia Hamilton.

— Dê-me um momento, enquanto anoto. An-To-Nia Ha-Mil-Ton.

— Sim, é isso mesmo. Diga apenas... diga a ele... que a Sra. Keeling faleceu terça-feira de manhã. E que o enterro será em Temple Pudley, às três horas da tarde de sábado. Ele vai entender. Talvez — disse ela, rezando para que ele pudesse, para que estivesse ali — ele queira vir.

Em Podmore's Thatch, o telefone tocou às dez horas da manhã de sexta-feira. Era o quarto telefonema após o café da manhã e todos tinham sido atendidos por Antonia, que voava de onde quer que estivesse, para ser a primeira pessoa a pegar o fone. Agora, no entanto, ela estava fora, tendo ido à aldeia recolher os jornais do dia e o leite, de maneira que foi Olivia, sentada à mesa da cozinha, quem se levantou para atender.

— Podmore's Thatch.

— Srta. Keeling?

— É ela quem fala.

— Aqui é Charles Enderby, da Enderby, Looseby & Thring.

— Bom dia, Sr. Enderby.

Ele não ofereceu as condolências usuais, porque já o tinha feito quando Olivia lhe telefonara para comunicar formalmente que sua mãe falecera, uma vez que era o procurador de Penelope.

— Srta. Keeling, é óbvio que vou até Gloucestershire no sábado, a fim de comparecer ao enterro da Sra. Keeling, mas ocorreu-me que talvez fosse conveniente, para todos os interessados, que, após terminado o sepultamento, eu promovesse uma reunião com a senhorita, seu irmão e sua irmã. Será apenas para abordarmos os pontos do testamento de sua mãe, os quais talvez precisem ser explicados, além de fornecer a todos o quadro geral. Parece-me talvez um tanto precipitado e, sem dúvida, a senhorita tem toda a liberdade de sugerir uma data alternativa. No entanto, acredito que essa seja uma boa oportunidade, estando toda a família reunida sob um mesmo teto. Não levaria mais do que meia hora.

Olivia estudou a sugestão.

— Não posso imaginar por que recusaríamos. Quanto mais cedo melhor, já que não é frequente estarmos os três juntos.

— Sugeriria uma hora oportuna?

— Bem, a cerimônia começa às três e, depois disso, ofereceremos uma xícara de chá para aqueles que quiserem vir até a casa. Imagino que por volta das cinco horas já esteja tudo encerrado. Que tal às cinco horas?

— Perfeito. Anotarei a hora. A senhorita poderia informar a Sra. Chamberlain e a seu irmão?

— Sim, é claro.

Olivia ligou para o Antigo Vicariato.

— Nancy? Aqui é Olivia.

— Ah, Olivia, eu ia mesmo ligar para você. Como está? E como vão as coisas por aí? Precisa de mim em Podmore's Thatch? Posso ir sem problema algum. Não imagina o quanto me sinto inútil e...

Olivia a interrompeu de súbito.

— Nancy, o Sr. Enderby acabou de telefonar. Ele quer uma reunião de família após o enterro de mãezinha, para pôr o testamento dela em ordem. Cinco da tarde. Poderá estar aqui?

— Cinco da tarde? — A voz de Nancy soou estridente e alarmada, como se Olivia houvesse sugerido algum compromisso clandestino e suspeito. — Ah, não, cinco horas, não. Será impossível para mim.

— Pelo amor de Deus, por quê?

— George tem uma reunião com o vigário e o arquidiácono. Sobre a remuneração do coadjutor. É muito importante. Teremos que voltar para casa diretamente, após o enterro...

— Isto também é importante. Diga a ele para esquecer a reunião.

— Olivia, eu não poderia fazer isso.

— Sendo assim, vocês terão de vir ao enterro em dois carros. Depois, você voltará sozinha para casa. É imperioso que esteja aqui...

— Não podemos marcar outra data com o Sr. Enderby?

— Sim, claro que podemos, porém não seria tão conveniente. E eu também já disse ao Sr. Enderby que estaremos aqui, de maneira que, sinceramente, você não tem alternativa. — A voz de Olivia, mesmo para ela própria, soava ríspida e ditatorial. Acrescentou, em tom mais amável: — Se não quiser dirigir sozinha para casa, à noite, pode dormir aqui e voltar de manhã. O importante é que esteja aqui.

— Ah, está bem — cedeu Nancy, embora relutante. — Entretanto, não dormirei aí, obrigada. Será o dia de folga da Sra. Croftway e terei eu mesma de preparar o jantar das crianças.

A droga da Sra. Croftway. Olivia desistiu de tentar ser gentil.

— Nesse caso, ligue para Noel e diga a ele que também deverá estar presente. Será uma coisa a menos para eu fazer e espero que assim você não se sinta mais inútil.

Após um longo período de seca, durante o qual o nível do rio havia baixado desastrosamente, deixando rasas e quietas as charcas dos salmões, as chuvas chegaram a Sutherland. Foram sopradas em gordas nuvens cinzentas que rolavam do oeste, encobrindo o céu e o sol, instalando-se no topo das montanhas, afundando nas ravinas, transformando-se em névoa, e logo em leves pingos de chuva caindo. Ressecada pelo estio, a urze bebia a umidade, absorvia e expelia o excesso em riachinhos que se escoavam para riachos menores, depois para riachos maiores que desciam as encostas das montanhas, ao encontro do rio. Um só dia de chuva ininterrupta tinha sido suficiente para revitalizar o fluxo da água. Ela inchou, ganhou força, alvamente transbordava sobre fundos lagos naturais, inundou-os, desceu a encosta suave da ravina e encaminhou-se para mar aberto. Na manhã de quinta-feira, as probabilidades de uma pescaria, até então nulas, subitamente se tornaram muito animadoras.

Quinta-feira era o dia em que os dois rapazes pretendiam retornar a Edimburgo. Agora, parados à porta aberta do desolado *croft*, eles contemplavam a chuva e discutiam. Após uma semana de indiferente permanência ali, era difícil resistirem à tentação de adiar a volta. No entanto, havia obstáculos

— Só terei de trabalhar na segunda-feira — disse Roddy finalmente. — Portanto, no que me diz respeito, tanto posso estar aqui como lá, a decisão é sua, meu velho. Você é que quer voltar para casa e descobrir o que resolveram as porcarias dos médicos. Se não pode esperar um dia mais para ouvir o parecer deles, arrumamos as mochilas e partimos agora. Entretanto, já que esperou tanto, acho que não faria diferença esperar um dia mais e, enquanto isso, se divertir pescando. Não creio que sua mãe vá surtar caso não o veja aparecer por lá ainda hoje. Você já é bem crescidinho e, se ela tiver ouvido a previsão do tempo, na certa adivinhará o que aconteceu.

Danus sorriu. A maneira casual com que Roddy foi direto ao âmago de seu dilema encheu-o de gratidão. Eram amigos há anos, mas, nos últimos dias, tendo apenas um ao outro por companhia, haviam se tornado muito próximos. Ali, naquela remota e inacessível parte do mundo, os divertimentos eram poucos e, ao anoitecer, após terem preparado seu jantar e feito fogo com carvão de turfa, conversar era a única alternativa. Falar fazia bem a Danus, porque desabafava tudo o que, infeliz e envergonhadamente, guardara consigo por tanto tempo. Contou a Roddy sobre os Estados Unidos e o início de sua repentina doença. Agora, expostas livremente, suas experiências tinham perdido muito do antigo terror. Falou a Roddy sobre seu trabalho em Podmore's Thatch. Descreveu a idílica semana na Cornualha. Finalmente, falou a respeito de Antonia.

— Case com ela. — Havia sido o conselho de Roddy.

— É o que desejo fazer. Um dia. Entretanto, primeiro quero ter certeza.

— Certeza de quê?

— De que, se casarmos, teremos filhos. Não sei se a epilepsia é hereditária.

— Que besteira. Claro que não é.

— Além disso, meu trabalho não é o que se poderia chamar de lucrativo. Na verdade, podem me sacudir de cabeça para baixo que não cai uma moeda.

— Peça um empréstimo ao seu velho. Ele não deve andar apertado de finanças.

— Eu poderia fazer isso, claro, mas não farei.

— O orgulho não o levará a lugar algum, rapaz.

— Acho que tem razão. — Danus pensou a respeito, mas não se comprometeu. — Verei o que vou fazer — foi tudo o que disse.

Agora, com o rosto voltado para o céu gotejante, ele pensava em voltar para casa, para o diagnóstico final que aguardava a sua chegada. Pensou também em Antonia, enchendo dias vazios em Podmore's Thatch, junto ao telefone, aguardando sua ligação.

— Prometi a Antonia que telefonaria hoje para ela, assim que voltasse para Edimburgo.

— Poderá telefonar amanhã. Se ela for a garota que imagino que seja, sem dúvida compreenderá. — A esta altura, o rio era uma enxurrada. Mentalmente, Danus sentiu o peso e o agradável equilíbrio de seu caniço para salmão, ainda por usar. Ouviu o giro do carretei, sentiu o puxão da mordida. Havia uma certa lagoa natural onde ficavam os peixes maiores. Roddy ficou impaciente. — Vamos, decida-se de uma vez. Vivamos perigosamente, concedamos mais um dia a nós mesmos. Até agora só pegamos trutas e as comemos. Os salmões estão lá embaixo, à nossa espera. Devemos a eles uma chance de serem apanhados.

Evidentemente, Danus ardia em desejo de pescar. Virou a cabeça e encarou o amigo. As feições sardentas de Roddy exibiam a expressão de um garotinho ansiando pelo deleite sonhado a vida inteira. Soube que não teria coragem de lhe recusar aquele prazer.

— Está bem — sorriu, entregando os pontos. — Vamos ficar.

No dia seguinte, bem cedo, eles partiram para o sul. A traseira do carro de Roddy estava lotada de sacolas, caniços, arpões, botas impermeáveis de cano longo, cestos de pescaria e também os dois enormes salmões que haviam capturado durante a tarde anterior, pois a decisão de ficarem mais um dia valera a pena. O pequeno *croft*, arrumado, limpo e seguramente fechado, desapareceu nas montanhas atrás deles. À frente, estendia-se a longa e estreita estrada, serpenteando e mergulhando na desolada charneca de Sutherland. A chuva cessara, mas o céu continuava salpicado de nuvens aquosas, cujas sombras eram impelidas através dos quilômetros intermináveis de turfeiras e urzes. Finalmente cruzada a charneca, os dois chegaram a Lairg e cruzaram o rio pela ponte Bonar, em seguida contornando as águas azuis do estuário do Dornoch. Dali, recomeçaram a subir as serpenteantes e íngremes encostas de Struie, até a ilha Black. Agora, a estrada era ampla e permitia que ganhassem velocidade. Antigos marcos rodoviários corriam ao lado deles, eram alcançados e ultrapassados em incrível rapidez. Inverness, Culloden, Carrbridge, Aviemore, e então a estrada se curvava ao sul de Dalwhinnie, para escalar as Cairngorms pelas áridas montanhas de Glengarrie. Às onze horas já haviam deixado Perth para trás e ganhavam a auto-estrada, deslizando através de Fife como um bisturi de cirurgião. Surgiram as duas pontes que se estendem sobre o estuário, cintilando à radiosa luz da manhã, parecendo terem sido construídas de fios. Atravessaram o rio e aproximaram-se da estrada para Edimburgo. Observadas a distância, as espiras e torres da antiga cidade, o alcantil e a maior parte do castelo, com sua bandeira agitando-se no mastro principal, apresentavam, como sempre, uma silhueta imemorial e imutável, como uma velha gravura.

A autoestrada terminou. O carro diminuiu para sessenta, depois cinquenta quilômetros horários. O trânsito intensificou-se. Eles chegaram a casas, lojas, hotéis, sinais de trânsito. Mal haviam falado, durante toda a viagem. Agora, Roddy rompia o silêncio.

— Foi formidável — disse. — Vamos repetir a dose.

— Sim. Uma outra vez. Não sei como lhe agradecer.

Roddy tamborilou com os dedos no volante.

— Como se sente?

— Estou bem.

— Apreensivo?

— Não tanto. Realista. Se tiver de conviver com essa coisa pelo resto da vida, então não tenho alternativa.

— A gente nunca sabe. — As luzes ficaram verdes. O carro foi em frente. — Talvez as novidades sejam boas.

— Não estou pensando nisso. Antes, espero o pior e quero estar pronto para enfrentá-lo.

— Seja o que for... o que quer que eles tenham encontrado... você não permitirá que isso o abata, não é mesmo? Quero dizer, se as coisas parecerem demasiado pretas, não as guarde para si mesmo. Se não houver mais ninguém com quem possa falar, estarei sempre aqui, pronto e disponível.

— O que pensa de visitar um doente hospitalizado?

— Café pequeno, rapaz. Sempre tive uma queda por enfermeiras bonitas. Eu lhe levarei uvas e comerei todas sozinho.

Queensferry Road; a ponte Dean. Agora, rodavam por ruas espaçosas e os terraços proporcionais da Cidade Nova. Recentemente limpas, banhadas pela luz do sol, sua cantaria tinha a cor do mel; em Moray Place, as árvores ficavam indistintas, com sua profusão de folhas verdes e novas, e as cerejeiras estavam carregadas de flores.

Heriot Row. A casa alta e estreita que era o seu lar. Roddy estacionou junto ao meio-fio. Os dois saíram e descarregaram os pertences de Danus, incluindo-se o cesto que continha seu precioso peixe. Ficou tudo empilhado na calçada.

— Muito bem — disse Roddy em seguida, mas ainda hesitante, como se relutasse em abandonar o velho amigo. — Quer que eu entre com você?

— Não — respondeu Danus. — Ficarei bem.

— Ligue para meu apartamento hoje à noite.

— Ligarei.

Roddy deu um tapa afetuoso no ombro de Danus.

— Então, *adiós*, meu velho.

— Foi muito legal, Roddy.

— Boa sorte.

Roddy tornou a entrar no carro e afastou-se. Danus o viu ir, depois enfiou a mão no bolso do jeans e apanhou a chave da maciça porta pintada de preto. Abriu-a. Viu o tão familiar vestíbulo, a graciosa escadaria encurvada que levava ao segundo andar, tudo imaculado e ordenado, o silêncio rompido apenas pelo tiquetaquear do alto relógio que, um dia, pertencera a seu bisavô. Os móveis reluziam, fruto do lustra-móveis e de anos de cuidados, e um jarro de jacintos estava sobre a cômoda, junto ao telefone, enchendo o ar com seu aroma forte e sensual.

Ele vacilou. No alto, uma porta se abriu e fechou. Passos. Danus ergueu os olhos, quando sua mãe surgiu, pronta para descer.

— Danus.

— A pescaria foi boa. Resolvi ficar mais um dia.

— Ó Danus.

Ela tinha a aparência de sempre, bem-tratada e elegante. Usava uma saia lisa de tweed e uma suéter de lã de carneiro, sem um só fio dos cabelos grisalhos fora de lugar. No entanto, parecia diferente. Descia a escada em direção a ele... descia os degraus correndo, o que, em si, era extraordinário. Danus olhou fixamente para ela. No último degrau ela parou, os olhos no mesmo nível dos dele, a mão fechando-se sobre a polida balaustrada no final da escada.

— Você está bem — disse ela. Não chorava, mas seus olhos azuis brilhavam, como que marejados. Ele nunca a vira antes em tal estado de excitamento emocional. — Ó Danus, está tudo bem. Não há nada de errado com você. Nunca houve. Eles telefonaram ontem à noite e tive uma longa conversa com o especialista. O diagnóstico que fizeram nos Estados Unidos estava completamente errado. Todos estes anos... você jamais teve epilepsia, em absoluto. Nunca foi epiléptico.

Ele nada conseguia dizer. Seu cérebro deixara de funcionar, ficara embotado, não conseguia ter um pensamento coerente. Então, um único pensamento:

— Bem, mas... — Precisou esforçar-se para falar, e o som de sua voz saiu semelhante a um grasnido. Engoliu em seco e começou de novo. — E as perdas de sentido?

— Foram causadas pelo vírus que você contraiu e por sua febre alta, altíssima. Até onde se sabe, isso pode acontecer. Aconteceu com você. Mas não é epilepsia. Nunca foi epilepsia, entende? E se você não agisse como um idiota retraído, guardando tudo para si mesmo, teria se poupado todos esses anos de angústia.

— Eu não queria preocupá-los. Pensava em Ian... Não queria vê-los passando por uma situação semelhante de novo.

— Eu preferia arder no fogo do inferno a ver você infeliz. E tudo por nada. Sem nenhum motivo. Você goza de *perfeita saúde.*

Perfeita saúde. Jamais houvera epilepsia. Nunca fora epiléptico. Era tão atordoante como um pesadelo, porém jamais acontecera realmente. Ele era saudável. Nada mais de medicamentos, de incertezas. O alívio pareceu deixá-lo sem peso, como se a qualquer momento pudesse flutuar e chegar ao teto. Agora podia fazer qualquer coisa. Tudo. Podia casar com Antonia. *Ó bom Deus, posso casar com Antonia, podemos ter filhos e, simplesmente, não sei como lhe agradecer. Obrigado por seu milagre. Sou tão agradecido. Jamais deixarei de ser grato. Jamais esquecerei. Eu lhe prometo que jamais esquecerei. Eu...*

— Ó Danus, não fique aí parado, com essa cara apatetada. Não entendeu?

— Entendi — respondeu ele. Depois disse: — Eu amo a senhora. — Embora fosse verdade, sempre tivesse sido verdade, ele não se recordava de já ter dito antes semelhante coisa para ela. Sua mãe imediatamente debulhou-se em lágrimas, o que era uma outra nova experiência. Danus passou os braços em torno dela, abraçando-a tão apertadamente, que após um instante sua mãe parou de chorar, apenas fungando, à procura de seu lenço. Os dois finalmente separaram-se, ela assoou o nariz e enxugou os olhos, depois retocou o cabelo, ajeitando-o no lugar.

— Que tolice a minha — disse ela. — A última coisa que eu pretendia era chorar. No entanto, foi uma notícia tão maravilhosa. Eu e seu pai ficamos mortos de frustração, por não podermos entrar em contato com você e lhe dar a notícia, para pôr um ponto final na sua preocupação. Bem, agora que já lhe contei, acho que precisa saber de mais uma coisa. Ontem à tarde, deixaram um recado telefônico para você. Eu havia saído, mas foi anotado pela Sra. Cooper. Ela o deixou à vista, para que eu o encontrasse. Receio que sejam notícias tristes, mas espero que não fique muito abalado...

Ali, diante de seus olhos, ela retomava as maneiras práticas de sempre. Por enquanto, estavam encerradas as demonstrações de emoção e afeto. Enfiando o lenço na manga, ela afastou Danus gentilmente do caminho e foi até a cômoda em que ficava o telefone, a fim de apanhar o bloco de recados, junto ao aparelho, como de hábito. Folheou as páginas.

— Aqui está. O recado é de alguém que se chama Antonia Hamilton. É melhor você mesmo ler.

Antonia.

Ele pegou o bloco e viu a caligrafia floreada da Sra. Cooper.

> Antonia Hamilton telefonou 4 da tarde quinta, dizendo que a Sra. Keeling faleceu terça enterro 3 da tarde sáb Temple Pudley acha que você talvez queira estar lá espero ter anotado direito. Cooper.

A família reuniu-se para o enterro de sua mãe. Os primeiros a chegar foram os Chamberlain, Nancy em seu próprio carro, George dirigindo seu pesado e antiquado Rover. Nancy usava um terno azul-marinho, com um chapéu absolutamente destoante. Suas feições, abaixo da aba protuberante, mostravam-se cheias de consternação e coragem.

Procurando ânimo e compostura, Olivia envergou seu Jean Muir favorito, cinza-escuro. Cumprimentou e beijou a irmã e o cunhado. Beijar George era como beijar um jarrete de porco, e ele cheirava a naftalina e desinfetante suave, feito um dentista. Como se fossem visitantes e estranhos, ela os conduziu à aconchegante e florida sala de estar. E, também como se os dois fossem visitantes, Olivia se viu tentando entabular uma conversa, justificando-se.

— Sinto muito, mas não pude convidá-los para o almoço. Enfim, como provavelmente viram, a Sra. Plackett preparou a mesa da sala de jantar para o chá e colocou lá todas as cadeiras. Eu e Antonia passamos a manhã fazendo sanduíches. Almoçamos as cascas.

— Não se preocupe. Paramos para comer num *pub* no caminho. — Suspirando de alívio, Nancy instalou-se na poltrona de mãezinha. — Hoje é o dia de folga da Sra Crofiway, de maneira que levamos as crianças para ficar com amigos, na aldeia. Deixamos Melanie em lágrimas. Ficou terrivelmente abalada por vovó Pen. Pobre criança, é sua primeira experiência com a morte. Frente a frente com a morte, por assim dizer. — Olivia não imaginou o que responder a isso. Nancy descalçou as luvas pretas. — Onde está Antonia?

— Lá em cima. Trocando de roupa.

George olhou para seu relógio.

— Seria bom ela se apressar. Faltam apenas vinte e cinco minutos para as três.

— Levam-se exatamente cinco minutos a pé, daqui até a igreja, George.

— Talvez, mas não queremos chegar correndo, no último momento. Não ficaria bem.

— E mamãe? — perguntou Nancy, em um cochicho. — Onde está mamãe?

— Lá na igreja, pronta e esperando por nós — respondeu Olivia, com certa rispidez. — O Sr. Bedway sugeriu uma procissão familiar partindo da casa, mas, de certo modo, a perspectiva não me agradou. Espero que vocês concordem.

— E Noel? Quando é que chega?

— Espero que a qualquer momento. Ele vem de carro, de Londres.

— Em um dia de sábado, o trânsito está sempre congestionado — declarou George. — É provável que ele se atrase.

Sua soturna profecia, entretanto, revelou-se infundada. Cinco minutos mais tarde, a quietude do campo foi abalada pelos sons familiares da chegada de Noel: o rugido do motor do Jaguar, o chiado de pneus no cascalho, quando ele pisou no freio, e a batida estrondosa de uma porta de carro. Um momento depois ele se juntava aos outros, parecendo extremamente alto, moreno e elegante, em um terno cinza que, sem dúvida, mandara fazer tendo em mente dispendiosos almoços de negócio, mas que, de certo modo, era demasiado ostentoso para um simples enterro no campo.

Fosse como fosse, ele estava ali. Sentados, Nancy e George olharam para ele, mas Olivia levantou-se e foi dar-lhe um beijo. Ele cheirava a *Eau Sauvage*, não a desinfetante, um pequeno alivio pelo qual ela ficou grata.

— Como foi a viagem?

— Não de todo ruim, mas o trânsito estava infernal. Olá, Nancy. Oi, George. Olivia, quem é o velhote de terno azul, rodando a garagem?

— Ah, deve ser o Sr. Plackett. Ficará por aqui, enquanto estivermos todos na igreja.

Noel ergueu as sobrancelhas.

— Será que estamos esperando bandidos?

— Não, mas é o costume local. A Sra. Plackett insistiu. Deixar a casa vazia durante um enterro pode dar má sorte e não é *comme il faut*. Assim, ela designou o Sr. Plackett para ficar aqui, com a incumbência de manter as lareiras acesas, colocar chaleiras para ferver, coisas assim.

— Tudo muito bem organizado...

George tornou a consultar seu relógio. Estava ficando inquieto.

— De verdade, acho que devíamos ir andando. Vamos, Nancy.

Nancy levantou-se e foi até o espelho acima da secretária da mãe, a fim de checar o ângulo de seu terrível chapéu. Feito isso, calçou as luvas.

— E quanto a Antonia?

— Vou chamá-la — disse Olivia.

Antonia, no entanto, já tinha descido e esperava por eles na cozinha, sentada à mesa de tampo desgastado, conversando com o Sr. Plackett, que havia entrado e assumira seu posto de zelador. Quando eles cruzaram a porta da cozinha, ela se levantou e sorriu, educada. Usava uma saia de algodão listrada de azul-marinho e branco e uma blusa branca de gola franzida, sobre a qual colocou um cardigã azul-marinho. O cabelo reluzente fora repuxado para trás num rabo de cavalo, amarrado com uma fita azul-marinho. Parecia jovem e tímida como uma colegial, além de terrivelmente pálida.

— Você está bem? — perguntou Olivia.

— Sim, claro.

— George acha que está na hora de irmos...

— Estou pronta.

Olivia encabeçou a fila e saíram todos para a luminosidade pálida do sol. Os outros a seguiram, um grupo pequeno e sombrio. Estavam indo pelo caminho de cascalho, quando começou um novo som. Era o sino da igreja, dobrando gravemente. Badaladas uniformes ressoavam pela tranquila região rural e, perturbadas, as gralhas fugiram do topo das árvores, dispersando-se. Estão tocando o sino por mãezinha, pensou Olivia e, subitamente, tudo ficou gélido, real. Fez uma pausa, esperando que Nancy a alcançasse, para caminharem lado a lado. Ao fazer isso, virou-se, e então viu que Antonia parara de repente. Já estava pálida antes, mas agora parecia branca como um lençol.

— O que foi, Antonia?

Antonia parecia tomada de pânico.

— Eu... eu esqueci uma coisa.

— O que foi que esqueceu?

— Eu... um... lenço. Estou sem lenço. Vou apanhar um... não me demoro nada. Não precisam esperar. Vão andando... logo os alcanço...

Ela disparou de volta a casa.

— Que estranho — comentou Nancy. — Ela está bem?

— Acho que sim. Está apenas perturbada. Talvez fosse melhor eu a esperar...

— Você não pode esperar — disse-lhe George, em tom firme. — Não tem tempo para esperar. Acabaremos chegando atrasados! Antonia vai ficar bem. Guardaremos um lugar para ela. Vamos, Olivia, vamos...

Entretanto, enquanto estavam ali parados, hesitantes, ocorreu mais uma interrupção: o som de um carro dirigido a toda a velocidade pela estrada que cortava a aldeia. Ele surgiu pela esquina junto ao *pub*, diminuiu a marcha e freou a apenas alguns metros de distância, ao lado do portão aberto de Podmore's Thatch. Era um Ford Escort verde-escuro e desconhecido. Silenciados pela surpresa, eles ficaram olhando enquanto o motorista saía de trás do volante, descia do carro e batia a porta. Um rapaz que, como seu carro, não conheciam. Um homem que Olivia nunca vira antes na vida.

Ele ficou parado. Todos o fitavam e, como ninguém dissesse nada, por fim foi ele quem rompeu o silêncio.

— Sinto muito — disse — por chegar tão abruptamente e tão atrasado. Foi uma longa viagem. — Olhando para Olivia, notou a total perplexidade estampada em seu rosto. Sorriu. — Acho que não nos conhecemos. Você deve ser Olivia. Eu sou Danus Muirfield.

Ah, mas é claro. Alto como Noel, porém mais corpulento, de ombros largos e um rosto fortemente bronzeado. Um jovem muito bem-apessoado e, em seguida, Olivia percebeu por que, exatamente, mãezinha se apegara tanto a ele. Danus Muirfield. Quem mais poderia ser?

— Pensei que você estivesse na Escócia — foi tudo quanto lhe ocorreu dizer.

— E estava mesmo. Até ontem. Foi quando eu soube da Sra. Keeling. Não sabe o quanto lamento..

— Estamos a caminho da igreja. Se você..

Ele a interrompeu.

— Onde está Antonia?

— Entrou em casa de novo. Tinha esquecido alguma coisa. Creio que não irá demorar. Se quiser esperar, o Sr. Plackett está na cozinha...

A esta altura, tendo chegado ao fim de sua paciência, George não quis ouvir mais.

— Olivia, não temos tempo para ficarmos parados conversando. E não podemos esperar mais um minuto. Temos que ir. Agora. Este jovem pode apressar Antonia, para impedir que chegue atrasada. Vamos, já perdemos tempo demais.

Ao falar, ele começou a tocar os outros para a frente, como se fossem carneiros.

— Onde encontrarei Antonia? — perguntou Danus.

— Acho que em seu quarto — disse Olivia. Depois falou, por sobre o ombro, elevando a voz: — Guardaremos lugar para os dois.

Danus encontrou o Sr. Plackett sentado tranquilamente à mesa da cozinha, lendo seu *Racing News*.

— Onde está Antonia, Sr. Plackett?

— Foi lá para cima. Parecia que estava chorando.

— Posso ir procurá-la?

— Fique à vontade — disse o Sr. Plackett.

Danus o deixou e subiu a escada estreita, apressado, de dois em dois degraus.

— Antonia! — Não conhecendo a geografia do segundo andar da casa, abriu portas, se deparou com um banheiro e um armário para vassouras. — Antonia!

Desceu ao pequeno patamar e viu uma terceira porta dando para um quarto, obviamente ocupado, mas no momento vazio. Do outro lado dessa porta havia uma outra, levando ao extremo oposto da casa. Sem bater, ele irrompeu no aposento e lá a encontrou, sentada na beira da cama, totalmente desconsolada e banhada em lágrimas.

O alívio o deixou aéreo.

— Antonia.

Em duas largas passadas estava ao lado dela, sentava-se, tomava-a nos braços, apertava-lhe a cabeça contra seu ombro, beijava o topo de sua cabeça, a testa, os olhos lacrimosos e inchados. As lágrimas tinham um sabor salgado, e as faces de Antonia estavam molhadas, mas nada importava, exceto que ele a encontrara, que a abraçava, que a amava mais do que a qualquer ser humano no mundo e que nunca, jamais tornariam a se separar.

— Você me ouviu chamá-la? — perguntou por fim.

— Ouvi, mas pensei que não fosse verdade. Aliás, eu não estava ouvindo mais nada direito, além daquele sino terrível. Estava tudo certo, até o sino começar, e então... de repente, eu soube que iria desmoronar. Não podia ir com os outros. Sinto tanta falta dela. Tudo é terrível sem ela... Ó Danus, ela está morta, e eu a queria tanto. E sinto falta dela. Sinto falta dela o tempo todo.

— Eu sei — disse ele. — Eu sei.

Ela continuou soluçando contra o ombro dele.

— Tudo tem sido tão horrível... Desde que você partiu. Horrível demais... Não havia ninguém...

— Eu sinto muito...

— E estive pensando demais em você. O tempo todo. Ouvi você chamando, mas não acreditei... que estivesse aqui. Era apenas aquele sino horrível, me fazendo ouvir coisas. E eu queria tanto que você estivesse aqui.

Ele nada disse. Antonia continuou a chorar, mas os soluços foram diminuindo, o pior de sua tormenta de pesar já praticamente superado. Após um momento, Danus afrouxou o abraço e ela recuou, erguendo o rosto para ele. Um anel de cabelo escorregara-lhe para a testa, ele o empurrou de volta e depois, tomando seu lenço limpo, entregou-o a ela. Contemplou Antonia ternamente, vendo-a enxugar os olhos e então, vigorosamente como uma criança, assoar o nariz.

— Ó Danus, mas onde é que estava? O que aconteceu? Por que não telefonou?

— Só chegamos a Edimburgo ontem ao meio-dia. A pescaria estava boa demais para ser abandonada e, por outro lado, não tive ânimo de estragar o prazer de Roddy. Quando cheguei a casa, minha mãe me passou seu recado. No entanto, sempre que eu tentava ligar para cá, o telefone dava sinal de ocupado.

— Ele não parou de tocar...

— Por fim, mandei tudo ao diabo, peguei o carro de minha mãe e dirigi até aqui.

— Você dirigiu até aqui — repetiu ela. Demorou um segundo a digerir o significado daquilo. — Você *dirigiu?* Você mesmo?

— Sim. Posso voltar a dirigir. E também me embriagar como um idiota, se quiser. Está tudo bem comigo. Não sou epiléptico e nunca fui. Tudo começou com um diagnóstico errado daquele médico do Arkansas. Estive doente. Fiquei muito doente por algum tempo, mas nunca foi epilepsia.

Durante um terrível momento, Danus pensou que ela fosse explodir em lágrimas novamente. No entanto, tudo que Antonia fez foi passar os braços por seu pescoço e apertá-lo com tanta força, que ele receou morrer sufocado.

— Danus, meu querido, é um milagre.

Ele se soltou com delicadeza, mas continuou a segurar-lhe as mãos.

— Isso não é o fim, mas apenas o começo. De um começo todo novo. Para nós dois. Porque, faça eu o que fizer, quero que façamos juntos. Não sei que diabo vai acontecer e ainda não tenho nada para lhe oferecer, mas, por favor, se me ama, não permita que nos separemos outra vez.

— Ah, não. Nunca nos separaremos. Nunca. — Ela havia parado de chorar, as lágrimas tinham sido esquecidas, era novamente a sua amada Antonia. — Teremos aquele horto. De algum modo. Algum dia. E vamos conseguir o dinheiro em algum lugar...

— Sinceramente, não quero que você vá para Londres ser modelo.

— Eu não iria nem que você quisesse. Devem existir outros meios. — Imediatamente ela teve uma ideia brilhante. — Já sei. Posso vender os brincos. Os brincos da tia Ethel. Eles valem pelo menos quatro mil libras... Sei que não é muito, mas já poderia ser um começo, não? Esse dinheiro significaria algo para começarmos. E Penelope não se incomodaria. Quando os deu para mim, disse que eu poderia vendê-los, se quisesse.

— Você não pretende conservá-los? Como recordação dela?

— Ó Danus, não preciso dos brincos como recordação. Tenho mil motivos para me lembrar de Penelope.

O tempo todo em que conversavam, o sino da igreja continuara a bater, *blão, blão, blão,* por toda a região rural. Agora, de repente, ele parara. Os dois entreolharam-se.

— Precisamos ir — disse ele. — Temos que estar lá. Não podemos chegar atrasados.

— Sim, claro...

Levantaram-se. Depressa, refeita, ela ajeitou o cabelo e passou os dedos pelas faces, limpando-as.

— Estou com cara de quem andou chorando?

— Só um pouquinho. Ninguém vai reparar.

Ela afastou-se do espelho.

— Estou pronta — disse para Danus.

Ele lhe tomou a mão e, juntos, saíram do quarto.

Enquanto a família caminhava para a igreja, o toque do sino ficou mais alto, ecoando acima deles, silenciando todos os demais sons da aldeia. Olivia viu os carros estacionados junto ao meio-fio, o pequeno fluxo dos que compareciam à cerimônia religiosa, passando pelo portão do cemitério e subindo a trilha sinuosa entre as vetustas e inclinadas lajes das sepulturas.

Blão. Blão. Blão.

Ela parou por um instante, a fim de trocar uma palavra com o Sr. Bedway, e depois seguiu os outros, entrando na igreja. Após a cálida luz solar do exterior, ali dentro estava frio, um frio que se irradiava do piso lajeado e das pedras não aquecidas. Era mais ou menos como adentrar uma caverna, e havia um forte cheiro de mofo, sugerindo carunchos e bolor de órgão. Em contrapartida, nem tudo era soturno, porque a moça de Pudley havia feito seu trabalho e, para onde quer que se olhasse, lá estava uma profusão de flores de primavera. Também a igreja, sendo tão pequena, ficara apinhada. Isso confortou Olivia, que sempre achara profundamente deprimente a visão de bancos de igreja vazios.

Quando começaram a caminhar pelo corredor central, as badaladas do sino cessaram abruptamente. No silêncio que se seguiu, seus passos ressoaram nas lajes nuas. Os dois bancos frontais permaneciam vazios e eles ali se acomodaram, ocupando os assentos. Olivia, Nancy, George e depois Noel. Este era o momento que ela temera, pois o ataúde esperava nos degraus do altar. Pontilhando o mar de rostos do campo desconhecidos... os moradores de Temple Pudley, supôs ela, vindo prestar suas últimas homenagens... Olivia descobriu outros, conhecidos durante anos, que tinham vindo de muito longe. Os Atkinson, de Devon; o Sr. Enderby, da Enderby, Looseby & Thring; Roger Wimbush, o retratista que, anos atrás, quando ainda estudante de arte, fizera seu lar no velho estúdio de Lawrence Stern, no jardim da casa da Rua Oakley. Viu Lalla e Willi Friedmann, distintos como sempre, com seus rostos cultos e pálidos de refugiados. Viu Louise Duchamp, muito chique em um vestido todo preto — Louise, a filha de Charles e Chantal Rainier, uma das mais antigas amigas de Penelope, que fizera a longa viagem de Paris à Inglaterra, a fim de estar ali. Louise ergueu o rosto, seus olhos encontraram os de Olivia, e ela sorriu. Olivia retribuiu o sorriso, emocionada por ela sentir-se impelida a vir de tão longe, grata por sua presença.

Com os sinos em silêncio, a música começou a se espalhar pela poeirenta quietude da igreja. Conforme prometera, a Sra. Tillingham tocava o órgão. O órgão de Temple Pudley não era um instrumento excelente, mas idoso e ofegante como um velho, porém nem mesmo tais defeitos conseguiram prejudicar a serena perfeição de *Eine Kleine Naclit Musik*. Mozart. A favorita de mãezinha. Estaria a Sra. Tillingham a par do detalhe ou simplesmente fizera uma escolha inspirada?

Olivia viu também a idosa Rose Pilkington, já beirando os noventa anos, mas elegante como nunca, usando uma pelerine preta de veludo e um chapéu de palha, em tom violeta, tão surrado, que parecia ter viajado duas vezes ao redor do mundo. E, provavelmente, viajara mesmo. Encarquilhado como uma noz, o rosto de Rose estava tranquilo, e seus olhos cansados mostravam uma pacífica aceitação do que acontecera e estava prestes a acontecer. Apenas olhar para Rose fez com que Olivia se envergonhasse de sua própria covardia. Olhou para a frente, ouviu a música, contemplou o ataúde de mãezinha. Entretanto, mal conseguia vê-lo, porque estava coberto de flores.

Dos fundos da igreja, da porta aberta, chegaram os sons de uma pequena alteração de vozes sussurradas. Depois, passos apressados soaram rapidamente no corredor central e, virando-se, Olivia viu Antonia e Danus deslizando para o banco vazio atrás deles.

— Ah, chegaram a tempo...

Antonia inclinou-se para a frente. Parecia recuperada, de volta com as cores no rosto.

— Lamento estar atrasada — sussurrou

— Chegou na hora exata.

— Olivia... esse é Danus.

Olivia sorriu.

— Eu sei — respondeu.

Acima deles, bem acima, o relógio da torre bateu três horas.

Com a cerimônia quase encerrada e após ter feito um breve panegírico, a Sra. Tillingham anunciou o hino. Ela quem escutou os primeiros compassos, e a congregação se levantou, com seus hinários abertos.

> Por todos os santos que de seus labores repousam,
> Aqueles que diante do mundo pela fé confessaram
> Seus nomes, Ó Jesus, abençoados sejam para sempre.
> Aleluia!

Os moradores de Temple Pudley estavam familiarizados com a melodia e, elevadas, suas vozes fizeram estremecer as vetustas vigas roídas pelos cupins. Aquele talvez não fosse o hino mais adequado para um enterro, mas Olivia o escolhera por ser o único que sabia ser do agrado de mãezinha. Ela não devia esquecer nenhuma das coisas que sua mãe realmente apreciava; não só a bela música, não apenas receber visitas, cultivar flores e telefonar para longas conversas, quando mais se esperava que ela fizesse isso. Havia também outras coisas — como alegria, têmpera, tolerância e amor. Olivia sabia que não podia deixar essas qualidades fugirem de sua vida, apenas porque mãezinha se fora. Porque, se deixasse, então o lado mais belo de sua complexa personalidade se encolheria e pereceria, e só lhe restariam sua inteligência inata e sua incansável e grande ambição. Jamais contemplara a segurança do casamento, mas precisava dos homens — se não como amantes, pelo menos como amigos. Para receber amor, devia permanecer preparada para dá-lo, pois, do contrário, terminaria uma velha amarga e solitária, com língua ferina e provavelmente nenhum amigo no mundo.

Os próximos meses, entretanto, não seriam fáceis. Enquanto mãezinha vivia, Olivia sabia que alguma pequenina parte de si mesma continuava sendo uma criança, mimada e adorada. Talvez uma pessoa jamais crescesse inteiramente, enquanto tivesse a mãe viva.

> Tu foste sua rocha, sua fortaleza e seu poder,
> Tu, Senhor, foste seu Capitão na batalha encarniçada.

Ela cantou. Alto. Não porque tivesse uma voz particularmente retumbante, mas porque, como uma criança espantando o medo, aquilo a ajudava a criar coragem.

> Na temida escuridão, Tu foste sua verdadeira luz,
> Aleluia!

Nancy sucumbira às lágrimas. Durante toda a cerimônia conseguira mantê-las sob controle, resolutamente, mas de repente não se importava mais, deixou que escorressem. Seus soluços eram ruidosos e certamente constrangedores para os outros, porém nada havia que ela pudesse fazer a respeito, exceto assoar o nariz de vez em quando. Logo teria gasto todos os lenços de papel que enfiara em sua bolsa por precaução.

Acima de tudo, desejaria ter podido ver sua mãe outra vez... pelo menos falar com ela... após aquela última e terrível conversa telefônica, quando mamãe ligara da Cornualha para desejar feliz Páscoa a todos eles.

Entretanto, mamãe se portara da maneira mais inusitada e, sem qualquer dúvida, era melhor que certas coisas fossem ditas, desabafadas, expostas francamente. Por fim, mamãe havia desligado quando ela ainda falava e, antes que Nancy tivesse tempo ou oportunidade de resolver a situação entre elas, mamãe morrera.

Nancy não se censurava. Ultimamente, no entanto, acordando no meio da noite, sentia-se estranhamente só na escuridão e chorava. Como também chorava agora, não se incomodando se os outros vissem, não se importando se ouvissem seu pesar. Esse pesar era evidente e ela não estava envergonhada. As lágrimas escorriam, e não fazia qualquer esforço para estancá-las, deixando que fluíssem como água, umedecendo as duras e quentes brasas de seu próprio remorso não reconhecido.

Oh, possam Teus fiéis, sinceros e audazes soldados
Lutar como os santos que nobremente lutaram outrora
E com eles conquistar a dourada coroa da vitória.
Aleluia!

Noel não se juntou ao canto, nem mesmo cumpriu a formalidade de segurar o hinário aberto. Permaneceu em pé no final do banco, imóvel, com uma das mãos no bolso do paletó e a outra repousada no anteparo de madeira à sua frente. Seu rosto bonito não mostrava qualquer expressão, sendo impossível alguém imaginar o que estaria pensando.

Ó, abençoada comunhão! Divinas hostes!
Enquanto fracamente lutamos, em glória eles cintilam.

Perto dos fundos da igreja, a Sra. Plackett elevou a voz, em jubiloso louvor. Mantinha seu hinário bem alto, o busto considerável empinado para a frente. Era uma cerimônia encantadora. Música, flores e agora um hino vibrante... justamente o que a Sra. Keeling teria apreciado. E houvera uma bela afluência também. Toda a aldeia comparecera. Os Sawcombe, o Sr. e a Sra. Hodgkin, do *pub* Sudeley Arms. O Sr. Kitson, gerente do banco de Pudley, e Tom Hadley, dono do estabelecimento de jornais e revistas, mais uma dúzia de outros. E a família se portava muito bem, exceto aquela Sra. Chamberlain, soluçando sem controle, a ponto de todos ouvirem. A Sra. Plackett não gostava muito de demonstrações emocionais. Mantenha-se reservado, sempre fora o seu lema. Esse era um dos motivos pelos quais ela e a Sra. Keeling sempre tinham sido tão amigas. Sim, a Sra. Keeling havia sido uma verdadeira amiga. Ia deixar um enorme vazio na vida da Sra. Plackett. Agora, relanceando os olhos pela igreja repleta, ela fez alguns cálculos mentais. Quantos deles iriam até a casa para o chá? Quarenta? Talvez uns quarenta e cinco. Com um pouco de sorte, o Sr. Plackett não teria esquecido de colocar as chaleiras no fogo.

No entanto, são todos um em Ti, porque todos são Teus. Aleluia!

Ela esperava que o bolo de frutas desse para todos.

15

SR. ENDERBY

Às cinco e quinze da tarde o chá do enterro já havia terminado, e os últimos retardatários se despedido e voltado para casa. Levando-os até a porta, Olivia espiou o último carro dobrar a esquina perto do portão e então, com certo alívio, deu meia-volta, tornando a entrar na casa. A cozinha fervilhava de atividade. O Sr. Plackett e Danus, que na última meia hora tinham ficado dirigindo o trânsito e ordenando vários carros estacionados inadequadamente, agora haviam entrado e ajudavam a Sra. Plackett e Antonia a recolher e lavar todos os utensílios do chá. A Sra. Plackett estava na pia, com a água espumosa de sabão lhe chegando aos cotovelos. Prestimoso como sempre, o Sr. Plackett enxugava o bule de prata do chá ao seu lado. O lava-louças zumbia, e Danus cruzou a porta com mais uma bandeja de xícaras e pires no momento em que Antonia tirava o aspirador de pó do armário em que era guardado.

Olivia se sentia inútil e perdida.

— O que posso fazer? — perguntou à Sra. Plackett.

— Coisa nenhuma. — A Sra. Plackett não se virou da pia. Suas mãos avermelhadas colocavam pires no escorredor aramado, com a velocidade e a precisão de uma esteira rolante. — É como sempre digo: muitas mãos, pouco trabalho.

— Foi um chá fantástico. Não sobrou uma migalha do seu bolo de frutas.

A Sra. Plackett, no entanto, não estava com tempo ou disposição para tagarelar.

— Por que não vai para a sala de estar e descansa? A Sra. Chamberlain, seu irmão e o outro cavalheiro estão lá agora. Em mais dez minutos, a sala de jantar estará arrumada e pronta para sua pequena reunião.

Era uma excelente sugestão, e Olivia decidiu segui-la. Estava muito cansada e suas costas doíam, por ficar tanto tempo em pé. Ao cruzar o vestíbulo, pensou em esgueirar-se pela escada, mergulhar em um banho bem quente e depois ir para a cama, com lençóis limpos, travesseiros macios e um livro cativante. Depois, prometeu a si mesma. O dia ainda não havia terminado.

Na sala de estar, na qual não havia mais qualquer sinal da reunião para o chá, encontrou Noel, Nancy e o Sr. Enderby, todos acomodados à vontade e abordando trivialidades, polidas e amenas. Nancy e o Sr. Enderby sentavam-se nas poltronas que flanqueavam a lareira, mas Noel assumira sua postura habitual, de costas para o fogo, os ombros apoiados contra o aparador. Quando Olivia apareceu, o Sr. Enderby se pôs de pé. Era um homem de quarenta e poucos anos, mas, com a cabeça calva, óculos sem aros e roupas sóbrias, parecia muito mais velho. A despeito disso, suas maneiras eram naturais e relaxadas e, durante o correr da tarde, Olivia o observara travando conhecimento com os demais presentes, tornando a encher xícaras de chá, oferecendo sanduíches e bolo. Também passara algum tempo conversando com Danus, o que fora grande amabilidade sua, porque Nancy e Noel tinham preferido ignorar o rapaz. A viagem à Cornualha por conta de mãezinha e a louca extravagância da hospedagem no hotel Sands certamente ainda estavam rendendo.

— Lamento, Sr. Enderby. Acho que passamos um pouco da hora...

Ela se sentou com alívio no canto do sofá, e o Sr. Enderby tornou a se sentar.

— Não tem problema. Não estou com pressa.

Da sala de jantar, chegaram os sons do aspirador de pó em funcionamento.

— Eles estão apenas limpando as migalhas, e então poderemos começar. E você, Noel? Tem algum compromisso urgente em Londres?

— Hoje não.

— Nancy? Acha que disporá de tempo?

— Não muito. Terei de apanhar as crianças e prometi a elas que não chegaria muito tarde. — Após se ter debulhado em lágrimas durante a maior parte da cerimônia na igreja, Nancy já se recuperara e agora parecia perfeitamente controlada e jovial. Talvez porque houvesse tirado o chapéu. George já se fora, separando-se deles no cemitério, sob as advertências em voz alta da esposa para dirigir com cuidado e mandar lembranças ao arquidiácono, tendo ele prometido fazer ambas as coisas. — Aliás, eu gostaria de voltar antes de escurecer. Não gosto de dirigir sozinha à noite.

O som do aspirador de pó cessou. No momento seguinte, a porta se abriu, e a Sra. Plackett acenou a cabeça, ainda usando o chapéu do enterro.

— Já está tudo em ordem, Srta. Keeling.

— Muito obrigada, Sra. Plackett.

— Se não se incomodar, eu e o Sr. Plackett vamos embora agora.

— Claro. E não sei como agradecer suficientemente a ambos.

— Foi um prazer para nós. Até amanhã.

Ela partiu. Nancy franziu o cenho.

— Amanhã é domingo. Por que ela vem amanhã?

— Porque vai me ajudar a pôr o quarto de mãezinha em ordem. — Olivia levantou-se. — Vamos?

Conduziu-os à sala de jantar. Ali estava tudo em ordem, e uma toalha verde de baeta fora estendida sobre a mesa. Noel ergueu as sobrancelhas.

— Dá a impressão de uma reunião de diretoria — disse.

Ninguém comentou sua observação. Sentaram-se todos — o Sr. Enderby à cabeceira, tendo Noel e Olivia a cada lado. Nancy acomodou-se perto de Noel. Abrindo sua pasta, o Sr. Enderby retirou vários papéis, que acomodou à sua frente. Tudo muito formal com ele presidindo. Os outros esperavam que começasse.

O Sr. Enderby pigarreou.

— Para começar, quero dizer que fico muito grato a todos, por terem concordado em ficar após o enterro de sua mãe. Espero que isso não lhes traga inconvenientes. Sem dúvida, não é estritamente necessária uma leitura formal do testamento, porém, já que estão todos juntos sob um mesmo teto, pareceu-me uma fortuita oportunidade de os pôr a par de como sua mãe desejou dispor dos próprios bens e, caso necessário, explicar-lhes quaisquer pontos que não compreendam inteiramente. Muito bem...

Dentre os papéis à sua frente, o Sr. Enderby puxou um envelope, do qual retirou um documento volumoso e dobrado. Desdobrando-o, ele o estendeu sobre a mesa. Olivia viu Noel desviar os olhos e inspecionar as unhas, como que ansioso em não ser visto espiando de esguelha, à maneira de um colegial colando nos exames. O Sr. Enderby ajustou os óculos.

— Aqui estão o testamento e as últimas vontades de Penelope Sophia Keeling, nascida Stern, datados de 8 de julho de 1980. — Ele ergueu os olhos. — Se não se importam, não farei uma leitura textual, mas simplesmente um esboço em linhas gerais dos desejos de sua mãe, à medida que chegarmos a eles. — Todos concordaram com a sugestão. Ele prosseguiu. — Primeiro, temos dois legados não pertinentes à família. Para a Sra. Florence Plackett, residente à Hodges Road, 43, Pudley, Gloucestershire, a soma de duas mil libras. E para a Sra. Doris Penberth, residente em Wharf Lane, 7, Porthkerris, Cornualha, cinco mil libras.

— Muito justo — disse Nancy, daquela vez aprovando a generosidade da mãe. — A Sra. Plackett é um verdadeiro tesouro. Não consigo imaginar o que teria sido de mamãe sem ela.

— E Doris também — disse Olivia. — Doris foi a mais querida amiga de mamãe. Passaram juntas o período da guerra; tornaram-se muito íntimas.

— Acredito que tenha conhecido a Sra. Plackett — disse o Sr. Enderby —, porém acho que a Sra. Penberth não esteve hoje conosco.

— Não. Ela não pôde vir. Telefonou explicando que seu marido está doente e seria impossível deixá-lo sozinho. No entanto, ficou profundamente abalada.

— Nesse caso, escreverei a essas duas senhoras, comunicando-lhes os respectivos legados. — Ele fez uma anotação. — Muito bem. Com isso resolvido, passemos aos assuntos familiares. — Noel recostou-se em sua cadeira, apalpou o bolso do peito do paletó e retirou sua caneta de prata. Começou a brincar com ela, desatarraxando a tampa com o polegar, depois tornando a atarraxá-la. — De início, existem itens específicos do mobiliário que ela desejava ver na posse de cada um. Para Nancy, a mesa-sofá do quarto de dormir, em estilo Regência. Acredito que sua mãe a usava como penteadeira. Para Olivia, a escrivaninha da sala de estar, outrora propriedade do pai da Sra. Keeling, o falecido Lawrence Stern. E, para Noel, a mesa da sala de jantar, com seu jogo de oito cadeiras, que, imagino, sejam estas em que nos sentamos agora.

Nancy se virou para o irmão.

— Onde irá colocá-las, naquele cafofo em que mora? Não cabe um mosquito lá dentro!

— Talvez eu compre outro apartamento.

— Que precisará ter uma sala de jantar.

— Sim — disse ele, lacônico. — Por favor, Sr. Enderby, continue.

Nancy, entretanto, ainda não terminara.

— Isso é *tudo?*

— Não entendi, Sra. Chamberlain.

— Quero dizer... e as joias dela?

Pronto, lá vamos nós, pensou Olivia.

— Mãezinha não tinha joias, Nancy. Vendeu seus anéis há anos, a fim de pagar as dívidas de nosso pai.

Nancy refreou-se, como sempre fazia, quando Olivia falava naquela voz dura sobre o querido e falecido papai. Não havia motivos para ser tão grosseira, para dizer aquelas coisas diante do Sr. Enderby.

— E o que diz dos brincos da tia Ethel? Aqueles que tia Ethel deixou para ela? Devem valer pelo menos quatro ou cinco mil libras. Aí não diz nada sobre eles?

— Ela já tinha dado os brincos — informou Olivia. — Para Antonia.

Fez-se silêncio após suas palavras. Foi rompido por Noel, que colocou o cotovelo sobre a mesa e passou os dedos pelo cabelo, em um gesto de desespero.

— Ah, meu Deus! — exclamou.

Por cima da toalha verde, Olivia encontrou os olhos da irmã. Muito azuis, fixos, cintilando de ultraje. O rubor ganhou as faces de Nancy. Ela disse, finalmente:

— Isso não pode ser verdade.

— Receio que seja — declarou o Sr. Enderby, em voz pausada. — A Sra. Keeling deu os brincos a Antonia, enquanto estavam passando as férias juntas na Cornualha. Ela me falou sobre o presente, no dia em que me procurou em Londres, na véspera de sua morte. Foi inflexível quanto ao desejo de que não houvesse qualquer discussão sobre os brincos ou questionamentos sobre direitos de posse.

— Como é que *você* sabia que mamãe fez tal coisa? — perguntou Nancy a Olivia.

— Porque ela me escreveu contando.

— Aqueles brincos deviam ficar para Melanie.

— Antonia foi muito bondosa para mamãe, Nancy. E mamãe sentia grande afeição por ela. Antonia tornou suas últimas semanas de vida imensamente felizes. Além disso, acompanhou-a à Cornualha e lhe fez companhia, o que nenhum de nós se preocupou em fazer.

— Quer dizer que devíamos ser gratos por *isso?* Se quer saber, acho que devia ser exatamente o contrário..

— Antonia *é* grata...

A discussão se teria prolongado indefinidamente, se mais uma vez o Sr. Enderby não a interrompesse, pigarreando com discrição. Nancy se fechou em ultrajado silêncio, e Olivia soltou um suspiro de alívio. Por ora, o assunto fora encerrado, mas tinha certeza de que tornaria a ser discutido, que o destino dos brincos da tia Ethel ainda seria abordado e ruminado por muito tempo no futuro.

— Sinto muito, Sr. Enderby. Nós o estamos atrasando. Por favor, continue.

Ele lançou a Olivia um olhar de gratidão e voltou a falar.

— Agora, passaremos ao montante líquido da herança. Quando a Sra. Keeling redigiu este testamento, deixou bem claro para mim que não queria qualquer desentendimento entre os três filhos sobre a transmissão de seus bens. Diante disso, decidimos que tudo deveria ser vendido, e a soma obtida dividida igualmente entre os três. A fim de que isso fosse feito, tornou-se necessária a indicação de curadores de seus bens, ficando resolvido que os executores testamentários, Enderby, Looseby & Thring, cuidariam disso. Está tudo bem claro e perfeitamente aceitável? Ótimo. Nesse caso... — Ele começou a ler: — "Eu lego e transmito à custódia de meus curadores toda a minha propriedade, tanto real como pessoal, a fim de que vendam, resgatem e transformem a dita propriedade em dinheiro." Entendido, Sra. Chamberlain?

— Não sei o que isso significa.

— Significa o montante líquido dos bens da Sra. Keeling, aí estando incluídos esta casa e respectivo conteúdo, sua carteira de títulos e ações e sua conta corrente bancária.

— Tudo vendido, depois somado e dividido por três?

— Exatamente. Claro que após terem sido pagos débitos pendentes, taxas, impostos e despesas do enterro.

— Parece terrivelmente complicado.

Noel enfiou a mão no bolso e tirou sua agenda. Abriu-a em uma página em branco e retirou a tampa da caneta.

— Talvez o senhor pudesse nos elucidar, Sr. Enderby, a fim de efetuarmos um cálculo aproximado.

— Perfeitamente. Comecemos pela casa. Podmore's Thatch, com suas construções anexas e jardim tratado, valerá, se não me engano, não menos de duzentas e cinquenta mil libras. Sua mãe a comprou por cento e vinte mil, porém isso foi há cinco anos, tendo o valor da propriedade aumentado consideravelmente desde então. Além do mais, trata-se de um imóvel muito agradável, a uma distância razoável de Londres. Sobre o conteúdo da casa não posso ter tanta certeza. Dez mil libras, talvez? Temos ainda a carteira de títulos e ações da Sra. Keeling, no presente momento orçando em cerca de vinte mil.

Noel assobiou.

— Tudo isso? Eu não fazia ideia.

— Nem eu — disse Nancy. — De onde veio todo esse dinheiro?

— Foi o montante líquido da venda da casa da Rua Oakley. Cuidadosamente investido, após sua mãe ter comprado Podmore's Thatch.

— Entendi.

— E sua conta corrente?

Noel havia registrado todos esses números em sua agenda e, obviamente, ardia em desejos de somá-los, para chegar a um total geral.

— A conta está com as cem mil libras que ela recebeu pela venda dos dois painéis pintados por seu pai, Lawrence Stern, adquiridos por um comprador particular, através da Boothby's. Tudo isso, naturalmente, será sujeito a taxas e impostos.

— Ainda assim... — Noel efetuou seus rápidos cálculos. — Temos um total de trezentas e cinquenta mil libras. — Ninguém fez qualquer comentário sobre tão perturbadora soma. Em silêncio, ele tornou a atarraxar a tampa da caneta, deixou-a sobre a mesa e recostou-se em sua cadeira. — Consideradas todas as circunstâncias, meninas, é uma boa quantia!

— Fico contente — disse secamente o Sr. Enderby — em saber que está satisfeito.

— Então era isso. — Noel estirou-se inteiramente e fez menção de levantar-se da cadeira. — O que acham de um drinque para todos? Aceitaria um uísque, Sr. Enderby?

— Com prazer, porém não agora. Receio que nossos negócios ainda não estejam encerrados.

Noel franziu o cenho.

— E o que mais há para discutir?

— O testamento de sua mãe possui um codicilo, datado de 30 de abril de 1984. Naturalmente, isto implica uma nova data para o testamento anterior, porém, como em nada modifica o que já ficou estipulado, isso é irrelevante.

Olivia refletiu.

— Trinta de abril... O dia em que ela foi a Londres. Na véspera de sua morte.

— Exatamente.

— Ela foi expressamente para vê-lo, Sr. Enderby?

— Acredito que sim.

— Procurou-o para que redigisse esse codicilo?

— Sim.

— Então, talvez fosse melhor lê-lo para nós.

— É o que farei agora, Srta. Keeling. Entretanto, antes disso, creio dever mencionar que foi escrito pelo próprio punho da Sra. Keeling e assinado por ela, na presença de minha secretária e meu contínuo. — Ele começou a ler em voz alta: — "Para Danus Muirfield, chalé do tratorista, fazenda Sawcombe, Pudley, Gloucestershire, deixo quatorze esboços a óleo de obras importantes, pintados por meu pai, Lawrence Stern, entre os anos de 1890 e 1910. Tais esboços têm os seguintes títulos: *O jardim do terazzo*, *A chegada do amante*, *O galanteio do barqueiro*, *Pandora*...

Os esboços a óleo. Noel suspeitara de sua existência, confidenciara tais suspeitas a Olivia; revistara a casa da mãe atrás deles, sem nada ter encontrado. Agora, virando a cabeça, ela olhava para o irmão, do outro lado da mesa. Viu-o sentado e petrificado, extremamente pálido. Um tique nervoso repuxava o ângulo de seu maxilar. Olivia perguntou-se por quanto tempo ele continuaria calado, antes de explodir em furioso protesto.

— ... *As aguadeiras*, *Um mercado em Túnis*, *A carta de amor*...

Onde é que haviam estado os esboços, durante todos aqueles anos? Em poder de quem? De onde tinham vindo?

— ... *O espírito da primavera, Manhã do pastor, Jardim de Amoretta...*

Noel não se conteve mais.

— Onde é que eles estavam? — perguntou, em um tom que indicava o quanto se sentia ultrajado.

Apesar de tão rudemente interrompido, o Sr. Enderby continuou mostrando uma calma admirável. Sem dúvida, já esperava uma explosão semelhante. Olhou para Noel, por sobre os aros dos óculos.

— Se permitir que eu termine, Sr. Keeling, poderei lhe explicar em seguida.

Houve uma pausa desconfortável.

— Está bem, prossiga.

Foi o que fez o Sr. Enderby, sem demonstrar qualquer pressa.

— *O deus do mar, O suvenir, As rosas brancas* e *O esconderijo.* No momento, tais esboços encontram-se em poder do Sr. Roy Brookner, da Boothby's, Galeria de Arte, New Bond Street, Londres Wl, porém programados para serem postos à venda em Nova York, na primeira oportunidade possível. Caso eu venha a falecer antes que essa venda aconteça, então os ditos esboços deverão ser entregues a Danus Muirfield, seja para que os conserve ou os venda, segundo seu desejo pessoal."

Recostando-se na cadeira, o Sr. Enderby esperou algum comentário.

— Onde é que eles estavam?

Ninguém disse nada. O ambiente se tornara desconfortavelmente tenso. Então, Noel repetiu sua pergunta:

— Onde é que eles estavam?

— Durante vários anos, sua mãe os manteve escondidos nos fundos do guarda-roupa do quarto em que dormia. Ela própria os colocou lá, encobrindo-os com papel de parede, a fim de que não fossem encontrados.

— Ela não queria que soubéssemos?

— Não creio que ela tivesse feito isso pensando nos filhos. A Sra. Keeling escondeu os esboços para que o marido não os encontrasse. Ela os tinha achado no velho estúdio do pai, na casa da Rua Oakley. Naquela época, a família estava passando por algumas dificuldades financeiras, mas ela não queria que os esboços fossem vendidos só para conseguir algum dinheiro.

— Quando foi que eles finalmente vieram à luz?

— Ela solicitou ao Sr. Brookner que viesse a Podmore's Thatch, a fim de avaliar e possivelmente comprar duas outras obras pintadas pelo avô dos senhores. Foi então que mostrou a ele a pasta dos esboços.

— E quando foi que o senhor ficou sabendo de sua existência?

— A Sra. Keeling me relatou toda a história no dia em que redigiu o codicilo. Na véspera de sua morte. Deseja dizer alguma coisa, Sra. Chamberlain...?

— Sim, desejo. Não entendo uma palavra do que o senhor está dizendo. Não sei do que está falando. Ninguém jamais mencionou esses esboços para mim, sendo esta a primeira vez que ouço falar neles. E por que toda essa agitação? Por que Noel parece considerá-los tão importantes?

— Eles são importantes — disse-lhe Noel, com entediada paciência — porque são valiosos.

— Meros esboços? Pensei que coisas assim fossem jogadas fora.

— Não, quando se tem alguma sensatez.

— Pois bem, e quanto valem?

— Quatro, cinco mil libras cada um. E há quatorze deles. *Quatorze!* — repetiu, gritando a palavra como se Nancy fosse surda. — Basta fazer a soma, caso você tenha capacidade para tão avançada aritmética, uma coisa de que duvido muito.

Mentalmente, Olivia já tinha efetuado a soma. Setenta mil. Apesar do estarrecedor comportamento de Noel, sentira uma pontada de pena dele. Estivera tão certo de que os esboços estariam ali, em algum lugar, em Podmore's Thatch... Chegara a passar um longo, sombrio e chuvoso sábado encarcerado no sótão, a pretexto de fazer uma faxina nas velharias que a mãe guardava lá, mas, na realidade, procurando os esboços. Ela se perguntou se Penelope adivinhara o verdadeiro motivo daquela atividade inusitada e, em caso afirmativo, o que a induzira a calar-se. Provavelmente, a resposta era que Noel se tornara uma cópia fiel do pai, de maneira que Penelope não confiava de todo nele. Assim, nada dissera, preferindo entregar os esboços à custódia do Sr. Brookner para, finalmente, na véspera de sua morte, legá-los a Danus.

Mas por quê? Por que tinha feito tal coisa?

— Sr. Enderby... — Era a primeira vez que ela falava, após ter sido levantada a questão do codicilo. Ele pareceu aliviado ao ouvir sua voz tranquila e dedicou-lhe inteira atenção. — ... ela mencionou o motivo que a fez deixar os esboços para Danus Muirfield? Quero dizer... — Olivia procurou escolher as palavras com cuidado, não querendo parecer ressentida ou ambiciosa — ... evidentemente, eles eram muito especiais, além de bens pessoais... e ela só conhecia Danus havia pouco tempo.

— Infelizmente, não posso responder a essa pergunta. Não obstante, era óbvio que a Sra. Keeling sentia grande apreço pelo rapaz e creio que era sua vontade ajudá-lo. Parece-me que ele pretende iniciar um pequeno negócio e, assim, ficaria grato por esse capital.

— Podemos contestar? — perguntou Noel.

Olivia se virou para o irmão.

— Não vamos contestar coisa alguma — disse-lhe, em tom categórico. — Mesmo que fosse legalmente possível, não quero ter nada a ver com isso.

Nancy, que estivera às voltas com sua aritmética mental, agora tornava a entrar na discussão.

— Ora, mas cinco vezes quatorze são setenta. Está querendo dizer que esse rapaz ficará com setenta mil libras?

— Se ele vender os esboços, ficará, Sra. Chamberlain.

— Não há dúvida de que isso é um tremendo erro. Ela não o conhecia direito. Ele era seu *jardineiro.* — Nancy precisou apenas de alguns momentos, para ficar em estado de grande agitação. — Isto é ultrajante. Eu estava certa sobre ele, o tempo todo. Sempre disse que esse rapaz tinha alguma influência sinistra sobre mamãe! Eu disse isso para você, não foi, Noel? Lembra-se? Naquele dia em que lhe falei sobre ela ter doado *Os catadores de conchas.* E os brincos da tia Ethel... dados. Agora isso. É a gota de água. Tudo. Simplesmente, dado. Ela não podia estar em seu juízo normal. Tinha estado doente, seu julgamento ficou prejudicado. Não há outra explicação possível. Deve existir alguma coisa que possamos fazer.

Dessa vez. Noel estava do lado de Nancy.

— Quanto a mim, não vou ficar de braços cruzados, deixando que tudo isto aconteça...

— ... sem a menor dúvida, ela não estava em seu juízo normal...

— ... há muita coisa em jogo...

— ... tirando proveito dela...

Olivia não aguentou mais.

— Parem com isso. Calem a boca.

Ela falou em voz baixa, mas com a fúria controlada que a equipe editorial da Venus, no correr dos anos, aprendera a temer e respeitar. Quanto a Noel e Nancy, jamais lhe tinham ouvido aquele tom de voz antes. Ficaram olhando fixamente para ela, com certo espanto e, apanhados desprevenidos, não souberam o que dizer. No silêncio que se seguiu, Olivia começou a falar.

— Não quero ouvir mais nem uma palavra sobre isso. Está tudo encerrado. Mãezinha está morta. Nós a sepultamos hoje. Quem os ouvisse discutindo como dois cães sarnentos pensaria que esqueceram isso. Não conseguem pensar ou falar em outra coisa que não seja o que vão tirar dela. Agora já sabemos, porque o Sr. Enderby acabou de nos dizer. E mãezinha nunca esteve fora do seu juízo normal... pelo contrário, foi a mulher mais lúcida que já conheci. Era prática, sabia planejar com antecedência. O que mais pensam que ela fazia, durante todos aqueles anos em que estávamos crescendo, com uma mão na frente e outra atrás e um marido que perdia no jogo toda moeda em que punha as mãos? No que me diz respeito, estou mais do que satisfeita e acho que vocês deviam estar também. Mãezinha proporcionou a todos nós uma infância mágica, um ponto de partida na vida, e agora vimos que deixou cada um de nós numa situação financeira muito confortável. Sobre os brincos — ela olhou para Nancy, em gélida acusação —, se ela quis que Antonia ficasse com eles, em vez de você ou Melanie, tenho certeza de que tinha bons motivos. — Nancy baixou os olhos. Retirou um pequenino cisco da manga do casaco. — E se foi Danus quem ficou com os esboços, em vez de Noel, tenho certeza de que ela também tinha bons motivos para agir assim. — Noel abriu a boca, então mudou de ideia e tornou a fechá-la, sem dizer uma palavra. — Ela fez seu próprio testamento. Fez o que queria fazer. Isso é tudo que importa, e ninguém vai dizer mais nada.

Sem levantar a voz uma só vez, ela havia dito tudo. Na desconfortável pausa que se seguiu, Olivia ficou esperando que Noel ou Nancy oferecessem objeções às chicotadas verbais que desferira contra eles. Após um momento, do outro lado da mesa, Noel remexeu-se na cadeira. Olivia lançou-lhe um olhar furibundo, ansiosa para que a discussão se prolongasse, mas parecia que ele nada tinha a dizer. Em um gesto que admitia a derrota, mais claramente do que qualquer palavra expressa, ele ergueu a mão para esfregar os olhos, depois alisou para trás os cabelos escuros. Endireitando os ombros, ajeitou o nó da gravata de seda preta. Recobrara o autocontrole. Chegou a esboçar um sorriso de lado.

— Após este pequeno desabafo — disse a todos em geral — acho que merecemos aquele drinque. — Ele se levantou. — Um uísque, Sr. Enderby?

Dessa maneira, calmamente, ele conduziu a reunião a um final e, ao mesmo tempo, dissipou a tensão. Obviamente muito mais aliviado, o Sr. Enderby aceitou a oferta e começou a recolher seus papéis, recolocando-os em seguida na pasta. Murmurando algo sobre empoar o nariz, Nancy reuniu os farrapos de sua dignidade, pegou a bolsa e saiu da sala. Noel foi atrás dela, em busca de gelo. Olivia e o advogado ficaram sozinhos.

— Eu sinto muito — disse ela.

— Não há motivos. Foi um ótimo discurso.

— O senhor não acha que mãezinha estivesse fora de seu juízo normal, acha?

— Nem por um só instante.

— Esteve conversando com Danus esta tarde. Ele lhe pareceu ser de caráter desonesto?

— Muito pelo contrário. Eu diria que é um rapaz íntegro.

— Ainda assim, gostaria realmente de saber o que a levou a deixar para ele um legado tão significativo.

Acho que jamais ficaremos sabendo, Srta. Keeling.

Ela aceitou essa resposta.

— Quando irá dizer a ele?

— Assim que encontrar um momento oportuno.

— Acha que agora seria um momento oportuno?

— Sim, caso pudesse falar com ele em particular.

Olivia sorriu.

— Quer dizer, depois que Noel e Nancy forem embora.

— Seria melhor esperar até então.

— Isso não atrasaria muito sua volta para casa?

— Talvez, mas eu poderia telefonar para minha esposa.

— Naturalmente. Quero que Danus fique a par o quanto antes, uma vez que ele provavelmente estará por aqui amanhã. Então, poderia haver algum constrangimento entre nós, se eu soubesse, e ele não.

— Compreendo perfeitamente.

Noel voltou, trazendo o balde de gelo.

— Há um recado para você na mesa da cozinha, Olivia. Danus e Antonia foram beber no Sudeley Arms. Voltarão às seis e meia.

Ele falou com naturalidade, pela primeira vez pronunciando seus nomes sem ressentimento ou veneno. Dadas as circunstâncias, era algo bastante animador. Olivia se virou para o Sr. Enderby.

— Acha que poderia esperar?

— Naturalmente.

— Fico-lhe muito grata. O senhor foi extremamente paciente conosco.

— Faz parte de meu ofício, Srta. Keeling. Apenas parte de meu ofício...

Tendo passado algum tempo no segundo andar, arrumando o cabelo, empoando o nariz e recompondo-se de um modo geral, Nancy tornou a juntar-se a eles na sala de jantar e anunciou que ia para casa.

Olivia ficou surpresa.

— Não fica para tomar algo conosco?

— Não. É melhor eu ir andando. Tenho um longo trajeto pela frente e não quero me arriscar a sofrer um acidente. Adeus, Sr. Enderby, e obrigada por sua ajuda. Não se levante, por favor. Tchau, Noel. Tenha uma boa viagem para Londres. Fique onde está Olivia, não precisa me acompanhar.

Olivia, no entanto, largou o copo e saiu com a irmã. Fora da casa, as duas viram que o incomparável dia de primavera mergulhava num crepúsculo fresco e fragrante. O céu estava sem nuvens, com tons de rosa na direção oeste. Uma brisa roçava os galhos mais altos das árvores e, da colina atrás da aldeia, chegavam claramente até elas os balidos das ovelhas e seus cordeiros.

Nancy olhou em torno.

— Que sorte tivemos com o tempo. Permitiu que tudo fosse possível. Você se saiu muito bem, Olivia. Estava tudo perfeito.

— Obrigada — disse Olivia.

— Foi um bocado de trabalho. Posso perceber isso.

— Sem dúvida. Exigiu alguma organização. Ainda há um ou dois detalhes a providenciar. Uma lápide para a sepultura de mamãe... Enfim, poderemos falar sobre isso em outra ocasião.

Nancy entrou no carro.

— Quando volta para Londres?

— Amanhã à noite. Tenho que estar no escritório na manhã de segunda-feira.

— Ligo para você então.

— Faça isso. — Olivia hesitou, mas então recordou suas boas resoluções daquela tarde. Mãezinha jamais deixaria um filho seu partir sem um beijo de despedida. Inclinando-se pela janela aberta do carro, beijou Nancy na bochecha. — Dirija com cuidado — disse para a irmã, e então, sentindo-se despreocupada (já que começara, devia ir até o fim), acrescentou: — Lembranças minhas a George e às crianças.

Tornando a entrar, viu que os dois homens haviam trocado a sala de jantar pelo aconchego da sala de estar. Noel puxara as cortinas e tinha acendido o fogo, mas, assim que terminou seu uísque com soda, olhou para o relógio, levantou-se e anunciou que era hora de ir embora. O Sr. Enderby sugeriu que aquele podia ser um momento oportuno para telefonar à esposa, de maneira que Olivia o deixou fazendo a ligação e acompanhou Noel até a porta da frente.

— Tenho a sensação de não ter feito outra coisa, o dia inteiro, senão levar pessoas à porta — disse ela.

— Você deve estar cansada. É melhor ir dormir cedo.

— Acho que, provavelmente, todos estamos cansados. Foi um longo dia. — Estava esfriando e ela cruzou os braços, ao sentir um arrepio. — Lamento pela maneira como as coisas resultaram, Noel. Teria sido bom você ficar com os esboços. Deus sabe que trabalhou duro, procurando por eles. Entretanto, do jeito como estão as coisas, nada há que um mortal possa fazer a respeito. E, admita, nenhum de nós ficou de mãos abanando. Esta casa alcançará um preço fenomenal. Portanto, não fique cismando sobre injustiças imaginárias. Caso contrário, terminará com a pior espécie de indigestão espiritual, confuso e amargo.

Ele sorriu. Sem muita alegria, mas mesmo assim era um sorriso.

— É uma bomba dos diabos para ser engolida, mas parece que não há alternativa. No entanto, eu bem gostaria de saber por que ela nunca falou sobre aqueles esboços conosco, por que nunca nos disse que existiam. E por que os teria deixado para esse rapaz?

Olivia deu de ombros.

— Porque gostava dele, talvez. Ou porque sentia pena dele. Ou porque queria ajudá-lo.

— Tem que haver algo mais do que isso.

— É possível — admitiu ela. Deu-lhe um beijo de despedida. — Acho que jamais descobriremos.

Ele entrou em seu Jaguar e afastou-se. Olivia ficou parada, ouvindo o barulho do motor diminuir, e esperou até que o ruído do defeituoso cano de descarga desaparecesse na quietude da noite, e que nada mais ouvisse. Os sons rurais novamente dominaram o anoitecer, os balidos das ovelhas nos sinuosos prados do outro lado da estrada, o vento ganhando força e fustigando os galhos altos, um cão latindo. Ouviu um rumor de passos lépidos aproximando-se da direção da aldeia, misturado a vozes jovens.

Danus e Antonia, retornando do Sudeley Arms. A cabeça deles surgiu acima do muro e, enquanto andavam para o portão aberto, ela viu Danus com o braço nos ombros de Antonia, que usava um cachecol escarlate e as faces rosadas. Erguendo o olhar, ela viu Olivia esperando-os.

— Olivia. O que faz sozinha aqui fora?

— Noel acabou de ir. E então, relaxaram?

— Fomos apenas tomar um drinque. Espero que não tenha se importado. Eu nunca havia entrado no *pub* antes. É interessantíssimo. Realmente antiquado, e Danus jogou dardos com o carteiro.

— Você ganhou? — perguntou Olivia a ele.

— Perdi. Não teve jeito. Tive de pagar meio litro de Guinness para ele.

Entraram juntos na casa. Na cozinha aquecida, Antonia tirou o cachecol.

— A reunião de família já terminou?

— Sim. Nancy também já foi embora, mas o Sr. Enderby continua aqui. — Ela se virou para Danus. — Ele quer falar com você.

Danus pareceu achar difícil de acreditar.

— *Comigo?*

— Exatamente. Ele está na sala de estar. Talvez seja melhor não o deixar esperando. O coitado quer ir para casa, sua esposa o espera.

— Sim, mas o que ele tem para *me* dizer?

— Não faço a menor ideia — mentiu Olivia. — Por que não vai lá e descobre?

Danus foi, parecendo perplexo.

— Ora, mas o que ele quer falar com Danus? — perguntou Antonia, apreensiva. — Você acha que é alguma coisa ruim?

Olivia recostou-se contra a borda da mesa da cozinha.

— Não, não creio que seja qualquer coisa assim. — Antonia, entretanto, não parecia convencida. Querendo encerrar o assunto, Olivia perguntou: — Muito bem, o que vamos jantar? Danus comerá conosco?

— Sim, se você não se importar.

— É claro que não me importo. Aliás, seria melhor também que ele passasse a noite aqui. Encontraremos uma cama para ele em algum lugar.

— Isso tornaria tudo bem mais fácil. Há duas semanas que ele está ausente de seu chalé. Lá deve estar úmido e triste.

— Você não me contou o que aconteceu em Edimburgo. Danus foi declarado em bom estado de saúde?

— Sim, foi. Está tudo bem com ele, Olivia. Danus não tem nada. Não é epiléptico nem nunca foi.

— Ora, mas são excelentes notícias.

— Sim. Até parece um milagre...

— Ele significa muito para você, não é?

— Sim.

— E você para ele, imagino.

Antonia assentiu, radiante.

— Então, que planos já fizeram?

— Danus quer começar um viveiro... trabalhar por conta própria. E eu vou ajudá-lo. Vamos fazer isso juntos.

— E quanto ao emprego dele na Autogarden?

— Ele voltará a trabalhar na segunda-feira, dando a eles um mês de aviso prévio. Foram todos muito bons para ele, nessa temporada que precisou faltar. Danus acha que abandoná-los repentinamente seria a pior coisa que poderia fazer.

— E depois disso?

— Vamos embora, procurar um local para alugar ou comprar, que esteja ao nosso alcance. Em Somerset, talvez. Ou Devon. Entretanto, confirmo o que lhe disse sobre ficar aqui, e não iremos embora enquanto Podmore's Thatch não for vendida e os móveis retirados. Como disse, posso mostrar a casa e o terreno aos interessados. Enquanto isso, Danus vai ficar cuidando do jardim.

— Uma ideia muito boa. Entretanto, ele não devia voltar para seu chalé, mas ficar aqui com você. Eu me sentiria bem melhor sabendo que ele estivesse aqui com você. Aliás, ele pode ficar usando o carro de mãezinha, e você manterá contato comigo, sobre o número de interessados que forem aparecendo. Também manterei a Sra. Plackett, se ela quiser, até que a casa seja vendida. Ela pode fazer uma boa faxina por aqui e vai ser uma companhia para você, enquanto Danus estiver aparando o gramado de outras pessoas. — Ela sorriu, como se houvesse planejado tudo aquilo sozinha. — Tudo vai funcionar direitinho.

— Só uma coisa. Não voltarei para Londres.

— Foi o que deduzi.

— Você foi muito generosa, querendo me ajudar. Agradeço do fundo do coração, mas sei que não seria grande coisa como modelo. Sou muito tímida.

— Talvez tenha razão. Deve estar muito mais feliz calçando botas e com as unhas cheias de terra. — As duas riram. — Você está feliz, não está, Antonia?

— Sim. Nunca achei que pudesse voltar a ser tão feliz... Esse dia me pareceu muito singular. Tremendamente feliz e horrivelmente triste ao mesmo tempo. Entretanto, de um certo modo acho que Penelope teria entendido. Eu estava apavorada com a ideia do enterro. O de Cosmo foi o único a que já havia comparecido, e foi tão doloroso e terrível, que eu temia ir a outro. À tarde, contudo, tudo estava bem diferente. Na verdade, pareceu mais uma comemoração.

— Exatamente como desejei que fosse. Como planejei. E agora... — Olivia bocejou — ... felizmente, já terminou. Acabou.

— Você parece cansada.

— Você é a segunda pessoa a me dizer isso hoje. Em geral, o que a pessoa quer dizer é que estou parecendo velha.

— Você não está parecendo velha. Vá lá para cima e tome um banho. Não se preocupe com o jantar. Eu faço isso. Há um pouco de sopa na despensa e costeletas de carneiro na geladeira. Se quiser, levarei uma pequena bandeja para você e poderá comer na cama.

— Não estou tão velha e cansada assim. — Afastando-se da mesa, Olivia arqueou as costas doloridas. — De qualquer modo, vou tomar um banho. Se o Sr. Enderby for embora antes que eu torne a aparecer, poderia se desculpar com ele por mim?

— É claro.

— E despeça-se dele por mim. Diga-lhe que depois telefonarei.

Cinco minutos mais tarde, quando Danus e o Sr. Enderby entraram na cozinha já encerrada a sua conversa Antonia ralava cenouras diante da pia. Ela se virou e sorriu para eles, esperando que algo fosse dito, que um dos dois explicasse o que tinham falado. Contudo, nenhum deles disse nada e, ante tamanha solidariedade masculina, ela ficou sem coragem de perguntar. Preferiu dar ao Sr. Enderby o recado de Olivia.

— Ela estava muito cansada e subiu para tomar um banho. Pediu que me despedisse do senhor em seu nome e que lhe apresentasse suas desculpas. Olivia espera que o senhor compreenda.

— Sim, é claro que compreendo.

— Ela disse que depois entrará em contato com o senhor.

— Obrigado por me dizer. Bem, agora eu vou embora. Minha mulher me espera em casa para o jantar. — Ele transferiu a pasta para a mão esquerda. — Adeus, Antonia.

— Ah... — Apanhada desprevenida, ela enxugou rapidamente a mão no avental. — Adeus, Sr. Enderby.

— Muito boa sorte.

— Obrigada.

Ele saiu pela porta em largas passadas, seguido por Danus. Sozinha, Antonia voltou às cenouras, porém seu pensamento não estava no que fazia. Por que ele lhe desejara boa sorte e, afinal de contas, o que estava acontecendo? Danus não parecera particularmente abatido; portanto, talvez isso significasse que a notícia era boa. Talvez — uma feliz ideia — o Sr. Enderby houvesse simpatizado com Danus, enquanto conversavam durante o chá, e lhe tivesse oferecido ajuda para levantar algum dinheiro, possibilitando a compra do viveiro dos dois. Isso não parecia muito provável, mas que outro motivo teria ele para querer aquela conversa...?

Ouviu o carro do Sr. Enderby afastar-se. Parou de ralar as cenouras e recostou-se na pia, esperando, com a faca em uma das mãos e a cenoura na outra, que Danus tornasse a entrar.

— O que foi que ele lhe disse? — perguntou, ainda antes de ele haver cruzado a porta. — Por que queria falar com você?

Danus tirou-lhe a faca e a cenoura das mãos, colocou ambas sobre o secador e a tomou nos braços.

— O que é?

— Você não vai precisar vender os brincos da tia Ethel.

— Iu-huuu!

— Sra. Plackett?

— Onde é que está, Srta. Keeling?

— Aqui em cima, no quarto de mãezinha.

A Sra. Plackett subiu a escada.

— Quer dizer que já começou?

— Ainda não. Estava apenas tentando decidir como é que faremos. Acho que por aqui não há nada que mereça ser guardado. Todas as roupas de mãezinha eram tão velhas e fora de moda que, tenho certeza, ninguém irá querê-las. Trouxe para cá esses sacos de lixo. Vamos enchê-los e deixá-los lá fora, para os lixeiros levarem.

— A Sra. Tillingham vai fazer um bazar no mês que vem. Em benefício do fundo para a manutenção do órgão.

— Bem, veremos... Deixarei que a senhora decida. Poderia começar esvaziando o guarda-roupa, enquanto faço a limpeza na cômoda.

A Sra. Plackett pôs mãos à obra, escancarando as portas do guarda-roupa e começando a tirar de lá braçadas de roupas, tão surradas, queridas e familiares. Enquanto as punha sobre a cama — algumas tão usadas que chegaram a estar puídas —, Olivia desviou o rosto. Parecia-lhe indecente até mesmo espiá-las. Havia temido tão triste tarefa, a qual parecia ser ainda mais penosa do que imaginara. Estimulada pela presença prática da Sra. Plackett, ela ficou de joelhos e puxou a última gaveta. Suéteres e cardigãs, muito cerzidos nos cotovelos. Um xale branco de Shetland, para crianças; uma blusa de marinheiro, azul-marinho, que mãezinha costumava usar quando trabalhava no jardim.

— O que vai acontecer agora a esta casa? — perguntou a Sra. Plackett, enquanto trabalhavam.

— Será posta à venda. Foi o desejo de mãezinha e, de mais a mais, nenhum de nós iria querer morar aqui. No entanto, Antonia e Danus continuarão na casa, a fim de mostrá-la aos interessados e manter tudo em funcionamento, até quando ela for vendida. Depois disso, daremos um fim nos móveis.

— Antonia e Danus? — Assentindo com ar sábio para si mesma, a Sra. Plackett considerou as implicações do fato. — Será muito bom.

— Quando tudo estiver terminado, eles partirão e procurarão algum pedaço de terra que possam alugar ou comprar. Os dois querem iniciar um viveiro juntos.

— A mim, isso dá a impressão de que eles estão fazendo um ninho — disse a Sra. Plackett. — Por falar nisso, onde é que estão? Não vi nenhum dos dois quando cheguei aqui.

— Eles foram à igreja.

— Foram?

— Parece aprovar, Sra. Plackett.

— Acho bonito, quando os jovens vão à igreja. Hoje em dia é uma coisa que não acontece com muita frequência. E fico satisfeita em saber que vão ficar juntos. Os dois se dão maravilhosamente bem, foi o que sempre achei. Afinal, são jovens. Mas, apesar disso, parecem ter a cabeça no lugar. O que faremos disso?

Olivia olhou. A velha capa da Marinha, de mãezinha. Houve um súbito relance de dolorosa recordação. Mãezinha chegando ao aeroporto de Ibiza, em companhia de Antonia ainda praticamente menina; *mãezinha* usando a capa, Antonia correndo para atirar-se aos braços de Cosmo. Tudo aquilo parecia ter acontecido há muito, muitíssimo tempo atrás.

— Acho que está boa demais para ser jogada fora — respondeu. — Separe-a para a quermesse da igreja.

A Sra. Plackett, no entanto, pareceu relutar em fazer isso.

— Grossa e quente como poucas... Ainda tem muitos anos de uso.

— Então, fique com ela. A capa a manterá aquecida e confortável em sua bicicleta.

— É muita bondade sua, Srta. Keeling. Fico imensamente agradecida. — Ela deixou a capa sobre uma cadeira. — Pensarei em sua mãe, cada vez que a usar.

Outra gaveta. Roupas íntimas, camisolas, malhas de lã, cintos, echarpes, um xale de seda chinesa, fartamente franjado e bordado com peônias escarlates. Uma mantilha de renda preta.

O guarda-roupa estava quase vazio. A Sra. Plackett remexeu em suas profundezas.

— Veja só isto! — exclamou. — Nunca o vi antes.

Suspendeu o vestido, ainda em seu cabide acolchoada. Era um traje jovem, sem fartura de tecido, feito de alguma fazendinha barata, que pendia flacidamente. Um vestido vermelho, estampado de margaridas brancas, com decote quadrado e volumosas ombreiras.

— Nem eu — disse Olivia. — Gostaria de saber por que mãezinha guardou isso. Deve ter sido algum vestido que usou durante a guerra. Jogue-o fora, Sra. Plackett.

A gaveta de cima. Cremes e loções, lixas para unhas, frascos antigos de perfume, uma caixa de pó, um aplicador em penugem de cisne. Um colar de contas de vidro cor de âmbar. Brincos. Peças desencontradas e bijuteria barata.

Por fim, os sapatos. Todos os sapatos dela. Os sapatos eram o pior de tudo, mais intensamente pessoais do que qualquer outra coisa. Olivia se tornou cada vez mais impiedosa. As sacolas de lixo avolumaram-se.

Finalmente, em meio a tantas recordações penosas, tudo foi feito. A Sra. Plackett amarrou fortemente a boca dos sacos de plástico e, em seguida as duas os arrastaram escada abaixo e para fora da casa, até onde ficavam as latas de lixo.

— Haverá coleta amanhã cedo. Então, será o fim disto para a senhorita.

De volta à cozinha, a Sra. Plackett vestiu seu casaco.

— Não sei como lhe agradecer por tanta gentileza, Sra. Plackett — disse Olivia, espiando enquanto ela dobrava cuidadosamente a capa da

Marinha e a colocava numa sacola. — Eu não teria coragem de fazer tudo isso sozinha.

— Fiquei muito feliz em poder ajudar. Bem, tenho de ir agora. Preparar o almoço do Sr. Plackett. Desejo-lhe uma boa viagem de volta a Londres, Srta. Keeling. Fique bem. Tente descansar um pouco. Foi um fim de semana muito agitado.

— Manterei contato com a senhora, Sra. Plackett.

— Está bem. E volte para nos visitar. Não gosto de pensar que nunca mais tornarei a vê-la.

Ela montou em sua bicicleta e afastou-se, uma figura robusta e ereta, com a sacola pendurada no guidom.

Olivia subiu para o quarto da mãe. Despojado de todos os bens pessoais, parecia incrivelmente vazio. Antes que se passasse muito tempo, Podmore's Thatch seria vendida, e aquele quarto pertenceria a outra pessoa. Haveria outros móveis, outras roupas, outros cheiros, outras vozes, outros risos. Sentando-se na cama, ela viu, além da janela, as novas folhas verdes do castanheiro florido. O tordo estava cantando, escondido em algum lugar entre os galhos.

Ela olhou em torno. Viu a mesa de cabeceira, com seu abajur de louça branca e a cúpula de pergaminho pregueado. A mesa tinha uma pequena gaveta. Haviam esquecido de revistá-la, durante a limpeza do quarto. Olivia a abriu e encontrou um vidro de aspirinas, um botão solitário, o toco de um lápis e uma agenda antiquada. E, no fundo, um livro.

Enfiando a mão na gaveta, ela o apanhou. Era um livro fino, encadernado em azul. Diário de outono, de Louis MacNeice. Estava estufado por algum marcador volumoso e, onde este havia sido inserido, o livro se abriu espontaneamente. Ali ela encontrou um maço de papel fino amarelo, dobrado firmemente... uma carta, talvez? E também uma fotografia.

A foto mostrava um homem. Olivia a olhou de relance e então, colocando-a de lado, começou a desdobrar a carta, mas seus olhos foram atraídos por um trecho de poesia que pareceu saltar das páginas do livro, mais ou menos como um nome recordado saltaria de uma folha de jornal...

Setembro chegou, e é daquela,
Cuja vitalidade salta para o outono,
Cuja natureza prefere
Árvores sem folhas e um fogo na lareira.
Assim, eu lhe dou este mês e o seguinte,

Embora meu ano inteiro devesse ser dela, que já tornou
Intoleráveis ou perplexos tantos de seus dias,
Mas tantos tão felizes.
Daquela que deixou um perfume em minha vida,
Que deixou minhas paredes sempre dançando com sua sombra,
Cujos cabelos se entrançam em todas as minhas cachoeiras,
E toda a Londres apinhada de beijos recordados

As palavras não eram novas para ela. Quando estudava em Oxford, Olivia descobrira MacNeice, ficara encantada e havia devorado vorazmente tudo que ele já escrevera. E ainda agora, após a passagem de tantos anos, percebia-se tão tocada e emocionada como em seu primeiro encontro com o poema. Tornou a lê-lo e então largou o livro. Qual teria sido seu significado para mãezinha? Apanhou a foto novamente.

Um homem. Usando algum tipo de uniforme, mas de cabeça descoberta. Virava-se para o fotógrafo e sorria, como se houvesse sido apanhado de surpresa, com um rolo de corda para escalar pendurado ao ombro. Tinha os cabelos desarrumados e, bem ao fundo, muito distante, via-se a linha do horizonte marinho. Um homem. Alguém que Olivia desconhecia, mas que, de alguma curiosa maneira, também parecia familiar. Ela franziu o cenho. Uma semelhança? Aquela semelhança era como um lembrete. Sim, mas de quem? De alguém que...?

Ah, mas claro. Após efetuada a identificação, tornava-se óbvio. Danus Muirfield. Não as feições nem os olhos, porém uma semelhança mais sutil. Devia ser o formato da cabeça, a maneira de levantar o queixo. A simpatia inesperada do sorriso.

Danus.

Seria esse homem, portanto, a resposta à pergunta que nem o Sr. Enderby, Noel ou ela própria tinham podido descobrir?

A essa altura profundamente intrigada, ela pegou a carta e desdobrou as páginas frágeis. Era um papel pautado, coberto por uma caligrafia culta, as letras perfeitamente formadas por uma pena de escrever de bico largo.

> De algum lugar da Inglaterra.
> 20 de maio de 1944.
>
> Minha querida Penelope,
>
> Nestas últimas semanas, por umas doze vezes me dispus a escrever para você. E, de cada vez, não fui além das primeiras quatro linhas, quando então era interrompido por algum telefonema, um chamado em voz alta, batidas à porta ou convocações urgentes, de um tipo ou de outro.
>
> Finalmente encontrei um momento, neste obscuro lugar, em que posso ter alguma certeza de uma hora de quietude. Suas cartas chegaram sãs e salvas, e foram uma fonte de alegria para mim. Carrego-as comigo como um colegial apaixonado e as releio, vezes incontáveis. Já que não posso estar com você, pelo menos ouço a sua voz...

Ela estava muito cônscia de estar sozinha. À sua volta, a casa jazia silenciosa e vazia. O quarto de mãezinha estava silencioso, a quietude perturbada apenas pelo sussurro das páginas, que após lidas eram postas de lado. O mundo e o presente ficaram esquecidos. O que Olivia agora desvelava era o passado, o passado de mãezinha, até então insuspeito e jamais imaginado.

> Sempre existe a possibilidade de que Ambrose aja cavalheirescamente e lhe conceda o divórcio...

> Importa apenas que fiquemos juntos e que finalmente nos casemos — segundo espero, o mais cedo possível. Um dia, a guerra terminará...
>
> Entretanto, viagens de mil quilômetros começam com o primeiro passo e, quando pensamos um pouco, nenhuma expedição é a pior.
>
> ... Por algum motivo, tenho esperanças de sobreviver à guerra. A morte, o último inimigo, ainda me parece muito distante, além da velhice e da enfermidade. Por outro lado, não é possível acreditar que o destino, após ter nos unido, não queira que continuemos assim.

Entretanto, ele havia sido morto. Somente a morte poderia ter posto um ponto final em semelhante amor. Ele fora morto e nunca voltara para mãezinha. Todas as esperanças daquele homem e seus planos para o futuro tinham dado em nada, finalizados por toda a eternidade por alguma bala ou granada. Havia sido morto, e ela, simplesmente, seguira em frente. Retornara para Ambrose, batalhara pelo resto da vida sem remorso ou amargura, sem qualquer vestígio de autopiedade. E seus filhos nunca souberam, tampouco imaginaram. Ninguém ficara sabendo. De algum modo, isso parecia o mais triste de tudo. *Você devia ter falado sobre ele, mãezinha. Falado comigo. Eu iria entender. Eu desejaria ouvi-la.* Para sua surpresa, descobriu que tinha os olhos marejados de lágrimas. Lágrimas que agora deslizavam por suas faces, produzindo uma sensação estranha e desconhecida, como se aquilo estivesse acontecendo a outra pessoa, não a ela. Não obstante, chorava por sua mãe. *Eu queria que você estivesse aqui. Agora. Queria falar com você. Eu preciso de você...*

Talvez fosse bom chorar. Não havia chorado por mãezinha quando ela morrera, mas chorava agora. Reservadamente, sem ninguém para zombar de sua fraqueza, permitiu que as lágrimas continuassem caindo à vontade. A severa e intimidante Srta. Keeling, editora-chefe da *Venus*, parecia nunca ter existido. Voltava a ser uma colegial, irrompendo pela porta daquele enorme aposento do porão, na casa da Rua Oakley, chamando: "Mãezinha!", e sabendo que, de algum lugar, mãezinha responderia. E, enquanto ela chorava, a armadura que erigira em torno de si mesma — aquela rígida concha de autocontrole — se quebrava e desintegrava. Sem essa armadura, não conseguiria atravessar os primeiros dias de existência em um mundo onde mãezinha deixara de viver. Agora, liberada pelo pesar, voltava a ser humana e novamente ela própria.

Após um instante, mais ou menos recomposta, Olivia apanhou a última página da carta e a leu até o fim.

> ... e desejaria estar aí com vocês, convivendo com o riso e os afazeres domésticos do lugar que passei a pensar como meu segundo lar. Foi tudo muito bom, em cada sentido da palavra. E, nessa vida, nada que seja bom é realmente perdido. Fica fazendo parte de uma pessoa, torna-se parte de sua personalidade. Assim, uma parte sua me acompanha a todo canto. E uma parte minha é sua, para sempre. Meu amor, minha querida,
>
> Richard

Richard.

Ela pronunciou o nome em voz alta. *Parte minha é sua, para sempre.* Olivia dobrou a carta e tornou a colocá-la entre as páginas do *Diário de Outono*, junto com a fotografia. Fechou o livro e, recostando-se nos travesseiros, ficou olhando para o teto e pensando que agora sabia tudo. Entretanto, sentia que faltava saber mais, que precisava, acima de tudo, ficar a par de cada mínimo detalhe do que tinha acontecido. Como eles haviam se conhecido; como ele entrara na vida de Penelope; como eles haviam ficado tão inevitável e profundamente apaixonados; como ele tinha sido morto.

Quem poderia contar-lhe? Apenas uma pessoa: Doris Penberth. Doris e mãezinha tinham passado juntas todo o período da guerra. Sem dúvida, não haveria segredos entre elas. Animada, Olivia fez planos. Em alguma oportunidade... talvez em setembro, quando o movimento no trabalho em geral diminuía... tiraria alguns dias de folga, tomaria o carro e partiria para a Cornualha. Primeiro, escreveria a Doris, sugerindo uma visita. Era quase certo que Doris a convidasse a ficar em sua casa. Então, Doris falaria, recordaria Penelope e, pouco a pouco, traria o nome de Richard à baila. Finalmente, Olivia ficaria sabendo de tudo. Tudo, no entanto, não se resumiria em conversas. Doris lhe mostraria Porthkerris e todos os lugares que haviam tido tanto significado na vida de mãezinha, lugares que ela Olivia, jamais conhecera. Doris a levaria para conhecer a casa onde mãezinha vivera um dia, visitariam a pequena galeria de arte que Lawrence Stern ajudara a fundar e, lá, tornaria a ver *Os catadores de conchas* mais uma vez.

Olivia pensou nos quatorze esboços, executados por seu avô na virada do século, agora propriedade de Danus. Recordou Noel, no anoitecer do dia anterior, à hora da despedida.

Por que ela os teria deixado para esse rapaz?

Porque o apreciava, talvez. Ou porque sentia pena dele. Ou porque queria ajudá-lo.

Tem que haver algo mais do que isso.

É possível. Entretanto, acho que jamais descobriremos.

Sua suposição fora errada. Mãezinha deixara os esboços para Danus por vários motivos. Perturbando-a incessantemente, Noel a impelira para além dos limites da paciência, mas, em Danus, ela encontrara uma pessoa que merecia ser ajudada. Enquanto estavam em Porthkerris, Penelope vira crescer e florescer o amor que ele sentia por Antonia, e adivinhara que, no decorrer do tempo, Danus provavelmente casaria com a jovem. Os dois eram especiais para ela e queria ajudá-los, de alguma forma, a dar seus primeiros passos na vida. Entretanto, o motivo mais importante de todos era que Danus a fazia recordar Richard. Ela devia ter notado — da primeira vez em que pusera os olhos nele — a extraordinária semelhança física, e então sentira uma imediata e profunda afinidade com o rapaz.

Talvez, através de Danus e Antonia, sua mãe sentisse que lhe estava sendo oferecida uma espécie de segunda chance de felicidade... uma espécie de realização indireta. Fosse o que fosse, os dois jovens tinham tornado imensamente felizes suas últimas semanas de vida e, por isso, ela procurara agradecer-lhes, à sua maneira habitualmente espetacular.

Olivia olhou para o seu relógio. Quase meio-dia. Dentro em pouco, Danus e Antonia voltariam da igreja. Levantando-se da cama, ela foi fechar e aferrolhar a janela do quarto pela última vez. Ao passar na frente do espelho, parou para inspecionar sua imagem e certificar-se de que seu rosto não delataria qualquer sinal de lágrimas. Então, apanhando o livro com a carta e a fotografia presas entre as páginas, saiu do quarto e fechou a porta. No térreo, na cozinha deserta, ela pegou o pesado atiçador de ferro e o usou para erguer a tampa do boiler. Um calor de fornalha subiu com ímpeto, fazendo suas faces arderem. Olivia deixou que o segredo de mãezinha caísse bem no centro das vivas brasas vermelhas e ficou espiando, enquanto era queimado.

Foram apenas alguns segundos e, então, tudo desapareceu para sempre.

16

SRTA. KEELING

Era meados de junho, e o verão estava no auge. A cálida e prematura primavera havia cumprido sua promessa, de maneira que o país inteiro estava assolado por uma onda de calor. Olivia deleitava-se com isso. Saboreava o calor e as ruas de Londres, aquecidas pelo sol; a visão de multidões de turistas, perambulando em trajes leves; os guarda-sóis listrados instalados nas calçadas, diante dos *pubs;* os namorados que se deitavam abraçados à sombra das árvores do parque. Tudo conspirava para gerar a sensação de se viver eternamente no estrangeiro e, enquanto outros feneciam, sua própria vitalidade intensificava-se. Ela era novamente a Srta. Keeling, exibindo seu maior dinamismo, com a *Venus* reclamando sua inteira atenção.

Olivia era grata à terapia do trabalho absorvente e satisfatório que, no momento, contribuía para deixar a família e tudo que acontecera fora de sua mente. Desde o enterro de Penelope, não tornara a ver Nancy nem Noel, embora houvesse falado com eles ao telefone, de vez em quando. Posta à venda, Podmore's Thatch fora abocanhada quase imediatamente por uma soma exorbitante, muito além dos mais arrebatados sonhos de Noel. Concluída a transação, e vendido em leilão o conteúdo da casa,

Danus e Antonia haviam partido. Danus comprara o antigo Volvo de mãezinha e os dois haviam colocado dentro do carro seus poucos pertences em seguida tomando a direção do West Country,* em busca de algum local onde pudessem estabelecer um pequeno viveiro de sua propriedade. Tinham se despedido de Olivia por telefone, mas isso fora um mês atrás e, desde então, ela não tivera notícias deles.

Agora, era a manhã de uma terça-feira e ela estava sentada atrás de sua mesa de trabalho. Uma nova e jovem editora de modas se juntara à equipe, e Olivia lia as provas de seu primeiro trabalho. *Seu melhor acessório é você mesma.* Isso estava muito bom. Prendia a atenção imediatamente. *Esqueça as echarpes, os brincos, os chapéus. Concentre-se nos olhos, na pele luminosa, irradiando saúde...*

O interfone tocou. Sem erguer os olhos, Olivia pressionou o botão.

— Sim?

— Srta. Keeling — disse sua secretária —, há uma ligação de fora para a senhorita. Antonia está na linha. Quer falar com ela?

Antonia. Olivia hesitou, procurando assimilar aquilo. Antonia se fora de sua vida, confinando-se em algum lugar no West Country. Por que telefonaria agora, inesperadamente? Sobre o que pretenderia falar? Olivia ressentiu-se da interrupção. Afinal, que hora para telefonar. Suspirando, tirou os óculos e recostou-se na cadeira.

— Pode transferir a ligação.

Enquanto falava, estendeu a mão para o telefone.

— Olivia? — perguntou a voz juvenil, familiar.

— Onde você está?

— Aqui, em Londres. Sei que você é muito ocupada, Olivia, mas poderia dar um jeito de almoçarmos juntas?

— Hoje? — Olivia não pôde disfarçar o desalento em sua voz. Aquele era precisamente um dia repleto de compromissos e tinha planejado uma

---

* Oeste do país. Parte da Inglaterra que fica a oeste de uma linha partindo da ilha de Wight e chegando à foz do Rio Severn. (N.T.)

hora de almoço no trabalho, com um sanduíche em sua mesa. — Está um tanto em cima da hora, não?

— Eu sei e sinto muito, mas é realmente importante. Por favor, diga que virá, caso lhe seja possível.

O tom de Antonia era de urgência. O que, afinal, tinha acontecido agora? Relutante, Olivia verificou sua agenda para o dia. Um encontro com o diretor às onze e meia e, às duas, uma reunião com o gerente de publicidade. Fez alguns cálculos rápidos. O diretor provavelmente não tomaria mais de uma hora de seu tempo, mas isso não permitiria...

— Ah, Olivia, *por favor.*

Ela acabou cedendo, ainda com relutância.

— Está bem, mas terá de ser um almoço relativamente rápido. Preciso estar de volta ao escritório às duas da tarde.

— Você é um amor.

— Onde nos encontraremos?

— A escolha é sua.

— Pois bem, no L'Escargot.

— Vou reservar uma mesa.

— Não, eu cuido disso. — Olivia não tinha a menor intenção de se sentar a uma mesa qualquer, perto da porta da cozinha. — Pedirei a minha secretária que faça a reserva. Uma da tarde e, por favor, não se atrase.

— Não me atrasarei...

— Antonia, onde está Danus?

Antonia, entretanto, já havia desligado.

O táxi sacolejava no seu lento trajeto em meio ao trânsito do meio-dia e das ruas apinhadas de gente, o típico cenário de verão. Olivia seguia naquele táxi, vagamente apreensiva. Ao telefone, a voz de Antonia traíra certa agitação, e era difícil prever que acolhida teria, chegando ao restaurante. Imaginou o encontro de ambas. Viu-se entrando e Antonia à sua espera. Ela estaria com os costumeiros jeans surrados e a blusa de algodão, parecendo inteiramente deslocada naquele luxuoso ponto de encontro de executivos em almoços de negócios. *É realmente importante.* O que poderia ser tão importante assim para reclamar-lhe uma hora de seu precioso dia, sem querer aceitar uma negativa como resposta? Era difícil acreditar que alguma coisa tivesse dado errado para Antonia e Danus, mas era sempre melhor estar preparada para o pior. Teriam surgido eventualidades. Eles não haviam conseguido descobrir um lugar adequado para sua plantação de repolhos, e, agora, Antonia queria discutir um plano alternativo. Os dois tinham encontrado o terreno, porém não gostavam da casa vendida com ele e queriam que Olivia viajasse a Devon, visse o imóvel e desse sua opinião. Antonia estava grávida. Ou então, talvez houvessem percebido que pouco tinham em comum e, sem um futuro a partilhar, tinham decidido separar-se.

Desanimada com tal perspectiva, Olivia rezou para que não fosse esse o caso.

O táxi parou à frente do restaurante. Ela desceu, pagou a corrida, e entrou no restaurante. O interior, como sempre, estava apinhado e quente, fervilhando de atividade. Também como sempre, exalava cheiros de dar água na boca, de café fresco e charutos caros. Os prósperos homens de negócios estavam lá, contornando o bar. Lá igualmente, ocupando uma pequena mesa, estava Antonia. Entretanto, não se encontrava sozinha, pois Danus estava ao seu lado. Olivia mal os reconheceu, porque não usavam seus trajes costumeiros, casuais e confortáveis. Para aquela ocasião, tinham caprichado na indumentária. O cabelo brilhante de Antonia fora preso em um coque atrás da cabeça, ela usava os brincos da tia Ethel e um maravilhoso vestido no tom de azul da porcelana Wedgwood, salpicado de enormes flores brancas. Quanto a Danus, estava elegante e arrumado como um cavalo de corrida, em um terno cinza-escuro de tão bom caimento que encheria Noel de inveja. Os dois tinham uma aparência sensacional; jovens, ricos e felizes. E lindos.

Eles viram Olivia imediatamente, levantaram-se e foram ao seu encontro.

— Olivia...

Apalermada, Olivia procurou compor-se. Beijou Antonia e se virou para Danus.

— Isto é inesperado. Não sei por quê, mas pensei que você não estaria aqui...

Antonia riu.

— Justamente o que eu queria que pensasse. Tinha de ser uma surpresa.

— Uma surpresa?

— Este é o nosso almoço de casamento. Por isso era tão importante que você viesse. Nós nos casamos hoje de manhã.

Danus oferecia o almoço. Pedira champanhe, e a garrafa descansava em um balde de gelo, ao lado da mesa. Empolgada pela comemoração, daquela vez Olivia infringiu sua norma de não beber à hora do almoço e foi ela quem ergueu a taça, brindando à felicidade do casal.

Conversaram. Muito havia para ser dito e ouvido.

— Quando foi que chegaram a Londres?

— Ontem de manhã — disse Antonia. — Passamos a noite no Mayfair, que é quase tão pomposo quanto o Sands. Quando voltarmos lá hoje à tarde, será para entrar no carro, viajar para Edimburgo e passar uns dois dias com os pais de Danus.

— E quanto aos esboços? — perguntou Olivia a Danus.

— Passamos a tarde de ontem com o Sr. Brookner, da Boothby's. De fato, foi a primeira vez que os vimos.

— Pretende vendê-los?

— Sim. Serão despachados no mês que vem para Nova York e leiloados lá, no começo de agosto. Irão treze esboços, pelo menos. Vamos ficar com um. O *jardim do terrazzo.* Achamos que devíamos ficar com um para nós.

— Sem dúvida. E o viveiro? Tiveram alguma sorte?

Eles lhe contaram. Após muita procura, tinham encontrado em Devon o que buscavam. Pouco mais de um hectare de terra, outrora a horta murada de uma grande casa antiga. A propriedade incluía um pequeno jardim e estufas envidraçadas, de bom tamanho e em razoável estado de conservação. Danus havia feito uma oferta, que tinha sido aceita.

— Mas isso é muito bom. E onde vão morar?

— Ah, também havia um chalé, não muito grande e bastante maltratado. Entretanto, devido ao seu mau estado, bem, isso baixou o preço e pudemos comprá-lo.

— Como estão fazendo frente às despesas, enquanto os esboços não são vendidos?

— Conseguimos no banco um empréstimo a curto prazo. Aliás, para poupar dinheiro, nós mesmos tentaremos restaurar o chalé, até onde nos for possível.

— E, nesse meio-tempo, onde ficarão morando?

— Alugamos um trailer! — exclamou Antonia, mal contendo a animação. — E Danus comprou um arado, vamos plantar uma boa lavoura de batatas, apenas para limpar o solo. Depois disso é que poderemos realmente começar. Vou criar galinhas e patos, vender os ovos...

— A que distância ficam da civilização?

— A apenas cinco quilômetros do mercado de uma cidadezinha... que é onde venderemos nossos produtos. Também teremos plantas e flores. A estufa ficará apinhada de flores temporãs. E também plantas em vasos, e... Ah, Olivia, mal posso esperar para mostrar tudo a você. Quando a casa ficar pronta, você irá passar alguns dias conosco?

Olivia refletiu sobre o convite. Já havia bebido três taças do delicioso champanhe e não tinha intenção de assumir compromissos precipitados, que mais tarde talvez lamentasse.

— Seu chalé terá aquecimento?

— Vamos instalar aquecimento central.

— E terá encanamento geral? Não terei de descer até a horta, sempre que tiver de ir ao banheiro?

— Tem a nossa palavra de que não precisará fazer isso.

— E haverá água quentinha para o banho, a qualquer hora do dia?

— Fervendo.

— E vocês terão um quarto de hóspedes? Que eu não tenha de dividir com nenhum ser humano, gato, cachorro ou galinha?

— Terá um quarto só para você.

— E o quarto terá um guarda-roupa cheio, não com os bolorentos vestidos de noite de outra pessoa e casacos de pele roídos por traças, mas com vinte e quatro cabides novos em folha?

— Todos eles acolchoados.

— Sendo assim... — Olivia recostou-se na cadeira — ... é melhor começarem a dar duro. Porque eu vou.

Mais tarde, postaram-se na calçada, ao calor do sol, esperando o táxi que conduziria Olivia de volta ao escritório.

— Foi muito bom estarmos juntos. Até mais, Antonia.

As duas abraçaram-se apertadamente e beijaram-se com grande afeição.

— Olivia... obrigada por tudo, mas, principalmente, obrigada por ter vindo hoje.

— Eu é que deveria agradecer por terem me convidado. Há anos não tenho uma surpresa tão agradável, nem tão delicioso almoço. Depois dessa quantidade de champanhe, duvido muito que consiga agir com alguma sensatez, pelo resto da tarde...

O táxi parou junto deles. Olivia se virou para Danus.

— Até logo, meu caro rapaz. — Ele a beijou nas duas faces. — Cuide bem de Antonia. E toda a sorte do mundo para os dois.

Danus abriu a porta do táxi para ela, Olivia entrou e ele bateu a porta.

— *Venus* — ordenou ela rapidamente ao motorista.

Quando o táxi se moveu, Olivia acenou com furor pela janela traseira. Antonia e Danus acenaram de volta. Antonia também jogou beijos e, então, os dois se viraram, começando a caminhar na direção oposta, distanciando-se de Olivia, de mãos dadas.

Ela se recostou no banco, com um suspiro de satisfação. Tudo terminara bem para Antonia e Danus. E mãezinha estivera certa em seu julgamento, porque eles eram o tipo de jovens que mereciam encorajamento e, caso necessário, também uma ajuda. Penelope fizera isso. Agora, o resto era por conta deles, com seu chalé maltratado, seu arado, galinhas e planos para o futuro, aliados ao seu maravilhoso e inabalável otimismo.

E quanto aos filhos de Penelope? Como conduziriam sua boa sorte e a parte da herança que lhes coubera? Nancy, ela concluiu, sem dúvida gastaria um pouco consigo mesma. Talvez comprasse um Range Rover, com o qual se tornaria a senhora absoluta de seu círculo de bruxas velhas, durante as corridas locais de *point-to-point*, porém não iria além disso. O restante seria investido integralmente no símbolo de *status* que era a mais dispendiosa educação em escolas particulares caras, para Melanie e Rupert. Das quais, no final, ambos sairiam sem demonstrar um pingo de gratidão e, provavelmente, tampouco sem tirar qualquer proveito.

Olivia pensou em Noel. Continuava trabalhando no mesmo emprego, mas, assim que pudesse pôr as mãos em sua herança, ela podia imaginar, com bastante perspicácia, que seu irmão daria um chute na publicidade e maquinaria algum esquema brilhante no qual trabalhasse por conta própria. Corretagem de ações ou talvez algum altíssimo negócio imobiliário. O mais provável é que torrasse todo o dinheiro, para acabar casando com alguma jovem rica com contatos e horrorosa, que o cultuaria como a um ídolo, apesar de ele lhe ser sistematicamente infiel. Olivia pegou-se sorrindo. Noel era um homem impossível, mas, afinal, era seu irmão e, de todo o coração, ela lhe desejava o melhor.

Restaria apenas ela, porém aqui não havia pontos de interrogação. Olivia saberia investir prudentemente o dinheiro de mãezinha, tendo em mente a velhice e a aposentadoria. Imaginou-se dali a vinte anos — sozinha e solteira, ainda morando na casinha de Ranfurly Road. Contudo, independente, até mesmo dispondo de mais do que o suficiente para viver. Capaz de permitir a si mesma os pequenos prazeres e luxos que sempre apreciara. Ir ao teatro e a concertos, receber amigos, passar férias no exterior. Como companhia, talvez tivesse um pequeno cão. Também iria a Devon, em visita a Danus e Antonia Muirfield. E, quando eles viessem a Londres, trazendo consigo a penca de filhos que certamente teriam, iriam vê-la e ela levaria aquelas crianças a seus museus e galerias prediletos, ao balé e à pantomima de Natal. Seria como uma tia amável. Não, não uma tia, mas uma avó amável. Seria como ter netos. Então, ocorreu-lhe que esses netos seriam também os netos de Cosmo. O que era estranho. Algo como ver um emaranhado de fios soltos se desenredarem para compor um cordão entrançado, que se estendia para a frente, em direção ao futuro.

O táxi parou. Olhando para fora, ela viu com certa surpresa que já tinham chegado, estavam diante do imponente prédio que abrigava os escritórios da *Venus*. A pedra creme e os vidros laminados refletiam a luz do sol, com os pavimentos mais altos atravessando o céu muito azul.

Ela desceu e pagou a corrida.

— Fique com o troco.

— Ah. Muito obrigado, senhora.

Ela subiu os amplos degraus brancos que levavam à sólida entrada e, ao fazê-lo, o porteiro uniformizado adiantou-se, a fim de manter a porta aberta.

— Está um lindo dia, Srta. Keeling.

Olivia parou e deu-lhe um sorriso, cuja radiosidade ele jamais vira antes.

— Sim — disse ela. — Está um dıa particularmente lindo.

Olivia passou pela porta. Para o seu reino, o seu mundo.

Este livro foi composto na tipografia Minion Pro,
em corpo 11,5/15,5, e impresso em
papel off-white no Sistema Cameron da
Divisão Gráfica da Distribuidora Record.